马塞尔·普鲁斯特
Marcel Proust
1871–1922

在斯万家那边

A la recherche du temps perdu

Volume I

〔法〕普鲁斯特 著 沈志明 译

追忆逝水年华

〔第一卷〕

Du côté de chez Swann

上海译文出版社

译者题记

普鲁斯特高度概括其巨著，可谓金相玉质，百世无匹：

人亡物丧，昔日的一切荡然无存，唯有气味和滋味还长久留存，尽管更微弱，却更富有生命力，更无形，更坚韧，更忠诚，有如灵魂，在万物的废墟上，让人们去回想，去等待，去盼望，在几乎摸不着的网点上不屈不挠地建起宏伟的回忆大厦。

目 录

译本绪论 *001*

《追忆逝水年华》概述概评 *061*

《在斯万家那边》译本序 *089*

第一部分　孔布雷 *001*

第二部分　斯万的爱情 *227*

第三部分　地名者，姓氏也 *465*

译本后记 *523*

译本绪论

普鲁斯特漫长的文字生涯似乎总体上完成了一部散文式长河小说,主要以无意识回忆为发端,引起种种联想,产生想象的印象,不断拓展,延伸重叠,枝枝蔓蔓,无穷无尽,总题为《追忆逝水年华》。他也写过不少文论,但大多为散文式的、感想式的评论,集中收入《驳圣伯夫》,虽独立成册,却多半内容近似《追忆逝水年华》。本文主要通过《追忆逝水年华》论述普鲁斯特的创作思想和小说艺术。

鸿篇巨制《追忆逝水年华》不是通常意义上的长河小说,因为它没有传统长河小说的种种特征。从思想内容上讲,它着力于表现现代资本主义社会中无所事事的贵族遗老遗少和饱食终日的资产者、委琐渺小的凡夫俗子以及他们个人的命运,描绘他们对人类状况的忧虑,对生存意义的怀疑,由于个人事业和爱情幻灭后内心产生的矛盾和苦闷,通过对近四十年失去的岁月的追忆,再现了昔日荣华的阶级如何衰退，如何没落。这恐怕是对这部长篇小说的思想内容较客观的概括。

但是，自《追忆逝水年华》第一部问世以来，一个多世纪过去了，中国的法国文学界经过臧否不一的漫长时代，终于在改革开放之初就迅速作出一致的评价，无论对思想内容还是对创作方法和艺术技巧都取得了共识：大家一致认为普鲁斯特是西方现代小说的先驱之一，为他身后的几代作家开辟了新的创作途径，有人甚至称他为"现代小说之父"。显而易见，《追忆逝水年华》没有传统长河小说的构架，即除有一个正主题外，还有若干副主题，故事情节曲折、复杂，围绕着主线又有一条或几条副线。相反，它的情节已经淡化，摆脱了强烈的外部冲突，着重刻画人物的心理状态，把主题、形象、情节熔为一炉。更值得一提的是，《追忆逝水年华》中的情节酷似断线后散铺的念珠，很难按顺序、年代加以编排，不仅念珠的排列没有秩序，而且各粒念珠又像一滴滴油渍，不断地滋蔓、扩散。总体看来，仿佛是一幅印象派的油画，近看模糊一片，远看光彩夺目。不连贯的情节有如断金碎玉，晶莹耀目，富有诗意，却又没有油渍黯淡无光、索然无味的缺陷。当代法国著名作家、批评家瑞利安·格拉克[1]指出，阅读普鲁斯特的《追忆逝水年华》趣味无穷，有如品尝当代时兴的甜

---

1. 瑞利安·格拉克（Julien Gracq, 1901—2007），法国教授，小说家，散文家，批评家。其著名散论《读写随笔》(*En Lisant, en écrivant*, 1980)，第105页，科尔蒂出版社。

夹咸的食物。他运用心理分析的手法，把现实世界剖析得淋漓尽致，而又仿佛把我们带入古老的童话世界。我们就像阿里巴巴闯入藏满珍宝的洞穴那么兴奋。这部巨作把巴尔扎克的《幻灭》和《一千零一夜》天衣无缝地融合在一起。

一　大器晚成

马塞尔·普鲁斯特出身于富裕的家庭，幼时即从母亲、外祖母习诗作文，研读经典著作，博览群书，弹琴学画，中学文哲成绩优异，为后来的文学创作打下坚实的功底。不幸，体格纤弱的马塞尔九岁上得了哮喘病，倍加受到家庭的溺爱；更不幸的，这位天赋聪颖、极度敏感的艺术型少年处在和他的艺术前途格格不入的社会环境中，尽管周围有不少文化素养极高的人乐于和他相与。由于自幼出入上流社会，生活又局限于社交应酬，难免染上社交界的轻佻习气。他没有尽早地发挥自己创作的天赋，却一味炫耀广博的知识和精湛的技巧，为的是博得名流雅士的赏识。《欢乐与岁月》便是他这个时期的产物，书中高谈音乐、美术、纯文学；并请法兰西学院院士、著名作家阿纳托尔·法朗士作序，谁都看得出，这本印刷精美、装帧漂亮的书受法朗士的影响十分明显，但作者意气扬扬，甚为自得，不理会友朋的议论。人们普遍认为这位风流倜傥、聪颖多智的绅士因百无聊赖而涉猎文学创作，毫无前途可言，以致他自己也信心不足了。到了而立之年的普鲁斯特还在黑暗中摸索，还在仔细观察周围的一切，还在砥砺批评精神，还在积累各方面的素材，从这个意义上讲，这时期频繁的社交活动对他后来的创作倒并非无益。直到普鲁斯特研读罗斯金之后才确立信心，并等到双亲谢世之后才中断社交活动，深居简出，虽然重病缠身，却发疯似的闭门著书，终于潜心于真正的创作。

为了说明舞文弄墨的普鲁斯特怎样被奉为经典作家，我们将用一些篇幅，叙述《追忆逝水年华》这部风格卓异的杰作得到举世公认经过了何等艰难的历程。

经过多年的艰苦创作，1911年普鲁斯特认为他的力作即将诞生，准备找个出版者。他把《追忆逝水年华》第一部题献给《费加罗报》的负责人之一卡尔梅特，希望通过他的周旋，在其好友法斯凯尔主持的出版社出版。但卡尔梅特不大起劲，法斯凯尔的态度也十分冷淡。著名作家让·科克多倒颇识才具，他替普鲁斯特求助于当时负有盛名的戏剧家埃德蒙·罗斯当，因为罗斯当的书在法斯凯尔出版社出版，销路甚好。科克多为人慷慨大度，答应出面跟法斯凯尔交涉。法斯凯尔勉强同意出书，但要求删改。不愿意屈从出版商意志的普鲁斯特怯生生地试探久已认识的出版家加斯通·加利马，派人送去几本手稿。加利马把稿子拿到《新法兰西评论》编委会上征求意见，爱挑剔的编委会成员看到题献给卡尔梅特的字样心中大为不快，说什么热衷于上流社会生活的纨绔子弟普鲁斯特的手稿充满"公爵夫人的气息"。大作家安德烈·纪德随意翻阅，注意到一句话，那是叙述者对其姑妈莱奥妮的描绘："我跟姑妈没待上五分钟，她便把我打发走了，生怕我累着她。她把苍白暗淡的愁苦前额伸到我的嘴唇，在这清晨时分，她尚未梳理假发，额头上椎骨隆起，好似一环冠状骨刺或一串念珠……"[1] 什么"额头上椎骨"！纪德不屑一顾，作品就这样被轻蔑地否决了。

尝试失败，普鲁斯特不得不违心地回过头去接受法斯凯尔提出的删改要求，但未想到法斯凯尔居然退稿，推说无力出版，深表歉意。其实卡尔梅特并没有得到过法斯凯尔的任何许诺。普鲁斯特仍不死心，他买了一件珍贵的礼品去费加罗报社求见卡尔梅特。这位大人物对普鲁斯特的礼物心不在焉地瞥了一眼，根本没有打开看，连一声谢也没说，只字未提法斯凯尔，光讲了几句有关总统选举的话，普鲁斯特只得起身告辞。走投无路的普鲁斯特万般无奈，开始认真考虑自费出版。

好心的朋友路易·德·罗贝尔担心普鲁斯特自费出版在公众眼里等于把自己降为业余作家，建议他把手稿寄给奥朗道夫出版社，并且亲自写信给经理恩勃洛，推荐普鲁斯特，称他是一位大作家。半个月后，罗贝尔收到经理先生的回答："亲爱的朋友，我也许少见多怪，但我不明白这位先生哪能用三十页的篇幅来描写他入睡前如何在床上辗转反侧，叫人百思不得其解……"[2]

---

1. 《追忆逝水年华》中《在斯万家那边》。
2. 安德烈·莫洛亚《马塞尔·普鲁斯特研究》，第253、254页，阿歇特出版社。

气恼和失望之余，普鲁斯特毅然决定自费出版，交给初出茅庐的青年出版者贝尔纳·格拉塞承办。他对一位朋友说："这部著作我写了很长时间，实录了我的思想精华。它要求在我进入坟墓之前，给它建座坟墓，以了其事。"[1]普鲁斯特早为他的巨著写下总书名：《追忆逝水年华》，第一部名为：《在斯万家那边》。

自1913年12月起，普鲁斯特拼命动员报界的朋友鼓吹他这部重要的作品。朋友们尽了力，甚至把"天才"的字样都用上了。但读者的反应冷淡，他们心目中的普鲁斯特仍旧是《欢乐与岁月》的作者，在他们看来，报界的评论不过是几个上流人士吹捧另一个上流人士而已。法朗士收到赠书和作者的亲笔题献："赠给我的启蒙导师，赠给最伟大、最敬爱的人。"可法朗士打开书却念不下去，后来对《最后一课》的作者阿尔丰斯·都德的遗孀说："我为他的处女作写过序。听说他得了严重的神经衰弱症，身不离床，护窗板成天关着，电灯总亮着。我根本看不懂他的作品。他讨人喜欢，绝顶聪明，有敏锐的观察力。但我早就不跟他来往了。"[2]收到赠书的朋友们出于礼貌，纷纷向他道喜，说些赞扬的话。普鲁斯特听后很不受用，因为他看出不少人根本没有翻阅他的书。他失望了，一种失败感侵袭着他。尽管如此，他的出版者格拉塞在路易·德·罗贝尔的支持下为争取《在斯万家那边》获龚古尔奖而奔波，因为龚古尔奖评委会委员莱翁·多代是

---

1. 安德烈·莫洛亚《马塞尔·普鲁斯特研究》，第253、254页。
2. 同上书，第257、258页。

个知音。普鲁斯特立即抓住这个机会，四处活动，八方写信，发疯似的希望拥有更多的读者，以便保护这株脆弱的幼苗。但在初审时，他就被刷了下来，1913年的龚古尔奖根本轮不到他。

不过，慧眼识真金的人还是有的。书出版后，加利马和《新法兰西评论》的主编、诗人雅克·里维埃尔责成盖翁写一篇书评。盖翁读了小说后欣喜若狂，赞叹不已。里维埃尔立即向纪德报告，纪德答应阅读全书。不久，纪德给普鲁斯特寄去一封情透纸背的信，其中写道："几天来我一直未离开您的书。我读得津津有味，完全沉浸在尊著里，可谓大饱眼福。唉！我面对这本爱不释手的书为何感到如此痛苦呢？……拒绝出版这本书是《新法兰西评论》最严重的失误，也是我一生中最大的遗憾和内疚，因为我有很大的责任。为此我感到羞愧……"[1]普鲁斯特大喜过望，立即回信说："我经常想，某些欢乐是以起先被剥夺较小的欢乐为条件的，如果没有遭到拒绝，没有遭到《新法兰西评论》的一再拒绝，我不可能收到您的信，收到您的信比《新法兰西评论》要出版我的书，更使我高兴。"[2]从此，《新法兰西评论》向他敞开大门，热切地准备出版《追忆逝水年华》后面几卷。加利马本人一再表示愿意出版普鲁斯特所有的书；法斯凯尔深表遗憾，迫不及待地要求弥补过失。这样一位到处吃闭门羹的作家，一日之间成为所有的出版商争抢的对象。

1、2. 安德烈·莫洛亚《马塞尔·普鲁斯特研究》，第252、258、260页。

不幸，第一次世界大战爆发，《追忆逝水年华》的出版暂告中断。势力弱小的格拉塞出版社暂时关闭，不得不忍痛割爱，把出版权转给加利马。几年后，在几位朋友的游说和斡旋下，龚古尔评奖委员会经过激烈的争论，终以六票赞成、四票反对，通过《在如花少女们倩影旁》(《追忆逝水年华》第二部)获龚古尔奖（1919年11月10日）。然而，舆论却颇为冷淡，甚至有人讥讽这部"难读的作品"不过是花花公子的浅薄之作：如花少女的倩影压倒了有血有肉的主人公形象；不少人对这位踯躅于社会篱墙之外，几乎与世界隔绝的作家仍抱着怀疑的眼光，认为他写的是"梦呓"。

对已出版的《追忆逝水年华》第一、二部的思想内容，在较长的历史时期内评论界一直褒贬不一。现把褒贬双方的意见归纳如下：

贬责者认为，在他的作品里只看到贵族或大资产阶级沙龙中上流人士聚会的场景。作者不厌其详地描绘有闲阶级的情感：病态的爱情、嫉妒、冒充的高雅等，反映不出社会的风貌。游手好闲之徒属于行将消亡的阶层，他们的激情无非是矫揉造作的无病呻吟。工人、农民、商人、士兵、学者、革命者、保守派才是构成当代社会的主体，巴尔扎克已经预见到的，普鲁斯特却一无所知或视而不见。巴尔扎克描绘一个世界，普鲁斯特只描绘上流社会。当代著名的左翼学者、评论家、巴尔扎克研究专家皮埃尔·阿布拉阿姆指责普鲁斯特如同圣西门那样只注意表现一个狭小的天地，甚至不如圣西门。圣西门的回忆录虽然只局限于宫廷，但书中的人物毕竟是有职业的，干大事的，为取得政权而奋斗，其中不少人物后来成为军政要员。而活跃在普鲁斯特笔下的全是上流社会中虚度光阴的人物，尽管偶尔出现一个医生、一个律师、一个外交官，但看不到与他们的职业有关的活动，有的只是无谓的情节和无聊的情调。

欣赏者反对这种说法，认为小说家只能有效地描写他所熟悉的阶层和人物，任何作家的作品都不可能包罗万象，巴尔扎克也远没有写尽他那个时代的整个社会。例如，工人和农民就很少在《人间喜剧》中出现，即使出现，也仅作陪衬；政治生活很少涉及，军事生活也表现得不充分。像巴尔扎克这样的天才，也不可能把整个社会都囊括到他的小说里，而且也没有必要。不错，普鲁斯特笔下的人物，大多是贵族、大资产者、上流绅士、女士，以及为他们服务的用人，但在像法国这样的社会里，这些阶层的人士在人数上毕竟占着不小的比例，并有相当重要的地位。问题是怎样写他们，是针砭、批判乃至鞭笞他们的没落，还是揄扬他们的雍容，润饰他们的鸿业？普鲁斯特的作品显然属于前者。再说，他塑造的人物特征其实在各个阶层、各个国家都普遍存在，只不过在上流社会更突出罢了。况且，他的作品中时有出现如同弗朗索瓦丝这样善良、淳朴的农民形象以及其他为数不多的劳动阶层的人物，对他们从不鄙视。因此可以说思想内容是具有批判意义的，因而是积极的、有益的。

如果我们把小说应该或不应该表现哪些阶层的争论放置一边，通观全书，我们不难看出，《追忆逝水年华》真切地反映了1880年至1919年法国资产阶级上层社会的衰朽和没落，反映了生活在这个社会里的人们思想上的彷徨、苦闷、空虚，以及其他种种病态的心理特征。譬如，风流倜傥的斯万虽然颇具才华，爱好艺术，却从未有自己的作品问世，一生孜孜不倦地追求所谓的爱情和所谓的幸福，结果为了一个不合适的女人糟蹋了一生。普鲁斯特虽然不着力于对某个境况、某个阶层的总体描写，但通过某一具体的人、具体的事、具体的细节的刻画揭示了普遍的规律。他认为，一具骨骼、一个人体模型，足以讲授解剖学；剖析一颗心灵，足以揭示人的伟大或可悲。例如他用诙谐而尖刻的笔触淋漓尽致地描写盖芒特一家和韦迪兰一家如何附庸风雅。我们不妨引一小段文字，以资印证。

"若有那种事情，她会对我说的，"韦迪兰夫人傲慢地反驳道，"我告诉你们，她有什么事，不论大小都对我说！眼下她身边没有男人，我对她说她该跟他睡觉。她却说做不到，说她着实迷上了他，可他跟她总那么畏畏缩缩，弄得她怪不好意思的；她还说她不以那种方式爱他，说他是个理想的人物，害怕糟蹋自己对他的感情，到底怎么回事，谁知道呢？反正她绝对需要这号人。"

"很抱歉，我不同意你的说法，"韦迪兰先生说，"我觉得这位先生不地道,他装腔作势。"

韦迪兰夫人顿时不作声,摆出一副木然的神情,好像变成一尊雕像,这种假脸谱使她可以让别人以为她根本没有听见"装腔作势"这个不可容忍的字眼,否则这似乎意味着人家可以在他们夫妇跟前"装腔作势",进而意味着"高出他们一头"。

"总而言之,即使没有那种事情,我也不认为这位先生会把她看作守身如玉的女人,"韦迪兰先生含讥带讽地说道,"不过,咱们不好说什么,既然他好像觉得她挺聪明。不知你那天晚上是否听见他对奥黛特滔滔不绝地大谈万特伊的奏鸣曲,我打心里喜欢奥黛特,但要跟她讲美学理论,非得甘愿当大傻瓜不可。"

"得了,别说奥黛特的坏话,"韦迪兰夫人说,学着孩子娇滴滴的样子,"她挺可爱的。"[1]

韦迪兰夫妇道貌岸然而又俗不可耐的资产者形象跃然纸上。不懂艺术的韦迪兰夫妇出于虚荣心,举办艺术沙龙,除朋友、熟人外,邀请一些音乐家、画家、批评家、学者、医生参加,按照他们的标准选择一些常客,组成一个小圈子围着他们转。从上面这段对话看出,韦迪兰夫妇竟然在客人面前毫无顾忌地议论不在

1.《追忆逝水年华》(精华本)中《斯万的爱情》。

场的常客斯万和奥黛特的私生活。韦迪兰太太傲慢地以保护人自居，直言不讳地承认曾纵容奥黛特跟别人搞不正当关系，谈吐粗俗，不知羞耻，反以为荣。当她听到比她更笨拙的丈夫认为斯万在他们面前"装腔作势"，她立即采用遮眼法，改变脸谱，因为虚荣心使她不忍承认像她这般高贵的人居然会接纳一个装腔作势的客人，但内心对冒充艺术爱好者的丈夫讽刺挖苦奥黛特和斯万却十分得意，暗自欣赏丈夫损人的俏皮话，尽管表面上装出维护奥黛特的样子，不许丈夫说她朋友的坏话。用小孩儿的语调说出这句话，证明她拿腔拿调，既骄矜放肆又好作媚态，充分暴露其虚伪的本性。

值得一提的是，普鲁斯特对上流社会的讽刺并非是因个人事业的幻灭或风流公子的失望而引起的报复，当然他也不是以叛逆者的姿态站在贵族、资产阶级的对立面抨击上流社会的腐败和描绘上流社会的没落，而是因为他曾一度向往过上流社会的魅力，相信过上流人士机智聪明和富有教养，但当他接触到上流社会的现实，这位涉世不深的青年的幻想立刻破灭了，经过仔细的观察，他得出完全相反的结论：拥有高贵头衔和大宗财富的上流人士非但不是所谓社会精英，而是草包、笨伯，他们傲慢、虚伪、庸俗，甚至下流。他一针见血地指出："上流社会是虚无的王国。"[1]

在《追忆逝水年华》第一部中对贵族、大资产者的讥讽到第二

1.《追忆逝水年华》，原著第三卷，第984页，七星丛书版。

部及以后各部变得更加辛辣，更加明显。上流人士的形象越来越黯淡。例如，德·盖芒特一家蒙上层层阴影，德·盖芒特公爵夫人变得面目可憎：她原先以极乐鸟的形象出现，后来变成固执的母鸡，甚至比一只老鸦更糟糕，简直像一头秃鹫；德·马桑特夫人虚伪的温柔风姿再也掩盖不住贵族不可救药的傲慢；谈吐风趣的夏吕斯已经堕落，难以自拔，连温文尔雅的德·圣卢也开始沾染坏习气；满脑子沙文主义的韦迪兰夫人从无知和爱虚荣变得神气十足，不可一世，既可笑又可恼。总之，如果说作者在第一部小说中对无可奈何花落去的上流社会还有几分留恋的话，那么在以后的各卷中变得愤世嫉俗，对上流社会厌恶的情绪时时流露于笔端。

普鲁斯特三十四岁开始创作《追忆逝水年华》，四十二岁才出版第一部《在斯万家那边》。战争拖延了作品的出版，但使他更加成熟。第二部《在如花少女们倩影旁》发表时他已四十八岁。病魔缠身的普鲁斯特知道生命所剩的时日不多了，他要与死神赛跑，争夺有限的时间。他最大的责任是为他的作品活下去，把所剩无几的生命全部用在创作上，其他一切都顾不上了，哪怕友谊也得牺牲，甚至他崇敬的大作家纪德登门造访，也不接待。纪德在一天的日记中写道："塞莱斯特转达了普鲁斯特不能接见我的歉意，之后她补充道：'先生请纪德先生相信他始终想念他。'（我立即记下这句话）。"[1]

---

1. 安德烈·纪德《1889至1939年日记》，第693页，七星丛书版，加利马出版社。

从1920年至1922年，病重的普鲁斯特奇迹般完成了他的巨著，令人不可思议。继《在斯万家那边》和《在如花少女们倩影旁》之后，出版了《盖芒特那边》上卷（1920）、下卷（1921），《所多玛和蛾摩拉》上卷（1921）、下卷（1922），以及死后发表的《金屋藏娇》（1923），《消失的阿尔贝蒂娜》（1925），《失而复得的时间》（1927），共十五卷，圣经纸"七星丛书"版四册，合计3134页，近200万字。

对于创作的辛酸有深切体会的弗朗索瓦·莫里亚克曾写过一篇非常漂亮的文章，赞扬普鲁斯特的作品。他曾有幸进入普鲁斯特的病房幽室，是目睹他如何工作的为数极少的人之一，并且受到邀请，参加晚宴，他嗣后著书《在普鲁斯特家那边》，高度评价普鲁斯特的创作生涯："君不见，他只身一人，顶着回忆的滚滚波涛，一步一步拼搏，直至死亡？这个身体虚弱的赫刺克勒斯，或驾驶着流逝的时间前进，或跟随着时间任意漂流。他死于发疯似的工作，死时也许没有得到上帝的悯爱，就像巴斯卡尔那样被剥夺了人的一切归宿，然而我们这些崇敬他、热爱他的晚辈却得到了非常大的教益：艺术不是玩笑，而是生死攸关的事，甚至比生命重要。"[1] 是的，普鲁斯特为文学、艺术倾注了毕生的精力，可谓鞠躬尽瘁，死而后已。他以自己的作品丰富了世界文化的宝库，理所当然地受到了各国有识之士的好评。

---

1. 参见《作家辞典》，第三卷，第797页，罗贝尔·拉封出版社。

早在二十年代初，普鲁斯特的作品就在国外引起异乎寻常的回响。英国人说他继承了狄更斯和艾略特的传统，有人热情著文，称颂普鲁斯特的艺术创作使个性得到最充分的揭示，他的作品具有使人的生活变得严肃的价值，具有教育的价值；美国人则赞赏他的作品富有诗意的幽默和深刻的意蕴，很快把他的作品引进课堂，普鲁斯特最先在美国成为经典作家；德国人对他的评价更高，《马塞尔·普鲁斯特》和《论普鲁斯特相对论》的作者库蒂乌斯早在1925年就懂得普鲁斯特真正的价值，他写道："普鲁斯特开创了法国小说史的新纪元，他是最崇高的大师之一，令人仰慕。"[1] 盎格鲁-撒克逊人认为，普鲁斯特的小说统治了法国上半个世纪，有如巴尔扎克的小说统治了十九世纪。较晚认识普鲁斯特的真正价值的法国人在争执多年之后，不甘落后，迎头赶上，终于承认他是"奇才"（著名作家巴雷斯语），终于看到他像巴尔扎克那样，用参观历史博物馆和动物园的批判眼光观察和分析世界；像波德莱尔那样，用无瑕的艺术道破有瑕的人生，用自己心灵的痛苦、失望、沉溺再现人类的悲剧。

二 普鲁斯特并非柏格森主义者

人们在谈论普鲁斯特的时候，往往先讲一通柏格森，说什

---

1. 转引自《当代批评家与普鲁斯特》，第36页，加尼埃出版社。

么"普鲁斯特师承柏格森主义","是柏格森的信徒","普鲁斯特的作品图解柏格森的哲学",等等。我们认为这些说法有失偏颇。诚然,普鲁斯特受过柏格森的教诲,受到一定的影响,但他不是柏格森主义者。尽管他们俩都是半个犹太人而且是亲戚,尽管普鲁斯特在索邦大学听过柏格森教授的课而且声称自己是柏格森的弟子,尽管普鲁斯特在浓厚的天主教氛围中长大成人,尽管普鲁斯特对柏格森十分敬重,柏格森对他也刮目相看,然而在哲学思想和美学观点上,两人互相并不理解。年轻的普鲁斯特在《手记》中写道:"很遗憾,这里我的观点和令人钦佩的大哲学家柏格森相悖,在我诸多的辩驳中应当加上一条:柏格森先生声称意识越出躯体,并在躯体之外延伸。确实,按人们回忆得起的含义和想到哲学家们所下的定义,这是显而易见的。不过,柏格森指的不是这样的理解,他的本意是指,在头脑以外延伸的灵魂能够和必须继头脑死亡之后存活下来。然而这种意识在每次大脑的震荡时都受到损害,一次普通的昏厥就会毁掉它。怎么能相信在死亡之后灵魂会长存呢?"[1] 由此看来,具有批判精神的普鲁斯特,从青年时代起就对柏格森抱着怀疑的态度。而在柏格森一方,他直到晚年还不懂得《追忆逝水年华》的价值。据著名传记作家莫洛亚说,柏格森声称,不能以情感人、激发人意的作品,不是真正伟大的艺术品,《追忆逝水年华》恰恰不是这样的作品。历史

---

[1]. 安德烈·莫洛亚《马塞尔·普鲁斯特研究》,第8页。

证明柏格森的判断是错误的，这种判断错误正好反证了普鲁斯特并非柏格森主义者。

十九世纪末叶法国的社会思潮发生了重大的转折，最后三十年，法国传统的资本主义文明逐步衰落。普鲁斯特青少年时期目睹"世纪末"思潮异军突起，与一度占统治地位的实证主义相抗衡。圣伯夫、丹纳从实证主义社会学的角度提出的"科学"的文学评论原则受到挑战，他们开创的文学外缘因素研究法遭到批评，以波德莱尔为先驱，马拉美、兰波等人为主将的象征主义者标新立异，日益占据文坛。他们主张诗人应当避免自然主义地描绘外部世界，应当发掘内心世界的"最高真实"。因此，世纪末思潮在文艺领域的表现非常突出。这股思潮认为，实证科学已经行不通，主张依靠科学和工业的发展来实现资本主义的进步和稳定的孔德哲学、斯宾塞进化论已经过时；实证主义不能解决资本主义世界中日趋尖锐的特质和精神的矛盾，以实证主义为思想基础的自然主义已不适合于表现现代人的复杂内心和多变的心理活动。为了填补价值观念的空白，世纪末思潮主张转向非理性的内心世界，强调探测人类的主观世界，表现一瞬间的心灵感受和直觉印象。在这样的社会思潮下，崇尚直觉成为十九世纪末和二十世纪初跨世纪人中非常普遍的现象。人们不禁想起两个世纪前的帕斯卡尔（1623—1662）这位法国著名的科学家、思想家、散文作家，晚年从怀疑论出发，他认为感性和理性都不可靠，从而得出信仰高于一切。他认为"微妙的精神"（直觉）优于"几何的精神"（演绎），只有通过直觉才能洞察宇宙，肯定直觉在科学中的作用。故而暮年经常产生面临万丈深渊之感。

非逻辑的直觉作用的发现，是对孤立的分析方法的反拨。直觉在科学发现中的作用愈来愈为哲学、文学、艺术、心理分析学、科学方法论所重视。印象派画家莫奈崇尚直觉，印象派音乐奠基人德彪西崇尚直觉，象征派诗人从马拉美到瓦莱里都崇尚直觉，甚至较晚的军事家、政治家戴高乐也崇尚直觉，他在《剑刃》（1932）一书中指出，直觉是一个领袖必须具备的三个至关重要的品质之一。他写道，亚历山大把直觉称为"希望"，恺撒称为"时运"，拿破仑称为"星宿"。当我们谈到一个领袖具有"想象力"或"现实感"时，我们实际上在说，他直觉地知道事物是如何发展的。直觉能使领袖"看事物入木三分"。他还写道，一个领袖"必须能够确定他的权威"，而权威来自名望；名望却"大体上是一种感觉、暗示、印象等等；它首先取决于具有基本的天赋，而天赋则是一种无法分析的天生颖悟"。所谓直觉，指的正是这种突如其来的颖悟。大家都知道相信直觉的爱因斯坦所说过的那句名言："真正可贵的因素是直觉。"这位伟大科学家的话证明直觉是一种科学思维的重要形式，捕捉直觉为一种基本的科学思维技巧。年轻的普鲁斯特在如雨后春笋般涌现的象征主义文学杂志的影响下，很快形成一种看法，认为直觉是一种形象思维的重要形式，表现直觉成为一种基本的形象思维技巧；并决心把这种形式和技巧运用到自己的创作实践中去。

综上所说，崇尚直觉是当时社会思潮的一个重要组成部分。应当承认，柏格森以哲学上的直觉主义集中地体现了这种思潮。但是，他过分夸大了直觉的作用，声称只有依靠直觉才能获得实在的知识，才能认识世界和解决世界的一切问题。他认为，理智是静止的，固定的；只有排斥理性，直觉才能达到绝对。在他看来，直觉是最重要的创造意识，进而把直觉说成了他生命哲学中的核心理论，所以人们称柏格森的哲学为"直觉主义"。

如果我们比较一下柏格森的直觉主义和普鲁斯特的直觉印象说，就会发现两者虽有相似之处，实际上却区别很大，尽管他们同属一个思潮。相似之处：直觉和行动无关，不受功利的支配，属于生命和意识本身的流动，即意识的向内运动，通向意识的深处，因此直觉是非逻辑的，追求无秩序的绵延。不同之处：柏格森强调非理性的直觉才是真正的直觉哲学。他否认理智，认为理智是追求功利的工具，因此在他看来，理智的认识必然导致人们不能掌握真理，而只能获得功利；普鲁斯特所说的直觉确实具有无意识非逻辑性的特征，但没有把直觉视为非理性。与柏格森相反，他认为直觉是理性思维的一个环节，是思维过程的飞跃。换言之，虽然由直觉获得印象是普鲁斯特艺术哲学的基础理论，但他并不停留在印象上，相反，他通过思辨不断地深化印象。普鲁斯特的直觉印象说不在于简单地用脑子随时记录转瞬即逝的印象，而在于不断克服思想的惰性，挖掘每个印象所包含的点滴真实。印象消失后，印象的含义却留在记忆里，嗣后加以汇总。从印象中发掘现实，从印象中提炼真实，这便是普鲁斯特直觉超印象主义的内涵。他写道："片刻前对我来说不存在的思想，此刻以言词的形式在我的头脑里形成了。"[1] 我们不能不承认这是一种由感性认识上升到理性认识的过程，我们将在本文第三部分举实例进一步加以说明。

普鲁斯特的直觉印象说非但与柏格森的直觉主义不同，而且与象征派非理性的、梦幻式的直觉说也迥然有异。十九世纪末、二十世纪初，象征派基本上统治了法国文坛，人们从来没有像当时那么多地谈论直觉，但对内心事物的表现却从来没有那么无能为力。象征派大师一味让诗人、小说家闭上眼睛进入梦幻的世界，凭直觉去感受外部世界在人们身上激起的震荡。与之相反，普鲁斯特却张大眼睛，全神贯注地、仔细入微地观察世界，凭着直觉剖析和描绘外部世界在人们内心深处的反映，以求真理。他善于抓住自己内心稍纵即逝的变化，并能把它详尽地描绘出来，这一点连福楼拜都做不到。普鲁斯特以内心独白的手法在铺叙内心活动时，根本不采用柏格森主张的办法：要么绞尽脑汁，要么处在睡眠状态；正相反，他以清醒的头脑、敏锐的辨别力，平静地铺展意识的流动。他认为，只有这样，作者的眼睛才能看到内心的真实。

因此，普鲁斯特不论受到柏格森的直接影响或间接影响，还

1.《追忆逝水年华》，第一卷，第180页，七星丛书版。

是和他在同一思潮中保持平行关系，我们决不能把柏格森的直觉主义和普鲁斯特的直觉印象说等同起来，更不能把对于柏格森哲学的评价用来代替对于普鲁斯特意识流小说的评价。我们应当对具体的人、具体的作品作具体的分析。

另外，在时空观念这样一个带根本性的问题上，普鲁斯特和柏格森的观点很不相似，甚至大相径庭。自柏拉图以来，西方哲学在于如何消除绵延性，在于把时间视为既是有限的东西，又是永恒的存在，既是幻觉的存在，又是永恒的实在。柏格森否认这种观点，认为不应当把精神的实在和时间割裂开来认识。相反，他认为柏拉图通过反映所认识的存在实际上是一种持续的存在，即时间本身。他套用笛卡儿那句名言：Je suis une chose qui pense（我是一个有思想的东西），提出 Je suis une chose qui dure（我是一个绵延着的东西），就是说，精神的实在性只有通过时间才存在，即存在是一个时间的过程。柏格森把它称为"绵延"。在他的心目中，真正的实在，既非物质也非理念，更非意志，而是存在于时间的不断运动变化之中，是一种"流"，即"绵延"。进而，他认为，时间具有纯粹的不间断性，绵延不断，不处于空间之内，是内在的、心理的，并且没有数量观念只有质量观念；而空间则具有纯粹的间断性，没有绵延，不处于时间之中，是外在的、物理的、可以度量的。这种心理的、非物质的绵延活动，只表现在时间上而不表现在空间上，其运动是时间的绵延，与时间同步同性，无法占据空间。总之，绵延仅在时间中运行不息。

柏格森认为，正是这种生命冲动；这股变幻莫测的"绵延"创造了大千世界，我们不难看出，柏格森完全割裂了运动和物质的统一、空间和时间的统一。

与柏格森的时间说相反，普鲁斯特认为时间具有间断性，始终处在空间之中，既有量的积累也有质的变化。他在《驳圣伯夫》的序言中写道："片刻间我好似半夜惊醒过来，不知身在何处，试图挪动身子，以便弄清所处的地方，因为不知道在哪张床上，处在哪栋房子，处在哪块土地，处在何年何时。"于是，他开始回忆处在何时何地，以及此时此地和彼时彼地有何联系，等等。

《追忆逝水年华》一开始，叙述"我"半夜醒来，茫然若失，仿佛掉进时间的深渊。初醒的片刻，完全与时间割断，悬空着，因此令人焦虑，因为他不知道身处何时何地。迷蒙过后，定睛看清房间的四壁、门窗等等，这才想起自己处在什么地方和什么时间。在回忆中，时间和空间始终同时沉浮。例如，品尝在椴花茶里泡过的小玛德莱娜蛋糕时突然想起在姑妈莱奥妮家的情景；在盖芒特王妃家用上过浆的硬餐巾擦嘴唇时突然想起在巴尔贝克旅馆餐厅里的情景；踩着盖芒特亲王府邸院里两块不平的路石时突然想起威尼斯圣马可教堂前院的两块不平的石板；听到旅馆侍应领班不小心把一把汤匙碰到盘子发出的声音时突然想起一次旅行中铁路职工用锤子敲打火车轮子的声音，等等。每次联想都离不开时间和空间。在这里，运动不仅和时间同步，而且始终占据着空间。

　　普鲁斯特认为，没有空间，人物将成为抽象的影子，所以说地点支撑着人物，没有地点的烘托，在我们的思想空间就映照不出有血有肉的形象，也无法回忆他们，想念他们。由于回忆具有间断性的特点，因此普鲁斯特世界里的时间有间断性，随之空间也有间断性。普鲁斯特世界是个碎片晶莹的世界，每块碎片又随时爆裂成无数的碎片。气象万千的晶莹碎片散布在无限的时间和空间里，更有甚者，这些碎片是混杂的，异质的，所以普鲁斯特的空间也是异质的空间。而柏格森只承认心理空间，也就是用空间的固定概念来说明这种空间，即同质空间。

　　然而，由异质碎片组成的普鲁斯特世界不失为一个完整的世界。那么用什么东西把碎片黏合成整体的呢？是源源不断的意识之流，喷薄四溢的回忆和情感，是时间和空间这张无边的天网笼罩着无数的晶莹碎片。普鲁斯特式的回忆大多属于无意识的回忆、模糊的回忆。正如上面所举的那些例子，一般都由一个不起眼的东西或一件微不足道的小事而引起的回忆，每次追忆旨在恢复失去的时间和空间。多亏了记忆，时间可以失而复得，因而空间也可以失而复得。然而，这种复得终究是暂时的胜利，因为所谓复得的时间只是时间长河中的几个片刻，复得的空间也只是几个孤立的地点。回忆恢复失去的时间和空间的力量极为有限，只不过激起点点火花而已。作者虽然复得许许多多的片刻和地点，但因为无规律、无秩序、无系统而永远不可能复得整体的时间和空间。怎么办呢？

普鲁斯特把许许多多的回忆如同一幅幅图画汇集在一起，每幅画表现一定的时间和空间，在画面上"时间以空间的形式出现"。但这跟柏格森所说的空间时间大异其趣，与柏格森的"纯绵延"说相反，恰恰是受柏格森批评的那种"假绵延"。所谓假绵延指的是，绵延的成分一个个、一批批并列地外化了，这与柏格森的"心理空间"正好背道而驰。总之，普鲁斯特和柏格森在观察世界和透视存在时的眼光截然不同。柏格森对并列成分的同时存在不屑一顾，认为只有运用直觉方法才能"达到绝对的领域"，"把握事物的生命的真实运动"。这种直觉活动是心理的而非物质的，时间上的而非空间上的，质的变化而非量的积累。普鲁斯特则是时间与空间的间断论者，认为无数的并列成分组成绵延，人的直觉活动既是心理的也是特质的，既是时间的也是空间的，既是质的变化也是量的积累，无限绵延，直至无穷。

不过，普鲁斯特的艺术哲学和柏格森的艺术哲学都带有较浓厚的神秘主义色彩。普鲁斯特十分欣赏柏格森讲授的哲学与诗相结合的观点，他早在中学时期已经形成此种观点。对他的世界观影响极大的中学教师达吕是个正统的哲学家，讲授柏拉图、笛卡儿等人的哲学。年轻的普鲁斯特崇拜他的哲学老师，但他不喜欢那些抽象的术语，心想最好用象征的形式对具体的事物表达他的哲学思想。他声称要把老师在哲学课堂上讲的感知、幻想、记忆、自我、外部世界的现实性、空间、时间等统统在他作品里化为栩栩如生的形象，即把它们全部诗化，以便做到把哲学与诗高度结合起来。达吕教授热情地鼓励、支持他为实现确定的目标而努力奋斗。在普鲁斯特看来，艺术的作用在于清除横亘在精神和现实之间的种种障碍和固定的概念，哲学应当成为对艺术的思考。

普鲁斯特的艺术哲学建立在相对论的基础上，在他看来一切都是相对的。例如，在巴尔贝克海边看到如花少女时的视觉印象在他的思想里转换成观念性结论：如花少女不仅是美丽的图画，而且是人类之树美好而又短暂的季节；在欣赏清香的昙花的同时，觉察到成熟、结果、结籽、干裂等难以觉察的迹象。他比较两个或两个以上已知事物的相似之处，从事物的形象中提炼出某个能感觉得到的自然形象。他认为，采用这种比喻可帮助作者和读者感受到某个难以描绘的事物或情绪，从而形成普鲁斯特艺术世界的创造公式。这样，他的艺术价值的获得来源于相对性：时间与空间的相对性，艺术与生活的相对性，观察与默想的相对性，睡与醒的相对性，生与死的相对性，等等。但我们必须指出，他的相对论带有浓厚的主观色彩。他步柏格森的后尘，把世界本质当作他的创造本质，用他的主观臆想来代替客观现实。所谓一切都是相对的，指的是一切都有价值，如同黑格尔在《法哲学原理》序言中的那个命题："凡是现实的都是合理的，凡是合理的都是现实的。"普鲁斯特的相对论也属于这种"逻辑的泛神论的神秘主义"（马克思语）[1]。普鲁斯特的思想翻来覆去总归不可避免地落实在某一事物与某一意识之间神秘的关系上，他认为，世界对我们大家都是真实的，但对每个人非常不同。例如，对一般人来说，一朵山楂花也许只是一朵山楂花或像别的什么花，但在普鲁斯特眼里却变成了一片苹果树叶子；对他来说，教堂的钟声不仅仅是钟声，也不仅仅是金黄的阳光，而且是乏味的果酱。类似这种离奇、荒诞的比喻在普鲁斯特的作品中时有出现。普鲁斯特创造的这个内心世界，其真实性并不寓于事物，而寓于对事物的感知和事物的变幻之中。由此可见，他的神秘主义倾向十分明显。也许正因为这种神秘莫测不可捉摸的情调、意境，读者常常感到茫然不知所措，空灵不知所从，以致痛苦和失望。虽然普鲁斯特的世界实质上是他生活的那个充满矛盾、令人痛苦的社会和时代的缩影，但人们掩卷沉思，不能不感到惆怅。

普鲁斯特的神秘主义倾向来源于他的客观唯心主义世界观，他的观点似乎更接近柏拉图。他认为，事物反映到人的脑子里变成影子，即所谓印象，一切艺术恰恰建立在印象之上，艺术家的责任在于再现这些被感知的印象，而不在于再现那些被定见调整过的印象；由于不存在纯而又纯的感觉，人们总要通过智力试图一劳永逸地再现看不见的事物，所以思想每时每刻都在创造世界。人们对事物的看法实际上是一连串的推理，由于推理的错误

---

1. 马克思《黑格尔法哲学批判》，见《马克思和恩格斯全集》第一卷，第250页。

或不完整而产生了幻觉。一根棍插入水中看上去好像折断似的，曾引起类似"杯弓蛇影"的误会：阳光下的水波使人产生"万道金蛇"的幻觉。不过，承认幻觉，也就是承认非幻觉的实在，印象毕竟是事物的影子。普鲁斯特深知，在我们的印象之外存在一个需要认识的外部世界，艺术的作用在于横扫精神与特质、想象与现实之间的种种障碍，即种种定见。

然而，理解一个印象或一种情感，首先需要仔细观察引起这种印象或情感的事物，然后对它进行解剖、分析，彻底了解该事物的方方面面，最后推演、总结出普遍的规律。普鲁斯特受到当医生的父亲的熏陶，从小养成用科学分析去对待周围的事物和人物的习惯。他研究自己笔下的人物就像昆虫学家研究昆虫那样认真；他观察一朵花、一棵树，就像生物学家那样仔细；他像医生那样诊断、解剖、分析人的情感，在他，爱情、嫉妒、虚荣无一不是人类的疾病。普鲁斯特深信，千变万化的世界服从着一定的客观规律。这种认识无可非议，但在如何揭示客观规律的问题上，他却得出艺术至上的错误看法，他认为，唯有艺术才能揭示普遍规律，唯有以艺术作品的形式才能显示世界的永恒。艺术拯救世界，没有艺术，世界将陷入遗忘的虚无之中；艺术家、画家、音乐家、诗人，都是艺术宗教中起决定作用的圣人。唯有艺术世界才称得上绝对的，不朽的，永恒的。但我们知道，有史以来，"圣人中没有艺术家，艺术家中也没有圣人"。普鲁斯特把艺术绝对化了，宗教化了。他一辈子在为艺术而艺术的道路上踯跚，在艺术宗教桎梏下挣扎，但由于他的天才和勤奋，在艺术技巧上，他终于攀登了文学艺术史上的一个高峰。但他没有成为圣人，也不可能成为圣人。

三 挑战圣伯夫

圣伯夫是法国文学史上第一位专业文学批评家，也曾出版过三部诗集和一部长篇小说，但从十九世纪二十年代起，主要从事文学批评。从三十年代初至六十年代末，近四十年间，圣伯夫著作等身，浩如烟海，称霸文艺评坛，甚至叱咤风云于最高学术权威机构：法兰西学院。更有甚者，他培植了继承其业绩的一批学界强人，诸如勒南、丹纳、布尔热等；虽然曾受到十九世纪最后三十年以象征主义为主体的"世纪末"思潮的冲击，但其影响直到二十世纪二三十年代才减弱，可以说圣伯夫文学批评的影响长达百年之久。

对这样一位文学批评权威，第一个发难的，就是普鲁斯特。早在1905年，普鲁斯特就指出："圣伯夫对同时代所有伟大的作家一概不认"。后来进一步指出，圣伯夫对同时代天才作家的批评全盘皆错。

首先应当说明，普鲁斯特并非全盘否定圣伯夫的功绩，始终承认圣伯夫对十九世纪以前经典作家的论著，已经成为文学批评的经典，甚至可以勉强接受著名文艺评论家、法兰西学院院士保尔·布尔热对圣伯夫的颂扬：

"圣伯夫才识高明，体事入微，连最细微的差别都提到笔端。他大量采用趣闻轶事，以便拓展视听。他关注个体的人和特殊的人，经过仔细探究之后，运用美学规律的某个典范高瞻远瞩，而后根据这个大写的典范作出结论，也迫使我们得出结论。"

普鲁斯特认为这是布尔热给圣伯夫方法下的定义，揄扬可信，定义简要。但竭力反对推广圣伯夫方法，因为此法不利文学评论，更不利文学创作。普氏提出怀疑进而否定圣伯夫方法，是从现实出发的，有根有据的：为什么这位杰出的批评家，对同时代所有的文学天才会一概熟视无睹？嫉妒吗？彼时许多同情天才未被承认的人是这么想的，但不足为据。圣伯夫处在文坛至高无上的地位，何必嫉妒其时默默无闻或深受贬压的司汤达、奈瓦尔、波德莱尔、福楼拜呢？那么有可能忌妒名人名家雨果、巴尔扎克、乔治·桑、缪塞吗？也说不通，因为他早已放弃文学创作，专事文学评论，同行不同类，何必相轻？如果用在他阻止某些学者入选法兰西学院，或许说得通，确实他利用在学院举足轻重的地位，反对过一些人入选。再说，雨果、巴尔扎克、乔治·桑、缪塞等巴结他都来不及呢，比如乔治·桑想去拜见，或引见缪塞，都得使出浑身解数，甚至女性魅力；巴尔扎克对他百般殷勤，好话说尽；连雨果都始而把他奉为座上客，继而把他视为知己挚友，终而因他染指其爱妻而反目，但拿他无可奈何。

普鲁斯特不从圣伯夫与大作家们的私人关系去批判圣伯夫的

文学评论，相反他非常厌恶甚至气愤圣伯夫在文学评论中常常拉扯作家的品行、为人、私生活以及跟他个人的关系。比如对司汤达《巴马修道院》的评论，圣伯夫说不同意巴尔扎克对此书的赞扬，远没有巴氏的热情，与前人的历史题材小说相比，雕虫小技而已，但笔锋一转，称赞司汤达男女私情上"正直可靠"（其实非常糟糕，据说此公实际死于梅毒）；说他虽缺乏小说家的素质，但为人谦虚，是有儒雅风度的谦谦君子。再如，圣伯夫对待波德莱尔的态度更"令人发指"，他口口声声称波德莱尔是他的私交至友，说波氏"谦虚"、"平和"、"有教养"、"识大体"等等，但对这位十九世纪最伟大的诗人（普鲁斯特语）的创作闪烁其辞，不置可否。波德莱尔的一些诗歌受到司法追究时，他"见死不救"，只作了个小小的姿态，以示同情。最令普鲁斯特不解和难受的，是波德莱尔自始至终对圣伯夫顶礼膜拜，低声下气，摇尾乞怜。波氏的朋友们实在气愤难平，说了一些坏话，波氏马上出面制止，并写文章公开声明这与他无关。此类例子很多，不胜枚举。总之，圣伯夫对同代天才作家这种一打一拉的恶劣手法，深深激怒了一向文质彬彬从不说粗话的普鲁斯特："读圣伯夫，多少次我们恨不得痛骂几声：老畜生或老恶棍。"我们不妨举个例子来说明普氏真正懂得并赞赏波氏，他写道："盖芒特府邸姹紫嫣红的花园里上演的鸡奸场景呈现得活像一座伊甸园，但里面长的全是恶之花。"一语点破波氏《恶之花》。

　　普鲁斯特骂过之后，冷静下来，承认圣伯夫说得对："正确判断久已得到公认并列为经典的作家是容易的，难就难在把同时代的作家放在应有的位置上，而这恰恰是批评家固有的职责，唯履此职责，批评家才名副其实。"可惜圣伯夫本人从来没有身体力行。普鲁斯特认为，问题出在圣伯夫的批评方法不对：诗人小说家戏剧家的艺术奥秘，圣伯夫不从他们的作品去寻找，一味热衷于收集他们的近亲好友熟人乃至对手敌人所作的议论所写的书信所讲的故事，有点像咱们的"查三代"，"调查社会关系"。圣伯夫过于重视作家的出身地位境遇交往，他对夏多布里昂的阿谀奉承便是明显的例子。确实，作家艺术家的政治立场、为人处世、生活作风、男女关系，很容易引起争议。历史上一直存在抑或因人废文，抑或因文废人，抑或因文立人的现象。普鲁斯特早在本世纪初就批判圣伯夫对人和文不分的批评方法，这里的文当然指文艺创作。他主张把论人和评文分开，文学批评必须从文本出发。常言道："圣人中没有艺术家，艺术家中也没有圣人。"不要因为大仲马和小仲马父子为同一个烟花女争风吃醋而否定《基督山伯爵》和《茶花女》的小说价值。也不要因为维克多·雨果放荡得连女用人都不放过而谴责《悲惨世界》中纯洁的爱是虚假的。更不要因为波德莱尔恶习多多而批评他的诗歌伤风败俗，进而否定其艺术性。谁要是读了《忏悔录》而谴责卢梭道德败坏，那就是普鲁斯特所指"不善于读书"的那类人。

普鲁斯特认为，圣伯夫没有看出横在作家和上流社会人物之间的鸿沟，没有懂得作家的自我只在其著作中显现，而在上流社会人物面前只表现出像他们一样的一个上流社会人物。诗人作家"外部为人"的趣闻轶事无助于理解他们的作品，弄清楚诗人和作家所有的外部问题恰恰排除了他们真正的自我。一部好的艺术作品是用"内心深处的声音所唤醒的灵感"写就的。普氏说："书是另一个自我的产物，不是我们在习惯中在社会中在怪癖中所表现的那个我。"

从上述论点，我们逐步看出，普鲁斯特批判圣伯夫的目的是想建立并阐述自己的文艺观，也是他写《驳圣伯夫》的目的。他说："（本书）借圣伯夫之名加以发挥的将大大多于论及他本人，指出圣伯夫作为作家和批评家所犯的错误，也许能对批评家应是何人、艺术应是何物说出个所以然来。"难怪许多不熟悉普鲁斯特的法国读者，包括文学系大学生，不明白本书前部和后部好多章节尽谈作者身边琐事，看上去同赫然醒目的论战性标题《驳圣伯夫》风马牛不相及。相信中译本读者中也会有同感，不要紧，谨请读者诸君硬着头皮读下去，读完就会明白的。因为推倒圣伯夫方法谈何容易，而纯学术理论批判又不是小说家的任务，普鲁斯特只想通过小说，确切讲，散文性小说，阐述自己的文艺观。关键的命题是：文贵乎真。圣伯夫方法的要害也是求真实。问题是求什么样的真实，怎样的真实才算真正的艺术真实。圣伯夫一贯主张小说应在写真人真事的基础上进行艺术加工，用他的话来说，进行"天才的艺术加工"。举个典型的例子，圣伯夫竭力鼓励龚古尔兄弟去罗马实地勘察，体验生活，深入调查他们那位移居罗马的姑姑的身世。回来后，他们以姑妈为女主人公的原型，以真人真事为蓝本，写出了小说《谢凡赛夫人》。圣伯夫对这部不成功的小说评论道，小说的创作方法是对头的，但缺少艺术性。仿佛艺术性和方法是两回事。对此普鲁斯特提出自己独到的见解，也是他酝酿已久的创作思想，从而导致他开拓现代小说的先河，同时也为后来的文本主义和结构主义批评奠定了第一块基石。

普鲁斯特认为调查得来的素材只能作为参照，作家必须依据切身的感受才能体现本人的思想，唯其如此，作品才是真实的。他指出："艺术上没有（至少从科学意义上讲）启蒙者，也没有先驱。一切取决于个体，每个个体为自己的艺术从头开始艺术或文学尝试，前人的作品不像科学那样构成既得真理，可供后人利用。今天的天才作家必须一切从零开始。他不比荷马先进多少。"他这么说，也是这么做的。他不是那种迎合读者口味的作者，必然会使一部分读者失望，因为这部分读者总希望读到想得到的东西，或想找到某些理论或现实问题的答案。所以，谨请这样的读者换种眼光去读普鲁斯特的书，把它当作一个未知世界，那么您会发现他对已知的世界有了新的发现，作了新的解释。

综上所说，我们可以看出普鲁斯特虽然批判了圣伯夫方法，但没有全盘否定圣伯夫，因为圣伯夫是研究十九世纪文学史不可逾越的大家。甚至对许多人真心诚意用圣伯夫论贺拉斯的话来评论圣伯夫本人，普氏也不持异议："现代各族人民中，尤其在法国，贺拉斯已经成为一本必备的书，无论培养情趣和诗意，还是培养审时度势和通权达变，都必不可少。"我们还知道，普鲁斯特在其文字生涯中，一向以赞扬前人和同辈著称，如高度评价罗斯金；有时甚至用词过分，如恭维阿纳托尔·法朗士。他批判圣伯夫比较严厉，但如上所说，是为了阐述自己的观点。除此之外，他很少议论文学艺术家的短处。

但有一例外，就在《驳圣伯夫》的《结论》中，普鲁斯特突然猛烈抨击罗曼·罗兰，情绪之激烈，言词之尖刻，态度之专横，是绝无仅有的。他批评罗曼·罗兰"不了解自己内心深处所发生的事情，只满足于千篇一律的套话，一味怄气发火，不想办法深入观察"，只好"撒谎"，所以《约翰·克利斯朵夫》非但"不是新颖的作品"，而是"俗套连篇"，"肤浅的、矫饰的作品"。结论是："罗曼·罗兰的艺术是最肤浅的，最不真诚的，最粗俗的，即使主题是精神，因为一本书要有精神，唯一的手法，不是把精神作为主题，而是主题创造精神"。他的批评没有展开，不到一千字，只引了两小段《约翰·克利斯朵夫》的文字，就作出如此武断的结论，就其文章而论，难以叫人信服。

罗曼·罗兰是中国人民敬仰的法国作家，尤其得到三十至五十年代青年学生和知识分子的崇敬。傅雷先生翻译的《约翰·克利斯朵夫》自1937年初版，至少是三代追求自由、民主和进步的知识青年必读的书籍之一。现在看来，这首先应当归功于傅雷优美流畅的译文，以及译者对真理热情似火的追求。他在

《译者献辞》中高度评价这部长河小说:"它(《约翰·克利斯朵夫》)是千万生灵的一面镜子,是古今中外英雄圣哲的一部历险记,是贝多芬式的一阕大交响乐"。后来经他重译再版(1952),印数多达百万部,其影响经久不衰。之后,又有许多人翻译罗曼·罗兰其他的作品,至于论述这位作家的文章更是不计其数。总之,罗曼·罗兰在中国人的心目中享有崇高的威望。

我们完全可以不同意普鲁斯特对《约翰·克利斯朵夫》及其作者的批评,但不得不佩服他的勇气。大凡西方有成就的思想家和文学家从不人云亦云,甚至在他们未出名时就敢于向权威向世俗向所有人挑战,都有众醉独醒的气概。《约翰·克利斯朵夫》连载发表于1903年至1912年,悄然获得成功。1914年大战爆发前就闻名遐迩。由于文学成就卓著,更因1915年《超然乱世》系列文章获得好评,罗曼·罗兰1916年荣获诺贝尔文学奖,名声大震,成为世界文化名人。当时的普鲁斯特只在上层文学圈子和上流社会有点名气,竟敢如此放肆抨击诺贝尔文学奖得主。好在其时他的言论没有多大影响,丝毫无损如日中天的罗曼·罗兰。后者在法国的威望一直延续到他去世(1944)之后的五十年代,然后滑坡,每况愈下,现在几乎到了被人遗忘的地步。本文不是专论罗曼·罗兰的,仅列出一些现象,供读者思考。

为此,我们最后引用普鲁斯特一段十分精彩的话:"文学创作有本身的内在规律、精神法则。一个作家凭一时的天才就想一辈子在文学社交界清谈文艺,享受天年,那是一种错误的想法,幼稚的想法，就像一位圣徒过了一辈子最高尚的精神生活，却向往到天堂享受世俗的快乐。文艺猎奇从来没有创造过任何东西。"

四　独特的艺术风格

人们翻开普鲁斯特的作品，第一感觉就是句子冗长，弯弯绕绕，时常迷宫似的使人弄不清各分句之间的关系，有时又戛然而止，令人摸不着头脑。他爱好代词、遁词、诡辩、离奇的比喻，喜欢借用哲学、医学、音乐、美术等其他学科的术语，抓住细枝末节不放；文笔也过于雕琢。不过，这并非作者矫揉造作，也非疏忽大意，更非故意难为人。其实，他的传统文学功底非常深厚，他模仿孟德斯鸠、夏多布里昂、福楼拜、波德莱尔、圣伯夫、丹纳等人撰写的文章，可以达到乱真的程度，其中部分作品还收在《仿作与杂谈》集子里。《追忆逝水年华》独特的行文风格是一种意识流风格，适用于表达人物不安、焦虑、矛盾、共鸣等复杂的心理状态。普鲁斯特指出："风格对于作家来说，如同画家看待色彩那样，不是一个技术问题，而是一个视觉问题。"[1]他认为每个人的真实皆深藏在意识的直接已知条件中，其过去与现在遥相呼应。对此，分析性的智力难以抓住其中的复杂性，因为"一小时并不是一个小时，它还恰似盛着芬芳、声响、计划和气

---

[1]《追忆逝水年华》（精华本）中的《失而复得的时间》。或原著第三卷，第889、901页，七星丛书版。

候的花瓶"。[1] 这样的"花瓶"就是藏得很深的意识流动,用简明扼要的语句无论如何表达不出来。为了完成这个使命,普鲁斯特创造了一种枝节盘绕而又错落有致的行文风格,以便适合于表现内心活动的起伏跌宕,适合于表达内心的独白。

"艺术不是玩笑,而是生命攸关的事,甚至比生命还重要",莫里亚克用这句哲理性的话概括了普鲁斯特一生的创作生涯。是的,普鲁斯特说过:"文学是真正的生活,被发掘和被廓清的生活,因此是实实在在被体验过的生活。"[2] 而"艺术作品是复得失去的时间的唯一手段"。[3] 在他看来,艺术不是可有可无的奢侈,而是认识的手段,由表及里的认识工具。因此,写出好的艺术作品成了他一生奋斗的目标:"我一生为我想写的作品而活着。"[4] 文学成为他终身唯一的寄托,成为他的信仰,他的宗教。如前所说,普氏赞成哲学与诗相结合、把哲学诗化的主张,尽管他那诗化的哲学披着神秘主义的色彩,是幻灭的诗,即他的"自我"如同一叶扁舟在大海里漂流,任凭海浪冲击,但他所描绘的诗境不失为别开生面的独创,在创作实践中取得惊人的成功,他的小说被誉为充满诗情画意的小说。

叙述者"我"基本贯穿《追忆逝水年华》,他极度敏感,容易触景生情,区区小事都会唤起他许多忘却了的往事。他特别善于在过去的奥秘中挖掘使人激动的情绪,并能使它完整无损地感染

1.2.3.4.《追忆逝水年华》(精华本)中的《失而复得的时间》。或原著第三卷,第889、901页,七星丛书版。

读者。其中第一层次表现在对景物的描写，他所展示的表面图景已经诗意盎然。例如，圣伊莱尔教堂的钟楼暗红色的塔顶在夕阳下呈废墟般的绯红，使人想起印象派大师莫奈那幅著名的《鲁昂大教堂》；维沃纳河畔的睡莲在河水轻轻的拍击下微微颤动宛如停在水上的大蝴蝶，又使人想起莫奈笔下主观意境十分浓厚的一系列《睡莲》。两位大师的作品异曲同工，用普鲁斯特赞美莫奈的话来讲，作品透过"现实这面神奇的镜子"反映出"对世界瞬间的意识"。作者不满足于表面的图景，进入第二层次的景物描写。他发现万物之间存在意想不到的应和。这一点明显受到波德莱尔的影响，波德莱尔认为，宇宙万物互相呼应，互为象征，整个大千世界是一座象征神秘和奥义的森林。我们不妨举一些普鲁斯特笔下的例子加以说明。《在斯万家那边》中叙述者多次提到他家的门铃声：门发出椭圆而金色的丁当响。又如，在孔布雷周围林间蜿蜒的幽径上散步时瞥见教堂的钟楼仿佛在翩翩起舞。再如，梅泽格利兹的小路旁山楂花香气袭人，发出嗡嗡的声响。还有其他表现"应和"的范例，诸如："初春鸽子的咕咕声散发出彩虹的颜色"，"风信子的花蕊瑟瑟作响"，"最后一道光线的余音萦绕"，等等。在他的心目中，一切景物都包含诗意，一片云彩、一朵鲜花、一块卵石、一座钟楼、一个三角等等，多有象征意义。这还不够，他甚至认为符号、专有名词也有诗意。例如，"巴马"，自从他读了司汤达的《巴马修道院》之后，他认为，"巴马"是"结实的、光滑的、淡紫的、温存的"。在这第三层次上，诗不再是言语的装饰，而是言语不可分离的组成部分，成为不断发掘事物本质的工具。总之，普鲁斯特认为，诗人的责任在于彻底弄清他的印象，弄清诸感觉器官之间的相互作用，哪怕最平凡的事物也可能显示世界的秘密，如果诗人善于使它富于灵性的话。

品尝椴花茶里浸泡过的小玛德莱娜蛋糕应当算作最平凡的事情吧，但它通过无意识的回忆却能给人以极大的愉悦，可惜快感持续的时间太短。而艺术的作用就在于无限地延长这种快感。普鲁斯特认为，创作在于恢复失去的精华，不在于制造，更不在于发现。他说："我发现，这本令人含英咀华的书，唯一真实的书，以通常的含义而言，一位伟大的作家不需要把它创造出来，因为它已经寓于我们每个人的身上，而只需把它翻译出来。一个作家的职责和任务就是一个翻译家的职责和任务。"[1]现在我们就用"小玛德莱娜蛋糕"这个例子来说明普鲁斯特是怎样"翻译"寓于他身上"这本书"的。

> 突然之间，我回忆起来了。味道正是那块小玛德莱娜的味道，在孔布雷，每星期天早晨（因为星期天在做弥撒的钟响以前我不出门），我去莱奥妮姑妈的卧房请安，她总把小块蛋糕放进茶或椴花茶里浸一下给我吃。可这天，我看到小

1.《追忆逝水年华》（精华本）中的《失而复得的时间》。或原著第三卷，第899页，七星丛书版。

玛德莱娜蛋糕，在品尝之前，什么也没有想起来；也许因为打那之后经常瞥见糕点店的货架上摆着小玛德莱娜，又没有再吃过，其形象早已和在孔布雷的那些日子分离，而和一些较近的日子联系上了；也许因为事隔已久，早被抛到记忆以外，什么也没有残留下来，一切都已解体。形状——包括托着糕点的贝壳形衬纸，严正而虔诚的打褶是那么富有肉感——消失了，或冬眠了，丧失了打入人们意识的扩张力。但是人亡物丧，昔日的一切荡然无存，唯有气味和滋味还长久留存，尽管更微弱，却更富有生命力，更无形，更坚韧，更忠诚，有如灵魂，在万物的废墟上，让人们去回想，去等待，去盼望，在几乎摸不着的网点上不屈不挠地建起宏伟的回忆大厦。

一旦辨认出莱奥妮姑妈给我吃的那种用椴花茶浸过的小块蛋糕的味道（尽管我还不明白或要等到晚些时候才明白为什么这个回忆使我那么高兴），在我眼前立即像戏台布景似的浮现临街的那座灰色老房子，姑妈的房间靠街面，另一面连接面朝花园的楼房，这是我父母在尾后加建的（这段截接的墙面迄今为止只有我重见过），随即浮现城市，从早到晚的城市，时时刻刻的城市，浮现我午饭前常去的广场，浮现我常去买东西的街道，浮现我们天晴时常去的道路。如同日本人玩的那种游戏：他们把原先难以区分的小纸片浸入盛满水的瓷碗里，纸片刚一入水便舒展开来，显其轮廓，露其颜色，各不相同，有的变成花朵，有的变成房屋，有的变成活灵活现的人物。同样，我们花园的各色花朵，斯万先生大花园的花朵，维沃纳河畔的睡莲，村子里善良的居民连同他们的小房子和教堂乃至整个孔布雷及其周围，不管是城池还是花园，统统有形有貌地从我的茶杯里喷薄而出。[1]

这是个阴冷的冬天，叙述者马塞尔从户外回来，母亲破例让他用茶和小玛德莱娜蛋糕，他没有胃口，不想吃。随后不知为什么改变了主意，但心中依然闷闷不乐，面对阴郁的白天和无望的明天，愁眉不展，万般无奈。他机械地舀了一勺泡着小块蛋糕的茶，漫不经心地送到嘴里品尝一口，不料猛然一惊，他身上发生了奇妙的事情："一种美不可言的快感传遍我全身，使我感到超然升华，但又不解其缘由。这种快感立即使我对人生的沧桑无动于衷，对人生的横祸泰然处之，对幻景般短暂的生命毫不在乎，有如爱情在我身上起作用，以一种珍贵的本质充实了我，或确切地说，这种本质并不是寓于我，而本来就是我自身。我不再感到自己碌碌无为，猥琐渺小，凡夫俗子。我这种强烈的快乐是从哪儿来的呢？"[2] 作者说，这同茶点的味道有关，但并不立即下结论。他继续停留在这奇妙的味觉上，不惜重墨描

---

1. 《追忆逝水年华》（精华本）中的《孔布雷之夜》。或原著第一卷，第46—48页，七星丛书版。
2. 《追忆逝水年华》（精华本）中的《孔布雷之夜》。或原著第一卷，第45页。七星丛书版。

绘味觉的方方面面，抓住奇迹出现的片刻不放，一直到失去的时间重新获得，不再感到自己必然消失，即获得一种永恒感，哪怕这种感觉是短暂的。之后，他才开始分析出现这种现象的原因。

叙述者企图重获这味道，加深印象。为此他再次品尝，但未获得刚才的味道，他的企图失败了。于是，他求助于智力，要求他的智力捕捉逃遁的感觉。他竭力回忆刚才第一勺茶的一刹那，虽然又体验到同样的状态，但没有新的启示，因为他所寻求的真理不在味道之中，而寓于他的身上。他的智力一再受阻，哪怕排除一切杂念，全神贯注，也无济于事。刚才的味道离他越来越远，越来越难以捉摸。他企图借助智力唤醒深埋在他心中遥远的、被遗忘的、相似的瞬间，但毫无收获。可是，当他不再回想，一心只注意当天的烦恼和思索翌日的欲望，突然之间，他回忆起来，奇迹出现了。整个孔布雷的景象从茶杯里喷薄而出，就是说一个已经消失的世界突然之间再现了。首先浮现姑妈家的房屋、花园，继而浮现周围的街道、屋宇、广场，最后浮现整个城市以及叙述者本人在这花木扶疏、平静而又富足的城市活动的情景。原先，遗忘把这一切尽可能小地压缩在模糊的记忆里，而现在，无意识的回忆使这一切复活，使这一切扩大、舒展，恢复到原来的规模和情景。这就是不起眼的小玛德莱娜蛋糕激发无意识的回忆所引起的奇迹。

无意识的回忆区别于有意识的回忆，作者在早些时候对有意识的回忆作过描绘，而且也是有关孔布雷的回忆。他写道：

……在很长的时间内，每当我夜里醒来，都回忆起孔布雷，我只见到一截发亮的墙呈现在模糊不清的黑暗里，如同彩色烟火或电光的某种照明映射楼房时凌空截断被照亮的墙面，把楼房的其余部分推进黑暗中；我见到颇宽敞的底层的小客厅、餐厅、小径的开端——那个无意中引起我忧伤的斯万先生就是从那里进来的；我见到门厅，门厅里的楼梯像不规则的棱锥体，陡得吓人，我正朝第一阶级踏步走去；我见到顶层我的卧房外的走廊，妈妈就从走廊的玻璃门进入我的房间；简言之，一再看见我脱衣服时发生的悲剧所必需的背景，这个极简单的背景总是在同一个时间脱离周围的一切，从黑暗中孤立地呈现（如同外省上演旧戏时开头的场面），仿佛孔布雷仅由三层楼组成，中间由一座单薄的楼梯连接，又仿佛总是停留在晚上七点钟。说实话，我满可以向讯问我的人回答，孔布雷还包括别的东西，还有别的时辰的生活。但是，由于我回想时只靠有意识的回忆，只靠智力的回忆，由于这类回忆提供的关于过去的情况没有保留任何有价值的东西，我从不乐意去想孔布雷的其他事情。实际上，这一切对我来说已经消亡了。[1]

1.《追忆逝水年华》（精华本）中《孔布雷之夜》。

为什么无意识的回忆或模糊的回忆能使作者笔下生花，而有意识的回忆，即靠智力的回忆，则使作者文思不畅呢？普鲁斯特在《驳圣伯夫》序言一开头就回答了这个问题，他写道："我对智力的评价与日俱减，而与日俱明的则是，作家只有超越智力方能重新抓住我们印象中的某些东西，就是说触及他自身的某些东西，也就是说触及艺术唯一的素材。智力以过去的名义向我们反馈的东西，已不是这个东西的本身。"普氏认为，我们的生命每时每刻都在死亡，每时每刻不断地隐没在某种特质的背后。每时每刻的感觉逐一储存在记忆中，日积月累，愈积愈多，其中许许多多的感觉不可能恢复，因为人们不可能获得相同的感觉。每当智力要恢复过去的时刻，通常都不具备相同的条件，即使能恢复，也会缺乏生气，因此智能对恢复失去的时间是无能为力的。然而，无意识的回忆，由于受类似小玛德莱娜蛋糕的诱发，有如喷泉口被揭开，泉水源源不断地喷射而出。这种回忆不仅能恢复过去的某个时刻的情景，而且还能引发一系列其他的情景，并向纵深发展，从而如实地恢复当时的全部生活。普鲁斯特的小说，从某个很小的地点、某个很小的情节出发，一下子跳入过去相同的地点和情节，由点到面，逐渐扩大，真实地反映变化的世界。

我们可以说，整部《追忆逝水年华》是以恢复失去的时间这样浩大的工程的面貌出现的，令人叹为观止，整部作品集中表现模糊回忆引起的种种现象，产生的今昔变幻，激发的情感和想象。总之，模糊回忆给了他灵感，带给他快乐。尽管灵感和快乐都是暂时的，他也要揭示躲在它们背后的真理。一块小玛德莱娜蛋糕使模糊的回忆变成清晰的现实时所获得的快意，对他来说是情感的一种神秘的升华，他称这种失而复得的时间为"永恒的时间"或"纯态的时间"。他把这种快意视为灵感的爆发点，在书中多次阐述，认为作家有了灵感就能写出艺术作品，当灵感迸发时，他"感到已经准备创造艺术作品，尽管还没有自觉地下定决心"。[1]而今昔相同的景象相继地重叠在富有感性的联想中构成普鲁斯特艺术创作的基础。叙述者在盖芒特邸宅的院子和书房里获得相同的快感："我刚感受到的快乐确实和我那次吃小玛德莱娜时获得的快活相同。"[2]

普鲁斯特虽然重视无意识回忆的作用，但丝毫不轻视记忆的功能。相反，记忆在普鲁斯特的作品中占据特别重要的地位，是形成他多层次、多方位、多角度、多含义的艺术风格的有力的手段，下面举一大段文字加以说明（出于连绵不断的意识流动难以切断，引文较长，谨请读者原谅）：

> 一年前，在一次晚会上，他听到一首钢琴和小提琴协奏的乐曲。最初，他只品出从乐器散发的质地良好的音响。当他突然听到在小提琴尖细、持久、密致、主导的线状音响

1.2. 原著《盖芒特那边》第三卷，第867、870页，七星丛书版。

下，钢琴部浑厚的块状声奋力升起，形式多变而又不可分割，平滑流畅而又互相撞击，宛如月光下荡漾的淡紫色水波，以降半音的节奏，显得富有魅力，他已经感到极大的愉悦。然后在某一瞬间，他还未能分辨清楚其轮廓，未能给予所获的欣喜以恰当的名目，突然入迷似的竭力捕捉那个乐句或和声——他自己也不明白是什么——；它稍纵即逝，却已经大大打开了他的心扉，有如玫瑰的芬芳在晚间的湿润的空气中飘荡，使我们不禁鼻翼翕张。也许正因为他不知道这是什么乐曲，才产生如此模糊的印象，然而这种印象也许只属于纯音乐性的、无广延的、别具匠心的印象，与别的印象格格不入。这类瞬间的印象可以说是 Sine materia（拉丁文：非物质的）。这时我们听到的音符已经按其高度和时值逐渐在我们眼前覆盖大小不等的面积，描绘出飞舞的线条，使我们产生开阔、纤细、平稳、多变的感觉。但我们这些感觉还没来得及确定，音符便消失了，后继音符乃至同时出现的音符又使我们产生另外的感觉，把原先的感觉淹没了。这种印象将继续流入和渗入不时浮现的乐旨，然而刚刚出现的乐旨还没让人认清就立即沉没和消失了；它们以特殊的欣悦为我们所知，而我们却不能加以描绘、记忆、认定；它们是难以形容的，除非记忆，如同工人致力在川流中筑造持久的基座那样，为我们复制倏忽不见的乐句，使我们能够把它们与后继的乐句加以比较和区分。因此，斯万享受到的美感刚刚终止,他的记忆立刻为他把这些乐句暂时扼要记录下来,但在他回顾记录时,乐曲继续向前,结果当相同的印象突然再度出现时,它已经不再是难以把握的了。斯万想象得出乐句的音域,乐句与乐句之间匀称的组合,乐句的谱写线图,乐句的表现时值;他眼前出现的不再是纯粹的音乐,而是图画、建筑、思维,并且能使他回想得起来。此时他已经清晰地分辨出某个乐句从回荡的乐波中脱颖而出,浮现了若干片刻。这个乐句顿时使他获得特殊的愉悦,而这在听见它以前是难以想象的,而且感到其他的乐句都不能引起他类似的快适,于是他对这个乐句产生了从未有过的爱好。

这个乐句以徐缓的节奏引导他由近及远,一直走向崇高的、难以理解而清晰可感的幸福。突然,乐句到达某个符点,斯万刚准备紧随不舍,它却在稍稍休止之后猛地改变方向,以一种新的旋律,以更为快速而又纤细、凄凉、缠绵、温柔的旋律,卷着他奔向陌生的前景。之后,乐句消失了。斯万热切希望它第三次再现。它果然再次出现,不过并没有使他更明白其中的含义,甚至在他身上引发的欢快不如原先那么深厚。但是,他回到家里,感到需要它,如同生活中某人偶然瞥见一个过路的女人,感到这个女人在他心目中树立了新颖的美的形象,而且切身体察出它具有更大的价值,可他却不知道能否再次见到那个使他已经钟情的、连名字也叫不出来的女人。

这种对一个乐句的热爱顿时使斯万好像觉得有可能在某种程度上恢复青春。[1]

斯万经常在圣日耳曼城关富贵区出现，他由交际花奥黛特·德·克雷西引荐，踏进富有的资产者韦迪兰的沙龙。这晚，一位年轻的钢琴家演奏了一首万特伊的奏鸣曲，引起斯万极大的兴趣。但作者对这次晚会的音乐没有作任何的描述，只点明斯万听后对钢琴家很亲切，因为他听到的乐曲勾起他的联想，使他回忆起一年前在一次晚会上听到的另一首奏鸣曲，于是过去的情景潮水般地涌现了。斯万对那首奏鸣曲的感受，作者分三个阶段加以描述。

第一阶段属于知识性欣赏。斯万初听那首奏鸣曲获得一个愉快的印象，但只感到乐器的音质悦耳，产生了视觉的快感。小提琴的尖细声使他联想到纤细可见的线状，钢琴的浑厚声使他联想起模糊不定的块状；仿佛听到尖细的轻风掠过湖面时水波激荡的汩汩声，又仿佛见到朦胧的月光下呈现一片淡紫色的湖光山色。

第二阶段属于感情性欣赏。斯万在某个瞬间突然被一个乐曲吸引，尽管它轮廓模糊，飘忽不定，但像芳香四溢的玫瑰，使他不由自主地张大鼻孔，一时说不清这种模糊的印象究竟是什么。他被迷住了，竭力追踪其后，但未能捕捉住。这个富有魅力的乐

---

[1].《追忆逝水年华》（精华本）中的《斯万的爱情》。或原著第一卷，第208—210页，七星丛书版。

句看来是主旋律，其美感虽然模糊，不可言喻，但非常独特，从众多的印象中脱颖而出。此处，音乐的铺展与时间的流逝合而为一，每个音符的消失和每个时辰的消逝完全相同。这个难以形容的乐句如同难以描绘的时刻叫人抓不住、摸不着。它虽然"大大打开了他的心扉"，就是说触动了他的潜意识，但还没有成为他有意识的感知。

第三阶段属于认识性欣赏。这个乐句后来接二连三地出现，可以断言是主旋律，节奏平缓，富有诗意、幻想、柔情和哀愁的色彩。斯万虽然还不明白其中的含义，但由于它反复出现，多亏记忆功能，它深深印入了他的脑海。记忆落实了他喜欢的乐句，使他把乐旨转化成空间形象（如几何图形，种种图案），使他认清其形状和性质。即使不能言传，也可以意会了。总之，这个乐句经过记忆的复录，不再是不可捉摸了，不再是抽象玄妙了。它使你钟情，使你像恋人那样，始终想念着你所钟情的对象，因为你对它有了认识，你认为它美，认为它具有较大的价值。

综上所说，第一阶段的印象是飘浮在空间的无形的印象，听者的态度基本上是冷漠的；第二阶段的印象是使人感到稍纵即逝、捉捕不定而又心驰神往的印象，听者的心情是焦虑的；第三阶段，因为不断加深记忆，印象愈来愈鲜明，从感性认识上升到理性认识，听者逐步懂得了其中的奥妙。时间失而复得，听者获得新的生命，生活有了新的希望。这个奇妙的主旋律在斯万身上产生奇迹般的效力，使他顿时焕发了青春。长期以来，斯万已经失去理想，没有崇高的追求，满足于一般的物质享受，准备庸庸碌碌地度过一生。他习惯于无关宏旨的思维，把大量的时间消耗在琐碎的日常小事上，从不敞开胸怀发表内心的见解。但是现在，艺术的魅力打开了他的心扉，擦亮了他的眼睛，促使他去寻找生活的真理，哪怕是暂时的。艺术犹如爱情，给予他新的生命，赋予他新的活力，使他得以追求艺术魅力为最高的生活目标。在斯万身上寄托着作者的希望和追求，尽管严酷的现实一再使作者的追求落空，使作者的希望化为泡影。另外，从叙述的风格来看，作者在这里创作了二十世纪以来最有特色的艺术形式之一，即把叙述的效果、视觉的效果和音乐的效果配合在一起，形成三位一体，使时间与空间打成一片。

　　从斯万对一个乐句的感受可以看出普鲁斯特式的人物形象是多层次的，重叠式的，但这是一种并列的重叠，即相继的重叠。普鲁斯特写道："我们的自我由我们相继的状态重叠而成。"[1]一系列相继的形象的重叠构成真实的我们，而我们每个人的身上汇集着各色各样的人物形象。譬如，叙述者在与盖芒特公爵夫人的接触中发现在她身上"重叠着众多不同的女人形象。每个女人的形象等到后继的女人的眉目足够清晰就消失了"。[2]相继的人物形象就如消逝的时光。普鲁斯特的经验不在于把过去埋葬在现时之下，相反，他要让过去在现时复活。可以想象，在遗忘的海洋中

---

1. 原著《盖芒特那边》第三卷，第544页，七星丛书版。
2.《追忆逝水年华》第二卷，第531页。

打捞模糊的形象何其艰难,这就导致他采取多层次、多角度的方式来进行挖掘,以便"使古远的层次浮现到面上来"。[1]因此,从埋得很深的地方掘出来的一系列相继的形象必然时空倒错,秩序紊乱,令人眼花缭乱,而且异质不均,形状不一,零零碎碎。然而,这些由无意识的回忆所产生的形象,经过像高明的收藏家那样的整理、归类、编排,也可显示其内在的一致性、统一性、完整性。所以我们说,普鲁斯特艺术风格的形象有如夏日的夜空,闪闪发光的星星嵌镶在看不见的天幕上,是那样的散乱而又那样的完整,那样的明亮清晰而又那样的神秘和富有诗意。

五 文学艺术美的典范

普鲁斯特在创作一部文学艺术作品时,他脑子里充满了结论,因为无论是刀叉声或小玛德莱娜蛋糕的滋味,或脚下高低不平的方石块种种模糊的回忆,还是在他脑子里充满了凭借图像留下的真情实况,他试图弄清其意义,但钟楼也罢,野草也罢,其首要特点是他不能自由选择的,而是它们强加于他某种情感积淀,文学成为人的内在感受的积淀形式,把人的情感积淀在审美的形式之中,然后又表现出来影响世人,使人的内在感受日益丰富,不断摆脱简单的人性。

1.《追忆逝水年华》第三卷,第544页。

我们在第四节《独特的艺术风格》第一段引用了普鲁斯特有关风格的一个论断："风格对于作家来说，如同画家看待颜色那样，不是一个技术问题，而是一个视觉问题。"但没有下定义便转入列举各种风格特征。那么，何谓风格？普氏的定义很简洁：风格即启示。这是典型的普氏下定义风格：语意不详，蜻蜓点水，等到适当的时候再来补充和完善，要经过多次反复。我们不妨可以这么理解：这种启示不可能用直接的和有意识的手段获得，因为世界呈现于我们眼前的方式中存在质的区别。这种区别如果没有艺术将其变为每个人永远的秘密，那么风格就不可能使每个人从这种区别中获得启示。多亏有了艺术，我们看到的不只是一个世界，而看到我们的世界变成许多的世界，有多少独特的艺术首领有多少不同的世界，故而我们专辟一节叙评普氏独一无二的风格种种特征。我们这篇《追忆逝水年华》导言发表至今已有二十多年，随着我们对普氏著作的翻译和研究逐渐加深和扩大，如今应当从审美角度加以探讨，以助青年学子更好更深理解和欣赏创作。

普氏独特的散文小说，从文体上，既全盘包括散文三大类型：记叙、抒情、议论，又具备小说特征，虚构故事，况且以第一人称为叙述者，通过内心独白（意识流）讲自编自演的故事，主人公有作者的投影，常常以现实存在的地点，即大写的姓氏（往往是贵族姓氏），并以它们为核心编写"剧情"。唯其如此，普氏可以放开手脚：既像小说和戏剧可以谋划宏篇，塑造完整甚至完美的典型形象，又可以把记叙、描绘、抒情、议论熔于一炉，挥洒自如，运用一切文学手段：对比，倒叙，穿插，勾连，呼应，比喻，通感，拟人，象征；再加上小说的描摹，戏剧的对白，绘画的色调，构图，音乐的旋律起伏。法语中一切修辞手段和美学架构应有尽有，只要你想得出，定能找得到。更有甚者，所有这些文学创作手段基本上通过内心独白既有秩又无秩表达出来，跃然纸上，也许无秩的比例更大一些。

我们说普鲁斯特独创散文小说，而不说首创，因为法国文学的自叙（记叙）或内心独白往往含有虚构，甚至虚构的成分大于真实的成分。这种先例很多，现代的法国大作家加缪最为突出，简直可以说模仿中有独创，连较古的卢梭《忏悔录》也有虚构的。听说在中国文学中似乎有散文"不容虚构"的说法，所谓"天然的真实性"，笔者不甚了了，没有任何研究，权充中西文学差异吧。不过，历来中西文学艺术如同绘画，都讲究形似和传神。普鲁斯特是典型的既要写形，又要传神的散文式小说家，熟练掌握写形传神相互依存的辩证关系，所谓以形传神、形神兼备，更可谓"画不徒写形，正要形神在；诗不在画外，正写画中态"。（引自李贽《焚书》。）

普鲁斯特《追忆逝水年华》七卷仿佛七棵蓊郁苍翠的参天大树连成一片，枝叶繁茂，花果累累，焕发出斑斓七彩的艺术魅力；散文式叙事，文体根深，源头古老，内涵庞杂，想象力丰富，韵味儿十足，行文起伏，句子冗长却跌宕有致，恰如音乐曲调起伏。人具有喜、怒、哀、惧、爱、恶、恨七种情感，受到外物的刺激发出不同的反应，有了感应唱出情致，一切便是自然：文体自然流畅，随着意识流缓缓铺展。人的感受通过七窍：两眼两耳两个鼻孔一张嘴巴所谓七窍相通，领悟出"怯生生的铃声是椭圆形的金黄色的"，进而扩展为七彩七色：玫瑰红、橘黄、雪白、粉红、紫、蓝、黑；再进入七重奏那种红色而神秘的召唤使叙述者主人公"我"预感神奇的喜悦远胜于斯万心爱的奏鸣曲小乐句。总之，七卷巨著拥有七情七彩七窍七唱七重同声应和，应当说对作者和读者都是幸事。像这样的通感例句举不胜举，不妨再举一例："我发觉小路上到处充满山楂花嗡嗡作响的香味"，这说明人们在审美活动中感官产生的效应是互相沟通，可转化的，所谓"性情散而为万物，万物复聚为性情"；外景与内心交融，景物与心绪浑然和谐，就会产生一种艺术真实的升华，又云："形存则神在"，"形谢则神灭"，但更为重要的是"文贵乎真"，而普氏的真是指艺术之真，高于生活生命毛坯之真。

　　按普氏对真实的理解，他认为即使是纯小说创作，动手写作时，也要谨慎小心，经过仔细观察后，把不真实的东西全部抛弃。真实，人们只能从谎言的杂质中提取一点儿真实。如果年龄已过富有诗意的岁月，痛苦是卑微的，是讨人嫌的仆人；人们与之抗争，结果越陷越深。痛苦又是残忍的，是不可替代的仆人，会从地道把我们引向真实和死亡。真的，人们为谎言而倾家荡产，卧床不起，自寻短见，是常有的事儿。普氏通过叙述者把自己内心的想法和感情倾筐倒箧，我们作为读者译者评者，对他并没有丝毫责备，相反觉得他实在可爱可亲。不妨举一个例子，欣赏一番普氏怎样运用文学艺术美学的种种手段，塑造年迈的德·盖芒特公爵"雕像"。从十四世纪起，德·盖芒特公爵征服孔布雷失败之后，不得不与之联姻，获得孔布雷伯爵的封号，从而成为孔布雷最早的外来公民：

"年迈的德·盖芒特已经足不出户……他只是个废人了，但又是很好看的废人，比废人还废人，好像暴风雨中的一块岩石，具有浪漫色彩的美。他的面孔受到来自四面八方的痛苦，忍痛的愤怒，受到忍痛而引起的愤怒，受到日益逼近的死神冲击，仿佛一块长年累月受到海浪拍打的岩石，风化了；他日益憔悴，好似损坏严重而美不胜收的古代头像，我们非常乐意把它拿来装点我们的工作室。他的头像看上去简直像属于远古时代，不仅因为粗糙和失去原有的光泽，而且因为机灵和活泼的表情让位于因疾病引起的死亡作斗争，与艰难生活拼搏无意的或下意识的表情。动脉已经全部失去柔韧，使从前红晕的脸变得硬实的雕塑。公爵没有料想到，暴露在外的颈窝和前额枯萎得像一阵风吹落的黄叶，美丽的头发变得稀疏了，白萧萧披在脸上，好似被海浪推上沙滩的白沫……僵硬而枯萎的面颊呈铅灰色，微微掀起的带状发绺呈灰白色，视力衰竭的眼睛还残留着微弱的光芒，色调的亮底非常奇特，亮中隐黑，令人毛骨悚然，色调光怪陆离，好像照搬了调色板似的。"

这幅肖像类似德·盖芒特家族祖先热内维埃芙·德·布拉邦的形象，仿佛沐浴在夕阳里，沉浸在"芒特"这个音节所释放的橘黄的光辉中……他们的外表极度膨胀开来，变得神乎其神。《盖芒特那边》第二章一开始就把一切自然现象日、月、雷、雨、风、雪、冰都赋予灵性、人性，连巴黎和栋西埃尔的大雾都会引起叙述者主人公的愉悦感觉。把大自然一切现象，包括植物和动物以及一切事物人格化，即拟世人化拟植物化拟动物化，其中还夹着许多隐喻暗示。我们不妨列举以下四个范例：

一、小花木插在篱笆里，与篱笆各异真趣，有如穿着节日盛装的姑娘硬挤在穿着便服、不准备外出的女人们中间；小花木为迎接圣母月整装待命，仿佛已经成为节庆的一部分，穿着鲜艳的玫瑰红盛装，笑容可掬，是这般的光彩夺目：这株信奉天主的小花木真令人赏心悦目。

二、德·盖芒特夫人说："有些花木的雌蕊和雄蕊不长在同一棵茎上，有如人们养的一条母狗，我的花儿也需要丈夫，否则不能养育后代！是啊，有些昆虫以成全婚姻为己任，好像受全权为君主选美似的，否则未婚夫妇永远做不到一处。"

三、弗朗索瓦抱怨老天爷没给"可怜的庄稼"下过一滴雨,嚷道:"瞧瞧那朵白云简直是活脱脱的鲨鱼,把尖嘴伸出海面玩耍,像不像哪?"

四、河面上长着一些孤零零的植物,比如有那么一株睡莲,水流从它身上穿过,弄得它可怜兮兮,很少有安宁……从这岸被冲到那岸,再从那岸被冲到这岸……水流把可怜的植物推回到它的出发点……又把它推出去,如此反反复复操纵它,……使人想起某些神经衰弱患者,比如我外祖父就把我姑妈莱奥妮算在其内……他们被不舒服和躁狂症卷进齿轮,拼命挣扎,也难以脱身,无用的挣扎……加速他们不可避免以死亡而告终。那株睡莲如出一辙,也像那些不幸的病人……

谨请注意,以上所有的观感都是叙述者主人公个人通过无意识甚于有意识的回忆,通过内心独白表达出来,凸显个体性,这完全符合柏格森谈及艺术创作时的观点:"艺术总是以个体的东西为对象的。画家在画布上画出来的是他在某日某时某地所看到的景色,带着个别人的某一精神状态,而且这种精神状态以后再也不会完全重现。这种带有特定色彩的情感是个别化了的情感。而且正因如此,才是属于艺术的情感。"

普鲁斯特深刻领会和身体力行导师和长辈柏格森的教导,把"贵族阶级这座沉重的建筑只开极小的窗户,让极少的光线进入，让其根本腾飞不起来，把贵族遗老遗少连同他们的傲慢、狂狷、自私、变态、腐朽、沉沦统统埋葬在"像罗曼风格的建筑那样具有厚实而封闭的坚固性，把全部贵族历史关闭起来禁锢起来埋葬了事"。（引自巴尔扎克《一桩无头公案》）我们在巴尔扎克作品词典中看到最出名的人物是根据《人间喜剧》的地位决定的，拿破仑所占的地位比拉斯蒂涅次要得多，伟大的巴尔扎克只让拿破仑在伊埃纳战役前夕，跟德·桑西涅小姐们说说知心话而已。拿破仑在巴尔扎克的作品中起着微不足道的作用，而我们的普鲁斯特作为叙述者主人公统统全局审视贵族阶级遗老遗少，把他们的家底和为人种种丑事全抖了出来，然后把他们密封埋葬后自己脱身去上帝那里报到，却给后代留下丰厚的作品，正如普氏自己所说："我说，艺术残酷的规律是让人慢慢消亡，让我们在受尽所有痛苦的同时慢慢消亡，以便让永恒的生命青草在排除遗忘的青草之后茁壮成长，让丰富多彩的著作构成茸茸的草地：子孙万代永远不会像倘佯在草地上的人们那样担忧操心，他们高高兴兴前来草地用午餐，即马奈的画作《草地上的午餐》，象征无忧无虑的幸福生活。

笔者行文至此，特别想着重指出普鲁斯特文学艺术最常用、最善用的手段便是处处使用隐喻比喻，不妨举一范例与读者共欣赏：

我看到罗贝尔·德·圣卢踏进一场我所在的晚会，他昂起头颅是那么柔软光滑那么高尚勇敢，在羽毛冠华盖金光下都显现冠毛有点儿脱落，而脖子转动之灵活之自豪之风情卖弄却举世无双，更加让人产生好奇和赞赏，不禁使您以为一半是社交界另一半是动物园，人们不禁自问是身处圣日耳曼城关区抑或植物园（巴黎植物园当时有许多动物），进而不禁自问是端详穿过大厅的一位大贵族还是观赏笼子里跳跃的一只鸟。况且，对盖芒特家成员长鹰爪鼻的飞禽风采以及锐利的眼睛进行总体回顾之后，如今被他们新的恶习所利用而成为他们当前的举止。

既然上文讲到巴尔扎克，我们不妨引用巴雷斯一小段话作为结束语，他在赞赏普鲁斯特是奇才时指出：他（普鲁斯特）像巴尔扎克那样，用参观历史博物馆和动物园的批判眼光观察和分析世界，像波德莱尔那样用无瑕的艺术道破有疵的人生，用自己心灵的痛苦、失望、沉溺再现人类的悲剧，最后，让我们恢复原《总序》的结束语：

纪德说过："普鲁斯特的风格就我所知，是最富有艺术性的，他从不感到受自己风格的约束，我寻找这种风格的缺点，但找不出来；我寻找其最突出的优点，也找不到。他的风格不是具备这样或那样的优点，而是集所有的优点之大成……任何其他的风格与他那挥洒自如、跌宕有致的风格相比,都显得浮夸、平淡、含糊、粗浅、没有生气。"[1]在《追忆逝水年华》第一部遭到所有出版商拒绝的时候,纪德在法国文坛上已经占据举足轻重的地位,他对比自己小两岁的同辈持这样高的评价,不能不说是真挚的,可信的。反过来也说明纪德了不起,他不像圣伯夫那样对同代天才作家熟视无睹,而是相见恨晚,大力培植。可以说,普鲁斯特有今天的名声,纪德起了不小的作用。

又及:

本绪论首次出版于1999年9月后又在不同版本或集子发表过好几次。这次作为《追忆逝水年华》七卷本绪论,除增加一节《文学艺术美的典范》之外,作了一些修改和补充。

沈志明
2020年6月30日于巴黎
COVID-19半居家隔离

---

[1]. 见《作家辞典》,第三卷,第797页,罗贝尔·拉封出版社。

《追忆逝水年华》概述概评

作家的著作只不过是他献给读者的一种视察工具,使他能够认识到如果没有这本书他也许无法看清自己身心的东西。读者通过书中的话来印证他自身也是一本书,从而认识其真实性。

——普鲁斯特

《追忆逝水年华》(1913—1927)共七卷，包括《在斯万家那边》(1913),《在如花少女们倩影旁》(1918),《盖芒特那边》(1920—1921),《所多玛和蛾摩拉》(1921—1922),《金屋藏娇》(1923),《消失的阿尔贝蒂娜》又名《消失的女人》(1925),《失而复得的时间》(1927)。

  普鲁斯特总题为《追忆逝水年华》的七部散文小说是一部微型《人间喜剧》[1]，从而援救了巴尔扎克的名声，此话怎讲？因为当时法国文坛赫赫有名的超级权威评论家圣伯夫不择手段整肃巴尔扎克，而初出茅庐的普鲁斯特除了《驳圣伯夫》之外，整套《追忆逝水年华》(以下简称《追忆》)都是与圣伯夫的实证主义观点反其道而行之，甚至圣伯夫后继的理论家和批评家丹纳以及龚古尔兄弟和安德烈·莫鲁瓦都主张实证主义。所以，从某种意义上

---

1. 国内法国文学界上世纪九十年代发生过《人间喜剧》或《人间戏剧》译名之争论。当时有一方主要负责人征求我的意见，我只说了一句"巴黎有名的 La Comédie Française 译名一直是'巴黎喜剧院'，但向来也经常上演悲剧，约定俗成便好"。

讲，巴尔扎克不朽的整体价值没有被损坏，普鲁斯特功不可没，详见笔者为拙译《驳圣伯夫》序言。

在概述概评《追忆》之前，我们认为非常有必要介绍两件事件：

一、从普鲁斯特逝世的年份察验《追忆》七卷是怎样编排出版的。从普氏逝世的年份来看，七卷版《追忆》，他本人只见到成品《在斯万家那边》《在如花少女们倩影旁》《盖芒特那边》，以及他肯定参与编排但不一定拿到成品的《所多玛和蛾摩拉》，其余部分全部由后人协助编排出版。作为笔者译者，我们决定不按照七卷原著出版年份的顺序编排，而改变一下次序，即先出版《在斯万家那边》《盖芒特那边》《失而复得的时间》三种，然后为《在如花少女们倩影旁》，《所多玛和蛾摩拉》，《金屋藏娇》，《消失的阿尔贝蒂娜》。众所周知，普鲁斯特创作小说，从来没有一气呵成，而是像小鸟筑巢，衔来小树杈用不上便丢在一边备用。我们不妨再打个比方：拼七彩图案，每次捡来的红、黄、蓝、白、紫、橙、黑七彩小宝石的数量不等，只好把多余的部分先搁置一旁，再捡再拼，一年复一年，最后捡不到了，于是，只好把从一开始搁置一旁所有多余的小宝石全塞进最后一幅图案了事。总之，第七卷是把所有剩下篇章段落编排在一起，笔者手头就有三个版本，最后由自己根据其中一种进行取舍定夺。

二、我们认为非常有必要先介绍一下社会历史背景，更确切地讲是社会政治和意识形态背景，因为一般读者从表面文字的故事情节去阅读。笔者深有体会，想当年笔者在巴黎七大、八大法国文学会以及大巴黎区的高中毕业班任教时，学生们看不出普氏《追忆》有什么正面的、积极的教益，说什么无非是风花雪月，才子佳人，谈情说爱，乱搞男女关系，甚至男女同性恋尤其对男女混杂恋很反感，中国读者可能不知道，二三十年前法国学生思想非常左倾，男女关系还是很传统的。好在《追忆》涉及色情只是蜻蜓点水般提半句一句，没有一丝一毫的色性描写，普氏不让苍蝇有任何缝隙可钻。

因此，《追忆》不仅文学艺术水平高超，而且政治思想和意识形态内容健康积极，从马克思提出的历史辩证唯物主义的角度来评价也是进步向上的，甚至如上所说做出一点儿贡献的；并且是非同小可的"一点儿"。可别小看这一点儿，足以使《追忆》顶住法国乃至欧洲（包括俄罗斯）的任何风云变幻。有鉴于此，我们认为很有必要简单介绍一下《追忆》的历史和社会背景以助读者更好地理解作品。

众所周知，1870年普法战争以法国彻底失败而告终，法国被迫割让阿尔萨斯和洛林，赔款五十亿法郎，对法国而言，普法战争是一种奇耻大辱，因此复仇的欲望一直弥漫在法国朝野。1914年爆发第一次世界大战，历时四年，给人类造成巨大损失的同时，胜利方的法国收复失地之后仍对德国耿耿于怀。在这样的历史背景下发生了德雷福斯案件：这个事件实际上是法国第三共和国时期最重要的政治危机。一切从1894年9月底开始。德国驻法大使馆的女佣在武官随员家的纸篓儿里发现一份"清单",即发送文件资料的多份收据清单,原来是有关法国武器装备和军队组织的密件,但这位女佣是领法国情报机构雇佣薪水的。很快,法国国防部长指控一名犹太血统的军官,阿尔弗雷德·德雷福斯(1859—1935)出卖秘密文件,理由只是笔迹相似,并立即下令逮捕。1894年12月经军事法庭审讯,判贬黜军职永久流放。判定他的罪责毫无疑问,但德雷福斯坚持自己无罪。一些法国知识分子逐渐开始为他辩护,要求重审此案。从此,赞成重审的人叫"德雷福斯派",反对重审的人叫"反德雷福斯派",形成两大派别,或两大阵营。中国读者比较熟悉的前者中有左拉、法朗士、克莱芒索等人,从后世的角度看,他们是代表进步的势力,后者中除军队、教会、政府之外的作家或名流,有诸如巴雷斯、莱翁、都德(小都德)、德吕蒙等等。但鲜为人知的是重审德雷福斯派中还有当时名不见经传的普鲁斯特,时年24岁,是他拿着联署名单去请德高望重的法朗士签名。1919年他给保尔·苏代的信中写道:"我认为我曾是第一名德雷福斯派,因为是我亲自上门请阿纳托尔·法朗士签名的。"[1] 表面上不问政治的青年作家普鲁斯特脱颖而出,引起不小的震撼。为什么长年呆在书房卧室的马塞尔破门抛头露面?理由很简单,他母亲和外祖母是犹太族,他自己是半个犹太人。这不,对于有犹太血统的人来说,是性命攸

---

1. 参见普鲁斯特《通信总集》第三卷第19页,加利马出版社。

关的事儿；也是涉及全国的大事。因此，反犹和护犹在法国上下争斗得很厉害。

有鉴于此，《追忆》七卷中重审和反重审明争暗斗，隐隐约约贯穿全书，只要是有犹太血统的人物和家族一概是重审派。叙述者主人公马塞尔谈起每个重要人物一定提及他是重审派和反重审派，两派之间的恶斗自始至终阴魂不散，特别萦绕在所谓上流社会的沙龙之中，也波及官方人士，以及社会名流学士，甚至学术领域的专家教授的心灵深处。更不用说，两派之争的胜负成为政治和意识形态的风向标了。普氏最高明之处在于客观叙述或点破两派之争，并不明确表态孰是孰非，孰胜孰负，然而作者从未表露过"是可忍，孰不可忍"的态度，因为不会有赢家。作家的任务，甚至义务，是把残酷的现实撕裂开来，任其赤条条暴露在读者面前。

普鲁斯特的文学艺术创作主要通过内心独白（意识流）表达，由叙述者主人公马塞尔"我"追忆逝水年华：一位成熟的叙述者用第一人称讲自个儿的生活。普氏强调指出：之所以把上列七卷作品称为"**叙事文**"，是因为几乎全部回忆自个儿的私生活，诸如日常起居，一日三餐外加喝咖啡，出门散步或旅游，交男女朋友和谈情说爱，看戏听音乐；泡上流社会沙龙，成为不可或缺的必修课程，而谈及社会事态则有时寥寥数语，真可谓"遐想后日蛾眉，两山横黛，谈笑风生颊"（引自辛弃疾《念奴娇·赠夏成玉》）。总体上让人感到主人公谈艺衡文，满腹经纶，谈吐优雅，却从不谈玄说道。据权威人士说，主人公马塞尔包含马塞尔·普鲁斯特很大程度的投影。

简要概说七卷《追忆逝水年华》之前先声明一下：译者翻遍所有法国文学词典以及介绍或论述普氏著作的教学书籍或刊物，乃至七卷的各种单行本，一律宣称《追忆》无法简述，因为没有连贯的故事情节，这是法国文学作品唯一的例外。因此，笔者也只能挂一漏万，择其要点，蜻蜓点水般诠释文本。

《在斯万家那边》（1920）

第一部分《孔布雷》：叙述者追忆过去每天早早上床睡觉，但经常失眠，因为回顾自少年时代所经过的不同形状和配置不同家具的房间，从而想起那时的全部日常生活，孔布雷那边的生活历历在目：他睡觉发生的"戏剧性场面看幻灯片"；斯万先生来访；每晚上床时母亲来道晚安的吻，是最难以忘怀的场景。然后是自己成年时期的回顾，早餐小玛德莱娜蛋糕滋味儿突然重视，由不自觉的模糊回忆引起了对旧时孔布雷的回忆：村庄，村民，家庭和社会的风俗习惯，斯万家那边和盖芒特旧址之间的散步。在两旁长满山楂小树的斜坡小道上，第一次遇见吉尔贝特·斯万小姐；目睹万特伊小姐搞同性恋的场面；德·盖芒特夫人出现的场面，首篇描写马丁维尔城的钟楼，以上种种回忆之后，正是他早晨睡醒之时。

第二部分《斯万的爱情》：斯万第一次出现在叙述者主人公眼前的许多年早已是出没于上流社会的一个人物了，与贵族阶层人物过从甚密，却被一位半上流社会的女人引荐给住在巴黎市中心的韦迪兰夫妇，他们属于颇有知识的布尔乔亚上层人士，为打发无聊的生活，爱好文学、音乐、绘画、古董，经常在府邸举办小晚会，有几位核心成员，久而久之形成"小圈子"，或叫"小集团"。交际花奥黛特是常客，以其独特的女性魅力，博得斯万的爱恋，尤其在韦迪兰夫妇家，晚些时候在德圣厄韦尔特家凝神聆听万特伊亲自演奏的一曲钢琴奏鸣曲，不料竟成了这场爱情的主旋律，所谓爱情王国之"国曲"了。然而，奥黛特似乎对另一名常客德·福什维尔伯爵更加情有独钟，于是斯万妒火中烧。到头来，斯万被驱逐出韦迪兰氏族小圈子，经历一段痛苦难熬的时期，失败的痛苦自然使他久久萎靡不振。

第三部分《地名者，姓氏也》：众所周知，法国地名，包括大小省份以及地区、城市、街道、广场等等，总之地名，往往以世世代代帝王将相、贵族名流，大革命家、大哲学家、大作家、大诗人、大科学家，尤其大医生的姓氏命名，姓氏第一个字母一律大写。比如，书中有个人物，其姓氏是德·布雷奥泰（Bréauté）侯爵，他的家乡有个地名就叫布雷奥泰。又如《在斯万家那边》是指斯万在孔布雷有个家，花园住宅，与之相称的德·盖芒特公爵夫人，离孔布雷数公里以外，有一块大领地，其名为盖芒特，并没有房屋居家，况且作者没有明确交待公爵夫人的祖辈是否有过古堡或官邸，反正盖芒特那边只是一片原野，麦浪滚滚。当然，德·盖芒特夫人去过几次孔布雷那边的大教堂，参加过弥撒,接见过一些贵人或崇拜者,但她亲自去那边的次数也越来越少。其实以上都是题外话,无非趁机解释《地名者,姓氏也》。主人公是叙述者马塞尔,他的内心独白是无序的,意识流的流向漫无边际、漫无方向。在这一小节中,叙述者回想少年时代经常梦想旅游,主要还是回顾经常去香榭丽舍大街遍地开放的微型花园,参加各种各样的游艺活动。就在那个时段,他暗恋上斯万的女儿吉尔贝特。

《在如花少女们倩影旁》(1922)

第一部分《在斯万夫人身旁》:叙述者主人公结识了驻西班牙大使馆大使德·诺普瓦,此公爱卖弄学问,学究气十足。他观看了著名女歌唱家拉贝玛演出的一场《费德尔》,是法国古典剧作家拉辛的悲剧代表作,讲述古希腊有一位高贵的夫人爱恋自己的女婿而自杀,了却一身。叙述者主人公还讲述了跟所谓著名作家贝戈特共进午餐。然而,无论诺普瓦还是拉贝玛及《费德尔》或贝戈特都使他大失所望。更使他扫兴的则是吉尔贝特厌倦了他的追求,根本不领会他屡屡献上的殷勤。然而一旦斯万夫人,即原先去韦迪兰夫妇家那位女常客向他敞开会客室,他便停止爱慕吉尔贝特姑娘了。

第二部分《地名者,领地也》:两年之后,主人公跟随外祖母去巴尔贝克海边度假,下榻"大旅馆":法国小城市中心地带皆有一家 Grand-Hôtel(大旅馆),一般算最高档次。尽管居住条件相当舒适,对体弱失眠的主人公,简直是受煎熬。主人公的外祖母久别重逢寄宿私立女生学校的老同学，德·维尔帕里济侯爵夫人，他们一起乘坐马车散步。主人公结识侯爵夫人的外甥，原来是罗贝尔·德·圣卢，同时认识了罗贝尔的一个叔伯：德·夏吕斯男爵，是个怪人。他还结交了画家埃尔斯蒂尔，受邀参观其画室，请他讲解自己的画作。多亏画家的介绍，他认识了一帮度假的姑娘，尤其是一名叫阿尔贝蒂娜的姑娘，爱好体育，举止放肆，反倒引起他的注意，便乘一次有利的机会，企图吻她，但没有得逞。

《盖芒特那边》（上篇，1920）：叙述者主人公家住巴黎富人区一套公寓，邻居套房平时住着德·盖芒特公爵夫妇一家。年轻的主人公灵感生辉，决意揭开这个贵族之家的神秘面纱。一天晚上，在巴黎歌剧院瞥见公爵夫人，有幸获得她一个和蔼可亲的微笑，随即一见倾心。晌午在香榭丽舍大街中心花园无法接近公爵夫人，便采取一条迂回战略：专程去了一趟栋西埃尔，看望正在那里驻防的公爵夫人侄子圣卢，希望圣卢从中斡旋，让他得到德·盖芒特夫妇邀请去做客。回到巴黎跟外祖母通电话时备感担忧，发现她病了。此时，他早已结识圣卢的情妇，其实曾在一家妓院碰见过的。终于他能在德·维尔帕里济侯爵夫人家度过一个晌午，使他最初涉足上流社会。也在这个时期，德·夏吕斯男爵自告奋勇引导他如何生活。一天上午，年轻的主人公陪伴外祖母在香榭丽舍大街中心花园散步，老人家突发小中风。

《盖芒特那边》（下篇，1921）：主人公目睹外祖母病重和死亡，一直陪伴在她周围。阿尔贝蒂娜来巴黎访问主人公：她大大改变了，无论言语还是举止，不再拒绝他的接吻和抚摸。不久，圣卢休假回巴黎，领她结识一些贵族青年。盼望已久的德·盖芒特公爵夫人晚宴请帖终于收到。主人公晚宴上见到了全巴黎上流社会人士，凝神聆听公爵夫人谈笑风生和公爵的俏皮话儿，晚会结束时对社交世俗颇感失望，尽管从此往后正式成为公爵夫妇的一名"知交"。晚宴后，主人公直接去德·夏吕斯家向他讲述晚会的境况，不料夏吕斯性欲发作，两人发生暴力场面。晚些时候，他陪斯万最后一次跟德·盖芒特公爵夫妇见面，因为斯万得了重病，不久于人世。

《所多玛和蛾摩拉》（上篇，1921）：典出《圣经》原文原说如下："神将灭所多玛和蛾摩拉。耶和华说：'所多玛和蛾摩拉的罪恶甚重，声闻于我'。""耶和华将硫磺与火，从天上耶和华那里降予所多玛和蛾摩拉，把那些城和全平原并城里所有的居民连地上生长的都毁灭了。"叙述者主人公重新回到同性恋的主题，他发现德·夏吕斯男爵和从前做背心的裁缝瑞皮安两人私通的关系。叙述者终于慷慨激昂把纵谈同性恋现象与犹太人生存状况无缝接轨了。

《所多玛和蛾摩拉》（下篇，1922）：德·盖芒特王妃主动邀请叙述者主人公出席一次晚会，不过，有好几位贵宾却拒绝向亲王推荐他，但德·布雷奥泰侯爵"当仁不让于师"，竭力推荐。这场晚会使青年主人公混入上流社会达到顶峰，从此他到处受到邀请，畅通无阻。他第二次去巴尔贝克小住，进入"大旅馆"房间突然回忆起去世的外祖母，不禁痛苦油然而生。他又与阿尔贝蒂娜重逢，跟她一起在周围散步，但她暧昧的举止引起主人公嫉妒。他们在栋西埃尔的月台上遇见夏吕斯，但见他正在追求一个年轻的军人，即军乐师莫雷尔。然后，主人公和阿尔贝蒂娜去拜访韦迪兰夫妇，在后者拥有的拉斯贝利埃尔花园住宅受到接待，在场有许多艺术家和知识分子，其中包括德·夏吕斯男爵、科塔尔大夫、布里肖教授。主人公突然对阿尔贝蒂娜不胜其烦，正寻思着跟她一刀两断。但在乘坐地区投资的小火车返回拉斯贝利埃尔时，阿尔贝蒂娜跟他谈起万特伊小姐及其女友，就像讲述两个亲密无间的熟人。主人公妒火复燃，他说服姑娘跟他一起回巴黎，并通知自己的母亲说他决定娶阿尔贝蒂娜为妻。

在《所多玛和蛾摩拉》中，普氏笔下的男女同性恋是纠缠不清的顽念，酷似魔鬼附身挥之不去。莫里亚克（1885—1970）和贝尔纳诺斯（1868—1941）这两名法国著名作家特别指出：这部小说是一部地狱指南，既富有敏锐的洞察力又毫不容情，他们的支持和鼓励是无价的，因为那个时代在法国同性恋非法，令人不齿，而普氏本人与一名飞行员一直保持同性恋秘密关系，他们被歧视的痛苦是没有人同情的，纯属另类，被打入另册。法国要到上世纪七十年代才凑合着算合法。至于中国的同性恋情况已大有改善，具体情况，笔者不甚了了，没有发言权，但衷心希望这部小说能给他们一些抚慰。笔者借此机会谨向中国的同性恋者们问候，希望他们喜欢全球最早为他们正名的普鲁斯特。

《金屋藏娇》(1923)：阿尔贝蒂娜住在主人公马塞尔巴黎的家里，受到严密监视，不许出门，但给她买许多礼物的同时，又对她在场感到恼火，因为她妨碍他写作。然而，一旦她好像要外出或只是想念别的什么人，他便又妒火中烧。他们获悉贝戈特死亡的消息，是在一次举办画展的时候。他曾去观看弗美尔·德·德尔夫特（荷兰画家）的风景画，然后又闻斯万接着也去世了。主人公独自去韦迪兰夫妇家参加德·夏吕斯男爵为莫雷尔组织的一次音乐会，男爵对受邀请的听众摆出一副真正主人的架势。叙述者侧耳旁听夏吕斯和布里肖之间有关同性恋进行的一场冗长的讽刺性交谈。莫雷尔和其他几个乐师演奏万特伊创作的七重奏，乐曲使主人公大为感动，使他明白生活被艺术改变了面貌。音乐会之后，韦迪兰夫妇挑拨是非，促使莫雷尔跟男爵闹翻了，弄得夏吕斯离开时相当狼狈。主人公回到自己家遭到阿尔贝蒂娜怒斥。从此，他们的生活变成一连串的争吵与和解。主人公寻思着跟她彻底决裂，但正当他即将一不做二不休时，她自个儿逃跑了。

《消失的阿尔贝蒂娜》又名《消失的女人》(1925)：主人公渴望重新拥有阿尔贝蒂娜，又不想见到她，便通过圣卢居间介入，交替采取软硬措施，促使她回家，同时连连给她发信，促使一刀两断。但突然听说阿尔贝蒂娜遭到意外事故去世了，反正杳如黄鹤。主人公万分悲哀，不禁回顾与姑娘在一起的全盘情景。然而，嫉妒慢慢溜进忧伤悲痛之中，于是发动调查其女友真实的生活。调查的结果来得突兀，阿尔贝蒂娜原来是女同性恋者。逐步逐步，或一阵一阵，他放任自流，很想把她遗忘，尤其当她持续不断追求一个不相识的姑娘，不料到头来她居然是斯万的女儿吉尔贝特。主人公与母亲一起游览水城威尼斯，参观博物馆，看到卡帕契奥[1]一幅画作上一个女士穿的连衣裙很像法国时髦流行的式样，很像主人公送给阿尔贝蒂娜那条连衣裙。但也只不过是心里掀起了一阵微弱的激动而已。从威尼斯回来之后，获悉一些颇为奇怪的婚姻，搅乱了社会正常处世准则，比如一位绅士娶了背心裁缝瑞皮安的侄女儿，罗贝尔·德·圣卢娶了吉尔贝特为妻。主人公在孔布雷与吉尔贝特重逢，后者亲口说从前在斯万家散步时就爱上了他。她还亲口告诉主人公圣卢不忠不贞，表现出一种同性恋的不贞。

《失而复得的时间》(1927)：叙述者结束与阿尔贝蒂娜同居时，读到龚古尔日记一篇节录。读过之后，对文学更有点儿失望。他在一座康复院住了几年之后，大战时回到巴黎。他重新踏进专搞享乐的韦迪兰社交圈子。很多人物把所有的时间用来议论军事和政治局势。圣卢在前线表现英勇善战，但休假期间常去同性恋妓院，他最后死在战场。夏吕斯被废黜，他是亲德派，要抓住一切机会满足其癖好。莫雷尔背离而去。战争结束，主人公又一次在康复院住了很长时间，之后回到巴黎。某个晌午拜访新

---

[1]. 又译卡帕乔（约1455—约1525），意大利文艺复兴早期威尼斯画派画家。

任德·盖芒特亲王夫人，原来就是韦迪兰夫人，当了寡妇后又再婚了。主人公产生了好几个强烈的感觉：院子铺面方石高低不平，餐桌上匙勺发出声响，触碰餐巾引起他不由自主地回忆起模糊的往事，恰如从前品尝小玛德莱娜蛋糕。主人公在德·盖芒特亲王的图书室等候一首乐曲结束再进入客厅时，顿时情不自禁的无意识回忆使他达到永恒的境界。叙述者从而发现风格和隐喻的文笔多么重要，进而发现亲自历练体察的经验更至关重要。乐曲演毕，主人公步入客厅，但见客人们都是熟人，早已认识，但一个个全变样了，简直恰似化过浓妆的。其中许多人改变了社会地位：奥黛特成了德·福什维尔伯爵夫人，兼任德·盖芒特公爵的情妇，公爵夫人日见自己地位衰弱。主人公还跟吉尔贝特见面，后者向他介绍自己的女儿：德·圣卢小姐已十六岁，兼容斯万家族和德·盖芒特家族的血脉。此时的叙述者主人公准备写一本自身经历的书，他构思过度的时间恰似众生和事件之间的一种协调的总体。时间对病恹恹的主人公而言明显短暂了，这就促使他赶紧写作，最快最好的办法是把许多片断并列复合成一部著作，好比搭建一座大教堂或缝制一件连衣裙。这样他将成为《一千零一夜》的新版叙述者，必将把自己的创作铭刻在大写的时间里。

如上所述，我们再次感到抱歉的是巨著《追忆逝水年华》洋洋洒洒两百万字被笔者断章取义，削减成每卷几百上千字，削成骨瘦如柴，索然无味。本文一开始已经申明，不妨再举一例，顺手捡个范例：叙述者主人公凝神听一首钢琴协奏曲，对其中一个小乐句，反反复复，动辄写出成百上千字，你怎么概述？因此，我们上述简介无非是一种引导阅读的线索罢了。从这个简单的线索至少可以看出小说故事情节极少，几乎没有什么完整的故事情节，仅是些鸡毛蒜皮的日常琐事记叙，然而这恰恰是这部巨著最突出的特点或称独创，通过断断续续，模模糊糊的内心独白手法回顾日常锱铢细事，阅读时，从这条线索去读，通过人物性格形象体验世态炎凉：贵族阶级的腐败没落，布尔乔亚的贪婪虚伪，把每个人物描绘得惟妙惟肖。一个个道貌岸然的人物实际上无一不是既狂狷张扬又偷鸡摸狗；既自以为是，夸夸其谈，又心胸狭窄，管中窥豹，一概是挂羊头卖狗肉的货色。我们甚至可以说，对上流社会人物含讥带讽，真可谓"含不尽之意，见于言外"（引自欧阳修《六一诗话》）。揭露其黑暗面可如法国十九世纪下半叶以降，直到二十世纪上半叶一百年众多小说大师们相比，是最深刻最令人心服口服的杰作。

普鲁斯特从幼年开始就是一个求索者，虽然生活条件优越，却备感孤独。他探求学问，探求真理，其目的十分纯粹，起初酷似一种宗教启蒙，经历考验，受尽委屈；当他意识到大写的姓氏，即贵族带 DE（德）的姓氏本身比戴有贵族头衔的人更平庸俗气；一名有点儿文化的资产者女性，等丈夫一死，改嫁一名德·盖芒特亲王，摇身一变为亲王夫人；一名半烟花女嫁给资产者的同时已经勾搭上一位堂堂伯爵，等丈夫一死，摇身一变为伯爵夫人。普氏旅行爱看火车时刻表，发现各个站头的地名使他浮想联翩,因为法国城镇地名古时是以贵族古堡的姓氏命名的,所以大写的贵族姓氏成了车站的名称。相形之下,每次旅行的艳遇,谈情说爱,屡屡以失败告终。甚而至于,连友谊之情也名存实亡。比如,圣卢出现之时,正逢他原先的贵族头衔被贬黜之际,甚至其他几个主要创造性人物也有同样的求索,但都没有经受住考验,皆无出头之日。比如,斯万这个艺术爱好者去世时都没有写出任何作品:他根本没有明白万特伊演奏的奏鸣曲本该引导他去研究艺术的普遍性问题,而不应该成为只是引导他爱恋奥黛特的"颂歌"。再如,审美学家夏吕斯心知肚明上流社会衰败和病入膏肓,到头来也一事无成,只是在七重奏中感知他所保护的莫雷尔有晋升的机会而已。唯有叙述者主人公,有成才的希望,途径是完成一部作品:小说,回顾自己一生的作品。

　　小说《追忆逝水年华》除《斯万的爱情》这部分之外,自始至终以第一人称"我"作为叙述者或称"主人公"直接面对读者,就像苏州茶馆里的说书先生,听众自始至终在场。主人公经历一生所有阶段,也就是叙述者所处各不相同的地点和方位,也就是说只要说书先生还在场,老听客们决不散场,双方一直牵连在一起。读者是作者私房话的接受人,也是作者表演的观众,也就是说读者相信作者所说所做的一切。而实际上,作者把书中的人物早已改名更姓或张冠李戴了。例如《金屋藏娇》主角之一阿尔贝蒂娜,是主人公的情人,但在作者普鲁斯特本人真实生活中的情人是一名男子,名叫阿戈斯蒂内利,是个飞行员。在小说中就有一些章节的文字是直接移植普鲁斯特与阿戈斯蒂内利两个同性恋之间的通信。别的例子很多，仅举此例，足以证明叙述者就是普鲁斯特的代言人，况且他在《失而复得的时间》中承认："**我亲自经历的事情是我创作文本的素材**。"当然，占全书的比例很少，即使跟他亲身经历近似的，也是改头换面的。

其实，普鲁斯特对现实对人世对艺术的观念在早期创作已经有过阐述，在《驳圣伯夫》（请阅拙译序言）已经相当广泛展开了，最后在《失而复得的时间》中有过全面阐述。值得一提的是，他论述观念是通过自然而然的聊天谈心的方式进行的，片段又是分散性的，并没有任何系统性。比如叙述者跟母亲聊过一次文学，然后分散在小说各种议论之中，片断式在各种场合表达自己的文艺观点，当然最多是在主人公碰上艺术作品的时候，比如谈及贝戈特的小说，埃尔斯蒂的绘画，万特伊和瓦格纳的音乐，跟阿尔贝蒂娜谈文学，阅读龚古尔兄弟日记引起的沉思，最后在德·盖芒特亲王夫人家高谈文学。当然最引人注目的部分是普氏本人的文学创作。

我们知道普氏在文学创作中，心理分析的构成部分涉及记忆、睡眠、做梦、习惯以及神经系统功能紊乱，而涉及美学和普通哲学则主要通过与哲学家们的通信表达他的见解：他把自己的艺术观视为人类最高级的活动，而把音乐视为艺术之首。作为对前人的报答，他多次公开感激多位法国大作家：塞维尼夫人，夏多布里昂，司汤达，巴尔贝·德·奥雷维利，巴尔扎克，福楼拜，奈瓦尔和波德莱尔。但他也抨击一些作家和批评家，主要是批判很具代表性的圣伯夫，特别批评圣伯夫喜好实录别人的经历、传记、轶事、趣闻、交谈，称之为"笔记"文学，即枉然实录真实，将其讥讽为"军事文学"。我们注意到普氏不批评理论家，而批评作家和评论家。如果说普氏论说的心理学部分在他的青春期已定下基调，如果说瓦格纳珍视艺术互通的想法以及重视主导题材都对普氏产生过重大的影响。那么普氏更为个人独创的部分则是隐喻的构思，与无意识构思并行不悖：两者在时间和空间是隔离的，即可以通过头脑机智或智力使两者更加接近，中国古人云："万物并育而不相害，道并行而不相悖。"（引自《中庸》）那么，两者完全可以通过并驾齐驱，最终相反相成，合而为一，从而喷发一种本原，一种根本性实体，一言以蔽之，一种独创的本质，即**普鲁斯特独创文学风格**。

因此，《追忆》不仅提出自身独特的理论，而且多次在文中落实，即实践自己的理论。比如，有关马丁维尔的钟楼那个篇章便是未来的叙述者第一次文学练习，载着印象派技巧和隐喻；又如，对埃尔斯蒂油画的描绘是一种文学隐喻化的绘画移植；再如，钢琴奏鸣曲，尤其是后来的万特伊的七重奏，把音乐艺术演变成一种文学模式，他表达出感知力最私密的细微差异，主人公自身经历的小说化越到后期越显而易见。比如《金屋藏娇》，女同性恋者阿尔贝蒂娜夸奖冰淇淋时，摆出她男友的"来世风范"，是一幕名副其实的自我仿制剧；更如贝戈特病入膏肓时很是懊丧,透露出主人公自我批评的语气,他觉得最后几个章节的笔调"太过枯燥乏味",这算是普氏难得的谦虚吧。其他的章节段落属于负面的自省性,行文令人产生深远的负面影响,是普鲁斯特竭力避免的模式:诸如布洛克和德·维尔帕里济侯爵夫人,还有女佣弗朗索瓦丝以及巴尔贝克的报信者们的"顺口溜儿",甚至龚古尔兄弟的艺术风格。

综上所述,小说的结尾使读者处于一种有悖常理的境况,荒诞得离谱儿,但恰恰是作者有意为之,主人公对自己表现出极大的自信,其实言下之意是对即将结束的七本系列作品宣示他所谓的小说准则。然而,实际上最后几卷,比如《金屋藏娇》,叙述者主人公出于嫉妒,不许她外出搞同性恋,是她本人同意的,哪怕是违心的,她心里倒也爱马塞尔,但没兴趣跟他做爱。因此,译成中文《金屋藏娇》比把 La Prisonnière 译成《女囚》更符合小说内容。这不,这种居家隔离并非拘禁,与司法无关。男女之间恋性隐私,一个女同性恋,一个男同性恋,偏偏一见钟情,可是每次做爱总不成功,"性趣不同呗",可又不愿意对方跟别人做爱,便把她藏在自己身边。女方实在熬不下去,便私自脱逃,从而进入《消失的阿尔贝蒂娜》(又名《消失的女人》),其内容已在上文做了交待,不再赘述。

当我们仔细阅读《金屋藏娇》和《消失的阿尔贝蒂娜》(又名《消失的女人》)便会发现普氏下笔动辄双管齐下,既按自定的小说准则,又不受准则限制,信笔写来便好。一方面倾向于按照撰写《失而复得的时间》所定下的规则，即普遍运用隐喻。同时探索寻求重大的心理学和社会学的规律，以及富于现实事物的分散片段所组成的公设单位元素；另一方面，连带自始至终不按命题不按年代的写法，不断组合片断，以不同的方式重新进行调整，以至于叙事不连贯不协调，故意形成"千疮百孔"，而往往初读者则感觉不出来，因为普氏"采用"障眼法，面具鲜艳夺目，语法和逻辑着力于清晰，挺招人眼儿的。再说，智力至上往往忧心忡忡地把某个措辞用作相反的意思或补充的意蕴，甚至有可能与之应和。

普氏明确指出："**风格不仅是个技术问题，也是个视觉视野问题。**"我们在《译本绪论》第五节已有详细论述，笔者意犹未尽，不妨再补充几句。这不，普氏的风格一目了然，一眼便看得出与众不同，是与他的艺术观紧密相关联的，并在各个面上相向而行，相得益彰，从措辞到叙事结构，一概如此。他把两种感觉相同的性质贴近时即组合在一起的同时，将其共同的本质释放出来。通过一个隐喻，使两者逃脱时间，释放出偶然性。这既是智力活动的艺术形象，也是感情现象总和的艺术形象；通过前者，我们抓住一个真相，在其抽象的并可感觉到的两个方面真相；后者由于拥有共同的元素以及"和谐"使我们抓住某种可以使时间升华的东西，使我们获取快乐，更有甚者，此乃小说结构的艺术形象，既然我们所掌握的真相迫使我们将其表达出来使之别具一格，还必须使上列艺术形象的构成部分变成某种优美风格必然的环节。结论是：**有现实便有风格**。

然而，隐喻之所以具有上述种种抽象品质，是因为隐喻普遍触及具体事物，至少一个词语表示一个事物，始终不渝召唤我们感觉器官的想象力，召唤我们经历过的经验。由此，我们阅读的回忆把孔布雷教堂敲钟声跟金色的阳光组合在一起，把早期斯万的一次次来访与一篮篮覆盆子和一小把龙蒿组合在一起。每当我们使隐喻符合普氏所描绘的运行方式得到最广泛的采用，隐喻便加入叙事文本结构，经常使原先不搭界的元素互相靠近甚至接合。最明显的事例便发生于《在斯万家那边》和《盖芒特那边》，起初"两边"的情况截然不同，青葱拌豆腐一清二白，可故事快完之时，读者则发现"两边"人马，只不过是芳邻同类，一路货色，甚至一丘之貉。这样的情况，在七卷《追忆》文本中是常态。比如，威尼斯简直就是另一个孔布雷，一些人物和处境初期也有天壤之别，后来慢慢接近，以至于叙事文本之所以站得住脚，多亏了分布在漫长篇幅中的种种"应和"。作为传承接替的过渡，在某个居间层面上，艺术形象是与文本的扩张组合在一起的。隐喻的性格化往往折射客体的自然环境，盖芒特那边一望无际的麦浪滚滚，很远处矗立的钟楼就像一棵麦穗；又如在海边一些平常的东西使主人公想起一条鱼或一个贝壳。因此，隐喻便拥有了换喻的根基，当然更有小说原创性隐喻特性：例如两次无意识回忆中的小玛德莱娜蛋糕。这种原则性隐喻特性引起广泛的文本扩张，比如有关孔布雷整个儿文本从茶杯喷薄而出。这样的例子举不胜举，读者可以自个儿举一反三，必定获益匪浅。

再者，普氏文笔风格连贯有秩的遣词造句，谨请注意，所谓句子，在普氏笔下，意味着文句、乐句、画句。普氏风格得以实现基于上述三类句子的框架，基于作品复现循环的多种题材：比如，主人公是在欣赏贝戈特优美的乐句之后，才萌生从事文学的念头，这个小小的乐句在主人公的脑际久久回旋，挥之不去，是作家万特伊所谱的奏鸣曲，是他的珍宝，而正是这个乐句在别的乐句配合下成为七重奏的格局。同样，某些作家所鼓吹的典型而重大的敏感题材，比如罗曼·罗兰的作品，被普氏斥之为"典型的夸夸其谈"。要是把这个概念跟普鲁斯特的创作联系起来，人们就会确认句子就像在贝戈特手下一种艺术质料语言原始已知项的加工所：艺术质地的语言被形象镶嵌，被充满声音后循环。这个乐句的语言呈现在黄色墙壁的小块面积上的形象，呈现丰富多彩的细节恰似贝戈特手下一种艺术质料原始语言已知项的枷锁，恰似贝戈特欣赏荷兰画家弗美尔·德·德尔夫特的风景画《视野》。

在一般情况下，普氏采取双重行文，一对一双向前推进，第二个用语说辞经常有所发挥铺展；采用同源同形，后者为异文，具有广延性，前者与后者相连，属于同一个结构；后者较复杂，音乐似的循环往复，其元素每隔一段时间或一段距离重新出现，环环相扣。这两种形态，确切说，这两种调式，属于音乐范畴。

读者心中有数，故事的主人公处于什么位置。因此，可以叮嘱读者注意音乐的类型。普氏喜欢绕圈子，放慢速度和深挖细掘，往往引导读者进入深邃闳阔的意境。

上述两种模态（调式）属于音乐范畴，看不出对故事主人公而言占据什么地位。因此，作者面对韵味最丰富的时段产生犹豫的读者给予音乐型的关注，任凭音乐节奏与文学接合摆布。反正以后阅读总会使他回想得起其细节的。确实，普氏喜欢拐弯迂回绕行，喜欢减速缓和慢行，而遣词造句恰似其构思小说，一概如下：先前敲定提纲，绘制蓝图以及设立垫底，即先准备好精采的垫后结尾，然后铺展中间阶段，充实内容，承上启下。他的小说整体极少出差错，完美无缺掌握周期性循环，并运用和谐复合句型，驾驭全局，天衣无缝，却往往将其"喂得太饱"，以至于"肚子过于膨胀，把句型框架炸开了"，即打破了作品布局。于是把"炸出来的"片段以及硬塞不进的东西，统统拼凑在最后，对不起，顾不上章法了。妙就妙在，普氏根本不把传统写作章法放在眼里，我行我素，只要细节优美就好。我们不妨举几个模仿现实生活事例的组合搭配："柔韧如天鹅般的脖子"，"空气侵袭的抽气机"，"奔腾直泻的瀑布"。好就好在，普氏并不滥用这些手法，只在最初和最后的章节，无论精心准备，还是突如其来，必要时运用一下而已，比如女歌唱家拉贝玛在演唱《费德尔》达到高潮时，或他观看几个芭蕾舞女演员的舞蹈突然使他想起马丁维尔钟楼敲响时的摆动铜钟。我们若从上述几个方面评说普氏风格,可以得出的评价是,他称得上一身兼数职:小说艺术家,诗人,画家,建筑师,音乐家。

另外,普氏述评的另一大特色是他的评论:书中人物的任何行为任何陈述任何想法都摆脱不了叙述者"我"的操控。整部《追忆》皆于一种意识之内展开:不仅一切都经过作为判断对象筛选,而且种种现象本身早已被情感化的记忆过滤过了,是根据失而复得的时间指标筛选过后重建的。由此而获得前后协调一致,也由此而产生的说服力足以使读者获得身临其境的认同。读者感到小说吸引力有几个构成部分:首先是拟态的构成部分,今天的读者,哪怕是法国的普鲁斯特迷们能够处于拟态的构成部分之中,自我感觉像普氏本人或笔下的主人公,确实少之又少,要是有的话也只是凤毛麟角。谚曰:"学如牛毛,成如麟角。"这不,社会的典型人物大大演变了,人与人之间的关系今非昔比,一言以蔽之,普氏本人以及笔下的人物早已进入博物馆,我们作为读者好比一次次参观博物馆看画展,或去音乐厅听音乐会,或参观游览古堡教堂。

《追忆》压根儿就是大大小小的舞台,上演一场场大大小小的悲剧、喜剧、悲喜剧,抑或戏剧小品。反正,普氏笔下的人物包括叙述者主人公一概陶醉于玩手腕、施伎俩,陶醉于扮演人物逢场作戏:莱奥妮姑妈跟来客周旋颇有手腕,冒充高雅的势利小人勒格朗丹,老女佣弗朗索瓦丝与厨房姑娘帮手明争暗斗,尤其是孔布雷两边:斯万家那边和盖芒特那边几次礼仪式散步,主人公使出小小的诡计便获得德·盖芒特公爵夫人的接见，从而成为常客，女演员的双重人格，主人公外祖母病危时公爵和医生们多次上门探访，贵族家庭大型聚会宴请：进入德·盖芒特家餐厅时，主室摆着舞台式表演姿态，宾客们活像一组喷水柱，而公爵保持距离的致意招呼；夏吕斯发怒的情景；斯万向公爵夫人最后告别；拉斯贝利埃尔的独幕短剧在《金屋藏娇》中阿尔贝蒂娜睡醒的情景；两个同性恋男人的居家隔离；巴黎喧哗的歌剧院；贝戈特之死；韦迪兰夫妇家大型音乐会；莫雷尔与夏吕斯决裂的一次"排练"；主人公与阿尔贝蒂娜故作风雅的调情谈话；建议圣卢把阿尔贝蒂娜带回巴黎的场景；威尼斯变化不定的背景；奇怪婚姻的剧情突变；战时的巴黎情境；夏吕斯主动受鞭笞的场面；盖芒特最后的午宴狂欢作乐；叙述者未来小说的故事梗概。一言以蔽之，普鲁斯特通过一个个大大小小的场景以嘲讽的笔调，赤裸裸地揭发没落的贵族以及没有文化的男女布尔乔亚种种丑态。作为观众的读者根本不必要与俄耳甫斯握手，只是观众而已。我们看得眼花缭乱，或受到感动，或受到惊吓，或产生恻隐之心，或感受教益。反正，我们毫不矜持地报以热烈的掌声就是了。

最后，译者笔者最受感动的，也最受教益的，是体弱多病的普鲁斯特超负荷的工作精神：他每时每刻每个动作每句话，吃饭、睡觉、做梦、洗澡、穿衣、散步、旅行都是他创作的组成部分：简直成了写作狂人。普鲁斯特借《追忆逝水年华》主人公叙述者在最后一卷的手稿中对自己身体状况写下一句遗言：

"我向自己垂死的生命强加起人命的辛劳之后终于被打垮了。"

沈志明

2020年6月底 COVID-19 半居家隔离于巴黎

附录重大历史事件：

德雷福斯案件（Affaire Dreyfus）：

1894年至1906年，法国犹太籍军官德雷福斯，因所谓泄露重要军事机密遭到审判后逐放孤岛的处分，案件引发了一场政治和司法危机。主张重审德雷福斯案件的叫德雷福斯派。他受到两次军事法庭审判，第一次1894年在巴黎，第一次重审1899年在雷恩；然后第二次重审于1903年11月。最后，于1904年7月雷恩最高法院撤销判决，并无需别的司法机构重审；受到反德雷福斯派强烈反对。而拥德派首领皮卡尔当时是准将旅长，最后克莱孟梭政府委任他担任国防部长（1906年10月）。

《在斯万家那边》译本序

译者题献：

文以载道："文所以载道也。轮辕饰而人弗庸，徒饰也，况虚车乎。"

——引自宋·周敦颐《通书·文辞》

译者摘录普氏著名小段落之一：

斯万劝道奥黛特："你是一汪未定型的水，顺着别人给你安排的斜坡往下流；你是一条没有记忆和不会思考的鱼，只要生活在玻璃水族缸里，就会每天上百次碰撞玻璃；一直以为那也是水。"

一、孔布雷

《孔布雷》居《追忆逝水年华》之首，以一个地名作为第一章节标题说明七卷叙事发生的核心地点，也是叙述者主人公马塞尔童年时期，一生开端之场所。作者描绘主人公童年时代生活，其中包括与家人和朋友户外散步，接触大自然，是全书重要组成部分之一。大自然，即空间与时间相辅而行，相安相得；既相辅相成也相反相成；甚至相为普氏回忆承受的形式之一，把孔布雷塑造成想象的地理方位，成为一处虚构的地点。

伊利埃，隶属厄尔-卢瓦尔省的一个城镇，是主人公老爸，阿德里安·普鲁斯特博士的出生地，那里一直住着主人公的一些堂兄弟，那里也是主人公家庭度假地点之一。奥特伊这个村庄归巴黎管辖，始于1859年，位于巴黎西部，主人公的父母常去小住或度假。马塞尔就是父母度暑假时出生在那里的，确切日期是1871年7月10日。一般来说，主人公家在奥特伊度短假，而在孔布雷度长假。这么说的话，既然伊利埃（实名）就是孔布雷（虚名），那么圣伊莱尔城的教堂圣伊莱尔教堂和同名街道实实在在位于该城圣伊莱尔街了。但圣伊尔德加特是小说中的虚名。孔布雷是著名的凯尔特人（Celte）的姓氏，意味着记忆承袭凯尔特的隐语，记忆凝结在孔布雷，继而成为一种空间和时间的凝结体。何况，叙述者并非唯一的人物怀着激情和乡愁。这不，连弗朗索瓦丝也不禁叹道："假如我有干面包吃和干木柴过冬取暖，我早就跟亲兄弟在孔布雷自家简陋房过日子了。"孔布雷，失去的天堂，小说数不尽千丝万缕的激情和乡愁。咱们不妨借此引用一句中国古词，可与普氏最拿手的隐喻相媲美："道旁杨柳依依，千丝万缕，拧不住一分愁绪。"（引戴石屏《怜薄命》词）

孔布雷是个小村庄，大家彼此熟悉：日常生活可从莱奥妮姑妈的房间开始，屋子向外释放烹饪的香味，由此引申的种种隐喻遍布全书；教堂给人最初引起五光十色的感触，甚至艺术的激情；地方贵族的姓氏令叙述者喜出望外，甚至入迷销魂；他醉心于历史书籍，享受乡镇向四周伸展的条条道路，可以随心所欲散步远足。对孔布雷的描写层见叠出。这不，村庄受到不同人物和不同角度、不同地点出发的视线描绘，从远处、从近旁相得益彰：教堂位于小城中心，经叙述者长篇描述之后脱颖而出两种相反相成的审美；本堂神父的审美和叙述者外祖母审美：后者是令人生畏的现代主义审美，前者是考古学家文雅得体的审美，但两者都喜爱古老的钟楼。

从孔布雷出发有两条路，两边都是步道，其方向则相反。叙述者从家门出来散步，可选择其中一条：一边是梅泽格利兹酒乡，按叙述者父亲的说法，"眺望平原的理想之地"，而盖芒特那边则是"眺望河流的理想之处"。"理想的"这个形容词的概念有助于处在这些景色中凝望幸福：这不，叙述者主人公在斯万家那边的唐松维尔感受到第一次性欲，而在盖芒特那边的马丁维尔感受到写作的欲望。

所有的人物，或近或远，都落入孔布雷这张"大网"里。一种浪漫的原动力与叙述者的个人命运相交时发现了千丝万缕的联系之强度、之坚韧、之无所不在。孔布雷是村庄，也是个小部落，几乎具备动产性质的意义。叙述者在孔布雷没落时伤心感叹道："孔布雷一族，即像他外祖母和母亲那样绝对贞洁的族群，几乎灭绝了……"

在读者眼里，不同的人物保持着如同莱奥妮姑妈与孔布雷居民们相类似的关系，每个居民都互相认识，无论人与畜，彼此互相念叨。大家都知道的临摹孔布雷教堂彩画玻璃的画家必定是埃尔斯蒂。如果说韦迪兰小圈子在孔布雷好像不为人知，韦迪兰夫人变成德·盖芒特亲王夫人之后，已经进入这个大贵族家庭："他们的姓氏和人物被视为孔布雷的持有者。"普通百姓为资产者，上流社会是贵族，在孔布雷也两边分开，互不干扰。

然而，叙述者本人在孔布雷的经历胜过其他人物，因为他从童年、少年一直到晚年逗留的时间最长。如果说他是在孔布雷开始想象爱情而在唐松维尔对爱情绝望，面对他不再产生性欲的阿尔贝蒂娜，那么他也是在孔布雷设想死亡，并见证死亡来临。莱奥妮姑妈是家中第一位成员被追忆死亡，没有痛苦的死亡，被描写得淋漓尽致，那么孔布雷教堂内德·盖芒特偏祭殿是小说中所有盖芒特家族成员的最终目的地。

孔布雷，这个想象的地名是由回忆和叙述双重诉求组成，塑造心理中继站，构成叙述者感知和欲望的"理想"，正是这种唯一的欲望激励着叙述者把小说写完。

二、在斯万家那边

对童年时期的叙述者来说，孔布雷拥有两条散步大道：一条通往德·盖芒特古堡（传说中存在过，早已不复存在了），另一条通往梅泽格利兹酒乡，又称为斯万家那边，是较短的步道。叙述者从未到达过梅泽格利兹，斯万家花园住宅是他到达的顶端。《追忆》第一卷是组合拼凑结构：《在斯万家那边》是硬插进去的，是作者故意而为的，创作风格的一部分，就是说把几个不连贯的章节凑合一卷出版，《追忆》共七卷，每卷如此，像一幅印象派的画，局部看不出什么名堂，组合在一起，虽然斑驳陆离，却"五光徘徊，十色陆离"（引自南朝·梁·江淹《丽色赋》），美不胜收。

然而，盖芒特那边的世俗地区同样分布在伊利埃，位于两条大路的直角地段，经过维尔邦的省际公路和经由梅泽格利兹公路形成。去梅泽格利兹那边首先要穿过整个孔布雷村庄，即圣灵街，走过两旁的商店，遇见街上的民众。我们欣赏警务所屋顶上哥特式鸽型建筑，却避开位于唐松维尔的斯万家住宅花园，自从他与奥黛特·德·克雷西结婚之后，我们从横穿田野的小道过去，一旦进入田野，我们便在梅泽格利兹活动了。左边的村庄叫尚皮厄，右边可瞥见远处的小麦，以及更远处的圣安德烈田园教堂一对钟楼，既修削秀细又土里土气的，我们走过音乐家万特伊住宅，茂密的鲁桑维尔松林一直映入眼帘，但天气经常变坏。

这种穿过田野的散步，叙述者自个儿经常单独进行，尤其在莱奥妮姑妈去世的那个秋天。他并没有利用自己的孤单寂寞再去布满山楂花的山坡和窥伺斯万小姐。但沿着离开家住村庄的路途，始终与鲁桑维尔松林的地平线相向而行。尽管这个城镇不允许违反圣经旨意，叙述者依然实现其两次决定性机缘相交，从而完成性欲设计：在唐松维尔与吉尔贝特·斯万相好，又在蒙茹瓦与万特伊小姐相好，同时获得两种惊喜，使性欲蜕变而永远将其化为令人喜悦的象征：山楂花和圣安德烈田园教堂。

如果说盖芒特是智力之极、贵族高雅之极、时髦之极，磁化般吸引叙述者欲求荣耀，间接地渴望文学创作，那么斯万家那边则体现家庭的天地，感情的世道，隐私的领域。《在斯万家那边》就目标而言，小说家并不追求诗意，而是能够将其引出诗意：

"这个朴素的书名，现代的、真实的、灰色的、暗淡的、酷似一次耕耘，从中可以冒出诗意。"这种灰而暗的内涵反映确凿描绘孔布雷："有点儿凄凉，阴沉，街上的房屋全是用当地黑魆魆的石头建筑的。"斯万家那边是叙述者家友的花园住宅，村庄里的一个邻居。正如人们日常问话："您去罗斯当先生家那边吗？"这是人名地名研究创造的领域，审美情趣的领域，色情梦想的领域，羞愧表述的领域，叙述者无意识的领域。

三、地名者，姓氏也

在《地名者，姓氏也》中，普鲁斯特探索姓氏如梦似幻的格局和含量，朗朗上口的功效激发意象，导致构建一种实在，扎根于意涵（signifié，又译所指或词义），派生出意符（signifiant，又译能指，含义），况且，符号两者之间的错位构成这种梦幻似景的反面：现实则按部就班地一贯背弃姓氏所引起的形象。因此，姓氏成了普氏创作始终如一的心事，可谓挥之不去的内心纠结：众多的姓氏魂牵梦萦，形成普鲁斯特虚构创作的重要素材。

在普鲁斯特的心目中，姓氏处于十字路口：梦幻的十字路口，真实的十字路口和文学的十字路口，既是诗的本原，也是诗学的赌金，因为诗学处于现代化转折点上的语言危机之中。普氏揭示这种现象，是想通过姓氏彰明若揭的谬误，即贵族谬种，真可谓："所取之士既不精，数年之后，复俾之主文，是非颠倒愈甚，时谓之谬种流传。"（引自《宋史·选举志二》）抑或作者通过布里肖之口批评本堂神甫口中词源的词义错误，抑或指出女佣弗朗索瓦丝口误，如把 Alger（阿尔及尔，阿尔及利亚首都）说成 Angers，昂然，法国城镇名，现为市名，位于曼恩·卢瓦尔省。

姓氏寿命和事物寿命之间的区别，可以被视为症状，涉及言语的问题，揭示意涵与意符不相适合。其实，普氏的深意在于通过姓氏的探讨建议双重超越，让自然主义和象征主义的立场背靠背获得双重超越。因此，对姓氏年代人名地名研究所抱的梦想具有象征主义幻想的性质，根据这种幻想，言语适宜于表达超乎表象的事物，适宜于一口气表示客体及其本质。事情事物所经历的岁月摧毁了愿景的差错，但并不因此而肯定现实便优越于梦想。

普鲁斯特赋予文学重新创造个人印象的本质为目的，授予语言一种崭新的地位，因为姓氏所揭下的本质始终关系到个体的人，并非如象征主义者们所鼓吹的那么绝对。同样，提高感悟经验的地位是通过个体实际生活经验作为书的素材而确立的，而书的素材经过现实主义文学严厉批评之后有所节制罢了。这种崭新的语言地位说明申张姓氏和把姓氏写入小说并且凸显风格与姓氏之间的密切联系都是必不可少的。

"我的记忆空间逐渐被姓氏填满，"叙述者主人公写道，"互相有关联的姓氏井然有序地排列组合起来,一个套一个,越联越多,形成一张张关系网,如同一幅幅业已完成的美术作品,没有一笔是孤立的,每一方都接纳其他各方的生存依据,同时加强其自身的生存依据,我们摸不透一个资产阶级家庭的起源,而在一个姓氏光辉的反射下我们则清晰看到诸如盖芒特夫妇这样的人家某些神经过敏特征的起源和持续性,某些恶习的起源和持续性,某些放荡行为的起源和持续性。"

四、斯万的爱情及其性忌妒

斯万一生一世不顾一切爱了一回,爱得昏天黑地,甚至不顾耻辱公开做乌龟也乐此不疲,而且至死不悔。尽管他根本瞧不起韦迪兰夫妇,特别是夫人。他被开除出韦迪兰夫妇的小圈子,半老鸨似的韦迪兰夫人把半烟花女似的奥黛特推到小圈子另一名成员德·福什维尔伯爵的怀里,抛下斯万去海外旅行,却让斯万开支票。被抛下的斯万立即照办,屡试不爽。因此,斯万的爱情成了一种疾病,已经大大扩散,跟他的一切习惯、一切行为,跟他的思想、跟他的健康、跟他的睡眠、跟他的生命,甚至跟他身后的遗嘱紧密相连,已经完全与他融为一体,以致不可能切除病灶而不损害他的全身,正如外科大夫所说,他的爱情已无法动手术了。

那么,什么是斯万式的爱情呢?爱情由无数相继的性爱组成,猜忌则是各种不同的怀疑和醋意的相加，两者虽然瞬息即逝，却由于无数次不间断的出现，给人以生生不息的印象和协调一致的幻觉。斯万的爱情之所以生生不息，他的猜忌之所以执著不移，是因为无数次性欲、无数个怀疑的不断消亡，有始无终，而这些性欲和怀疑皆以奥黛特为对象。问题在于他心知肚明，自己坦率承认："真想不到，我浪费了几年光阴，巴不得去死，为的是把我最崇高的爱情献给一个我不喜欢的女人，献给一个跟我不是同一类型的女人！"

正如叙述者主人公指出："这个斯万，他放弃考察植物学的散步，不得不与一个不光彩的女人交往，两弊取其轻；我选择了前者，他选择了后者。"其实承受做乌龟骂名在生活中时有发生，古今中外，皆有先例。作者在漫长的生涯中见过两例，深感同情可怜，决不像有些人那样背后嘲笑。最后，普鲁斯特通过笔下主人公对斯万的爱情做了精彩的结论："斯万在艺术创作上不得志，在爱情上又失意，而听到演奏万特伊那个小乐句却满怀喜悦，难道阴差阳错了吗？后来七重奏那个红色而神秘的召唤使我预感到这种喜悦，其神奇的程度超过奏鸣曲小乐句，可惜斯万未能享受到，他已去世了，像许多死者那样，在他们身后，其真理才显示出来。况且，奏鸣曲那个小乐句对斯万毫无用处，因为乐句可能很好地象征一种召唤，但并不产生力量，也不会使斯万变成作家，他原本就不是作家嘛。"

爱，这个字，在《追忆逝水年华》皇皇三千页中至少出现几百上千次，但这个字本身的涵义并非是普鲁斯特要诠释和描绘的，《罗密欧与朱丽叶》中爱情连一点儿影子也找不到，但这并不妨碍他高度赞赏莎公，很多次提及莎公名著都赞不绝口。这不，普氏压根儿不信世间有纯爱：爱情（心爱加性爱）在普氏笔下压根儿不存在。当然，他并不否定纯爱的优秀文学作品，却竭尽全力挖掘爱情所引起的一切副产品：忌妒、焦虑、观淫癖、手淫、性爱三角关系，受虐狂和自虐狂、同性恋以及自恋癖，并将其贯串其作品始终。但请注意，没有丝毫具体的色情描述。普氏高明之处，在于只是蜻蜓点水提一下，立刻详实描述其恶劣的后果，一个个搞得很惨。

至于心爱或情爱，开始譬如母爱，一般母亲偏爱接班人大儿子，而她的爱因为儿子的哮喘或其他疾病加深了。顺便说一句，普鲁斯特本人的哮喘病自1881年开始加剧。心慌意乱的恋己癖日益加剧，因为需要被爱。到了这个阶段，心爱（情爱）与性爱（性事）彻底分离，或朋友或情人。三角关系仅仅有利于观淫癖，实际证明偷看者皆为性无能者，只会加剧嫉妒，其结果没有赢家，三方皆为输家，互相伤害。消极的被动的同性恋招致手淫和自虐。

在这部所谓爱情小说中，斯万是唯一心爱加性爱坚持爱情生活一生的人物，至于其他玩弄一下女人，在马车里或在孔布雷跟女佣或农家妇女乱搞一下，发泄兽欲而已。在斯万眼里，奥黛特就是一切，为了她，可以不惜破产，虽然妒火中烧，却付钱让她跟别的男人到处旅游而将其抛下。因此，在普氏笔下，最有特色的爱情方式是主观塑造爱情结晶，诸如给她献上一朵卡特来兰花，赠一幅波堤切利的《叶忒罗的女儿》，说什么奥黛特长得和她一样美。更神的是万特伊演奏的奏鸣曲中的小乐句，都是真正情爱的象征。对于主人公马塞尔来说，吉尔贝特的玛瑙弹球（la bille，弹球，法语俗语意为"和善的面孔"）成了爱情的象征，更有甚者，主人公把阿尔贝蒂娜脸上的痣视为爱情的象征。但不管怎样，爱和钱必须相辅而行，在普鲁斯特那个时代的上流社会，不存在没有钱的爱情，不管是结婚还是养个情妇。因此，所谓爱情，注定是短命的，因为有钱才能占有，而占有往往得不到真正的、纯洁的爱情，故而爱情短命在那样的时代、那样的上流社会是规律、是法则。但马塞尔一些时间之后并未因此而成为斯万家的熟人。主人公马塞尔喜欢听斯万讲巴尔贝克的教堂，以至于一听见孔布雷家大门铁铃轻微的哐当响声，他的心就激动起来。由于唐松维尔处在梅泽格利兹那边，主人公家习惯把"斯万家那边"和盖芒特那边作为对称。叙述者是在斯万的引领指导下，读懂荷兰大画家弗美尔·德·德尔夫特，意大利画家乔托和波堤切利以及圣西门的著作，主人公感激之情溢于言表，况且斯万决心誉写一篇有关弗美尔的论文，但至死未了这个崇高的心愿。主人公叙述者逐渐发现斯万患有偶像崇拜的恶习，再加上艺术猎奇的爱好，妨碍他成为一个创作者。事实上，他犯有精神缺德症，利用审美装饰点缀肉体爱恋：斯万对奥黛特的恋爱基础是深入透彻了解奥黛特不为人知的生活生理秘密，奥黛特的形象耗尽他全部的幻想，连她的躯体都成了他喜爱的玉体，尽管他承认她不是他所要的"女人类型"。这不，在她之前，他不知道玩过多少女人了。也许奥黛特的外貌减弱了一点儿斯万对她的爱，然而这种外表的缺失恰好又被她酷似"叶忒罗的女儿"，即西斯廷小教堂波堤切利的壁画所抵消了。很长一段时间，斯万不敢向奥黛特要求"极度宠爱"（即肉体做爱），所以他一直生活在一种痛苦的心浮意躁之中，结果还是向她要了一个吻，然后占有了她。一旦钟情，斯万便觉得什么事情、事物都具有新的魅力：他依恋到甘受被奴役得难堪的地步，揣测会对他的爱情不利，那么爱情只是一种审美情趣了。在一次音乐晚会上，斯万发现他的爱情是一种主观状态，跟任何现实意义无关，而万特伊奏鸣曲的"小乐曲"倒是给他揭示了原本的现实，成为他们爱情的"国歌"。这个"小乐句"把一种崭新的美引入斯万的生活，给他的感知力增添一种更大的价值，似乎向他宣告恢复青春的可能性，斯万诉诸这个"小乐句"仿佛向一个女密友倾吐其爱情。后来，斯万开始被奥黛特搞得痛苦不堪的时候，他在德圣厄韦尔特夫人家听到万特伊的小乐句，唤醒他回忆的实质内容，把他恋爱的时日奉还给他，同时向他显示回忆引起的非同寻常的欢乐所产生的幸福。

然而，斯万明白了奥黛特不再爱他之后，当她不在时，几乎可以遗忘她了。不过，做梦仍旧爱她，忌妒唤醒他的焦虑，因为他怀疑德·福什维尔先生也是她的情人。于是一个晚上，从奥黛特家回家之后觉得不对劲儿，返回到奥黛特的窗下时见灯还亮着，便以为发现情妇背叛他了，但也许搞错了窗户，回家以后，色情的回忆拨旺了妒火，便偷看她写给德·福什维尔的一封信更是妒火上加油，忌妒一点点延伸到奥黛特全部的过去：他甚至听说她跟一些女人乱搞，并经常去妓院。人不断夸大这种感觉，时而平息，时而复发。但最终拿到奥黛特背叛的证据时，他已经不爱她了。况且，他已经成为她的丈夫了，便跟别的女人乱搞了。

献给加斯通·卡尔梅特
谨致情深意切的感谢[1]

沈志明
2020年7月底于巴黎

---

1. 加斯通·卡尔梅特（1858—1914），时任《费加罗报》主编（1900—1914），曾在《文学副刊》发表普鲁斯特多篇散论和《在斯万家那边》零星片断，并促进出版其书，事虽未果，作者仍致谢意。后被当时财政部长之妻暗杀。

第一部分 孔布雷

一

好久了，我一直早睡。有时，蜡烛刚灭，我的双眼随即闭上，快得来不及思量："我睡了"。半小时后，我想是该睡着了吧，这想法反倒把我弄醒了；我以为手上还捧着书，所以想把它放下，把灯火吹灭；似睡非睡的那会儿，我不停地想着睡前读的东西，但想法有点特别；我觉得书中讲的事仿佛与我密切相关：教堂，四重奏，弗朗索瓦一世和查理五世的纷争。这种似以为真的感觉在我惊醒时还持续了几秒钟；我并不觉得它违理，但它像玳瑁眼镜似的挡着我的眼睛，使我意识不到烛火早已熄灭。之后，它开始令我难以理解，似前人的思想，经过灵魂转生，附着在我身上；于是书的主题与我脱钩了，是否再挂钩，随我的便；我即刻恢复了视力，十分惊异地发现周围原来一片昏暗，这片昏暗使我的眼睛感到适意和舒服，可也许使我的脑子感到更适意和更舒服，对我的脑子来说，这片昏暗好像是无源之水，无本之木，不可思议，好像真正是叫人不知其所以然的东西。我说不好当时几点钟了，只听得火车的汽笛声，忽远忽近，好似林中的鸟叫，指点着距离远近；汽笛声为我描绘了一片荒凉的田野，有个旅行者匆匆赶往临近的车站；他走的那条小路将铭刻在他的记忆里，因为新到的地方，新奇的举止，新近的交往，时至今夜的静谧中还萦回于耳的异乡灯下的话别，即将回家的快乐，这一切使他兴奋不已。

　　我将面颊轻柔地贴在枕头的美丽面颊上，它好似我们童年时的面孔，饱满而鲜嫩。我划亮一根火柴，看了看怀表。时近午夜。背井离乡的游子，尽管病魔缠身，却不得不借宿陌生的旅馆，往往就在这个时辰，病痛发作，惊醒之后，庆幸瞥见门下有一线光亮。天亮了，好运气！过一会儿侍者就会起床，他只要拉铃，就有人来救护他。得救的希望给予他忍受痛苦的勇气。正巧他仿佛听见脚步声，款款走近，又渐渐远去。但他房门下的那一线光亮随之消失了。时已午夜；原来那人是来熄灭煤气廊灯的；最后的侍者也走了，他只得孤独无助地熬上一夜。

　　我又睡着了，时不时惊醒片刻，只听得细木护壁板发出格格的裂声，我睁开眼睛，凝望黑暗中万变的浮光掠影，凭借稍纵即逝的意识的微光，领略着睡意的滋味，依稀瞥见在睡意笼罩下的家具乃至整个房间，仿佛我自己变成其中的一小部分，很好融入整体，昏花失去感觉。或者在睡着时我毫不费力地梦见一去不复返的童年时代，重新感受到儿时的恐惧，好比舅公揪我鬈曲的头发，直到我被剪了光头，恐惧才消除，那天对我来说是新纪元的创始日。可是这个新纪元的到来一直没有在我的睡眠中再现，直到为了躲开舅公的手，我把头一闪，突然惊醒，方始回忆起来，但为谨慎起见，我用枕头把脑袋严实地裹住后才返回梦乡。

有时，就像夏娃从亚当的一根肋骨脱胎而生，有个女人趁我熟睡的时候从我姿势不当的大腿之间钻了出来。我当时即将领略女性的快感，便以为是她奉献给我的。我的身体贴紧她的身体，正准备进一步深入时，我惊醒了。世上剩下的女子跟我片刻前分离的女人相比不可同日而语；我的面颊还留存她亲吻的余温，我的躯体好像还在承受她的躯体的重压。如果，有时也确有其事，梦中的女人与我在现实生活中认识的某个女人容貌相像，我将竭尽全力去达到这个目的：找到她，正如有些人长途跋涉非亲眼看看他们心目中的福地洞天不可，以为在现实中可以领略梦幻中的良辰美景。渐渐地对她的记忆消散了，我终于忘却梦中的姑娘。

一个人睡着时，仍在自己的周围保持一圈圈光阴的时轮，年年岁岁，天地星斗，井然有序。他睡醒时，本能地环视寻问，瞬间便弄清他在地球上占据的地点，在苏醒前所消逝的时间；但时间和地点的序列可能交织，可能脱节。即便他失眠至清晨才有睡意，而这时他正在看书，其姿势与平常的睡相大不一样，也只需抬一下胳膊就挡住太阳，乃至让太阳后退，等他醒来时，最初一刻不知道是什么时辰，还以为刚躺下不久哩。如果他打盹儿，例如晚饭后坐在扶手椅里，其姿势更加不妥，与平常更加不同，那

第一部分　孔布雷

么，日月星辰的时序完全混乱了，魔法无边的扶手椅载着他在时间和空间中风驰电掣地神游，等他张开眼皮，顿时觉得躺在几个月前去过的地区。但是，只需躺在自己的床上，我就睡得深沉，我的脑子就完全松弛；我的脑子甩掉了我熟睡的地方的平面图，于是，当我半夜醒来，我便不知道身在何处，甚至在初醒的瞬间连自己是谁也不知道，我只有最原始的存在感，如同动物萌发的那种迷离恍惚的生存感；我比穴居时代的人更赤条条，无牵无挂，但就在这时，回忆如同上天派来的救星，把我从虚无中解脱出来，否则，我永远不可能自我解救的；最初并没有回忆起我所在的地方，而只回忆起几个我曾住过或我可能要去的地方；在一秒钟之间，我跨越了几个世纪的文明，然后模模糊糊看见煤油灯的形状，翻领衬衫的形状，逐渐重新恢复我自己的相貌。

也许我们周围物件的静止状态是由我们的信念强加给它们的，是由我们面对物件的思想的静止状态强加给它们的。不管怎么说，我如此醒来的时候，我的脑子乱糟糟的，竭力寻清我身在何处，但总是徒自惊忧，这时，物体、地域、岁月，一切的一切在黑暗中围绕着我旋转。我的身子麻木得移动不得，却竭力根据疲劳状况来测定四肢的姿势，从而推断墙壁的方向，家具的位置，进而重建和命名身处的住宅。身子引起的回忆，两肋、两膝、双肩引起的回忆，使我接连重见曾睡过的好些房间，这时，看不见的四壁随着想象中的房间的形状而变换着位置，在黑暗中旋涡似的围绕着我旋转。我的思想往往在时间和物形的入口处迟疑，还未把各种情况进行对照，进而辨认住所之前，它，我的身子，已经回忆起各处房间卧床的款式，房门的位置，窗户的明亮程度，走廊的分布，以及我入睡时和睡醒时的思绪。因侧睡而变得僵硬的半边身子竭力猜测它面对的方向，比如躺在一张有顶盖的大床上，面壁而卧，这时我马上想到："噢，我最终还是睡着了，尽管妈妈没来给我道晚安"，当时，我在乡下早已去世多年的祖父家；我的身子，侧卧的半边身子，忠实地保存着我的脑子永远不该忘却的一段往事，却使我想起波希米亚制的玻璃长明灯的火焰，是瓮形吊灯，用链子悬在天花板下，还使我想起西埃纳大理石的壁炉，那是在孔布雷外祖父母家里我的卧室；距离现在虽然已经久远，但我并没有恍若隔世之感，此刻睡眼惺忪，还难以确切再现那些遥远的日子，等一会儿完全清醒，就历历在目了。

然后，新的姿势又产生新的回忆；墙壁驶往另一个方向：我睡在德·圣卢夫人的乡间别墅专为我安排的房间里，我的上帝！至少十点钟了，人家大概晚饭都吃完了吧！我这个盹儿打得太长久了：每天傍晚陪德·圣卢夫人散步回来，先打个盹儿，然后换上夜礼服。离开孔布雷已有许多年了，在孔布雷的日子，不管散步回来多么晚，我总在我房间的窗玻璃上看得到夕阳红霞的反光。在唐松维尔，德·圣卢夫人家的生活则是另一种方式，在那里，我得到另一种乐趣：我只在夜幕降临时出去，踏着月光，沿着我从前在阳光下玩耍的小路散步；我们回来时，我从远处就瞥

第一部分　孔布雷　　　　　　　　　　　　　　　　　　007

见我的房间，但见屋里灯火通明，酷似黑暗里唯一的灯塔；回到房间，我先打盹儿，而不马上更衣用餐。

这些旋转和模糊的浮现一向是稍纵即逝的；往往我一时记不起自己在什么地方，在多种假设之间难以确认，正如我们在电动西洋景里观看一匹奔马，镜头一个接一个地飞驰而过，无法把它们分离出来。但对我生平所住过的房间，我时而重见这一间，时而重见那一间，在睡醒之后的冥思遐想中终于统统回想起来了：冬天躺在房间里，把头缩进自编的窝，用的是极不协调的东西：枕头的一角，被子的上沿，披巾的一截，卧床的前沿和一份玫瑰色《辩论报》[1]，根据鸟儿筑窝的技术，终于牢固地建成万无一失的安乐窝；在天寒地冻的时节，可以享受到与外界隔离的安乐，好似在暖烘烘的地洞里筑窝的海燕；这时节房间的壁炉彻夜生火，熊熊的炉火像一件热气腾腾的斗篷，裹着熟睡的人，壁炉好像是在房间里挖出的一个暖烘烘的洞穴，一种摸不着的暖阁，火光忽悠忽悠的，热气一圈圈地扩散，形成一个流动不定的温带，不断得到冷空气的调节：从房间的四角，从窗户附近或距壁炉较远的地方，吹来已经变凉的空气，吹到脸上，清新凉爽；夏天躺在房间里，则喜欢温和的夜晚，月光透过半开的百叶窗，把一道光与影投到床前，好似中魔入境；人几乎就像睡在露天，好似曙光初露时在微风中摇曳的山雀；有时我回想起路易十六款式的房间，非常的明亮，甚至第一个晚上睡在里面也没觉得有什么不舒服，

---

[1]《辩论报》是晚间出版的日报，创办于1893年。

一根根小圆柱轻巧地支撑着天花板，柱与柱的间隔风雅别致，明显地为床多留出了位置；有时则相反，房间很小，而天花板却很高，简直像两层楼高的空心金字塔，部分墙面饰有桃花心木护板，我一脚踏进去就被一股从未闻到过的香根草气味熏得中了毒似的，认定紫色窗帘虎视眈眈，大声叽里呱啦的挂钟显出傲慢的冷漠，根本不把我放在眼里！一面又古怪又冷酷的四方形立镜斜挡着房间的一角，冷不丁地从我习惯视野的悦目的整体中硬挖去一块地盘；我一连几小时竭力想把思绪拆散，把它拉向高处，以便确切地弄清房间的形状，进而把思绪灌满这巨大的漏斗，为此，苦苦熬了好几夜，真是煞费苦心，我只得干躺在床上，眼睛向上翻，耳朵惶惶竖起，鼻翼发硬，心里怦怦跳，直到习惯了之后，才觉得窗帘改变了颜色，挂钟停止了吵闹，那面斜放的、冷酷无情的镜子也变得有恻隐之心了，香根草的气味完全消散了，至少大大隐退了，天花板的表面高度显著降低了。习惯，这个精明能干而行动迟缓的地域整治者，开始总是让我们头脑一连几星期在某个临时的安顿中受煎熬，但不管怎样，我们的头脑还是很高兴有这样一位整治者的，因为倘若没有习惯这位整治者，单凭自身的力量，我们的头脑将无可奈何，无法使我们觉得某处住宅是可以一住的。

自然，我现在已完全睡醒了，我的身子最后翻了一次，信念天使停止了我周围的一切转动，让我躺在自己房间的被窝里，让我的衣柜、我的书桌、我的壁炉、朝街的窗户和两边的房门在黑暗中大致各就各位。然而现在知道我不处在那些往日住过的房间已经枉然了,我梦中朦胧的片刻明明目睹一间间房间的影像,至少在那一刹那以为是眼见为实的,总之,我的回忆已经开动了,一般来说,我不急于马上重新入睡;我用大半夜时间回想我们从前的生活,在孔布雷的姑婆家,在巴尔贝克,在巴黎,在栋西埃尔,在威尼斯,还有在其他地方的生活,回想我到过的地方,我认识的人,回想我听说过的有关他们的事情。

在孔布雷,当白日将尽,虽然还有很长时间我才该上床,还有很长时间才该离开母亲和外祖母就我独自呆着,我的卧室便又成为使我忧虑重重的一个固定的和痛苦的焦点。家人发现我每天晚上愁眉不展,为了使我开心,别出心裁给我搞来一盏幻影灯,趁着等待开饭的时候,把它套在我房间的吊灯上;如同哥特式建筑时代初期的建筑师和彩画玻璃匠[1]的作品那样,这种幻影灯用变幻莫测、虹彩和绚烂多彩的神奇幻象取代不透明的四壁,好似闪闪烁烁的彩画玻璃窗,上面也绘着传奇故事。然而,我的忧愁却有增无减,因为单单照明的变化就破坏了我对房间的习惯;先前已习惯了,除上床时叫苦不迭,对其余的一切还是觉得可以忍受的。如今我的房间变得面目全非,我呆在里面感到忐忑不安,就像下火车后第一次走进旅馆房间或"山区别墅"房间。

居心叵测的戈洛骑着马,一颠一颠地走出小山坡葱葱茏茏的

---

1. 哥特式建筑,如教堂等,装有大片彩画玻璃窗,多画有传奇故事。

三角形树林，仓皇窜向苦命的热内维埃芙·德·布拉邦[1]的古堡。这座古堡被切割了，因为玻璃灯片是椭圆形的，插在幻影灯框架的内侧滑槽，弧形的边线把古堡切去了大部分。这样古堡只剩下一面墙了，墙前是一片荒原，热内维埃芙在那里冥思遐想，她系着一条蓝缎带。古堡和荒原是黄色的，其实我不看也知道是什么颜色，因为在玻璃画片未打出以前，布拉邦这个铿然有声的大名已明显地展示出这种颜色了。戈洛停马片刻，垂头丧气地听着我姨婆夸张地高声朗读解说词，他好像完全听得明白，他的举止符合解说的指示：既顺从又不失尊严；听罢，他依然一颠一颠地赶路。什么也阻挡不住他缓慢的骑行。如果幻影灯移动错位了，那在窗帘上也看得见投影：戈洛照样骑马前行，遇到凸褶，人与马胖鼓鼓的，遇到褶缝，就变得瘦瘦的了。戈洛的身躯同他的坐骑一样具有神奇的本领，对付得了一切物质障碍，又对付得了一切阻挡，并且把阻挡物当作骨架，借以附身其间，哪怕是房门把手也不在话下，他立即就适应，让他的大红袍和苍白的面孔飘然而过，所向披靡，其神情总是那般高贵，那般惆怅，但面临中途被截的境地，并不显得张皇失措。

诚然，这些光彩奕奕的映画对我具有很大的吸引力，活像从

---

[1] 出自中世纪民间故事《热内维埃芙·德·布拉邦》，热内维埃芙是德·布拉邦公爵的女儿，嫁给了伯爵西格弗里德。伯爵出征时把妻子交给总管戈洛照看，并不知道妻子已怀孕。戈洛诱奸热内维埃芙未成，便向伯爵诬告其夫人与人通奸。伯爵命令手下把妻子及孩子拉到森林中处死，但手下人把他们放了。几年后，伯爵去森林打猎，与妻子邂逅。妻子向他证明她受了冤枉，戈洛受到惩治。热内维埃芙被恢复名誉，但因积劳成疾，不久去世。

古代墨洛温王朝释放出来的，把一幅幅如此古老的历史场景折射在我的周围。我无法说清这种奥秘和美妙闯入我的房间使我产生怎样的苦恼，虽然我最终自我充实了卧房，不大注意房间，而更念及苦恼本身。习惯的麻醉性影响已经停止，我开始思索和领会，多么令人狼狈呀。我房间的门把手在我看来与世界上其他门把手的不同之处在于它似乎能自动打开，用不着我拧它，因为转动把手在我已是完全无意识的举动了，而如今把手却成为戈洛赖以转世的躯体了。晚饭铃声一响，我赶紧跑进餐厅，那里的大吊灯不知道戈洛和蓝胡子[1]，却认识我的长辈和化成锅中菜肴的牛肉，它每天晚上光芒四射；我急忙投入妈妈的怀抱，热内维埃芙·德·布拉邦的苦难使我对母亲倍感可亲可爱，而戈洛的罪孽促使我更加严格地审视自己的良心。

晚饭后，可叹哪，我不得不很快离开妈妈，她得留下跟别人聊天，每逢好天气时就在花园里闲聊，遇到坏天气，大家就在小客厅聚会。所谓大家，不包括外祖母，她觉得"在乡下闭门不出，真作孽"，所以，大雨滂沱的日子，她总跟我父亲争论不休，因为我父亲叫我躲进房间念书，不让我呆在户外。"你想让他身体健壮，精力充沛，这种做法可不行啊，"她伤心地说，"尤其这孩子特别需要增强体力和意志。"我父亲耸耸肩膀，仔细查看晴

---

1. 蓝胡子是法国作家夏尔·贝洛（1628—1703）的短篇小说《蓝胡子》的主要人物，他杀死六位妻子。第七位妻子不顾蓝胡子的禁令，偷偷去看六个女人的尸体，差点被蓝胡子掐死，幸亏她的两个兄弟赶到，才幸免于难。

雨表，因为他喜欢气象学；这时我母亲蹑手蹑脚尽量不打扰他，带着动了情的敬意望他，但不是凝望，唯恐看破他优越于他人的秘密。可我外祖母，她不管什么天气，即便骤雨大作，弗朗索瓦丝急忙把贵重的柳条椅搬进屋里，生怕被雨淋湿，而外祖母独自留在空荡荡的花园里，任凭倾盆大雨浇灌，时不时撩起凌乱的灰白头发，让前额更好地吸收风雨的滋补。她说："总算呼吸畅快了！"她还踩着泥泞小径，欢蹦乱跳地小跑起来；花园小径让新来的园丁按他的意愿修得过分对称，足见其人缺乏自然感，我父亲居然一清早就请教他天气是否会转好；我外祖母的小跑根据她内心起伏的波澜而调节；暴风雨的狂劲儿，卫生保健的威力，对我愚蠢的教育，花园的对称划一都会引起她心潮澎湃，她根本想不到让她的酱紫色裙子免受烂泥的飞溅，往往泥水溅得很高，弄得她的女仆又气又急，大伤脑筋。

每当外祖母在晚饭后到花园里跑跑跳跳，有件事可以使她回屋，就像用灯火引飞蛾准能把兜圈的外祖母及时召回来，这时小客厅灯火齐明，牌桌上已经摆好各种色酒，只听得姨婆冲她大喊："巴蒂尔德，快来劝你丈夫别喝白兰地！"其实这是跟她闹着玩儿，她把这种迥然不同的精神带进我父亲的家，以致大家都跟她开玩笑，逗她着急，姨婆明知道我外祖父喝不得色酒，偏怂恿他喝上几口。我可怜的外祖母进屋后，热切请求丈夫别沾白兰地，外祖父发火，干脆一口喝个精光，外祖母心痛地走开，非常泄气，但脸上仍带着微笑，因为她心胸谦和，温存厚道，对人和善，对己从不考虑个人得失和自己的苦楚，一切和谐地交织在她的目光中，化为微微一笑，这与我们在诸多人脸上见到的正好相反，其讽刺的意味仅限于她自我解嘲，对我们大家则像用目光亲吻，她的眼睛对她所疼爱的人无不投以炽热而慈祥的光芒。姨婆故意作弄她，外祖母白费口舌恳求外祖父放下烈酒杯，由于心肠软，每每规劝无效，败下阵来，这种场面后来司空见惯了，反倒当作笑柄，大家居然站在作弄者一边，毫不迟疑地，喜眉笑眼地跟作弄者一鼻孔出气，却硬让自己相信这不是什么作弄；先前这些使我十分反感，我真想对姨婆大打出手。但听惯了"巴蒂尔德！快来劝你丈夫别喝白兰地！"也就疲沓了，我跟大家一样，像我们长大成人后那样，面对苦楚和不公，我背过脸，眼不见为净：爬上屋顶书房隔壁的小屋失声痛哭；小屋里弥漫着菖蒲味儿，窗外墙根下一棵野生黑醋栗树也飘来清香，一枝开满花的树梢还伸进半开着的窗户哩。白天从这间小屋极目眺望，可一直望到鲁桑维尔松林的城堡主塔，这间小屋原来用来做比较专门和比较粗俗的用场，却很长时间成了我的避难所，或许因为它是唯一可以让我反锁的房间，每当我需要不可侵犯地独处时，我就把自己反锁在里面；读书，遐想，流泪和作乐。可叹哪，我当时不知道最让我外祖母操心的并不是她丈夫节饮忌嘴方面的小差错，而是我薄弱的意志，我身体的虚弱，家人对我前途的困惑，这些更为使她伤心，她在下午和晚间不停的跑动中为此牵肠挂肚，她跑来跑去，斜着脑袋仰望苍天，面颊虽然已呈褐色，皱纹纵横，由于上了年纪，有如秋天耕过的土地几乎呈淡紫色，但她的脸仍旧清灵秀气，不过出门时，面颊虽然被半遮的面纱挡住，但寒冷和忧思总是使她不由自主地流下眼泪，却又总是让眼泪自然干去。

我上楼睡觉时，唯一的安慰是妈妈在我上床后来吻我。但她道晚安的时间太短，转身下楼太快，以致每当我听见她上楼，听见她经过双门走廊时她那挂着草编饰带的蓝色平纹细布套裙窸窣作响，我便感到一阵痛苦。这一痛苦的时刻预告下一个痛苦的时刻，届时她将离开我，她将转身下楼。因此，我竟然希望这声带来快乐的晚安来得越迟越好，只望妈妈上楼前的这段缓冲时间越长越好。有时她吻过我之后开门就走，我真想把她唤回来，对她说"再吻我一次吧"，但我知道她马上会满脸不高兴，因为她上楼来吻我，给我送来安慰的吻，是对我愁闷和烦躁的一种妥协，已经使我父亲大为光火，他认为这种仪式荒谬之极，所以她想竭力使我放弃这种需求，这种习惯，根本不想让我养成新的习惯：等她走到门口还允许我请求她再吻我一次。不过，看到她生气，片刻前她给我带来的平静就荡然无存了；她把亲情的面孔俯向我的床头，就像举着圣像牌的圣餐仪式上递给我一小块圣饼似的，我的双唇感受到她的存在和汲吸着入睡的力量。这样的晚上，妈妈不管怎么说还在我的房间呆上一会儿，已算甜蜜了，相比之下，有客人来吃晚饭，她就因此不上楼来向我道晚安了。所谓客人，平日只限于斯万先生，除了几个短暂逗留的外来客人，住在孔布雷来我们家的人几乎只有斯万先生一人，有时他作为邻居应邀来共进晚餐,不过,自从他与不适当的女人结婚后,就难得来了,因为我父母不乐意接待他的妻子,有时晚饭后,他不请自来。晚上,我们在屋前高大的栗树下,围绕铁桌子坐着,忽听得花园尽头传来铃声,不是自家人"不按铃"进门时碰响的声音:好一阵刺耳的叮当作响,叮当声所到之处,好像一路洒下源源不竭的冷铁水;而是专为外人设置的门铃声:叮当双响,这怯生生的铃声是椭圆形的和金黄色的;大家立刻面面相觑:"有人来访?会是谁呢?"其实大家明白得很,这只能是斯万先生;我姨婆提高嗓门说话,力求语调自然,为大家作了表率:她叫大家不要窃窃私语;她认为这是使来访者最不愉快的事情,好像使客人觉得大家在说他不该听到的事情;大家派我外祖母去侦察,她也总乐意找个借口到花园里多转一圈,顺便一路上把支撑玫瑰的支架拔掉,好让玫瑰花显得更自然一些,有如母亲用手把儿子被理发师梳得过于扁平的头发拨弄得蓬松些。

  我们一个个屏气凝神,等待外祖母侦察后带回的敌情,好像我们处在可能被一大批敌人围攻的境地,一时进退两难,但很快我外祖父就开腔了:"我听出是斯万的声音。"其实也只听得出他的声音,根本看不清他的脸,因为我们在花园里尽量少点灯,怕招引蚊子。斯万长着鹰钩鼻,绿眼睛,高脑门,近乎红棕的金栗色头发梳成布雷桑款式[1];我不露声色地去叫人端上果子汁;外

---

1. 布雷桑(1815—1866),法国著名演员,头发梳成平顶刷子状。

祖母非常重视招待客人的饮料，认为果子汁不显得那么见外，对来访者反倒更加亲切。斯万先生尽管比我外祖父年轻得多，但跟他过从甚密；外祖父曾是他父亲的一位至交；他父亲为人极好，但是古怪，听说有时一点点小事儿就能使他内心冲动，改变思路。在吃饭时，我每每听到外祖父讲述斯万先生的父亲的一些轶事，千篇一律地讲有关老斯万妻子之死，说老斯万曾日夜照看过妻子。当时，我外祖父好久没跟他见面了，闻讯赶往斯万家在孔布雷附近的庄园去看他；为了不让他看见入殓，外祖父成功地把痛哭流涕的斯万从灵房领走片刻。他们在大花园里走走，正好有点太阳。突然，斯万先生抓住我外祖父的胳膊，高声说道："嗨，我的老朋友，这样的好天气，咱俩一块儿走走真叫人高兴！您瞧这些树木，这些山楂花，还有您从未对我赞扬过的池塘，您不觉得这一切很美吗？您的脸色太阴沉了。您感到微风没有，嘀，不管怎么说，生活毕竟是有意思的嘛，我亲爱的阿梅代！"突然，他又想起去世的妻子，或许觉得在这样的时刻深究怎么会情不自禁涌现快乐的心情过于复杂，他只拍了拍脑门，揉了揉眼睛，擦了擦夹鼻眼镜，这是他的习惯动作，每当脑子里出现棘手的问题，他都是这样的。从此，他不能从丧偶的痛苦中自拔，在妻子去世后只活了两年，他对我外祖父说："真奇怪，我经常想念可怜的妻子，可一次又只能想一点儿。"因此，"像可怜的斯万老爹那样经常来一点儿"成了我外祖父的一句口头禅，谈论各种各样的事他都挂在嘴边。我一向把外祖父看作是最公正的法官，他的

第一部分　孔布雷　　　　　　　　　　　　　　　　　　　　　　　　*017*

判决对我具有权威性，后来我本来倾向于严加谴责的过错，根据他的裁决一一宽恕了，因此，要不是外祖父接着嚷道："怎么？他的心肠可好呢！"我很可能以为这位斯万老爹是个魔鬼哩。

他的儿子小斯万先生曾经好多年，尤其在他结婚前，常来孔布雷看望我姨婆和外祖父母；他们猜想不到斯万先生根本不再跟他家的世交来往了，他来我们家还是用斯万这个姓氏，其实在他已是一种隐匿身份了，我家的人接待他住下，完全不知道他是微行的贵人，有如守本分的旅馆老板无意之中接待了一位著名的大盗，他们哪里会晓得斯万先生是赛马俱乐部最有气派的会员，巴黎伯爵和威尔士亲王最好的朋友，圣日耳曼上流社会的大红人。

我们对斯万在上流社会的显赫生活一无所知，其部分原因显然是他的性格内向，守口如瓶，同时也因为当时的资产者对社会有一种印度教式的观念，认为社会由封闭的种姓阶层组成，每个成员自呱呱坠地，就被定位在其父母所在的阶层，除非偶然因为例外的发迹或意外的高攀婚姻，根本无法使你跻身于高一等级的阶层。老斯万先生是证券经纪人，"儿子斯万"一辈子属于财富因收入而异的阶层，正如处在纳税者的某个等级。知道他父亲跟什么人交往，就知道他跟什么人交往，就知道他"能够"跟什么人交往。即使他跟别的阶层的人交往，也被认为年轻人交游广阔，他家的老世交，比如我的外祖父母，都会宽厚地睁一眼闭一眼，尤其在他成为孤儿后，还念念不忘旧情，坚持来看望我们；但十有八九他这些我们不认识的新交，倘若我们在一起时碰见了，他是不敢打招呼的。如果有人硬要给他标上个他本人的社会地位系数，那么，和其他与他父母地位相当的经纪人子弟相比，他的这个系数大概是偏低的，因为他非常随便，而且对古董和油画始终"着迷"得不得了。他现在住一幢老式花园住宅，屋里堆满了他的收藏品，我外祖母很想饱一下眼福，但因为地处奥尔良河滨道，我姨婆认为住这种街区丢人现眼。"您是不是内行？我这么问您是为您好哇，因为您搞到的很可能是商人倒手的蹩脚货。"我姨婆对他说；她压根就以为斯万是个外行，甚至在智力上也是平庸之辈，既然他在交谈时一味回避严肃的话题，而在锱铢枝节上谈吐精确得令人乏味，不仅他给我们讲菜谱时是如此，而且在我外祖母的两位姐妹谈论艺术时他也是如此。即使她们逼他谈谈个人的见解，讲讲一幅画的妙处，他也闭口不谈，弄得别人差不多要生气了。相反，他提供一幅画的具体情况时则是滔滔不绝，诸如画收藏在哪家博物馆，作于哪年哪月，等等。通常，他每次讲一则新鲜的故事来逗我们开心，总是他新近发生的事，总是与我们认识的人有关，诸如孔布雷的药剂师、我们的厨娘、我们的车夫等等。诚然，这些故事使我姨婆开怀大笑，但她弄不清究竟是斯万先生在故事中始终扮演可笑的角色还是他把故事讲得很幽默。她叹道："您算得上是位真正的人物，斯万先生！"由于她是我家唯一有点儿俗气的人，在谈起斯万时，她自告奋勇向不知内情的人指出，如果斯万愿意，他本可以住奥斯曼林荫大道或歌剧院大街的，他是老斯万先生的儿子嘛，大概有四五百万法郎的遗产，可他生就一副怪脾气。姨婆还认为,有怪脾气的人必定会使别人开心;在巴黎时,每当斯万先生元旦来访,给她带来一包冰糖栗子,倘若有客人在场,她少不了要对他说:"喂,斯万先生,您还住在酒库附近吗?是不是为了每次去里昂不至于乘火车误点呢?"她一边说一边用眼角从夹鼻眼镜的上方扫视在座的其他客人。

然而,如果有人向我姨婆叙述下列情况,她会觉得好像在听天方夜谭:斯万先生作为斯万家的公子,完全"有资格"受到所有"上流资产阶级的名媛淑女"的接待,受到巴黎最有名望的公证人或诉讼代理人的担保(这种特权他却似乎故意让女人掌管),他却偷偷地过着完全不同的生活;在巴黎时,他对我们说要回家睡觉了,但一旦离开我们家,刚到街角,就朝相反方向折回,去光顾任何别的经纪人或合股人从不涉足的沙龙;这些事情我姨婆听起来有如一位较有学问的女士想到她个人非常熟悉的阿里斯泰俄斯刚与她聊完就直奔忒提斯统辖的一个王国,钻进凡人眼睛看不见的帝国,而且据说维吉尔确实向我们表明,他在那里受到热情的接待[1]。或者,在姨婆听起来像一幅

---

1. 阿里斯泰俄斯,希腊神话中的农神,他来到特茨克,爱上了俄耳甫斯的妻子欧律狄克。欧律狄克为躲避他而出逃,但被咬伤。自然女神在盛怒之下,毁坏了他养的蜂群。他用牛向自然女神献祭后才收回蜂群。

 忒提斯,希腊神话中的海神,大海的主宰,因容貌美丽,又称"美发女神",她心地善良,乐于助人。

 维吉尔(前70—前19),拉丁诗人,他的代表作《农事诗》第四首田园诗中描写了阿里斯泰俄斯怎样把蜂群收集在一起,怎样成为牛羊、行人和牧童的保护神等。

 综上所述,作者的意思是,一位有学问的女士听到别人对她所熟悉的事情捕风捉影,胡编乱造,感到诧异。

她念念不忘的画，更能使她浮想联翩，因为在孔布雷，我们的点心盘子上就有这样的画：阿里巴巴与我们同桌同餐，当他发现独自一个时，便钻进叫人眼花缭乱的山洞，意想不到会有那么多珍宝。

有一天在巴黎，他在晚饭后来看我们，对自己穿着夜礼服表示歉意；在他走后，弗朗索瓦丝说车夫告诉她斯万"在一位公主家"吃的晚饭，我姨婆耸耸肩膀，眼睛不离手上在织的毛衣，泰然自若地讥讽道："是的，在一位半上流社会[1]的公主家！"

所以说，姨婆对他十分粗暴。由于她认为他应该对我们的邀请受宠若惊，因此，每逢夏天他来看我们手提一篮自家花园产的桃子或覆盆子，或每次从意大利回来总要给我带些美术杰作的照片，这一切，我姨婆觉得都是理所当然的。

每逢大摆筵席的时候，一旦需要多层沙司或菠萝色拉的配方，我家的人就毫不拘束地打发斯万去寻找，却不请他赴宴，认为他不够德高望重，不宜让他跟首次光临的贵宾共进晚餐。如果谈话涉及法兰西王室的王子王孙们，我姨婆便对斯万说："像您我这样的人永远高攀不上他们，咱们略而不谈吧，是吧。"她哪里晓得，斯万衣兜里也许正揣着从特威克汉姆[2]的来信哩。每逢我外祖母的妹妹演奏歌曲的晚上，我姨婆便支使他推钢琴和翻琴谱，让这个在别处深受欢迎的人随她支使，像个不懂事的孩子那

---

1. 指交际花之类构成的社会。
2. 位于伦敦郊区泰晤士河左岸一个住宅区，那里住着很多流亡的法兰西王室贵族。

第一部分　孔布雷

般唐突，拿着一件古董当一件便宜货那般毛手毛脚地玩弄。说不定在同一时期，在赛马俱乐部的成员中大有名气的斯万跟我姨婆所创造的斯万大相径庭。晚上，在孔布雷的小花园里，只要听见两声怯生生的门铃声，她便数落开了，搬出她对斯万家所了解的一切，把默默无闻的拿不定主意的人物说得活灵活现，当时他正跟在我外祖母后面从黑暗的背景中脱颖而出，不过从他的说话声早已认出来了。然而，甚至从生活中最微不足道的事情来看，我们实质上不是一个完全的整体，在大家的眼里并不相同，每个人只要前来了解一下便清楚了，有如对承包协议书或遗嘱各人有各人的看法；我们的社会人格是别人思想的创造物。哪怕极其简单的行为，比如我说："看望一个我们认识的人，"就有部分是智力行为。对我们所看到的人，我们用有关他的一切概念来充实他的相貌，这些概念在我们设想的全貌中无疑占有最大的部分。到头来，使得面颊丰润饱满，使得鼻子的线条妥帖分明，进而影响嗓子的音色质地，仿佛音色只是一层透明的外罩，每次我们看见这张面孔，每次我们听见这个声音，我们又发现这些概念，听从这些概念。我的长辈们在塑造斯万的形象时或许由于无知而剔去他在社交场中的许多特色，而正是因为他有这许多特色，在别人的眼里，他的眉宇间充满风雅之气，但这股气宇，到达鹰钩鼻就戛然而止了，如同遇到了天然屏障；但他们也能在那被扒去魅力的脸上，在那空廓的眉宇间，在那被贬损的眼睛深处，堆起模糊而悦目的残迹，好像记得起又好像已遗忘的东西；那时我们是乡间的好邻居，每周一次共进晚餐，在牌桌旁或在花园里一起度过了闲暇的时光。我们朋友的体态外观因此十分饱满了，再加上有关他父母的一些回忆，以致当年的斯万已变成一个全面发展的、生气勃勃的人，以致我仿佛觉得在我的记忆中，早年的斯万和后来我切实认识的斯万是有区别的，我离开早年的斯万去接近后来的斯万，在早年的斯万身上我又发现我青年时代那些风流倜傥的不端行为；早年的斯万不像后来的斯万，却更像我当年认识的其他人，就像在我们的生活中或在博物馆里，同时代人的肖像似乎都是本家人，有着相同的色调；所谓早年的斯万就是那个优哉游哉的斯万，身上总有股清香：那是从高大的醋栗树、一篮篮覆盆子和一束束龙蒿散发出来的。

然而，有一天我外祖母去找她在圣心教堂认识的一位夫人帮个忙（由于我们的种姓血统观念，我外祖母后来不愿与她来往，尽管她们互有好感），那位夫人就是名门望族布永家的德·维尔帕里济侯爵夫人。侯爵夫人对她说："我想您非常熟悉斯万先生吧，他是洛姆家我那些侄儿们的好朋友。"我外祖母那次访问回来时欣喜若狂，对德·维尔帕里济夫人劝她租下的那幢面朝花园的房子满心喜欢，对在大楼内院开铺子的内衣裁缝父女连声称好，因为她上楼时把裙子勾破了，就到父女开的铺子里去求织补。外祖母对他们父女俩赞不绝口，声称女儿是颗珍珠，父亲是她见过的最出众、最善良的人。因为对她来说，出众是绝对与社会地位不相干的。她对内衣裁缝的一句答话赞叹不已，对我妈妈说:"塞维尼[1]也说不了那么好!"相反,谈到在德·维尔帕里济夫人家会见的一个侄儿时,她说:"嘿,我的女儿,他太平庸了!"

德·维尔帕里济夫人有关斯万的那句话非但没有在我姨婆的心目中抬高斯万的身价,反倒使侯爵夫人自己降低了身份。根据我外祖母的信念,我们对德·维尔帕里济夫人是敬重的,但这种敬重好像迫使她不得做出任何有失尊严的事情,而她居然得知斯万其人,并允许她的一些亲戚跟斯万交往,她这样做是有失尊严的。"怎么,她认识斯万?你还说过她是麦克马洪元帅的亲戚哩!"我的长辈们对斯万的交往所抱的这种看法后来被进一步肯定,因为他跟声名狼藉的交际场所的女人结了婚,那几乎是个轻佻女子,况且他从不企图带她上门,婚后继续单独来我们家,尽管次数越见稀少,但由此他们认为可以判定斯万经常出入的社交圈子,当然是他们所陌生的圈子,他们猜想斯万就在那种地方搞到那个不三不四的女人的。

但是有一次,我外祖父在报上看到斯万先生是某某公爵星期日午餐聚会上一个最忠实的常客,这位公爵的父亲和叔父是路易-菲力普执政时最显赫的国务活动家。外祖父对这些小道消息一向很好奇,因为所有的小道消息都有助于他的思想潜入大人物的私生活,如莫莱,如帕斯基埃公爵,如德·布罗格利公爵。他

---

1. 即塞维尼夫人(1626—1695),法国散文家,她的《书简集》是传世佳作。

高兴地得知斯万跟那些认识国务要员的人过从甚密。我姨婆则不然,她对那条新闻的解释于斯万不利:凡是在自己出身的种姓阶层以外或在自己的社会"阶级"以外选择交往的人在她眼里等于不幸地降低了等级。她觉得,有先见之明的家庭为儿女们体面地维护了和保持了原先与庄重的人们所建立的高尚联系,这种成果一下子被人抛弃了:我姨婆甚至停止会见一位公证人朋友的儿子,就因为他娶了一位亲王家的千金,在她看来,这等于从公证人儿子受人尊敬的地位下降到冒险家的地位,冒险家系指王室贴身侍从或车马侍从,据说王后娘娘们有时发了善心他们才走运的。所以,她责备我外祖父打算趁第二天晚上斯万来吃晚饭时向他打听我们新近发现的他那些朋友的情况。另外,我外祖母的两位妹妹虽然具有她的高贵气质,却没有她的聪明才智,她们声称不能理解姐夫找如此无聊的话题有何乐趣。她们俩是志趣高雅的人,正因为如此,决不能对所谓的闲话感兴趣,即便具有史话趣味的传闻,也不感兴趣,一般来说,凡是与审美或贤德无直接关系的话题,她们一概不闻不问。对于或近或远涉及社交生活的一切谈论,她们打心眼儿里不感兴趣;一旦席间的谈话带有轻浮的口吻或意境不高,而这两位老小姐又无力把话题引回到她们所喜爱的事情,她们便觉得她们的听觉处在无用的状态,于是干脆让听觉的接受器官休息,任其开始真正的衰退。倘若我外祖父需要引起两位小姨子的注意,他就不得不求助精神科医生对精神分散症患者采用的物理警告法:用刀刃连敲几下玻璃杯,外加猛喝一声和横瞪一眼；精神科医生往往把这些粗暴的手段移植到同完全健康的人交往的人际关系中来，也许由于职业习惯，也许他们认为所有的人都有点疯。

不过，当斯万来吃晚饭的前一天，亲自给她们送来一箱阿斯蒂生产的葡萄酒，她们倒是兴致勃勃的；我姨婆拿着一份《费加罗报》，看到上面刊登一幅在柯罗画展上展出的名画，画旁有一行说明："夏尔·斯万先生收藏"，便对我们说："你们瞧见了吧？斯万在《费加罗报》上大出风头了。"——"我一直对你们讲他的鉴赏力很强嘛。"我外祖母说道。——"你自然啰，什么时候你的意见都跟我们不一样。"姨婆抗辩道，她知道我外祖母一向跟她的看法不一致，又没有把握每次得到我们的赞同，于是想生拉硬扯我们站在她一边，针对我外祖母的看法群起而攻之。但我们偏不吭声儿。我外祖母的妹妹们表示想告诉斯万《费加罗报》的那句话，姨婆却竭力劝阻。每次她看到别人具有她所没有的长处，哪怕是微乎其微的，她也要自己相信这不是长处而是短处，为此，她非但不羡慕别人，反倒怜悯别人。"我想你们不会讨好的，换了我，要是看见自己的名字那么触目地登在报上，会感到败兴的；人家跟我谈这种事，我不会洋洋自得的。"

不过她倒没有硬要说服我外祖母的两个妹妹，因为她们俩本人就厌恶俗气，往往把人身影射转弯抹角地掩饰起来，话说得很巧妙，常常连当事人都察觉不出来。至于我母亲，她一心想着竭力取得我父亲的同意，不跟斯万谈论他的妻子，只谈他宠爱的妻子的女儿，据说正因为这个女儿，他才同意这门亲事的。"你只要跟他提一句，就问问她身体好不好。他没准儿苦不堪言呢。"听罢，我父亲发火了："胡说！你尽出馊主意。这未免不伦不类了吧。"

我们家中只有一个人对斯万的来访叫苦不迭，那就是我。因为晚上若有客人，或哪怕斯万先生一人，妈妈就不上楼来我的房间。我在大家之前先吃晚饭，然后在餐桌旁坐到八点，照例我便上楼了；通常妈妈在我上床睡觉时给予我的那个珍贵而易逝的吻，我得把它从餐厅带到卧室，又得在脱衣服的时候把它留住，以免损坏它的温馨，以免本来就易逝的效力烟消云散；正是在那样的晚上，我接受妈妈的吻时需要格外小心，我得在众人面前抓住这个吻，赶紧把它藏起来逃走，甚至没有必要的时间和思考余地来专心得到这个吻，正如躁狂症患者在关门时尽量不去想别的东西，以便在躁狂症突然发作时，能用关门时的回忆来战胜它。那两声怯生生的门铃传来时，我们全家都在花园里。我们知道是斯万，但大家依然面面相觑，脸上带着询问的神情，并派我外祖母前往侦察，"别忘谢谢他送的酒，谢得清楚点，你们知道的，酒味醇香，而且是一大箱。"我外祖父叮嘱他的两个小姨子。"不要再交头接耳，"我姨婆关照道，"上别人家听见人家在说悄悄话，多不舒服哇！"——"喏，斯万先生驾到，我们过一会儿问他是否认为明天是晴天。"我父亲说。我母亲以为只要她说一句话就可以把我们全家自斯万结婚以来给他造成的难堪

第一部分　孔布雷

统统消除。她想出办法把斯万引到一边。但我紧跟着她；我舍不得离开她一步，过一会儿我就得让她留在餐厅里，而我上楼睡觉时又不能像通常那样得到她来亲吻的慰藉了。"哦，斯万先生，"母亲对他说，"跟我谈谈您的女儿吧；我肯定她已经像她爸爸那样能鉴赏艺术珍品了。"这时我外祖父走过来说："喂，你们请过来跟大家坐到凉台上。"我母亲不得不把话打住，但她从这种约束中产生一个灵巧的心思，正如优秀的诗人从严格的韵律束缚中写出最美的诗句："等咱俩单独在一起时再谈您的女儿吧，"她低声对斯万说，"只有当母亲的才配得上理解您呢。我相信她母亲也同意我的看法。"我们全体围着铁桌子坐下。我真不愿意去想今晚我独守空房的苦恼，辗转反侧的焦躁，我竭力说服自己，这没有什么了不起，因为明天清晨就会忘得一干二净；我竭力去设想未来，设想走上一座桥梁，以便越过令人心惊胆战的深渊。但我忧心忡忡，瞪眼凝视我的母亲，心弦绷得紧紧的，不容任何印象闯入。各种想法尽可闯进我的心扉，但一切可能扣动我心弦的美，乃至一切可能引起我开心的风趣都被排斥在外。有如一个病人，因上了麻醉药，动手术时心里清清楚楚，却一点感觉也没有；我可以背诵我喜爱的诗篇或观察我父亲诱使斯万谈论德·奥迪弗雷-帕斯基埃公爵所作的种种努力，然而前者不能使我产生任何激情，后者不能使我产生任何快乐。但是外祖父的努力没有结果。他刚向斯万提出一个有关那公爵演说家的问题，我外祖母的一个妹妹就觉得不入耳，认为这个问题不合时宜，以致造成长久的冷场，出于礼貌，她主动打破冷场，大声对妹妹说："你想想看，塞莉娜，我结识了一位年轻的瑞典小学女教师，她把斯堪的纳维亚国家的合作社向我作了详细的介绍，有许多非常有趣的细节。应当请她哪天来这里吃晚饭。"——"我看可以嘛！"妹妹弗洛拉回答，"不过我也没白白浪费时间哪。我在万特伊先生家遇见一位老学者，他跟莫邦[1]很熟，莫邦向他详详细细地介绍了如何创造一个角色。这有意思极了。他是万特伊先生的邻居，我原先不知道，他非常和气。"——"不光万特伊先生才有和气的邻居。"塞莉娜姨婆大声喊道，由于羞怯，她的声音发尖，又由于预谋，她的声音很不自然，同时她向斯万瞥了一眼，用她的话说是意味深长的一瞥。与此同时，弗洛拉姨婆领会到这句话是塞莉娜对阿斯蒂葡萄酒的赠送者表示感谢，她也望了望斯万，其神情中既有庆贺之情，又有讥讽之意，也许仅想强调她妹妹的妙语，也许嫉妒斯万给了她灵感，也许她不由自主地挖苦他，因为她认为斯万难以招架了。"我想咱们能请得动这位先生来吃晚饭，"弗洛拉接着说，"只要谈起莫邦或马泰纳太太[2]，他可以一口气谈上几个小时。"——"那倒蛮有意思的。"我外祖父叹道，但心想，大自然不幸地完全排除了人们对瑞典合作社或莫邦扮演的角色产生热切关注的可能性，同时它

---

1. 莫邦（1821—1902），法兰西喜剧院的演员，擅长扮演贵族老爷、国王、暴君。
2. 阿玛莉·马泰纳（1847—1918），奥地利女歌唱家，首次扮演瓦格纳歌剧中的女主角。

也忘记了为我外祖母的两个妹妹的才情提供一点风趣,就像叙述莫莱或德·巴黎伯爵的私生活时必须添油加醋,听起来才津津有味。"喏,"斯万对我外祖父说,"那我就谈一谈看上去跟您问我的事情更有关联的问题,因为从某些方面来看,事情并没有什么大的变化。今天早上,我重读圣西门,有些东西也许会使您高兴。那是在有关他出使西班牙的一卷中,不算最精彩的篇章,只是一卷日记,但至少写得非常出色,仅此一点而论,就不同于令人厌烦的报纸,而我们则自以为早晚非读报纸不可。"——"我不同意您的看法,有些日子我觉得读报挺愉快的……"弗洛拉姨婆插话,以示她读到了《费加罗报》上关于斯万收藏柯罗的一幅画的说明。"每当报上登些引起我们关注的事情或人物的时候!"塞莉娜姨婆补充道。斯万感到诧异,答道:"我不反对,不过我责难报纸之处,在于报界每天让我们注意一些毫无价值的琐事,而我们一生难得读到三四回货真价实的书。既然我们每天早上迫不及待地拆封看报,那么就得换换花样,加些东西才行,让我怎么说呢,比如……帕斯卡尔的《思想录》之类!"他把"思想录"三字说得夸张,用了反讽的语气,免得显得学究气。同时对上流社会的东西表现出某些社交界人士流露的那种轻蔑,他加添道:"那些切口烫金的精装书,我们十年只打开一次,而谈到的却是希腊王后驾临戛纳,威德·莱翁公主举办化装舞会。好像这样才合乎天理人情。"他后悔忘乎所以,把严肃的事情说得如此轻率,调侃道:"咱们的谈话十分高雅,我不知道为什么提及这些登峰造极的人物，"他转身对我外祖父说，"还是谈圣西门吧，他写道，莫莱夫里埃[1]竟敢向他的儿子们伸手套近乎。您知道，圣西门是怎么说这个莫莱夫里埃的。他说：'他就像厚玻璃酒瓶，我看他一肚子坏水，又粗俗又愚蠢。'"——"玻璃酒瓶有厚有薄，但我知道有些瓶里装的是别的东西。"弗洛拉赶紧插话，她也乘机感谢斯万，因为那箱阿斯蒂葡萄酒是作为礼物送给她们姐妹俩的。塞莉娜开怀笑了起来。斯万狼狈不堪，但还是接着讲："圣西门写道：'我不知道他是不懂规矩呢还是死要面子，反正他想同我的孩子们握手。我及时发觉他的意图，没让他得逞。'"我外祖父对"不懂规矩呢还是死要面子"一说赞不绝口，但塞莉娜小姐，由于圣西门这个文豪的名字使她的听觉官能免遭完全的麻痹，听到此话却怒不可遏："怎么？您居然大加赞赏？嗯，那好哇！但这些能说明什么呢？难道一个人非得不如另一个人吗？人若有才气和胆气，公爵也罢，马夫也罢，有什么要紧？您那个圣西门教子有方啊？他居然不让儿子们跟所有的正派人握手。真是可恶透顶。您竟敢引为佳话？"我外祖父心里很难过，见她硬是横插一杠，感到无法继续再让斯万讲叫他开心的故事了，于是低声对我妈妈说："你还记得你教我的那句诗吧，在这样的时刻可以让我轻松一下。嗨，有了，'主呀，有多少德行您要我们憎恨哪！'[2]嗬，说得多好哇！"

---

1. 莫莱夫里埃（1677—1754），法兰西元帅。
2. 高乃依的诗句。见《庞贝之死》(1072)，应为："天哪！……"——原注

第一部分　孔布雷

我目不转睛地望着母亲，我知道，一旦开饭，就不允许我呆着看他们吃饭；为了不惹我父亲生气，妈妈不让我当着大家的面亲吻好几次，就像我在卧室里那样。所以，在餐厅里，在即将开晚饭的时候，在我感到那个时刻来临之际，我决心尽可能预先把那短短而悄悄的吻由我自个儿来完成，用目光在母亲的面颊上选择好我即将亲吻的位置，作好思想准备：由于精神上已经开始亲吻，就能感受妈妈把脸凑过来的一刹那我的嘴唇所获得的温馨，正如只能得到几次短暂的模特儿姿势表演的画家，他准备好调色板，根据笔记，事先把一切素材回忆妥当，即使模特儿不在场，他也能把肖像画得惟妙惟肖。然而，晚饭铃未响，外祖父残忍地，尽管是无意识的残忍，说："孩子看上去累了，该上楼睡觉了。况且我们今晚开饭又晚。"我父亲又不如我外祖母和母亲那样恪守协约，他说："是呀，走，快睡觉去。"我正想亲一下妈妈，这时晚饭铃响了。"不，行了，别缠磨你母亲啦，你们这个样子道晚安该收场了，这种表示真是荒诞可笑。走，上楼去。"我不得不离开，没领到盘缠就上路了；我硬着头皮登每级楼梯，恰如俗话所说，"无可奈何"，即违心上楼，我的心不禁又返回母亲身边，因为她还没有吻我，我的心没有得到她发的许可证，不肯跟我回房。这可恶的楼梯，我一踏上它，总是百般惆怅，它散发的清漆味儿可以说吸收了、凝聚了我每晚所感受到的那种特殊的郁闷，也许正因如此，我闻到漆味时倍感惆怅难受，因为在这种嗅觉的形式下，我的智力不再能够发挥作用了。当我们沉睡时牙痛发作了，我们却感觉不到，只仿佛我们竭尽全力把一个姑娘从水里拉出来，拉出来又掉下去，一连二百次，或仿佛觉得我们在不停地背诵莫里哀的一句诗，惊醒后大松一口气，这时我们的智力才意识到是牙痛，才能剥去见义勇为的伪装或铿锵吟诗的假象。我上楼时，与这种大松一口气正好相反，闻到楼梯的清漆味，突然觉得一阵揪心，速度非常之快，几乎是顷刻之间的事，既是潜伏的，又是突发的，比精神渗透不知快多少倍。我一径进入卧房，就得堵住一切出口，把护窗板关死，掀被子，为自己挖好坟墓，把睡衣当裹尸布穿上。时令已交盛夏，家里人怕我在大床的棱纹平布帷子下太热，在我的卧房里加放了一张铁床，我在把自己埋入铁床里之前，顿时产生了反抗情绪，我想试一试囚犯的诡计。我给母亲写信，恳求她上楼来，有重要的事情禀报，又不便在信上说。但我非常害怕弗朗索瓦丝不肯为我送信，她是我姑妈的厨娘，每逢我来孔布雷，由她专门照料我。我猜想，对她来说，在家中请客时为我给母亲送信是不可能的，正如叫戏院门房送信给一个正在台上表演的演员，是办不到的。至于事情办得到或办不到，弗朗索瓦丝自有一部法规，既专横又翔实，既细微又强硬，其档次区分难以觉察或细腻入微。这使她的法规具有古风的色彩，其中惨绝人寰的规定可下令屠杀吃奶的孩子，其中大慈大悲的规定可禁止用母山羊的奶来炖山羊羔或食用动物大腿上的筋。倘若我从她有时冷不防地顽固拒绝承办我们委托的某些事情来判断，她的这部法规好像早已预见某些上流社会的复杂规矩和社交场上过分的礼仪，而这些在弗朗索瓦丝周围亲近的人中和在她乡村女仆的生活中是得不到任何启迪的；因此，我们不得不承认在她身上有着法兰西非常古老的遗风，高尚而不为人们所理解，有如在手工业城市中，一些陈旧的宅第证明昔日曾有过宫廷气派的生活，一些化学产品工厂的工人从事劳动的四周则有精美的雕塑品，如今仍旧再现着圣·泰奥菲尔的奇迹或埃蒙四子[1]。为对付当时的特殊情况，弗朗索瓦丝的法规专门有一项条款，除非发生火灾，她多半不可能为我这个区区小人物去打扰妈妈，她正陪着斯万先生哩，这不折不扣地表明她不仅尊敬长辈，如同尊敬故人、教士和王爷，而且尊敬我们给予款待的宾客；这种尊敬，如果出现在书里，也许使我感动，但出现在她的嘴里，总叫我恼火，因为她劝说的语气既严肃庄重，又动了感情，叫人受不了，尤其这天晚上，她把这顿晚饭说得神圣得不得了，以致拒绝打扰晚餐的礼仪。但为了碰碰运气，我毫不犹豫撒起谎来，对她说根本不是我主动要给妈妈写信，而是刚才妈妈跟我分手时叮嘱我别忘了给她一个答复，有关她让我找的一件东西；如果不给妈妈写这封短信，她会生气的。我看出弗朗索瓦丝不相信我的话，因为

---

[1] 泰奥菲尔，中世纪传奇人物，相传他的故事发端于他的奴隶欧蒂欣，后来由拉丁诗人和德国诗人相传编入叙事诗：泰奥菲尔因受到不公正的待遇，怒火中烧，一气之下，在一个希伯来魔术师的帮助下把灵魂卖给魔鬼，随后追悔莫及，求助于圣母玛利亚。圣母被他的诚心感动，代为求情，使他的灵魂得救，终于成为圣徒，故称圣·泰奥菲尔。

埃蒙四兄弟是法国十二世纪英雄诗中的人物，其父是公爵，故称埃蒙四子，在同查理大帝作战时，英勇无比，后成为传奇人物。

她像原始人那样，有着比我敏锐得多的感觉，从我们觉察不出的征兆中，立即识破我企图掩饰的全部真相；她盯着信封足足瞧了五分钟，好像纸面检查和书写外观可让她看透内容的性质或教她应当参照她的法规的哪个条款。然而，她无可奈何地走出房间，那样子好似在说："哎！养了这么个孩子，做父母的真倒霉！"但没一会儿她就回来了，对我说他们刚在吃冰淇淋，这个时候膳食总管无法当着众人的面递交信件，得等到上漱口盂时才有办法把信递给我妈妈。我的焦虑顿时消失；现在不用像刚才那样担心直到明天都见不着妈妈了，因为我的短信至少把不露面而乐不可支的我带进妈妈所在的屋子，即将在她耳边说悄悄话，尽管可能使她生气，甚至双倍地生气，因为我的诡计将使我在斯万的眼里显得荒唐可笑；片刻前，冰淇淋（花岗石纹冰淇淋）和漱口盂在我看来还包含着有害的享受和极其可悲的乐趣，因为妈妈是在撇弃我后享受的，如今这间对我禁止和敌视的餐厅，突然向我开放，好比一个熟透裂开皮的水果流出的蜜汁那样滋润我的心房，因为妈妈读到我写的几行文字时流露出的关注将使我如醉如痴。现在我与母亲心心相印了，相隔的屏障已倒塌，一条美不可言的情丝把我们联系在一起。况且，还不止如此，妈妈多半还会来看我哩！

　　我刚才感受的苦恼，我想斯万会嗤之以鼻，假如他读到我的信和猜到我的用心的话；然而，正好相反，后来我听说，在他的一生中，一种类似的苦恼折磨了他多年，也许没有人比他更能理解我；他体会到这种苦恼：自己所爱的人在自己不在的或不能去相会的娱乐场所享受快乐，这就是爱情使他经受的苦恼，也几乎可以说，这种苦恼注定属于爱情，而且通过爱情，这种苦恼被独占了，被专门化了；不过，像对我这样的人来说，爱情还未出现在我们生活中以前，苦恼已经钻进我们的心窝，它一边期待着爱情，一边迷离恍惚地、不受拘束地活动，漫无钟情的目标，一天为某种感情效劳，第二天又为另一种感情效劳；时而是子女对父母的情爱，时而是同伴对同伴的友爱。当弗朗索瓦丝回来对我说我的信将送到，我得到第一次感情实习的喜悦，斯万一定也得到过这种喜悦，这其实是一场空欢喜，是我们所爱的女人的某个朋友或某个亲戚好心的结果，比如发生在这样的时刻：我们来到公馆或剧院，明明知道我们所爱的女人在里面参加舞会或观看首场演出，这位朋友正准备去找她，却瞥见我们在门外徘徊，绝望地等待与她联系的机会。他认出我们，亲热地过来招呼，问我们在那里干什么。我们编造说有紧急的事要告诉他的亲戚或女友，他向我们保证说，这再简单不过了，他把我们请进候厅，并且答应我们五分钟内一定送她来见我们。我们多么喜欢他，就像此刻我多么喜欢弗朗索瓦丝这位好心肠的中间人，只用一句话就使我们的心情大变样了：刚才我还认为里面正在举行难以想象的、令人受不了的晚会，而且认为其中定有几股敌对的、反常的、迷惑人的旋风，把我们所爱的人裹挟而去，还让她嘲笑我们，可现在我们觉得里面的晚会还是过得去的，合乎人情的，几乎合时宜的呢！如果我们以他的态度来看：这位亲戚主动前来同我们搭讪，他本人只是初次涉足令人难堪的奥秘，那么我们可以判断其他的宾客不至于是恶魔的人物。当我们对她即将享受怎样的欢乐一无所知时，那样的时刻是叫人望洋兴叹的，使人万分痛苦的，如今意外地出现了一个缺口，我们可以钻进去了；如今在鱼贯而行的时刻序列中出现一个时刻，与其他时刻同样实实在在也许对我们更为重要，因为我们所爱的人与这个时刻更为紧密相关；这个时刻，我们想象得出，我们占有它，我们介入其间，几乎是我们自己创造出来的，即有人告诉她我们在那儿，在楼下的那一刻。多半晚会其他时刻与那个时刻没有多大的本质差异，不见得更为美妙，不见得使我们痛苦万状，因为好心的朋友说："她一定乐意下楼的！跟您聊天对她有趣得多，她呆在上面腻歪透了。"可叹哪，斯万在这个方面深有体会，第三者的好意打动不了一个女人的心，当她得知连在晚会上也被她不爱的人跟踪时是要生气的嘛。往往，好心的朋友独自返回楼下。

我母亲没有来，根本不照顾我的自尊心（我曾希望，所谓她请我告诉她寻找东西这个谎言不被揭穿），她让弗朗索瓦丝给我捎回这句话："不予理睬。"后来我经常听见豪华旅馆的门房或赌场的当差就是这样给可怜兮兮的姑娘回答的，姑娘大惊失色："怎么，他什么也没说，这不可能的嘛！您真的把我的信交给他了吗？那好，我再等等吧。"而且，当门房要为姑娘多点一盏煤气灯时，她们总是说不需要，然后缩在一旁等候，偶尔听到门房和跑堂交换几句有关天气好坏的话，当门房瞥见时间正到，便赶紧打发跑堂为某位顾客把酒冰镇好；弗朗索瓦丝传过话后主动提出给我泡药茶或留下陪我，但被我谢绝了，让她回到配膳室去，然后我躺下，闭上眼睛，尽量不去听我父母在花园里喝咖啡时的说话声。几秒钟之后，我感到在给妈妈写信的时候，在冒着使她生气的危险而硬要接近她，甚至以为马上要与她见面的时候，我实际上已经在为我自己设置障碍，可能入睡前见不到妈妈了；我的心怦怦跳得越来越厉害，越来越难受，因为我竭力说服自己平静下来，对厄运逆来顺受，结果反倒增添了烦恼。突然，我的焦虑消失了，有如强烈的药物开始见效了，我顿时感到浑身舒坦，痛苦涣然冰释：我下定决心不见妈妈偏不睡觉，等她上楼睡觉时，要不惜一切代价亲她一亲，尽管肯定会惹她生气很久。苦恼既消，平静得以恢复，我的情绪异常兴高采烈，其异常的程度不亚于等待、口渴和临危不惧所引起的异常情绪。我悄悄打开窗户，坐在床脚旁，几乎一动不动，不让楼下听到我发出的声音。窗外，万物似乎也凝结在默然的期待中，生怕惊扰明亮的月色；月亮以自身的反光照遍每个地方，使每件东西都投下形影，都向后倒退，月色溶溶而又明净，使景致变得秀丽而悠远，如同人们把一幅卷着的画轴缓缓展开。需要动一动的东西，比如栗树的叶子，在微微颤动。树叶整体的微微颤动，细微有致，不影响树的其余部分，似乎脱离树木而独辟有限的空间。远处传来的杂音，大概来自小城另一端的花园，在这不吸音的寂静中坠落散开，温柔而清晰，是那样的"完美"，好似从远处传来轻轻演奏的乐段，正如音乐戏剧学院的乐队出色地轻声演奏的乐旨，尽管每个乐符清晰可辨，但都像从离音乐厅很远的地方传来的；所有的老听众，包括我外祖母的两个妹妹在内，如果斯万给她们送音乐票的话，都会侧耳倾听，好像在听部队行军的脚步声从远处渐渐传来，其实部队还没有拐出特雷维泽街呢。

我知道我陷入的案情同所有的案情相比，对我来说，可能会惹父母采取最严厉的处罚，其后果比外人所能想象的要严重得多，外人总以为充其量不过是丢人现眼的过失所造成的后果。由于人们对我施行的教育不同于别的孩子所受的教育，过失的轻重次序是不一样的；家人培育我习惯于把某些过失置于所有其他的过失之前，要不然，我大概没有必要让人家精心管教不犯这类过失，我现在明白这类过失的共同特性：因为大发肝火而失足，不过，失足一说当时没有挑明，也没有把根源公布于众，否则我会心安理得认为失足是可以原谅的，甚至是无法抵御的。其实我明明知道，在失足前，我百般苦恼；在失足后，我定遭惩罚；我知道，我刚才犯的过失与我过去为之严厉受罚的过失是同一类别的，尽管要严重得多。假如在母亲上楼睡觉的时候我半道迎上前去，假如她看到我一直没睡只等着到过道里向她再说一次晚安，那么他们不会再让我呆在家里，第二天就会把我打发到学校去住宿，这是肯定的。那么好吧！我宁愿五分钟之后跳楼自尽，那更痛快些。现在我一心想的是要妈妈，向她道晚安；为了实现这愿望，我已经走得太远了，不可能再走回头路了。

我听得见父母送斯万出门的脚步声；门铃声提醒我斯万已走了，我便趴在窗上，妈妈问我父亲龙虾是否可口，斯万先生是否要了第二份开心果咖啡冰淇淋。"我觉得龙虾不过如此，"母亲说，"我想下次应当试一试另一种香料。"——"我说不出口，我觉得斯万大变样了，"姨婆说，"他像个小老头了！"姨婆习惯把斯万看作一成不变的小年轻，当她发现斯万比她固定给他的年龄显老时，就大惊小怪起来。况且，我父母也开始觉得他衰老得失常、过分、丢脸，单身汉才会这般老气横秋，所有那些觉得无望的大白天似乎比其他大白天更长的人才会这般老气横秋，因为对他们来说，白天是无实在意义的；自清晨开始的时时刻刻白白增加，分不出哪些时刻是有成果的。"我想他为不正经的妻子伤透了脑筋，那娘们跟一个叫夏吕斯的先生姘居，孔布雷的人都知道。这事成了全城的笑柄。"我母亲提醒说斯万近来倒不怎么愁眉苦脸了。她说："也不像从前那么经常学他父亲的举止，动不动就揉眼睛，摸脑门。我想，他实在已经不爱那个女人了。"——"当然不再爱她了，"我外祖父接茬儿，"关于这件事，我很久以前收到过他的一封信，我尽量往好处想，但毫无疑问，他对妻子的感情，至少爱情已经淡漠了。"外祖父最后转身对两位小姨子说："哎呀！你们真是的，你们还是没有感谢他送来的阿斯蒂葡萄酒。""怎么，我们没有感谢他？咱们私下说说，我以为我转弯抹角的说法还相当委婉体贴哩。"弗洛拉姨婆说。"是的，你说得非常得体,我很佩服你,"塞莉娜姨婆说,"你也一样,你表现得也十分出色。"——"是的,我对自己谈到可爱的邻居们那番话相当得意。"——"嗨,你们这也叫作感谢呀!"我外祖父喊道,"你们的话我倒是听见了,但鬼知道这是说给斯万听的。你们尽管放心,他什么也没听懂。"——"不见得吧,斯万又不傻,我肯定他十分赏识。我总不能对他说酒有多少瓶,值多少钱吧!"我的父母单独呆在一旁,在花园里坐了一会儿;后来父亲说道:"行了,咱们上楼睡吧,好吗?"——"随你吧,亲爱的,不过我一点儿也不困;总不会是咖啡冰淇淋里那点咖啡弄得我没有睡意的吧;瞧,配膳室还有灯光,可怜的弗朗索瓦丝还在等我呢,我去叫她帮我解开胸衣的搭扣,你先去更衣吧。"母亲打开装有格条的门,走进正对楼梯的门厅。接着我听见她上楼关好窗户。我悄悄溜进过道;我的心怦怦乱跳,几乎迈不开脚步,但至少不是因为焦虑而乱跳,而是因为惊喜交加。我看见楼梯井里亮起烛光。然后我看见手持蜡烛的妈妈,便扑上前去。最初一瞬,她愕怔地望着我,不明白发生了什么事情。后来,她的脸露出愠色,连一句话也不说,自然啰,平时比这样的事轻微得多她也会好几天不跟我说话。倘若妈妈对我说一句话,这就等于承认可以理睬我,但实际上也许对我来说更为可怕,就像即将发生的严厉惩罚的信号,而沉默、翻脸,倒是孩子似的表现。一句话语,哪怕是平心静气说出来的,比如决定辞退用人时就是这么回答的;一个亲吻,比如父母打发儿子出门谋生时给他的,而只想跟儿子生两天气的父母是绝对不肯吻儿子的。这时她听到我父亲从盥洗室换好睡衣上楼来，为了免得他冲我发火，气呼呼地结巴着说："快逃，快逃，别让你父亲看见你像个疯子似的等在这里！"可我还是重复道："来给我说声晚安吧。"话音未落，却见父亲手持的烛光已照到过道的墙上，我大惊失色，但我乘机利用父亲的到来作为讹诈的手段，希望妈妈鉴于不让我父亲看见我呆在那里而作出让步，会对我说："先回房去，我一会儿就来。"但已经来不及了，父亲已到了我们面前。我不觉咕噜道："我完了！"不过谁也没听见。

　　我没有完蛋。在执行协约方面，我父亲一向不像我母亲和外祖母那样肯通融，她们所允许的，他一概拒绝，因为他不在乎"原则"，也不顾什么"人权"。他随便说个理由或干脆没有理由，就在最后一刻取消我外出散步，而我通常固定的散步别人即使阻拦也得许个愿；或者像他今晚干的那样，离晚饭惯常的时刻还早着呢，就对我说："走吧，上楼睡觉去，不许多说！"但也因为他不讲原则（我外祖母语），严格地说，他倒也不是硬不可通融的。他瞧了瞧我，样子又惊异又生气，不过，等妈妈不好意思地向他简要说明缘由，他便说："那你去陪陪他吧，正好你说过你不想睡，在他房间里呆上一会儿吧，我不要什么了。"——"但是，亲爱的，"我母亲怯生生地回答，"这跟我想不想睡有什么关系，咱们不能惯着这孩子……"——"谈不上惯嘛，"我父亲耸耸肩膀，"你瞧这孩子垂头丧气的，一副愁眉苦脸，得了，咱们别折磨他了！等你把他弄病了，那你就讨便宜啦！他房间里反正有两张床，叫弗朗索瓦丝给你把大床铺好，今晚你就睡在他旁边吧。好啦，晚安，我不像你们那样神经过敏，我去睡觉了。"

还不能向父亲表示谢意，否则他要恼火的，尽管这叫多愁善感。我呆着不敢有所表示，他还在我们跟前哪；他穿着白色睡袍显得十分高大，头上缠着淡紫和粉红两色相间的印度开司米头巾，自从他得了神经痛，睡觉总要缠头：他的举止很像亚伯拉罕，斯万先生送我一幅伯诺索·戈索里[1]的原作复制品，版画中亚伯拉罕硬要撒拉舍弃以撒。[2]这事已经过去许多年了。当年我眼看烛光徐徐上升的那面梯墙早已荡然无存。留在我心中的许多东西，我当年以为永世长存，如今却也已支离破碎；许多新的东西平地兴起，给我带来当年难以预料的苦与乐，而许多旧的东西反倒变得难以理解了。很久以前父亲已停止对母亲说："去陪陪小鬼吧。"对我来说，重见这样的时刻的可能性已一去不复返。然而新近，要是我静心谛听，我又清晰地辨出我幼时的哭泣；在父亲面前我竭力憋着，等到跟妈妈单独在一起时才失声痛哭。实际上，这种痛哭从来没有停止过，只因为我目前周围的生活比以前平静多了，才又重新听见幼时的哭泣，正如修道院的钟声白天被市区的喧闹所淹没，使人以为钟声不响了，可到晚上万籁俱寂时

---

1. 伯诺索·戈索里（1420—1497），意大利画家，曾作"旧约故事"的系列画。
2. 神要试验亚伯拉罕，令他把独生子以撒亲自送往摩利亚的一座山上，把以撒活活烧死，献为燔祭。亚伯拉罕说服了妻子撒拉，照神的意志行事。亚伯拉罕正准备动手时，神制止了他，说他经受了考验，于是送来一只公羊，代为燔祭。（参见《圣经·旧约·创世记》第二十二章：神试验亚伯拉罕）

又开始回荡了。

妈妈那晚就在我的卧房过夜；正当我犯了一个大错误以至准备被迫离家的时候，我的父母却对我关怀备至，以前我做了好事也从未如此受到嘉奖。甚至在父亲对我恩惠有加时，他的举止也带有某种专横和妄求的特性；通常他的行为多半是心血来潮，极少深思熟虑。他打发我去睡觉时的态度，我称之为严厉，也许言过其实，与我母亲和外祖母的严厉相比，还称不上严厉，因为他的生性同我的区别大于同我母亲和外祖母，很可能至今还猜想不到我每天晚上是多么的不高兴，而我母亲和外祖母却知道得清清楚楚；但她们出于爱护我，不同意为我排忧解难，她们决意叫我学会克服痛苦，以便减轻神经过敏和增强意志。至于我父亲，他对我的爱属于另一种类型，我不知道他是否心肠更软，反正这一次，他看清楚我垂头丧气的，就对我母亲说："你去安慰安慰他吧。"妈妈在我卧房过了夜；当弗朗索瓦丝看到妈妈坐在我身旁，拉住我的手，让我哭哭啼啼，也不责骂我，她明白一定发生了异乎寻常的事情，于是问道："夫人，少爷怎么哭成这样？"妈妈不想以任何的良心责备来弄糟这些非同寻常的时刻，这已超出我有权希望得到的东西了，于是便回答道："他自己也不清楚吧，弗朗索瓦丝，他神经太紧张了吧；快给我把这张大床铺好，然后上楼去睡吧。"这样，破天荒第一遭，我的忧伤没有被视为应受处罚的过错，而当作无意的精神苦恼，并得到正式承认，至于神经紧张症，我是不负责任的；我松了一口气；不必为眼泪的苦涩而心绪不宁。我可以痛哭而不背黑锅。在弗朗索瓦丝面前,我对这种人事的反复颇为得意:一个小时前,妈妈拒绝上楼来我的卧房,并轻蔑地让人传话叫我睡觉,此时,事态的转折使我上升到大人的高位,使我一下子萌发成熟的悲伤,释放成熟的泪水。我该心满意足了吧,不,我还是满肚子不高兴。我觉得母亲刚才首次向我作出让步,这一定使她很痛苦,她第一次在设计的理想面前认输了,她,多么有胆量的女人,第一次承认失败。我觉得,我之所以取得胜利,是因为跟她作对的后果,就像生病、悲伤或年幼所能获得的东西,迫使她松懈意志,动摇理性;那天晚上开始了一个新的纪元,将作为不光彩的日子留存下来。如果我有胆量,我就对妈妈说:"不,我不要,你别睡在这里。"然而,我懂得妈妈具有注重实际的明智,用现在的话说,是现实主义者,这种明智使外祖母遗传给她的灼热的理想主义天性减弱了,我知道,现在既然坏事已经铸成,她宁愿让我至少得到欣慰,以免惊动父亲。诚然那天晚上,我母亲俊俏的面容还闪着青春活力,她百般温柔地握着我的手,想尽办法让我停止哭泣;但我恰好认为不该如此,她若满脸怒气,我反倒不会这般悲伤,因为我童年时代从未有过这样的温情:我觉得仿佛用大逆不道的手暗地里在她的灵魂划上第一道皱纹,并促使长出第一根白发。想到这一层,我便嚎啕大哭起来;妈妈从来不让自己跟我动感情,此刻我看到她突然被我激动的情绪感染了,在竭力克制自己流泪。当她感到被我发现了,便笑着对我说:"喂,我的小宝贝,我的小傻瓜，再这样下去，你要把妈妈弄得跟你一样傻了。得了，既然你不困，妈妈也不困，咱们别呆着瞎发脾气，干点事情吧，拿出一本你的书来念好吧。"可我的书不在身边。"要是我把你外祖母准备庆祝你生日的书拿出来，你会不会感到扫兴？想好啦，后天什么礼物也没有，你不会失望吧？"正好相反，我非常高兴，妈妈去取来一包书，从包装纸看，我只能猜出书的大小长短，但光凭外表，虽然是粗略的和遮着纸的，已经使新年的颜料盒和去年的家蚕相形见绌了。这些书是《魔沼》《弃儿弗朗索瓦》《小法岱特》和《笛师》。事后我才知道，外祖母原先挑选了缪塞的诗，卢梭的一本著作和《印第安娜》[1]；如果说外祖母认为无聊的读物与糖果和糕点一样有害于健康，那么她断定天才的巨大灵感对孩子的精神所产生的影响不会比室外空气和海上强风对孩子的身体更有害，更缺乏振作力量。但我父亲听说她想送我的那几本书时，几乎说她发疯了，于是她亲自返回茹伊子爵镇的书店，以免我不能及时拿到礼物：那天的天气灼热，她回家后病倒了，医生警告我母亲切不可再让她如此劳累；她不得已而选择了乔治·桑的四本田园小说。"我的女儿，"她对我妈妈说，"我下不了决心给孩子买写得蹩脚的东西。"

　　事实上，她从不迁就购买任何于智力无补的东西，尤其注意向我们提供优秀的作品，使我们学会在福利享受和虚荣满足之

---

[1]《印第安娜》(1832)是乔治·桑的成名小说。

外寻找乐趣。更有甚者，当她需要送人一件实用的礼物时，当她需要送一把扶手椅，几副餐具，一根手杖，她总去找"古色古香"的，好像东西长久不用就失去其实用性似的，因此，古色古香的东西与其说供我们生活所需，不如说向我们转告古人的生活。她原本喜欢让我卧房里挂几张古建筑的照片或最美的风景画。但当她购买时，虽然画面再现的东西具有审美的价值，但她觉得庸俗性和实用性在照相这种机械表现方式中死灰复燃得太快了。她想方设法运用计谋，即使无法排除商业性俗气，至少使它减少一些，至少在绝大部分代之以艺术性，引进几层艺术的"厚度"：比如为了取代沙特尔大教堂，圣克鲁大喷泉，维苏威火山的照片，她请教斯万，问他是否有什么大画家再现过上述景致；她宁愿送给我油画照片：珂罗的《沙特尔大教堂》，于贝尔·罗贝[1]的《圣克鲁大喷泉》，透纳[2]的《维苏威火山》，不管怎么说，这些照片的艺术档次总是高一层的吧。然而，假如摄影师不可以直接表现建筑杰作或大自然，那他只能取得复制画家所表现的东西了。我外祖母一旦发现作品俗气，她就千方百计追本溯源。她讯问斯万作品是不是雕刻的，如果有可能是镂版的，她更喜欢古本的版画，因为除版画本身之外，另有一番情趣，例如一幅杰作的临摹画犹存，而原作如今却已失传，就像达·芬奇的《最后的晚

---

1. 于贝尔·罗贝（1733—1808），法国画家、雕刻家。
2. 透纳（1775—1851），英国画家，擅长水彩画、油画，对法国印象派绘画有较大的影响。

餐》[1]在原作损坏前,莫根所临摹的那幅版画。应当指出,通过送礼物来理解艺术,这种方法的效果不总是很引人注目的。提香画过威尼斯,画的背景据说是环礁湖,但我从中获得威尼斯的印象肯定大大不如普通的照片可能给予我的印象确切。家里有一笔糊涂账:我姨婆存心非难我外祖母,抱怨说她给新婚夫妇或老夫老妻送的扶手椅,人家刚想使用,立即就被某个受礼者的体重压散架了,这样的椅子外祖母究竟送了多少,那是算不清的。但我外祖母却不以为然,认为过于注重木器的牢度未免小家子气,因为旧木器上依然明显留存着昔日向女人献的殷勤、微笑,有时还有美丽的想象。这些木器,甚至以我们现今已经不习惯的方式显示仍然符合某种需要,这也使外祖母陶醉,好似那些古老的说法,即使在现代言语中我们还感受得到因习惯的磨损而变模糊的隐喻。而外祖母送给我当作生日礼物的那几本乔治·桑的田园小说恰恰好像古色古香的家具,充满过时而再度形象化的熟语,只在乡村还能听得到。我外祖母在各种书中有意选购这几本,好比她更乐意赞赏一幢带哥特式楼顶间的花园住宅或某件古色古香的东西,因为这些古物使她精神上感到很受用,发一发思古之幽情,到古代去作一番不可实现的遨游。

妈妈在我的床边坐下;她拿起《弃儿弗朗索瓦》,淡红色的书皮和不可思议的书名使我觉得弗朗索瓦这个人物非同一般,具

1.《最后的晚餐》壁画作于1495—1497年。因达·芬奇所采用的新材料质地不好,由渐变到损坏,未能完整地保存下来。

有神秘的诱惑力。我还从未读过真正的小说呢。我早已听说乔治·桑是典型的小说家。仅此一说就促使我想象《弃儿弗朗索瓦》中会有难以形容的、美不可言的东西。旨在激起好奇心或同情心的叙述手法，引起不安和伤感的某些表达方法，稍有知识的读者一眼认出这些与许多小说都有共同之处，我只是觉得这些手法和方法使《弃儿弗朗索瓦》特有的本质感人肺腑地流露出来；在我眼里，一本新书并不是一件具有许多同类东西的物品，而是一个与众不同的人，有其自身存在的依据。在书中那些日复一日的常事，那些普普通通的东西，那些司空见惯的用语，我却感到有一种格调，一种奇特的抑扬顿挫。故事铺展了，我却似懂非懂，更何况念着念着，整整几页没有念进去，心里想着别的事情哩。在阅读时，因为心不在焉，往往造成空白，再加上妈妈给我朗读时有意跳过所有的爱情场面，空白有增无减。所以，磨坊姑娘和小男孩各自的态度变化都很离奇，只能从萌生的爱情发展中找到解释，可我并不清楚，只觉得这些变化打上奥秘的印记，我乐于设想奥秘的来源在于"弃儿"这个称呼；我不知为什么，总觉得这个陌生而悦耳的称呼使这个"弃儿"的小男孩披上鲜艳的、大红的、迷人的色彩。我母亲虽说朗读时往往不忠实原文，但她读到表现真实情感的地方，却朗读得十分精彩，既朴实又尊重原意，声音既优美又甜润。甚至在日常生活中，且不说艺术品，就拿人来说吧，当有人唤起她的同情或赞赏，她的样子看起来十分动人，她极其谦恭地用她的声音、手势、言语避免发生下列事情：避免兴高采烈，不使昔日失去孩子的母亲心里难受；避免提及节日、生日，不使老人联想到自己年事已高；避免家务闲谈，不使青年学者感到枯燥乏味。同样，我母亲阅读乔治·桑的散文时对书中力透纸背的善良高尚情操心领神会，因为外祖母早就教会母亲把这两种品格在生活中看得高于一切，而我只在很久以后才学会不要把它们在书本中看得高于一切，当年她朗读时全神贯注地从她的声音中排除一切小家子气和一切装腔作势，以免妨碍感情的洪流注入其间，她脉脉温情的自然流露，一团和气的声音，正是表达高尚情操所需要的，仿佛乔治·桑的字字句句专门为配合她的声音而写的，几乎可以说每字每句都在她心弦的音区扎下了根。为了把这些字句恰如其分地配音，她找出了预制好的真诚的语气，支配着字句，因为字句本身并不标明语气；由于有了这种真诚的语气，她在朗读过程中软化了硬邦邦的动词时态，使得未完成过去时和简单过去时所表达的善良平添温柔，情爱平添惆怅，引导句子承上启下，时而加速音节的节奏，时而放慢音节的节奏，音节的数量尽管不等，但连贯成句，一气呵成，从而她给平淡无味的散文注入一种富有感情和绵延持续的生气。

我的内疚平息之后，我随即沉浸在有妈妈做伴过夜的温情中。我知道这样的夜晚不会再有，在这个世上，我最大的愿望是留母亲在我卧房陪我度过夜间凄凉的时刻，这种愿望与生活的急需和大家的心愿背道而驰，因此今晚这种愿望得以满足只是强作的、例外的事情而已。明天我的焦虑又会复现，而妈妈则不会再留在这里了。然而，一旦我的焦虑得到平息，我就对焦虑置若罔闻了，反正明天晚上还远着呢；我心里思量还有时间想办法，尽管未来的这段时间不会给我带来任何新的本领，因为事情毕竟不以我的意志为转移，因为只有在事情与我不相干时，我才会觉得较为可能避免。

就这样，在很长的时间内，每当我夜里醒来，都回忆起孔布雷，我只见到一截发亮的墙呈现在模糊不清的黑暗里，如同彩色烟火或电的某种照明映射楼房时凌空截断被照亮的墙面，把楼房的其余部分推进黑暗中；我见到颇宽敞的底层的小客厅、餐厅、小径的开端——那个无意中引起我忧伤的斯万先生就是从那里进来的；我见到门厅，门厅里的楼梯像不规则的棱锥体，陡得吓人，我正朝第一阶踏步走去；我见到顶层我的卧房外的走廊，妈妈就从走廊的玻璃门进入我的房间；简言之，一再看见我脱衣服时发生的悲剧所必需的背景，这个极简单的背景总是在同一个时间脱离周围的一切，从黑暗中孤立地呈现（如同外省上演旧戏时开头的场面），仿佛孔布雷仅由三层楼组成，中间由一座单薄的楼梯连接，又仿佛总是停留在晚上七点钟。说实话，我满可以向讯问我的人回答，孔布雷还包括别的东西，还有别的时辰的生活。但是，由于我回想时只靠有意识的回忆，只靠智力的回忆，由于这类回忆提供关于过去的情况没有保留任何有价值的东西，我从不乐意去想孔布雷的其他事情。实际上，这一切对我来说已经消亡了。

永远消亡了吗？可能吧。

在这整个过程中，存在着许多偶然性，而第二偶然，即我们死亡的偶然，往往不允许我们久等第一偶然[1]的种种优越之处。

我觉得凯尔特人的信仰合情合理，他们相信，我们失去的至亲好友的灵魂被禁锢在某些低等物种躯壳内，比如一头畜生，一株植物，一个无生命的物件，其中多为万劫不复，对我们来说确实永远消亡了，直到有一天，我们经过一棵树，发现恰恰是这棵树禁锢着他们的灵魂。于是他们的灵魂大为震动，呼唤我们，一旦我们认出他们之后，魔法随之被打破。由我们解救的灵魂终于战胜死亡，又回来跟我们一起生活。

我们的往事也一样。我们每每竭力回顾往事，总是枉然，即便使出全部智力也徒劳无益。往事不在智力的范围内，也非智力所及，而隐藏在某个我们猜想不到的物件之中，隐藏在这类物件赋予我们的感觉之中。这个物件，我们在死亡以前碰得到或碰不到全凭偶然了。

多少年来，孔布雷的一切，除了我临睡前的戏剧性和悲剧性的场景外，对我来说已不复存在了，但在一个冬季的日子，我从外面回屋，母亲见我冷，让我破例喝点儿茶。我起初拒绝了，但不知为什么又改变了主意。她让人端来一个扁扁鼓鼓的点心，名

---

1. 即我们出生的偶然。意为，生与死皆为偶然。

叫小玛德莱娜，看上去像是用扇贝形模子焙制的。当下，我面对阴郁的白天和无望的明天正闷闷不乐，机械地舀了一勺我先前泡着点心的茶，送进嘴里。就在这口带着蛋糕屑的茶碰到上腭的一刻，我猛然一震，注意到我身上发生了奇妙的事情。一种美不可言的快感传遍我全身，使我感到超然升华，但又不解其缘由。这种快感立即使我对人生的沧桑无动于衷，对人生的横祸泰然处之，对幻景般短暂的生命毫不在乎，有如爱情在我身上起作用，以一种珍贵的本质充实了我，或确切地说，这种本质并不是寓于我，而本来就是我自身。我不再感到自己碌碌无为，猥琐渺小，凡夫俗子。我这种强烈的快乐是从哪儿来的呢？我觉得它跟茶水和点心的味道有关，但又远远超出了味觉，与其性质肯定截然不同。那么，这种快乐从何而来？又有何种意义？何处方可领略？我喝第二口，并不觉得比第一口更有滋味，第三口却比第二口感觉淡薄了。我的品尝该到此为止，饮料的效力好像在减退。显而易见，我寻找的真情不在饮料，而寓于我身上。茶味唤醒我身上的真情，但识别不了真情，只能冷冷地重复同一个见证，其力量一次比一次弱，我自己解释不了这种见证，只求能再次让它出现，再次完好无损地找到它，供我使用，以便彻底弄清其究竟。我放下茶杯，求助于我的头脑。应该由它来寻求真情实况。但怎么找？每当头脑茫然，不知所措，便产生严重的迷糊；此时，作为探索者的头脑处在一片黑暗之中，它必须在黑暗的王国寻求，在那里它的全部知识对它将一无所用。寻求？不仅仅是寻求，还得创造。头脑面临某种尚未形成的东西，而又只有它才能意识到这些东西的存在，并把它们揭示出来。

　　于是，我又开始自问，这个陌生的情形到底是怎么回事，它不带任何合乎逻辑的印证，但带来快乐感和真实感，这是明显的现实，相形之下，其他的现实便化为乌有了。我企图让它再度出现。我通过思想返回到我喝第一勺茶的瞬息。我又发现同样的情形，但没有新的启迪。我又开动脑子，以便再次获得消逝的感受。为了不使捕捉这种感受的势头受到阻挡，我排除一切障碍，一切杂念，塞住耳朵不听隔壁房间的声音，全神贯注。但我感到脑子很累，毫无收获，于是反过来，强迫我的脑子分散注意力，让它想想别的事情，松弛一下，以便集中全力作最后的尝试。之后，我第二次为它廓清空间，把第一口茶水犹存的余味摆在它面前，这叫我感到我的心震动了一下，有个东西在移动，在上升，好像是从很深很深的地方挖出来的东西；我不知道是什么东西，只觉得它在徐徐上升；我感受到它上升的阻力，我听得到它上升途中激起的响声。

　　诚然，在我内心深处闪烁的，必然是形象，是视觉回忆，与上述味觉相连，企图尾随其后来到我眼前。但它在挣扎，太遥远，太模糊；我依稀觉察到不鲜艳的反光，其中夹杂着斑驳杂色的旋转跳动，叫人难以捉摸；但我无法辨认其形状，无法要求它给我翻译，唯有它是唯一的译员，唯有它能译释味觉——同龄的、形影不离的伙伴的见证，我也无法要求它告诉我这与哪个特殊场合有关，与过去哪个时期有关。

这个回忆，即往日的瞬息，被一个相同的瞬息从遥远的往昔吸引到我内心的深处，又是激动，又是煽动，闹得沸沸扬扬，它能不能浮现到我清晰的意识上来呢？我不知道。现在我什么也感觉不出来了，它停住了，也许又往下沉了，谁知道它会不会再从黑暗中升腾呢？我将重新作十次努力，向它欠身致意。大凡怯懦使我们逃避一切艰难的任务，逃避一切重大的事业，如今又来劝我把它丢在一边，只管喝我的茶，想想我今日的烦恼，明日的期望，不用费我吹灰之力就可反复回想。

突然之间，我回忆起来了。味道正是那块小玛德莱娜的味道，在孔布雷，每星期天早晨（因为星期天在做弥撒的钟响以前我不出门），我去莱奥妮姑妈的卧房请安，她总把小块蛋糕放进茶或椴花茶里浸一下给我吃。可这天，我看到小玛德莱娜蛋糕，在品尝之前，什么也没有想起来；也许因为打那之后经常瞥见糕点店的货架上摆着小玛德莱娜，又没有再吃过，其形象早已和孔布雷的那些日子分离，而和一些较近的日子联系上了；也许因为事隔已久，早被抛到记忆以外，什么也没有残留下来，一切都已解体。形状——包括托着糕点的小贝壳形的衬纸，严肃而虔诚的打褶是那么富有肉感——消失了，或冬眠了，丧失了打入人们意识的扩张力。但是人亡物丧，昔日的一切荡然无存，唯有气味和滋味还长久留存，尽管更微弱，却更富有生命力，更无形，更坚韧，更忠诚，有如灵魂，在万物的废墟上，让人们去回想，去等待，去

第一部分　孔布雷

盼望，在几乎摸不着的网点上不屈不挠地建起宏伟的回忆大厦。

一旦辨认出莱奥妮姑妈给我吃的那种用椴花茶浸过的小块蛋糕的味道（尽管我还不明白或要等到晚些时候才明白为什么这个回忆使我那么高兴），在我眼前立即像戏台布景似的浮现临街的那座灰色老房子，姑妈的房间靠街面，另一面连接面朝花园的楼房，这是我父母在尾后加建的（这段截接的墙面迄今为止只有我重见过），随即浮现城市，从早到晚的城市，时时刻刻的城市，浮现我午饭前常去的广场，浮现我常去买东西的街道，浮现我们天晴时常去的道路。如同日本人玩的那种游戏：他们把原先难以区分的小纸片浸入盛满水的瓷碗里，纸片刚一入水便舒展开来，显其轮廓，露其颜色，各不相同，有的变成花朵，有的变成房屋，有的变成活灵活现的人物。同样，我们花园的各色花朵，斯万先生大花园的花朵，维沃纳河畔的睡莲，村子里善良的居民连同他们的小房子和教堂乃至整个孔布雷及其周围，不管是城池还是花园，统统有形有貌地从我的茶杯里喷薄而出。

二

孔布雷，我们在复活节前最后一周到达，从铁路线远远望见去，只显现一座教堂于方圆十法里，教堂概括着市镇，代表着市镇招徕着远方来客，并向他们讲述市镇。当我们走近时，紧裹巨大深色披风的教堂迎风屹立旷野，酷似一个牧羊人让羊群团团围住，鳞次栉比的屋脊灰蒙蒙的，羊毛似的，房屋紧紧挨着，处处受到残存的一截截中世纪城垣包围,其形成的完美弧线如同文艺复兴前图画中的小城。若住下来,孔布雷就有点凄凉,比如街道,由于街面房屋取材于当地的青石,房前设台阶,房上建山墙,给屋前投下阴影,街面相当昏暗,傍晚来临,家家户户就不得不"室内"掌灯拉上窗帘。况且有些街道以庄严的圣人姓氏命名,其中的好几条街名与孔布雷最早的领主们有联系,诸如,圣伊莱尔街、圣雅克街(我姑妈房子所在的街)、圣伊尔德迦德(她房子的铁栅窗面临的街)、圣灵街(她花园的侧边小门面向的街);孔布雷这些街道存在于我记忆的某个部分,而我的记忆是如此的衰退,蒙上的色彩与我现今世界的色彩又如此的不同,事实上我觉得全成五光十色了;这些街道在位于中心广场的教堂君临之下,我觉得比幻灯的投影还要虚幻了;以至于某些时候,我觉得还能穿过圣伊莱尔街,又能租一间鸟街的房间,简直是如入隔世天外,比结识戈洛和比与热内维埃芙·德·布拉邦交谈更玄妙神奇:那鸟街古色古香的客栈名叫"弗莱谢鸟",从客栈地下室气窗飘散出的厨房气味,热乎乎的,一阵隔一阵的,我至今还记忆犹新。

我们寄住在我姑婆家,姑婆是我祖父的堂姐,就是我姑妈莱奥妮的母亲,自从我姑父奥克塔夫,即她的丈夫死后,她便死不肯外出,起先不乐意离开孔布雷,之后不乐意离开孔布雷的家,再后不乐意离开她的卧房,再后就呆在床上不再"下床",总那么躺着,垂头丧气,有气无力,病魔缠身,一门心思,虔信不移。她的单独套房面向圣雅克街,这条街尽头较远处是"大草坪",较近处是市中心三条街会合的街心绿化地,叫"小草坪",两坪遥遥相对,街道单调划一,灰溜溜的,几乎每家门口都砌着三级高高的粗陶土台阶,整条街就像由石匠在原砂岩石上刻出的一排哥特式雕像,石匠原本是要雕刻耶稣降生的马槽或耶稣受难像的。我姑妈实际上只住两间相通的房间,下午呆在一间,好让别人给另一间通风。那些是外省的房间,千百种气味令我们喜出望外,是美德、智慧、习惯散发的芳香,氛围中悬凝整个人生,隐秘的一生,无形的一生,丰富的一生,正派的一生,有如某些国家的一些空间或海上漂浮着我们肉眼瞧不见的原生动物,所在之处无不闪闪发亮,飘溢芬芳;诚然,还有邻近田野般的天然气息和时令色彩,但已经是凝滞的、人为的和圈闭的,如同当年从果园采的果子为储存所制的果冻,虽美味却灵巧和透明;这些天然气息和时令色彩是有季节性的,却已纳入居家和内务,以热乎乎的面包的温馨消融着白色的多棱冰霜,似村钟楼报时那般悠闲而准时,既闲荡散逸又有条不紊,既无忧无虑又未雨绸缪,布品洗涤后的净洁,清晨的新意,虔诚的氛围,宁静的幸福,但这种宁静却平添一层焦虑和一分乏味,只给路过其间而非生活其中的人提供取之不尽的诗意。这里的空气充满饱含营养鲜美丰盛的寂静的精华,以致我循香而入便产生馋涎欲滴之感,尤其复活周头几天还很冷,我的馋欲更加突出,因为我刚到孔布雷嘛。我进屋向姑妈请安之前,家人先让我在外间稍候,冬末的阳光来到壁炉火前取暖，两砖之间的劈柴火势已旺，给整个屋子抹上一股油烟味儿，就像农舍火炉前的一面大火墙，或像古堡壁炉的一个大炉台，以此取暖的人们希望屋外雨雪大作甚至暴雨成灾，以便给隐居的舒适平添冬蛰的诗意。我从祈祷跪凳到扶手椅走了几步，这几把扶手椅用轧制丝绒做面子，总套着钩织椅披；炉火熊熊，烤面饼似的散发令人垂涎的香气，把房间的空气凝结得厚厚的，加上早晨湿润而灿烂的朝气催酵，将其催得层层酥烤得黄灿灿，皱得一褶褶，胀得蓬松松，从而制成一块无形而可感的乡下糕点，简直是一块巨大的"卷边夹心饼"，然而壁橱、衣柜、花枝图案墙纸散发的香气更松脆、更微巧、更名贵、更干燥，我浅尝即舍，回到房里，暗自贪婪地沉溺于花布床罩的气味中，那气味淡淡的、黏糊糊的、索然无味的、难以消受的、果子味儿的。

我听见姑妈在里屋低声自言自语。她一向轻声细语，因为她以为自己脑袋里有什么东西破碎了，在里面飘浮，倘若说话声太大，就会错位而不达意，但又不能久忍而不说点什么，即使孤独一人，因为她以为说话有益于嗓子，防止血液淤滞喉咙，对于她常犯的气闷和焦虑颇有缓解之效；再说她生活在绝对的呆滞状态，对任何一点小小的感觉都非常重视，赋予这些感觉运动机能就更难憋在心头，但又没有可推心置腹的人说说话，便自言自语起来，经常性的独白成了她唯一的活动方式。不幸，自言自语的习惯形成后，她不大在乎隔壁房间有没有人了，我经常听见她自言自语道："我必须好好提醒自己我没有睡着。"日夜不睡是她夸下的海口，我们大家的言辞都尊重她的说法，并不露马脚，比如说弗朗索瓦丝不是来"叫醒她"，而是说"进入"她的居室；每当姑妈白天想打个盹大家便说她要"想想事情"或"休息休息"；每当她忘乎所以，以致说漏嘴："就这样把我惊醒了"或"我梦见了……"，话一出口便脸红了，于是立即恢复常态。

　　片刻后，我进屋拥吻姑妈，弗朗索瓦丝给她泡制茶水，姑妈若感到心神不定，便吩咐给她熬药茶，那就由我负责从草药袋倒不少椴花茶到盘子里，然后倒入开水。干枯的花梗已扭曲变形，梗梗相勾，织成变幻莫测的网状图形，其中绽开着朵朵苍白的花儿，好似哪位画家精心布局，以最具装饰美的方式巧加点缀。叶片，失去或改变本色之后，看上去像非常不协调的东西，有的像苍蝇透明的翅翼，有的像标签白色的背面，有的像玫瑰花瓣，堆积、碰碎或编织在一起，活像鸟巢的构筑。药剂师精细炮制时不厌其烦地下了许许多多无用的细功夫，这本来是可以免除的，却让我喜出望外，使我明白这确实是地道的椴花茶梗，就像在一本书里惊喜地发现一个熟人的姓名，又如我在车站大街所见到的椴树，其叶梗变形了，恰恰因为不是仿制品而是原树原梗，只因老苍嶙峋了。椴树上每个新品位只是某个老品位的变异，我从灰色小蕾确认绽不出来的绿芽，尤其认出月色玫瑰红的微光，是从脆性细梗丛中一朵朵花儿发出的，好似金色小玫瑰，这迹象标明椴树上哪些部分曾经"色彩斑斓"，哪些部分"黯然失色"，不同之处昭然无遗；那微光向我表明这些花瓣在点缀药袋以前曾飘香春日的黄昏。那玫瑰红的烛光仍是花瓣的本色，但已半明半灭，半醒半睡，现在的生命已是风烛残年，如同衰萎的花朵。过一会儿，姑妈便可以在滚烫的椴花茶里浸泡小玛德莱娜蛋糕，品尝枯叶败花的香味，等蛋糕泡软便给我吃一块。

她的床一侧有一个柠檬木黄色大屉柜，并有一张桌子，既当配药案，又作祭台，在一尊圣母雕像和一瓶维希修道院泉水下方，放着几本祷文和一些药方，这样不离床念日课经和服药节食一应俱全，不致误时吃消化药和做晚祷告。床的另一侧顺沿窗户，街景尽收眼底，为了解闷，从早到晚阅尽街景春秋，如同波斯国王们[1]披阅记事，把孔布雷每日的但可追溯远古的轶事拿来与弗朗索瓦丝评论一番。

我跟姑妈没呆上五分钟，她便把我打发走了，生怕我累着她。她把苍白暗淡的愁苦前额伸到我的嘴唇，在这清晨时分，她尚未梳理假发，额头上椎骨隆起，好似一环冠状骨刺或一串念珠，对我说："得了，可怜的孩子，走吧，去准备做弥撒吧；要是在楼下遇到弗朗索瓦丝，告诉她别跟你们贪玩，叫她早点上来看看我是否需要点什么。"

确实，伺候她几年的弗朗索瓦丝心里明白有一天会专门伺候我们的，在我们住在那边的月份中，对我姑妈有点不尽心。我小时候，在来孔布雷之前，有一阵子，莱奥妮姑妈还去巴黎她母亲

---

1. 参见《圣经·旧约·以斯帖记》第六章第一节。

家过冬，我还不大认识弗朗索瓦丝，一年元旦进姑婆家门前，家母往我手里塞五法郎的硬币，对我说："千万别认错人，等听到我说'你好，弗朗索瓦丝'，再把钱给她，到时候我会轻轻捅你的胳膊。"我们一走进姑妈套房幽暗的候见厅便瞥见在明亮挺括和纤脆得像糖丝织成的便帽管状褶裥下泛起一堆预示感激的笑容。那便是弗朗索瓦丝，酷似神龛里的圣女塑像，纹丝不动地站在走廊小门框里。等我们稍为适应拱顶过厅的昏暗之后，才在她脸上看出人性的无私之爱，对上等人温情的敬重，是希望得到新年馈赠在她内心最美好的部分所激发出来的。妈妈使劲拧了一下我的胳膊，大声道："你好，弗朗索瓦丝。"得到这个信号，我的手指松开，让硬币落入那只不好意思伸过来的手心。然而，我们自从来往孔布雷之后，便成为她最偏爱的人，除了她，我又没有更熟悉的人，至少在最初几年，她看重我们就像看重我姑妈那样，但更亲热一些，因为我们除了贵为她主人的本家，还因为我们不是她常服侍的主人，她对无形联系一个家族成员的血缘关系之尊重，相当于古希腊的悲剧诗人。所以，我们复活节前夜到达的日子，她是那么高兴接待我们，可惜天不作美，这时节常常寒风刺骨。妈妈便问她女儿和侄儿外甥们的消息，还问她的外孙乖不乖，打算让他做什么，外孙是否像外婆。

　　妈妈知道弗朗索瓦丝在父母死后几年一直伤心落泪，等其他人走开后，便和和气气跟她谈话，讯问她父母在世时的许多生活细节。

妈妈早猜到弗朗索瓦丝不喜欢女婿，他在场就破坏她与女儿做一处的快乐，就难同女儿自由畅谈。所以每当弗朗索瓦丝到位于孔布雷几里外的地方去看望他们，妈妈便笑着对她说："弗朗索瓦丝，假如朱利安不得不有事出门，您只得单独跟女儿呆上一天，您会感到抱歉，但总找得出个说道儿，是不是？"弗朗索瓦丝笑呵呵答道："夫人什么都知道，夫人比爱克斯光还厉害，那东西是有人为奥克塔夫太太查病而弄来的，一直可以透视到您的心里呀。"她把 X 故意说得拗口，并微微一笑，作为自我解嘲，笑自己无知，笑自己搬弄这个学术用语；她说完就出门走了，是对有人关心感到不好意思吧，也许为了不让别人看见她哭泣；妈妈是使她产生温情柔意的第一人，她感到自己的生活，自己的幸福，自己的农妇忧愁除自己之外还能引起别人的兴趣，还能成为另一个女人悲喜的理由。我们在孔布雷小住的时候，姑妈甘心少使唤她一点，深知我母亲多么看重这位聪明勤快的女佣的劳务；她清晨五点就打扮得漂漂亮亮下厨，戴着像本色瓷器那般明亮固定的管状褶裥便帽，跟去做大弥撒差不多；她把什么都做得好好的，不管身体好坏，总像马一般的干活，不声不响，活像什么也没干；她是姑妈唯一的女佣，可妈妈要热水或浓咖啡时，她端来的真是滚烫的。她属于这样一类用人，在所在的家里，既让生客一上来就反感，也许因为他们不屑于博得生客的好感，犯不着对他献殷勤，心里十分清楚他们根本不需要他，深知主人宁可这样的客人不再造访也不会辞退他们，相反又最能取信于主子，因为主人们考验了他们真实的能力,并不在乎那种敷衍的讨好,那种低三下四的絮叨,尽管给客人留下良好的印象,却往往掩饰着一种不可调教的庸才。

弗朗索瓦丝把我父母一切必需先安顿停止,然后才首次上楼伺候姑妈服用胃蛋白酶,并问她午饭想吃什么,却极少免得了就某个重大事件向姑妈发表自己的意见或作出某些解释:

"弗朗索瓦丝,想想看,古皮尔太太晚了一刻多钟才去找她的姊妹,只要路上稍有耽搁,没准在弥撒的举扬圣体之后才赶得到,要不然才怪呢。"

"唉,那才叫怪呢。"弗朗索瓦丝答道。

"弗朗索瓦丝,您若早来五分钟,就看得到安贝尔太太了,她拿着的那些芦笋比加洛大娘摊上粗两倍;您要设法向她的女佣打听她从哪里搞到的。今年您给我们做什么菜都配芦笋,蛮可以给咱们那几位旅行家弄些这样粗肥的芦笋来。"

"不是从本堂神甫园子里弄来的那才叫怪呐。"弗朗索瓦丝说道。

"嘿,我可不信,可怜的弗朗索瓦丝,"姑妈耸耸肩答道,"您明明知道,本堂神甫园子里只长蹩脚不堪的瘦小芦笋。对您说吧,安贝尔太太手里的芦笋足有胳膊那般粗。当然不像您的胳膊那般,而像我的胳膊,可怜的胳膊,今年又瘦了许多喽。弗朗索瓦丝,没听见排钟响吧?我的脑袋都快炸了。"

"没有哇,奥克塔夫夫人。"

064　　　　　　　　　　　　　　　　　　　　在斯万家那边

"嗨，可怜的侍女，准是您的脑袋结实呀，您这是托了上帝的福哪。对啦，马格洛纳家的女人来找过皮普罗大夫。大夫马上跟她出门，他们是从鸟街拐弯走的。一定是哪个孩子病了。"

"哎哟，我的上帝，"弗朗索瓦丝叹道，她听不得哪个陌生人遭难，甚至远在天涯某个地方，都要哼哼唧唧。

"弗朗索瓦丝，喏，这丧钟是为谁敲的呢？喔，对啦，准是为卢梭夫人而敲的。瞧我居然忘了她是在一个夜里过世的。咳！该是上帝召我回去的时候了，自从我可怜的奥克塔夫去世，不知道怎么啦，我的脑袋不管用了。我的女儿，白让您浪费时间了。"

"喔，没有哇，奥克塔夫夫人，我的时间没那么珍贵，创造时间的人并没有把时间卖给咱们哪。不过，我得去瞧瞧炉火是否灭了。"

就这样弗朗索瓦丝和我姑妈在早晨会面时一起评说了当天第一批事件。但有时候，这类事件具有非常神秘非常严重的性质，姑妈觉得再也等不及弗朗索瓦丝上楼的时刻，于是四下重拉，铃声响彻屋子上下。

"奥克塔夫夫人，服用胃蛋白酶的钟点还没到哇，"弗朗索瓦丝说道，"莫非您感到虚弱吧？"

"不是的，弗朗索瓦丝，"姑妈说，"就是说，您是知道的嘛，现如今我不感到虚弱的时刻已经少得可怜了，早晚有一天我会像卢梭夫人那样，没来得及明白过来就过世啦，但我拉铃与此无关。您不信也得信，我当才见到，就像我现在见到您，古皮尔太太带着个我不认识的小姑娘走过。快到加缪铺子买两个苏[1]的盐。泰奥多尔少不了会告诉您她是谁。"

"一定是皮潘先生的女儿。"弗朗索瓦丝答道,她宁愿自作主张马上作出解释,因为从早晨到现在她已经两次去过加缪铺子了。

"皮潘先生的女儿!嘿!我才不信哪,可怜的弗朗索瓦丝!眼见为实,我还认不出来吗?"

"我意思不是说他的大女儿,奥克塔夫夫人,我想说的是小丫头,那个在茹伊寄读的小姑娘。今天早上我好像已经见到过她了。"

"喔,除非如此,"姑妈说,"没准她是来过节的。没错!没有必要打听了,她准是来过节的。这么说一会儿咱们可能看到萨兹拉太太来按她姊妹家的门铃,是来吃午饭的。对啰!我瞧见加洛潘铺子的小伙计提着一盒水果馅饼走过!您等着瞧吧,这馅饼是送去古皮尔太太家的。"

"古皮尔太太一旦有来客,奥克塔夫夫人,您很快就会看见她那一伙人都赶回来吃饭的,瞧,时间不早啦。"弗朗索瓦丝说罢便匆匆下楼张罗午饭,心里乐得让我姑妈自个儿观景消遣。

"咳,中午以前且完不了。"姑妈以无奈的口气答道,一边向摆钟投去不安的一瞥,但只偷偷看一眼,免得让人发现万事不劳

---

1. 法国旧货币单位,二十苏等于一法郎。

神的她，竟对打听古皮尔太太请谁来吃饭如此兴致勃勃，可惜她还得劳神等一个多小时。"况且正赶上我吃午饭的时候。"她低声自言自语道。她吃午饭是一种相当受用的消遣，不希望同时享受别的消遣。"请您至少别忘把我的奶油蛋糊摊在平底盘里端来，好吗？"只有平底盘子才饰人物画像，姑妈每餐都津津有味地看传奇画，就是这天给她用的盘子上所画的。她戴上眼镜，辨认着：阿里巴巴和四十大盗，阿拉丁或神灯。然后她微笑着说："很好，很好。"

"我本可以去一趟加缪铺子的……"弗朗索瓦丝看出我姑妈不再派她去打听便如此说。

"不，不必了，那肯定是皮潘小姐。可怜的弗朗索瓦丝，真不好意思让您白上楼一趟。"

其实姑妈心里清楚，她拉铃让弗朗索瓦丝上楼并非为区区小事，因为在孔布雷，一个"不为人知"的人就像神话中的神那般不可置信，事实上，人们记忆犹新，每次在圣灵街或中心广场出现使人目瞪口呆的人物，总会有细致深入的调查，结果都把神奇的人物纳入"已为人知"的行列，或就个人而言，或抽象地述说，弄清楚他本人的身份，跟孔布雷的什么人沾亲带故到怎样程度。诸如，索通太太的儿子兵役服满复员回乡，佩德罗教士的侄女从女修院办的女生寄宿学校出来了，本堂神甫的兄弟，在沙托丹当税务员的，刚退休归来或是来过节的。有人起先瞥见他们，以为孔布雷来了不为人知的人们而惶惑不安，却原来因为没有马上认出他们或辨出他们的身份。然而，索通太太和本堂神甫早就通告他们正等着"外出的亲人"快回来了。晚上我回来后上楼向姑妈讲述我们散步的情形，要是我冒冒失失向她说我们在老桥附近遇到一个我外祖父[1]不认识的人，她便嚷道："一个外祖父不认识的人，咳，我才不信哪！"她对这条新闻有点大惊小怪，心里想弄个明白，便去问我外祖父："您在老桥附近遇见谁啦，老叔？一个您不认识的人？"——"认识呀，"外祖父答道，"那是普罗斯佩尔，布耶伯夫太太园丁的兄弟。"——"喔，好，"姑妈应道，放心了，脸有点红；她耸耸肩，带着讥笑加添道，"是这样的，他刚才对我说你们遇到一个您不认识的人！"家人便叮嘱我下次说话谨慎点，不要让姑妈心神不宁。在孔布雷，大家彼此都非常熟悉，不论家畜和居民都一样，假如姑妈偶尔看见一条"她不认识的"狗，她就想个没完，把她推理的本领和自由的时间用在这个不可理解的事件上。

"那准是萨兹拉太太的狗。"弗朗索瓦丝说道，心里没有太大的把握，但为了息事宁人，免得姑妈"伤透脑筋"。

"好像我连萨兹拉太太的狗也不认识！"姑妈答道，她的批评精神不会如此轻易接受一个事实。

"嘿！那准是加洛潘先生从利济厄带回来的新狗。"

"嗨，除非是这样吧。"

---

[1] 莱奥妮姑妈是马塞尔（叙述者）父亲的姐姐。他的祖父早在他出生前就去世了。所以每次来孔布雷，都跟外祖父母同行。

"听说那是个和蔼可亲的动物，"弗朗索瓦丝加添道，她的情报来自泰奥多尔，"像人那样机灵，总是高高兴兴的，总是和和气气的，总是彬彬有礼的。如此幼龄的动物就已这般会献殷勤真是罕见哪。奥克塔夫夫人，我得离开您，没时间消磨了，快十点钟了，我不仅没给炉子生火，还有芦笋要剥呐。"

"怎么，弗朗索瓦丝，又是芦笋，您今年真的害上芦笋病了，您会让咱们的巴黎人倒胃口的！"

"不会的嘛，奥克塔夫夫人，他们很喜欢吃的。他们从教堂回来准是好胃口，您瞧着吧，他们不会用匙背吃芦笋的。"

"他们大概早已在教堂了，您最好别耽误时间，去照料午饭吧。"

当姑妈与弗朗索瓦丝这么闲聊的时候，我陪父母正在做弥撒。我多么喜爱我们的教堂，至今仍历历在目。我们进教堂先经过的那座古老门廊已经发黑，四壁满是坑坑凹凹的窟窿；四角已变形，深深凹陷，门廊过后的圣水缸也是这般情形，好像进教堂的农妇身穿的斗篷轻轻擦过，她们手指撩起的圣水轻轻弹过，在几个世纪中，一次次重复擦过弹过，可以形成一种无坚不摧的力量，滴穿顽石，蹭出一道道深痕浅沟，如同天天挨车轮磕撞的界石，上面留着车轮的痕迹。教堂里掩埋着孔布雷历代教士高贵遗骸的墓石条板为祭坛铺成灵气萦绕的地面，其本身再也不是无生气的坚硬材料，因为时间已经使它们变得柔和，就像蜂蜜溢出其自身方形蜜房的界限，墓石条板上此处冒出一股黄水，冲走了一个哥特式花体大写字母，淹没了白色大理石紫堇；别处，在白色大理石紫堇下，条板看不清，只看得出歪歪扭扭的拉丁文省略铭文，使那些缩写字样的布局显得怪里怪气的，比如一个词的两个字母挨得很近，而其他字母却过分地拉开了距离。只要白天太阳很少露面，以致室外天色阴沉，教堂的彩画玻璃窗就向来不会绚丽多彩，但可以肯定教堂里依然晴朗光辉。有一面彩画玻璃窗，从上到下由一个像纸牌老K的人物占满，他在上面生活，顶天立地，拱顶是他的华盖；他浸沉在斜照的蓝色反光中，有时是在周内中午没有弥撒的时候，是在一个难得的时刻：教堂通风透气，空荡无人，更有人情味，更豪华，因为太阳照在富丽的陈设桌椅上，看上去几乎是可居住的大厅，如同饰有石雕和彩色玻璃的中世纪风格的豪宅大厅。届时可以看到萨兹拉太太跪趴在跪凳上祈祷一会儿，跪凳旁放着一包捆扎好的花式糕点，是她刚从对面的糕点铺买的，准备带回去午餐时享用。另一面彩画玻璃窗上有一座玫瑰红雪山，山脚下正在打仗，雪山好像就地喷出混乱的雪珠堆积在彩画玻璃上，宛如雪花凝结在玻璃窗上，只是被一些曙光照亮；大概是这些曙光染红了祭台后部的装饰屏，色调格外鲜艳，看起来与其说是由外面射来的晨光一时照耀，随时准备消逝，不如说是已经涂在石料上的颜色；所有的彩画玻璃都非常古旧，处处可见年长日久的银色岁月，是几个世纪的积尘正在银光闪烁，似柔软的玻璃挂毯晶莹剔透，但已磨损得露出玻璃丝线了。有一面彩画玻璃窗，位于高处的窗格子里，由一百来块长方形小彩画玻璃拼成，蓝色为主调，好像一副巨大的纸牌，与从前供查理六世用来解闷的类似，但，也许一道阳光闪过，也许我移动的目光转悠到那面忽明忽暗的彩画玻璃窗，看到一片活动的、珍贵的火光，片刻后彩窗迸射出孔雀拖裙式尾羽的变幻幽光，然后颤悠起来，波动起来，形成闪闪发光虚幻神奇的细雨，从昏暗的、岩洞般的拱顶高处，淅淅沥沥沿着潮湿的墙壁滴下，仿佛是在曲折多姿的钟乳石虹色岩洞里，我跟着手拿祈祷书的父母往前走，片刻后一片片菱形的小彩画玻璃变得清澈透明，宛如并列镶嵌在某块硕大无朋的胸牌[1]上的蓝宝石那般坚不可摧的硬朗，但人们感觉得出，在彩画玻璃背后出现太阳暂短的莞尔一笑，比上述所有的财宝更受人喜爱；这种阳光的微笑在沐浴着宝石般蔚蓝柔和的光波中，跟广场方石铺面或集市草堆上的阳光一样清晰可辨。在我们复活节前到达后的最初几个星期天，大地依然光秃秃的，黑糊糊的，但阳光的微笑却让我欣慰，因为它使点缀着琉璃草的那面彩画玻璃金碧耀眼，光辉灿烂，有如一个历史性的春天，圣路易[2]的继任者从此拓展他的圣业。

两幅立经挂毯表现以斯帖[3]后冠加冕，按惯例，亚哈随鲁按某个法国国王的相貌描绘，而以斯帖则按某位受法王宠爱的盖芒特夫人的容貌绘制，挂毯的色彩虽消退，却平添一种表现力，一

---

1. 系指古代犹太祭司或古埃及法老佩戴的宝石胸牌。
2. 圣路易，即路易九世（1214—1270），任法国国王（1226—1270）。
3. 以斯帖王后的波斯王亚哈随鲁揭露奸臣哈曼企图杀尽境内犹太人的阴谋，终使犹太种族免于灭绝。参见《圣经·旧约·以斯帖记》。

种立体感，一种亮度。比如，以斯帖唇上有一点点玫瑰红浮出了嘴唇的轮廓线，她连衣裙的黄色铺展得那么稠腻、那么浑浊，以致变成稠厚的板块，可被受阻的气流骤然掀掉。在由丝线和羊毛编织的挂毯版面下部，树木的绿色依然鲜艳，但"转入"上部就显眼地变得比较苍白，而深色树干上方的高枝正在变黄，金黄色的，好像有一个无形的太阳，以突如其来的斜照将其晒退了一半的色彩。这一切，尤其教堂里的珍贵文物，是名人传下来的，在我看来，他们几乎都是传奇人物，比如精雕细琢的金十字架，据说是圣埃卢瓦[1]制作，由达戈贝[2]敕赐；又如路易二世[3]（又名日耳曼语族的路易）的王子们的合葬墓，由斑岩石和上釉铜料合成。因为有这些东西，我们就座时，我觉得走进教堂有如走进仙女出入的山谷，那里农夫惊喜地在一块岩石上，在一棵树木上，在一片水塘里，发现仙女们经过的明显痕迹。在我看来，这一切使孔布雷教堂完全有别于镇上的其他地方：这座建筑可以说占据了一种四维的空间，第四维就是时间，它这艘大船航行在世纪的长河中，从跨度到跨度，从祭殿到祭殿，好像征服和跨越的不仅仅是几米，而且是一个又一个的时代，它始终是胜利者。它把严峻凶恶的十一世纪掩埋在四壁的厚实中，沉重的拱腹密密实实填满了粗劣的碎石，只因在门廊附近建钟楼的楼梯才挖开深深的凹口，

---

1. 圣埃卢瓦（约588—660）金银制作大师，后期任主教（641—660）。
2. 系指达戈贝一世（公元七世纪初—639），法国国王（629—639）。
3. 路易二世（804—876），先任东法兰克国王（817—843），后任日耳曼国王（843—876）。

即便在那里，也有雅致的哥特式连环拱廊，一个紧挨一个拱门卖弄风情地遮蔽着楼梯，好似一些大姐姐微笑着移动位置挡住身后的小弟弟不让陌生人看见，因为他粗俗土气，脾气不好，衣衫褴褛。教堂塔楼屹立在中心广场上空，曾经静观过圣路易，似乎依然看得见他。教堂地下室陷入墨洛温王朝的黑夜中，泰奥多尔和他妹妹摸索着领我们进入昏暗的拱门下，地下拱顶隆起粗粗的横肋，活像一只巨大的石头蝙蝠的翼膜；他们用一支蜡烛给我们照亮了齐格贝尔[1]小公主的坟墓，墓上有个裂瓣深坑，像是化石的遗迹，传说那是由一盏水晶灯掉落砸陷的："法兰克公主被谋杀的当晚，水晶灯的金吊链脱落，悬挂的地方现在是半圆形后殿，水晶灯掉落时，水晶没有砸碎，灯火没有熄灭，却一头砸进石头里，柔软舒适地陷入顽石。"

孔布雷教堂的半圆形后殿真的值得一谈吗？它粗俗不堪，毫无艺术美可言，甚至根本没有宗教情怀。从外边看，它面对的十字路口处在低处，粗糙的外墙下垫增一层墙基，由砾石砌成，一点也不光滑，布满凸出在外的尖形石块丝毫没有教会的特色；彩画大玻璃窗好像开得过分高了，总的看起来，不大像教堂的外墙，倒像大狱的外墙。诚然，后来每当我回忆起平生所见种种辉煌的半圆形后殿时，从来没有想到要将它们与孔布雷教堂的后殿相比较。不过有一天，在外省一条小街的拐弯处，我瞥见对面三

---

1. 齐格贝尔（535—575），东部王国的国王，克洛维斯的孙子，克洛泰尔最小的儿子。

条小街的交叉口有一座剥蚀的加高外墙,彩画大玻璃窗开得高高的,与孔布雷教堂的半圆形后殿一样外观很不匀称。当时,我并没有像在沙特尔大教堂或在兰斯大教堂那样思忖究竟注入后殿的宗教情感表现得有多强烈,但是不由自主地喊道:"大写的教堂!"

教堂!多么熟悉的教堂!位于圣伊莱尔街的这座教堂是分界共有的,朝这条街开的是它的北门,左右两家邻居,一边是拉潘先生的药房,另一边是卢瓦佐太太的住宅,与两家紧挨着,墙贴着墙,没有任何间距,就像孔布雷普通公民的住宅,可以有个门牌号码,假如孔布雷街道编有牌号的话;每天早上邮差发邮件,就在走出拉潘先生家和走进卢瓦佐太太家之前,他似乎本该停一停,在教堂和非教堂之间毕竟有一道分界,那是我的思想永远无法逾越的。卢瓦佐太太在窗前徒有几株吊钟海棠,它们有任其耷拉脑袋的分枝到处乱蹿的坏习惯,当花朵长大到一定程度,便风风火火地把自己充血发紫的脸颊伸到教堂正面阴沉的墙去图凉快,在我看来,吊钟海棠并不因此而变成禁树圣花;如果说我的肉眼看不出花朵与其所依傍的变黑石墙之间有间隔的话,那我的心目为其保留了天地之隔。

我们大老远就认出圣伊莱尔钟楼,地平线上还未出现孔布雷市镇的时候,它已经显露令人难忘的面貌;圣周[1],火车把我们从

---

1. 又译受难周,即复活节那个星期。

巴黎送来，我父亲瞥见钟楼相继在天边各个层面的犁沟疾驶，促使楼顶上的风信鸡向四面八方转动，并对我们说："行了，收拾被子吧，咱们到了。"我们经常出去散步，离孔布雷很远，有一次走到一个地方，狭窄的道路豁然开朗，但见一马平川，尽头由几片犬牙参差枝柯错叶的森林封住地平线，唯有圣伊莱尔钟楼精致的塔尖凌空高出，是那样的纤细，那样的淡红，似乎只不过由谁在这风景，即天然景物画上，用指甲抹上这个小小的艺术印记，唯一的人类迹象。等到靠近了，等到瞥见毁坏一半的四方形城楼的残迹，矮矮地留存在钟楼旁边，楼身石头的暗红色调，尤为令人注目；要在秋雾轻漫的早晨，说不定就像一垛攀满紫红爬山虎的废墟，君临闪烁着紫罗兰色的葡萄园。

每当我们回家，外祖母常让我驻足广场，观看钟楼。钟塔的窗户两口一组，上下排列，间距均等，独具匠心，其比例的美丽和端庄不亚于人脸的五官；钟楼每隔一阵子放出一群群乌鸦，任凭往下飞，呱呱叫着盘旋，仿佛古石楼眼开眼闭地听凭它们扑腾翻跃，突然变成不可栖身之地，释放出一种动荡无穷的成分，硬把它们驱赶出去。然后，乌鸦们在把暮霭的紫色帷幕划出纵横四方的道痕之后，骤然平静下来，回到楼里隐匿，不祥之地重新变得可以安身；几只乌鸦散栖在小钟楼的塔尖上，似乎不动，却或正啄住某个小虫，有如一只海鸥伴着纹丝不动的渔夫，浮歇在浪尖上准备啄鱼。不太明白为什么，外祖母觉得圣伊莱尔钟楼并不庸俗，并不自负，并不狭隘，进而使她喜欢自然景观和天才作品，认为两者富有善良的作用，因为自然一经假手人工，好比我姑婆家园丁所做的那样，那就给糟践了。所见教堂的各个部分天生就同别的建筑有不同的理念，但好像通过钟楼，这教堂才意识到自身，显示出一种有个性的、有责任感的存在。是钟楼在帮教堂说话。我尤为觉得，外祖母从孔布雷教堂钟楼身上依稀找到她心目中最珍贵的东西，即自然的气质和不凡的气概。她虽对建筑术一窍不通，却说："孩子们，让你们见笑了，按照规范，这座钟楼也许不美，但它这张怪怪的老脸叫我喜欢。假如它弹钢琴，也不至于弹得干巴巴的，我信。"她凝望着钟楼，眼睛循着石楼升势的和缓张力和虔诚倾身，各面坡度越往上越合拢，宛如合十祈祷的双手，她的心潮向上澎湃，她的目光随之跃然上升，同时友好地向受到风化的古老石楼微微笑着，但见夕阳只照亮塔尖，自从塔身进入这夕阳残照的光区而变得柔和轻软，仿佛突然间升得高高的，远远的，如同一首歌用提高八度的假声来演唱。

是圣伊莱尔钟楼使市镇的各种行业活动、各类作息时间、各式观点看法具有各自的形状，取得各自的结局，获准各自的认可。我从自己的房间望去，只能瞥见深灰石板贴面的塔基，但在夏季一个星期日炎热的早晨，我却看到深灰石板像一团黑色太阳在闪耀，心想："上帝，九点钟了！我要是想去望大弥撒之前抽时间向姑妈请安，该做准备了。"并且确切知道太阳照在广场上的颜色，市场上的热度和尘埃，店铺门前遮篷的阴影；妈妈做弥撒前也许走进这家充满坯布气味的铺子买些手绢，掌柜挺着胸吩咐手下出示货品，自己则准备关店，到后间去穿节日上装，用肥皂洗手；他习惯地每隔五分钟搓搓手，哪怕处在最伤感的时刻也搓手，手搓手的样子显得煞有介事，精明内行，踌躇满志。

望过弥撒，我们走进泰奥多尔的铺子，叫他挑个比平时大的凸肚甜面包，因为我们的几个表亲乘天气晴朗从蒂贝济过来跟我们一起吃午饭。当下我们面前的钟楼像个刚出炉的节日特大凸肚蛋糕，在太阳照耀下金光灿烂，呈鳞片状，流金铄石，其塔尖直刺蓝色的天空。傍晚，我散步回家，想到过一会儿就得向妈妈道晚安，就得一夜见不着她，而钟楼则相反，在白日将近时十分温馨，仿佛依偎在失去光辉的天空，靠在似褐色丝绒垫子的天空，使之微微凹陷，稍稍让天空为它腾出地方，用其周边的云彩为它建起安乐窝；围着它盘旋飞翔的鸟叫似乎更衬托出它的沉默，似乎使它的尖顶变得更修长，似乎赋予它某种不可言喻的意味。

即使我们要到教堂后面去购物，那里看不到教堂，屋宇之间的一切布局似乎也是依据钟楼在这儿或那儿突然出现而定的，也许这般出现在看不见教堂的地方更动人心弦。诚然，另有许多这类景观比它好看，我记得钟楼鹤立屋宇之上的几幅图景，与孔布雷凄凉的街道所组成的图景相比，各异其趣。我永远忘不了两座十八世纪的公馆，真是令人赏心悦目，它位于巴尔贝克附近一座稀奇的诺曼底城市，从许多方面看，我都对这两座公馆备感珍贵和敬慕，站在台阶通往河边的美丽花园望去，看见一座教堂的哥特式塔尖夹在两座公馆之间，教堂被公馆遮住了，塔尖却超出屋顶，好像安在两座公馆正面顶端，并向空中延伸，但其式样如此相异，如此珍奇，如此多饰，如此粉红，如此光鲜，一看就清楚它不是公馆的组成部分，如同海滩上两块组合的美丽卵石之间，夹着一枚鲜艳冰亮的流线塔形贝壳，其红紫色的小圆齿状尖头冒了出来，但与卵石不成一体。即使在巴黎城内某个最丑陋的街区，我认得一扇窗户，极目望去，是由好几条街组合聚集的屋顶图景，在前景、中景甚至远景之后，看得见一座紫色钟楼，有时淡红色，有时也像从灰濛暗室中离析的黑影，洗印出最典雅的照相样片，那便是圣奥古斯丁钟楼圆顶，使巴黎这一景色具有皮兰内西[1]雕刻刀下某些罗马风景的特色。然而，我的记忆无论用何种鉴赏力来制作任何这样的一幅小版画，都无法把我失去已久的东西放进去，这种感觉使我们不把一件东西当作观赏物，而相信它是一种无与伦比的生物，故而没有任何一幅记忆的版画可独立占领我生活的某个完整的深部，有如回忆孔布雷教堂后面街道上所见种种钟楼景象所产生的感觉。无论是五点钟看见钟楼，当我们去邮局取信，突然在左边，离我们几幢房屋的地方，高高冒出塔尖，孤单屹立在一排屋脊之上，还是相反，想进萨兹拉太太家问候近况，那我们的眼睛就随着那排屋脊向下倾斜，我们走的是另一面斜坡，心里明白必须在钟楼过后的第二条街拐弯；要不干脆朝前走，若朝火车站走去，便斜向看到钟楼，但见它从侧面展

---

[1]. 皮兰内西（1720—1778），意大利雕刻家和建筑师，发表多集题为《罗马景观》版画。

现新出现的屋脊和外表，就像一种固体在其演变的某个说不定的时刻突然被发现了；要不从维沃纳河两岸望去，教堂的半圆形后殿在远景中是撅着的，是鼓得大大的肌肉，仿佛钟楼憋着劲硬要把塔尖射向高空：无论怎样，总得关注着它，总是它君临一切，以其尖顶统领屋宇，出其不意屹立在我面前，就像上帝的手指[1]；而上帝的躯体似乎隐迹于芸芸众生之中，但我不会因此把两者混同。如今依然，若在外省某个大城市或在巴黎我不熟悉的街区，一个路人向我"指点迷津"，指点远处作为坐标的这家医院钟楼，那家女修院的钟塔，后者僧帽帽尖似的塔尖翘首天空，院角的一条街就是我该走的；只要我的记忆稍微能隐隐发现眼前的钟塔与我钟爱而已从我的记忆消失的钟楼有某些相似的特征，那位路人，如果转过身来确认我没有迷路，就会惊讶地瞥见我还呆在原地，忘记已经开始的散步或必要的购物，面对钟楼呆上几个小时一动不动，千方百计地回忆，觉得在我的内心深处重新夺得因遗忘而失去的地盘，这些地盘正在变得干涸结实，重建成形。于是或许吧，我比刚才向路人问路时更加焦虑起来，我莫非还在寻找自己的道路，我拐向另外一条街……但……在我的心中寻找。

在弥撒后回家的路上，我们经常遇到勒格朗丹先生，他因工程师的职业而滞留巴黎，除了大假期，只能星期六晚来孔布雷在自己的房产地小住到星期一早晨。此公除了为科学专业行家里

---

[1]. 法语中，"上帝的手指"意为"上帝的意旨"。此处作者采用字面的意思。

手，成绩斐然，且具与之全然异趣的文化修养，即具文学和艺术修养，这是像他这类的专业用不上的，用来作谈资而已。他们比许多专搞文学的人更有文学修养（当时我们并不知道勒格朗丹先生已是颇具名气的作家了，我们十分惊异得知一位著名的音乐家根据他的一些诗句谱过乐曲），也比许多画家更有"天赋"，他们自以为正在过着的生活对他们并不适宜，进而对他们从事实际的职业，或夹着别出心裁的不在意，或专心致用，一种既锲而不舍也刚愎自用的用心，一种既兢兢业业也倨傲辛酸的用心。勒格朗丹先生是高个子，风度翩翩，两撇长长的金色小胡子衬托着一副沉思而精明的脸相，蓝色的目光透出看破尘世的神情，十分彬彬有礼，谈锋之健可以说我们闻所未闻，在我们家眼里他始终是楷模，列为精英的典型，生活得最高贵最讲究的精英典型。我外祖母只嫌他美中不足的是，他讲话有点过分头头是道，有点太像书本，嫌他的谈吐不像他戴的大花领结那般始终飘逸的自然，不像他穿的几乎是学生装短上衣那种率直的自然。她也惊异勒格朗丹先生经常发表言辞激烈的长篇大论，攻击贵族，攻击上流社会的生活，攻击附庸风雅，她说："当圣保罗说到有种不可宽恕的罪过[1]，他所想到的肯定是这种毛病。"

世俗的名利欲，是我外祖母无法体察、几乎无法理解的一种情感，以至于她觉得大动肝火去痛斥根本无益。再者，勒格朗丹

1.《圣徒致希伯来人的书信》第六封第四至八行。参见天主教做弥撒时念的《圣经》中的使徒书信。

先生的姊妹在巴尔贝克附近嫁给一位下诺曼底省的贵族，还如此猛烈抨击贵族，甚至谴责大革命没有把贵族全部推上断头台，她认为此公未免有失风雅。

"朋友们好，"勒格朗丹先生迎上来对我们说，"你们有幸在这里住许多日子，可我明天得返回巴黎，回到我的窝里去了。"

"嗨！"他加添道，脸上的笑容稍含讥讽、略带失意，还有一点漫不经心，是他特有的微笑，"是呀，我家里没用的东西应有尽有，唯独缺少必需品：一大片像这里的天空。小伙子，"他转身向我补充道，"尽量在您的生活中始终保持一片天空，您有一颗引人注目的心灵，罕见的素质，艺术家的天赋，可别让它或缺应有的东西。"

我们回到家里，姑妈就派人向我们打听古皮尔太太望弥撒是否迟到了，我们无法回答她。不过我们说，有个画家在教堂临摹坏蛋吉尔贝玻璃窗的彩画，这反倒给她添乱了。这不，弗朗索瓦丝立马给打发到食品杂货铺，结果什么也没打听到，因为泰奥多尔不在：他身兼两职，既是唱诗班成员又是杂货店伙计，所以既耳闻教堂里的交谈，又同社会各界打交道，无事不晓也。"唉！"姑妈叹道，"我真想欧拉莉马上在我身边，实在只有她能向我讲明白。"

欧拉莉是个老姑娘，瘸腿，耳聋，却做事巴结，自幼在布勒托讷里太太家帮工，太太死后，她便"引退"了，在教堂附近弄到一间房，随时下楼，或望弥撒，或弥撒之外做一下祈祷，要不

第一部分　孔布雷

然给泰奥多尔当个帮手,其余时间,她去探望病人,比如我姑妈莱奥妮,向她讲述望弥撒或做晚祷时所发生的事情。她享受着老东家给她的微薄年金,挺在乎捞点外快,时不时去本堂神甫或孔布雷其他显要神职人员那里取些纺织衣物来洗涤。她身穿黑呢披风,头戴童式小白帽,几乎是一顶修女便帽,一种皮肤病使她两颊的一部分和鹰钩鼻呈现凤仙花般的鲜粉色调。她的来访是莱奥妮姑妈最大的乐事,除本堂神甫之外,姑妈早已不再接待别人了。姑妈渐渐地把所有其他的来访拒之门外,因为在她看来,他们属于她所厌恶的两类人,错在不是属于其中一类,就属于另一类。一类是最坏的,她首先把他们排斥掉,这些人劝她不要"固执己见",鼓吹破坏性的学说,什么"阳光下散散步,吃一块好的带血牛排"要比呆在她床上和吃她的那些药强多了,可是吃牛排得喝上两大口不消化的维希水,十四小时滞留胃里呐,其实所谓鼓吹,只不过是对她的自我保重持消极态度,只以某种不赞同的沉默或以某种怀疑的微笑来表达的。另一类人嘛,他们似乎真以为莱奥妮姑妈的病情比她自己想的更严重,跟她自己说的一样严重。故而她几经犹豫,在弗朗索瓦丝一再好意恳求下,让他们上楼,可他们探望时表现得太不识抬举,竟怯生生地冒昧道:"您不认为遇上晴朗的天气活动一下身子骨更好吗?"或相反,当她对他们说:"我非常虚弱,极度虚弱,气息奄奄了,可怜的朋友们哪!"他们回答道:"唉,身体不好嘛,不过您还能这么样拖上一阵的。"上述两种人,无论哪一种,可以肯定从此永远上不了门啦。如果说弗朗索瓦丝取笑姑妈惊慌失措的神情,当姑妈从床上瞥见神灵街上出现这帮看上去要来她家的某个人,或当她听得门铃拉响,那么弗朗索瓦丝取笑得更厉害,每当姑妈运用巧妙的办法,总是得心应手地叫人家中计,以致把来访者撵走,弄得他们没见到我姑妈,徒劳而返,脸上灰溜溜的。弗朗索瓦丝其实是欣赏女主人比那帮人高明,因为她压根儿不想接见他们。总之,我姑妈既要求别人赞成她的摄生之道,又要求别人同情她的病痛,还要求别人宽慰她,说她会康复的。

欧拉莉正老于此道。我姑妈可以在一分钟之内对她说上二十遍:"活到头了,可怜的欧拉莉。"而欧拉莉准回答二十遍:"您太清楚您自个儿的病情啦,奥克塔夫夫人,您哪,能活到一百岁,昨天萨兹兰太太还这么对我说的呐。"欧拉莉诸多坚定不移的信念之一,就是萨兹拉其实是萨兹兰太太,尽管经验许多次证明她错了,但仍不足以让她改口。

"我才不稀罕活到一百岁呢。"姑妈答道,她更乐意人家不用确切的期限来规定她的寿期。

再者,欧拉莉比谁都善于给我姑妈解闷,又不让她累着,所以欧拉莉每星期日除意外脱不开身准来,她的来访对我姑妈是一件乐事,对其来访的期盼先让她高兴多日,但很快就像饿过头似的难过起来,只要欧拉莉稍来晚一小会儿,她便受不了。太投入期盼了,等待欧拉莉的愉悦变成煎熬,姑妈不停地看钟点,尽打哈欠,感到一阵阵虚弱眩晕。欧拉莉若在白日已拉响门铃,姑妈已不再指望她来，便几乎浑身不舒服了。实际上，每个礼拜天，她只惦记欧拉莉来访，所以午饭刚吃过，弗朗索瓦丝便赶紧催我们离开餐厅，以便上楼"独占"我姑妈。然而，尤其晴朗天气长驻孔布雷之后，从圣伊莱尔钟楼降落高贵的正午报时钟声宛如王冠上点缀的十二朵小花，转瞬即逝撒下的袅袅余音在我们餐桌周围回荡，也亲切地伴随着出自教堂的圣饼，我们却久久地坐在饰有《一千零一夜》图案的菜盘前，懒得离席，因为天热，尤因饭饱体沉喏，主菜每日必备：鸡蛋，排骨，土豆，果酱，干点，弗朗索瓦丝根本不再预告，她还外加几道时令菜肴，根据种植和果园的收获，根据潮汐海鲜的品种，根据市面出售的机遇，根据邻里客气的赠送以及她自身的天才，以至我们的菜谱就像十三世纪雕刻在大教堂正门上的四叶饰，多少反映四季的节奏和人生的插曲：一条菱鲆，因为鱼商向她保证新鲜；一只雌火鸡，因为她在鲁桑维尔松林的集市碰上一只肥美的；一道骨髓蓟菜汤，因为她还没用这种方法做过；一只烤羊腿，因为户外活动大开胃口，吃后足有七小时消化的时间；一道菠菜是为换换口味；杏子，因为刚上市，难以买到；醋栗，因为再过半个月就下市了；覆盆子是斯万先生特意送来的；樱桃是园子里那棵樱桃树的第一批果实，两年不结果之后重新结果了；还有奶油奶酪，是我以前非常喜欢吃的；杏仁糕，是她前一天定做的；至于凸肚蛋糕嘛，因为是我们自备的。上述各道美食用完之后，端上巧克力奶羹，是特为我们配制的，专门献给喜爱巧克力奶羹的父亲品尝的，属于弗朗索瓦丝灵机一动精心制作的拿手戏，有如一件应时作品，短暂轻盈，其中投入了她的全部才干。谁要是说："我吃完了，吃不下了。"谁就旋即自降身份，沦落"大老粗"之列，正如一位艺术家送给老粗们一件作品，他们当下看重的是作品的重量和所用的材料，而其价值只在于作者的意图和署名。甚至盘中留一滴残汁，也是不礼貌的表现，犹如没听完乐曲，就当着作曲家的面起立离席。

终于，母亲对我说："行了，别没完没了呆在这里了，要是嫌外面太热，就上楼去自己的房间，不过先出去透一会儿空气，不要一离开餐桌就看书。"于是我走向一株丁香树阴下无靠背的长凳坐下，靠近水泵和水槽，这种水槽往往饰有蝾螈，好似哥特式建筑的正面图案，雕在粗糙的石面上，刻下可变动的浮雕，体态呈流线型，含有寓意。在园子的这个角落，有一扇便门开向圣灵街，土地没有得到好好保养，但见凸出在正屋之外的一座独立建筑，高出两个台阶，那是厨房的工作后间，可以瞥见室内铺有红色石板，斑岩似的闪闪发亮。这间后屋，不太像弗朗索瓦丝的密室，倒像维纳斯女神的一座小庙。屋里堆满了奶制品商、果品老板、蔬菜贩子送来的供品，卖蔬菜的有时是从老远的村落来的，给她奉上他们田园的时鲜。后屋的屋脊上总有只白鸽在咕咕啼叫。

先前，我不在环绕小庙的圣林滞留，因为上楼阅读之前，总要先到我外祖父的弟弟阿道尔夫叔公的小休息室去。老军人叔公退休时是少校，他这间屋子在底层，很少有阳光照入，即使开着窗户让热气进来，也很难驱散幽暗阴凉的气息，那种阴森凉气既来自林间，也出自旧王朝[1]，让人的嗅觉久久沉湎梦境，如同进入某些废弃的猎屋。但多年来，我不再进入阿道尔夫叔公的那间屋子，他也不再来孔布雷，因为由于我的过错，他跟我家突然闹翻了，情况是这样的：

在巴黎，每个月家人派我去拜访他一两次，总在他刚吃完午饭的时候，他穿着法兰绒休闲上装，伺候他吃饭的家仆身穿紫白相间的人字斜纹布工作服。他喃喃抱怨我好久不来看望，大家把他弃之不管了；他给我吃一块小杏仁饼或一只橘子；我们穿过客厅，却从不停下，因为从不生火，墙上饰有镀金线脚，天花板刷成蓝色，硬要模仿天空，家具蒙上缎面垫套，与我外祖父母家相同，不过这里是黄色缎面；然后我们来到他称之为"工作室"的那间屋子，墙上挂着几幅版画，衬底是黑色的，画面呈现一位女神，丰盈肉感，肤色粉红，或驾战车，或踩圆球，或星状物饰额，第二帝国时期人们很喜爱，因为这类画面具有庞贝风格[2]，后来讨厌过，再后来又喜欢上了，尽管各说各有理，其实唯一的、相同的理由，就是这类画具有第二帝国风格。我一直跟叔公呆着，直到他的贴身男仆来替车夫打听什么时辰该备马套车。叔

---

1. 系指1789年前的王朝。
2. 庞贝，古罗马城市，位于维苏威火山脚下，公元一世纪，几经火山爆发，全城毁没。

公正陷入沉思，在一边赞赏不已的男仆担心稍有动弹就会扰乱主人的遐想，好奇地等待始终相同的结果。经过一番郑重其事的斟酌，叔公终于准确无误地道出几个字："两点一刻。"男仆带惊讶状重复一遍，唯唯诺诺道："两点一刻？好，我这就去通知。"

那个时期，我钟情戏剧，柏拉图式的钟情，因为我父母还从未允许我去看戏，我把看戏的乐趣想象得非常不切合实际，差不多以为每个观众看布景就像看体视镜，各人看各人的，尽管所看到的与其他观众看到的上千个背景相像，但各人独善其身，自个儿看自个儿的戏。

每天上午，我都跑到莫里圆形广告柱去看新戏节目预告。没有比每出预告戏给我的想象提供梦想带来更大的兴趣、更大的快乐，这些梦想既取决于同组成剧名的字样不可分离的图像，也取决于被糨糊弄得湿漉漉和鼓胀隆起的海报。上面刊登的剧名，要算《恺撒·吉罗多的遗嘱》和《俄狄浦斯王》怪里怪气，不是出现在喜剧歌剧院的绿色海报上，而是出现在法兰西喜剧院的酒渣色海报上；我觉得没有比《王冠上的钻石》和《黑色多米诺骨牌》[1]的海报更不相同的，前者白鹭般的晶莹闪亮，后者黑缎般的光滑神秘；家父家母事先告知，我第一次看戏，由我就这两出戏

1.《恺撒·吉罗多的遗嘱》1859年首场在奥岱翁剧场演出，1881年收入法兰西喜剧院保留剧目，作者是布洛和维尔塔；《俄狄浦斯王》1881年在法兰西剧院重演，根据古希腊悲剧诗人索福克勒斯（前496—前406）原著用法译本上演；《王冠上的钻石》和《黑色多米诺骨牌》是著名法国剧作家斯克里布（1791—1861）的作品。

选其一，于是我对剧目逐一相继进行深入研究，因为我光知道剧名，所以我尽量把握每出戏可能带来的乐趣，比较各自包含的乐趣，最后我竭尽全力想象出，其中一出戏使人眼花缭乱，神气十足，另一出戏则是甜蜜温馨，柔情似水，结果还是不能决定我的取舍，如同点餐尾甜食时让我选择奶油米糕还是巧克力奶羹那般无能为力。

我与同学们有关演员的所有交谈都涉及演艺，尽管当时我对表演艺术还一窍不通，却认为演技在演艺一切形式中，是首要的形式，是演技让我揣测到大写的艺术。一大段台词，从这个或那个演员说出来的方法和处理感情色彩的方法来看，我认为最细微的差别都具有无法估量的意义。根据有关他们的传闻，我把他们按才华高下排列先后，成天默诵按秩序编排的名单，直到在我脑海里凝结，最后挥之不去地固定下来，弄得我的脑袋好难过。

后来，我上初中，每当上课，一旦老师转身，我便跟一个新朋友交流，我的第一个问题总是问他是否已经看过戏，问他是否认为最伟大的演员便是戈特[1]，其次是德洛内，等等。如果他认为费布尔排在蒂龙之后，或德洛内排在科克兰之后，那么在我脑海里，科克兰便失去磐石般的坚固性，突然松动，降落到二等之列，而德洛内则退居四等，其神奇的灵活性和充足的活跃性使我

---

1. 戈特（1822—1901），蒂龙（1830—1891），德洛内（1826—1903），费布尔（1835—1916），科克兰（1841—1909），均为法兰西喜剧院的分红演员。其中科克兰最有名气和人气。

软化了的、补养了的头脑感到如花似锦，生机盎然。

如果说演员们叫我如此牵肠挂肚，如果说看到莫邦一天下午从法兰西剧院出来叫我萌生情意，随后为钟情而痛苦，那么看到戏院门前红得发紫的明星大名，看到马头上缀着玫瑰花的双座轿车驰过街道时从车窗露出一副我想也许是女演员的容貌，都让我多么动情心乱，难以平息，又让我多么无能为力地痛苦不堪地企图想象该明星的生活。我把最显赫的演员按才华排列名次如下：萨拉·贝恩哈特，拉贝玛，巴岱，玛德莱娜·布罗昂，雅娜·萨马里[1]，但我对她们都感兴趣。这不，叔公认识许多女演员，也认识一些轻佻女子，而我却对女演员和交际花分辨不清。叔公常请她们到家中做客。我们之所以只在某些日子去看望他，是因为其他日子有一些女子来造访，而他的家人是不可以与那种女人照面的，至少这是他家属的看法，而叔公则相反，他太随随便便接待那些结过婚的漂亮寡妇，那些徒有虚名没准冒名顶替的伯爵夫人，对她们彬彬有礼，竟把她们介绍给我外祖母，或甚至把祖传的首饰送给她们，早已不止一次地跟我外祖父闹翻了。往往在聊天时提到某个女演员的名字，我听到父亲对母亲笑着说："是你叔叔的一个女友。"于是我心想，也许有些重要人物几年中上不了这等女人的门，一封封信寄去杳无回音，登门拜访吧，又遭邸

---

1. 萨拉·贝恩哈特（1844—1923），巴岱小姐（1854—1941），玛德莱娜·布罗昂（1833—1900），雅娜·萨马里（1857—1890），均为法兰西喜剧院分红演员。至于拉贝玛，即为普氏笔下假想的女明星。

第一部分　孔布雷

宅门房驱逐，叔公倒蛮可以让我这样的小家伙免受那番苦，把我介绍给女演员，因为是他的知交密友，而许多其他人根本无法接近她。

所以，我推托一门课改动了时间，不巧好几次耽误我看望叔公，以后还会耽误下去，一天，并非专门留给我们造访他的日子，我乘父母早早吃罢午饭出门去看圆柱广告，那是家人允许我单独外出的，可是我没有去看，而是直奔叔公家。我注意到他的门前停着一辆双驾马车，两匹马的护眼罩上插着一朵红色康乃馨，与车夫上衣扣眼上的康乃馨完全一样。我从门梯上便听见一个女人的嬉笑声和说话声，等我一按铃，里面一片寂静，稍后传来连续的关门声。男仆前来开门，见到我时显得尴尬，对我说我叔公很忙，大概不能接待我，他正打算去禀报，只听得传来刚才的女人声音："哎，没事，让他进来吧，只要一分钟，我就满心喜欢了。从你写字台上的照片来看，他很像他妈，你的侄女，他妈照片旁边的不就是他的照片吗？这孩子，我真想见一见，只要见上一面就行。"

我听到叔公咕哝，发火，不过最后男仆还是让我进屋了。

餐桌上，跟通常一样，仍是一盘小杏仁饼，叔公仍穿着通常那件法兰绒便服，但在他对面坐着一位年轻妇女，身穿粉红丝绸连衣裙，脖子上挂着一条长长的珍珠项链，正吃着橘子。我吃不准该称她夫人还是小姐，不由得脸红起来，不敢太转眼向她，唯恐不得不跟她说话，我便去亲吻叔公。她笑眯眯盯着我，叔公对她说"我的侄外孙",既未向她说我的姓,也未向我说她的姓,也许因为自从跟我外祖父发生纠葛以来,他尽可能避免他的家人与这类交往者联系。她说:

"他多么像他母亲哪。"

"可您只在照片上见过我侄女哇。"叔公赶紧接话,语调很不客气。

"亲爱的朋友,对不起,去年我跟您的侄女交错而过,当时您病倒了。不错,我只闪电似的见了她一眼,您的门梯又黑压压的,但已足够让我欣赏她了。这个小伙子有一双漂亮的眼睛,还有这儿,"她说着,用手指在前额下方划了一下,"您的侄女夫人跟您同姓吧,朋友?"她问我叔公。

"这孩子更像他父亲,"叔公低声埋怨道,提起我妈妈的姓,他不在乎作有保留的介绍,也不在乎作亲近的介绍,"他完全像他父亲,也像我可怜的母亲。"

"我不认识他的父亲,"穿粉红色长裙的太太略微点头承认,"我也从未见过您可怜的母亲,我的朋友。您总记得,咱们是在您丧母大恸之后不久才相识的。"

我觉得有一种小小的失望,因为这位少妇与不时在我家见过的其他窈窕淑女没有什么不同,尤其跟我每年元旦去拜会一位表兄的千金更无二致。不过叔公的女友穿着更考究,而眼神是一样的,又活泼又和善;表情也相同,又率直又多情。在她身上,我既没有发现在女演员剧照上我所倾慕的舞台风情,也没有发觉应合乎她本人生活的那种妖精表情。我难以相信她是一个轻佻女子，尤其不会相信她是个体面的交际花，假如我事先没有看见她的双驾轿车，粉红丝裙，珍珠项链，假如我事先不知道叔公只跟最上流的女子打交道。但我很奇怪，把属于自己的轿车、邸宅、首饰给了她的百万富翁怎么能从一位如此普通、如此规矩的女人那里得到消耗其财富的愉悦。然而，想到她的生活应有的情况，其伤风败俗也许更使我困惑，假如伤风败俗的事情在我面前落实到一个特殊的表象，比如像某部小说或某件丑闻的隐秘那样看不出来，隐秘出自其资产者父母，弄得闻名遐迩，使她化为美女，攀登到半上流社会，名声大噪：她的面部表情和说话的声调虽然与我已经认识的许多女子相同，却不由得使我把她视为良家姑娘，其实她早已无家可归了。

我们已经转入叔公的"工作室"，他当着我的面有点窘迫的样子，请她抽烟。

"不，亲爱的，"她说，"您知道我抽惯了大公给我寄的香烟。我对他说您为此吃醋了。"她从烟盒里抽出几根印着金色外文字样的香烟，突然接着说："我恐怕在您家见过这位青年人的父亲。他不是您的侄女婿吗？我怎能忘记他呢？我觉得他是那么和善客气，那么和蔼可亲。"她把话说得很谦虚的样子，深有感触似的。其实我知道家父向来矜持和冷漠，想到父亲待她会很生硬，她却觉得和蔼可亲，没准他可能很不风雅，她对家父过分的感激和家父的不够殷勤是不相等的，为此我很是尴尬。后来我才体会出这些游手好闲却孜孜不倦的女人所充当的角色有其动人的一面，她们奉献着宽容和才华，构成具备优美情感的梦境，因为她们像艺术家们那样不必实现梦想，不必把梦想纳入普遍生活的环境中；她们不必花多大的代价便可把男人们磨损和粗鄙的生活镶嵌装点得宝贵和精致起来，使其散发出金子般的华彩。比如这个女人在我叔公穿着法兰绒便服接待她的吸烟室里展露她温柔似水的身姿，她的粉红丝绸连衣裙，她的珍珠项链，从大公的友情放射出的高雅，同样有关我父亲，她随口说出无关紧要的话语，却说得用心良苦，地道讲究，妙手回春，真称得上难能可贵，加上她水汪汪的一个眼神，既谦恭又感恩，使她的话语变成莹莹熠熠的艺术作品，变成"精致至极"的东西。

"好吧，好吧，你该回去了。"叔公对我说。

我站起身，难以自已地想吻别粉红长裙女士的手，但又觉得未免胆大妄为了，简直等于抢人了。我的心怦怦直跳，自问"该干还是不该干"，然后我停止寻思该干什么，而考虑能干什么。于是我采取盲目的、失常的举动，连片刻前我觉得有利于她的一切理由都顾不上了，上前抓住她伸过来的手送到我的双唇上。

"他多么可爱呀！已经懂礼貌了，会讨好女人啦：像叔公哪。将来准是完美的绅士。"她补充道，咬紧牙齿，使最后的话略带英国口音，"他是否能来喝 a cup of tea[1]，如同咱们的邻居英国人

---

[1] 英语：一杯茶。

所说的，他只要上午给我发一份'蓝笺'[1]就行。"

我不知道"蓝笺"是什么。女士说的话有一半我听不懂，我真担心她话中有话，隐含某个提问，而不回答是失礼的，这就逼使我注意听她说每句话，为此我感到十分劳累。

"不行，不行，这不可能，"叔公耸耸肩膀说道，"他脱不开身，功课很多。他门门课程得奖，"他加添道，声音很低，生怕我听见他的谎言，加以纠正，"谁知道呢，没准将来是小维克多·雨果，或是沃拉贝尔[2]一类的，知道不？"

"我崇敬艺术家，"粉红长裙女士答道，"唯有他们懂得女人……唯有艺术家和像您这样的社会精英。请原谅我的无知，朋友。沃拉贝尔何许人也？是您小客厅玻璃书柜里那些烫金书籍[3]的作者？您知道，您答应过借我阅读的，我会十分小心爱护的。"

叔公不乐意出借自己的书籍，根本没理睬，便送我到门厅。对粉红长裙女士的爱慕弄得我不知南北，我便疯吻老叔公带着烟味的双颊，当下他颇为难堪地向我暗示，不敢明说，希望我不要向父母谈起这次造访，而我却热泪盈眶地告诉他，我对他的好意一定铭记在心，总有一天会找到办法报答他。我铭记之深确实不假，两小时后，我向父母说了几句神秘兮兮的话，又觉得没有把我得到的新声望说得条理分明，于是把刚结束的造访一五一十地

---

1. 当时通行的气压传送信件，是俗称。
2. 沃拉贝尔（1799—1879），法国新闻记者，政治家，历史学家，曾任公共教育部长。
3. 应是《路易·菲力浦上台前两次王朝复辟史》。

说了出来，这才觉得向他们讲清楚了。我不认为这样做会给叔公惹麻烦。我怎么会想给他添乱呢？既然我不乐意这么做嘛。我不可能设想父母亲会觉得这样的访问是不对的，因为我没有觉得有什么不好啊。这种事不是每天都会有吗？比如，一个朋友求我们别忘记向某位女士道歉，因为无法给她写信，而我们则不把此事放在心上，判定那位女士未必看重他的沉默，我们也没觉得有多大必要。我的想法跟大家一样，总把别人的脑袋想象成一处贮藏所，无活力的，驯服的，不管人家引入什么都不会有什么特别的反应；我不怀疑把叔公让我结识朋友的消息注入父母亲的脑袋，就同时像我所希望的那样，把我对这次介绍所做的善意判断转达给了他们。很不幸，家父家母要评价我叔公的行为时所遵循的原则，同我所期望的完全不同。父亲和外祖父跟叔公进行了激烈的评理，我是间接有所闻的。几天之后，在外面与乘坐敞篷车的叔公交错而过时，我备感痛苦、感激、内疚，很想向他表达出来。与这些感受之广之深相比，又觉得摘帽致意显得低级趣味，可能引起叔公猜测我对他的态度不超过寻常的礼貌。我决定放弃这种不足以表达我内心感受的举止，转过头去。而叔公却以为我这么做是遵循父母的命令，为此他不谅解我父母亲，之后许多年，我们家没有一个人去看望他，直到他去世。

因此，我不再进阿道尔夫叔公的休息室，现在已经关闭了，于是我就在厨房后间室外周围闲呆，当下弗朗索瓦丝出现在平台上，对我说："我让帮厨女工服侍咖啡，并把热水端上去，我得去奥克塔夫夫人家了。"我决定回屋里,直接上楼到自己房间看书。帮厨女工是个道德上挂名的女子,惯例的岗位所赋予她不变的权限保证了某种连续性和同一性,通过她体现的短暂形式的更迭便看得出来,这不,我们从来没有同一个女帮工连续干上两年的。我吃了许多芦笋的那年,帮厨女工通常管剥芦笋皮,她是个病恹恹的可怜女子,我们复活节来到的时候,她挺着大肚子,快临产了;我们甚至惊异,弗朗索瓦丝居然让她那么多次出去买东西,干那么多杂活,因为她开始步履艰难,前身顶的神秘包裹日见饱满,人们猜想得出在她宽肥的工作服下那个漂亮至极的形状。这种肥大的工作服使人想起乔托的某些象征性人物所穿的宽袖长外套,斯万先生曾给过我几张这种人物的照片。是斯万本人向我们指出这一点,每当他向我们打听帮厨女工的消息时便问:"乔托《慈悲图》中的女善人近来怎么样?"况且,可怜的女人,她怀孕后发胖,一直胖到脸上,胖到双颊上,腮帮直直地、方方地下坠,确实挺像那些圣女,健壮,男性化,更像古罗马的胖主妇,她们在位于阿林纳[1]的小教堂壁画中体现着种种美德。现在我又意识到帕多瓦的《七善与七恶》还以另一种方式与帮厨女工相像。这位女子的形象由于腹部增添的象征而高大起来,尽管她似乎并未领会这层意思,她脸上也没有任何东西表达美和灵,就像

---

1. 阿林纳是古罗马圆形剧场中央的竞技场的音译,成为该小区的地名,位于帕多瓦城的市中心。小教堂的全称是斯克罗夫尼小礼拜堂,壁画的名称即下文提到的《七善与七恶》,慈悲就是七善中的一种。

个普通而沉重的包袱，同样，看上去谁也没想到壮健的主妇在阿林纳的小教堂壁画中所呈现的形象名称是"慈悲善女"，其形象的复制品就挂在孔布雷我的自修室里，她就是慈悲美德的化身，而她那张精力充沛而俗里俗气的面孔好像不可能表达任何慈悲的思想。通过画家美妙的创造，她把大地的宝藏踩在脚下，但绝对好像踩踏葡萄，踩挤出葡萄汁，或更像登上一些麻袋，以抬高自己；她把自己灼热的心献给上帝，说得更确切点，她把滚烫的心"递给"上帝，有如厨娘把开塞钻从地下室的气窗口递给从底层窗口探头出来向她借用的人。"贪欲"[1]这个画像把贪欲的某种表情倒是描绘得颇为露骨。但在这幅壁画中，象征依然占据那么多的部位，表现得那么现实，比如对"贪欲"的嘴唇嘶嘶吐舌的蛇是那么粗大，竟把"贪欲"张得大大的嘴巴填得满满的，脸上的肌肉大大膨胀起来才能把蛇含在嘴里，就像小孩吹气球屏气时脸上的肌肉；"贪欲"的注意力，以及我们也被调动起来的注意力，完完全全集中到嘴唇的动作上，却没有时间去注意"贪欲"的贪欲思想了。

尽管斯万先生对乔托这些画像十分欣赏，推崇之至，我却很长时间无意欣赏挂在我们自修室的那些斯万带给我的复制品，因为"慈悲图"缺乏慈悲，"贪欲图"则好似医学书上才有的插图，比如舌头肿瘤压迫下的声门或小舌，抑或手术医生插入工具的声

---

1. 乔托《七善与七恶》中的七恶之一。

门或小舌；而"正义图"[1]的"正义女子"，脸色灰暗，五官褊狭，这正是我在孔布雷做弥撒时所见到的某些女人的面相，她们是漂亮的资产阶层女子，虔诚而冷漠，其中好些个已提前加入"不正义"[2]的预备队。但后来我明白了，这些壁画在大部分布局上动人心弦的奇特和别具一格的美妙是因为象征占据了那些地方，而事实上象征并没有作为象征来表现，因为象征性的思想并没有表达出来，而是作为真实来表现的，作为实际的感受或物质的操作来表现的，赋予作品的含义某些更切实、更准确的东西，赋予作品的教益某些更具体、更显著的东西。对可怜的帮厨女工来说，也是如此，我们的注意力不也是被她顶着的大肚子不断吸引过去的？同样亦然，临死的人往往想到的是实在的、痛苦的一面，冥思苦想的、刻骨铭心的一面，往往想到的是死亡的阴暗面，而死亡正是临终人的思想向他们自己呈现的界面，使他们猛力地感到这个界面，与其说像我们称之为死亡理念的东西，倒不如说更像压迫着他们的包袱，更像一种呼吸的困难，一种痛饮的需要。

帕多瓦城里那幅《七善与七恶》本身应该具有许多的现实性，因为我觉得七善图和七恶图是栩栩如生的，就像我们那个怀孕的女仆，进而我觉得女仆本人也不乏寓意。也许一个人的灵魂不参与，至少表面如此，通过其自身表现的美德，这种不参与，除了有其美学价值外，也具有一种现实，一种即使不是心理学的，至

1、2.《七善与七恶》中的七善之一。

少像人们说的，也是面相术的现实。后来，在我一生中，有机会遇见过一些真正慈悲为怀的神圣化身，例如在修道院里，修女修士们一般表情都是轻松愉快的，讲究实际的，无动于衷的，像匆忙的医生那样生硬，脸上毫无怜悯的表情，面对人类的痛苦毫无同情，不怕触犯人类的痛苦，那是没有温情的脸，令人反感的脸，却因真正的仁慈而高尚起来。

帮厨女工端上咖啡，妈妈认为，那只是热水，这无意中显示出弗朗索瓦丝的优越，有如"谬误"通过对比衬托"真理"[1]，使真理的胜利显得更加光辉，然后女工把热水送到我们楼上的各个房间，所谓热水，其实是勉强的温水。我早已躺在床上，手拿书本，我房间的百叶窗几乎全合上了，颤巍巍地挡着下午的阳光，卧房得以保持的凉爽虽是透明的，却不稳定，这不，一缕反光还是无孔不入地把它一些黄色翅膀透射进来，活像一只蝴蝶一动不动地停在百叶窗木条和窗玻璃之间一个角落里。这点亮光勉强够我看书，使我感到户外阳光灿烂倒只是本堂区街上加缪拍打货物箱灰尘的声音，弗朗索瓦丝打过招呼，说我姑妈"休息不了"，有人可能制造声响；一下下的拍打声，在炎热的天气下，有一种特殊的空气动荡音响，仿佛震落一粒粒绯红的星雨，飞向远方；同时还有一群苍蝇，仿佛夏季室内音乐，在我面前上演小小的音乐会；这种夏季室内音乐不以人间音乐的方式展现，在美丽的季

---

1. "真理"与"谬误"不属于七善与七恶，此处用大写的真理和大写的"谬误"，意在模仿七善与七恶，达到反差的效果。

节偶尔听到的人间乐曲让您事后回想得起来，是由一种更加必需的联系与夏季融为一体，在风和日丽中诞生，只跟晴朗的日子一起复活，含着点儿晴朗日子的要素，不仅在我们的记忆中唤起晴朗日子的形象，还证实风和日丽的回归，晴天实际到来，已经弥漫人间，可以立即让人进入了。

我房间昏暗的阴凉如同街上大太阳下的荫蔽处，就是说，阴处依然明亮，这就给我的想象展现夏日的全盘景象，假如我在户外散步，我的感官说不定只能得到支离破碎的享受，因此这种阴凉很适合我的休息，而我的书叙说的奇遇则惊动我的休息，就像一只手一动不动地插在流水中，经受着活力充沛的激流的冲击和推动。

但我的外祖母，即使炎热的天气变得毒辣，即使暴雨骤起或只下雨点，她都来恳求我到户外去。我不肯放弃阅读，到花园里去无论如何也要阅读，坐在栗树下用草席和帆布搭成的凉棚尽头，自以为避人耳目，可以躲开那些来造访我父母的人们。

我的思想不也像另类房间？我感到自己藏在深处，甚至是为了注视外面发生的事情。当我看见一件外在物，我看到的意识停留在我和物之间，把物件的周围圈上一层薄薄的精神边沿，阻止我有一天接触它的质料；我跟物的质料接触以前，质料几乎飘然失散，有如我们把一个炽热的物件靠近一个湿漉漉的物件，前者接触不到后者的潮湿，因为后者总有一个气化的雾区挡着前者我的意识，在我阅读的时候，铺展着某种不同情状的杂色屏幕，这些情状包括从藏在我内心最深处的种种愿望，到我在花园尽处视线所及的纯外观景象，首先我内心最隐私之处，有不断活跃着的权柄指挥着其余一切，那就是我的信仰，我相信我读的书富有丰厚的哲理，包含着美，还有就是我的欲望，我想把哲理和美据为己有，不管这本书是什么样的。这不，即使我在孔布雷买下那本书，是在博朗日食品杂货铺前瞥见时买的，杂货铺离我家太远，弗朗索瓦丝不可能像去加缪杂货铺那样买东西，博朗日的铺子更加琳琅满目，好似文具店和书店，我买的那本书扎着细绳，插在马赛克花纹般的小册子和期刊中间，书的封面封底好似它大门的两折，比大教堂的大门更神秘，更让人浮想联翩，我之所以认出那本书，是因为老师或同学把它作为杰作向我列举的，我当时觉得指点我的人已经掌握真和美的奥秘。而我对真和美只是半明半暗地预感，似懂非懂地领会，我的思想目标，虽是模糊的，却是持久的，正是认识真和美。

在我阅读过程中，这种中心的信仰进行着由表及里的不断运动，以求发现真理，随之而来的是我参与的行动给我带来的激动，因为那些下午所经历的戏剧性事件比一个人一生所经历的往往更为充实。我说的是我阅读的书中突如其来的那些事件，确实正如弗朗索瓦丝所说，受其影响的人物并非"真实的"。然而，一个真实人物的欢乐或厄运使我们体验的各种情感，只有通过这种欢乐或厄运的形象媒介才会在我们身上发生；第一个小说家的创造性在于懂得在我们的动情机制中，形象既然是唯一的要素，那么不折不扣地取消真实人物的简化法是一项决定性的完美措施。一个真实的人，不管我们对他有多深的好感，多半是由我们的感官来认知的，也就是说我们心中始终是不明晰的，成为我们的感受性无法承担的死沉负重。即使他遭受不幸的打击，也只涉及我们对他的整体概念的一小部分，我们为之而感动，更有甚者，也只涉及他对自身整体概念的一小部分，他就可以独善其身了。小说家的新发明在于想到用非物质的部分，就是说用我们的灵魂可以认同的部分来替代灵魂无法识透的部分，两者数量等同。既然在我们看来，一种崭新形态人物的行为和感情是真实的，因为我们把这些人物的行为和感情化作我们自己的了，又因为这些行为和感情在我们身上出现了，而且独往独来，而我们激动地一页页翻阅书本，那么我们呼吸急促和目不转睛有什么关系嘛。一旦小说家把我们置于这般境界，即如同在各种纯内心境界那样，一切感情都以七倍增长了；在这种境界下，小说家的书会使我们心绪不宁，但比我们睡着时所做的梦较为清晰，记忆留存得更加长久，阅读时，一小时内小说在我们内心激起的各种幸事和不幸，我们在生活中要花几年才领略一二，而最剧烈的幸运和厄运在我们身上可能永远不会明显表现出来，因为幸运也罢厄运也罢，都是缓慢产生的，使我们觉察不出来的。比如，我们的心在生活中发生变化，在书中那是最大的痛苦，我们只在阅读时在想象中才认识到，而在现实中，我们的心发生变化，恰如大自然的某些现象所发生的变化，是相当缓慢的，以至于即使我们能够逐一验证每个不同的境界，我们连变化的感觉也会荡然无存。

展现故事情节的景色，虽不如人物的生命力那样深入我的内心，因为书中人物的命运已经在我眼前投射一半了，但对我思想的影响远比我从书本抬起眼睛看到的景色所受到的影响大得多。正因为如此，有两个夏天，在孔布雷炎热的花园里，因为我当时阅读的那本书，我居然怀念一处丘陵起伏河流纵横的地方，那里我会看见许多锯木厂，那里清澈的水底有些木头在茂密的水芥里腐烂，不远处沿着几处矮墙，几簇浓紫淡红的繁花攀援而上。由于会有一位女士爱我的梦想始终在我思想上存在，所以那两个夏天，这个梦想浸润着流水的清凉；不管我追念哪位女士，那几簇浓紫淡红的繁花都会立即在每簇花的那边增彩添艳。

这倒不仅仅是因为我们梦想的形象总是铭记的，受到我们梦想中偶尔围绕该形象的奇色异彩的衬映而变得更美丽而沾光受益，这不，我阅读的书中景色，对于我来说，在我想象中景色并不比我在孔布雷亲眼目睹的景色呈现得更加鲜亮，本来就是类似的嘛。通过作者早先对景色作出的选择，由于我的思想迎合作者的话语，虔信他的话是一种表示，我便觉得书中的景色简直就是大自然本身真实的一部分，值得研究和深思，而我当时所处的地方并未使我产生这种印象，尤其是我们的花园，经过园丁毫无心裁、缺乏想象的平板整治而受到我外祖母的鄙视之后，更不会产生这种印象了。

我阅读一本书的时候，假如我的父母先前允许我去观光书中描绘的地区，我就会相信向夺得真理迈出无可估量的一步。因为，如果我们感到始终有自己的灵魂护伴，那就不会觉得置身于固定不动的牢笼里，倒会好像带着牢笼进行不懈的冲刺，尽管有某种气馁感，还是力争冲出牢笼，力争达到外界，但始终听到自己周围回荡相同的声响，这不是来自外部的共鸣，而是内心激荡的回声。我们千方百计在由此而变得珍贵的万物里重新找到我们的灵魂投射其上的映像，我失望地确认大自然中的万物似乎并不具备它们受恩于我们思想中某些观念相近的魅力；有时候我们把这种灵魂的全部力量变换为灵性，变换为光彩，以影响我们确实觉得与我们不搭界的人们，而他们将永远对我们不在乎。因此，我之所以一向围绕我心爱的女人想象我最向往的地点，我之所以乐意由她让我观光这些地点，由她给我打开一个未知世界的通道，并不是因为偶然出于一种简单的联想，不，而是因为我对旅游和爱情的梦想只是我所有生命力在相同的和不可转向的迸发中产生的力矩，今日好比我把表面固定不动的七彩水柱按不同高度划成几截，我人为地把我生命力的喷射划成几个力矩。

  总之，在继续由表及里地追踪我意识中同时并列的情状时，在到达笼罩我的意识情状的境域前，我得到另一类的愉悦，诸如安坐的愉悦，闻着温馨的空气味儿的愉悦，不受来访打扰的愉悦，还有，当圣伊莱尔钟楼敲响下午一点，就愉快地瞧见午后的天色开始被消耗，一块块地陨落，直到最后一响钟声，我便计算出天色按块陨落的总数，继而是长久的寂静，似乎在湛蓝的天色下准予我读书的整个时段随之开始了，直到弗朗索瓦丝准备好香喷喷的晚饭，我阅读时追随书中主人公所受的劳累就要得到补偿了。每隔一小时响一次钟声，我觉得上一次钟声敲才过几个片刻又敲响了；最近一次钟声在天上紧紧挨着上一次钟声，我无法相信六十分钟竟可容纳在那小小的蓝色半圆拱里，在两个金色的印记之间。有时候，对我来说是早敲的时辰比上一次多敲了两下，因此有一次钟声我没听见，其间发生的某些事情在我等于没有发生；阅读的兴起，与沉睡一样，具有魔力，使我产生幻觉的耳朵失聪了，把金色的钟声从寂静的蔚蓝天幕抹去。在孔布雷花园的栗树下，星期天晴朗的午后多么美丽，我把个人生活中平庸的烦事精心地掏空，换入一种充满奇遇的生活，一种充满异想天开的生活，置身于流水灌溉的地方；当我想到你们的时候，你们还在使我想起这种生活，你们确已把它包裹起来，渐渐地使它变形了，把它封闭在连绵的晶体里，这个晶体变化缓慢、繁枝茂叶贯穿其间，并包含着你们的时辰，不管这些时辰是静悄悄的，响声荡漾的，还是香气沁人的，清澈透明的。

有时候下午过半，我被园丁的女儿打断阅读，她发疯似的奔跑，一路上撞倒一棵橘子树，划伤自己的手指，碰掉一颗牙，还嚷嚷："他们来了！他们来了！"为了让弗朗索瓦丝和我赶去，不要错过看热闹。那些天驻防部队搞演习，部队穿过孔布雷时走过圣伊尔德加特街。我们家的用人们坐在铁栅门外一排椅子上，瞧着孔布雷星期天的行人们，同时也让行人们看着他们，园丁的女

第一部分　孔布雷　　　　　　　　　　　　　　　　　　　　　　　　　　*105*

儿则从车站大街远处两幢房屋的空隙间,瞥见头盔的亮光。用人们匆忙把他们坐的椅子搬进铁门,因为重骑兵列队经过圣伊尔德加特街时,占满整条街的宽度,战马沿着两边房屋擦边而过,马队涌上人行道,浩浩荡荡,仿佛河床两侧高出的陡坡因河床太过狭窄供疏导涌来的洪水。

"可怜的孩子们,"弗朗索瓦丝刚赶到铁栅门便热泪潸潸,"可怜的青年,他们的青春将像草场青草被割掉,一想起来,我就活受打击。"她补充道,一边把手摁在心房上,以示那是受到"打击"的部位。

"看到一些年轻人不惜生命,不是很壮观吗,弗朗索瓦丝太太?"园丁问道,以便"激将"她一下。

他没有白说。

"不惜生命?那该爱惜什么,如果不去爱惜生命,那是上帝所赐的唯一礼物,从不给第二次。唉!上帝呀!可他们倒真的不惜生命哪!我曾在一八七〇年[1]见过;在一次次悲惨的战争中,他们不再怕死了;他们是不折不扣的疯子;再说不必用绳子绞死他们,哪是人嘛,简直是狮子。"她把"狮子"按音节重读,对于弗朗索瓦丝来说,把人比作狮子,毫无恭维之意。圣伊尔德加特街急转弯太猛,让人看不见从远处开来的部队,而从车站大街两幢房屋的空隙还看得见崭新的头盔在滚动在闪亮。园丁很想知道

---

1. 指普法战争。

是否还有许多部队要经过,他口渴了,太阳晒得厉害。于是,他的女儿一下子冲了出去,好像冲出重围,找到突破口,到达街角;她经过九死一生的冒险,带回一瓶椰子汁,给我们捎回的消息是,部队足有一千人,从蒂贝济那边和梅泽格利兹那边,源源不绝地开过来。弗朗索瓦丝和园丁讲和之后,讨论在战争的状况下如何行事:

"瞧见了吧,弗朗索瓦丝,"园丁说,"革命要好得多,因为宣告革命的时候,只有愿意走的人才去革命。——嘿,对呀,至少我是理解的,这比较光明磊落。"

园丁认为一旦宣告战争,所有的铁路全部中断。

"没错,不让人逃跑呗。"弗朗索瓦丝说。

"唉!他们鬼得很哩。"园丁接话,因为他不认同战争不是国家企图作弄人民的恶作剧,而且既然人家有办法作弄百姓,那就没有一个人溜得掉,这是园丁不肯容忍的。

说罢,弗朗索瓦丝赶紧回去侍候我姑妈,我回到我读的书本,仆人们再次安顿在铁栅门前观看士兵们早先掀起的尘埃和激情慢慢落定。平静下来许久,孔布雷街上依然流动着不同寻常的游人,黑压压一片一片。每家每户门口门前仆人们,甚至主人们,都坐着观看,连平时门前很少有人的住户也是如此,他们坐着观看,他们装点着门槛,在门外形成一条参差不齐的深暗花边,好似大潮过后遗留海滩的海藻和贝壳所呈现的绉纱和绣花。

除去那些日子,与之相反,我平时倒能安心读书。但有一次斯万来访打断了我阅读，当时我正读贝戈特的一本书，对我来说完全是新作家，斯万便对这本书给我作了评论，其结果是，此后很久，我梦想的女子形象，其背景不再是饰满茎秆形紫色花朵的墙头，而完全是另一种背景，即哥特式大教堂的门楼前，从此她们的倩影在这里显现了。

我第一次听说布洛克的告知者，是比我年长的同学布洛克，我对他非常钦佩。他听到我向他承认欣赏《十月之夜》[1]，便哈哈大笑，像喇叭爆出的噪声，对我说："当心别迷上缪塞先生，你的爱好够低级的。他比最坏蛋还坏蛋，一个阴险的畜生。不过我应当坦白地说，他和那个叫拉辛的，各人一生写下一句相当富有音韵的诗行，按我的看法，其最高的价值就是作者绝对不表达任何意义。一句是：'洁白的奥洛索娜和洁白的嘉米尔'[2]，另一句是：'米诺斯和帕西法埃的女儿'[3]。我是从非常亲爱的导师，受众神青睐的勒孔特老头[4]，一篇文章中得知这两句诗，这两句引文是为那两个土匪开脱。对啦，我有一本书，目前还没有空读，听说就是这位天大的老好人推荐的。有人对我说，他把书的作者贝戈特先生视为最为精妙的家伙，虽然他有时候宽厚得相当难以解释，但在我，他的话就是德尔夫斯神

1.《十月之夜》，缪塞与乔治·桑绝情的悲情之作，抒发个人感情的代表作。
2. 这句诗引自缪塞的《五月之夜》，原作应是把洁白的奥洛索娜指给洁白的嘉米尔看。
3. 引自拉辛的《费德尔》。
4. 系指法国诗人利尔·德·勒孔特（1818—1894）。

庙[1]的神谕。因此，不妨读一读这些抒情的散文，假如受到阿波罗太阳神启示后写下《皆大欢喜》和《玛纽斯猎兔犬》[2]的音韵巨匠言之属实，那么你，亲爱的大师，你将品尝到奥林匹斯山的琼浆玉液而心花怒放了。"他以冷嘲热讽的口气要我称他为"大师"，然后他本人也如此称呼我。事实上，我们搞这种游戏有点趣味，我们年纪相近，年轻气盛，以为称呼什么就变成什么。

可惜，跟布洛克闲谈的同时，我却不能平息他给我造成的烦恼，他对我说，美的诗句正因为不含任何意义而变得更美，我就要求他作出解释，因为我只期望从美的诗句中得到真理的启示。这样，布洛克没有再被邀请到我家来，而起先他却是受到热情的接待。外祖父确实声称，每次我跟一位同学比其他同学更亲近时，便把他带到家里来，那总是一位犹太孩子；原则上这并不使他感到不快，甚至他的朋友斯万也是犹太血统，他先入为主地认为我通常在最优秀的犹太孩子中选择朋友。因此，每当我带来一位新朋友，他极少不哼唱《犹太女郎》中的"**啊，我们祖辈的上帝！**"[3]或"**以色列呀，砸碎你的锁链！**"[4]，当然他只哼曲调："帝拉拉姆，塔拉姆，塔里姆"，但我担心我的同学知道这个曲调，想起歌词。

---

1. 位于巴拿斯南坡，供奉太阳神的神庙，古希腊遇大事，便去求神谕。
2. 这两首诗都是利尔·德·勒孔特的作品，《皆大欢喜》收入《古诗》(1852)，《玛纽斯猎兔犬》则收入《悲剧诗篇》(1884)。
3. 系阿莱维（1799—1862）创作的五幕剧，这句合唱歌词引自第一幕。
4. 引自三幕四场抒情剧《桑松和达利拉》，由圣萨恩（1835—1921）创作。

外祖父还没见过我的朋友们,只听得他们的姓氏,尽管往往没有任何特别的以色列色彩,便不禁猜想我的一些朋友是犹太血统,其实根本就不是犹太血统,而且甚至猜想他们的家庭不时还有难以相处的地方。

"你今晚来的朋友姓什么?"

"迪蒙,外公。"

"迪蒙!喔,我怀疑。"说着,他唱起来:

　　弓箭手们,步步设防!
　　注视不懈,不声不响!

他向我们巧妙地提了几个更确切的问题后,大声道:"要当心!"要当心!抑或,假如同学本人已经来到,在他隐蔽的盘问下,不知不觉被迫承认自己的出身,那么,为了向我们表明他不再存疑,便只是凝视我们,一边哼唱,但让人看不清歌词:

　　怎么,您把这羞怯的以色列人
　　引导到我们这里来了!

抑或:

　　希布伦,温馨的山谷,祖祖辈辈的田园。

抑或：

是呀，我属于上帝遴选的种族。

外祖父这些小怪癖并不意味着针对我的同学们有任何恶意。但布洛克不讨我父母喜欢，那是另有原因的。他一开始就把我父亲惹翻了，因为家父见他浑身湿透，便关切地问他：

"喂，布洛克先生，天气怎样啦，是不是下过雨了？我弄不明白，晴雨表一直标明晴和日丽呀。"

他却只招来这样的回答：

"先生，我根本无法奉告是否下过雨。我坚决把自然的偶然现象置之度外，以至我的感官不必向我报告。"

布洛克走后，父亲对我说：

"嗨，可怜的儿子，你的朋友是白痴。怎么啦，他甚至不能告诉我是什么天气！没有比天气更有意思的了！他是个笨蛋！"

后来，布洛克又惹我外祖母不高兴，因为吃完午饭，她说他有点儿不舒服，他便抽泣起来，一边还抹眼泪。

"你说，这怎么是真诚的呢？"她说，"既然他不认识我，要不然是他疯了。"

最后他闹得大家都不高兴，因为他来吃饭晚了一个半小时，浑身泥浆，他非但不道歉，竟说：

"天气的反复无常和因袭的时间刻度，我从来不受其影响。我倒乐意恢复使用鸦片烟枪和马来亚波刃短剑的名誉，但我瞧不起使用钟表和雨伞这两件危害无穷且市侩气十足的平庸工具。"

不管怎样，他还会再来孔布雷。但他不是我父母希望我结交的友人，后来我父母终于认为，我外祖母身体不适使他流泪未必是假装的，但他们凭本能或凭经验知道我们感受性的冲动对于我们随之而来的行为以及我们生活的导向影响甚微，进而他们知道，遵守道德义务，忠于朋友执行一项使命，奉行一套制度，其基础建立在盲从的习惯要比建立在一时的、灼热的、空泛的激情更牢靠得多。他们原本更乐意布洛克成为我循规蹈矩的伙伴，即不超过根据布尔乔亚的道德规范约定给予朋友的东西，比如朋友们不必突如其来地派人送来一筐水果，只因这天亲切地想起我了；不会凭一时想入非非的冲动和感情用事而使友谊的义务和索求的天平向于我有利的方向倾斜，否则这种弄虚作假反倒对我更有害。我们的过错很难使天理注定要给我们的东西剥离，我的姨婆便是一个榜样：她跟侄女闹翻多年，连话也从来不跟她讲，却不因此而改变遗嘱，仍把全部财产留给她，因为她是我姨婆最近的亲属，因为这是"理所当然"的。

不过，我依然喜欢他，父母成全我，让我高兴，但关于米诺斯和帕西法埃的女儿毫无意义的美依然困扰我。这些难以解决的问题把我弄得更心烦更痛苦，胜过后来跟他交谈所造成的痛苦，虽然我母亲早判定后来我跟他的交谈也是有害的。我们本来还会在孔布雷接待他，但自那次晚餐后，他向我保证，曾确切无疑地听说过，我姨婆曾度过一个动荡不定的青年时代，曾让人公开包养过，因为前不久他告诉我，所有的女人一律只考虑爱情，没有哪个女人顶得住、攻不破的，这句新鲜话后来对我的生活产生过许多影响，起先让我的生活变得更幸福，后来却变得更不幸。我忍不住把这些话对父母说了，之后，当他再来我家，就被挡在门外了；我后来在街上迎上前跟他攀谈，他对我极其冷淡。

但关于贝戈特，他说得很对。

最初几天，我后来对贝戈特风格中非常喜欢的东西，并没有看出来，好比一首乐曲叫人心醉神迷，但起初听者还识别不出妙处。我读他的小说虽爱不释手，但自以为仅对主题感兴趣，有如恋爱之初我们天天赶某个聚会某个消遣去找一位女子，还自以为受到娱乐的吸引。后来，我注意到贝戈特在某些时候爱用生僻的、几乎过时的词组，往往就在这些时候，一股和谐的暗流，一个内应的前奏，烘托着他的风格；也在这些时候，他开始谈到"人生的空幻梦"[1]，"美丽的外表溢出取之不尽的湍流"[2]，"理解和爱恋的苦恼既无结果又有兴味"[3]、"动人心弦的人物雕像使大教堂的正面永远崇高，令人肃然起敬，叫人赏心悦目"[4]，对我来说，他表达了一整套崭新的哲理，表达时运用了妙不可言的形象，几乎可以说是这些形象唤醒圣诗的高唱，在圣歌伴唱下，形象变得崇高

1、3、4. 根据阿纳托尔·法朗士的语句改写。
2. 根据利尔·德·勒孔特的诗句改写。

起来。贝戈特的这些小段落中，第三或第四小段，由我抽出来玩味，我得到的喜悦与我品味第一小段的喜悦不可比喻，一种由我内心深处感到的喜悦，那是更加统一更加宽阔的内心深区，那个区里障碍和隔阂好像已经排除了。这是因为，承认对生词组的兴趣，承认音乐的感情抒发，承认早已产生过的唯心主义哲理，这些我当时没有意识到的兴趣、抒发、哲理，都是似曾相识的，一旦明晰认出这些相同的东西，我似乎不再感到面对的是贝戈特某本书的个别段落了，刻画在我思想层面上的不再是一个纯属线条的形象了，而是贝戈特的一个"理想段落"，与贝戈特所有的著作共通的，所有类似的段落都来与"理想段落"混合一体，于是就会形成一种厚度，一种容积，我的思路由此而扩大了。

我不完全是唯一的贝戈特崇拜者，母亲的一位女友，很有文学修养的，也喜爱作家贝戈特，还有迪·布尔邦大夫，为了阅读贝戈特刚出版的新作，居然让病人等候；喜爱贝戈特最初的几颗种子从迪·布尔邦大夫的诊所、从孔布雷附近的一座花园飞散开来，当时的稀有品种，现今普世传播，在欧洲各地，在美洲各处，乃至穷乡小村，都已盛开理想的花朵，共有的花朵。我母亲的女友，听说还有迪·布尔邦大夫，对贝戈特作品中最喜欢的东西，居然跟我一样，就是那种相同的行云流水旋律，那些古老的词组，还有一些其他成语，虽说非常简朴，家喻户晓，但经他突出显著使用，仿佛披露出对它们有一种特殊的爱好；最后还在忧伤的段落，加入某种唐突，增添一种嘶哑吼叫的腔调。没准他本人会感到那里有着他最大的魅力。因为，在后继的一本本书里，假如他碰上什么重大的真情实况，或一座大教堂的名字，他就中断叙事，进入祈祷，来一阵呼天抢地，插一长段祈祷经文，尽情发泄这些气息，在他早期的作品中，这些气息包含在行文的字里行间，只在表面阵阵波动下才散发出来，当这些气息还处在半隐半现时，也许更加柔和、更加和谐，人们无法确切指出气息的低声细语产生何处消散何方。作者自己感到得意的段落也是我们欣赏的段落，我个人背得滚瓜烂熟。当他重新走上叙事的轨迹，我不免扫兴。每当他叙说什么，其中包含的美在我一直是隔雾看物，比如隔雾看松林、看冰雹、看巴黎圣母院、看《阿达莉》或《费德尔》[1]，他都通过形象爆出美来打动我的心扉。因此，我感到宇宙间有多少方面是我残弱的感知辨别不了的，如果他没有让我去接近，我真希望掌握他对宇宙万物的某种看法，掌握他对万物的某个隐喻，尤其对我有机会亲眼看到的东西，其中特别对法国古建筑和某些海滨风景发表见解和提出隐喻。可惜，他对几乎一切事物的看法，我一无所知。我不怀疑他的看法与我的见解不尽然相同，因为他的看法居高临下，来自一个陌生世界，而我则千方百计往那个陌生世界攀登；我确信，我的种种思想没准在这位完美的智者看来是荒谬绝伦的，所以我干脆将其全部清除，万一偶尔在他某本书里让我撞见一个我自己本来就有的思想，我的心

1.《阿达莉》(1691)和《费德尔》(1677)均为拉辛的作品。

就膨胀起来，好像哪位神灵发了慈悲，把这个思想归还给我，并宣布它是合法的，卓越的。有时候，他的一页作品与我常常夜里无法入眠时写给外祖母和母亲的东西是一样的，以至于贝戈特的这页文字好似一页题词汇编，用来分别写在我书信的笺头。甚至后来我开始撰书，某些句子的质量不足以让我下决心往下写，便又从贝戈特的作品找出旗鼓相当的东西。当时只有在他著作中找到了我才喜滋滋的；我自己撰写的时候，一心想让语句确切反映在我的思想中所觉察的东西，担心不要"落套"，我有的是时间慢慢琢磨我写的东西是否尽如人意了！然而事实上，我真正喜爱的只是这类语句，这类构思。我这种不安于现状且不满于现状的努力其本身就标志着一种爱好，一种没有愉悦却深切的爱好。因此，像这样的语句，我突然在另一位作家的著作中发现时，就是说不必顾忌了，不必严厉了，不必苦恼了，终于我尽情美滋美味品尝起来，如同一名厨师某次不下厨，总算当了一回美食家。有一天，我在贝戈特的一本书中读到对老女仆的一段笑话，作者出色而郑重的言语使笑话更具讽刺意味，而我对外祖母讲起弗朗索瓦丝时也经常使用这样的笑话；还有一回，我发现他并不认为在他镜子似的反映真实的作品中出现类似我曾对我们的朋友勒格朗丹先生发表过的看法是不得体的，这里指的是我对弗朗索瓦丝和勒格朗丹的看法，是我深思熟虑后蓄意献祭贝戈特的，确信他对我的看法感到索然无味，我顿时觉得，我微不足道的生活与真实的王国之间并没有我所想象的那么疏远，两者甚至有某些交会点，于是我自信了，高兴了，对着作家贝戈特的华章像投入失而复得的母亲怀抱那样呜咽起来。

根据贝戈特的著作，我想象他是个身弱失望的老人，丧失儿子，痛苦难平。所以我阅读他的散文，默默吟唱的也许比写出的文字更柔和更缓慢，对我而言的那句最简单的话带着温情脉脉的语调。我喜爱他的哲学胜于一切，我将永远为之献身。哲学促使我迫不及待地刚到上初中的年龄，便进入哲学班上课。但我不乐意学校里教别的东西，而只按贝戈特的思想生活，倘若那时有人对我说，我所倾心的玄学大师与贝戈特毫无相似之处，我没准会感到绝望，恰如一个情种，决意爱一辈子不变心，别人却对他说他将来还会有其他情妇。

一个星期日，我在园中阅读，被来探访我父母的斯万打断。

"您读什么书，可以看看吗？喔，贝戈特的，谁给您推荐他的书？"

我对他说是布洛克。

"嗨，对啦，这个小伙子我在这里见过一次，他长得太像贝里尼[1]画的穆罕默德二世了。唉！印象强烈呀，同样弓形弯曲的眉毛，同样的鹰钩鼻，同样凸起的颧骨。等将来他长出一束山羊胡子，那简直就是一模一样的人哪。不管怎么说，他有鉴赏力，贝戈特确是个富于诱惑力的才子。"斯万看到我如此这般钦佩贝戈特，

---

1. 贝里尼（1429—1507），威尼斯画家，《穆罕默德二世》现存伦敦国家博物馆。

一反从不提起自己熟悉的人,好心地为我破一次例,对我说道:

"我跟他很熟,您要是乐意让他在您的书的扉页上写句话,我可以求他。"我不敢接受,但向斯万提了些有关贝戈特的问题。比如:

"您能告诉我他比较喜欢的演员是谁?"

"演员,我说不好。不过,我知道他认为无论哪个男演员都比不上拉贝玛,在他看来,拉贝玛比谁都高明。您听过她的戏吗?"

"没有,先生,家父家母不允许我看戏。"

"太遗憾了,您不妨求求他们。拉贝玛在《费德尔》和《熙德》[1]里只不过是个女艺术家,对吧,但您知道,我不大相信艺术的'等级排名',"(我注意到,他跟我外祖母的两个姐妹交谈往往引起我强烈的关注,每当他谈到正经事儿,每当他运用一个成语,似乎对某个重要的主题涵盖一种见解,他便留心将其孤立在某种语调中,那是一种特别的、机械的、讥讽的语调,好像加上了引号,似乎不愿意以自己的见解说出来,似乎是说:"'等级排名,你们心里清楚,正如可笑的人们所言,是吗?"那么既然可笑,他为什么说"等级排名"呢?)片刻之后,他加添道:"她的演出使您视野崇高,胜过任何杰作,我说不好哪部……"他笑了起来,"比如'沙特尔的王后们'![2]至此,我看出他厌恶认真

1.《熙德》此处指高乃依的代表作,而《费德尔》则是拉辛的作品。
2. 系指沙特尔教堂西门楼的雕像,多年来被视为法兰西国王和王后的雕像,其实是《圣经》人物。

表达自己的见解没准是某种高雅的表示，某种巴黎做派，悖逆我姨婆们的外省教条主义；我也猜想这是斯万生活的小圈子里的一种思维形式，小圈子的人们出于对前几代人抒情主义的反抗，过分地为过去被贬之为庸俗的正确行为事例翻案，甚至把前人的抒情主义斥之为"夸夸其谈"。但现在我觉得斯万对待事情的这种态度有点反感了。他看上去不敢说出自己的见解，只有当他能够小心翼翼地提供准确的情况时，他才心安理得。但他不明白细节的准确性有着重要意义，相当于发表见解，相当于公设。于是我又想起那次晚餐，当时我伤心极了，因为妈妈不会上楼来我的房间了；就在那次晚餐，斯万说莱翁公主府上的舞会毫无声望。可是他老泡在那边，乐此不疲，消磨一生。我觉得这一切是矛盾的。莫非他保存着另一种生活，方可最终严肃地说出他对事情的想法，方可不加引号就作出判断，方可不必讲究礼貌地投入的同时又被他明言为可笑的活动，不是吗？我也注意到，斯万跟我谈论贝戈特的方式并不特别，相反，是与该作家所有的崇拜者共通的，比如我母亲的女友和迪·布尔邦大夫。像斯万那样，提到贝戈特时，他们说："他是富于诱惑力的才子，非常独特，有一套自己的叙事方法，有点拘泥，但非常讨人喜欢。不必看署名，一读他的东西立即认得出来。"但没有一个人会进一步说："他是个大作家，一个大天才。"他们甚至不会说他有才气。他们不说，因为他们不懂。我们要用好长好长的时间才从一位新作家特别的面貌认出"大天才"，因为这时他的模样在我们一般观念的陈列馆里可以标上"大天才"的称号了。正因为他的面貌是新的，所以我们不认为它与我们称为天才的东西完全相像。我们宁肯说独到，动人，细腻，气势，后来我终于明白这一切恰恰就是天才。

"贝戈特的作品中有没有谈到拉贝玛的？"我问斯万先生。

"我想在他论拉辛的小册子中谈起过，不过大概售完了。也许已经再印了。我打听一下。再说您要什么，我都可以向贝戈特提出来，一年中没有一个星期他不来我家吃饭的。他是我女儿的好朋友。他们一起去观光古城，大教堂，古堡。"

由于我对社会等级毫无概念，所以长久以来，我父亲认为我们不可能与斯万太太和小姐打交道，我们就执行了，这使我想象她们和我们之间有很大的距离，在我的眼里倒为她们增加了威信。我惋惜母亲不染发，不抹口红，因为我从我们家的女邻居萨兹拉太太那里听说，斯万太太又染发又抹口红，不是讨她丈夫的喜欢，就是讨德·夏吕斯先生喜欢；我当时想，在她心目中，我们大概都是可鄙的对象，尤其使我难过的是因为斯万小姐，我听人说过她是个非常漂亮的小姑娘，我经常梦见她，每次赋予她同一张面孔，一张既任性又可爱的面孔。然而，当我那天得知，斯万小姐的处境极其难得，她好像处在适合自己的自然环境里如鱼得水，享受着那么多的优越条件，当她问自己的父母有没有人来吃晚饭，家人用充满光辉的音节回答她，报出贵客金光闪烁的名字；贝戈特，对她来说只不过是家里的一个老朋友；在她，餐桌上的亲密谈话，相当于我听到姨婆的交谈，贝戈特就各种主题的讲话,都未能在他的书中涉及,我真想亲聆他的高见;末了,她去观光古城时,他紧随她的身边,既默默无闻又以此为荣,好似诸神下凡到人间;于是,我同时感到,与斯万小姐这一身价相比,我显得粗俗和无知,进而深感我若成为她的朋友有多美,又是多么的不可能,以致我既满怀期望又充满绝望。如今我经常想到她,仿佛看见她站在一座大教堂门楼前,向我解释雕像的意义,而且面带赞许我的微笑,把我当作朋友介绍给贝戈特。各处大教堂在我内心所引发的种种思绪的魅力,法兰西岛山丘和诺曼底平原的魅力,总要将其光泽倒射到我所构思的斯万小姐的形象上:万事俱备,只求爱她。就算我们相信爱情可促使我们参与一种陌生的生活,因为这是为产生爱情所必需做的,是对爱情执著的结果,况且为爱情付出的代价并不高嘛。更有甚者,声称以貌取男人的女人们,从相中的男人身上嗅到一种特殊的生活气息。所以,她们爱军人,爱消防队员,因为制服使她们对面孔不那么苛求了;她们以为吻到护胸甲下的这颗心是与众不同的,敢于冒险的,温柔体贴的。一位年轻的君主,一位王储,不需要端正的相貌,便可在他造访的外国猎取最令人得意的艳福,而相貌端正对一名场外证券经纪人也许是不可或缺的。

　　我星期天在花园阅读,姨婆颇为不解,因为星期天不准做任何正经事儿,她是不做针线活的,可是星期内的某天,她又会对我说:"你怎么还看书消遣,又不是星期天啰。"她给"消遣"一词赋予"孩子气"和"浪费时间"的含义;当下莱奥妮姑妈正跟弗朗索瓦丝闲聊,一边等待欧拉莉来访。她对弗朗索瓦丝说,她刚看见古皮尔太太走过,"没带伞,穿着丝绸连衣裙,那是她自己在夏多登定做的。要是她在晚祷前要走远,那她可能让大雨淋透长裙了。"

"说不定,说不定呀。"弗朗索瓦丝的意思是"说不定不下",以免明确排除天气好转的可能性。

"哟,"姑妈拍了拍额头说,"这让我想起来了,我不知道她是否在举扬圣体后去到教堂的。该记住问问欧拉莉……喂,弗朗索瓦丝,瞧瞧钟楼后面那团乌云,瞧瞧青瓦上那不正常的阳光,明摆着天黑前要下雨。不可能就这么下去的,天太热了。雨越快下越好哇,这不,只要暴雨不到,我喝下的维希矿泉水就消化不了。"姑妈补充道,心里希望维希矿泉水赶快消化的迫切程度大大超过她对古皮尔太太长裙被淋湿的担忧。

"说不定,说不定。"

"是呀,广场上下起雨来,就不大好躲了。怎么,三点钟了?"姑妈突然嚷道,脸都发白了,"这么说,晚祷已开始了,可我竟忘记吃胃蛋白酶了!我这才明白为什么我喝下的维希矿泉水淤在胃里呐。"

她急忙上前抓住一本紫绒封面烫金切口的祈祷书,匆忙间让几张书签掉了下来,书签已经发黄,饰有花边纸,是用来夹在祈祷书里标记节日祷文的,姑妈一边咽滴剂,一边开始极快地诵读经文,脑子有点糊涂,因为吃不准喝下维希矿泉水后,隔那么久才吃的胃蛋白酶,是否还能赶上药效,是否能使矿泉水消化。"三点钟了,难以想象时间过得这么快!"

窗玻璃上响了一下,好像有什么东西碰了碰,接着响起一大片沙粒似的簌簌声,像有人从楼上窗户往下撒,落沙声扩散延伸,整齐划一,节奏有板有眼,慢慢变得如注似浇,琤琤作响,乐声大作,数不清的点点,铺天盖地落下来:下雨啦。

"瞧呀!弗朗索瓦丝,我怎么说来着?下得多猛哪!我好像听到花园门铃儿响了,快去瞧瞧,这种天气竟有人外出?"

弗朗索瓦丝回来说:

"是阿梅代夫人(我外祖母)哪,她说出去转一圈,可雨下得好大哟!"

"我不觉得奇怪,"姑妈回应,一边把眼睛朝天翻了翻,"我一向说她的个性与众不同。此刻,我更乐意是她而不是我在外面野。"

"阿梅代夫人总跟别人倒过来做,好走极端。"弗朗索瓦丝和气地说,不把话说满,要是一会儿单独跟其他用人们在一起,就会说她认为我姑妈有点"神经病"。

"没有指望了!欧拉莉不会来了,"姑妈叹道,"准是这天气把她吓着了。"

"还不到五点钟呢,奥克塔夫夫人,才四点半哪。"

"四点半？我不得不撩起小窗帘，让不起眼的光线进屋。四点半就这德行！离开祈求丰收祷告节只有一礼拜了！啊，可怜的弗朗索瓦丝，准是上帝跟咱们生气了，发好大的火，当今世风日下呀！我可怜的奥克塔夫早说过了嘛，咱们不把上帝放在心上，上帝是要报复的。"

欧拉莉来了，姑妈双颊泛起一抹鲜艳的红润。可惜，她刚进屋，弗朗索瓦丝后脚返回，带着一脸的微笑，目的是助兴，一起乐一乐，确信她要说的话会叫我姑妈听了高兴，于是一字一板地表示，尽管运用间接语气，作为忠实的女仆，她所转述的是来访者刻意使用的原话：

"奥克塔夫夫人要是不在休息，要是可以接待，本堂神甫先生将不胜高兴，不胜喜悦。本堂神甫先生无意打扰。本堂神甫先生就在楼下，是我请他进客厅的。"

事实上，本堂神甫的造访并不像弗朗索瓦丝所猜想的，会使我姑妈喜出望外；每当她通报本堂神甫来访，总以为必须满脸堆笑，其实兴高采烈的样子并不完全符合病人的情绪。本堂神甫惯于向来访贵宾提供有关教堂的情况，跟我姨妈说话总是没完没了，况且讲解总是千篇一律，听得她累死了。本堂神甫是个善良的人，我没跟他有过深谈，感到遗憾，因为他对艺术一窍不通，但精通词源学。他甚至想写一本介绍孔布雷教区的掌故。他的到访恰恰与欧拉莉来访碰到一起，那本堂神甫的造访就毫不含糊地变得叫我姑妈反感了。姑妈宁可跟欧拉莉在一起，充分受用，而不乐意跟一堆人在一起。但她又不敢不接待本堂神甫，只是示意欧拉莉不要跟他一起离开，即等本堂神甫走后，她把欧拉莉单独留下一会儿。

"本堂神甫先生，有人跟我说什么来着，说有个画家在您的教堂里支上画架，临摹一幅彩绘玻璃图画。告诉您吧，我活到现在这个年纪还从来没听说过这等事情！如今的世道到底想什么！连教堂里都发生这么恶劣的事！"

"我倒不至于说这事有多么恶劣，因为，如果说在圣伊莱尔有些地方值得参观，那有些地方就太破旧了，比如我那座可怜的长方形大教堂，整个主教营区，唯独这一座没有整修！上帝啊，门廊要多脏有多脏，要多古有多古，但毕竟格调雄伟呀；就算不去说那几块描绘以斯帖[1]故事的壁毯，再说我个人也认为不值分文，但行家们货比货，一下看出比桑斯大教堂的壁毯值钱哪。况且我承认，那些壁毯除去某些细节部分有点现实主义，另一些部分明显表现出一种真正的观察力。不过，请不要跟我讲起彩画玻璃窗。教堂里连两块平整的石板都没有，而保留不透日光的窗户，叫人说不上来什么颜色的反光甚至把人们的眼睛弄花了，难道通情达理吗？人家拒绝给我换去高低不平的石板，借口说那里是埋葬着孔布雷教士和德·盖芒特爵爷们的坟墓，还有德·布拉邦伯爵爷老前辈们的坟墓，但难道是在情理之中吗？是如今的

1.《圣经》中犹太王后。

第一部分 孔布雷

德·盖芒特公爵,也是德·盖芒特公爵夫人的直系祖先哪,因为公爵夫人本来就是德·盖芒特小姐,嫁给了堂兄而已。"我外祖母一向对人家的姓氏不感兴趣,到头来搞得张冠李戴,每次有人提到德·盖芒特公爵夫人的姓氏,她硬说那准是德·维尔帕里济夫人的亲戚,弄得哄堂大笑。她竭力为自己辩护,援引某一封通知信:"我觉得想起了一封帖子里有过德·盖芒特的字样。"我难得有这么一回站在其他人一边反对她,不能承认她寄宿学校的同学和热内维埃芙·德·布拉邦后代有什么血缘关系。本堂神甫接着说:"您瞧鲁桑维尔吧,如今只是个农业乡区,而在古代,那个乡区可是毡帽和钟表商业发达繁华的地方。[我不肯定鲁桑维尔的词源。但我倾向于原始地名为鲁维尔(Radulfi villa "红城"),如同夏托鲁(Castsum Radulfi "红堡"),以后我还会向你们谈起的。]嗳,那边的教堂,彩画玻璃倒是富丽堂皇,几乎全是现代的,那幅气势雄伟的《路易-菲力普驾临孔布雷》彩画放到孔布雷本地会更恰到好处,听说呀,同沙特尔大教堂那块大名鼎鼎的彩画玻璃窗相比,价值相当。就在昨天,我见到佩斯皮埃大夫的兄弟来着,他是玻璃彩画爱好者,他看出那活儿干得漂亮极了。但,那位艺术家嘛,看上去倒蛮有礼貌的,我对他说是说了,据说他竟是个操彩笔的高手哩,我问他:'那块彩画玻璃窗比别的还要昏暗一点,您觉得它有什么了不起的呀?'"

"我确信,您要是求求主教大人,"姑妈无精打采地说道,已经想到她快要疲乏了,"他不至于拒绝换扇新彩窗吧。"

"亏您有这个指望,奥克塔夫夫人,"本堂神甫回答,"恰恰是主教大人强人所难,折腾那块彩画玻璃,他考证过了,说什么那块彩窗画的是坏蛋吉尔贝,德·盖芒特爵爷,热内维埃芙·德·布拉邦直系子孙,而热内维埃芙原本就是一位德·盖芒特小姐。画面呈现吉尔贝爵爷正接受圣伊莱尔降恩赦罪。"

"我可不晓得画上有圣伊莱尔呀?"

"有呀,在彩窗角上呗,您从来没注意到一位穿长裙的贵妇吗?嗳,她就是圣伊莱尔,知道不,在有些省份,也管她叫圣伊利埃,还管她叫圣埃利埃,甚至在汝拉省,还称呼她圣伊利哩。这些由 Sanctus Hilasius(圣伊拉里乌斯)衍生出来的讹用,不管怎么说,还不算太怪的姓氏讹用,姓氏之不幸中的大幸吧。比如您的佑护人,我好心的欧拉莉,她的名字出自 Sancta Eulalia(圣欧拉莉娅),您知道在勃艮第变成怎么样啦?干脆管叫圣埃洛亚,女圣人变成男圣人了。欧拉莉,您瞧见了吧,等您去世后,人家把您说成男人啦,是不?"

"本堂神甫先生开玩笑总有说词的。"

"吉尔贝的兄弟,结巴查理,虔诚的王子,但少年丧父;他父亲叫疯子佩潘,连犯几次精神病去世后,由他执掌最高权力,他年少气盛,目无法度,所到之处,一旦某个人的长相不合他的意,他便下令把全城的居民全杀光,一个不留。吉尔贝一心想报复查理,下令烧毁孔布雷教堂,即最初的那座教堂:当年,西奥德贝[1]的行宫就在这里附近的蒂贝济，他率领扈从廷臣开拔去打勃艮第人时，许诺要在圣伊莱尔坟上建造一座教堂，如果幸运神保佑他获胜。西奥德贝果然建起了教堂，却让吉尔贝一把火烧得只剩地下埋尸室，想必泰奥多尔领您下去过。后来，吉尔贝借助征服者威廉[2]（本堂神甫念成纪洛姆）的帮助，打败了倒霉的查理，这导致许多英国人来观光。但他好像不善于博得孔布雷居民的好感，这不，一次他做完弥撒出来，老百姓一拥而上，砍去他的脑袋。欲知详情，泰奥多尔有本小书，上面有详细说明。

"但是不可置疑，咱们的教堂最最奇特的，是钟楼的观景点，景色雄伟壮观。当然，您身体不大壮实，我不会劝您攀登九十七级台阶，恰好是著名的米兰主教座堂钟楼梯级的一半。连身体很健壮的人都会感到累，尤其因为要弯着腰攀登，要不然准磕碰脑袋，还要把楼梯里的蜘蛛网统统拨开。不管怎么说，必须多多穿衣服，"他没有发觉我姑妈想到会能爬钟楼时所产生的愤怒，接着说，"因为一旦到达高处，穿堂风好大哟！有些人确认感到过彻骨之寒，体验了死亡。管他呢，每逢礼拜天总有社团来访，有的甚至来自遥远的地方，来观赏美丽的俯瞰全景，然后满心欢喜地归去。对啦，下星期天，要是天气保持晴朗，一定人很多，正赶上耶稣升天节三天的祈求丰收的祷告日。不管怎样，应当承认

---

1. 系指西奥德贝一世（504—548），法国两位"东王国"国王之一，又称梯贝尔一世。
2. 即威廉一世（1027—1087），曾任诺曼底公爵（1035—1087），后任英国国王（1066—1087）。

那高处可享受一览无余飘飘欲仙之感,其特色完全无与伦比。天气晴朗的时候,可以一直清楚望到韦纳伊,万物尽收眼底,通常却只能看一处,却看不到别处,顾此失彼,比如维沃纳河的水道和圣阿济泽莱—孔布雷的沟壑之间隔着大树林的屏障,抑或还有如茹伊子爵的大小运河,这个地名,您是知道的,拉丁文是 Gaudiacus Vice Comitis(戈迪亚喀斯子爵)。每次我去茹伊子爵,我明明看到一段运河,等我拐过一条街,则看见另一段运河,而前一段运河再也看不到了。我脑子里想把两段运河连在一起,但白费心思,没有多大效果。从圣伊莱尔钟楼眺望则是另一种景观,呈现在眼前的是全乡布满河网,只是看不清楚河水,恰似几道大裂缝,把市镇切割成一片一片的,有如松甜大面包切割之后依然贴在一起。最好学会分身,既居于圣伊莱尔钟楼之上,又置身茹伊子爵市镇里面。"

姑妈让本堂神甫搞得太累,等他刚一走,便随即无奈把欧拉莉也打发走了。

"喏,我可怜的欧拉莉,"她声音微弱地说着,一边伸手拿起身旁的钱包,掏出一枚硬币,"给您,祈祷可别忘了我。"

"嗨,奥克塔夫夫人,不好意思呀,您知道,我来看您,可不是为了这个!"欧拉莉说着,一如往常,显得犹豫和局促,每次都像第一次的话,表面上的不快反倒让我姑妈乐呵呵的,不会让她不高兴;若有一天,欧拉莉接受硬币时,不像平时那么面有难色,姑妈便说:

"不知欧拉莉怎么啦,我跟平时给的一样多,她却看上去不高兴。"

"我想她可不该抱怨哪。"弗朗索瓦丝叹道,她倾向于认为我姑妈给她或给她孩子们的全是些区区零钱,而每个礼拜天塞到欧拉莉手里的小钢镚儿是悄悄给的,弗朗索瓦丝连看都看不到,所以在她看来,那是为一个忘恩负义的女人任意挥霍财宝。我姑母给欧拉莉的钱,弗朗索瓦丝倒并不是自己想弄到手。女主人拥有财富使她备享喜悦,她懂得主子富有,仆人在世人眼里的地位就提高,在别人跟前就面子上好看了;而她,弗朗索瓦丝,在孔布雷,在茹伊子爵,在其他地方,出头露面,自豪得很。皆因我姑妈拥有为数可观的农庄,还因本堂神甫常来造访,久坐不走,也因饮完的维希矿泉水空瓶特别多。她只是为我姑妈抠门儿算计儿,假如让她管理姑妈的家产,没准正是她梦寐以求的,那她早就像不讲情面的母亲把不属自己的产业保护得好好的了。她知道我姑妈慷慨得不可救药,动不动就手松,送给有钱人至少也罢了,她并不觉得有多大的坏处,也许她想,那帮有钱人并不需要我姑妈的礼物,他们待她好,不至于因为礼物而被怀疑吧。再说把礼物送给有地位的殷实人家,送给萨兹拉夫人,斯万先生,勒格朗日先生,古皮尔太太,送给一些与我姑妈"地位相当"的又"合到一起"的人家,在她看来,他们都是有钱人,分享着稀奇古怪又光彩多姿的生活习俗;他们打猎,轮流举办舞会,彼此造访做客,对这种习俗她满脸堆着笑表示赞赏。但要是我姑妈慷慨的受惠者是那些弗朗索瓦丝称之为"像我这样的人，还不如我的人"，那就另当别论了；还有那些她最瞧不起的人，除非他们称呼她"弗朗索瓦丝太太"，除非他们自认是"不如她"的人，那也要区别对待了。当她发现我姑妈不听她劝告，一意孤行，白白把钱给一些不配受礼的小人物，至少她认为如此，那她就开始觉得我姑妈情薄礼轻，与她想象中向欧拉莉一掷千金相比，赠予她的太微薄了。弗朗索瓦丝猜想，欧拉莉的造访所得的赏钱加在一起，孔布雷近郊没有什么了不起的农庄，不能让她轻而易举地买下来的。不过，欧拉莉对弗朗索瓦丝的私房巨款确实也做着同样的估计。通常欧拉莉走后，弗朗索瓦丝不怀好意地预测她的账目。她恨欧拉莉，但也怕欧拉莉，当欧拉莉在跟前，她自认为必须"赔笑脸"。但等欧拉莉一走，她便恢复常态，提到欧拉莉从不直呼其名，而大声说些女预言者预示的神谕[1]，或者引用普遍适用的格言，比如《旧约·传道书》中的警句，但她的用意是逃不过我姑妈的耳朵。她从窗帘边角盯梢欧拉莉是否关上园门之后嚷道："马屁精挺会找门路捞钱的，可是耐心瞧吧，有朝一日，上帝会惩罚他们的。"一边斜眼望了一下，含沙射影地学着一心思念阿达莉的若阿斯：

恶人的幸福像洪流瞬间即逝

---

[1]. 系指公元六世纪成书的《箴言录》，其中收集古代女预言家的预言。

没想到，本堂神甫也来了，他没完没了赖着不肯走，把我姑妈搞得精疲力竭，欧拉莉也被支走了，弗朗索瓦丝跟着出房门时说：

"奥克塔夫夫人，您好生歇着，您看上去很累哟。"

姑妈不予答理，叹了口气，活像吐完最后一口气，闭上眼睛，死了似的。但弗朗索瓦丝刚一下楼，便响起四下铃声，强烈震荡着整个屋，姑妈已经坐在床上，嚷道：

"欧拉莉已经离开了吗？瞧我的记性，忘了问她古皮尔太太是否在举扬圣体前赶去做弥撒！快去追她！"

弗朗索瓦丝回到她身边，没能追上欧拉莉。

"真气人，"姑妈摇着头说，"唯一重要的事情要问她，偏没问。"

莱奥妮姑妈的生活就这般度过的，日复一日始终相同，这种温馨的单调，她称之为"我的小日子"，说时带着一种佯装的轻蔑，一种深切的柔情。她的"小日子"受到大家的保护，不仅在家里，谁都无法劝她采用更好的养生法，渐渐便听任她自作主张，甚至在村镇上，离我们三条街的包装工，在钉货箱前，也要问问弗朗索瓦丝，是否我姑妈"休息"得好，然而那一年她的小日子受到一次骚扰。一天夜里，帮厨女工突然临产，好比一个隐藏的果实成熟了，神不知鬼不觉地瓜熟蒂落了。她疼痛难熬，由于孔布雷没有接生婆，弗朗索瓦丝不得不天没亮就赶去蒂贝济请个接生婆过来。帮厨女工痛得嗷嗷叫，弄得我姑妈不得安息，非常需要弗朗索瓦丝，可尽管路程不长，却很晚才回来。所以早晨我妈妈对我说："上楼看看你姑妈需要些什么。"我踏进外间，从里间开着的门，看见姑妈侧躺睡着，听见她轻轻的鼾声。我正准备悄声离开，不料我发出的声响闯入她的梦乡，用开汽车的行话来说，"改变了速率排挡"，这不，鼾声中断了一秒钟之后又响起，但调门更轻了；然后她醒了，侧过脸来，我看得见一半的脸上呈现一种恐惧的神情，很显然，她刚做了一场噩梦；她处在的位置倒是看不见我，而我呆在那儿却不知道该向前还是该后退，但她好像恢复了现实感，意识到把她吓坏的情景是虚假的，不觉高兴起来，微微一笑，由衷地感谢上帝，让她的生活过得不像梦魇那般残酷，微笑在她脸上投下微光，当下她自以为一个人在房里，便习惯地轻声自言自语，喃喃道："感谢天主！我们除了临产的帮厨女工叫唤，倒没有别的忙乱。没瞧见哪，我梦见我的奥克塔夫复活了，他还要我天天散步呢！"她伸手去抓小桌上的念珠，但睡意再次袭来，手软了下来，没有力气够到念珠了；她又睡着了，睡得安稳，于是我蹑手蹑脚走出房间，连她本人谁也不知道我刚才听见了什么。

当我说除了临产这样难得遇上的事情，姑妈的小日子从来没有任何变化，我不是指有规律的间隔性变化，这些变化总是相同的，反复出现的，给单一的生活里引进另一种单一色彩。那就每周六，由于弗朗索瓦丝下午要去鲁桑维尔松林的集市，全家上下中午都提前一小时开饭。姑妈对每周一次违反她的习惯已习以为常,以至于她跟其他人一样坚持这种习惯。如弗朗索瓦丝所说,她非常习惯"例行公事"了,甚至一旦哪个星期六按惯常时间开饭,她反倒觉得"消化紊乱"了,非得要周内的一天像周六那样提前一小时开饭。再说,我们大家都觉得,这种提前开饭给周六平添一种特别的风情,营造一种宽容的风貌,引人意趣盎然。在距平时开饭还有一小时的当口儿,我们便知,再过几秒钟,便可看见提前上桌的苦苣,一份由于优待而得的炒鸡蛋,一块不应得的牛排。这种周六不匀称的回复成为许多小事件的一种,这些事件属于内务的,地方的,几乎国民的,在安稳的生活和封闭的社会中,创造一种民族的联系,成为聊天、玩笑、任意夸张的叙事的热门主题;倘若我们之中谁有史诗头脑,这个主题没准会成为一系列传说的现存核心。一清早,起床穿衣之前,我们就无缘无故地产生体验,团结出力量的喜悦,互相告知:"得抓紧时间,别忘了今天是星期六!"各自心情愉快,热忱有加,充满乡土情怀;而姑妈想到这天的日子比平时显得更长,跟弗朗索瓦丝商量说:"您给他们烤块小牛肉怎么样,是星期六嘛。"十点半钟,某个心不在焉的人掏出怀表说:"唉,还有一个半小时才开饭。"谁都乐意告诉他说:"瞧您的,您在想什么,忘记今天是周六了吧!"大家都笑话他健忘,可以笑上一刻钟,还说要上楼去告诉姑妈,也让她为此乐上一乐。连天空的风貌好像也变化了。午饭后,太阳意识到这是周六,在天空的高处多闲荡了一个小时;有人要是认为外出散步已经晚了,耳听得圣伊莱尔的钟敲响两下,不禁说道:"怎么,才两点钟?"大家齐声回答他:"您之所以弄错,是因为我们提前一小时吃午饭,今天是周六,您很清楚的嘛。"平日钟敲两响的时候,正是午饭时间或午睡时间,沿河小路人迹稀少,此刻更见不到人影,河上一片白茫茫,河水轻快荡漾,连垂钓者都离岸而去,所以钟声孤单单在空旷的天空回荡,只有几片懒散的云相伴。有个野人,我们管不懂得周六有特殊性的人一律叫野人,有一回十一点钟来找我父亲交谈,看见我们正在吃饭,大为惊讶,这件事在弗朗索瓦丝一生中属于最让她开心的一桩。她觉得有趣的是发愣的来客竟不知道我们周六提前一小时吃午饭,更觉得滑稽的还是我父亲,他居然没有想到那个野人可能不知情,见他惊异于我们聚在餐厅,不加解释地回答:"嗨,今天是周六嘛!"弗朗索瓦丝从心底对这种狭隘的乡土至上主义充满好感,每当叙述到此,她便擦去突然笑出的眼泪,为了增加她感受到的乐趣,她还编派来客不知"周六"内情的答话,从而拉长对话。我们非但不埋怨她添油加醋,还嫌她添枝加叶不够,怂恿她说:"我觉得他还说过其他什么的。您第一次讲的时候更详细一些。"连我姨婆也放下手上的活计,抬眼从单片眼镜上瞧着大家。

周六还有特别的事呐,那是五月份的星期六,晚饭后我们都要去做"马利亚月"[1]弥撒。

---

1. 耶稣基督的母亲,圣母马利亚。全国性纪念马利亚的重大节日是8月15日圣母升天节。

由于我们有时在做弥撒时遇见万特伊先生，他认为，"受当今思潮影响，青年人不修边幅，可叹可悲"，对此他持严厉的态度，我母亲留神不让我的穿着有任何差池，检查之后我们才去教堂。记得正是在"马利亚月"我开始喜欢上山楂花的。教堂是极其神圣的，但我们有权进去，山楂花不仅被供奉在教堂的祭台上，成为举行奥义祭礼不可分割的部分，简直就融入了奥义；山楂花在烛台和圣瓶之间穿行，其枝杈横向搭扣盘绕，成为准备庆祝会的一种布置，山楂叶像花彩似的层层扶持着枝杈，把枝杈衬托得十分俏丽，叶片上又星星点点布满洁白耀眼的小花蕾，宛如新娘婚纱裙后拖摆上莹莹的花点。但我只敢偷偷凝望那些小花蕾，觉得豪华富丽的花彩生机勃勃，简直就是大自然亲手从枝叶间裁剪下来的，添上洁白的蓓蕾构成至高无上的点缀，使这样的装饰既让人民大众赏心悦目，又配得上奥义的庄严。山楂花冠已在枝叶高端以无忧无虑的优雅姿态多处开放，漫不经心地托着一束束雄蕊，一束束细如蛛丝的雄蕊，像系住一件件最后的、薄雾般的首饰，把花冠完全笼罩在轻绸柔纱中；我内心深处一直跟随着，千方百计模仿着花冠吐蕊的情态，我将其想象为少女脑袋的晃动，仿佛一位白衣少女，既心不在焉又生气蓬勃，眯着瞳孔，播放娇媚的眼波，轻率地快速地晃动着脑袋。万特伊先生带着女儿过来坐在我们旁边。他出身名门，曾当过我两个姨婆的钢琴老师，妻子死后，得到一笔遗产，便退隐到孔布雷附近，我们家经常接待他。但出于一种过分的害羞避嫌，他停止与我们家来往，为的是不要遇见斯万，因为用他的话来说，斯万的"婚姻不得体，赶时尚罢了"。我母亲听说他作曲，便客气地对他说，什么时候去看望他，得请他弹点他的大作。万特伊先生本来也许会感到受宠若惊，但他太客气太善良，谨慎得不得了，总是为他人着想，生怕讨人嫌，担心别人看出他自私，如果他按自己的意愿去做，或仅仅让别人猜出他的意愿。我父母去他家拜访的那天，我陪去了，但他们只许我呆在外面；由于万特伊先生在蒙茹瓦的房屋位于一座灌木丛生的小山丘下端，我躲藏在那里，呆的地方恰好与他家三楼客厅平齐，离窗户五十厘米。当有人向他通报我父母来访，我看见万特伊先生赶紧把一首乐曲放到钢琴显眼的地方。但等我父母走进客厅，他又把乐曲抽回，放到一个角落里。他大概担心让我父母猜出他很高兴见他们只是为了给他们弹奏自己的作品。每次我母亲重访都怂恿他弹曲，他却连连抱怨"嘿，不知道谁把这乐谱放在钢琴上的，明明放的不是位置"，接着就把话题转到别的问题上，正因为这些问题与他关系不大。他唯一的激情倾注到女儿身上，他女儿看上去像个男孩，壮实得很，他对她体贴入微，总往她双肩披上外加的披巾，叫人看了不禁莞尔。我外祖母提醒说，别看那女孩粗鲁，满脸雀斑，她的目光里常常流露出温柔、灵敏、几乎羞怯的神情。她刚开口说话，自己就以对话者的思维来听，警惕可能产生的误会，在假小子"小淘气鬼"的外表下，一位忧伤少女的敏锐特征清晰地显露了出来。

离开教堂前，我跪在祭台下，起身时突然闻到山楂花散发的杏仁味儿，一种又苦又甜的巴旦木气味；我旋即注意到山楂花上有多处金栗色的斑驳，我想象杏仁味儿准是藏在那些斑驳之下，有如杏仁奶油味道藏在蛋糕焦黄的脆皮下，或有如万特伊小姐双颊的气味藏在橙黄的雀斑下。尽管山楂花沉默地一动不动，那种间歇的气味就像强烈的生命在低声抱怨，让祭台为之震动，恰似田野的篱笆让昆虫触角激烈拨弄发出的细声低语，不由使人产生联想，因为见到某些几乎橙红的雄蕊仿佛保留了昆虫发春的锐气，撩拨的精力，看来如今花卉是由昆虫蜕变而来的。

我们走出教堂，在门廊前跟万特伊先生聊了一会儿。有些孩子在广场上吵架，他上前干预，维护小男孩们，教训大男孩们。如果说他的女儿用粗嗓子对我们说她多么高兴见到我们，那么立刻好像在她身上，有个更敏感的姐妹为冒失的好男孩的话而脸红了，因为此话可能让我们认为她恳请我们邀她到我们家做客。他父亲把一件大衣搭在她的双肩，他们登上敞篷两轮轻便马车，由她亲自驾驶，父女一起返回蒙茹瓦。至于我们，由于翌日是礼拜天，睡到去做大弥撒前才起床，要是月明星稀，空气温和，父亲爱出风头，不让我们直接回家，非得让我们学耶稣受难，进行长途散步，母亲又缺少识别方向的天赋，认路的能力较差，使父亲显得像个战略家在做一项了不起的行为。有时候，我们一直走到旱桥，从火车站延跨过来的石头桥身，在我眼里，表示着流放和遇难，拒文明世界之外，因为我们每年从巴黎来时，总有人叮嘱千万小心不要坐过站，所以火车快到孔布雷，我们已提前做好下车的准备，因为火车停两分钟就开走，然后驶上旱桥，越出基督教的地域，而在我，孔布雷标志着基督教地域的界线。我们回家时经过车站林阴大道，两旁是全乡最舒适的别墅。在各家别墅花园里，月光清澈，照在白色大理石断断续续的台阶上，映衬着水池的水柱，辉映着半开半掩的栅栏门，恰似于贝尔·罗贝的风景画[1]。月光早已把电报大楼笼罩了。大楼只剩下一根拦腰截断的柱子，却保存下美不胜言的不朽遗迹。我拖着腿缓行，昏昏欲睡，椴树花的芳香在我看来是一种报偿，只有付出筋疲力尽的代价方可得到。栅栏与栅栏彼此之间离得很远，被我们孤独的脚步声惊醒的看家狗吠声此起彼伏，至今我有时夜晚还犹闻其声，心想车站林阴大道必定浸沉在吠声之中，因为我不管身处何地，一旦吠声传来，遥相呼应，我便仿佛瞥见车站林阴大道，以及月光下明净的椴树和人行道。

突然我父亲叫我们止步，问我母亲："咱们在哪儿？"母亲已走得筋疲力尽，但仍为父亲感到骄傲，向他亲切地承认她一无所知。父亲耸耸肩膀，不禁笑出声来。于是，好像他从上衣口袋掏出钥匙，站着用手指向我们前方的一扇小门，原来是我们家的花园后门，在圣灵街的街角，正迎候我们经历了那么多陌生的路程而归来。我们赞叹着对他说："你真了不起！"从这一刻起，我只要迈出一步，花园里的土地就在我脚下移动，在这里好久以来我

---

1. 法国风景画家于贝尔·罗贝（1733—1808），浪漫主义画派的先驱。他的《圣克鲁公园》和《水柱》是普氏多次在文中提及的。

的一举一动早已不必蓄意留神，我落入习惯成自然的怀抱，好像有人把我当小娃娃似的一直抱到我的床上。

虽说周六白天的活动比平时提早一小时，再加上缺少弗朗索瓦丝在身旁服侍，这天对我姑妈来说其实比平时要过得更慢些，可她从一周刚开始就迫不及待地等待周六，仿佛星期六包含的一切新鲜事物和消遣娱乐，她那衰弱而古怪的身体还能经受得住。这倒并非姑妈有时不期望发生某种更大的变化，并非不渴望某些与现状不同的意外时刻，比如有些人缺乏精力或想象力，不能靠自己确立革新的原则，图眼前的分秒，求拉响门铃的邮差给他们带来消息，哪怕是坏消息，哪怕图个一时激动，一阵痛苦；又如敏感性，幸福使它像闲置的竖琴默默消歇，渴求有人拨弄，甚至粗暴地拨弄，哪怕拨断琴弦；再如意志，很难赢得顺从自己欲望沉溺自己痛苦的权利，便乐意把缰绳扔给不可推却的事情去控制，哪怕是残酷的事件。或许，由于姑妈的精力，稍有劳累便枯竭，只有靠休息才一点一滴地得以恢复，所以养精蓄锐便需很长时日，而经过几个月她才稍稍蓄足的精力，换了别人早已投入活动了，她却无法知道和决定如何使用。姑妈每天吃土豆泥，"百吃不厌"，萌生换着吃奶油白色调汁浇土豆的欲望，经过一些时间，最后居然乐意吃了，觉得口味不亚于土豆泥，我不怀疑，她如此执著于单调的日子，日久天长积累多了，总会期待顷刻间发生一场家祸，迫使她一劳永逸地完成一种变化，让她承认类似的变化有益于她的身心，而这些变化由不得她自己决定。她实实在在是爱我们的，但也会乐意白发人送黑发人为我们哭泣；她突然得到家中失火的消息，正好她感觉良好不发虚汗的时候，大火吞没房屋，我们全死在里面，一切烧个精光，连一墙一石都未剩下，而她却从容不迫地脱离火海，条件是她及时起床，有充裕的时间；她往往不得不杞人忧天，把对我们的温情同次要的好处联系在一起：好处之一是使她能在长久的痛惜中品味对我们的温情；好处之二是使村里的人们惊讶不已，但见她虽垂暮临终，却站立着为我们入殓出殡，虽虚弱难支，却勇敢挺住；好处之三最为可贵，即迫使她在合适的时候，不失时机地、不必犹豫不决自寻烦恼地径直去米鲁格兰她漂亮的农庄消夏，那边还有一处瀑布哩。由于任何这类事件从来都没有突然发生过，而她独守空房，全神贯注地玩着无数次拼板游戏时，对诸如此类事件的成功一定深思熟虑过：实现此类事件一开始，始料不及的锱铢细事，宣告噩耗的用词首先使她大失所望，因为宣告噩耗的语气，打上真实死亡烙印的一切，人们是永远不会忘记的，而经过她逻辑的、抽象的推理得出的死亡与之迥然不同，所以她不得已而选择时不时使她的生活比较有意思一些，把她热衷于虚构的波折引入自己的生活。她乐于突然猜测弗朗索瓦丝偷她的东西，不惜施用诡计加以证实，当场捉拿；她一人独自玩牌时，习惯一人玩两家，同时玩自个儿的牌，也玩对手的牌，她替弗朗索瓦丝向她自己局促不安地求饶，接着代表自己火气十足地、义愤填膺地加以驳斥，以至惊动我们当中的一位循声进去，只见她大汗淋漓，目光炯炯闪烁，头上的假发错位了，露出光秃的前额。弗朗索瓦丝有时在隔壁房间也许听到针对她的尖酸刻薄的嘲讽，虽然这种莫须有的嘲讽，不足以平息我姑妈的怒气，但这些讽刺挖苦的话停留在纯粹非物质的状态，即使低声抱怨也不会有什么现实含义。有时候，这种"床上表演"，姑妈甚至感到不满足了，她要导演她的剧本。于是一个周日，里外的门都神秘地关死，她神秘兮兮地告诉欧拉莉，她怀疑弗朗索瓦丝不诚实，打算摆脱她；另一次，她又神秘地告诉弗朗索瓦丝，她怀疑欧拉莉有背信行为，不久就会叫她吃闭门羹了；没过几天，她对自己前一天的私房话感到恶心，重新和叛徒勾搭；等到下一场戏，亲信者和背信者又交换了角色。然而，欧拉莉有时可能引起她怀疑，那只是姑妈一时的冲动，很快因为没有新的证据，她的怀疑便消释了，毕竟欧拉莉不跟她住哇。对弗朗索瓦丝的怀疑就不一样了，姑妈觉得一天到晚跟她呆在同一个家里，却不敢下楼去厨房亲自证实一番自己的怀疑是否有根据；因为害怕下床着凉。渐而渐之，她的头脑不再牵挂别的事情，一门心思猜度弗朗索瓦丝每时每刻可能做什么，可能企图对她隐瞒什么。她注意着弗朗索瓦丝脸部最最微小的变化，说话中任何一个矛盾，似乎要掩饰的任何一个欲望。她向弗朗索瓦丝表明，她已揭穿弗朗索瓦丝的真面目，一句话就把她吓得脸色苍白，直刺不幸女人的心窝，而姑妈好像获得一种残忍的娱乐。到了下一个周日，欧拉莉的一项揭露向我姑妈证明她的猜想远不如真相糟糕，这类发现为一门新生的科学一下子开辟一个意想不到的领域，并使其走上轨道。

"喂，弗朗索瓦丝现在应该知道得一清二楚了，您给她一辆马车了吧。"

"说什么呢，我给了她一辆马车！"姑妈嚷道。

"嘿，我哪儿知道，我，猜的呗！我见到她坐敞篷四轮马车去鲁桑维尔集市，神气十足呀。我琢磨着一准是奥克塔夫夫人送给她的呗。"

渐而渐之，弗朗索瓦丝和我姑妈恰似野兽和猎人，随时想方设法提防对方耍诡计。我母亲担心弗朗索瓦丝心里对我姑妈滋生真实的仇恨，因为姑妈不遗余力地伤害了她。不管怎样，弗朗索瓦丝对我姑妈的一言一行，事无巨细，越来越异乎寻常地关注。有什么事情要问，要犹豫好久，琢磨用什么方式进行处理。她提出请求后，偷偷观察我姑妈，竭力从她脸部表情猜度她心里想什么，以及可能决定什么。由此，某个艺术家读着十七世纪回忆录，便想跟太阳王套近乎，以为走此道便可攀附亲缘，编撰世族家谱，以使自己成为名门之后，抑或跟欧洲当今某个君主保持通信联系，这恰恰事与愿违，不该在恒同的，故而僵死的形式下缘木求鱼，枉自费力；正是如此，一位外省的老贵妇，本来只是直率地顺应身不由己的怪癖捉弄和听任因无所事事而产生的恶毒言行的摆弄，倒是从未想过什么路易十四，却发现自己的一日锱铢细事，诸如起床、早餐休息，从专横跋扈的奇特之处来看，倒

第一部分　孔布雷　　　　　　　　　　　　　　　　　　　　*143*

与圣西门所称凡尔赛宫的生活"力学"[1]略有异曲同工之趣,而且她也可以认为,她的沉默,她脸部和颜悦色或高傲怠慢的一个细微差别,都会引起弗朗索瓦丝激动不已或诚惶诚恐的议论,恰如某个朝臣或甚至王亲国戚在凡尔赛花园某个曲径面呈奏折时的感受,路易十四沉默不语、心情愉快、傲然相对都会令他们激动不已,或诚惶诚恐。

那个周日,就是姑妈同时接待本堂神甫和欧拉莉来访之后,经过休息,我们大家上楼向她道晚安,妈妈对她总在同一时间遭到多人来访的不幸表示慰问,和和气气地对她说:

"莱奥妮,听说刚才这儿事情没办好,乱套了,您一下子接待一帮人哪。"

"多多益善呗……"我姨婆横插一杠子,因为自从她女儿病倒,她认为应当使她振作起来,凡事总往好处引导。我父亲打岔了。

"趁大家都在,"他说,"我想给你们讲个事儿,省得再跟每个人讲一遍。我担心咱们跟勒格朗丹先生有什么不和睦啊,今天早上他跟我打招呼挺勉强的。"

我没留心听父亲叙事,因为做完弥撒我们遇见勒格朗丹先生时我正好跟父亲在一起,于是径直下楼去厨房要晚餐菜谱,我每天看菜谱消遣,就像读报上的新闻,我看菜谱像看节目单那般

---

[1] 生活"力学"论《圣西门回忆录》中确多次提及,是他的发明。

激动不已。勒格朗丹先生走出教堂经过我们身边时,正跟我们只面熟的一位女古堡主人肩并肩走着,我父亲打了招呼,既友好又节制,但我们没有停下脚步,而勒格朗丹先生面带惊讶地勉强答礼,好像不认识我们,带着有意表示不客气的人特有的目光,有这种视角的人们,他们看上去从眼睛凹陷的深处瞥见我们,仿佛处在漫漫路途的尽头,拒人千里之外地向我们微微点头,其幅度是同我们木偶人尺寸的比例相称的。

然而,勒格朗丹所陪伴的贵妇是个维持贞洁和受人尊敬的女士,不可能涉及他恋爱上遇到好运,因被人撞见而窘迫的问题,我父亲寻思他怎么能引起勒格朗丹不满。"我为惹他生气而感到遗憾,"父亲说,"尤其因为在所有那些盛装打扮的人们中间,他却穿简单的短上装,系软领带,可谓穿着不事修饰,简便朴素,一种近乎纯朴的样子,叫人非常好感。"但家庭会议一致认为我父亲瞎想了,或因为勒格朗丹当然专心致志想别的事情哩。况且父亲的疑虑第二天晚上就消除了。我们远程散步回来,经过老桥附近时见到勒格朗丹,他因为过节在孔布雷逗留好几天呐。他伸出手向我们迎上来,特别问我:

"爱读书的先生,您知道保尔·戴雅丹[1]这句诗吗:

树林已经黑蒙蒙,天空依然蓝盈盈。

---

1. 保尔·戴雅丹(1859—1940),法国作家和思想家。

难道不是这个时辰精湛的写照吗？您也许从未读过保尔·戴雅丹的作品，可以读一读，孩子；听说他如今变成布道兄弟会修士，不过他长期像个水彩画家，保持清晰的文笔：

树林已经黑蒙蒙，天空依然蓝盈盈。

但愿天空对您永远是蓝盈盈的，我年轻的朋友；此刻即使像我临近暮年的人，树林已经黑蒙蒙，夜幕很快降临，我瞭望天空，也会像您一样，得到慰藉。"他从口袋掏出一支香烟，久久凝望天际，突然对我们告别："再见吧，同伴们！"说罢，扬长走了。

我下厨房打听菜谱的时刻，晚饭早已开始准备了；弗朗索瓦丝指挥着自然力量来充当她的帮手，有如梦幻剧中的巨人们自愿充当厨师，她把煤块敲碎，给待焖的土豆提供蒸汽，使拿手菜的火候恰到好处，这些烹调杰作先配备在器皿中，陶瓷工艺的器皿应有尽有，从大缸、大锅、小锅和鱼锅到炖野味的砂锅、烤糕点的模钵和奶油小罐，还有一整套各种尺寸的有柄平底锅。我停在工作台前，瞧着案桌上的豌豆，帮厨女工刚剥去荚壳，青豌豆数量相当多，一行行排列着，像打弹子游戏中的绿弹子；但让我出神陶醉的却是芦笋，渗透着深蓝和粉红两色，绺绺笋穗呈淡紫和蔚蓝两色，从头到根色彩渐弱，直到污泥尚存的根部，这种彩虹似的变色与土壤无关。我觉得这些天成的色调泄露了一群妙不可言的生灵乐于蜕变为蔬菜，通过可口而厚实的肉质掩饰，让世人瞥见难能可贵的本质寓于它们曙光初露的色彩，彩虹初现的光色，青色暮霭的消失；我晚餐吃芦笋时还认出上述可贵的本质，之后整夜都难舍难分，那些生灵像在莎士比亚的幻梦剧上演的闹剧，既富有诗意又粗俗可笑，仿佛把我的夜壶变成了香水瓶。

乔托《慈悲图》中可怜的女善人，这是斯万给厨房女帮工取的名字，她受命于弗朗索瓦丝专门为芦笋"削皮"，一篮芦笋就在她身旁，她看上去很痛苦，好像她感受到世上所有的苦难；芦笋粉红色外装顶部一圈圈蔚蓝色薄薄的头饰被细致入微地勾画出来，星星连着星星，好比帕多瓦小教堂壁画《善女图》中善女额头四周的花朵或她身边花篮里插满的花朵。而弗朗索瓦丝正用铁钎转动一只肉鸡，只有她会烤，于是烤鸡的香味使她的价值在孔布雷闻名遐迩；当下她把烤鸡给我们端上餐桌，在我对她性格的特殊理解中温和仁慈的一面突显了出来，她善于把鸡肉烤得那么滑腻那么细嫩，以至在我心目中，鸡肉的香味成为她的一种美德本身的芳香。

对了，父亲召开家庭会议商讨有关他遇见勒格朗丹一事的那天，我下厨房，恰逢乔托的"慈悲善女"因分娩不久，虚弱得起不了床，弗朗索瓦丝没有了帮手，工作有所拖延。我到底层时，她在面朝家禽饲养棚的厨房后间，正准备杀鸡，力图从鸡耳下割断喉管，鸡绝望地、本能地抵抗，却把弗朗索瓦丝惹火了，她叫骂着："该死的畜生！该死的畜生！"这使得我们女仆圣女般的温和仁慈有点黯然失色,而翌日晚餐上,她挣足了面子,金黄的烤鸡皮恰似祭报,而宝贵的鸡汁有如圣体盒滴下的甘露。鸡死了,弗朗索瓦丝把流淌的鸡血盛起来,积恨未消,余怒还要突发一下,瞧着敌手的尸体,骂了最后一声:"该死的畜生!"我浑身颤抖,转身上楼,恨不得叫人立即把弗朗索瓦丝赶出门外。但把她赶走了,谁给我做热乎乎的圆面包呢?谁给我煮香喷喷的咖啡呢?甚至……谁给我烤黄灿灿的肉鸡呢?……事实上,这种卑怯的算盘,家人无不跟我一样都有过。因为莱奥妮姑妈早已心知肚明,虽然我当时还不知道,弗朗索瓦丝,为了她的女儿和侄子外甥们,可以无怨地舍命,而对别的生命却格外心狠手辣。尽管如此,姑妈照旧留用她,因为她虽知道她的心狠,却赏识她的服侍。我渐渐看出弗朗索瓦丝的温存、痛悔、德行掩盖着厨房后间的一些悲剧,如同历史发现在教堂彩画玻璃上所描绘的历代君主君后虽然合十跪拜着的,但是他们的统治都打上血腥事变的烙印。我觉察到弗朗索瓦丝,除去亲属亲戚,对世人的怜悯都是离她较远的遭难,尤其对那些离她更远的遭难。读到报纸上那些陌生人不幸的遭遇,她会泪水哗哗往下流,但一旦对受难者的身世稍微有些确切的了解,她的泪水很快就枯竭。帮厨女工生下孩子后的一个夜里突然腹痛得厉害,妈妈听见她哼哼不停,便起床去叫醒弗朗索瓦丝,她却无动于衷,说什么帮厨女工叫个不停地演戏,想"充当女主子"叫人服侍哩。医生曾担心会犯这样的毛病,在我们的一本医书里夹过一片书签,那页上对腹痛症状有描述的,医生关照过查哪个段落，上面标出采取什么应急措施。母亲差弗朗索瓦丝去找这本书，嘱咐千万别把书签落掉。一个小时过去了，弗朗索瓦丝还没回来，母亲生气了，以为她又上床躺下了，便派我亲自去书房找一找。我竟看到弗朗索瓦丝在书房，她起先想看看夹书签那页写些什么，读到腹病临床时不禁失声痛哭，因为这是典型的临床病症，她却一无所知。她读到医书作者列出的每个疼痛症状，她都失声嚷嚷："啊唷！圣母马利亚，上帝怎么可能让不幸的世人遭受这样的痛苦呢？唉！可怜的女人哪！"

但我一旦把她叫走，到了乔托的"慈悲善女"床前，她的眼泪旋即不流了；她常有的恻隐之心，极易受感动之情，连读报的时候她常常也是如此，着实叫人喜欢，可立刻不复存在了，她翻脸不认人了，连同舟共济，有难同当，有气同出的友情都没有了，而为帮厨女工半夜起来，亲眼目睹使她痛哭流涕的医书所描述的痛苦时，她反倒一味情绪恶劣，嘟嘟囔囔发牢骚，甚至说些不堪入耳的挖苦话，还以为我们走了，没听到呐："只要当初不干这种事，也不会受现在这份罪呀！图快活了吧，现如今何必装腔作势呢！话说回来，跟这种货色搞在一起准是连上帝都不要的小子。"唉！我可怜母亲的家乡话中有句顺口溜说得好：

有人爱上狗屁股，
眼中出现玫瑰花。

不过，她外孙要是有一点伤风感冒，她即使生病也不睡觉，连夜赶去看看他需要什么，然后走四法里路天亮前赶回来上班，相反她对家属的这份爱怜，对确保自家门庭日后兴旺的期盼，表现在她对待我家其他用人的权术上，她一贯的准则是从不让别的用人进入我姑妈的房间，而且不靠别人成为她的某种自豪感，即便病了，也宁愿硬撑着去给我姑妈喝维希矿泉水，决不让帮厨女工踏进自己女主人的房门。有如法布尔[1]所观察过的膜翅目昆虫，一种善于掘地的胡蜂，这类胡蜂为了死后使自己的幼虫吃上新鲜的肉食，不惜借助残忍的本性来搞解剖学，把捉来的象虫和蜘蛛熟练巧妙地进行尾刺，杀死中枢神经，使其失去爬行能力，但不伤害其他生命功能，再把瘫痪的昆虫置于所产虫卵的旁边，以便幼虫一旦孵化出壳就吃上活的猎物，即驯服无害的猎物，无力抵抗无法逃跑的猎物，绝不变质发臭的猎物，同样，弗朗索瓦丝也想出一些高明而无情的诡计来实现她持之以恒的意愿，好让其他用人在我们家一概呆不长久，这不，好多年之后，我们才获悉，那个夏天我们之所以几乎天天吃芦笋，是因为芦笋的气味导致专门削皮的可怜帮厨女工发哮喘病，发作时厉害得不得了，最后只好走人。

唉！我们应当断然改变对勒格朗丹的看法。家父曾与他在老

---

1. 让-昂里·法布尔（1823—1915），法国作家、昆虫学家，描写过善于掘地的胡蜂，代表作《昆虫学回忆录》(1879—1907)。

桥相遇，之后不得不承认错怪了他，事情过去后的某个星期天，弥撒刚做完，某种不怎么神圣的气氛，随同阳光和外边的嘈杂声一起涌入教堂，古皮尔太太和佩斯皮埃太太打开嗓子大声跟我们拉家常，好像我们已经在广场上了，而刚才我稍微晚到时，所有的人目不转睛地专心默诵祈祷文，要不是他们用脚稍稍挪动挡住我去自己的座椅，我甚至可能以为没人看见我进来哩；我们来到烈日炫耀的门廊，俯临嘈杂喧嚣花里胡哨的集市，但见勒格朗丹正由日前我们遇见的那位夫人的丈夫介绍给附近另一位大地主的妻子。勒格朗丹的表情显得异乎寻常的生动和巴结，他深深一鞠躬，旋即朝后一仰，猛然把身板拉回比原先更靠后的位置，这准是他姐德·康布勒梅尔夫人的丈夫教的。勒格朗丹腰板迅速挺直，带动臀部激烈而结实的波动，我没猜到他的臀部居然如此丰满；不知道为什么这种纯物质的波动，这种波浪形的肉感颤动，并不表达什么灵性，而是受到充满卑躬屈节的献媚之心所掀起的骚动，这一切使我的思想顿时受到启发，意识到有可能存在一个完全不同于我们熟知的勒格朗丹。那位夫人请他给她的车夫传句话，他奉命前往，一直走到她的马车，脸上依然挂着刚才的引荐所激发的喜悦，是那种带着羞怯而虔诚印记的喜悦。他做梦般的笑逐颜开，急匆匆回到那位夫人身旁，由于比平时走得快，匆忙间双肩左右摇摆，十分可笑，他看上去太专心致志了，全然无暇顾及其余，俨然成为受幸福驱动的一个僵滞的、机械的玩具。当下，我们走出教堂门厅，即将经过他身旁，他太有教养了，不便转过头去，但他的目光突然深陷梦境，直勾勾凝视远方，对我们视而不见，也就不必打招呼了。他的脸依然显得纯朴天真，而脸部下面的短上衣，则是便装，单排纽扣，在讲究穿着的氛围中间，不免显得自惭形秽，尽管令他愤愤不平。广场上刮着风，吹拂着勒格朗丹那个圆点花纹大花领结，仿佛那是他标榜孤傲的旗帜，显示高贵独立的旗帜。我们回到家里，妈妈才发现忘了买奶油果子饼，便差父亲带着我返回去吩咐人家立即送来。我们在教堂附近与勒格朗丹交错而过，他驾车朝我们来的方向把刚才那位夫人送回她的马车。他冲着我们过来，没有中断同身旁的女士交谈，用蓝眼珠在眼角里的眼神向我们打了个小小的招呼，而不牵动他脸上的肌肉，根本没让他的对话者有丝毫的察觉，然而他千方百计用情感的强度来补偿他有点狭隘的表情视野，把湛蓝的眼角分配给我们，使劲闪烁的风采已过于诙谐，而接近狡黠了；他对友善之奥妙烂熟于心，直至默契的眨眼示意，会心的半句话语，心领神会的言下之意，心照不宣的秘密，无不熟能生巧；总之，他把友情的保证激活得更完美，甚至宣称温情蜜意，甚至表露恋慕情爱，当下只为我们，以一种隐而不露的忧郁，向女庄园主冰冷的脸上投去一道热恋的秋波。

恰恰在前一天，他求我父母让我随他一起去吃晚饭，并对我说："来陪伴陪伴您的老朋友吧。您就像某个旅行者从我们不再回返的国度送来的一束鲜花，让我从离您青春的远处闻一闻春天的花朵，许多年以前我自己也有过几度青春哪。来吧，带着报春花，龙须菊，金盏花；来吧，带着景天花，那是巴尔扎克植物志中标志挚爱的花朵[1]；来吧，带着复活节日的鲜花雏菊，带着园中的雪球花，复活节前的最后一场夹雹骤雪还未消融，您姨婆家花园小径上的雪球花便开始散发香气了。来吧，带着百合花，披着享天福的白色丝绸，真配得上让莎乐美穿的了[2]，也带上蝴蝶花多色的彩釉；来吧，尤其带上春寒料峭未尽的清风，为一早守候大门的蝴蝶，吹开第一朵神圣的玫瑰。"

家人莫衷一是，商量该不该让我陪勒格朗丹先生吃晚饭。倒是外祖母决意不信他有什么失礼之处，说道："你们自己都承认，他逢场穿着简朴，不是什么汲汲于名利之徒。"她宣称，不管怎样，退一万步来说，即使他有失礼之处，最好也甭显出有所察觉。说实在的，父亲本人是对勒格朗丹的态度最为恼火的，也许对其态度的含义还保留最后一点怀疑。勒格朗丹的态度很像某个城府很深的性格所表现出来的态度或行为，因为他的态度与他先前的言论联系不起来，我们不能以不肯承认自己所犯之事的人的证词来确认其态度；我们不得不依靠感觉，但凭孤立的、不连贯的回忆，我们怀疑会不会受某种幻觉的玩弄，其结果如此这般的待人接物，唯一至关重要的态度，往往给我们留下一些疑团。

我跟勒格朗丹在他家平台露天座吃晚饭。夜空明朗，月洒清

---

1. 巴尔扎克在《幻灭》和《幽谷百合》中都提到景天花，说是"来自葡萄园石子地里的黄花"。
2. 《马太福音》第六章指出，马太的天福再大也大不过百合花。

辉，他乘兴对我说："这里的寂静有一种优良的品质，是吧，您将来一定会读一位小说家的作品，他指出，对我这样受过心灵创伤的人来说，唯有隐逸和幽静最为相宜[1]。明白吗，孩子？人生中有那么一个时刻，您还需很长时间才会碰到，那时疲倦的眼睛只容忍一种光亮，就是像现在这样美丽的夜晚，用幽暗提炼的光亮，在这月白风清的夜晚，耳朵只能听到月光用寂静的笛子奏出来的音乐，其他什么音乐都听不进去了。"我听着勒格朗丹先生的话语，总觉得那么娓娓动听，但仍忘不了新近瞥见的一位女子，为此一直心慌意乱，现在得知勒格朗丹与附近好几位贵族人士有来往，心想或许他认得，于是鼓起勇气问他："先生，您是否认识盖芒特家族古堡的那位……那几位女主人？"我很高兴把这个姓氏说出口，总算尽了力，把它从我的梦幻中拉出来，赋予这个姓氏一个客观的和有声的存在。

然而，我一经说出盖芒特姓氏，就发现我们的朋友蓝眼睛当中刺出一个褐色小切口，仿佛双眼刚被一根无形迹的针尖刺了一下，眼珠其余部分则泛起碧蓝色的涟漪。他的眼圈顿时发黑，眼帘下垂了。他的嘴部出现一道辛酸的皱纹，但很快就恢复常态，微微一笑，而目光依然苦楚，就像浑身穿箭的崇高殉道者的眼神，他说："不，我不认识。"但语气不自然不流畅，与提供如此简单的情况如此平常的回答很不相称，他答得一字一板，连点头

---

[1] 此处暗指巴尔扎克为其《乡村医生》所写的题词："受伤的心需要隐与静"，献给母亲。参见《巴尔扎克全集》第十八卷第379页，人民文学出版社，1994年。

带弯腰，为了让人相信，执著强调难以置信的断言，好像他不认识盖芒特家族只能是件奇异的偶然，同时带着夸张表明，虽然此种情形使他难堪，也宁愿直言不讳，让人看出他不因痛快承认而感到有任何尴尬，他的坦白是轻易的，愉快的，本能的；再说，与盖芒特家族没有联系的情形本身是不得已造成的，并非出自他的意愿，可能由某种家族传统导致的，比如某种道德原则或某种神秘的誓愿指名道姓地禁止他与盖芒特家族交往。"不，"他接着说，用他自己的话来解释他特有的语气，"不，我不认识她们，一直不想认识，始终坚持维护我完整的独立性，骨子里，我一向坚持雅各宾派思想[1]，您是知道的。许多人都来劝说，怪我不该不去盖芒特，说我自甘沦为粗野，活像一头老熊。不过这么个名声吓不倒我，名副其实嘛！其实，这人世间让我依恋的只不过几座教堂，两三本书，三四幅画，再有就是月光，您青春的清风把花坛鲜花异卉的芬芳吹到我面前，而我老眼昏花已鉴别不出来了。"我不大明白，不去不认识的人家，就必须坚持自己的独立性，这怎么又能使你显得像粗野之人或像头笨熊。当时我所看清的，是勒格朗丹不完全说真话，不像他所说的，只爱教堂、月色和青春；他非常爱慕住古堡的人们，十分恐惧惹他们不悦，不敢让他们看见他朋友中有布尔乔亚，比如公证人或经纪人的儿子们，宁愿在真相无奈暴露时，自己不在场，远远躲着，"缺席抗传"：他

---

1. 一七八九年法国资产阶级革命时期有个很有影响的政治组织叫雅各宾俱乐部，其成员叫雅各宾党人，或雅各宾派。此处指激进民主主义思想。

是势利小人。想必他不会用我父母和我十分中听的言语吐露半点真情。我若问他："您认识盖芒特家族的人吗？"健谈的勒格朗丹便回答："不，我从不想认识他们。"可惜他答得言不由衷，是另一个精心隐藏他心底的勒格朗丹在回答，深藏不露罢了，此勒格朗丹明知有关我们心目中的勒格朗丹所做犯忌的破事，有关他势利地待人接物的一些事端；其实刚才的勒格朗丹已经作出回答，不过以目光的伤痕，以咧嘴的强笑，以回答语气过分的沉重，以一瞬间所流露万箭穿身的痛苦和无奈，早就像势利的殉道者圣塞巴斯蒂安那样暴露无遗了："唉！您伤害我了，不，我不认识盖芒特家族，不要重新引起我一生中的莫大痛苦。"此勒格朗丹小捣蛋，此勒格朗丹讹诈者，虽不具备彼勒格朗丹的巧言善辩，但对应语速快得多得多，还夹带人们所称的"反射"；当健谈的勒格朗丹不许另一个勒格朗丹多嘴时，后者已经开口说话了，我们的朋友徒然哀怨叹息"第二个我"的表态所造成的坏印象，他只能勉为其难地将其掩饰过去。

诚然，这并不意味着勒格朗丹先生愤怒申斥势利小人是言不由衷的。他至少无法知道他自己也是势利小人，因为我们一向只知道他人的痴心，而我们自己痴情之所在，也只从他人那里获悉。在我们身上，激情只起次要的作用，只通过想象起作用，而想象使比较得体的动机取代了原始动机。勒格朗丹的势利主义从来不劝他去结交某位公爵夫人，而使他充满想象，让公爵夫人出现在他面前时，显得集所有高雅之品质于一身。他接近公爵夫人，自以为赏识她的才智和德行，而卑鄙的势利小人是不懂的，只有旁人才看清其实他也是其中一分子，因为别人无法了解他的想象所发挥的中介作用，他们眼见为实，明明看到勒格朗丹参与上流社会的活动及其原始动机。

现在，我们家不再对勒格朗丹先生抱任何幻想了，跟他的往来也非常疏远了。妈妈每当抓住他矢口否认的现行罪孽总乐不可支，津津乐道，因为他一直毫不留情地把势利称作罪孽。我父亲，他则难以如此洒脱如此轻松对待勒格朗丹的倨傲做派。有一年家人想让我和外祖母去巴尔贝克度暑假，父亲便说："你们将去巴尔贝克，我非要告诉勒格朗丹不可，倒要看看他是否提议把你们介绍给他的姐姐。他不一定记得对咱们说过他姐住在离巴尔贝克两公里的地方。"外祖母觉得既去海滨浴场，就得从早到晚泡在海滩，吮吸盐分，就该不认识任何人，因为串门拜访、散步观光会占去相当多呼吸滨海空气的时间，相反，她要求不必向勒格朗丹谈起我们的度假计划，已经开始担心他姐德·康布勒梅尔夫人来我们下榻的旅馆，而我们正准备去钓鱼，迫使我们关在屋里接待她。妈妈笑话她的担心，心想危险并非如此迫在眉睫，勒格朗丹不至于急迫让咱们与他姐建立联系。然而，我们既没有必要跟他谈论巴尔贝克，他也没猜想到我们竟想去那边，一天我们在维沃纳河沿岸遇见他时，他居然自投罗网了。

"今晚，云霞中有紫色和蓝色云彩，美不胜收，是吧，我的伙伴？"他对我父亲说，"尤其是蓝色，与其说是碧空蓝，不如说是花朵蓝,一种瓜叶菊的蓝,挂在天上,格外显眼。那一小片玫瑰红的云彩不也是一种花色,康乃馨色或八仙花色?只有在英吉利海峡,在诺曼底和布列塔尼之间的海边,才能看到天空出现这种植物界花团锦簇般的云彩。那边,靠近巴尔贝克,靠近那些蛮荒之地,有一处温馨宜人的小海湾,那奥吉地区的夕阳,红色和金色相间的落日,我虽远非不屑一顾,却是没有特色,不足为奇,但傍晚湿润而适意的空气中,天边一束束蓝色和粉色的花朵顷刻间绽开,美得无与伦比,经常开放几个小时才凋谢。其他云彩花束也很快零落,无数鹅黄色或玫瑰色花瓣洒满天际,更令人叹为观止。在那号称猫眼石的小海湾,金黄的沙滩仿佛格外温馨,而邻近凶险的岩岸峭壁宛如专为捆绑众多金发的安德罗米达[1],那丧命的海岸以海滩著称,每年冬天许许多多船在此海遇险而葬埋海底。巴尔贝克!我们这块国土最古老的地质骨架,真正坚硬的地壳,名副其实的大海,大地的尽头,阿尔托尔·法朗士[2]描绘得淋漓尽致的该死地区,他把这块终年浓雾笼罩的鬼地方描写得活像《奥德修纪》[3]中西米里族人[4]真正的原居地一般,这是一个使人陶醉的作者,咱们的小朋友不妨一读。尤其在巴尔贝克,一些旅馆

---

1. 出自希腊神话,埃塞俄比亚公主安德罗米达的母亲因夸其美貌而得罪海神,为平息海神的愤怒,硬把女儿绑在一块岩石上,任凭海神派来的海魔虐待和伤害。
2. 法朗士(1844—1924),法国作家,此处系指其作品《皮埃尔·诺济埃尔》在《布列塔尼》一章中把乳房岛与《奥德修纪》中西米里族人居住的岛相比较。
3. 古希腊荷马的著名史诗,又译《奥德赛》。
4. 希腊神话中的西米里族人,荷马史诗中描写的西米里族,生活在阴暗潮湿的国土上。

已经建起来，层层叠叠屹立在这块古老而迷人的土地上，并没有破坏其景观，走上几步就进入原始而优美的地域游荡，那是多大的乐事呀！"

"是呀，在巴尔贝克，您有熟人吗？"父亲问道，"说来也巧，这小家伙正要跟他外祖母，也许还有我妻子一起去那里小住两月。"

这个问题使勒格朗丹措手不及，当下他的双眼正凝视我父亲，不便把目光移开，索性加紧逼视对话者的双眼，脸上泛起一阵阵苦笑，表情既友善又率直，并不怕正视对方，好似直逼的目光穿透对方变得透明的脸，看见其后方浮现一朵鲜艳的云彩，给他创造一个心不在焉的托词，允许他在别人问他是否有住巴尔贝克的熟人时，证实他在想别的事，没有听见问话。

"您在想什么呢？"我好奇的父亲发火了，死缠着打破砂锅问到底，"巴尔贝克那边，您到底有没有朋友，既然您对那里了如指掌？"

勒格朗丹苦笑的目光经过最后绝望的努力，变得极致的亲切，茫然，诚恳和走神，但，准想不回答说不过去了，便对我们说：

"哪儿有受伤的树群，哪儿就有我的朋友，但并没有倒下，彼此靠得更近，带着悲怆的执著，向不肯对他们发慈悲的无情苍天齐声哀告。"

"我想说的不是这个意思，"父亲打断他说话，像树木像无情的苍天一样固执，"我问的是，万一我岳母出了什么事，不会在那边感到举目无亲,所以才打听您是否有熟人,明白吗?"

"那里就像任何其他地方,我谁都熟,又谁都不熟,"勒格朗丹答道,不肯那么快就认输,"那里的风物我非常熟悉,那里的人物我熟悉的却寥寥无几。不过嘛,风物本身在那里就像人物,像罕见的人物,本质上属爱挑剔之类的,觉得受到生活的辜负。有时,你们在悬崖峭壁上遇见一座小城堡,它伫立路边,凝神于红晕未散的晚霞,消受着自己的忧伤,那时金色的月亮升起,归航的船只拨弄绚丽多彩的水面,把晚霞的火焰托映到桅杆,把招展的旗帜染得彩色缤纷;有时,你们遇见一所孤零零的简单房屋,多少有点难看,样子畏缩,但颇有诗情画意,躲过所有的眼睛,隐藏着某种秘密,既会带来不灭的幸运,也会让人永不间断地幻灭。"他又采用马基雅维里[1]式的心术加添道,"那是虚无缥缈的地方,纯属假想的地方,像一本坏书,对一个孩子很不适宜;让我来选择的话,不会推荐那个地方,我这位小朋友素性易忧,天生素质使然。多情诉说衷肠和徒然悔恨交加的氛围,可能对我这样看破红尘的老朽是合适的,但对脾性尚未成型的孩子总是不健康的。"他执著强调道,"相信我的话,那个海湾的水已经一半属布列塔尼,对像我这样不再完好无损的一颗心,其损伤不再受到补偿,那海水可能起到镇静的作用,再说这一说法尚存争议。小家伙,对您这样的年纪,那里的海水医学上是禁忌的。晚安,

---

1. 马基雅维里(1469—1527),意大利佛罗伦萨政治家。

邻里们！"他道安后，像往常那样生硬得不明不白地离开我们，走不几步，又回过头来，向我们举起医学博士的指头，最终概括他的诊断："五十岁以前，不要去巴尔贝克；五十岁以后，还得取决于心脏的状况而定。"他向我们大声断定。

家父在我们后来每每与他相遇时旧事重提，用盘问折磨他，照旧枉费心机：勒格朗丹先生这个博学的骗子像掌握隐迹纸本[1]的老手，自有一套功力和学问，只需用其百分之一，便足以确保自己获得既有利可图又光鲜体面的地位[2]，倘若我们仍纠缠不休，他没准最终会创立一套景观伦理学和下诺曼底的天文地理学出来，而不会向我们承认他的亲姐姐就住在离巴尔贝克两公里的地方，也不会被迫给我们写介绍信；他不必为此原因而担心害怕，如果他绝对相信我们不会利用他的介绍信，其实凭经验他应当确信无疑，因为他了解我外祖母的性格，但他宁可不为之。

通常我们散步总是早早回家，以便在晚饭前去看望莱奥妮姑妈。开春时节白日结束得早，我们回到圣灵街时，落日的余辉已映上家里的玻璃窗，射入十字架树林深处的一条紫红色晚霞倒映在远处的池塘里；火红的晚霞，尽管经常伴随着清冽的寒意，却使我联想起炉火的红光，因为炉火上烤着肉鸡，对我来说，继散步获得诗一般的情趣之后，即将得到一饱口福的乐趣，还将

---

1. 擦掉旧字写上新字的羊皮纸稿本，但可用化学方法使原迹重现。
2. 暗指阿尔丰斯·都德所著《法兰西学院院士》（1888）中的故事：一个骗子靠伪造名人手稿而发迹。

第一部分 孔布雷

得到暖和与休息的快乐。在夏天则相反，我们散步回家时，太阳还是高高的；我们在莱奥妮姑妈家看望她时，西沉的阳光才照到窗户，被挡在大窗帘和帘系绳之间，分隔成枝杈形的光束透进房间，给柠檬木衣柜镶嵌点点碎金，柔和地照得四壁生辉，有如夕阳斜光射进林下的灌木丛。但也有非常难得的日子，当我们回来时，衣柜上临时镶嵌的碎金早已消失；当我们回到圣灵街时，窗户上已没有夕阳反照，十字架树林尽头的池塘早已失去红通通的晚霞，有时甚至变成乳白色，一道长长的月光注入池塘，溶溶清辉渐渐扩散，池水皱起粼粼银波，席卷整个水面。每逢这样的日子，我们走近家门时，便瞥见门口有个人影，妈妈对我说：

"我的上帝！瞧，弗朗索瓦丝已经在守候咱们啦，你姑妈着急了，咱们回来太晚了。"

我们顾不上脱外套，便急忙上楼，好叫莱奥妮姑妈放心，让她看看，与她想象的正相反，我们安然无恙，只不过我们去了"盖芒特那边"，这不，每次到那边散步，很难说得准什么时候回来，我姑妈其实是知道的。

"瞧，弗朗索瓦丝，"我姑妈说，"我对你说得对吧，他们果真去盖芒特那边了！我的上帝，他们一定饿坏了！你炖好的羊后腿搁了半天大概干瘪了吧。这么晚才回来！这么说，你们确实去盖芒特那边了！"

"我还以为您知道的呢，莱奥妮，"我妈说，"我想弗朗索瓦丝看见我们从菜园小门出去的。"

因为，在孔布雷周围有两"边"可以散步，其方向正好相反，所以我们出去时不走同一道门，这要看我们去这一边或那一边了：梅泽格利兹酒乡那边，我又称之为斯万家那边，因为去那边要经过斯万先生的花园住宅；另外就是盖芒特那边。所谓梅泽格利兹酒乡，说实话，我只知道是在"那边"，星期天来孔布雷散步的陌生人，我们家所有的人，连我姑妈在内，都"根本不认识"，就凭这一点，我们把外乡人都看作"是从梅泽格利兹来的"。提起盖芒特，我后来有较多的了解，但只是很晚的事情了，在我整个少年时代，如果说梅泽格利兹在我看来如同远在天边的地方可望不可即，无论走多远，因地形高低不平，与孔布雷的地势大不一样，总叫你一眼望不尽，那么盖芒特在我眼里则只是"那边"的界限，与其说是实在的，不如说是意想的，就像某个抽象的地理习语，诸如赤道线、极圈、东方等。于是乎，"取道盖芒特"去梅泽格利兹，或相反，对我似乎都是毫无意义的说法，如同说取道东面去西面。由于我父亲提起梅泽格利兹那边总把它说成最美的平原景色，并把盖芒特那边说成典型的水乡风光，所以我把它们设想成两个实体，使它们一致和协调，仅仅属于我们精神的创造物；无论哪边的每一小块土地，我都觉得宝贵和得天独厚，而在这两处圣地周围都是纯属世俗的道路烘托着理想的平原景色和水乡风光，相形之下，这些道路不值得一看，有如爱好戏剧艺术的观众不屑一顾剧院附近的小街。更有甚者，我把两边之间的距离按我头脑想象的两部分相隔的距离来测量，大大超过了实际的相距公里数,是的,凭空想象的距离只会使它们相隔更远,使它们分处在不同的景面。由于我们从来不在同一天和同一次去两边散步,要么去梅泽格利兹那边,要么去盖芒特那边,这种习惯使得两边的界限显得更加绝对,几乎把它们固定在彼此相隔遥远的地方,互相不可能认识,在不同的下午,它们各执一隅,老死不相往来。

每当我们想去梅泽格利兹那边,我们就不会太早出门,即便是阴天,因为散步的时间不很长,不会耽搁太久,我们就像去任何别的地方,从姑妈住的房子的大门出去,进入圣灵街。沿街,我们受到火枪店老板致意,把信扔进邮筒,顺路替弗朗索瓦丝向泰奥多尔捎口信,说食用油或咖啡已用完,然后我们出城,必经斯万先生家大花园白栅栏外的那条小路。我们人还未到他家,就闻到丁香的芬芳。一株株丁香在青翠的心形叶子扶持下,把淡紫色或白色的羽形花冠好奇地伸出栅栏外,向陌生的行人送上阵阵芳香;丁香在阳光的沐浴下,连背阴处的花园也是流光溢彩的。几株丁香掩映在被称为弓箭手屋的矮小的瓦房前,那里住着守门人,哥特式的山墙上盖着清真寺式的粉红尖顶。一株株丁香像《可兰经》中的仙女们,在这座法兰西花园里保留着波斯小花园鲜艳而澄清的色调,相形之下,《希腊神话》中山林水泽的仙女似乎显得俗气了。我着实想过去搂抱她们柔软的蜂腰,把她们香气扑鼻的星形环状的鬈发捧过来,但我们没有停留,因为我父母亲自斯万结婚后就不再去唐松维尔了,并且为了不显出观看花园的样子,我们干脆不走沿花园篱笆那条直通田野的小径,而走另一条小路,也是通往田野的,不过歪斜一段路程,要走好多远路。那天,我外祖父对我父亲说:

"斯万昨天说他妻子和女儿去兰斯了,他准备趁机去巴黎住二十四小时,你是否记得?那么咱们不妨沿着花园走过去,既然那两个女人不在家,咱们可以抄近道了。"

我们在栅栏前停留了片刻。丁香行将结束;还有几株依然亭亭玉立,娇嫩的花团如同高悬的淡紫色吊灯,但大部分枝叶间的花朵,仅在一周前,还是芳香四溢,现在却已凋谢,萎缩,发黑,就像一团团失去水分、香气已尽的泡沫。外祖父指指点点地对我父亲说,自从老斯万先生的妻子去世那天跟他一起散步以来,这个园子的哪些景色模样依旧,哪些景物模样已改,于是他抓住机会又把那次散步讲了一遍。

在我们面前,一条两旁栽着旱金莲的小径在充足的阳光下一直延伸到高处的府邸。右边则相反,大花园的地势十分平坦。园内有一座池塘,四周绿树成荫,这是当年老斯万夫妇叫人挖开的;但最不自然的景物恰恰是人们对自然加工而成的,而某些地方则总有一种独特的君临一切的气势,傲然显示着远古的特色,处在未经任何人工斧凿的环境中极需一种僻静的氛围来展现其本色,凌驾于人工的景物。比方说,陡坡小径下的人工池塘旁,两行交织而栽的琉璃草和长春花编成一顶雅致的蓝色自然花冠,缠戴在水塘半明半暗的前额,蝴蝶花像懒散的公主任凭她的利刃剑弯曲下垂,用她统治水域的权杖,把睡莲的紫色和黄色败花散落在水边的泽兰和毛茛上。

斯万小姐的外出使我失去一睹她出现在花径的倩影的良机,失去了让这位幸运的少女认识而后又轻视的良机;她有贝戈特这样的男友,在他的陪伴下参观各地教堂;由于她外出了,我虽说生平首次得以静观唐松维尔庄园,可只觉得兴致索然;相反,在我外祖父和父亲眼里,女士们不在家却给这座庄园平添了宜人之处,可爱之处,即便是暂时的,正如去山区远足遇到万里无云的天气,所以我的长辈们觉得今天来这边散步格外适宜;我真希望他们的如意算盘落空,让斯万小姐和她的父亲突然奇迹般出现在我们近旁,叫我们躲避不及,从而不得不跟她结识。所以,当我突然瞥见草地上有个筐子被遗在一根渔竿的旁边,渔竿的浮子还在水面上浮动,这个迹象表明她有可能在家,我赶紧把父亲和外祖父的视线引导到相反的方向。况且,斯万对我们说过,这回他出门,心里不自在,因为他家里眼下有人长住着,渔竿可能是某个客人的。园内花径没有人走动的声响。只有一只看不见的鸟儿不知在哪根树梢上蹦跳,竭力使人觉得白日不长,用悠长的音符来勘察周围的寂静,但它从寂静中得到整齐划一的反响,一种使人倍感寂静和静止的反冲,仿佛它本来力图使得更快消逝的那瞬间反倒被它永远凝滞了。天空变得凝固了,阳光直射下来,十分逼人,使人直想躲开它的关切;池水睡着了,一些昆虫不停地惊扰它的睡眠,睡梦中大概浮现一圈圈漩涡,看来睡得很不安稳,而我见到软木浮子时立即心烦意乱起来，因为浮子好像被飞速拖往倒映在水中的那片广阔而宁静的天空；这时，浮子几乎垂直漂在水面，看上去随时会沉入水中，我不由得自问是否有责任去通知斯万小姐鱼已上钩，一时间也顾不得是渴望还是害怕结识这位小姐了；突然只听得我父亲和外祖父在叫我，他们已经走上通往田野的小路上坡，惊异我没有跟上他们，于是我不得不赶上前去。我发觉小路上到处都充满着山楂花嗡嗡作响的香味。篱笆活像一排小教堂隐没在丛丛簇簇的花卉中形成一座临时祭坛；在繁花下的地面上排列着一方格一方格耀目的金光，如同阳光透过一片彩画玻璃窗；繁花的芳香甜蜜蜜，只限在祭台的范围飘溢，我仿佛处在圣母的祭台前；花团锦簇，而每一朵花则心不在焉地托着一束鲜艳夺目的雄蕊；一个个雄蕊像纤细而光芒四射的焰式建筑肋线，使教堂祭廊的梯杆增辉添彩，或使彩画玻璃窗的中梃熠熠生辉，而盛开的花蕊更有草莓花白色花瓣的肉质感。过几星期大蔷薇花也将在大太阳下爬上同一条乡间小路，穿着一色红红的短上衣，可轻风一吹就散开了，相形之下，显得太朴素，太土气了！

　　然而，尽管我流连在山楂花前，嗅着不见踪影而始终如一的芳香，把芳香送进茫然不知所措的脑海，让它消失又重新得到，使我自己跟上那充满青春活力的，遍地开花的节奏，使我自己适应一些出乎意料的间隔，如同某些乐曲的音程，但是山楂花在以源源不断的芳香向我无定限地提供相同的妩媚的时候，却不让我有更深的领略，正如反复演奏一百遍的曲调，硬是不让你深入曲中的奥秘之处。我转过身暂时不看山楂花,片刻后,以更新鲜的活力迎向花丛。我一直爬上通往田野的斜坡,追逐在篱笆里面一株离群的丽春花,几株懒洋洋落伍的矢车菊,它们以自己的花朵稀疏点缀着斜坡,好像一幅挂毯的沿边,田野图案稀疏有致,在整幅毯画上显得引人注目;花朵仍然稀少,间隔很大,就像那些临近村口的孤零零的房屋,却预告我那边有一望无际的田野,地上麦浪滚滚,天上云海茫茫,只要有一朵丽春花,傲然伫立在一环肥沃的黑土上,迎风闪烁火红的光彩,我见了便心跳,有如旅行者瞥见一片洼地上一名捻缝工正在修补一条搁浅的小船,在没有看见大海前就惊呼:"啊,大海!"

然后,我回身面对山楂花,就像观赏艺术杰作,以为暂停凝视之后再来看就能更好地欣赏,不过,我尽管用双手在额上筑起一道屏障,让眼睛只盯着山楂花,但花儿在我心中所唤起的情感却依然是暧昧不明的,模模糊糊的,情感怎么也明朗不起来,无法来与花朵交融。而山楂花无助于我澄清情感,我又无法求助于别的花卉来达到目的。这时,我外祖父却给予我这样一种愉快,其感受好比我们看出自己最喜爱的画家的一幅作品不同于我们所熟悉的作品,再好比有人把我们带到先前我们只见过铅笔草图的一幅油画前,再好比我们原先只听过钢琴演奏的一首乐曲,后来听到由多姿多彩的管弦乐队演奏,因为,外祖父叫我,指着唐松维尔的篱笆对我说:"你很爱山楂花,瞧瞧这朵带刺的、粉红的山楂花,多么好看哪!"确实是一株有刺的山楂,花是粉红色的,比白色的还好看。她也穿着节日的盛装，真正的节日盛装，只有宗教节日才算得上真正的节日，因为不像世俗的节日，随心所欲定个日子，没有专门规定的日期，也没有什么一致的节庆内容；这株有刺的山楂显得格外绚丽，因为枝杈上花团锦簇，层层叠叠，没有一处不长花，成串的花朵好似洛可可式[1]的主教权杖，盘绕着成串的丝球，山楂花"色彩斑斓"，所以，按孔布雷的审美观，是优良品位，只要看看广场商品，或加缪食品店的明码标价的等级便略知一二，粉红色的饼干比别的颜色的饼干昂贵。我自己也一样，我更偏爱涂有粉红果汁的干酪，就是说，家人允许我把压烂的草莓糊抹在干酪上。恰巧，这些山楂花选中了这样一种食品的颜色，这样一种大节日盛装的艳丽的色彩；艳丽的颜色最引孩子们注意，似乎格外美丽，因为向他们显示出优良的品位，从而总是使孩子们觉得比别的颜色更鲜艳，更自然，而使他们心里明白鲜艳的颜色不会给他们解馋，也不会被裁缝选用。诚然，我立即觉察到了，如同观赏有刺的白色山楂花那样，甚至更为惊叹不已：花团所显现的节日欢庆之气毫不矫揉造作，没有人工的斧凿，全然是大自然自生的，其天真的程度酷似乡村女商人；她在搭迎圣祭台时把小花木装点得琳琅满目，用的尽是些色调过于鲜艳的玫瑰花形绸结和乡下气的小花卉纹织品。山楂的枝梢缀满无数淡红的小花蕾，凡是含苞待放的，就像粉红大理石杯的杯

---

1. 十八世纪欧洲盛行的华丽、繁琐的建筑装饰和艺术风格。

底，露出红殷殷的花心，比盛开的花朵更加表露出山楂独特的、迷人的品质，无论在何处发芽，无论在何处开花，一概都是玫瑰红色，有如在盛大的节日，人们在祭台上供上一盆盆外面裹花边的盆栽玫瑰，纤细的梢头开满含苞初绽的花朵。小花木插在篱笆里，与篱笆各异其趣，有如穿着节日盛装的姑娘硬挤在穿着便服、不准备外出的女人们中间；小花木为迎接圣母月整装待命，仿佛已经成为节庆的一部分，穿着鲜艳的玫瑰红盛装，笑容可掬，是这般的光彩夺目：这株信奉天主教的小花木真令人快乐。

通过篱笆可以看见大花园内有一条小径，两旁栽着茉莉，蝴蝶花，马鞭草，夹在其中的紫罗兰像馥郁的玫瑰敞开着鲜嫩的胸脯，又像科尔多瓦[1]古代的皮，一条长长的绿色水管盘绕在砾石路上，扎满小孔的喷头昂首花丛上空，垂直撒开棱镜色彩的水珠团扇。突然，我站住了，动弹不得了，仿佛出现一种幻象，不仅直接映入我们的视觉，而且进入更深的感觉，以至支配我们整个身心。一个头发橙黄的少女，好像刚散步回来。手上拿着一把花铲，仰着布满粉红色斑点的脸，凝望着我们。乌黑的眼睛闪闪发亮，由于当时我不善于、后来也没有学会把一个强烈的印象归纳成客观要素，由于我不具备像人们通常讲的那种足够的"观察力"以引出她的眼睛的颜色的概念，所以在很长的时间里，每逢我想起她，那双亮晶晶的眼睛仍历历在目，可是却变成蓝晶晶的

---

1. 科尔多瓦，西班牙城市，相传古代以皮革业著称。

了，因为她的头发是金黄的，以至于，也许如果她没有那双乌黑的眼睛，乍一见使人震惊，那么我就不会像当时那样钟情她那双我错以为是碧蓝的眼睛了。

我凝望着她，起先我的目光不是眼睛的代言者，而是我焦虑和发呆的感官向外探望的窗口，这种目光恨不得抚摸、捕获、掠走所凝望的躯体以及灵魂；我非常害怕外祖父和父亲随时瞥见这个小姑娘，硬让我离开，叫我跑在他们前面，于是我用第二道目光，无意识的逼人的目光，竭力迫使她注意我，认识我！她把瞳孔对准前方而后斜向一边，看清我外祖父和父亲，顾盼之后的想法大概是我们滑稽可笑，因为她扭过头去，神情冷淡而倨傲，侧着身子，以免让自己的面孔落入我们的视野之内；我外祖父和父亲继续往前走，并没有瞥见她，他们超过我走在前面，于是她极目朝我的方向遥望，眼神没有特别的表情，好像没有看见我似的，但凝视中夹着一种含而不露的微笑；根据我学到的有关良好教养的概念，我只能把她那种微笑认为侮辱性的蔑视；她同时还做了一个失礼的手势，当这种手势在光天化日之下对准一个自己不认识的人时，我心中的文明小词典只有一个含义，那就是蓄意傲慢。

"喂，吉尔贝特，来呀，你在干吗？"一位穿一身白色衣裙的太太用尖利而威严的声音喊道，我从未见过这位太太，离她不远，还有一位我素不相识的先生，他穿一身人字斜纹布服装，张大瞳孔瞪视我；小姑娘顿时收住笑容，拿起花铲，头也不回地走开了，她的神情显得温顺，不可捉摸和假痴假呆。

就这样，吉尔贝特这个名字传到我的耳边，好似护符那样产生奇效，把片刻之前还只是一个不清晰的轮廓变成一个活生生的人，也许有朝一日我会重新见到她。就这样，这个名字越过茉莉花和紫罗兰传过来，就像绿色喷头喷出的水珠那样尖利，那样清新；这个名字载着洁净的空气穿越时，在经过的地方上空铺展一片虹彩，使那块地方隔绝起来，使它所指的那个姑娘的生活秘密只限于跟她一起生活和旅行的幸福的人们；穿过山楂花到达我肩头的这声呼唤表明幸福的人们与她的生活秘密亲密无间的内涵，而我感到痛心疾首，因为我无法进入她的生活秘密。

当时我们正离开，我外祖父低声说："这个可怜的斯万，他们让他扮演什么角色呀！把他支走，好让她和她的夏吕斯单独呆在一起，那人就是他，我认得出！还有那个小姑娘，是和整个这桩丑事搅在一起的！"一时间，我产生了这样的印象：吉尔贝特的母亲对她说话时口气专横，她没有回嘴，这向我表明她不得不听命于人，并非至高无上，这样，我的痛苦减轻了一些，产生一些希望，我的恋情也减弱了。然而，很快这种恋情在我心里又升腾起来，好似一种反作用，我受辱的心硬要与吉尔贝特并驾齐驱或把她贬到同样的水平线上。我一见钟情，遗憾的是没来得及产生灵感来气气她，伤伤她，迫使她记得我。我觉得她非常美，恨不能跑回去，耸着肩膀向她大喊："我觉得你是丑八怪！你真叫我恶心！"然而，我却越离越远了，永远带走一个小姑娘的形象：

橙红色头发，皮肤上布满粉红色斑点，手上拿着一把花铲，从远处笑着向我投来假痴假呆的、没有含义的目光；我把它当作对我这样的孩子因无法违抗的自然法则而不能企及的幸福的首例，永远铭记在心。但她的名字在她和我同时听到呼唤的那块栽满山楂花的地方留下了温馨，这芳名的魅力将扩及、黏合、熏香跟它接近的一切，包括我外祖父母所万幸结识的她的祖父母，非常了不起的经纪人职业，她在巴黎住在香榭丽舍大街的那个令人叫苦不迭的地区。

"莱奥妮，"我外祖父回家劈头就说，"刚才你要是跟我们一块儿那该多好哇。你一定认不出唐松维尔了。我恨不得剪一枝粉红色的山楂花给你带来，你是那样的喜欢山楂花。"外祖父乘机向我姑妈莱奥妮说了说我们的散步，也许为了给她解闷，也许还没有完全失去希望，盼着让她出去走走。姑妈以前非常喜欢那个庄园，况且斯万还是她最后接待的客人，当时她早已闭门谢客了。正如平时斯万若来向她问候，（她在我们家是斯万唯一要求见一见的人），她便请人回话说，她累了，但下次一定请他进来，同样，这天晚上她说："是呀，等哪天天好，我坐车一直到庄园大门口。"她说得真心诚意。她很想再见到斯万和唐松维尔，但她抱着期望就已消耗她所剩的体力了，真的实现起来恐怕要把她累垮的。有时候，好天气使她恢复一点精力，她便起来，穿好衣服，但还没有走进另一间房间就开始感到累了，于是又要求上床。在她身上开始发生的，只不过比一般人发生得早些，那就是老年人百事不劳神，像蚕蛹把自己裹在茧中，等待死亡；我们可以看到，有些寿命很长的人，到了暮年，即便当年曾是情笃意浓的恋人，即使当年曾是志同道合的莫逆之交，上了一定的年岁，就中止长途跋涉或专门外出去相会聚首了，甚至中止书信往来，认定在人世间已无话可通了。我姑妈心中必定十分清楚她不会再见到斯万，不会再步出家门；在我们看来，这种幽闭生活想必使她痛苦难熬，其实不然，她倒觉得悠然自在的，因为她的体力不断衰退，日有所感，迫使自己闭门不出；她做每件事情，每个动作，都感到疲劳，甚至痛苦，不如干脆什么事也不干，离群索居，无声无息，这样反倒觉得怡然自得，可以修身养性。

我姑妈一直没有去观赏布满粉红色山楂花的篱笆，我时时刻刻缠着父母问她还去不去，她以前是否经常去唐松维尔；我千方百计促使父母谈谈斯万小姐的父母和祖父母，因为他们在我看来就像诸神那样伟大。斯万这个名字对我来说变得几乎具有神话般的色彩，每当我跟父母聊天，我总急不可待地盼望他们提及这个姓氏，我自己不敢说出口，但我引导他们谈论与吉尔贝特和她家有关的、涉及她本人的话题，那样我不至于感到离她太远；我有时突然迫使父亲说话，譬如，假装以为我外祖父的公职是我们家祖传的，或我姑妈想看的布满粉红色的山楂花的篱笆处在市镇某地界上，父亲立即纠正我的说法，好像不顾我的反对，好像他主动对我说的："不对，这份公职原先是由斯万的父亲承担的，那座篱笆处在斯万的花园界内。"于是，我不得不调整一下深呼吸，斯万这个姓氏压在我心中铭记的那个部位，叫我透不过气来，每当听到它，总觉得比其他一切更充实，格外有分量，因为每次都载着我心中的无数次呼唤。这个姓氏使我感到快乐，我为自己胆敢向父母索取这种快乐而羞愧，因为这种快乐如此之大，得让他们无偿地消耗许多精力才能让我得到，因为对于他们这并不是一种快乐。所以，我转移话题，出于谨慎，也出于顾忌。不过，我赋予斯万这个名字的种种奇特的诱惑力，一旦被他们说出口来又恢复如初。当下，我突然觉得我的父母不可能不对此动心，觉得他们站到了我的立场，发现、谅解、认同我的胡思乱想，我心里好难过，好像是我使他们屈服，使他们变坏似的。

那一年，我父母比往年更早一点决定返回巴黎的日子，启程那天早晨，为了照相，他们把我的头发烫了，小心翼翼给我戴上一顶我从未戴过的帽子，给我穿上一件丝绒外套；母亲到处找我，终于在与唐松维尔接壤的小斜坡上找到了我；我正在痛哭流涕地跟山楂花告别，搂着长满尖刺的花枝，我活像悲剧中的公主，只觉得无用的衣饰是个负担，根本不感谢把我的头发烫成一卷卷搭在前额，此举着实令人讨厌：我把卷发纸扯下，把新帽摘掉，统统踩在脚下。母亲没有被我的眼泪感动，而看到我的帽子被踩扁，外套被糟蹋反倒失声大叫起来。我没有理会她，继续边哭边道："唷，我可怜的山楂花，不是你们想叫我伤心，逼我离开。你们，你们从来没有让我痛苦过！所以，我永远喜欢你们。"我一边擦干眼泪，一边向它们许愿，等我长大后，决不像别人那

第一部分　孔布雷

样发疯似的生活,即使在巴黎,在春暖花开的季节,我也不去串门子听那些无聊的闲话,宁愿下乡观赏首批开花的山楂。

每逢我们去梅泽格利兹那边散步,一步入田野,就再也离不开了。田野上终日清风荡漾,风儿好像通过一条无形的小径徐徐吹来,在我看来,简直是孔布雷特有的仙境。每年,我们到达的那天,为了感受一下我确实已在孔布雷,我总是登高寻找清风的行踪,清风在犁沟里奔跑,我在后面追赶。在梅泽格利兹那边,在那一片高高耸起的,几法里不见沟壑的平原上,清风总围着我们飘拂。我知道斯万小姐经常去朗市小住几天,虽然相隔好几法里,但因没有任何障碍,两处的距离相对缩短了;每当和煦的下午,我看到一阵同样的微风从极目的地平线出来,把最远处的麦梢压弯,像起伏的波浪遍及一望无际的田野,滚滚而来,暖暖乎乎,低声细语地匍匐在我脚下的红豆草和三叶草丛中,这一片把我们俩联系在一起的平原仿佛使我们更接近,仿佛把我们俩结合在一起了,我联想到这阵微风曾从她的身边吹过,风儿的低声细语是她给我传来的信息,尽管我听不懂,但它经过我身边时我拥抱了它。左边有一个村庄,叫尚皮厄(本堂神甫管它叫 Campus Pasam[1])。右边可见麦田那边的圣安德烈田园教堂的两座钟楼,既精雕细刻又具乡土风情,也像麦子似的,尖头削梢,鱼鳞片状,蜂窝般的一格格一层层饰纹,黄灿灿的,颗粒状的,活像两

---

[1] 拉丁文:异教庄。

株麦穗。

　　苹果树的树叶别具一格，与别的果树都不相同，人们不会认错，在开花时节，白色缎子般的宽瓣间距对称绽开，或一团团淡红的蓓蕾羞答答地悬空玉立。在梅泽格利兹那边，我第一次注意到苹果树投在阳光灿烂的土地上圆圆的树阴，同时注意到斜射的夕阳在树叶下铺上可望不可触的金色丝线，我看见父亲用手杖截断一丝丝金线，却始终未能使它们改道。

　　有时下午的天空挂起洁白的月亮，像一朵白云悄然出现，没有光泽，好比一个未到登场时间的女演员，穿着平日的服装，在剧场里看了一会儿同伴的演出，悄然离去，不愿引起人们对她的注意。我喜欢在画上在书中重见月亮的形象，但是这类艺术作品与现在我觉得把月亮画得很美，甚至认不出是月亮的艺术作品相比大相径庭，至少早年在布洛克使我视野和思维习惯于较为精妙的和谐之前所见到的那些作品，比方说，森蒂纳[1]的某部小说，格莱尔[2]的某幅风景画，让月亮像一把银镰清晰地挂在天边，诸如此类的作品同我切身感受到的印象一样的幼稚未琢，而我外祖母的两个妹妹见我喜欢这类作品每每大为恼火。她们认为，献给孩子们的作品应当首先是让孩子们喜欢的，同时培养他们的鉴赏力，等他们长大成人之后仍赞叹不已。大概她们以为审美的才能也像具体的物件，只要张开眼睛就能看出，不需要等值的潜移默化，

---

1. 森蒂纳（1798—1865），法国作家。
2. 格莱尔（1806—1875），瑞典画家，属学院派风格。

酝酿成熟。

就在梅泽格利兹那边，在蒙茹瓦，濒临大水塘，背靠灌木丛生的陡坡，坐落着万特伊先生的住宅。所以我们常在大路上和他的女儿交错而过，她总驾着一辆敞篷两轮轻便马车飞奔疾驰。一些年来，我们见她不再独来独往，而由一个年纪比她大的女友陪伴着，那个女人在当地名声不好，一天居然搬到蒙茹瓦定居了。大家都说："可怜的万特伊先生准是被温情蒙住了眼睛，才不顾别人在背后的议论，他平时为一句不得体的话而感到愤慨，竟允许女儿让那种女人寄住在家里。他还说那是个优秀的女人，心地善良，音乐素质非常好，如果得到培养，必定不同寻常。但他尽管放心，那个女人并不关心他女儿的音乐修养。"万特伊先生自己讲过这样的话；事实上，值得注意的是，一个人大凡同别人发生肉体上的关系总能引起那个人的亲属对她（他）的精神品质大加赞赏。性爱，不管受到怎样不公正的诋毁，却能迫使每个人把自身的善良和坦诚表现得淋漓尽致，使近亲挚友感到光彩夺目。佩斯皮埃大夫有一副粗嗓门儿和两根粗眉毛，尽可以随便扮演坏蛋的角色，反正他的模样根本不像坏蛋，所以丝毫无损于他作为脾气暴躁的老好人的声誉，那是不可动摇的，无可指责的，他粗声粗气地说了下面这番话，把本堂神甫和大家逗得笑出了眼泪："嗳！听说她跟女友万特伊小姐一起搞音乐。你们觉得奇怪吧。我可不知道她在搞什么。昨天万特伊老先生还对我说呢。话说回来，这姑娘，有权喜欢音乐。我可不赞成压制孩子们的艺术天分。万特伊看上去也不赞成嘛。况且他也跟他女儿的女友一起搞音乐嘛。哎,活见鬼,那个窝里尽搞音乐了。你们有什么好笑的呀?不过,那些人的音乐搞得过分了。那天我在公墓附近碰见万特伊老先生。他双腿发软,站也站不稳。"

那个时期,我们发现万特伊先生有意躲避熟人,只要瞥见熟人,他就绕道走开;我们进而发现他在几个月里变得苍老了,成日闷闷不乐,凡与他女儿的幸福没有直接关系的事,他已无力过问了,有时整天整天地在妻子的墓前徘徊,不难看出他悲痛欲绝,进而不难推测他对流言蜚语并非不了解。他是知道的,也许甚至信以为真。一个人,无论他的美德有多高尚,由于情况复杂,到头来不得不对他最为深恶痛绝的堕落生活安之若素,因为恶习以特定的现象作伪装进入他的生活并使他痛苦而认不清其真实面目,比如某天晚上,听到一些稀奇古怪的话,看到某个不可理解的姿态,而这些又偏偏发生在他有千万条理由应予喜爱的人身上。然而,对于像万特伊这样的男子来说,没有比错以为只有波希米亚人才对逆境听天由命的人在逆来顺受时更为痛苦的了!恶习是自然天性在孩子的身上引发产生的,有时只要掺和父亲和母亲的情操就行,如同掺和孩子眼睛的颜色,而每当恶习需要给自己保留不可缺乏的场所和安全时,波希米亚人所遇到的境况就出现了。万特伊先生说不定对他女儿的行为有所了解,但却并不因此而减弱他对女儿的宠爱。实际行为进入不了我们信仰的活动领域,实际行动不能产生信仰,也不能毁灭信仰,却能连续不断地否认信仰，尽管削弱不了信仰，哪怕一连串不幸或疾病接连不断地降临某个人家，也不会使这家人怀疑上帝的仁慈或医生的才能。但是，当万特伊以世俗的观点，以他们声望的角度来审视他女儿和他自己时，当他竭力把自己和女儿列入受到普遍尊敬的人们之中时，他所得出的社会评价同孔布雷对他最敌视的居民可能作出的评价完全一致，他发现自己和女儿一起沦为人所不齿的末流，因此近来他的举止变得谦卑，对谁都是恭恭敬敬的，好似从低下之处仰望凌驾于他的人们（尽管这些人过去比他低下得多），而且他的举止中还有一种力图高攀附势的倾向，这是一切潦倒之辈必有的一种几乎机械性的结果。一天，我们正同斯万在孔布雷的一条街上散步，万特伊先生从另一条街出来，猛地跟我们打了个照面儿，躲闪不及了，斯万便跟他聊了许久：斯万具有上流社会人士那种引以为自豪的仁慈，在消融一切道德偏见的同时，从他人忍辱含垢的情况下找出某个理由向他表示好意；这种宽厚的表示，斯万觉得对施与者比对被施与者更为可贵，因为施与者的自尊心得到极大的满足；他迄今从未同万特伊先生说过话，却在与我们分手前居然问万特伊先生是否可以让他的女儿去唐松维尔演奏曲子。这样的邀请者在两年前会叫万特伊先生大为不快，如今则感激涕零，以至自认为受之有愧，不敢冒昧接受。他感到斯万对他女儿的这番好意本身表明是一种非常体面的和令人快乐的支持，他想也许最好不要加以利用，不如心领其好意，永远铭记。

"多么出色的人哪！"斯万向我们道别时连声叹道，热情的仰慕之意就像聪明漂亮的良家女子对公爵夫人的魅力敬佩至极，不管公爵夫人有多丑多老，"多么出色的人哪！可叹他的婚姻非常不美满，可悲呀！"

那时，即便最诚恳的人言谈中也免不了掺入虚情假意，跟某人谈话时闭口不谈对他的看法，等他一走，就说三道四；我的父母曾对万特伊先生议论过斯万的婚姻，以原则和门当户对的规矩为名义深表惋惜，言下之意，蒙茹瓦的主人的婚事倒没有不当之处；他们跟他一起列举原则和规矩，以示同属忠厚人。万特伊先生没有让女儿去斯万家。倒是斯万先生感到遗憾。每次跟万特伊先生分手后，斯万便记起近来他一直想向万特伊打听一个人的消息，此人也姓万特伊，好像是他的一个亲戚。那次见面后，他下决心不再忘记他对万特伊先生说的话，问他究竟什么时候让女儿去唐松维尔。

由于在梅泽格利兹那边散步是我们在孔布雷周围散步的两条路线中较短的一路，又由于路程短，我们只在天气靠不住的日子才去那边，所以梅泽格利兹那边往往是多雨的天气，我们始终不远离鲁桑维尔森林的边缘，那里枝叶扶疏，必要时可以去躲雨。

太阳常常躲到一大片云彩的后面，而云彩又常常使太阳椭圆形的脸蛋儿变形，同时云彩的四边被阳光染得黄灿灿的。田野虽无耀目的光辉，却是光亮的，一切生气似乎都悬在半空，鲁桑维尔小村庄好似镶在天边的一片浮雕，鳞次栉比的白色屋脊雕刻得那样的精细完美，令人目不暇接。一阵轻风惊起一只乌鸦，它飞到远处又落下，跟踪望去，白蒙蒙的天空下远处的森林显得蓝幽幽的，如同旧式房子里装点窗间墙的单彩画的那种蓝色。

有时候，眼镜店玻璃橱窗里的晴雨表曾警告我们的那场雨终于淅淅沥沥地下起来，雨点像成群飞翔的候鸟，密集成行地从天而降。雨帘密集，在淋漓中井然有序，每滴雨水各守其位，引着后面的雨滴紧紧跟上；一群燕子离去之后，天色更加灰暗了。我们便躲进树林。骤雨过后，还有些雨滴有气无力地姗姗而来。我们走出避雨处，因为水滴在叶丛中嬉戏，而地上几乎已经干了，树上却还有不少水珠在叶脉间玩耍，悬在叶尖休息，迎着阳光闪烁，突然从梢头高高地滑落，滴到我们的鼻子上。

我们也常常乱纷纷地跑到圣安德烈田园教堂的门廊下同圣徒和主教的石雕塑像一起躲雨。这座教堂的法国风味太浓了！大门上方的圣徒、国王和骑士，每人手上拿着一朵百合花，他们参加婚礼或葬典的神态表现得惟妙惟肖，跟弗朗索瓦丝所能想象的一模一样。雕刻家还刻画了亚里士多德和维吉尔作品中某些故事的场景，其笔法与弗朗索瓦丝通常在厨房谈论圣路易的说法如出一辙，就像她本人认识圣路易似的，一般来说，她把我外祖父母同圣路易相比较，好让他们感到羞愧，因为他们不如圣路易"公正不偏"。看来，中世纪的艺术家和中世纪的农家女（一直活到十九世纪）对古代或基督教历史的观念，显然很不准确，但又非常纯朴，他们的观念不是来自书本，而是直接来自古老的、未间断的口头相传,虽然走样了,面目全非了,但生动活泼。在圣安德烈田园教堂哥特式的雕塑群像中另有一位潜在的和被预示的人物,我认出他就是加缪家的小伙计,年轻的泰奥多尔。况且,弗朗索瓦丝认定他是同乡和同辈,所以当我姑妈莱奥妮病重时,弗朗索瓦丝一人无法帮她在床上翻身,抱不动她坐到扶手椅里,她便叫泰奥多尔来帮忙,而不让厨房女帮工上楼来在我姑妈前面显"臭美"。不过,这个小伙子,尽管平时把他看作十足的坏蛋并不冤枉他,但他内心却充满圣安德烈田园教堂浮雕群像的灵性,特别充满恭敬的情感,弗朗索瓦丝认为对"可怜的病人",对"她可怜的女主人"就该有这样的情感,他把我姑妈的头扶到枕头上时脸部的表情既天真又热忱,浮雕上的小天使们就是这种表情,他们手持蜡烛热切地围在虚弱的圣母身边,仿佛灰秃秃的石雕面容如同冬天的树木,只不过是一场冬眠,一种储备,随时会焕发新的生命,在像泰奥多尔那样无数百姓的脸上重新焕发生气,神情既恭敬又狡猾,像熟透的苹果那样红扑扑的。一位女圣徒,已经不再像小天使们攀附在石头上了,而是从门廊的群像中脱颖而出,单独伫立在一座石柱上,身材比人还高大,双脚踩在一张石凳上以免沾着潮湿的土地,她的面颊丰满,乳房坚挺,鼓起胸前的衣衫,宛如装在麻袋里的一大串成熟的果实,她的前额狭小,鼻子不高但淘气,眼窝深陷,神态强健,冷漠,勇敢,活像本乡本土的农家女。这种相像给雕像注入一种我原先未曾探求的柔情;经常有个别农家女也像我们一样前来躲雨,她们的容貌

第一部分　孔布雷　　　　　　　　　　　　　　　　　　　　　　　*183*

印证了雕像确实惟妙惟肖，正如石雕近旁的墙上伸出的枝叶，仿佛专门让自然物与之对比，供人判断艺术作品的真实性。在我们的前方，鲁桑维尔遥遥可望，不管它是福地还是恶土，我都从未进去过；有时我们这边的雨已停，可鲁桑维尔那边继续受着暴雨的惩罚，正如《圣经》中讲的那个村庄居民住房遭到鞭似的急雨抽打，有时则受到仁慈的上帝的宽恕，让重新露面的太阳把流水般的金光参差错落地射向村舍，如同祭台圣器上折射的光芒长短不一。

有时候天气糟糕透了，我们不得不赶紧回家或索性不出家门。田野处处昏沉沉，湿漾漾，远远望去好似茫茫大海，几栋孤零零的房舍悬挂在黑暗和雨水浸沉的山坡上，宛如一叶叶收帆的扁舟静止地漂浮在茫茫夜海中泛着亮光。不过，大雨，让它下吧，雷雨，让它来吧，无关紧要！夏天，坏天气不过是一时的坏脾气发作，表面的恶劣，遮不住潜在的、固有的好天气；与冬天不稳定的、稀薄的晴朗大不相同，夏天的晴朗却是植根于大地的，孵化出繁枝茂叶，雨水尽管如注，损害不了枝叶蓬勃的生机；整个夏天，晴朗的天气把它紫色或白色的绸旗插遍村镇的大街小巷，任其在房舍和花园的墙头招展。我坐在小客厅里看书，等着吃晚饭，听到雨水从花园里的栗树上滴落，但我知道骤雨不过使树叶更加青翠欲滴；一棵棵栗树就像夏天的抵押品，整夜呆着经受雨淋，以便确保晴朗的天气持续不断；雨尽管下，明天，唐松维尔白色栅栏上空的心形树叶照样扶疏叠翠，婆娑起伏；我目睹佩尚街的那棵杨树向暴风雨苦苦哀求和无望地点头哈腰,并不感到忧伤;我耳闻花园尽头的丁香在滚滚的响雷震撼下无力地呻吟,并不感到惆怅。

如果一清早天气就不好,我的父母便放弃散步,我就出不了门。但是我后来习惯于自个儿去梅泽格利兹酒乡那边散步;那年秋天,我们来孔布雷继承我姑妈莱奥妮的遗产,因为她终于死了;她的死既使那些认为她的导致虚弱的疗法是致命的人得意扬扬,也使那些认为她患的不是假象疾病而是器质性疾病的人沾沾自喜,而那些怀疑她害器质性疾病的人直到她咽气了才认输;她的死只引起一个人巨大的悲痛,而此人偏偏是个孤僻的人。在我姑妈病危的最后十五天里,弗朗索瓦丝时时刻刻守护在她身旁,和衣打个盹,不让任何人帮助照料,直到姑妈下葬,才跟她分手。原来我姑妈对弗朗索瓦丝恶口毒舌,疑神疑鬼,常发脾气,弄得她提心吊胆,我们一直以为她对我姑妈怀恨在心,现在我们才明白,她对我姑妈诚惶诚恐是出于崇敬和爱戴。我姑妈是她真正的主宰,她承受着无法预料的决定,难以识破的诡计,容易心软,感情用事,现在她的女王,她的神秘莫测而至高无上的女君主不在人世了。与姑妈相比,我们是微不足道的。过了很久很久,我们来孔布雷度假,才开始在弗朗索瓦丝眼里享有我姑妈的威望。这年秋天,我父母忙于填表格办手续,忙于跟公证人和佃农们商谈,没有空闲外出,况且即使有空,天公往往又不作美,所以通常让我自个儿去梅泽格利兹那边散步;为了防雨,他们让我披上格子花呢长巾，我很乐意把它披在双肩，尤其因为我感到这种苏格兰格子花呢会引起弗朗索瓦丝气愤，我们很难让她明白衣服的颜色同服丧毫不相干，况且我们对姑妈的死所抱的那种悲伤也使她不快，因为我们没有大办丧宴，因为我们说话不像她那样用一种特殊的声调，更有甚者，我有时还低声歌唱。我相信，如果在某本书里，这种根据《罗兰之歌》和圣安德烈田园教堂门廊群雕图所得出的服丧观，我也会像弗朗索瓦丝一样很有好感。然而，一旦弗朗索瓦丝在我身边，我便像魔鬼附身似的想让她发火，我抓住任何一点借口向她指出，我怀念姑妈，因为她是个心地善良的女人，尽管她有可笑之处，但根本不是因为她是我的姑妈；即使她是我的姑妈，但倘若我觉得她可恶，那么她的死不会引起我任何悲哀！此话如果出现在某本书里，连我也会觉得荒谬透顶。

倘若弗朗索瓦丝像诗人那样对忧伤、对家庭的回忆充满流动的模糊思绪，因无从对答我的种种论点而表示歉意，说一声："我说不清、道不明。"那么我对这种供认就洋洋自得，我的反讽而直率的见识决不亚于佩斯皮埃；但倘若她多说一句："她毕竟是亲戚嘛，对亲戚总应尊重的嘛。"那么我就会耸耸肩膀，自言自语道："我的心肠太软了，竟跟语无伦次的大字不识的人费舌。"就这样，我采用偏狭的观点来判断弗朗索瓦丝，扮演那些自以为想问题不偏不倚的人的角色，极端鄙视人们在生活中把肉麻当有趣的场景。

这年秋天，我的散步尤其惬意，因为我往往在长时间阅读一本书之后才出去散步的。整整一上午我呆在客厅里读书，累了便拿起格子花呢长巾往肩上一披出门而去；我的躯体被迫长时间静止不动，充满了积累起来的活力和速率，需要向四面八方消耗掉，如同撒出一只陀螺任其转悠。房屋的外墙，唐松维尔的篱笆，鲁桑维尔林子的树木，蒙茹瓦背后的灌木丛，都受到过我的雨伞和手杖的抽打，听到过我欢乐的喊叫；这些喊叫只是某些模糊的有感而发，兴奋之余还没有在光明中找到栖息之地，不愿等候又缓慢又困难的澄清，宁可寻找一条较易宣泄兴奋的捷径。我们有感而发的所谓表露多半只是我们的情感排遣，而这种排遣是以某些模糊的形式表现出来的，所以我们并不了解这种内心的感受究竟是什么。当我试图清理我在梅泽格利兹那边有哪些收获，有哪些因意外的景致或引发灵感非有不可的东西而得到的小小发现，我不由想起这年秋天的一次散步，我走到护卫蒙茹瓦的那座布满灌木丛的山坡附近，突然首次强烈意识到我们的印象和印象的习惯表达是不协调的。我兴高采烈地与风雨搏斗了一个小时以后，来到蒙茹瓦池塘边上，面对万特伊先生的园丁存放园艺工具的瓦顶小屋，但见太阳刚刚重新露头，它的万道金光经过骤雨洗涤又在天边焕然一新地炫耀，辉映在树上，小屋的墙上，湿漉漉的瓦屋顶和屋脊上，一只母鸡在屋脊上漫步。呼啦啦的风横向吹来，吹得生长在墙缝里的野草匍匐露根，吹得母鸡的羽毛根根竖起，露出绒毛，像轻飘飘无活力的东西，任凭风势胡乱摆布。太

第一部分　孔布雷

阳使得池塘反射景物，瓦屋顶映在池中好似一块粉红的大理石花纹，过去我还从未注意到。我看见水上和墙面泛起的苍白的微笑与天边的微笑遥相辉映，不禁欣喜若狂，挥动已经收好的雨伞，连连高喊："咿喔，咿喔，咿喔，咿喔。"但同时，我感到我的责任是不应限于这些叫人捉摸不透的咿喔声，应当努力弄清楚我为何欣喜若狂。

当下有个农民经过，他的神色已经不大高兴，我手舞足蹈，差一点没把雨伞打在他脸上，他的情绪就更不痛快了，冷冰冰不理睬我的寒暄："天气真好，是吧，走一走舒服极了。"多亏他我才明白，同样的激情不是按预定的次序同时在所有的人身上发生的。后来，每当我看书的时间稍长，就怀着深情想起父母并作出最明智、最能博得他们欢心的决定，他们往往在同一时刻获悉我已忘却的一桩小过失，就在我奔向他们去亲吻的那个时刻，他们则对我声色俱厉。

有时候，独处使我激奋不已时又平添一种我一时难以清晰辨别的激奋，那是性欲引起的：我渴望在我面前突然出现一个农家女，好让我抱入怀里。随着性欲而来的快感是突然勃发的，我还来不及在诸多迥然不同的思绪中找出萌生快感的缘由，便感觉出这种快感是各种思绪给予我的快感的一种升华。对这时我脑海里浮现的一切，对瓦屋顶在水中的粉红色倒影，对墙缝中的野草，对我久已想去的鲁桑维尔村庄，对鲁桑维尔林中的树木，对鲁桑维尔教堂的钟楼，我又给它们增添了一层价值，因为我以为是它们引发我产生新的激奋,所以这种新的激奋使我觉得它们更加富于情感,而且似乎只想赶快把我抛入它们的怀抱,如同一股强劲的、隐秘的顺风鼓满我的帆向前航行。然而,这种要女性出现的欲望对我来说给大自然的魅力增添了某种更加令人兴奋的东西,反之,大自然的魅力也拓展了女性过于局限的魅力。我仿佛觉得树木的美依然是女性的美,天边的景致,鲁桑维尔的村落,我这年所读过的书,都有各自的灵魂,这种灵魂是由村姑的亲吻传递给我的;我的想象一经触及我的肉欲便恢复了活力,使我的肉欲渗透我的想象的各个范围,于是我的性欲就无边无际了。在大自然怀抱里想入非非的时刻常常出现这种情况:习惯的作用力中断了,我们对事物的抽象概念被撇在一边,我们打心眼儿里相信我们所处的地方具有独特性,有个人独自生活,所以我的欲望所呼唤的马路天使不是女性这种一般类别的某个样品,而是这块土地必然的、自然的产物。因为,在这样的时刻,我身外的一切,大地呀,生灵呀,在我的心目中比在成年人的心目中更为可贵,更为重要,富于更为真实的生命。大地和生灵,在我是紧密结合在一起的。我想望梅泽格利兹或鲁桑维尔的某个农家女,想望巴尔贝克的某个渔家女,就像我想望梅泽格利兹和巴尔贝克一样。如果我随意改变她们的生存环境,她们可能给予我的快感会显得不大真实,我也不会再相信这种快感。如果在巴黎结识一个巴尔贝克的渔家女或一个梅泽格利兹的农家女,那就像得到我在海滩上未曾见过的贝壳,得到我在树林中未曾发现的蕨草,那就像从当地妇女给予我的快乐中剔除其生活的环境给予我的快乐，而我想象中的女性是在环境衬托之下的。要是在鲁桑维尔林间漫步遇不到可拥抱的农家女，那就等于没有认识隐藏的珍宝，没有认识深藏的美女。我想象中那个身披枝叶的村姑，对我来说，就像当地的一棵植物，只是比其他植物的地位高级一些罢了，她的结构使我更贴近地领略当地悠久的风味。我之所以轻易相信这种快感，相信村姑为使我得到快感而对我的抚摸，也是别具一格的，相信别的姑娘不可能像她那样让我领略快感，因为当时我脱离乳臭还要很长时间，还没有把占有不同女人所领略的快感加以抽象，还没有把这种快感归纳为一种一般概念：把不同的女人看作可以交换的工具，以求得到始终相同的快感。当时的快感甚至还不是作为接近女人所追求的目标，作为预先感到心慌意乱的动机，而单独地、分离地、标新立异地在我的思想中存在。一想到它的存在心里就产生快乐，我们不如把这种快乐称作村姑的魅力，因为我们没有想到自身，只想摆脱个人圈子。这种暗暗被期待的、被隐藏的、内在的快乐只在一定的时刻达到极点，那就是我们身旁的村姑用温柔的眼光看我们，亲吻我们的同时引起另外的快乐，这时的快乐在我们看来特别像一种感激的冲动，感激我们的女伴真挚的好意，感激她对我们深情的偏爱，我们把她的好意和偏爱视为她给予我们的恩惠和幸福。

唉！我徒然恳求鲁桑维尔的城堡主塔，徒然恳求它给我弄个小姑娘来，我把它当作倾吐最初性欲的唯一知己；当时，我在孔布雷家中最高层，在那间充满蓝蝴蝶花芳香的小书房里，只见到塔楼中段半开的窗玻璃，我活像探险的旅行家或自寻短见的绝望者，未能克服作出壮举前的犹豫，终于动摇退却了，于是我在内心另找出路，却又觉得山穷水尽疑无路，直到发现一只蜗牛行迹般的自然踪迹蜿蜒在黑醋栗树枝叶上，枝叶低垂，拂到我的脸上。现在恳求它是徒劳无益的。我徒然凝视广阔的田野，与之眉来眼去，想从中勾引出个村姑来。我可以一直走到圣安德烈田园教堂的门廊，但从来只有在外祖父的陪同下才有把握遇见农家女，可在这种情况下又无法跟她交谈。我茫然盯视远处的一棵树的树干，盼着村姑从树后突然出现，向我走来；我仔细观察的天边始终不见人影；夜幕降临，我无望地把注意力集中到这片贫瘠的土壤，这块枯竭的土地，仿佛硬要从中吸出可能隐匿的妙人儿。我扫兴之至，怒不可遏地敲打鲁桑维尔林中的树木，从这些树木间不会走出活生生的人来了，这些树木简直变成了某幅全景图画上的树木了；我不能甘心在搂抱我望眼欲穿的村姑之前回家，但我无可奈何，只得返回孔布雷，不得不暗自承认在回家的路上意外撞见村姑的可能性越来越小了。况且，即使她在半路上出现，我敢跟她搭话吗？她不把我当作疯子才怪呢。于是我不再相信我在这几次散步中形成的欲念会得到别人的共鸣，这是实现不了的；我不再相信这些欲念在我的身外还有什么真实性。我只觉得这欲念是我气质的产物，纯属主观的，力不从心的，虚幻的。这些欲念与大自然、与现实毫不相干，于是它们的存在便失去了一切魅力，一切意义，只成为我生活中的一种因袭的框架，好比坐在火车厢长凳上的旅客为消磨时间而读小说，车厢成了一部虚构小说的框架。

也许几年后我在蒙茹瓦产生了同样的印象，当时的印象还很模糊，很久以后我才恍然悟出那是施虐狂的见解。咱们在下文中将会看到，出于其他种种原因，关于这个印象的回忆对我的一生起着重要的作用。这一天，天气非常热，我的父母要出门一整天，对我讲，我随便多晚回家都行；我一直走到蒙茹瓦的池塘边，我喜欢观看池中瓦屋顶的倒影，我爬到俯瞰万特伊先生那栋房子的山坡上，以前有一天我父亲来看望他时我就在这里等候的，我躺在山坡灌木丛的阴凉处，居然睡着了。等我醒来时，天几乎黑了，我想爬起来，但就在这时，我看见了万特伊小姐（按我的眼力还能认出她，因为我在孔布雷不常见到她，只在她还是个孩子时见过，后来她开始长成少女了），她大概刚从外面回来，就在我面前，离我才几米远，在那间她父亲接待过我父亲的屋子里，现在她用来做她的小客厅了。窗户半掩半启着，屋里已经掌灯，她的一举一动我看得清清楚楚，可她看不见我，但我离开时若碰响灌木，她会听见咯啦咯啦响，那她一定以为我有意躲在那里窥伺她哩。

她穿着一身孝服，因为她父亲刚去世不久。我们没有去看她，我母亲不乐意，出于一种美德，叫作廉耻心吧，只有这种美德才限止她的善行；但我母亲内心着实是同情她的，家母对万特伊凄惨的晚年记忆犹新，全部余生都消耗在女儿身上，先是照料孩子，又当母亲又当用人，后来又陷入女儿给他造成的痛苦之中；我母亲还记得老人在风烛残年时愁眉苦脸的情状；她知道他早已永远放弃把自己最后几年的作品全部誊清，虽然只是一位老钢琴教师，一位乡村旧式管风琴演奏者的几首微薄之作，我们想象得出这些作品本身没有什么价值，但我们并不鄙视，因为这些作品对他来说至关重要；在他为女儿作出全部牺牲之前，它们曾是他生活的依据，尽管其中大部分甚至没有笔录下来，只保存在他的脑海里，有一部分记录在零散的活页纸片上，字迹难以辨认，恐怕要失传了；我母亲还想到万特伊先生万般无奈忍痛放弃另一件事，即放弃对女儿获得清白的、受人尊重的幸福前程的希望；万特伊是我姑姨们从前的钢琴教师，家母回顾他心如刀割的痛苦时，不禁悲从中来，联想到万特伊小姐的悲苦，不寒而栗，万特伊小姐一定格外苦不堪言，因为她的悲苦夹杂着悔恨：几乎是她害死了她的父亲。"可怜的万特伊先生，"我母亲说，"他为女儿活，也为女儿死，可没有得到报答。现在人都死了，还能得到报答？以什么形式报答？能报答他的也只有他的女儿呀。"

在万特伊小姐的客厅尽里的壁炉架上，放着她父亲的一幅小遗像；当大路上传来辚辚车声，她迅速去把父亲的遗像捧过来，然后倒卧在长沙发上，伸手把一张小桌子拉到身边，再把遗像放在桌上，正如从前万特伊先生有兴致为我父母演奏钢琴时把曲谱放到自己的身旁。不一会儿她的女友进来了。万特伊小姐向她打了招呼，但没有起身，双手仍枕在脑后，只是把身子往沙发的里边挪了挪，好像为女友挪出个座位。但她很快便觉得这么做似乎是强迫女友作出姿态，也许人家讨厌这种姿态呢。她想女友也许更喜欢坐到离她远远的椅子上，顿时觉得自己不得体，高尚的心灵警觉起来，于是又恢复原来躺靠的样子占了整张沙发；她闭上眼睛，打起哈欠，表示她这么躺着只是想睡觉，没有别的目的。尽管她对女伴的亲密显得蛮横和统摄，但我依然看得出她带有父亲阿谀的、迟疑的举止，那种突然顾忌重重的神态。很快她站起身来，装着想关窗户，但又关不上。

"让窗开着吧，我热。"她的女友说。

"开着多叫人难受哇，别人会瞧见咱们的。"万特伊小姐回答。

她想必猜到女友意识到她这么说是为了激发出一些她心里爱听的答话，但出于谨慎她要让女友主动说出来。所以她的眼神，尽管我无法看清，一定显出深得我姨婆赏识的表情，当下她急忙补充道：

"我说瞧见咱们，我的意思是说瞧见咱俩一起看书，这多叫人难受，想到无论干什么微不足道的事总有眼睛盯着咱们瞧，别扭死了。"

出于本能的宽厚和无意的礼貌，她没有把预先想好的话说出口，尽管她断定这些话为圆满实现自己的欲望是必不可少的。时时刻刻在她内心深处那种羞怯的、哀求的处女心态总在央求和劝退粗野而得逞的大兵无赖。

"是呀，很有可能，在这个时辰，在这个人来人往的乡村，有人盯咱们的梢，"她的女友挖苦道，"不过，那又怎么样？"她认为在好心重提此话的同时应该使个调皮的、亲切的眼色，好比背诵一篇肯定博得万特伊小姐欢心的文章，故意拿腔拿调，装得玩世不恭，她加添道："谁想瞧咱们就让他瞧呗，求之不得呢。"

万特伊小姐打个寒噤，站起身来。她那审慎而敏感的心里不知道该本能地说出哪些话才适合她的肉欲所需要的宣泄。她竭力寻求她真实的良心所能提供的最极端的东西，找到淫荡姑娘才说得出口的言语，她多么想淫荡一番，但她以为是淫荡姑娘由衷说出来的话，到了她的嘴里却显得很不真实。她下定决心说出的寥寥数语显得很不自然，她腼腆的习惯终于挫败了她一时的放肆，语无伦次地说道："你不冷吧，你太热吧，你不想一个人呆着看看书吗？"

"我觉得小姐今晚春情大发。"她终于迸出这么一句，大概是重复以前从她女友口中听来的。

万特伊小姐感到自己绉绸紧身上衣的月形凹处得到女友的一个亲吻，不禁轻叫一声，赶紧躲开，于是两人跳跳蹦蹦追逐起来，宽大的衣袖像翅膀飞舞，她们格格笑着，喳喳叫着，活像两只调情的小鸟。后来万特伊小姐终于躺倒在长沙发上，她的女友随即全身扑盖了她。女友故意背向放着已故钢琴教师肖像的小桌子。万特伊小姐心里明白，她若不把女友的注意力引到遗像上来，女友是会视而不见的，于是装出刚刚发现遗像似的，对女友说：

"喂，我父亲的肖像在瞧着咱们呢，不知道是谁又把它放在这儿了，我说过多少遍，这儿不是放遗像的地方。"

我记得万特伊先生当年对我父亲谈到乐谱时也说过类似的话。这幅遗像平时大概是她们用来作仪式性亵渎的对象，因为她的女友所回答的话看来就如礼拜仪式上的应和：

"随它搁着吧，反正他不再跟咱们捣乱了。你以为老猢狲看见你这个样子，看见窗户开着，会一把眼泪一把鼻涕来替你遮羞吗？"

万特伊小姐答道："行了！行了！"这稍带责备的回答证明她天性敦厚，倒并不是因为女友用这种方式议论她父亲而引起她气愤，（显而易见，在这样的时刻她总习惯性地把某种情感埋藏在心底，究竟出于什么奇怪的逻辑呢？）而是因为她的回答就像是一次刹车，在她女友竭力给予她快乐时，为了不显得自私，她要适可而止。再说，对亵渎言行采取这种笑眯眯的节制态度，采取这种嗲声奶气的假惺惺的责怪，也许对于她坦率而善良的天性来说，显得特别的可耻，是一种外表虚情假意的卑鄙行为，而她偏偏乐于精通此道。然而她无法抗拒快乐的诱惑，有人对她情笃意浓嘛，尽管此人对一个无法自卫的死者毫不留情；她跳将起来，坐到女友的腿上，纯洁地把前额伸向女友讨个亲吻，只有亲生女儿才会这么做：她喜滋滋地感到她们俩横了心下毒手，一起去扒万特伊先生的坟，盗取她父亲的爱。女友双手捧住她的头，深深在她前额吻了一下，吻得温顺有加，既然如今万特伊小姐已成孤儿，那更容易对她表示情意笃深，在她苦不堪言的生活中平添一些排解忧愁的乐趣。

"你知道我恨不得怎样对待这个老丑八怪吗？"她拿起遗像问道。

她凑到万特伊小姐耳边悄声说些我听不见的话。

"哼，谅你不敢。"

"我不敢往这上面吐唾沫？往这玩意儿上？"女友故意恶狠狠地说。

下面的谈话我没有听到，因为万特伊小姐过来把玻璃窗和护窗板全关上了，只见她神色疲倦，呆笨，忙乱，痴滞，忧伤，但我总算明白了万特伊生前为女儿吃尽苦头，死后却得到了如此的报答。

不过我一直在想，即使万特伊先生亲眼目睹刚才的情景，他未必丧失对他女儿好心肠的信念，也许在这一点上他不见得完全是错的。诚然，在万特伊小姐的习性中，外露的劣迹是那样的无以复加，以至人们很难相信她会坏到如此彻底的程度，简直与施虐狂一模一样了。一个姑娘让她的女友朝生前只为她而活着的父亲遗像吐唾沫，这在巴黎林阴大道的剧院舞台上出现比在真正的乡间住宅的灯光下出现更令人相信；在生活中唯有施虐狂才为情节剧提供美学依据。在现实生活中，除了施虐狂的病例外，某个姑娘也会像万特伊小姐那样对亡父的怀念和遗愿狠心不管不顾，但不会把这种不孝特意简化为一种象征性的行为，而且还是那样的粗俗，那样的幼稚；她的行为之所以大逆不道，是因为掩人耳目，自欺欺人，干了坏事自己不认账。然而，透过表面现象，在万特伊小姐的内心，至少开始时，不一定纯粹是邪恶。像她这样的施虐狂是制造邪恶的艺术家，而彻头彻尾的坏蛋是成不了这样的艺术家的，因为对坏蛋来说，邪恶不是外在的东西，而似乎是自然天性，与其本人不可分离；至于美德，悼亡，孝心，坏蛋根本不信这一套，既然没有信仰崇拜，那么也不会觉得亵渎的事有什么乐趣了。万特伊小姐这类施虐狂都是些纯粹多愁善感的人，天生遵守贞操的人，甚至认为肉体的快感也是大逆不道的，是坏人的特权。有施虐狂的人，当他们放纵自己享受片刻的肉欲之欢，那也是竭力使自己和使同谋钻进坏人的皮囊之内，以求产生一时的幻觉，以为自己逃出谨慎而温柔的灵魂，陷入人欲横流的世界。我理解，万特伊小姐多么希望如此，同时心里很明白她要实现这个愿望又是多么的不可能。当她想显得与父亲划若鸿沟时，她偏偏使我想起老钢琴教师：父女俩的思想方法，谈吐方式如出一辙。她所亵渎的东西大大超过那张照片，而她用来取乐的东西则是横在乐趣和她之间的、妨碍她直接享受乐趣的东西，正是她那张酷似父亲的脸蛋儿，正是她父亲作为传家宝传给她的那双原是祖母的蓝眼睛，正是万特伊家和蔼可亲的举止在万特伊小姐的恶习和她的本性之间横隔着一套漂亮而空洞的词句，横隔着一种心态，这种不属于父亲的心态却妨碍她认识父亲，看不到其父与她通常所奉行的许多礼仪规范有着天壤之别。并不是作恶使她想得到快感，使她觉得开心，倒是觉得快感在捣鬼。由于每次纵情求欢时，她所得到的快感往往伴随着坏思想，而平时在她遵守贞操的心灵里则没有这些坏思想，她最终悟出快感包含着恶魔般的东西，到头来干脆把快感和作恶等同起来了。也许万特伊小姐觉得她女友的本质不坏，女友对她说那些大逆不道的话时是言不由衷的。至少她乐意亲吻女友的脸，那张脸上的微笑、眼神也许是装出来的，其邪恶的、下流的表情决不是善良和受苦的人所有的，而是与残忍而贪欢的人的表情相似。她可能产生一闪而过的想法，她正在假戏真做，跟一个不近人情的同谋鬼混，而那个娘儿们确实对她的亡父存有野蛮刻毒的情感。但也许她做梦也想不到恶是一片稀世罕见的、异乎寻常的、异乡情调的土地，移居进去倒蛮悠然自得的，因为她看不清在她身上和在大家身上存在着对别人造成痛苦的置若罔闻，这种冷漠，姑且叫冷漠吧，叫别的名目也无妨，毕竟是残忍的表现形式，可怕而永久的残忍表现形式。

如果说去梅泽格利兹那边颇为简单，那么去盖芒特那边就是另一码事了，因为散步的路程很长，我们要对天气有把握才行。每当好像遇到一连几个大晴天，每当弗朗索瓦丝绝望地看到老天爷没有给"可怜的庄稼"下过一滴雨而只见飘荡在平静的蔚蓝色天边几朵稀疏的白云，她便大发抱怨，嚷道："瞧瞧那朵白云简直是活脱脱的鲨鱼，把尖嘴伸出海面玩耍，像不像啊？唉，它们该好好替可怜的庄稼汉想想啊，叫老天爷下雨吧！等到麦子长起来，又滴里答啦下不完的雨，没有一处不是雨蒙蒙水淋淋，就像泡在海里似的"。每当我父亲从园丁和晴雨表得到相同的晴天预报，他才在吃晚饭时宣布："明天要是天气还这么好，咱们去盖芒特那边。"第二天一吃完午饭就从花园小门出去，进入佩尚街，街道狭窄，形成一个锐角，到处长着狗尾草，草丛中成天有两三只黄蜂在采集标本，街面和街名一样稀奇古怪，似乎让人感到街道怪模怪样的特点和怪僻生硬的个性全由街名衍生；今日的孔布雷镇上已经找不到这条街了，从前的那条路上盖起了学校。然而，正如维奥莱-勒迪克[1]的建筑弟子们以为在文艺复兴时期的祭廊里和在十七世纪的祭坛下能重新找到罗曼风格的唱诗班的遗迹，进而把整个建筑恢复到十二世纪的状态，我在遐思畅想中不放过新建筑的每块石头，在这里重新开凿，"按原样修复"佩尚街。再说，修复佩尚街所需的资料比古建筑修缮家一般所掌握的要精确得多，因为我的记忆所保存的图像也许是目前还留存我儿时孔布雷最后的图像了，而且注定不久将消失；正因为我儿时的孔布雷在消失之前把动人心弦的图像刻画在我的脑海，如果可以打个比方，把一幅模糊了的肖像同原先根据这幅肖像铸成的辉煌的人头像相比，我外祖母总喜欢送

---

1. 维奥莱-勒迪克（1814—1879），法国建筑师、古建筑修缮家、建筑理论家。

给我人头像的复制品，正如根据《最后的晚餐》原作刻制的版画和贞提尔·贝里尼[1]那幅《圣马可广场上的游行》的油画保留了达·芬奇的壁画杰作和圣马可广场的门楼如今已不复存在的原貌。

我们从鸟街古老的弗莱谢鸟街客栈经过，在十七世纪，蒙邦西埃公爵夫人、盖芒特公爵夫人、蒙莫朗西公爵夫人家的轿车不时驶入客栈的大院，她们屈尊来孔布雷是为了解决同佃农的争端，为了接受佃农的赠品。我们走到林阴道，圣伊莱尔教堂的钟楼出现在行道树间。我真想成天坐到那儿边看书边听钟声，因为天气是那样的晴朗，环境是那样的幽静，每当钟声鸣响，仿佛钟声非但没有打破白天的安宁，而且排除了白天的杂质，钟声像个悠闲自得的人，虽无精打采却细心守时，每到规定的时刻来榨一榨饱满的寂静，以便把因炎热而缓慢且自然积蓄起来的金色汁液一滴一滴地榨出来。

盖芒特那边最最迷人之处是维沃纳河，几乎总是靠近你身旁流淌。离家十分钟后，便第一次过河，从一座叫"老桥"的步行桥过去。我们抵达孔布雷的第二天，是复活节，从教堂听完布道出来，如果晴和日丽，我便直奔桥边，尽管盛大节日的早晨忙乱不堪，一些贵重富丽的用品使那些乱放着的日常器皿显得更加肮脏，我依然驻足凝望；河水在蓝天的辉映下缓缓流淌，两岸黑油

---

1. 贞提尔·贝里尼（约1429—1507），意大利文艺复兴时期威尼斯画派的代表人物，代表作有《圣马可广场上的游行》。

油的土地还是裸露的,只有一群早到的布谷鸟和一些早开的报春花相伴相随,不过各处偶尔已有一株紫堇翘起蓝色的小嘴,任凭饱含香汁的角形花囊把花茎压得弯弯的。"老桥"通向一条纤道,这地方每到夏天,一棵核桃树枝叶茂盛,浓荫如盖,树下有位戴草帽的渔夫扎了根似的坐着。在孔布雷,我知道马蹄铁匠或食品杂货店的伙计在教堂侍卫的号衣或唱诗班的白色法衣的化装下隐藏着怎样的个性,可唯有那位渔夫我始终未弄清其身份。他没准认识我的父母亲,因为我们经过时,他总抬一抬头上的草帽;我很想问问他的大名,但总有人对我做手势不让我出声,以免惊动河里的鱼。我们走入纤道,离水面的岸坡有好几法尺高;对面的河岸较低,是一片广阔的草地,一直延伸到村子和更远处的火车站。草地上到处有昔日孔布雷伯爵家族的城堡残迹,半埋在草中;中世纪维沃纳河是孔布雷伯爵领地抵御盖芒特的领主们和马丁维尔的神甫们进攻的天堑。草场上较为突出的残迹也无非是几处箭楼的残垣断壁,很不显眼,还有几处雉堞,从前弓弩手投射石块的地方,哨兵在那里监视诺夫蓬、克莱尔丰泰纳、马丁维尔旱地、巴约豁免地,总之监视盖芒特领主所有的附属地,当年孔布雷正好被夹在当中;如今所有的属地早已夷为草地,被教会学校的孩子们所占领,他们来到那里学习功课或做课间游戏;往事几乎已经埋葬入土,残迹像纳凉的闲人躺在河边,但使我浮想联翩,使我对如今的小镇孔布雷的名字赋予一座大不相同的城池的含义,它那半埋在黄花毛茛下的不可思议的昔日风貌抓住了我的思绪。黄花毛茛遍地皆是，选择这块地方生长是为了在草地纵情游戏，有的影只形单，有的成双成对，有的成群结队，黄得像蛋黄，灿灿发亮，由于根本不能让我品尝，只能让我获得观赏的快乐，我须聚精会神欣赏其金黄的外貌，直至这种快乐强到足以产生不计较实用价值的美感；我年幼时就是这样做的，从纤道上向黄花毛茛伸出双臂，还不会完整地拼读它们美丽的名字，就觉得同法国童话中王子们的名字一样美丽动听，它们也许是好几百年前从亚洲迁来的，但是已在村中定居落户，满意这块不富的地域，喜欢这里的太阳和河岸，忠实地眺望不起眼的小车站，依然像我们某些古朴的画中所展示的那样，以民间简朴的风格保存着东方富有诗意的光辉。

我饶有兴致地观看顽童们把长颈大肚玻璃瓶放入维沃纳河中用来抓小鱼，一只只瓶子盛满河水，又被河水封闭住，既是四侧透明得像凝固的清水似的"容器"，可是"被容纳"在一个由流动的晶体所构成的更大的容器中，给人的清凉感比在餐桌上的清凉形象更沁人心脾、更有吸引力，瓶子的清凉形象是飘悠的，但始终处在流动的水和凝固玻璃之间，以至我们的手无法在水中捉住清凉的形象，而我们的嘴、上腭也无法从凝固的玻璃获得清凉的滋味。我打算以后来时带些钓竿，再从食品篮里扯下一点面包，搓成一个个小面团，扔到维沃纳河里，那样就仿佛造成一种过饱和现象，因为河水顿时在面包团周围凝聚成一个个椭圆形小球，上面爬满了营养不足的蝌蚪，想必原先它们分散在河水里，不见踪影，几乎与水化为一体，晶莹剔透。

很快，维沃纳河的水流被水生植物阻塞了。起初，河面上长着一些孤零零的植物，比如有那么一株睡莲，水流从它身上穿过，弄得它可怜兮兮的，很少有安宁；它像一艘机动渡船，从这岸被冲到那岸，再从那岸被冲到这岸，无穷尽地往返于两岸之间。睡莲的柄被推向河岸时，由张开到变长到拔丝直至张力的极限，到达岸边水流又把它往回推，绿色的莲柄又合拢起来，水流把可怜的植物推回到它的出发点（姑且这么称呼吧），但没让它呆上一秒钟，又把它推回去，如此反反复复地操纵它。我一次又一次地走过，总看见那睡莲处在同样的处境，使人想起某些神经衰弱患者，比如我外祖父就把我姑妈莱奥妮算在其内，他们一年一年地，一成不变地给我们表演古怪的习性，每次他们都自以为一改前习，其实始终如故，他们被不舒服和躁狂症卷进齿轮，拼命挣扎也难以脱身，无用的挣扎只能加强齿轮的运行，加速他们不可避免地以死亡而告终。那株睡莲如出一辙，也像那些不幸的病人，其无止无休复犯古怪的痛苦引起但丁的好奇心，此公让痛苦不堪的病人亲自讲述病症和病因，倘若大步离开的维吉尔不催促他尽快跟上，他还会没完没了地听病人诉苦哩，这不，我也得快步跟上，我父母早已走远了。

但是，较远处，水流转缓，穿过一座庄园，主人向公众开放他的园圃，他迷恋于水生园艺，把维沃纳河水灌注的一个个小池塘搞成名副其实的莲园，一片片睡莲争芳斗艳。这地方两岸树木扶疏，浓荫如盖，影入河底，把水面映得墨绿，但有时，下午暴雨过后几度黄昏格外恬静，归途中我看见河水蓝晶晶的，浅蓝中隐着紫色，好似景泰蓝，颇有日本风格。水面上这里那里露出红似草莓的睡莲，猩红的花蕊，雪白的花瓣边缘。远处的莲花比较稠密，不那么光亮，不那么光滑，多细粒，多皱褶，但凑巧被水冲在一起，簇成一团团花卷，看上去好似随波漂流，别有一番情趣，很像一次游乐盛会之后，满目萧索的园中那些散开的花环上的苔蔷薇。远处另有一角，好像专门留给普通品种生长的，那里白色和粉红色的香花草素雅醒目，恰似用人精心擦洗过的瓷器，再往远处，一朵朵鲜花簇拥在一起形成一片漂浮的花坛，着实壮观，仿佛花园中的蝴蝶花像真蝴蝶张开蓝闪闪的、冰晶晶的翅膀成群地落在这片水上花坛透明的斜面上；其实也可以说是天上花坛，因为它为鲜花提供了一片颜色比鲜花更宝贵更动人的地盘；下午在睡莲的衬托下像万花筒般闪烁着喜悦的光芒，是那种亲切的、无声的、变幻的喜悦，黄昏时分，像远方的港口笼罩在夕阳的霞晖和梦幻里，不断变化着，以便在色彩较为固定的花冠周围，与更深邃更飘忽更神秘的光阴始终保持和谐，与无限的光阴始终保持和谐，不管是下午还是黄昏，它仿佛把这些鲜花都化作了满天的彩霞。

维沃纳河从这座大花园流出后，又奔流起来。有多少回我看到划桨者扔下桨不管，仰面朝天躺在小船中，任凭小船随波漂流，只能见到上面的天空在慢慢移动，脸上露出预感到幸福与平安的表情，每每我想等我将来自由自在地生活时也模仿他的做法。

我们在河边蓝蝴蝶花丛中坐下。假日的天空，一片悠闲的云彩久久飘荡。有时一条闷得发慌的鲤鱼跳出水面，焦急地吸上一口水。这是吃下午点心的时候。回家前我们在草地上坐了好长时间，吃点水果、面包和巧克力，听得到圣伊莱尔教堂的钟声水平地传来，虽然变弱了，但还是浑厚的，铿锵的，那钟声从远处悠悠穿过空间，却没有同空气混合，一道道声波相继留下一条条有声的棱纹，掠过遍地鲜花时带着振动的共鸣落到我们的脚边。

有时候，我们在林木环绕的支流岸边发现一栋所谓的别墅，孤零零与世隔绝地隐蔽在偏僻的地方，只同墙脚下的河流相依为命。一位年轻妇女伫立窗口，凝望着系在门外的小船，再往远处什么也看不清，她出神的面孔和华贵的面纱表明她不是本地人，用老百姓的话来说，她大概是来"葬身"此地的，是来享受带有苦涩的快乐的，为此隐居，她的名字，尤其她想忘怀的那个男人的名字就无人知晓了。她漫不经心地抬起头，听见河岸边树后过路人的声音，在瞥见过路人的面孔前，她便可以肯定他们从不认识也永远不会认识那位对她不忠的人，在他们过去的岁月中没有留下任何她那位负心人的印记，在他们未来的岁月中也没有机会得到他的印记。人们感到她弃绝尘世是有意离开可能瞥见她心上人的地方，来到从未见过他的人们中间。有一次我在散步的归途中仔细看了看她，她知道在那条路上是见不到他的，于是无可奈何地脱下自己那双华而不实的长手套。

我们在盖芒特那边散步从未能走到维沃纳河的源头,尽管是我经常想到的,对我来说源头是一种抽象的存在、想象的存在,以至若有人对我说源头就位于本省某个离孔布雷多少多少公里的地方,我会大惊失色,就像某一天我得知地球上确有一处地方在古代曾是地狱的入口处。同样,我们也从未能走到盖芒特的终点,尽管我非常想去那里。我知道那里是领主盖芒特公爵和公爵夫人的府邸,我知道他们是些实实在在的、现在还活着的人物,但每次想到他们,我要么把他们想象成壁毯上的人物,比如我们教堂那幅《以斯帖[1]受冕》壁毯中的盖芒特伯爵夫人,要么把他们想象成色调变幻的人物,比如教堂彩画玻璃上的"坏蛋吉尔贝",我取圣水时,他看上去是甘蓝绿的,等我们坐到椅子上,他却变成青梅蓝了,要么把他们想象成全然捉摸不定的人物,比如盖芒特家族祖先热内维埃芙·德·布拉邦的形象,那是幻影灯映照的形象,曾掠过我房内的窗帘或天花板,总之,他们始终裹着墨洛温王朝时代神秘的外衣,像沐浴在夕阳里,沉浸在"芒特"这个音节所释放出的橘黄的光辉中。但是,尽管如此,在我的心目中,他们作为公爵和公爵夫人,是真有其人的,虽说稀奇古怪,反之,他们作为公爵的外表极度地膨胀开来,变得神乎其神了,除了把公爵和公爵夫人这个盖芒特的爵号包容在内,还包容"盖

1.《圣经》中的犹太王后。

第一部分　孔布雷　　　　　　　　　　　　　　　　　　　　207

芒特那边"所有的一切：明媚的阳光，维沃纳河的水道，水面的睡莲，两岸的大街以及许许多多晴朗的下午。我知道他们不仅拥有盖芒特公爵和公爵夫人的封号，而且从十四世纪起，他们征服孔布雷的领主的企图一直没有得逞，于是与之联姻，获得孔布雷伯爵的封号，从而成为孔布雷最早的公民，也是唯一不住孔布雷的孔布雷公民。作为孔布雷伯爵，他们的姓氏和身份中拥有孔布雷的字样，想必同时也在他们身上切实注入那种孔布雷特有的离奇而虔诚的悲哀；作为孔布雷市镇的地产业主，他们却没有一所私宅，只好呆在屋外，呆在街上，呆在天地之间，就像那个坏蛋吉尔贝，当我去加缪的铺子买盐时抬头望去，只见到圣伊莱尔教堂半圆形后殿新彩画玻璃上的吉尔贝的背影，黑乎乎的，面目全非了。

有时也有这样的情况，朝盖芒特那边，我不时经过几处湿漉漉的围栏，几簇深暗色的花朵伸出栏外。我每每停下脚步，以为悟出一个可贵的概念，因为我觉得眼前出现的河网地带的一段正如一位我心爱的作家所描绘的那个样子，自从读了这段描述以来我非常想亲眼所见一番。当我听佩斯皮埃大夫跟我们讲盖芒特古堡大花园里的花丛和美丽的河水，我边听边想那位作家笔下的河曲地带，边想那片虚构的纵横交错着淙淙水流的土地，想着想着，盖芒特在我的脑海里面貌换新颜，同那片虚构的土地等同起来了。我幻想着德·盖芒特夫人约我去玩，一见钟情，喜欢上我了，整日里她让我陪着她钓鳟鱼。傍晚，她牵着我的手，漫步经过她的仆从们的小花园，沿着低矮的院墙，给我指点垂挂墙头的紫色和红色的花朵，告诉我各种花卉的名称。她让我说出我正在构思的诗篇的主题。这些幻想提醒了我，既然我想有朝一日成为作家，那么是时候了，现在就得知道我打算写些什么。然而，一旦我自问写些什么，竭力想找到一个包含某些无穷的哲学意味的主题，我的脑子就停止运转了，聚精会神之后却只见一片空白，由此我想到自己缺乏天才或许是某种脑病妨碍才华的萌发。有时我指望父亲帮我巧加安排。他神通广大，深得当政者的宠信，居然能让我们违法乱纪，而弗朗索瓦丝则教我把那些法规看作像生死法则一般不可抗拒；他居然能让我们把"磨刷墙面"的工程推迟一年，我们家是整个街区唯一推迟执行这项规定的；他居然取得部长的特许，让萨兹拉夫人那个想进河泊森林部的儿子提前两个月通过中学毕业会考，他的名字列入姓氏以 A 开头的考生名单而不是位于姓氏以 S 开始的考生名单。假使我得了重病，假使我遭到强盗绑架，我深信绝顶聪明的父亲有通天的本事，以势不可当的介绍信感动上帝，使得我的重病或绑架转危为安，不过虚惊一场罢了，我将泰然自若地等待必将出现的逢凶化吉的时刻，释绑或痊愈的时刻；也许，缺乏才华，即在我寻找自己未来的作品主题时脑子里出现的那个黑洞，同样只是不可靠的幻觉，经我父亲出面干预，幻觉就会消除，因为我父亲一定会同政府和上帝商妥，让我成为当代首席作家。可是有的时候，我父母很不耐烦，见我落在后面老是跟不上他们，当下我的现时生活似乎不再是我父亲人为创造的产物，不再是他可以随意改变的了，相反，我倒觉得我的现时生活被纳入不是为我安排的现实之中，那是无法违抗的现实，在这种现实的中心我孤独无援，除了赤裸裸的现实，一切烟消云散。于是我觉得自己的存在与其他人相比毫无二致，我像别人一样也会衰老，也会死亡，我在他们中间不过是个没有写作天资的人而已。因此，我灰心丧气，永远摈弃文学，尽管布洛克对我鼓励有加。我对自己思想的这种内在的、直接的空虚感胜过人们对我的一切溢美之词，正如一个恶人听到大家夸奖他所做的好事，反倒良心发现，感到内疚了。

一天，母亲对我说："佩斯皮埃大夫四年前为德·盖芒特夫人精心治过病，她大概会来孔布雷参加他女儿的婚礼；既然你总提起德·盖芒特夫人，你就可以在婚礼上瞥见她啦。"再说正是从佩斯皮埃大夫那里我最常听到谈论德·盖芒特夫人，大夫甚至给我们看过一期画报，上面登着德·盖芒特夫人穿着出席德·莱翁亲王夫人家化装舞会的那身服装拍摄的照片。

在举行婚礼弥撒的时候，教堂侍卫挪动了一下身子，使我突然看见坐在一间偏祭殿里的一位贵夫人，她一头金发，大鼻子，炯炯有神的蓝眼睛，胸前打着一朵丝领结花，淡紫色的，平滑，簇新，发亮，鼻子的下侧有一粒小疱。因为在她那张仿佛因为炽热而通红的脸上，我认出同人家给我看的肖像有些相似之处，尽管是模糊的和不易察觉的，还因为我在她脸上注意到的特征，如果我把它陈述出来，恰好是佩斯皮埃大夫在我面前描绘德·盖芒特夫人时所用的措辞：大鼻子，蓝眼睛，所以我心里琢磨，这位贵妇人很像德·盖芒特夫人；而她听弥撒又恰好坐在坏蛋吉尔贝的偏祭殿，祭台处平放的墓碑像蜜蜂房那样发黄和松散，碑下安放着古时德·布拉邦伯爵们的遗骸，我记得听人说过，这个偏祭殿是专供德·盖芒特家族成员来孔布雷参加宗教仪式时使用的；那天正是德·盖芒特夫人该来的日子，在这个偏祭殿里看来只能有一个女人与德·盖芒特夫人的肖像相似，那便是她本人喽。我大失所望。之所以失望，是因为我从未注意到先前每当想起德·盖芒特夫人时，我总是联想到挂毯或彩画玻璃上的形象，把她想象成另一个世纪的人，与当今在世的人们根本不同。我万没想到她会像萨兹拉夫人那样有一张红通通的脸，打一个淡紫色的领结；她那鹅蛋形的面颊不由使我想起在家中见到的人们，顿时疑团油然而生，尽管很快就消除了，我一时怀疑这位贵夫人从生殖起源和全身分子结构上来说也许实体上并不是德·盖芒特公爵夫人，她的躯体全然不知人家授予她的姓氏，而属某种类型的女性比如说医生和商人的妻子。"对啦，仅此而已，德·盖芒特夫人不过如此！"这是从她的脸部表情反映出来的，我从她全神贯注而受惊心虚的神情仔细观察之后所看到的形象同我幻想中无数次出现的同名的德·盖芒特夫人形象毫无关系，因为她不是我随意想象出来的那些形象，而是片刻之前在教堂里第一次跳入我眼帘的，其性质截然不同，是不可能任意着色的，不像那些随便让橘黄色调浸润的有声形象，她是实实在在的活人，她身上的一切，直至鼻子下侧正在发炎的小疱，都证明她隶属于生命法则，正如神话剧演到高潮的时候，仙女的连衫裙起了一个皱纹，仙女的小手指颤动了一下，都暴露出活生生的女演员的世俗存在，我们看在眼里，心中却将信将疑，没准只是灯光在我们眼前投下的幻影哩。

但同时，高大的鼻子，炯炯的目光使这个形象刻在我的视野，也许因为它们首先触及我的视野，留下第一道刻痕，我还没来得及想在我面前出现的这个女人可能就是德·盖芒特夫人，你试图给这个形象，这个崭新的、不可改变的形象定下意念："这是德·盖芒特夫人"，但还不能把这个意念和形象合为一体运转，有如中间隔开的两个圆盘，转不到一块。这位经常出现在我想象中的德·盖芒特夫人，如今我亲眼看见她确确实实在我的想象之外存在，比我的想象力有更大的威力，我的想象力在与它所期待的如此不同的现实碰撞时，开始瘫痪了，后来才反应过来，对我说："盖芒特家族自查理大帝起就英名盖世，对他们的附庸们握有生杀之权；德·盖芒特公爵夫人是热内维埃芙·德·布拉邦的后裔。她不认识也不乐意认识这里的任何人。"

啊，人类的目光享有多么奇妙的独立性哪，一道道目光像一根根松松的、长长的、可延伸的绳子系在人们的脸上，可以离得远远的独自扫视！当德·盖芒特夫人端坐在安葬她祖先的偏祭殿里，她的目光则到处转悠，沿着一根根支柱，落到我的身上，好似一束阳光在正堂里游移，不过当我接受一束阳光的抚摸时，我觉得它是有意识的。至于德·盖芒特夫人嘛，由于她呆着不动，好比一个母亲坐视不管她的孩子们放肆淘气，同她不认识的人大胆招呼，胡搅蛮缠，因此我不可能知道她是赞成还是反对自己的目光在心灵无所事事时如此这般随便转悠。

我觉得至关重要的是在她离开之前把她看个够，因为我记得几年来一直把一睹她的芳容作为最高的想望，相见之后我的眼睛死死盯住她，好像每道目光都能切实地记住她高大的鼻子，通红的面颊以及所有其他特征，把这一切作为有关她容貌的可贵、真实、特殊的资料贮存在我的记忆库中。当下一切与之有关的联想都使我觉得这张脸是美的，也许出于保存我们内心最美好的部分的本能，这种总不肯接受失望的意愿，既然她和我心目中的德·盖芒特公爵夫人是一个人，我须把她置于芸芸众生之外，尽管在最初单纯的一瞥之下曾一度把她混同芸芸众生，所以当听到我身边有议论"她比萨兹拉夫人、比万特伊小姐都好看"的，我非常生气，仿佛她们不能与她相比似的。我的目光凝视着她的金头发、她的蓝眼睛、她的颈部装饰品，排除着可能使我想起别的容貌的种种特征，而对这张有意画得不完整的素描，我不禁喊出声来："她多么美呀！何等的高贵气魄！我面前的这位热内维埃芙·德·布拉邦的后裔准是盖芒特家族的一位了不起的成员！"我凝望她的面容的注意力是如此集中，简直把周围人都排除了，今天回想那次仪式，记不起其他参加婚礼的人的样子，只记得她和那个教堂侍卫，因为我问侍卫那位贵夫人是不是德·盖芒特夫人时，他作了肯定的回答。但是她，我记得清清楚楚，尤其大家列队进入圣器室时的情景仍历历在目：那天风雨交加，天气炎热，时现时隐的太阳不时照亮圣器室，德·盖芒特夫人处在孔布雷的老百姓中间，连大家的姓氏她都不知道，然而众人的低微把她的高贵烘托得格外鲜明，以致她对他们产生一种由衷的仁慈之心，再说她也希望通过优雅和朴实的举止来赢得他们更多的崇敬。所以，她不能像一般人那样，见到认识的人时，目光中有意包含着某种确切的意义，而只能让她漫不经心的思绪不断在她前方化作蓝光，她无法控制荧荧光波从她的眼里源源释放出来，但她很不愿意这束光波在所照之处随时可能使被触及的平民百姓们感到局促不安，可能表露出对平民百姓的蔑视。我还记得，在淡紫色的、柔软光滑的、蓬蓬松松的领结上方，她的眼睛流露出一丝受惊的神情，这神情她不敢决定针对什么，而让大家都有享用的份额，除此之外，她还流露出一丝羞怯的微笑，女王似的向她的臣民们表示希望得到谅解和她的爱民之心。这微笑落到我的身上，我目不转睛地望着她。联想到在做弥撒时她那转悠到我身上的目光，蓝得像透过"坏蛋吉尔贝"那幅彩画的玻璃窗射进来的阳光，我心里思量："没准儿她注意到我了。"我自信讨她喜欢了，认为她离开教堂后还会想我的，回到盖芒特，晚上也许还会为我而抑郁不欢哩。于是我马上爱上了她，因为对一个女人一见钟情，有时只需她轻蔑地瞧瞧我们，如同我认为斯万小姐的那种蔑视的神情，我们便认为她永远不可能属于我们，也有时，只需她好意地瞧瞧我们，如同德·盖芒特夫人瞧人的样子，我们便认为她可能永远属于我们。德·盖芒特夫人的眼睛闪着青莲色的亮光，好似一朵无法采摘的长春花，尽管如此，她却把它奉献给我了；太阳，尽管受到乌云的威胁，却竭尽全力把光芒投射到广场和圣器室，给地上铺着的喜事红地毯平添一种天竺葵红的质感；德·盖芒特夫人微笑着走在地毯上，她的礼服给羊毛地毯平添一层粉红色的绒毛，一层光亮的表皮，这种亲切的、庄重而温和的气氛充满着豪华而欢乐的场面，具有《罗恩格林》[1]某些片段的特征，也有卡帕契奥某些油画的特征，而且还使人们懂得波德莱尔如何可以用美味这个修饰语来形容小号的乐声。

从那天起，每当我去盖芒特那边散步，我都为自己没有文学天赋从而不得不放弃当一个大名鼎鼎的作家而感到痛心疾首！每当我独向一隅冥思遐想，我憾恨的心情使我痛苦难熬，为了不受憾恨的折磨，干脆采取抑制痛苦的办法，我的脑子完全停止考虑诗歌和小说，以及富有诗意的前程，因为我缺乏天才，无从指望。于是，在我放弃一切文学专注之后，突然之间，眼前的一处屋顶，一抹石头反照的阳光，一条小路上的气息，使我无牵无挂地驻足留步，一种特别的快乐油然而生，但同时，这一切又仿佛隐藏着某种我的肉眼看不见的东西，在吸引我去摄取，而我竭尽

---

[1]《罗恩格林》，瓦格纳的一部音乐剧，于1846—1847年完成。抒写德国中世纪的一个故事：神秘的骑士拯救危难中的爱尔莎公主。

全力却无法发现。由于我觉得这种东西蕴藏在它们的内部,我呆着,一动不动地观察,呼吸,力图用我的思想钻到它们的形象或气息的里面去。即使我不得不赶上外祖父,继续往前走,我也竭力闭上眼睛回味刚才见到的东西;我专心致志地、准确无误地回忆屋顶的曲线、石头的色调,尽管我不明白什么原因,我总觉得这些东西饱满得要裂开似的,随时准备冲破盖子,让我看个明白。诚然,并非这类印象能使我重新产生有朝一日争当作家和诗人的希望,因为这些印象始终同某个没有思考价值的个别物体相联系而与任何抽象的真谛无关。但它们至少给予我一种未经思考的快乐,一种文思四溢的幻觉,从而为我排遣烦恼和无能感,因为我每次挖空心思为一部文学巨著寻找哲学主题时,都感到困惑苦恼和力不从心。然而,这些有关形状、香味或色彩的印象迫使我意识到有责任努力发现隐藏其中的东西,这个责任太艰巨了,我赶紧为自己寻找借口,以便逃避费力和免受劳累。幸亏我父母喊我了,我觉得眼下缺少必要的安宁,不便继续作有效的探究,最好回到家里之前不去想它,省得事先无效地伤神。于是我就不再管那个外有形状或外裹香味而内里不知何物的东西了,我心里非常笃定,因为我把它带回家去,这东西受到形象外衣的保护,我觉得它是活脱脱的东西,就像家里人让我去钓鱼的日子,我把钓到的鱼放进篮子上面铺盖一层青草,以保新鲜。可是一回家就想别的事情了,这样阳光反射的石头、屋顶、钟声、树叶的气息,以及各种各样的形象积淀在我的脑海中,就像在我房间里堆积了我散步时采回的各种野花或人家送给我的东西，而隐藏在种种形象之下的真谛，我虽然猜到几分，但缺乏足够的毅力去挖掘，久而久之就泯灭了。然而有一次，我们的散步大大超过了平时散步的时间，我们非常高兴在归途上遇见驾车飞驶而来的佩斯皮埃先生，时近黄昏，大夫认出我们之后，请我们上车同归，我当时就得到类似的印象，但没有轻易放过，而是稍加探究了一番。他们让我上车坐在车夫的身旁，马车风驰电掣，因为大夫在回孔布雷之前要在马丁维尔旱地停留，去看望一个病人，大家商定我们在病人家门前等他。在一条小路的拐弯处，我突然感到一种特殊的喜悦，与其他任何快感不同的喜悦，因为我瞥见了马丁维尔教堂的一对钟楼，在夕阳西照下，随着马车在蜿蜒曲折的道路上奔驰，那对钟楼好像在迁移，以致与之相隔一座山丘和一片谷地的、位于远处地势较高的平川上的维厄维克教堂钟楼，仿佛变成近邻了。

在观察到、注意到钟楼尖顶的形状，钟楼轮廓的移动，钟楼表面的夕阳反光的时候，我感觉到自己吃不透所得到的印象，总觉得在这种移动和反光的背后似乎蕴藏着和隐藏着某些东西。

这对钟楼看来离得很远，我们根本不像接近它们的样子，片刻之后，我们却突然停在马丁维尔教堂门前，令我大为惊讶。我不知道看见天际出现钟楼时为什么会感到喜悦，要深究其原因在我是非常困难的；我一心想在脑海中贮存那些在阳光沐浴下移动的轮廓，眼下不去管它。假如我深究其原因，那对钟楼很可能永远湮没在那么多的树木、屋顶、香味、声音之中了。我之所以从纷繁的万物中特别注意那对钟楼，正因为钟楼使我获得这种朦胧的喜悦，这种我始终不加深究的喜悦。在等候大夫的时候，我跳下马车，跟双亲聊天。后来我们重新上路，我还是坐原来的位置，回过头再看看那对钟楼，过了一会儿在拐弯处，又最后看见一次。车夫好像无心交谈，勉强回答我的问话，由于缺少对话者，我不得不自问自答，不得已把钟楼拿来回味一番。立即，钟楼的轮廓及沐浴着阳光的表面，像一种外壳似的爆裂了，显露出其中隐藏的一点东西，我发现之下顿时产生片刻前对我来说还不存在的想法，以问话的形式在脑中形成，刚才初见钟楼时的喜悦感膨胀起来，我简直心醉神驰，无法想其他的事情了。当时我们已经远离马丁维尔，我回过头去，又一次瞥见那对钟楼，可这次变成黑影了，因为太阳已经落山。道路的拐弯处不时挡住我的视线，后来那对钟楼最后一次出现在地平线上，而后完全从我的视线中消失了。

我心里并不认为隐藏在马丁维尔钟楼背后的东西势必相当于一句漂亮的话语之类的东西，因为我感到的喜悦是以词语的形式出现的，我向大夫要了一支铅笔和一些纸，不顾马车的颠簸，写下一小段文字，以平息我心中的激荡和宣泄我胸中的热情；这段文字的原稿我后来居然找到了，只作了一些小小的修改，现转抄如下：

"马丁维尔的一双钟楼影只形单地耸立在平原上，仿佛被遗弃在茫茫田野里，却傲然刺向天空。很快，我们看到三座钟楼：一座后来的钟楼，维厄维克钟楼，转身一变，来到马丁维尔的那对钟楼的面前，与之会合。时间一分分地过去，我们在飞奔疾驶，三座钟楼却始终远远地屹立在我们面前，宛如三只巨鸟，纹丝不动地栖影平川，阳光下特别显眼。后来维厄维克的钟楼闪开了，拉大了距离，只剩下马丁维尔的钟楼在落日余晖的照耀下依然清晰可辨，甚至离得这么远，我还看得见夕阳在钟楼尖顶的坡面上嬉戏和微笑。为靠近钟楼我们已费时许久，我心想要到达钟楼还得不少时间，突然，马车拐弯后，我们一下子来到钟楼的脚下，到得如此突然，若不及时刹车，没准儿迎面撞到教堂门廊上了。我们继续赶路，离开马丁维尔已经有一会儿了，村庄陪我们走了几秒钟就消失了，地平线上唯有马丁维尔的那对钟楼和维厄维克的钟楼目送我们飞奔疾驶，抖动着夕阳残照的顶尖向我们道别。有时维厄维克的钟楼隐去，让马丁维尔的那对钟楼再目送我们一程；大路改变方向，它们在残阳中像三根金柱转了向，而后从我的视线中消失。但是，不久，当我们已经接近孔布雷时，太阳落山了，我最后一次遥望它们，但见它们像三朵花描画在田野底线之上的天边。它们使我想起一则传说中的三位姑娘，被遗弃在夜幕笼罩的僻壤；当我们驾车飞奔远去时，我看到她们在怯生生地探路，但见她们雍容华贵的剪影跟跄歪斜了几下之后，互相紧挨在一起，一个藏在另一个背后，在夕辉残照的天边只留下一个迷人而屈从的黑影，最后消失在苍茫的夜色之中。"

后来我从未再想过这一页文字，但当时，我坐在大夫的马车夫身旁，那个角落他通常放置家禽笼子，笼里装着他在马丁维尔市场上买来的家禽，我就在那儿写完了上面那段文字，心里高兴极了，感到这页文字使我完全摆脱了那些钟楼的纠缠，把隐藏其后的东西抖落了出来，我痛快得像只母鸡，仿佛刚下完一个蛋，扯开嗓子唱了起来。

每当作这样的散步，我整日里遐想快活的事情，诸如盼望成为盖芒特公爵夫人的朋友，垂钓鳟鱼，乘小船游维沃纳河；我只顾图快活，在那样的时刻，对生活别无他求，只要天天下午都这般快乐就行了。然而在归途中，我瞥见左边一座农庄与另外两座毗邻的农庄离开甚远，从那儿去孔布雷，只好抄一条两旁排着橡树的林阴道便可进城，林阴道沿牧场的一边，牧场隔成小块，分属那三户农庄，各条界线上种着间距整齐的苹果树，在夕阳的照射下，地上的树阴很像日本风格的图案，见此景色，我突然怦然心动，因为我知道过半小时便到家了；每逢去盖芒特那边的日子晚饭开得很晚，我刚吃完浓汤就被打发去睡觉，母亲就像有客人在场似的离不开餐桌，不能上楼到我床边道晚安了。我心惊肉跳地进入这个凄凉的境地与我欢天喜地地进入刚才的那个境界真有天壤之别，片刻之前天空某处还飘荡着一长条粉红的云彩，突然间被一条青色的或黑色的长线隔断了。一只鸟儿在红霞中飞翔，一直飞到红霞的尽头，几乎接近乌云之后，消失在黑色的云层里。我刚才萦怀种种企望：去盖芒特，旅行，得到幸福，可现在我完全没有这些企望了，以致觉得即使企望实现了，我也不会有任何乐趣的。我多么愿意抛开这一切，只求在母亲的怀抱里哭上一整夜！我不寒而栗，惴惴不安地盯视母亲的面孔，她今晚去我的卧房，那情景我已经想象出来了，恨不得一死了之。这种心态一直持续到第二天早晨，当晨光像园丁架梯似的沿着长满旱金莲的墙同旱金莲一起爬到窗口，我下床赶到花园，不再操心傍晚又会出现同母亲分手的时候。这样，我在盖芒特那边学会了识别我身上在某些时期相继出现的心态，不同的心态甚至在每一天里各占一段时间，一种心态驱散另一种心态，像周期发烧那样准时；不同心态衔尾相接，互不相干，彼此缺乏沟通的手段，以致我在一种心态下不能理解甚至不能想象在另一种心态下我所企望或所担心或所完成的事情。

因此，梅泽格利兹那边和盖芒特那边对我来说始终是同许多生活小事相关联的，在我们并行不悖的各种生活中，这些小事往往发生在那种最富有波折、最富有插曲的生活中，就是我想说的精神生活中。想必这种精神生活在我们身上不知不觉地演进着；为我们改变了生活意义和面貌的真理，为我们开辟了新道路的真理，我们其实早就开始发现了，不过没有意识到罢了，而对我们来说真理只从我们看清它们的那一天、那一分钟算起。当初在草地上嬉戏的花朵，在太阳下流过的河水，一切环绕真谛显现的景色，至今当人们重温那些真谛时，依然保留其无意识的或不引人注目的风貌；诚然，这些景色当年被一个微不足道的过客、一个想入非非的孩子久久静观时，大自然的那一角，大花园的那一隅未必想得到多亏了他，它们那些昙花一现的特色才得以流传至今，有如一位国王多亏了某个回忆录作者才得以流芳百世；沿着篱笆的山楂花芬芳（尽管很快被大蔷薇花的芬芳接替），花间砾石小路上没有回音的脚步声，河水泛起向一株水草冲击而后很快破裂的水泡，因使我兴奋不已而牢记在心，历经那么多年至今难以忘怀，而周围的道路已经消失，走过那些道路的人们已经去世，对走过那些道路的人的回忆也随之泯灭了。这小片留存至今的景色有时从天地万物中突出地单独显露出来，像爱琴海中一座百花盛开的小岛浮现在我的脑海，漂流不定，我说不清它来自什么国家，来自什么时代，或许干脆来自什么梦境。然而，我想到梅泽格利兹那边和盖芒特那边势有必然，尤其把它们当作我精神土壤的深层矿床和我至今赖以立足的坚实地盘。这是因为当我踏遍那两个地方的时候，我相信那里的人与物，因为那里所认识的人与物是我至今唯一依然信以为真的，唯一依然满心喜欢的。也许创作的诚意在我身上已经枯竭，也许现实只在记忆中形成，如今我首次看到别人指点的花总觉得不是真花。梅泽格利兹那边的丁香花，山楂花，矢车菊，丽春花，苹果树，盖芒特那边浮游着蝌蚪的河流，河上的睡莲和河边的金盏花，在我心目中，永远是我所喜爱生活其间的地域风貌，在那里我首先要求能够垂钓、划船、观看哥特式堡垒的废墟，像在圣安德烈田园那样能在麦田里找到一座像大麦垛似的金光闪烁的、有乡土气息的、永垂不朽的教堂；矢车菊，山楂花，苹果树，如今我旅行时偶尔在田野里看见，立即与我的心灵沟通，因为它们早已处在我心灵的深处，与我的往事同处在一个层面上。然而因为各处有各处的天地，所以每当我想再看一看盖芒特那边时，如果有人领我到一条河边，河里的睡莲同维沃纳河一样美丽甚至更加美丽，我的愿望也不会得到满足；同样，傍晚回家，每当忧虑在我心头油然而生时（尽管后来这种忧虑移入爱情之中，可能永远与爱情形影不离了），我也不会指望有一位比我母亲更美丽更聪明的母亲来向我道晚安。不，为了我能高高兴兴地、安安稳稳地入睡，我需要的是我的母亲，是她向我俯来的面孔，尽管眼睛下方有个什么缺陷，我不在乎，同样喜欢，而不是什么别的女人，任何情妇都不能使我安息，因为即使我们信赖她们也还存有戒心，我们永远得不到她们的心，而我在接受母亲的吻时却得到了母亲的心，完完整整的心，没有任何不可告人的想法，对我没有丝毫杂念；同样，我想重见的是我所熟悉的盖芒特那边，那座同另外两座毗邻的农庄相隔甚远的农庄，位于橡树夹行的林阴道口，还有那些牧场，草地上呈现斑斓的苹果树枝叶阴影，太阳照得草地像池塘似的映着反光；就是这片景色有时夜间进入我的梦境，其独特的个性以近乎神奇的力量紧紧扣住我的心弦，但等我醒来却再也无法复得了。梅泽格利兹那边和盖芒特那边之所以在我心上永远不可分离地留下各不相同的印象，只是因为它们同时让我受到切身体验，以致使我将来面对许多的失望，甚至许多的过失。因为，经常我想重见一个人时，觉察不出这仅仅因为此人使我想起山楂花篱笆；我觉得只要有旅行的欲望便会相信，也使人相信可以重获温情。也因为如此，它们给我留下的印象才与我新近获得的印象相沟通，不仅依然明显存在着，同时还增加了基础，增添了厚度，比别的印象更多了一围幅度。它们也为昔日的印象平添一种魅力，一种只有我能领略的意蕴。每当夏日黄昏，晴和的天空突然像猛兽似的发出雷鸣，人人抱怨雷雨，我却想起梅泽格利兹那边独自透过哗啦啦的雨声，心醉神迷地嗅着不见踪影而经久不散的丁香花的芳香。

我经常通宵达旦地遐想在孔布雷度过的时间，遐想我那些不眠的忧伤的夜晚，遐想晚些时候由一杯茶的滋味儿（在孔布雷人们称之为"香味"）所引起的形象逼真的往事，通过回忆套回忆，遐想我离开这座小城许多年后听说的有关斯万在我出生前的一段爱情，其细节精确无误，因为有时候我们对几个世纪前的古人的生平比对我们最好的朋友的生平更容易得到精确的细节，而获悉挚友的生平细节则似乎是不可能的，正像人们从一座城市向另一座城市对话，只要不知道通过哪种途径扭转这种不可能性，就不可能进行。所有这些递增的回忆堆积成块状，但并非不可分辨，其中有最老的回忆，也有新近的回忆，如某种香水引起的回忆，还有我从别人那里听来的回忆，它们之间即使不算裂痕乃至真正的断层，至少也有诸如某些岩石、某些大理石的花纹或杂色斑驳，从中可以看出不同的起源，不同的年代，不同的"构成"。

　　黎明来临，我初醒时短暂的迷离早已消散。我知道确实在哪间卧室里，因为我在黎明前的黑暗里已经把围绕我的这间卧室照原样设想过了，或只凭回忆决定方位，或借助于我放在窗帘下的一盏小灯的微光辨方向，我按建筑师和装潢工对窗和门的原始布局完整地设想一遍，配上各式家具，让镜子各得其位，把衣柜放在它通常的位置。然而熹微的晨光，不再是炉火余晖映在窗帷铜杆上的反光（曾被我误认为曙光），在黑暗中划出第一道白线，好似用粉笔画出的改正的白线，顿时，被我错位放入门框里的窗户，连同窗帘一起脱离门框，为了给窗户让出地方，原先被我的记忆乱放在那里的书桌赶紧跑开，推着壁炉向前，拨开与过道分界共有的墙壁；一个小院子占据了片刻前还是厕所所在的地方，我在黑暗中重建的住所，被窗帘上端透进的那道苍白的曙光驱赶得仓皇逃窜，最后落入我醒来时恍惚瞥见的许多住所的漩涡中。

第二部分 斯万的爱情

要加入韦迪兰家那个"小核心","小集团","小圈子",只需一个条件,但也是必备的条件:必须默默地恪守一种信条,其信条之一是要默认:那年受韦迪兰夫人保护的年轻钢琴家一举"击败"普朗泰和鲁宾斯坦[1],说他"演奏瓦格纳身手不凡,别想跟他比试";还要默认,科塔尔大夫的诊断比波坦[2]高明。"新成员"若不信韦迪兰夫妇的话,即没有他们家常客参加的晚会必定像阴雨那样令人厌倦,那么立即一律被开除。由于在这方面女人比男人更不乐意放弃对整个上流社会的好奇心,更乐意亲身体察其他沙龙的乐趣,由于韦迪兰夫妇感觉到这种审视意识和无聊浅薄可能蔓延,从而危害小殿堂的正统教文,他们不得不逐步抛弃女性"信徒"。

除了科塔尔大夫年轻的妻子外,那一年他们几乎只接纳一个

---

1. 普朗泰(1839—1934),法国著名钢琴家;鲁宾斯坦(1829—1894),俄国著名钢琴家。
2. 波坦(1825—1901),法国著名医生,法国医学科学院委员,率先采用测量血压和计算红白血球技术。

半上流社会[1]的女人，德·克雷西太太，韦迪兰夫人却称呼她小名，奥黛特，并宣称她是"小宝贝"，还有钢琴家的姑妈，她大概是穿针引线的吧；尽管韦迪兰夫人本人道行高卓，却出身于体面的资产阶级家庭；她本家非常有钱，却门第低微，所以她有意渐渐与之断绝一切关系；那两个女人对上流社会一无所知，头脑简单，很容易相信别人说什么德·萨冈公主和德·盖芒特公爵夫人为了请人吃晚饭不得不出钱雇佣客人，接受这两位夫人的邀请真是活受罪，连旧时的看门人和轻佻的女人都不屑理睬。

韦迪兰夫妇不发邀请，但晚餐桌上总摆着客人的"专用餐具"。至于晚会，也不搞什么节目单。年轻的钢琴家，只在"兴头儿上"才演奏，因为这里不强迫任何人，正如韦迪兰先生所说："一切为了朋友，友情至上！"倘若钢琴家想演奏《女武神》的飞驰进行曲或《特里斯坦与伊索尔德》[2]的前奏曲，那韦迪兰夫人是要抗议的，并非她不喜欢这类乐曲，正相反，是因为这类乐曲使她产生的印象太强烈了。"怎么，您偏要我犯偏头痛吗？你们知道得很清楚，每次他弹这玩意儿，总是那样，我知道会有什么结果！明天准起不了床，那么只得跟大家再见了！"他不演奏时，大家便聊天，其中某个朋友，通常是当时最受他们宠爱的画家，"脱口而出一句粗话，弄得大家捧腹大笑"（韦迪兰先生语），

---

1. 多为交际花之类构成。
2. 瓦格纳的作品，《女武神》是《尼伯龙根的指环》音乐剧三部曲的第一部；《特里斯坦与伊索尔德》(1859)也是音乐剧。

韦迪兰夫人尤其捧腹不止，她平时就爱跟人家学着说使她兴奋的形象语汇，有一天她前仰后合，居然笑得掉了下巴，在场的科塔尔大夫（当时还是初出茅庐的小伙子）帮她合上了。

黑礼服是不允许穿的，否则"伙伴"之间太见外了，并且以示区别"讨嫌之辈"，对这类人平时像瘟疫似的躲避，只邀请他们参加重大的晚会，而他们极少举办大型晚会，偶尔举办也是为了使画家开心或使音乐家扬名。大部分时间，他们情愿凑在一起猜字谜，穿便服共用夜宵。这是知己们之间的事，不让任何外人插足"小核心"。

随着"伙伴们"在韦迪兰夫人的生活中占有越来越重要的地位，讨嫌之辈，被弃之流，纷纷远离他们，不时有人借故说脱不开身，有的因母亲，有的因职业，有的因身体欠佳或因去乡间别墅。当科塔尔大夫离开餐桌认为有必要返回某个未脱危险的病人身旁时，韦迪兰夫人对他说："谁知道呢？没准儿您今晚不去打扰他反而对他更有好处；没有您他准能睡个好觉；明天一早您去看望，他已经康复了。"十二月乍到，她就开始担心信徒们圣诞节和元旦"甩掉"他们。钢琴家的姑妈要求他到她母亲家吃团圆饭。

"您以为你们元旦不跟她吃团圆饭，她就会死呀，您的母亲，**乡巴佬**！"韦迪兰夫人厉声喊道。复活节前一周她又惴惴不安起来。

"大夫，您，一位学者，很有才气的人，耶稣受难日您也像

第二部分　斯万的爱情

往常一样来这儿吧?"她在他们认识的第一年就对科塔尔这么说,口气之肯定好像是不成问题的。但她心里却害怕听到答复,因为如果他不来的话,她很可能形影相吊。

"耶稣受难日我会来的……来向您告别,我们将去奥弗涅度复活节。"

"去奥弗涅?想叫跳蚤和虱子把您吃掉哇,您将受益不浅哪!"

她沉默片刻后接着说:

"您起码早说一声吧,我们也可组织一下,舒舒服服地一起旅行嘛。"

同样,如果某个"男信徒"有个朋友或某"女常客"有个相好的,就有可能"甩掉"他们,韦迪兰夫妇并不惊慌失措,不怕女人有情夫,只要把他带来他们家,只要不因谈情说爱而不管他们就行,这时他们会说:"好吧,把您的男朋友带来吧。"于是把他聘来试用,看看他能否对韦迪兰夫人无话不谈,看看他是否可能被纳入"小圈子"。如果不行,那就把忠心的介绍人叫到一边昐咐一番,并帮他跟他的男友或情妇闹翻。在相反的情况下,"新成员"也就变得赤胆忠心了。就在那一年,那位半上流社会的女子向韦迪兰先生讲起她结识了一位风流倜傥的男子,斯万先生,暗示斯万先生很乐意成为他们的客人;韦迪兰先生立即把此项申请转告韦迪兰夫人。他一向等到妻子发表意见之后才谈他的见解,他的特殊作用是用调动一切聪明才智使妻子的愿望以及信徒们的愿望付诸实施。

"喏，德·克雷西太太有点事儿求你。她想把一个朋友介绍给你，是斯万先生。你说行吗？"

"哎唷，怎么可以拒绝这么可爱的小宝贝的要求呢？不用您开口，不必征求意见，我对您说了您是个小宝贝。"

"您乐意就好，"奥黛特用故作风雅的语气回答，"你知道我不是 fishing for compliments[1]。"

"好吧，把您的朋友带来吧，既然他讨人喜欢。"

当然"小核心"与斯万时常出入的社交界毫不相干，纯上流社会的人士会觉得像他那样在社交界占有特殊地位的人委实不必让人向韦迪兰夫妇引荐。但斯万太眷恋女人了，自从结识几乎所有的贵族女士并觉得她们不新奇以来，他便不再看重圣日耳曼区签发给他的归化证书，虽然几乎相当于贵族头衔，这类证书酷似某种失去价值的汇票、信用证，但可使他在外省的某个小角落或巴黎的某个无名的地方闯出一条路子，去那种地方追求他认为漂亮的乡绅女儿或书记官女儿。当年性欲或性爱使他产生虚荣情感，使他想在他喜欢的陌生女人面前出风头，使不太显赫的斯万姓氏披上一层漂亮的光彩，而现在日子平平，没有虚荣心了，虽然以前确是出于虚荣心才混迹社交界，寻欢作乐，浪费才智，用他的艺术学识替贵夫人购买绘画和装饰府邸出谋划策。那时他特

---

1. 英语：沽名钓誉。

别喜欢在地位低微的陌生女人面前炫耀。正如一个才子不怕在另一个才子面前露怯，一个风雅的男子不怕达官显贵不识其风雅，只怕乡巴佬不赏识。自古以来人们大量散布的自作聪明的主意和虚荣的谎言四分之三是用来对付地位低下的人的，尽管这种人逐渐减少了。斯万对一位公爵夫人不拘礼节和随随便便，却在一个女仆面前道貌岸然，生怕被人看轻了。

他不像许多人那样，因同某个名门望族拴在一起的社会地位产生义务上的惰性或顺从感，主动放弃上流社会以外的现实生活给他们带来的乐趣，至死不越出他们的天地，满足于封闭式的消遣，通常是平庸的娱乐，无聊得令人难以忍受，但一旦习惯，也就乐在其中了。斯万，他不肯费神发掘跟他一起打发时间的女人身上的优点，而千方百计跟他一眼看中的漂亮女人一起消磨时光。通常这类女人的美貌是颇为俗气的，因为他无意之间寻求的外观美与他偏爱的大师们所雕塑或绘制的女性美是完全相对立的。表情的深沉和忧郁使他的感官凝结，相反，健康、丰满和红润的肉体足以唤醒他的感官。

如果在旅途中他遇到一家人，似乎不主动打招呼更为得体，但注意到其中一个女人有某种从未见过的魅力，那么要他保持"矜持"态度，掩饰由她激起的情欲，用一种不同的乐趣来取代跟她结识可能产生的乐趣，比如写信给一个旧时的情妇要她前来相聚，在他看来如同卑怯地摈弃生活，如同愚蠢地放弃新的幸福，既然如此，不如不要外出观光，呆在巴黎家里眺望景色好了。他不把自己禁闭在他的关系门户里，而把房子随时挪到有讨他喜欢的女人的地方重新建造，好比那种可拆卸的帐篷，探险家们可以随身携带。对不利获取新欢的那些不可转运或不可交换的东西，他一概弃之如敝屣，哪怕在别人眼里是非常值得羡慕的。曾多次发生这样的事情：他获得了某位公爵夫人的信任，由于多年的感情积累，公爵夫人一直想跟他亲热苦于没有机会，而他突然心血来潮，给公爵夫人发出一份泄露内情的电报，让她立即回电，把他推荐给某个领地的管家，因为他注意到那里的乡村姑娘，就像饥饿不堪的人用一颗钻石换取一块面包。事后，他觉得蛮有趣的，他身上确有某种野性，尽管也有许多难得的风雅之处。再者，他属于这类才子，他们游手好闲，并认为唯其如此，才能得到与艺术或学习给予的那种相同的情趣，这是他们对无所事事的自我安慰和借口，他们总认为"生活"包含着比小说更有趣更浪漫的情境。至少他是这么对社交界最贴心的朋友们说的，并且轻而易举地使他们信以为真，尤其是德·夏吕斯男爵，斯万自鸣得意地用亲身经历的富有刺激的艳遇故事来逗弄他，说什么在火车上遇到一个女人，把她带回家后才发现她是某个君主的妹妹，当时欧洲所有的政治命脉都受这位君主控制，所以斯万处在非常舒服的地位，对欧洲政治了如指掌；还说什么由于种种复杂的情况，最后取决于教皇选举的结果才决定他是否成为某个厨娘的情人。

斯万同一大帮星光灿烂的贵族寡妇、将军、科学院院士有特殊的联系，他厚着脸皮死乞白赖地求他们穿针引线。不仅如此，他还不时给所有的朋友写信,字里行间请求他们推荐或引见,其手法之高明好似外交家,更由于艳事一桩接一桩而借口各不相同,尽管破绽百出,非但手段始终如一,其相同的目的也昭然若揭。许多年之后我经常打听他,由于在其他许多方面他的性格跟我相像,我开始对他产生兴趣,当时他写信给我外祖父(其时还未当我外祖父,因为在接近我出生的时期斯万才开始那桩难分难舍的恋情,从而不再寻花问柳),外祖父认出信封上的笔迹,高声说道:"嗨,原来是斯万有求上门来,可要留神哪!"抑或由于不信任,抑或出于有意把东西送给不想要的人那种潜意识作恶的心理,我外祖父偏不肯满足最容易满足的央求,比如斯万恳求他们把他介绍给一位姑娘,明明这姑娘每星期天来家里吃晚饭,而他们在斯万每次谈起时,装作与她不见面了,而实际上每星期都在发愁邀请谁来跟她一起吃晚饭,往往找不到任何合适的人,却硬是不向那个渴望跟她在一起的人打招呼。

有时外祖父母的朋友,如某家夫妇抱怨好久未在这里见到斯万了,也许是出于激将的意图,满意地宣称他们觉得斯万非常富于魅力,简直跟他形影不离了。外祖父不忍扫他们的兴致,一边瞧着外祖母,一边嘴里哼唧:

这是什么奥秘?
我真是莫名其妙。

或者：

瞬息即逝的幻觉……

或者：

对这类事儿呀，
最好不闻不问。

几个月后，如果外祖父见到斯万的新朋友问道："喂，斯万呢，您还经常见他吗？""请不要在我面前提他的名字了。"对方拉长着脸回答，"我原以为你们亲密无间哩……"斯万曾在我外祖母的表兄弟家当过几个月的常客，几乎天天在他们家吃晚饭。突然他不露面了，连招呼也不打一声。人家以为他生病了，我外祖母的表姐妹正准备派人打听他的消息，不料在配膳室发现他写的一封信，厨娘不小心把信夹在账本里了。他在信中告诉厨娘他即将离开巴黎，不能再来了。那女人是他的情妇，决裂时，他认为只需跟她一个人打招呼就行了。

如果相反他当时的情妇是个场面上的人物或至少不会因为出身太低微或地位太特别而妨碍他把她带到社交界，那么他会是回头客，但只在特定的活动范围，或由她采取行动，或由他带着她去。经常听见有人说："今晚别指望斯万啦，你们知道今天是他那位美国女人在歌剧院演出的日子。"他把美国女人带到一些特别封闭的沙龙，那些是他常去的地方，每周有固定的晚餐，还有牌局；每天晚上，他把红棕色的短发梳成微波状，相映之下，那绿眼睛的光芒显得温柔一些，然后他挑选一朵花别在上衣饰孔，出去找情妇一起到同类的这个或那个女人家吃晚饭；想到他即将重逢那些对着他唯唯诺诺的时髦人物会在他心爱的女人面前对他大加赞扬，大献殷勤，他重新对已厌倦的社交生活入迷了；社交生活，自从同他的爱情熔为一炉，似乎增添了某种闪闪烁烁的火焰，显得格外明亮和温暖，使他感到十分难得和美不胜收。

斯万见到一张面孔或一个身段有时会本能地、情不自禁地感到美不胜收而想入非非，每次私情或每次调情大凡都是这类非分之想的结果，但与之相反，一天在剧场从前的一个朋友给他介绍了奥黛特·德·克雷西，去前曾跟他提起过，说这个女人极其可爱，也许会搞出点名堂来，但提醒他说这个女人实际上不好对付，所以把她介绍给他是成全好事；初次见面，斯万觉得她不难看，但属于那种他不感兴趣的美貌，引不起他任何情欲，甚至使他不由自主地产生厌恶，这种女人大有人在，谁都拿得出几个，虽然各不相同，但与我们的感官所渴求的那种类型正相反。奥黛特的剪影太显露，皮肤太纤细，颧颊太突出，脸蛋太瘦长，斯万喜欢不起来。她的眼睛是好看的，但太大，占的地方太多，压得面孔疲倦不堪，看上去脸色总是不好或似乎情绪不佳。那次剧场相识之后过了一些时候，她给他写信，请求观赏他的收藏，一饱眼福,"她,虽然无知却对美好的东西颇有兴趣";她说在他"府上"见他似乎能更好地了解他,她设想他家一定"非常舒适,清茶淡香,满室图书",但她发现他住在如此寒碜的街区,不禁大惊失色,毫不含糊地说:"他住的街区太不 smart[1] 了,而他自己却时髦至极。"他后来让她去了,在离开时,她向他表示很高兴深入他的住所,但为自己待的时间如此之短而感到遗憾,谈到他时她的语气好像他比她认识的其他人更为重要似的,似乎他们两人之间已经建立了某种浪漫的关系,他听后哑然失笑。但是斯万已接近不惑之年,这种年纪的人满足于钟情,心里喜欢才钟情,很少要求回报了,已经不像青春期那样,两颗心接近的目的必定导致做爱,但对他来说如一旦出现两人心心相印,还有萌发爱情的因素,因为这类思绪犹存,盘根错节。从前我们渴望过占有所爱的女人的心,后来感到女人心上有你就足以使你对她眷恋不舍。这样,步入他的年龄段时,由于我们从爱情中主要寻求主观的快乐,所以追求女性美的成分在爱情中占了最大的比例,爱情——纯生理的性爱——萌发之前即使没有性欲也会油然而生。在生命的这个阶段,我们已被爱神之箭射中多次;由于我们的心是被震撼过的,是被动的,爱情对我们来说不再沿着自身的规律演进,尽管不为人知和无法抵御。于是我们借助记忆和提示帮它越出自身的轨道。当认出爱情的某种征兆时,我们立即回忆起其他的征

---

1. 英语:时髦。

兆，好似把爱情之歌全部铭刻在心上，可谓烂熟于心，不需要哪个女人提示我们开始怎么唱，当美貌引起我们赞赏时，我们便接着往下唱。比如爱情之歌唱到一半，正当两颗心互相接近，说什么一方只是为另一方而生存，我们对这首乐曲相当熟悉，马上接着对歌，上前迎接等待我们的搭档。

奥黛特·德·克雷西又去看望斯万，接着拜访越来越频繁；而斯万对她的每次来访似乎总感到失望，每次分手总会忘记这张脸的一些特征，觉得她的脸部既不太富有表情，也不太呆板，尽管是年轻的；当她对着他说话的时候，他惋惜她的美貌不属于那些使他一见钟情的类型。况且应当指出奥黛特因为额大颧高，在前额和面颊连成一片的平面上覆盖着当时流行的"刘海儿"，加上发下衬着"假发卷"，发绺蓬松，披及双耳，她的脸显得格外瘦削和凸出；至于她的体态，虽然极其匀称，却很难看出连贯性（因为当时的时装式样关系，尽管她属于巴黎穿着最讲究的女人）；胸衣太凸出，好像高耸在一个假的腹部之上，胸脯之下突然收缩呈尖形，紧下面悬着满张的球形双层裙，使她看上去好像由几个不同的零部件装合而成的；绉领，边饰，开衫，互不搭界，按自身的图案花色布料质地各持一隅，有章有法地与结扣、花边绉泡、垂线黑毛边紧密相连或沿裙撑垂落而下，但与活生生的人毫不合体，衣饰的设计要么太贴身，要么太离身，结果穿戴者要么耸肩缩颈，要么身段消失。

奥黛特走后，斯万想想好笑，她担心到下次允许她再来要等多么长的时间哪;她那焦急、羞怯的神态历历在目,她用这种神态央求他别让她等得太久了;那种盯视他的目光表露着诚惶诚恐的央求,加上她那配着黑丝绒带的白草帽檐一束纸蝴蝶花的映衬使她显得十分动人。她说:"您呢,您不去我家喝茶吗?"他推托正在著书,写一部有关弗美尔·德·德尔夫特[1]的论著,其实中辍多年了。"我知道自己人微言轻,跟你们这些大学问家相比一无长处。"她回答说,"我是井底之蛙。不过我渴望学习,渴望求知,渴望有人传授。啃书本,一头钻进纸堆里,该多有趣呀!"她得意洋洋的神态就像风雅女士表示乐意干脏活不怕弄脏手,比如下厨房"亲自动手和面"。"您一定会取笑我的,这个画家(她指的是弗美尔)妨碍您去看我,从来没听说过;他还活着吗?在巴黎看得到他的画吗?为了能够想象您喜欢的东西,得猜一猜这个勤奋的大脑里装的是什么,看得出这个大脑多么勤于思考,我对自己说,喏,这就是他正在思考的事情。为您著书立说添砖加瓦是多么令人神往的事啊!"他表示歉意,推托害怕结交新友,用他的风流话来说,害怕再次自讨苦吃。"您害怕友情?多滑稽呀,我却一心寻找友情,为得到友情我不惜牺牲生命。"她的声音那么自然,那么肯定,使他大为感动,"您大概吃过某个女人的苦头吧。所以您认为其他的女人都跟她一样。她不理解您吧;您是个与众不同的人。我一开始就喜欢您不同凡响的气质,我感觉出您

---

[1] 弗美尔(1632—1675),荷兰著名画家。

第二部分　斯万的爱情

跟大家不一样。"——"您与众不同嘛，"他回答道，"我很清楚女人家的事，您一定十分忙碌，很少有空吧。"——"我从来无事可做！我一向是自由的，对您我总有空奉陪的。白天或黑夜随便什么时候，只要您觉得方便，想见我就派人来找，我一定高高兴兴地随叫随到。您会这样做吗？请相信我的好意，我要把您介绍给韦迪兰夫人，我每天晚上去她家。想想看，咱们在那里见面，想到您的光临部分是为了我呀，那该多好哇！"

当他单独一人时，像这样回忆他们的谈话，像这样想念她，他才把她的形象同其他许多女人的形象交织在富有浪漫色彩的遐想中；然而如果因某个偶然的情况（或者甚至不需要这样的偶然情况，某个迄今一直潜伏的心态突然显现，表明不曾影响过他）奥黛特·德·克雷西的形象碰巧融化他的全部遐想，如果这种遐想与对她的回忆已不可分离，那么她不完美的体态就无关紧要了，这时她的体态就会引起斯万的欲望，因为已经成为他喜爱的体态，多少变成符合他的欲望的体态了，从此只有它才能给他带来快活或苦恼了。

我外祖父恰好认识韦迪兰一家，韦迪兰夫妇现时的朋友们谁都不知道这件事。但他早已与他称之为"小韦迪兰"的人失去一切联系，并且把韦迪兰大致划入放荡不羁的人和社会渣滓之列，尽管他仍旧腰缠万贯。一天，外祖父收到斯万的来信，请求是否可以帮他同韦迪兰夫妇取得联系。"留神哪！留神哪！"他喊道，"毫不奇怪，斯万准会陷进去脱不了身的。绝妙的去处！首先，我满足不了他的要求，因为我已不再与那位先生来往。再说可能与女色之事有关，我可不插手这种事情。好嘛，斯万若跟小韦迪兰夫妇混在一起，咱们有好戏看了。"

收到我外祖父否定的答复之后，只好由奥黛特自己把斯万带到韦迪兰夫妇家去了。

斯万初次登门的那天，韦迪兰夫妇晚餐桌上的客人有科塔尔大夫及太太，年轻钢琴家和他的姑妈，当时正得宠的那位画家，出席晚会的还有其他几个信徒。

科塔尔大夫从来把握不住用哪种口气回答问题，看不清对方是在开玩笑还是当真的。以防万一，他的脸上总带着笑容，一种有条件的和暂时的笑容，随时作巧妙的应变，即使别人的话有取笑的意思，也可免遭头脑简单之责。但面对相反的意图，他便不敢明显露出微笑了，脸上总漾着犹豫不决的表情，使人一眼看出他想提又不敢提的问题："您的话当真？"在大街上乃至在日常生活中他对自己的言谈举止也不比在沙龙里更有把握；对行人，对车辆，对发生的事情，他一概嘲弄似的笑嘻嘻，不让人家看出他的举止有任何不当之处；万一他的举止不合时宜，也能证明他早已知道，而之所以如此，只是开开玩笑罢了。

然而对他觉得可以坦率提问的一切事情，大夫不会错过机会来竭力缩小疑问的范围和补充他的知识。

就这样他一直遵循有远见的母亲在他离开外省时的谆谆嘱咐，从来不放过陌生的成语或专有名词，总要查考一番，弄个水落石出。

说到成语,他不厌其烦地打听,觉得有些成语可能包含更为确切的意思,哪怕对那些最常用的成语也不放过,总想弄清其确切含义,诸如"魔鬼之美"(女性青春美),"蓝色的血"(贵族出身),"轿杠上的生活"(放荡不羁的生活),"拉伯雷的时刻"(捉襟见肘的时刻),"风雅之王"(风度翩翩),"给空白证件"(授以全权),"被逼成哑巴"(哑口无言)等等,并且想知道在哪些特定的情况下他可以在讲话中使用。成语使用不上时,他就用从别人那里学来的双关语和谐音词。至于专有名词,每当别人在他跟前提到新的人名,他只用疑问的语气简单重复一下,心想这足以获得进一步的解释而不必作出求人的样子。

他完全缺乏批评意识,尽管自以为对什么都能说长道短:文雅的客气话很有讲究,施恩者说起话来好像欠了对方的情,又希望对方不要信以为真,而这对科塔尔大夫却是白费劲,他完全按字面的意义理解别人的话。不管韦迪兰夫人对他怎么盲目地抱着好感,最后也恼火了,虽然仍觉得他非常机灵。那天请他进包厢听萨拉·贝尔哈特[1]演唱,特别客气地说:"您惠临邀请实在太好了,大夫,何况我相信您经常听萨拉·贝尔哈特的戏,不过咱们似乎离舞台太近了一点。"科塔尔大夫进包厢时脸上挂着笑容,随时准备根据权威人士对这场戏的价值的意见,把笑容放开

---

1. 萨拉·贝尔哈特(1844—1923),法国著名的女演员,主演过《茶花女》等。

或收敛,他答道:"确实离得太近了,而且人们对萨拉·贝尔哈特开始厌倦了。但您向我表示了要我来的愿望。对我来说,您的愿望便是命令。我太乐意向您报效这一点大驾之劳了。为了讨您喜欢,有什么事不能做呢?您是如此的仁慈!"接着又说:"萨拉·贝尔哈特,真是金嗓子,是不是?人家的文章常说她把舞台都烫坏了[1]。这个成语很奇怪,是不是?"他等着赞扬,可是没人答理,讨了个没趣。

"喂,听着,"韦迪兰夫人事后对丈夫说,"我看咱们对待大夫的方法不对头,不必那么谦虚,把送给他的东西的价值故意压低。他是学者,没有实际生活的经验,自己根本不识货,咱们说什么他学说什么。"韦迪兰先生答道:"我早看出来了,一直没敢跟你说就是了。"次年元旦,韦迪兰先生不再给科塔尔大夫送价值三千法郎却偏说小意思的红宝石了,而用三百法郎买了一颗假宝石,并且暗示这是稀世珍宝。

韦迪兰夫人当众宣布斯万先生晚上要来。"斯万?"大夫惊叫起来,口气近乎粗暴,此公一向自以为料事如神,然而每每有一点微不足道的新闻,他比谁都大惊小怪。看到没人答理,他惶惶如坐针毡,不禁吼了起来:"斯万?斯万是谁?"——"就是奥黛特跟咱们提起过的那个朋友嘛。"韦迪兰夫人这么一说,他平静下来,用缓和的语气说:"嘀,好,好,那好嘛。"至于画家,他

---

1. 转意:演出充满激情。

第二部分　斯万的爱情

很高兴斯万给引进韦迪兰夫人的家门，因为他猜想斯万已迷上奥黛特，他向来喜欢促成好事。"在下最乐意做大媒，"他俯在科塔尔大夫的耳边悄声说，"我已经拉成功许多对喽，甚至把女人跟女人双双配对！"

奥黛特刚对韦迪兰夫妇说过斯万非常"潇洒"，他们倒担心他是个"讨厌的家伙"。结果恰恰相反，斯万给他们的印象好极了，他们哪里晓得，他经常出入上流社会正是博得他们好印象的一个间接原因。斯万比那些从未涉足社交界的人，哪怕是聪敏过人的，确实略胜一筹，稍有社交场阅历的人都有这种优势，即对社交界不再抱有急切的愿望或臆想的恐惧，对社交界有个全面的看法，并不认为有什么了不起。出入社交界的人士和蔼可亲，既摆了时髦风气，又不必担心过分献殷勤，来去自便，举止落落大方，温文尔雅，举手投足恰如其分，得体如愿，而身体的其余部分也不会做出不慎和笨拙的动作。当别人介绍一位陌生的年轻人时，就高雅地伸出手去；当别人介绍一位大使时，就不卑不亢地躬一躬身，这种社交界人士体操般的基本动作已经变成斯万社交举止的组成部分，而他自己却毫无察觉，所以斯万面对韦迪兰夫妇及其朋友们这类地位比他低下的人，他本能地表现出殷勤，主动上前亲近，而在他们眼里，一个"讨嫌家伙"是不会如此的。他只对科塔尔大夫表现出片刻的冷淡：在彼此还没有交谈之前，大夫就向他挤了挤眼，送去一个暧昧的微笑（科塔尔管这种脸部表情叫"来者不拒"）；斯万以为大夫多半在某个寻欢作乐场所见过他，尽管他本人很少去那种地方，从不沉湎于花天酒地之中。斯万觉得这种暗示俗不可耐，尤其奥黛特在场，她会对他产生不好的看法，于是摆起冷冰冰的样子。但当他得知身旁的一位女士便是科塔尔太太时，便想道，一位如此年轻的丈夫不至于当着自己妻子的面跟别人暗示那种类型的娱乐，于是不再认为大夫那种会心的神情包含他所担心的那层意思了。当下画家邀请斯万偕同奥黛特一起去参观他的画室，斯万觉得他很亲切。"也许您比我更受他的欢迎，"韦迪兰夫人用假装生气的口吻说道，"他会给您看科塔尔的肖像（那是她向画家订的）。好好记住，比什'先生，'"她朝着画家提醒道，她管画家叫"先生"，是一种固定的戏称，"要把他的眼画得好看，把眼角画得细腻又逗人。您记清楚，我主要想得到他的微笑，我请您画的正是他的微笑。"她觉得自己的话妙趣横生，故意提高嗓门重复一遍，好让更多的客人听见，甚至以此提供借口，好让一些客人凑到她跟前，斯万希望认识所有在场的人，包括韦迪兰夫妇的一个老朋友萨尼埃特，此人具有广博的文献档案知识，家产万贯，出身名门望族，却因生性腼腆，朴实无华，心地善良而得不到应有的尊敬。他说话时嘴里含着什么东西似的，但这种含糊并不使人讨厌，因为别人不觉得这是一种语言缺陷，倒是一种内心优点，表明他仍保留着一颗未泯的童心。所有的辅音他都发不好，这说明任何生硬的话他都不会说。斯万请韦迪兰夫人把他介绍给萨尼埃特，夫人听后却把他们的地位颠倒了，以致韦迪兰夫人回答时特别强调两者的差

第二部分　斯万的爱情　　　　　　　　　　　　　　　　　　*247*

别:"斯万先生,请您赏脸,允许我向您介绍我们的朋友萨尼埃特先生。"但斯万的请求激起了萨尼埃特强烈的好感,而韦迪兰夫妇从未向斯万透露过他会有这种好感,因为他们有点讨厌萨尼埃特,不会主动给他介绍朋友。与此相反,当斯万心想应当马上请求认识钢琴家的姑妈时,韦迪兰夫妇感动得不得了。姑妈同往常一样,身穿黑色套裙,她认为女人穿黑色无论什么场合都得体,没有比黑色更高雅的了;她的脸色出奇的红润,好像刚吃过饭。她恭恭敬敬地向斯万欠身施礼,但随即庄重地挺起身子。由于没有受过教育,生怕出现语法错误,她故意吐音含糊,心想万一说错了,也可蒙混过去,人家无法确切辨认差错,所以她讲话含糊其词,发出一连串听不清的沙哑声,偶尔吐出几个有把握的词,也是稀稀拉拉冒出来的。斯万以为在跟韦迪兰先生谈话时不妨取笑她一下,不料韦迪兰先生大为不快。

"这是个善良的女人,"他答道,"我同意您的看法,她算不上才貌惊人,但我肯定,您若单独跟她交谈,准会跟她谈得来。"——"我毫不怀疑,"斯万赶紧退让补充道,"我的意思是说她算不上'出类拔萃',"他特别强调这个形容词,"总之,那还是句恭维话。"——"喏,还有呢,"韦迪兰先生说,"还有让您吃惊的呢,她写一手好文章。您从没听过她的内侄弹琴吧?妙不可言哪,是不是,大夫?要不要我请他弹点什么,斯万先生?"——"那将不胜荣幸……"斯万刚开口,就把话打住了,他发现大夫脸上露出嘲弄的神情。确实,大夫没忘记,讲话夸大其辞,故作庄重，已经过时了，所以一听到有人一本正经地使用某个庄严的字眼，比如刚才"荣幸"一词，他便觉得用这种字眼的人未免迂腐。更何况这个庄严的词碰巧用在他称之为陈词滥调的句中，因此不管该词多么常见，大夫仍猜想斯万刚开始说的那句话必然滑稽可笑，于是含讥带讽地接上话茬，用了一句他认为对方想要讲的俗套话，殊不知人家压根儿不曾想到。

"荣幸属于法兰西！"他调皮地喊道，高举双臂，作了个夸张的姿态。

韦迪兰先生忍不住笑了起来。

"那几个好人在笑什么呢？看来你们那个小角落挺有趣的嘛，"韦迪兰夫人喊道，接着像孩子撒娇似的抱怨，"你们以为我孤独一人呆在这里受罪是寻开心哪！"

韦迪兰夫人坐在一把上蜡的瑞典式杉木高椅上，这是一位瑞典小提琴家赠送的，虽然看上去像只板凳，与她那些古色古香的家具颇不协调，她还是把它保留了下来；她特意把信徒们不时按习惯送给她的礼物放在显眼的地方，好让送礼的人来时看了高兴。为此，她竭力说服人家只送些鲜花和糖果就行，因为这些东西放不多久的，但怎么说也没用，人家照送不误，礼物各式各样，有的还是重复的，这样她家里堆满了脚炉、靠垫、挂钟、屏风、温度计、瓷瓶，又冗繁又不协调。

她坐在上面，居高临下，兴致勃勃地参与信徒们的谈话，拿他们的"油腔滑调"开心，但自从上次笑脱下巴臼以后，她再不敢哈哈大笑了，而代之以一种约定俗成的手势模仿，表示她笑出眼泪了，这样既不费力又无危险。只要哪位常客提到某个讨嫌家伙或原是常客后来打成讨嫌家伙时迸出一句俏皮话，她就会发一声轻声的尖叫，紧紧闭上开始蒙白内障的鸟儿眼，突然用双手把脸捂住，严严实实，让人什么也看不见，仿佛面前出现了什么猥亵的场面或为了躲避什么致命的打击，她装作竭力克制，憋着不笑出声来，不然纵情大笑就会昏死过去；韦迪兰先生看在眼里，心中着实难过，因为他一向认为自己和妻子一样招人喜欢，可是真正开怀大笑，就喘不上气来，缺乏妻子吟吟不停地假笑那种高招，相形之下，深感望尘莫及，甘拜下风。就这样，韦迪兰夫人被信徒们的乐观弄得飘飘然，被友好情谊、说别人坏话和唯唯诺诺弄得醉醺醺，她栖息在那把高椅上，活像吃了一只在热酒里泡过的饼子，浑身舒服，不由得抽噎起来。

韦迪兰先生请斯万先生允许他抽烟斗（"这儿都是朋友，熟不拘礼。"），然后请年轻的艺术家开始演奏。

"算了，算了，别难为他了，他不是来这里受折磨的，"韦迪兰夫人大声说道，"谁想折磨他，我可不答应啰。"

"这怎么叫难为他呢？"韦迪兰先生说，"斯万先生也许没听过咱们发现的那首F大调奏鸣曲吧，他可以给我们弹一弹用这首奏鸣曲改编的钢琴曲。"

"得了，得了，别弹我那首奏鸣曲啦！"韦迪兰夫人叫喊起来，"我可不想再像上次那样失声痛哭，得了鼻炎，外加面部神经痛；谢谢了，我可不愿意再遭罪，你们的好意领了，我领情，反正卧床一周不是你们哪。"

这番小小的表演，每当钢琴家要演奏时，她总把它献给朋友们，好像每次都很新鲜，以显示"老板娘"如何富有独特的魅力和对音乐何等的敏感。在她近旁的人于是招呼在远处抽烟或玩牌的人，让他们往跟前靠近，示意有重大事件，就像处在国会辩论的重大时刻，喊道："听着，听着。"第二天，他们还为没有到场的人惋惜，说什么头天那场小戏比平时更引人入胜。

"好吧！就这么说定了，"韦迪兰先生说，"只让他弹行板吧。"

"只弹行板！你说得倒轻巧！"韦迪兰夫人叫喊起来，"最要我的命的，正是这段行板。这个东家，他真了不得！简直等于说，听《第九》只选尾声，或者听《大师》[1]只选序曲嘛。"

然而，科塔尔大夫倒怂恿韦迪兰夫人让钢琴家演奏，并非认为音乐在她身上引起的激动是装出来的，因为他确认她有某些神经衰弱症状；但他和许多医生一样都有这种习惯：每当社交活动的成败显得更为重要，而活动的主角又是他们的病人时，他们便立即缓和疾病的严重性，嘱咐病人忘掉消化不良或感冒，并说这是当务之急。

"这回您不会闹病，放心吧，"他一边对她说，一边向她递眼色，"况且，真的闹病，我会照料您的嘛。"

1.《第九》系指贝多芬《第九交响曲》;《大师》系指瓦格纳《唱歌大师》。

"真的吗?"韦迪兰夫人答道,面对这般的厚爱,感到盛情难却,只得退让了。或许还因为,老说自己会闹病,有时连自己也忘记这是个谎话,一种病态心理。然而,病人为了少发病不得不明哲保身,但久而久之,他们便厌倦了,于是他们宁愿让自己相信,他们可以不受损害地做他们喜欢做而常常有害健康的事情,只要把自己托付给一个有能耐的人料理,而自己不用费任何力气,凭能人一句话或一颗药就使他们康复。

奥黛特走到钢琴旁边一张绒绣长沙发前坐了下来。

"您瞧,这是我的小地盘。"她对韦迪兰夫人说。

韦迪兰夫人看见斯万坐在一把椅子上,便请他起来:

"您坐在那里不舒适吧,坐到奥黛特身边去;奥黛特,您说是不是?让点地方给斯万先生坐,行吗?"

"多么漂亮的博韦绒绣!"斯万竭力献殷勤,说着便坐了下来。

"嗨!您欣赏我的长沙发,真叫我高兴,"韦迪兰夫人回答,"赶早告诉您,您若想在别处看到有这么漂亮的沙发,那赶紧打消这个念头。这种款式后来再也没有生产了。那些小椅子也都是稀世珍品。您一会儿好好看一看。每件青铜雕刻都有特性,同座椅上的图案相匹配;您知道,您要是愿意观赏,定能一饱眼福,准保您快活好一会儿。喏,就拿椅沿的细条镶边来说吧,红底上的葡萄多好看哪,图案讲的是'熊与葡萄'的故事。画得不俗吧?您认为画得怎么样?我认为他们画得活灵活现。这葡萄挺馋人的,是吧?我丈夫硬说我不喜欢吃水果,因为我比他吃得少。其实不然,我比你们诸公都贪,不过我用不着放进嘴里,光用眼睛就可享用了。你们笑什么?问问大夫嘛,他会告诉你们,这些葡萄给我催泻。有人用枫丹白露的白葡萄酒治疗,我则用博韦的绒绣来治疗。斯万先生,您离开以前一定要摸一摸那些椅背上面的青铜雕刻。现在就摸一摸,是不是又细又光?不,张开双手,好好摸一摸。"

"得了,韦迪兰夫人又要摸青铜雕刻了,咱们今晚别想听音乐了。"画家说道。

"您住嘴,坏家伙。实际上,"她边说边转向斯万,"世上有些东西远不如摸青铜更有肉感,但就是不让我们女人享受。谁的皮肉能跟它相比呀!想当年韦迪兰先生对我的醋劲儿还挺大,真叫我受不了……得了,你别打岔,你总说不出口你从没吃过醋吧……"

"我什么也没说呀。瞧瞧,大夫,我请您作证,我什么也没说吧?"

斯万出于礼貌,轻轻抚摸青铜雕刻,不敢马上放开。

"得了,您以后再用手玩赏这些东西吧,现在该用您的耳朵玩赏了,我想您会喜欢的;就请这位年轻人承担这项任务吧。"

钢琴家演奏完毕,斯万即刻对他比对在场的其他人更为亲热。其原因如下:

一年前,在一次晚会上,他听到一首钢琴和小提琴协奏的乐曲。最初，他只品出从乐器散发的质地良好的音响。当他突然听到在小提琴尖细、持久、密致、主导的线状音响下，钢琴部浑厚的块状声奋力升起，形式多变而又不可分割，平滑流畅而又互相撞击，宛如月光下荡漾的淡紫色水波，以降半音的节奏，显得富有魅力，他已经感到极大的愉悦。然后在某一瞬间，他还未能分辨清楚其轮廓，未能给予所获得的欣喜以恰当的名目，突然入迷似的竭力捕捉那个乐句或和声——他自己也不明白是什么——；它稍纵即逝，却已经大大打开了他的心扉，有如玫瑰的芬芳在晚间的湿润的空气中飘荡，使我们不禁鼻翼翕张。也许正因为他不知道这是什么乐曲，才产生如此模糊的印象，然而这种印象也许只属于纯音乐性的、无广延的、别具匠心的印象，与别的印象格格不入的。这类瞬间的印象可以说是 sine materia[1]。这时我们听到的音符已经按其高度和时值逐渐在我们眼前覆盖大小不等的面积，描绘出飞舞的线条，使我们产生开阔、纤细、平稳、多变的感觉。但我们这些感觉还没来得及确定，音符便消失了，后继的音符乃至同时出现的音符又使我们产生另外的感觉，把原先的感觉淹没了。这种印象将继续流入和渗入不时浮现的乐旨，然而刚刚出现的乐旨还没让人认清就立即沉没和消失了；它们以特殊的欣悦为我们所知，而我们却不能加以描绘、记忆、认定；它们是难以形容的，除非记忆，如同工人致力在川流中筑造持久的基

---

1. 拉丁文：非物质的。

座那样，为我们复制倏忽不见的乐句，使我们能够把它们与后继的乐句加以比较和区分。因此，斯万享受到的美感刚刚终止，他的记忆立刻为他把这些乐句暂时扼要地记录下来，但在他回顾记录时，乐曲继续向前，结果当相同的印象突然再度出现时，它已经不再是难以把握的了。斯万想象得出乐句的音域，乐句与乐句之间匀称的组合，乐句的谱写线图，乐句的表现时值；他眼前出现的不再是纯粹的音乐，而是图画、建筑、思维，并且能使他回想得起来。此时他已经清晰地分辨出某个乐句从回荡的乐波中脱颖而出，浮现了若干片刻。这个乐句顿时使他获得特殊的愉悦，而这在听见它以前是难以想象的，而且感到其他的乐句都不能引起他有类似的快适，于是他对这个乐句产生了从未有过的爱好。

这个乐句以徐缓的节奏引导他由近及远，一直走向崇高的、难以理解而清晰可感的幸福。突然，乐句到达某个附点，斯万刚准备紧随不舍，它却在稍稍休止之后猛地改变方向，以一种新的旋律，以更为快速而又纤细、凄凉、缠绵、温柔的旋律，卷着他奔向陌生的前景。之后，乐句消失了。斯万热切希望它第三次再现。它果然再次出现，不过并没有使他更明白其中的含义，甚至在他身上引发的欢快不如原先那么深厚。但是，他回到家里，感到需要它，如同生活中某人偶然瞥见一个过路的女人，感到这个女人在他心目中树立了新颖的美的形象，而且切身体察出它具有更大的价值，可他却不知道能否再次见到那个使他已经钟情的、连名字也叫不出来的女人。

这种对一个乐句的热爱顿时使斯万好像觉得有可能在某种程度上恢复青春。好久以来他已放弃追求生活中的某个理想，而把生活局限于追求日常的满足，他认为这种状况到死也不会改变，虽然没有这么明确对自己说过；更何况，由于感觉不到自己的精神世界里还有崇高的思想，所以不再相信天下存在这样的思想，虽然也不能完全予以否定。因此，他习惯于躲藏在无关宏旨的思想中，从不探究事物的实质。同样，他不思索该不该去社交界，相反，确信如果接受邀请就应当前往，假如事后不去拜会，也该留下自己的名片；他在与人交谈时也一样，竭力不对事物发表自己内心的见解，仅仅提供一些本身具有一定价值但使自己不必表态的细节。他可以十分精确地说出一份菜谱或一位画家的生卒日期及其作品名表。尽管如此，他有时还是不由自主地对某个作品、对某种人生观发表一番见解，但话语中往往含讥带讽，好像他并不完全赞同自己所说的话。然而，某些病病歪歪的人到了一个新地方，接受一种新的摄生法，有时出现一种莫名其妙的身体器质性变化，他们突然好像病痛大为减轻，以致开始想望从来不敢想望的事情：在生命的暮年开始一种完全不同的生活；斯万同他们似乎相像，每每回忆起他听过的那个乐句，每每请人演奏某些奏鸣曲，试图从中找到那个乐句，他发现自己身上也有某种生机：这种以前不再相信的现实显现之后，他内心重新产生欲望甚至力量，要为新的现实奉献自己的生命，仿佛音乐对他干涸的、痛苦的心田进行专门治疗起了作用。但斯万未能了解到他听到的那部作品出自哪位高手，也搞不到这部作品，于是把它置之脑后了。他虽在那个星期遇见几位那天也参加晚会的人，讯问过他们，但其中好几位要么演奏完才到，要么演奏前就走了；有几位演奏时在场，但到别的客厅聊天去了；有那么几位留下听的，但不比闲聊的人多听进什么。至于东道主，他们只知道这是一部新作品，是他们聘来的艺术家们主动演奏的，但他们又到外地巡回演出去了，斯万未能打听到更多的情况。他有不少音乐界的朋友，可他只能回忆起那个乐句激发的那种独特而又无法言传的乐趣，只能看到乐句在他眼前勾画的图案，却不能把它哼给他们听。后来，他就不再去想它了。

然而，这晚在韦迪兰夫人家，年轻的钢琴家刚开始弹了几分钟，斯万忽然在跨两节拍的长高音之后，看见他喜爱的那个飘逸的、芬芳的乐句突破拖长的、紧密的音响向他徐徐接近，仿佛从掩盖神秘的孵育的音幕中脱颖而出，他认出来了，就是那个隐秘的、低回的、时断时续的乐句。它是那样天成独特，其魅力那样不同凡响，任何其他魅力都替代不了；对斯万来说，有如在一家朋友的客厅遇见一个女人，原来在街上见过的，曾令他仰慕不已，绝望地以为永生永世也见不到了。最后，那个指示性的、勤于出现的乐句，在涓涓河水散发的清香中远去了，把吟吟微笑的映象留在斯万的脸上。现在可以打听他不知其名的作品了，人家告诉他这是万特伊的《钢琴小提琴奏鸣曲》中的平板，他记了下来，以后可以在家里随时重温，设法领会它的语言，探索它的奥秘。

因此，钢琴家刚刚弹完，斯万便上前向他致谢，那种热乎劲儿使得韦迪兰夫人乐不可支。

"多么迷人哪，是吧，"她对斯万说，"这小家伙，他对这个奏鸣曲理解得很透彻，是不是？真没想到钢琴竟能达到如此的境界。我敢说，那里面什么都有了，唯独不见钢琴！我每次重听都会入神，总以为在听一个乐队演奏。甚至比乐队更美妙，更完整。"

年轻的钢琴家鞠了一躬，笑嘻嘻，好像说俏皮话，一板一眼地回答：

"您太夸奖了。"

韦迪兰夫人对丈夫说："喂，给他来杯橘子水吧，他劳苦功高哇！"这时斯万向奥黛特讲述他如何爱上那个小乐句。"喂，奥黛特，看上去他在跟您说甜言蜜语哇。"韦迪兰夫人在稍远的地方问道。奥黛特回答："对了，是甜言蜜语。"斯万觉得她的直爽美不可言。不过，斯万还想打听万特伊的情况，如有关他的作品，创作这首奏鸣曲的生活时代，当时写这个乐句想表达的意思等等，这都是斯万特别想弄明白的。

当斯万说万特伊的奏鸣曲实在太美了，韦迪兰夫人叫道："没错儿，很美，我相信您的话！可咱们不该承认不知道万特伊的奏鸣曲，咱们没有权利不知道。"画家接着说："是啊，这是一部非常伟大的杰作,是不是?这么说吧,决不是那种'昂贵'而'公开'的东西,是不是?但对艺术家却有极大的感染力。"所有在场的人都在高谈阔论,行家似的欣赏这位音乐家,但他们好像从未提过斯万提出的问题,因为谁也回答不了。

甚至当斯万对他心爱的乐句发表一两点个人的见解时,韦迪兰夫人竟说:

"喈,真有意思,我还从没注意到哩。告诉您说吧,我不喜欢吹毛求疵,不喜欢插手鸡毛蒜皮的事儿;这里谁也不肯浪费时间去钻牛角尖,这不是咱们家的门风。"科塔尔大夫一边怡然自得地、不胜仰慕地望着她,一边兢兢业业地、满腔热忱地听着她一连串脱口而出的成语。科塔尔夫妇像某些平民出身的人,颇谙世故,对音乐避免发表意见或假装欣赏,尽管回家后两口子相互承认对音乐不比对"比什先生"的画懂得更多。公众认识大自然的妩媚、秀丽、形态,往往只通过耳濡目染那些老一套的艺术获得,而有独创性的艺术家先从摈弃老一套开始迈步,科塔尔夫妇在这一点上正是公众的形象,他们在万特伊的奏鸣曲中和在"比什先生"的肖像画中,都找不到他们所认为的音乐的和谐与绘画的优美。他们以为钢琴家弹奏鸣曲只是胡乱地在钢琴上击出一些音符,同他们熟悉的形式毫不相干,而画家只不过随心所欲地把颜色涂在画布上。在这类画中,他们若认出一种造型,便觉得它笨重和俗气,也就是说,缺乏学院画派的美,即便在大街上,他们也用这种美感观察行人,进而觉得它不真实,仿佛比什先生不知道肩是怎么长的,也不知道女人不长淡紫色头发。

信徒们散开了,韦迪兰夫人对万特伊的奏鸣曲讲完最后一句评语,大夫感到这是个好时机,像初学游泳的人选择旁边没有太多人注意他的时机跳下水学游泳,突然果断地叫道:

"嗨,他可称得上 diprimo cartello[1] 的音乐家!"

斯万只打听到万特伊的这首奏鸣曲最近才问世,虽说在一些激进流派中引起了强烈的反响,但广大公众根本不知道。

"我倒认识一个叫万特伊的人。"斯万说道,他想起我外祖母姐妹们的钢琴教师。

"没准儿是他。"韦迪兰夫人喊道。

"嗳,不会吧,"斯万笑着回答,"要是您看过他一眼,就不会提这样的问题了。"

"那么谁提问题谁解决吧,是吗?"大夫说。

"可能是我们家的一个亲戚,"斯万接着说,"说来也够不光彩的,一个天才竟会是一个老糊涂虫的堂表兄。如果是这样,我情愿受委屈也硬要老糊涂虫把我介绍给奏鸣曲的作者:跟老糊涂虫来往叫人难受哇,肯定非常不愉快。"

画家知道万特伊当时病得很厉害,波坦大夫担心治不好他了。

"什么!"韦迪兰夫人嚷道,"竟有人找波坦治病。"

"嗨,韦迪兰夫人,"科塔尔装腔作势地说,"不要忘记您在

---

[1] 意大利语:第一流。多指歌唱家、音乐家。

说我的一个同行，我该说，他是我的一个师长。"

画家早听说万特伊快要精神错乱了。他还肯定地说这从奏鸣曲的某些段落觉察得出来。斯万倒不觉得这种看法不合逻辑，但为之不安；因为一部音乐作品并不包含任何逻辑关系，言语错乱表明人的精神错乱，但从一首奏鸣曲识别出精神错乱在他看来仍然颇为神秘，如同母狗狂躁不安，牝马疯疯癫癫，尽管确实可以观察得出来。

"得了，别跟我提您的师长啦，您比他高明十倍，"韦迪兰夫人回答科塔尔大夫，其口气就像勇于坚持己见，敢于顶撞不同意见的人，"您至少不会治死人吧！"

"可是，夫人，他是科学院院士呀，"大夫含讥带讽地反驳道，"有的病人就是喜欢死在科学王子的手里……说上一声：'是波坦在给我治病'，多么潇洒啊！"

"嗬，多么潇洒？"韦迪兰夫人说，"这么说现如今生病也有潇洒的？没听说过……您别逗我啦！"她突然双手捂着脸嚷嚷起来："我真糊涂，正儿八经辩论，没想到您耍弄我。"

至于韦迪兰先生，他觉得为这么点儿小事放声大笑未免伤神，不如抽一口烟斗聊以自慰，心里却着实悲哀，在讨人喜欢方面与妻子相比实感自愧不如。

"您知道我们很喜欢您的朋友，"韦迪兰夫人在奥黛特道晚安时对她说，"他爽直，可爱，您的朋友都像他这样的话，尽管带来好啦。"

韦迪兰先生则指出斯万不赏识钢琴家的姑妈。

"此公有点不习惯，"韦迪兰夫人答道，"你总不能让人家第一回来就像科塔尔那样具备咱们家的门风吧，科塔尔加入咱们这个小圈子有好几年了。第一回不算数嘛，接个头，摸摸底罢了。好吧，奥黛特，商妥了，明天他跟我们一起去沙特莱剧院。您去接他一下怎么样？"

"不，他不要。"

"那就随你们便吧。但愿他不会临时变卦。"

出乎韦迪兰夫人的意料，他从不变卦。不管他们上哪儿，他都奉陪，甚至有时到不常去的郊外餐馆，因为还不是时令，更常去剧院，因为韦迪兰夫人喜欢看戏；有一天韦迪兰夫人在家里对斯万说，假如首场演出或盛会的晚上搞到一张特别通行证就好了，甘必大葬礼那天就因为那玩意儿弄得他们十分尴尬，斯万从来不提显赫的关系，只提身价不太高的熟人，否则他觉得有什么隐私见不得人似的，未免不正派；在诸多的关系中，他只习惯于在圣日耳曼区谈论他与政界的交往，这次破例地说：

"我承办这件事吧，等《达尼谢夫》[1]再次上演，你们准能拿到特别通行证；明天我正好和巴黎警察局长都去爱丽舍宫赴午宴。"

"怎么，在爱丽舍宫？"科塔尔大夫惊叹道，声如雷鸣。

"是的，在格雷维先生那里。"斯万答道，对刚才那句话产生

1.《达尼谢夫》是皮埃尔·德·科凡-克鲁科夫斯基的剧作，1876年首次上演；后经小仲马的修改，于1884年再度搬上舞台。

的反响有点不好意思。

画家对大夫开玩笑说：

"您这是怎么啦？"

通常，大夫每逢听到什么解释，总说"嘀，好，好，那好嘛"，不动声色。但这一次，斯万最后几句话非但没有像往常那样让他平静下来，反而使他惊诧不已：一个跟他一起吃晚饭的人，既无官职又无名气，居然跟国家元首交往。

"怎么回事？格雷维先生？您认识格雷维先生？"他问斯万，其惊讶和怀疑的神情好似一个保安警察讯问要求会见共和国总统的陌生人，在明白"何许人氏"之后，正如报纸所说的那样，满口答应那个可怜的疯子，说他马上受到接见，但却把他带到拘留所的特别诊疗室。

"我跟他有点认识，我们有些共同的朋友（他不敢说其中就有威尔士亲王），再说，他很好客，不过我敢说那里的饭菜没多大意思，简单得很，桌席上从不超过八个人。"斯万答道，他竭力抹去与共和国总统交往的光彩，免得使对方看起来太耀眼。

科塔尔对斯万的话立即信以为真，同意对格雷维先生邀请的价值作这样的估计：这种事很少有人追求，是极其普通的。从此，他对斯万或别的什么人出入爱丽舍宫不再感到惊异，甚至有点同情他们，那种午宴连客人都感到无聊。

"嘀，好，好，那好嘛。"他连声说好，口气活像海关人员，刚才还满腹狐疑，经你这么一解释就在你的签证上盖章，没让你打开行李就放行了。

"是嘛，您说的没错，那种午宴不会有多大意思，您去赴宴，难能可贵呀。"韦迪兰夫人说，在她看来，共和国总统是个最要不得的讨嫌家伙，因为他支配着诱惑人和强制人的手段，倘若用来对付她的信徒们，那就很可能使他们变卦。"听说他聋得像只罐，用手指头抓饭吃。"

"就是嘛，去那种地方，您不会玩得痛快的。"大夫说，口气里有一丝怜悯。突然想起八个客人的数目，便急切地问道："莫非是隐秘的便宴？"那种热切的劲头，与其说是出于逛马路闲人的好奇，不如说是语言学家的勤奋。

不过，共和国总统的威望在他心中最终仍战胜了斯万的谦卑和韦迪兰夫人的敌意，每逢晚餐，科塔尔都关切地问："今晚咱们见得到斯万先生吗？他跟格雷维先生有私交。这就是人们通常称呼的 gentleman[1] 吧？"他甚至不惜送给斯万一张牙科展览会的请帖。

"您可以带人进去，但不可以带狗。请您见谅，我对您说这话，因为我的一些朋友事先不知道，结果后悔不已。"

至于韦迪兰先生，他注意到了妻子发现斯万先前闭口不谈有权势的朋友之后产生的不良印象。如果没有安排外出活动，那么斯万就到韦迪兰夫妇家与小核心聚会，但只在晚上来，尽管奥黛

---

1. 英语：绅士、君子。

在斯万家那边

特苦苦央求,执意不肯跟他们一起吃饭。

"要是您乐意的话,我可以单独陪您吃晚饭嘛。"她对他说。

"那韦迪兰夫人呢?"

"咳,那很简单嘛。我只要推说我的套裙没按时准备好,或说我的马车来晚了。总有办法对付的嘛。"

"真难为您了。"

不过斯万心里盘算,如果他让奥黛特知道,他之所以只在晚饭后会见她,是因为他还有比跟她在一起更大的乐趣,那么她对他的兴趣不出多久就会变成厌腻了。另外,他心爱的小女工又鲜艳又丰满,活像一朵玫瑰花,其美貌在他看来远远胜过奥黛特,所以更乐意在黄昏时分跟小女工在一起,反正晚些时候总能见着奥黛特。出于相同的理由,他从不答应奥黛特来他家接他一起去韦迪兰夫妇家。小女工总在他家附近的一个街角恭候,他的马车夫雷米知道那个地方;小女工上车坐在斯万身旁,倒在他怀里,一直呆到车到韦迪兰家门口才让她下车。他一进屋,韦迪兰夫人就指着他早上让人送来的玫瑰花说:"我可责怪您呀。"然后指指奥黛特身边的空位,钢琴家专为他们俩演奏万特伊的那个小乐句,它仿佛成了他们的爱情之曲,国歌似的每次必有。他从小提琴震音的持续部分开始,接连几个小节只有震音,占满最显著的地位,然后仿佛突然离去,有如彼得·德·霍赫[1]的室内画,一

---

1. 彼得·德·霍赫(1629—1683?),荷兰画家,擅长表现室内光线效果。

扇半开着的门由于门框狭窄使背景深远，加上远处使用另一种颜色，居间的光线显得格外柔和；小乐句此时出现了，婆娑起舞，像田园曲，居间而入，这段插曲属于另一个世界。它一波三折，永不磨灭地向前飘荡，所到之处带着难以形容的微笑一路撒下其高雅的情怀，可斯万这时反倒觉得它的魔力消失了。它仿佛认识到幸福的虚妄性，而这种幸福的道路正是它自己指引的。它在轻盈的优美中达到了至善至终的境地，好像一旦超脱，就会后悔不迭似的。但这对他已无关紧要了，他不大注重这个乐句的本身，即不大重视这个乐句所能表达的东西，因为音乐家在作曲的时候根本不知道他和奥黛特的存在，也不大重视它对今后几个世纪的听众可能意味着什么，而更为重视它是他爱情的一种印证，一种纪念品，足以使韦迪兰夫妇，使年轻的钢琴家同时想起奥黛特，想起他，把他们联结在一起；甚至当奥黛特心血来潮时想请一位艺术家完整地演奏一遍万特伊的奏鸣曲，他却打消了这个计划，所以对这首奏鸣曲他仍旧只知道这一段。"咱们干吗需要其余部分？"奥黛特附和着说，"这是咱俩的段落。"当那个乐句似近在身旁又似远在天边的时候，他甚至忍痛想到，乐句明明飘向他们而来却不认识他们，尽管它本身有一种含义，一种内在的和固定的美，但不为他们所知，他为此几乎感到遗憾，有如对待心爱的女子送的首饰或写的书信，我们埋怨宝石的水色和语言的词汇，因为它们不仅仅是一次短暂的私情和一个特定的人物的精髓所构成的。

斯万经常因为跟那个小女工厮缠时间太长，刚到韦迪兰家听完钢琴家弹一遍那个小乐句，就发现奥黛特回家的时间快到了。他总把她送到她的小公馆门口，即在凯旋门后面的拉佩鲁兹街。也许为了这一点，为了不独占她的深情厚爱，他才牺牲早点见到她并跟她一起到达韦迪兰家的乐趣，这在他并不那么需要，他更需要实施他们一起离开的权利，对此她是领情的，他也十分重视，因为这样做，他认为没有人会注意到她，没有人在他们之间插一杠，也没有人在他离开她之后，妨碍她跟他心心相印。

就这样，她总坐斯万的车回家；一天晚上，她刚下车，他对她说明天见的时候，她匆匆在屋前的小花园里采下最后一朵菊花，赶在他离开前送给了他。回家的路上，他一直把菊花贴在嘴边，几天之后，花枯萎了，他把它珍藏在写字柜里。

但他从不踏进她的家门。只在下午，他曾两次去参加对她来说是至关重要的活动："喝茶"。这里短短的街道又偏僻又空荡，两旁小住宅鳞次栉比，偶尔有几家昏暗的小店打破街景的单调，成为昔日声名狼藉的街区的历史见证和可鄙的遗迹；花园里和树枝上的残雪，冬季的不修边幅，近在咫尺的自然景色，这一切使他进门时所感到的温暖、所见到的鲜花增添了一层神秘的色彩。

住宅底层高于街面，左边是奥黛特的卧室，后窗开向一条平行的小街；一道笔直的楼梯通向客厅和小客厅，两旁的墙漆成深色，墙上垂挂着东方的织物、土耳其的念珠，以及一盏用丝绳系着的日本大灯笼（为了不剥夺客人享受西方文明最新的安逸，这盏灯点煤气）。两间客厅的前面有一个狭窄的门厅，墙壁上装饰着方格图案，酷似花园的格子架，但呈金黄色，靠墙摆着有一面墙长的长方形箱子，里面暖房似的栽着一排盛开的大菊花，那个时期颇为罕见，尽管与后来园艺家培植的菊花相差甚远。斯万虽说不满自去年风行的菊花热，但这次却不然，这些昙花一现的星辰在灰暗的天色下闪烁，放射出充满芬芳的亮光，使半明半暗的屋子映现一道道玫瑰色、橘黄色、白色的斑纹，他觉得十分悦目。奥黛特穿着粉红色丝袍接待他，她的脖颈和双臂全是裸露的。她让斯万在她近旁坐下，那是个神秘的僻角，客厅的凹间，那里有多处这样的僻角，前面有东西挡着，或插在作套盆的中国花盆里的大棕榈树，或挂满照片、丝带和扇子的屏风。她对他说："您这样子不舒服，等一等，我来给您调整一下。"一边吟吟笑着，炫耀自己特殊的发明，一边在斯万的脑后和脚下塞了几个日本绸料垫子，还揉揉打打，似乎毫不吝惜这些珍贵的东西，根本不考虑它们的价值。仆人一次又一次进来加灯，一盏盏灯几乎全装在中国瓷瓶里，摆在各处的家具上，俨然摆在祭台上，单独地或成对地亮着，使得冬日这个傍晚近乎黑夜的暮色重现夕阳的景象，只是显得更长久、更绚烂、更合人情——也许会使伫立街头的某个恋人对着橱窗里时现时隐的神秘景象沉思遐想——她用眼角严厉地监视仆人，看他是否把各盏灯放在规定的位置上。她以为只要有一盏灯放在不该放的地方，客厅的整体效果就会遭到破坏，她那幅摆在罩着长毛绒斜画架上的肖像就会显得线条不明。因此，她焦躁不安地注视着这个粗笨的仆人的动作，厉声斥责他，当他走过一对花缸时挨得太近了，这对花缸她规定亲自揩拭，生怕别人弄坏，这时她赶紧走近看看花缸是否被仆人擦坏。她觉得她的中国小摆设的形状件件"别有一番情趣"，兰花也是如此，卡特来兰花更是如此，还有菊花，她最喜欢这两种花，因为它们具有很大的优点：不大像花，倒像丝绸，像锦缎。"这一朵就像从我披风衬里剪来的。"她一边对斯万说话，一边指着一朵兰花，不免流露出敬意：这朵花太"别致"了，大自然给予她的这位高雅的、意想不到的姐妹虽说在生物的等级上与她相去甚远，但超凡脱俗，比许多女人都更高贵，以至在她的客厅里占有一席之地。她逐一指给他看饰在大瓷花瓶上或绣布帷幕上伸出火舌的奇兽怪物，一束兰花的花瓣，一头嵌着红宝石眼珠的镶银单峰驼以及与它并排摆在壁炉上的一只玉石蛤蟆；她装模作样，一会儿害怕奇兽怪物的凶相，一会儿调笑它们的滑稽相，一会儿因花卉的妖艳而难为情，一会儿情不自禁地去亲吻单峰驼和蛤蟆，昵称它们"宝贝儿"。这种种装腔作势与她某些真实的虔诚形成鲜明的对照，她对拉盖圣母的虔诚尤为明显：她住在尼斯的时候，她对拉盖圣母的朝拜曾使她起死回生，病愈康复，所以她身上总佩戴这位圣母的金质像章，相信它法力无边。奥黛特给斯万准备"他的"茶，问他："加柠檬还是加奶油？"当他回答"奶油"，她便笑着说："一层云彩！"当他觉得茶的味道可口，她又

第二部分　斯万的爱情

说："您瞧我知道您喜欢什么吧。"的确，斯万和她一样，也觉得这茶恰似什么珍品，爱情极其需要通过某些乐趣找到一种为自己辩护的理由，一种为自己延长寿命的保证，相反，爱情不存在了，乐趣也就不成其为乐趣，必将随爱情而终结，以至他七点钟离开她回家换夜礼服时，一路上在马车里喜形于色，回味着这天下午得到的欢快，心里重复着说："能这样在一位年轻女子家里品尝如此难得的好茶，实为乐事呀。"一小时之后，他接到奥黛特的一张便条，当即认出了笔迹，这种矫饰的英国式刚劲笔法虽然使得不成体的字显得整齐划一，但在一个不怎么偏袒的人看来，也许意味着思想混乱，教养不够，缺少诚意，缺乏意志。原来斯万把烟盒忘在奥黛特家里了。"为什么您不把心也忘在这里呢？那样的话，我就不让您收回去了。"

他对她的第二次造访或许更为重要。那天去她家的路上，跟每次要见面时一样，事先把她想象一番；为了觉得她的脸长得好看，他必须只限于回想她红润鲜嫩的颧颊，而通常她的脸颊发黄，萎靡不振，有时还出现小红点，这使他很伤心，似乎证明理想难以达到，幸福平庸无奇。他给她带去她想看的一幅版画。她有点不舒服；她会见他时，穿着淡紫色的中国绉纱晨衣，胸脯披着一块刺绣华丽的布料，好似一件披风。她站在他身旁，散开的头发沿着脸颊垂下，为了俯身看版画不至于劳累，弓起一条腿，颇有点跳舞的姿势，她低头端详，眼睛张得大大的，这双眼睛在不兴奋的时候显得那样的怠倦和阴郁；斯万惊异她的脸很像西斯廷小教堂[1]一幅壁画中叶忒罗的女儿西坡拉[2]。斯万历来有种癖好，喜欢在大师们的画中不仅发现我们周围现实的一般特征，而且发现与之相反最缺乏共性的东西，即我们所熟悉的面孔的个别特征，比如他在安东尼奥·里佐[3]雕刻的洛雷丹诺[4]总督胸像上看到他的马车夫雷米那高高的颧骨和歪歪的眉毛，像得简直令人叫绝；在基兰达约[5]的一幅油画中发现了德·帕朗西先生的鼻子；在丁托列托[6]的一幅肖像画中发现了迪·布尔邦大夫那布满连鬓须的肥胖的脸颊，那中间凹陷的鼻子，那懑人的眼神，那鼓胀的眼皮。或许他素来对自己只限于社交应酬和漫话闲谈怀着内疚，所以当他发现那些伟大的艺术家也如此兴致勃勃地观察这类现象并把类似的面孔画进他们的作品，使作品富有真实感和生命力，增添时代气息，于是他感到心安理得，仿佛得到大师们的宽恕了；或许他沾染上流社会的轻浮习气，需要到古代作品中寻找暗示，来表明现今的人物古已有之，表明现今的人物是古人的返老还童。或许与之相反，他保留着足够的艺术家气质，每当他瞥见这些个性特征脱颖而出，与并不表现现时某个原型的古老画像相

---

1. 罗马梵蒂冈宫内的小教堂，以壁画著称。
2. 这幅壁画出自波堤切利的手笔，内容是摩西逃往米甸，与祭司叶忒罗的女儿西坡拉结婚。（参见《圣经·出埃及记》第二章）
3. 里佐（1471—1532），意大利雕塑家。
4. 洛雷丹诺这个古代威尼斯世家曾几度出任威尼斯总督，但这尊铜像的人物从未出任过总督，作者所查的资料有误。
5. 基兰达约（1449—1494），意大利文艺复兴时期佛罗伦萨画派的画家，此处指《老汉与孩子的肖像》。
6. 丁托列托（1518—1594），意大利文艺复兴后期威尼斯画派的画家。

第二部分　斯万的爱情

似，但更具有普遍意义时，他感到别有情趣。不管怎样，也许因为他一段时间以来得到的感受极其丰富，虽然大多来自他对音乐的爱好，进而他对绘画的兴趣也充实多了，恰逢他发现奥黛特和桑德罗·狄·马里亚诺[1]笔下的西坡拉相像，趣味就更浓了，而且在他身上产生持久的效应；现在人们更乐意用波堤切利这个通俗的名字称呼马里亚诺，自从他的外号与其使人想起他的作品，不如使人想起对他的作品所流传的庸俗谬论。现在他观察奥黛特的相貌，不再根据她双颊的质地好坏以及他的双唇吻她的面颊时所能得到的肉感柔性，假如他敢吻她的话，而是把它当作一缕缕纤细秀丽的线条，用他的目光逐条进行剖析，追寻线条的弧度，从颈项晃动的节奏到头发披散的波动到眼皮低垂的曲度，好似为她勾勒了一幅肖像，那么她的形象特征就变得清晰明朗了。

他凝视她，壁画的一个片段在她的脸盘和身躯呈现，此后不论在奥黛特身旁还是仅仅思念她，他都竭力想象那个片段；他重视佛罗伦萨的这幅杰作，只因它见之于她的身上，唯其如此，这种相似赋予她一种美，使她更为珍贵。斯万责怪自己先前看轻连伟大的桑德罗都可能为之倾心的人的价值，但又暗自庆幸，看到奥黛特时产生的快感终于在他自己的美学修养中找到了依据。他思忖，把对奥黛特的思念和对幸福的梦想联系在一起，在他，不再像先前那样觉这是万不得已的办法了，既然她满足了他最精

---

[1] 桑德罗·狄·马里亚诺又称波堤切利（1445—1510），意大利文艺复兴时期的画家。

细的艺术趣味。他忘记了奥黛特并不因此而变成符合他欲望的女人，因为他的欲望恰恰总与他的审美情趣南辕北辙。"佛罗伦萨作品"这个词帮了斯万一个大忙。它像一个头衔，使他把奥黛特的形象带入梦想的境界，先前她是进不去的，现在堂堂正正地占据其间。他曾经从纯肉体的角度看待这个女人，对她的面孔，她的躯体，她全部的美一再产生怀疑，他的爱情也随之衰退了；可现在，他把爱情建立在一种可靠的美学内涵基础上，疑团烟消云散，爱情被肯定下来；且不提，亲吻和占有一个受过损伤的肉体是习以为常的，平淡无奇的，然而这个肉体一旦像博物馆的珍藏品那样受到爱慕时，那么他便觉得亲吻和占有是神奇非凡的，美不可言的。

几个月来除了与奥黛特相见外别无他事，开始感到懊悔，但又一想，一件用特异材料铸成、趣味无穷的杰作有着无可估量的价值，多花些时间合乎情理；他观看这件罕见的样品时，有时像艺术家那样谦恭、无私和超俗，有时却又像收藏家那样骄傲、自私和贪心。

他把《叶忒罗的女儿》这幅画的复制品当作奥黛特的相片放在自己的书桌上。他欣赏那双大眼睛，欣赏那文雅的面孔，尽管皮肤隐约有些缺陷，也欣赏那沿着倦怠的双颊垂下的绝妙的发卷；他把以美学方式体会到的美放在一个活生生的女人身上，再把这种美化为生理优点，进而喜滋滋地把这些优点集中在一个可能被他占有的女人身上。当我们观赏一幅杰作时，往往对它朦胧

第二部分　斯万的爱情

的好感油然而生，现在他既然知道了《叶忒罗的女儿》那幅画有血有肉的原型，朦胧的好感变成一种欲望，用来弥补奥黛特的肉体从未使他激起过的那种欲望。每当他久久凝望波堤切利的画，便想起他自己的波堤切利，觉得自己的画中人更美，于是他把西坡拉的画片拿到身边，仿佛把奥黛特紧紧搂在怀里。

然而，他想方设法预防奥黛特产生厌倦，有时也预防自己产生厌倦；他感到自己从奥黛特极其方便地同他见面以来，她好像对他没有多少话可说了，由于他俩呆在一起的举止有些平淡无奇、单调无味，似乎永远固定下来了。他担心长此以往最终会毁掉他那个浪漫的希望：她终将有一天向他吐露灼热的爱情，只是这种希望使他爱上她并仍然爱着她。为了改变一下奥黛特过分僵滞的精神状态，也由于害怕自己因此而腻烦，他突然给她写了一封信，让人在晚饭前送到，信里充满假装的失望和佯作的愤慨。他知道她会惊慌失措，立即给他回信，他希望她由于害怕失去他而内心挛缩时迸发出迄今从未对他说过的话语；果然，他正以这种方式得到了那些她还未给他写过的饱含温情的信，其中有一封是她中午从"金屋饭店"让人送来的（那天为赈济木尔西亚水灾难民举办了巴黎——木尔西亚节）。信是这样开头的："我的朋友，此刻我的手颤抖不已，几乎握不住笔了。"他把这封信和枯萎的菊花一起珍藏在同一个抽屉里。有时，她没有空给他写信，那么当他一跨进韦迪兰家，她便快步迎上前对他说："我有话对您讲。"于是他好奇地从她的脸上，从她的话中察看迄今一直向他隐瞒的东西。

只要他走近韦迪兰家，每每瞥见百叶窗一向敞开的大窗户灯火辉煌，便不由想起即将见到那位在金色的光芒下喜笑颜开的可爱的人儿，心里不由泛起缕缕柔情。有时灯光把客人们细长的黑色身影清楚地映照在窗帘上，好像半透明的灯罩上映现的错落有致的小版画，其余部分的皱褶则亮光光的。他竭力从中辨认奥黛特的剪影。然后他一跨进屋便兴奋得两眼闪闪发亮，不能自已，以至韦迪兰先生对画家说："我看这下热乎起来了。"在斯万眼里，有奥黛特在场确实增添了他在任何别的人家未遇到过的东西：某个感觉器官，某种神经网络，它们分布在各个房间，时时激荡着他的心房。

这样，这个"小圈子"的社会机构，由于活动简单，自然而然地使斯万和奥黛特每天相见，使他装作不在乎见她，甚至不想见她，即便如此，他也不会冒什么大风险，因为不管他白天给她写些什么，晚上定能见到她，并且把她送回家。

然而有一次，他想到每晚都得带着她一起回家，觉得乏味了，便带着那个年轻女工去了布洛涅森林，推迟去韦迪兰家的时间，所以很晚才到，而奥黛特以为他不会再来就先走了。斯万见她不在客厅，心头一阵难过；他不寒而栗，第一次掂量对乐趣的失落感，因为迄今为止他一直自信这种乐趣可召之即来，其实对其他的乐趣都一样，这种自信使我们看轻甚至全然不见乐趣的重要性。

第二部分　斯万的爱情

"你注意到他发现奥黛特不在时的那副神情吗?"韦迪兰先生对妻子说,"我看可以说他被迷上了!"

"他的那副神情?"科塔尔大夫粗声问道,他刚看完一个病人,回来接妻子,不知道大家在说谁。

"怎么,您没有在门口碰见斯万家族的佼佼者……"

"没有哇,斯万来过了吗?"

"咳,只呆了一会儿。今天斯万非常激动,非常烦躁,您明白吧,奥黛特先走了。"

"您是说她跟他要好得不得了,她让他看出恋人之时辰已到了。"大夫说,战战兢兢地试验这些短语的含义。

"不对,绝对没有那种事情,咱们私下说说,我认为她大错特错,她为人就像个大傻瓜,简直就是大傻瓜。"

"得,得,得,"韦迪兰先生说,"你知道什么,怎么没有那种事情?咱们又没去亲眼见过,是不是?"

"若有那种事情,她会对我说的,"韦迪兰夫人傲慢地反驳道,"我告诉你们,她有什么事,不论大小都对我说!眼下她身边没有男人,我对她说她该跟他睡觉。她却说做不到,说她着实迷上了他,可他跟她总那么畏畏缩缩,弄得她怪不好意思的;她还说她不以那种方式爱他,说他是个理想的人物,害怕糟蹋自己对他的感情,到底怎么回事,谁知道呢?反正她绝对需要这号人。"

"很抱歉,我不同意你的说法,"韦迪兰先生说,"我觉得这位先生不地道，他装腔作势。"

韦迪兰夫人顿时不作声，摆出一副木然的神情，好像变成一尊雕像，这种假脸谱使她可以让别人以为她根本没有听见"装腔作势"这个不可容忍的字眼，否则这似乎意味着人家可以在他们夫妇跟前"装腔作势"，进而意味着"高出他们一头"。

"总而言之，即使没有那种事情，我也不认为这位先生会把她看作守身如玉的女人，"韦迪兰先生含讥带讽地说道，"不过，咱们不好说什么，既然他好像觉得她挺聪明。不知你那天晚上是否听见他对奥黛特滔滔不绝地大谈万特伊的奏鸣曲；我打心里喜欢奥黛特，但要跟她讲美学理论，非得甘愿当大傻瓜不可。"

"得了，别说奥黛特的坏话，"韦迪兰夫人说，学着孩子娇滴滴的样子，"她挺可爱的。"

"那并不妨碍她可爱。咱们不是说她的坏话，咱们只是说她既不守贞节，又不聪明。其实呀，"他对画家说，"何必对她是否守贞节那么认真呢？也许守了贞节反倒不怎么可爱了，谁知道呢？"

斯万在楼道上被总管叫住，刚才他进屋时，总管不在；奥黛特在一小时前曾托他转告斯万，如果见到的话，她在回家前很可能去普雷沃斯特咖啡厅喝杯巧克力。斯万马上去普雷沃斯特的咖啡厅，可马车每往前进一步都被别的马车或穿越街道的行人挡住，他恨不得把这些可恶的障碍推倒，要不是警察的盘问笔录比让行人通过更耽误时间的话。他计算着他正消耗的时间，把每分钟多算几秒，不至于过分满打满算，以便确信及早赶到和见到奥黛特的机会实际上比他想象的要大一些。一时间,好像发烧的病人一觉醒来,意识到与自己难分难解的乱梦是何等荒诞,斯万突然发现自从在韦迪兰家听说奥黛特已经离开以来,自己脑子里的思想稀奇古怪,心底里的痛苦前所未有,此刻才仿佛大梦初醒,洞若观火。怎么?如此烦躁不安仅仅因为他明天才见得到奥黛特,而一个小时之前在去韦迪兰家的路上这正是他所盼望的呀!他不得不确认载着他去普雷沃斯特咖啡厅的还是原来的那辆马车,而他却不是原来的那个人了,他不再独自一人,有个新人跟他在一起,附在他身上,和他融为一体,也许摆脱不掉了,他将不得不像对待主人或疾病那样小心翼翼地与之周旋。然而,自从他感到有个新人如此这般附在他身上的那一刹那起,他便觉得生活更有趣味了。他几乎没有想到这次在普雷沃斯特咖啡厅的会面即使得以实现,也不过跟往常一样平淡无奇,因为这种等待打乱了先前的心态,使他的思想、记忆出现空白,以致心绪久久不宁。正如每天晚上,只要跟奥黛特在一起,每当偷偷向她多变的脸瞥上一眼,立即把视线移开,生怕让她看出情欲的流露,不再相信他无私心,此时无暇想她了,因为忙于找借口,以便不马上离开她,摆出满不在乎的样子核实第二天在韦迪兰家与她重逢,也就是说,暂时延长和再忍受一天这个可望而不可即的女人给他带来的失望和折磨:他靠近她却不能拥抱她。

她根本不在普雷沃斯特咖啡厅,他决意找遍林阴大道所有的咖啡馆。为了赢得时间,他去一些咖啡厅,同时打发他的车夫雷米（里佐画笔下的洛雷丹诺总督）到另一些咖啡厅，如果他自己一无所获，就到他指定的地方去等雷米。马车不见回来，斯万想象着即将来到的时刻，或者雷米回来说"那位女士在那儿"，或者雷米回来说"那位女士没去任何一家咖啡厅"。就这样他眼看着这个夜晚行将结果，不过在结束前尚有一种抉择，要么坚持与奥黛特相见，从而消除他的焦虑，要么被迫放弃今晚找到她，甘心不见一面就回家。

马车夫回来了，但斯万在车夫停车时并没问他："找到那位女士没有？"而是说："明天得提醒我订购劈柴，我想家里的劈柴快烧完了。"也许他心里在想，假如雷米在某家咖啡馆看到奥黛特还在等他，那么这个倒霉的夜晚的结尾就消失了，他便开始看到幸运的夜晚的结尾即将出现，他犯不着匆匆忙忙追获一种已被捕获并得到妥善保管的幸福，它再也溜不掉了。不过这也由于惯性力的缘故：他内心缺乏灵活性，就像有些人的躯体不灵活，当他们躲避撞击，或闪避火苗烧着衣服，或采取紧急行动，总那么慢条斯理的，最初一秒钟保持在先前的位置上不动声色，仿佛要找个支撑点，找个突破力。如果车夫打断他的话，对他说："那位女士在那儿。"他或许会回答："嗬，好，是的，我让你跑了一趟，瞧，我本来并不想这样的。"随即继续谈订购劈柴，以便掩饰内心的激动，使自己有时间消除不安和转入幸福。

可马车夫回来对他说哪儿都找不着她，并以老仆的身份提出自己的意见：

第二部分　斯万的爱情 　　　　　　　　　　　　　　　　　　　279

"我认为先生只好回家了。"

每当雷米对他的回话无能为力时，斯万很容易装出满不在乎的样子，这次雷米竭力劝他放弃希望和寻找，他沉不住气了，高喊道：

"那不成，我们必须找到女士；这非常要紧呀。她也许正为一件事大伤脑筋，如果见不到我，她会觉得委屈的。"

"我看不出女士怎么会觉得委屈，"雷米答道，"既然她没等先生就走了，说什么去普雷沃斯特咖啡厅，可她又不在那儿。"

况且各处的灯火都开始熄灭了。林阴大道的树阴下，越来越稀少的行人在神秘的黑暗里难以辨认。不时有个女人的身影凑近他，在他耳边悄悄说话，求他把她带回去，把斯万吓了一跳。他惶惶不安地同这些模糊的身影擦肩而过，仿佛在黑暗的王国，在鬼魂群中寻找欧律狄刻。[1]

在产生爱情的一切方式中，在传播可恶的痛苦的一切媒介中，最最有效的莫过于不时掠过我们的激荡之风。在这样的时刻，我们乐于与之相处的人将是我们迷恋的人，命运就这样定下来了。甚至在这之前此人没有必要比别人多少更讨我们喜欢。所需要的是，我们对此人的喜爱必须是排他性的。这个条件的实现在于，此人不在我们跟前时，对其吸引力所给予我们的乐趣的追求突然在我们身上代之以一种焦急的需求，即以其本人为对象的需求，

---

1. 希腊神话：欧律狄刻是歌手俄耳甫斯的妻子，被毒蛇咬伤致死。为了找回妻子，俄耳甫斯亲身进入冥界，用音乐感动冥界女王，把妻子领回。

一种荒诞的需求，社会的法律不能满足又难以纠正的需求，即占有此人这种疯狂而痛苦的需求。

斯万让车夫把他送往最后几家没有打烊的餐厅；这是他经过冷静思考后为获得幸福所作的唯一假设；现在他不再掩饰他的烦躁，不再掩饰他对这次会面的极大重视，于是向车夫许诺一笔赏金，如果获得成功的话，好像使车夫抱有成功的希望加上他自己原有的希望就能在林阴大道的某家餐厅找到奥黛特似的，即使她早已回家睡觉了。他一直赶到金屋餐馆，两次进入托尔托尼，都没有找着；他又去英格兰咖啡馆，出来时神色惊慌，大步走向在意大利人大道角上等候他的马车，突然跟迎面走来的人撞了个满怀：正是奥黛特。她后来解释道，因为在普雷沃斯特咖啡馆没有找到座位，便去金屋餐馆吃夜宵了，她坐在一个凹间里，所以没有被他看见；她正去找自己的马车。

她大吃一惊，万万没有料到会遇见斯万。而他呢，他跑遍巴黎城，并非因为他认为可能找到她，而是因为放弃寻找她于心不忍。今晚的这份快乐他在理智上一直认为是不可实现的，而现在却实实在在地呈现在他的面前；他没有预见到这种可能性，因而没有为获得这份快乐出力，快乐是来自外部的；他用不着伤脑筋来为自己提供这种快乐：快乐自动冒了出来，自动投向他的怀抱，这一现实光彩夺目，驱散了他所惧怕的梦幻般的孤独；于是他不假思索地把自己对幸福的幻想建立于、依托于这个现实之上。有如一个旅行者在风和日丽的日子来到地中海岸边，不肯说

第二部分　斯万的爱情

出他刚离开的地方，不肯回顾那些地方，任凭永远闪烁着蔚蓝色的海水所反射的光芒把自己照得眼花缭乱。

他随她登上她的马车，叫自己的马车跟在后面。

她手里拿着一束卡特来兰花，斯万透过她的花边方头巾，看见她头发上也有这种兰花，别在一个天鹅毛的羽饰上。她在小披风下穿着一件黑丝绒的袍子，一边下摆斜角张开着，露出一大块三角形白罗缎衬裙，在袒胸的上衣口边露出一块衬布，也是白罗缎的，胸衣上也插着几朵卡特来兰花。她还没有完全从斯万引起的惊吓中恢复过来，这时拉车的马遇到一个障碍向一边躲闪。他们俩被猛烈摇晃了一下，她发出一声惊叫，心突突直跳，气也喘不上来了。

"不要紧的，"他对她说，"别害怕。"

他搂住她的肩头，用自己的身子支撑着她，让她坐稳，然后又对她说：

"千万别说话，只要用手势回答我就行，以免更喘不过气来。您胸衣上的花刚才被震歪了，我来把它们扶正，您不见怪吧？我担心花会掉下来，我把它们插一插牢。"

她不常见男人对她这般客气，微笑着说：

"不，说哪儿去了，我不会介意的。"

奥黛特的回答反倒使他慌张，也许他刚才找到这个借口时假装真心诚意，也许已经开始相信自己确实真心诚意，他喊道：

"噢，不，千万别说话，您会喘不过气来的，您满可以用手势回答，我能明白您的意思。果真您不见怪？瞧，您身上有一点儿……我想是洒落的花粉吧；您允许我用手把它擦掉吗？我不会使劲擦的：下手不太重吧？也许把您弄痒痒了？因为我不想用力碰您的丝绒套裙，免得把它弄皱了。但您看，真的必须把这些花插插牢，否则会掉下来的；就这样，把它们往里插一插……请说实话，我真的不叫人讨厌吗？我闻一闻，看看它们香不香，不叫您讨厌吧？我从来没有闻过，可以闻吗？说实话。"

她莞尔一笑，微微耸了耸肩膀，好像在说："您真傻，您明明看得出我很乐意。"

他伸出另一只手，上下轻轻抚摸奥黛特的脸颊；她凝视着他，神情颓丧而严肃，好似佛罗伦萨大师画中的女人，他早已觉得她与她们相像；她和她们一样，有一双又长又细的眼睛，眼珠在眼眶的边上晶莹发亮，好似两滴眼泪，随时可能脱落下来。她微歪着颈项，看上去酷似异教画和宗教画中所画的女人。这大概是她通常的姿态，她心里明白这种姿态此时此刻最为适宜，所以她非常注意保持这种姿态，似乎需要全身的力气来支撑脸部的方位，好像有一种看不见的力量把她向着斯万拉过去。在她不由自主地让自己的脸倒向斯万的双唇之前，斯万用双手把她的脸捧住，保持一定的距离。他想让他的思想有时间跟上，认出长期以来所怀的梦想，看一看梦想变成现实，有如请一位母亲来分享她心爱的孩子的好成绩。斯万盯视尚未被他占有甚至尚未被他亲吻的奥黛特的脸，也许想最后看一眼，就像启程的人在离开前把眼光投向

第二部分　斯万的爱情

再也见不到的景色。

那天晚上，他以整一整卡特来兰花开始，以占有她告终，但在她面前总是羞羞答答的，或许怕惹她生气，或许怕显露出撒过谎，或许缺乏勇气提出比这次更高的要求（他满可以再提出来，因为第一次没有使奥黛特恼怒），在这之后的日子里，他依旧用同样的借口。如果她胸衣上口别着卡特来兰花，他就说："今晚倒霉，卡特来兰花不需要整理，不像那天晚上歪歪扭扭的，不过我觉得这一朵不太正。我可以闻一闻是不是特别香啊？"或者，如果她没有戴花："哎，今晚没戴卡特来兰花，我没法整治了。"从此，在一段时间中，第一个晚上的程序一直延续下来，开始用手指和嘴唇轻轻触及奥黛特的胸脯，每次总这样开始抚弄她；很久以后，当整理卡特来兰花（或惯常的模拟整治）早已过时了，"整一整卡特来兰花"便成了一种暗喻，作为他们机械地用来表示肉体占有的简单词汇——其实已谈不上什么占有了——这个暗喻长期保留在他们的言语中，以示纪念这个被遗忘的习惯。也许这种以表达"做爱"的特殊说法与其种种同义词并不完全相同吧。我们不管对女人感到怎样腻烦，不管认为对各种各样的女人占有何等千篇一律和何等习以为常，但与之相反这种占有会带来新的乐趣，如果我们搞的女人颇难对付——或我们认为颇难对付——以至我们不得不制造某种出乎意料的插曲来实现这种占有，如同斯万第一次整治卡特来兰花那样。那天晚上，他胆战心惊地期待着从卡特来兰花宽大的淡紫色花瓣中结出占有这个女人的果实，心想如果奥黛特被他的诡计蒙住了，那她不会知道其中的奥妙；他思忖，他已经感受的这种乐趣，也许奥黛特只有在没有辨认出以前才肯容忍，正因为如此，这种乐趣如同人间天堂的花丛中第一个人享受到的那样，迄今为止从未出现过，而正是他竭力创造的一种乐趣，有如他创造的那个专门名词所保留乐趣的痕迹，这是一种别开生面的、崭新的乐趣。

现在，每天晚上，他把她送回家时，必定进屋，而她常常穿着便袍再送他出来，一直陪到马车旁，当着车夫的面跟他吻别，说："我才不管呢，人家能把我怎么样？"他不去韦迪兰家的那些晚上（自从他可以通过其他办法见她，有时就不去了），或他去社交场合的那些晚上，尽管越来越减少，她要求他回家前一定去她家，不管什么时间。这正是春天，一个澄清和寒冷的春天。他从晚会出来，登上他的四轮敞篷马车，把一条毯子盖在膝上，对跟他同时回家、请他跟他们走的朋友们说，他失陪了，他走的方向不同，于是车夫扬鞭策马快跑起来，心里知道去什么地方。朋友们大为惊讶，确实，斯万变样了。人们再也收不到他请求介绍女人的信了。他不再注意别的女人，避免去那些可能遇见女人的地方。在餐馆，在乡间，他的举止神态今非昔比，昔日的举止神态人人皆知，而且似乎永世不变。激情在我们身上引发一种不同的性格，暂时代替原有的性格，从而消除用以表达性格的固定不变的标记！相反，现在一成不变的倒是，不管斯万在什么地方，反正他少不了要去会见奥黛特。把他和她隔开的路程正是他必经的路程，就像他生命中那条无法抗拒地往下滑的陡坡。实际上，他经常在社交界呆得挺晚，着实乐意直接回家，免跑这一趟远路，次日再见她好了；然而，就凭在异常的时间专程赶去她家，就凭推想道别的朋友们私下议论："他被拴住了，准有个娘儿们迫使他不管多晚都得去一趟。"他也感到自己正在经历视爱情为生命的男子汉生活，他们为追求快感的梦想而牺牲休息和利益，这种牺牲有一种内在的魅力。他不知不觉地确信，她在等候他，她没有和别人在别处，他准能在回家前见到她；这种信念抵消了那晚奥黛特不在韦迪兰家时他所感受到的那种焦虑，这种焦虑虽说已经淡忘，但随时可能再现，而眼下焦虑得以平息，一派温馨，简直称得上幸福了。也许多亏了这种焦虑，奥黛特在他眼里才显得如此重要。通常，我们对别人是非常冷淡的，以至于当我们赋予某人决定我们的苦与乐的可能性时，我们仿佛觉得他属于另一个世界，他的四周充满诗情画意，他使我们的生活豁然开阔，令人心旷神怡，而他将或近或远地和我们同在。斯万每当自问在未来的岁月里奥黛特对他来说将变成怎么样时总免不了心中惶惶。有时，在美丽而寒冷的夜晚，他坐在四轮敞篷马车上眺望明月，但见皓月在他的眼睛和空街寂巷之间洒下清辉，便想起酷似月盘的面孔，也是那样的明亮和微红；这张面孔有一天突然浮现在他脑际，从此向世界投下神秘的光芒，而他就在这种光照下观看世界。如果他在奥黛特打发用人们去睡觉以后到达，他便不按小花园的门铃，先到底层面临的街上，紧挨着的独家住宅每家窗户都一个模样，全部黑乎乎的，只有她卧室的窗灯还亮着。他敲敲玻璃窗，她心中有数，答应一声，然后到另一侧的大门口等他。他见她钢琴上打开着她最喜爱的乐谱：《玫瑰圆舞曲》[1]或塔格里亚菲科[2]的《可怜的疯子》(她后来在遗嘱中写道，在她的葬礼上应演奏这首乐曲)，但斯万却请她弹万特伊的奏鸣曲的那个乐句，虽然奥黛特弹得很差，但一部作品给我们留下的最美好的影像往往凌驾于笨拙的手指在走音的钢琴上弹走调的声响。对斯万来说，这个小乐句继续和他对奥黛特的爱情联系在一起。他明显感觉到这种爱情除他之外，别人是无法验证的，在外部世界找不到与之相应的东西；他还意识到奥黛特的品质说明不了他如此珍视与她在一处的时光。经常，当重视实效的理智占据斯万的身心时，他真想停止为这种假想的乐趣在精神方面和社交方面作出如此重大的牺牲。但他一旦听到那个小乐句，他的身心便为它让出必要的空间，他心灵的各种比例为此而相应地改变了；在那里，为某种享乐保留着空位，这种享乐和爱情一样，在外部世界也找不到与之相应的东西，但不像爱情那样纯属个人享乐，而作为高于具体事物之上的现实摆在斯万面前。小乐句唤醒他对某种从未感受过的魅力的渴求，但没有给他带来任何使他得到满足的确切的东西。因此，小乐句在斯万心灵中抹去了对物质利益的关切，抹去了人人共有的、有人情味的考虑，留出空缺和空白，他

1.《玫瑰圆舞曲》，法国轻音乐作曲家奥利维埃·梅特拉创作。
2. 塔格里亚菲科（1831—1900），法国歌唱家和作曲家。

可以自由地在那里填写上奥黛特的名字。再说，奥黛特的情爱可能有所欠缺和令人失望的地方，小乐句也会以其神秘的要素加以补充，加以掺和。看到斯万谛听这个乐句，没准以为他正在吸一种麻醉剂，其乐无穷，很像他将要试用香水的那种乐趣，很像他将要进入一个不属于我们的世界的那种乐趣：对我们来说，这个世界是无形的，因为我们的眼睛看不见；这个世界是无意义的，因为我们的智力鞭长莫及，我们只有通过一种感官才能到达这个世界。斯万的眼睛和头脑都被枯燥无味的生活永远打上了擦不掉的痕迹，尽管他具有绘画爱好者的敏锐的眼睛，尽管他具有世俗观察家精明的头脑，因此对他来说，感受到自己变成与人类不同的生物，失去了视觉，失去了逻辑能力，几乎变成一种神奇的独角兽，一种只靠听觉来感知世界的虚幻的生物，那将是绝妙的休息，神秘的再生。由于他在小乐句中寻找他的智力无法企及的意义，所以他如醉若狂地使他最深层的心灵抛开一切推理，使之进入音乐的长廊，使之通过声音的看不见的过滤。他开始意识到这个柔和的乐句深层隐藏着痛苦，也许是难以消除的隐痛，但他并不因此感到痛苦。它说爱情是脆弱的，那有什么关系，他自己的爱情却是牢固的呀！他同小乐句流露的忧郁情调玩耍，让它从他的身上掠过，好似一种亲抚，使他的幸福感更深沉和更温柔。他让奥黛特把这个乐句重弹十遍，二十遍，一边要求她同时不停地亲吻他。每个亲吻引起另一个亲吻。啊！在恋爱的最初时刻，亲吻自然而生！亲吻一个连一个，络绎不绝，是那样的急切，计算一个小时之内交换的亲吻，好比计算五月田野里的朵朵鲜花，怎么也数不清。于是她假装停下来，说道："你搂着我让我怎么弹呢？我不能同时都干，至少要知道你想得到什么，我该弹琴还是该亲热？"他生气了，于是她哈哈大笑，接着，笑声变成亲吻，雨点般落在他的脸上。或者，她郁郁寡欢地望着他，于是斯万又看到一张配得上进入波堤切利的《摩西传》的脸盘儿，他把它放入画内，让奥黛特的颈项保持必要的倾斜；他把她置身于十五世纪，用胶画颜料把她画到西斯廷小教堂的墙壁上，当下想起她此时此刻就在他身旁，坐在钢琴旁，随时让他亲吻和占有，想起她的肉体和她的活力，不由得极度兴奋起来，两眼发呆，伸出下巴，好像要吃人，他扑向波堤切利笔下的处女，捏捏她的双颊。每当他离开她后总要回过头去亲吻她，因为他忘记把她的气味和相貌的某个特征铭刻在自己的记忆里；每当他坐着四轮敞篷马车回家，内心感激奥黛特允许他每天登门拜访，他觉出这种访问不一定会给她带来多大的快乐，但可以预防他产生嫉妒，使他不至于再像那天晚上在韦迪兰家没见到她时那样痛苦不堪，可以帮助他避免类似的危机再次发作：第一次危机是极其痛苦的，大概也是唯一的一次危机了吧，从而使他度过生活中这些奇异的时光，几乎使他入迷的时光，就像他在月色下穿过巴黎的那种时光。在归途中，他发现月亮对他而言已改变方位，几乎接近地平线，联想到他的爱情也将遵循不变的自然法则，不禁自问他已卷入的这个时期是否能长期维持下去，在他的思想中这张亲爱的脸庞儿是

第二部分　斯万的爱情

否很快占据一个遥远而缩小的地位，从而将近失去魅力。因为，斯万自从堕入情海，觉得事物是有魅力的，有如他在少年时代那样，自以为是艺术家；然而这不再是相同的魅力了，眼下只有奥黛特才能把这种魅力赋予世上的事物。他青年时代的灵感早已被无聊的生活驱散了，而现在似乎在他身上重新产生，但无一不打上某个特殊人物的影像和印记；现在他自个儿在家中数小时独对自己正在康复的心灵，感到一种高尚的乐趣，他渐渐变回他自己，但属于另一个心灵了。

他只在晚上去她家，因此对她白天的时间安排一无所知，并不比对她的过去了解得更多些，他甚至对她最起码的情况都不甚了了，而有起码的了解才能促使我们想象我们不知道的事情，进而产生进一步了解的欲望。所以他根本不过问她可能干些什么，她以前过的是怎样的生活。几年前他还不认识她的时候，别人跟他谈起过一个女人，如果没记错的话，大概就是她，说她是妓女，由情人供养的女人，总之是那些他很少与之打交道的女人，至今他还认为这类女人的性格顽固不化，根本反常，正是某些小说家长期以来用想象赋予她们那种性格，有时他想起来仅付之一笑。他思忖，要准确判断一个人，往往只需把世人的毁誉倒过来理解就行了；奥黛特的性格跟上述那种反常的性格正相反，她善良，天真，热爱理想，几乎不会说假话，就拿那天的事来说吧，他想单独跟她吃晚饭，便请她给韦迪兰夫妇写信说不舒服了，第二天韦迪兰夫人问她是否好些了，但见她面红耳赤，结巴着说不清楚，不由自主地流露出撒谎给她造成的抑郁和痛苦，在回答头天怎么不舒服时她编造了许多细节，那哀求的目光和悲伤的声调，仿佛在恳求饶恕她说的话是假的。

难得有几天，她下午到他家来打断他的冥思遐想或最近重新捡起来的弗美尔研究。有人来向他通报说德·克雷西太太在小客厅里，他便去见她，当他打开门，奥黛特瞥见他时，她那玫瑰红的脸上立即泛起一抹微笑，连嘴巴的形状，眼睛的神态，面颊的曲线都变样了。这种微笑，只要他独自一人时，立即浮现在他眼前，就是头一天她脸上的那个微笑，就是某次她接待他时的那个微笑，就是那次在车上他问她替她整一整卡特来兰花她会不会见怪时，她那个作为回答的微笑；由于他对奥黛特其他时间的生活一无所知，他觉得她的生活背景是平淡的，没有色彩的，好似华托[1]的习作画，淡黄色的纸上，在各个方位，朝不同的方向，到处用三色铅笔画着数不清的微笑。在斯万看来，她的生活到处是空白，尽管他的理智告诉他不会如此，因为他想象不出来；然而，有时，某个朋友窥见这种生活的一角，由于猜到他们在热恋，不便贸然说三道四，只谈及她那些无足轻重的事，比如向他描绘奥黛特的剪影，说什么那天早上瞥见奥黛特在阿巴蒂西街上行走，穿着一件配有鼬鼠皮的"披风"，戴着一顶"伦勃朗式"的帽子，胸衣上别着一束紫罗兰。这个简单的速写使得斯万大惊失色，因

---

1. 华托（1684—1721），法国画家。

为这使他突然发现奥黛特的生活不完全属于他;他要知道她换上这身他未见过的打扮究竟想取悦于谁;他下决心要问她那天她去哪儿,仿佛在他情妇的整个毫无色彩的生活中——几乎是不存在的,因为他看不出来——除了对他频频微笑之外,只有一件事要紧:她戴着伦勃朗式的帽子、胸衣上别着一束紫罗兰时所进行的活动。

斯万除了请她弹弹万特伊那个乐句而不要弹《玫瑰圆舞曲》,从不力争让她演奏他所喜欢的曲子,也不试图纠正她在音乐上和文学上的拙劣趣味。他清楚地看出她并不聪明。当她对他说她多么想听他讲一讲大诗人,他想象着她立即可以听到类似博雷利子爵[1]写的那些英雄和浪漫的小诗,甚至更为动人的诗。至于弗美尔,她问他这位画家是否吃过女人的苦头,是否有过女人赋予他灵感,当斯万向她承认对此毫无所知后,她便对这位画家不感兴趣了。她常说:"我完全相信,诗如果真实,诗人如果心口如一,那自然,诗比任何东西都美喽。可往往他们那种人最最唯利是图。我对此略知一二,我以前有个女友,爱上一个所谓的诗人。他在诗里只谈爱情啊,天空啊,星星啊。咳!她可上大当了!他挥霍了她三十万法郎。"如果斯万力求给她指点什么是艺术美,应该如何欣赏诗歌或绘画,不到一会儿她便听不进去了,说道:"是吧……我没想到原来是这么回事。"他感到她大失所望,以

---

1. 博雷利(1837—1906),法国沙龙诗人。

致宁愿撒谎,对她说这一切都无关紧要,只是些鸡毛蒜皮,他没来得及往深处讲,还有别的东西哩。可她急切地问道:"别的东西?什么呢?……说说嘛。"他不说了,明知这与她期望的东西相比微不足道,全然不同,既不耸人听闻又不动人心弦;他害怕她一旦对艺术失望了,那么同时对爱情也就失望了。

事实上,她觉得斯万在智力上比她原先设想的要低些。"你总那么不动声色,我猜不透你。"但她赞叹斯万对金钱满不在乎,对谁都和蔼可亲,体贴入微。确实常常有这样的事情,一个比斯万伟大的人物,比如一个学者,一个艺术家,当他被周围的人赏识的时候,他的智力优势在他们情感中树立了感性,结果他们并不崇拜他的思想,因为他们根本不明白他的思想,但尊重他善良的品质。同样,奥黛特对斯万的尊敬是对他在上流社会的地位的尊敬,但她并不希望他想方设法把她引入上流社会。或许她感到他不可能成功,甚至害怕他只要谈起她,就会把她所忌惮的事情泄露出来。不管怎么说,她叫他允诺矢口不提她的名字。她对他说,她不愿去上流社会,其理由是她曾与一位女友吵翻了,那个女人为了报复,事后说了她的坏话。斯万反驳道:"不是人人都认识你的女友的呀。"——"难说呀,传起来快得很呐,人言可畏。"一方面,斯万不明白是怎么回事,另一方面,他知道"人言可畏","一句谗言传千里"这些话一般被视为至理名言;适用这些话的实例大概是有的。奥黛特的实例属于这一类吗?他心里琢磨着这件事,但时间不长,因为像他父亲一样,一旦面对难题，他的智力就迟钝了。再说，这个使奥黛特如此害怕的上流社会也许不会引起她多么大的兴趣，因为与她熟悉的社会相去太远，以致她无法清晰地想象上流社会究竟是怎么样的。然而，尽管她在某些方面仍然非常纯朴（例如她的一位女友是个歇业的小裁缝，她几乎每天爬又陡又暗又臭的楼梯去看她），她却追求气派，不过与上流社会人士有关气派的概念不可同日而语。对于上流社会人士来说，气派是为数不多的几个人的放射物，一直放射到相当远的地方——如果与他们亲密相处的中心保持距离，其力量就或多或少地减弱了——放射到他们的朋友或朋友的朋友们的圈子里，这些人的名字都是列入专册的。上流社会人士对这份人名录烂熟于心，对这方面的内容无不通晓，从中萃取某种情趣，某种涵养；拿斯万为例，每当读到报载参加宴会的名单，他不需要依据自己的社交知识，便能立即说出这次宴会的气派程度，就像一个有文学修养的人，只要简单读一下某句话，就能准确地鉴赏作者的文学才具。然而，奥黛特属于不具备这种基本概念的那一类，他们为数极多，分布在社会各阶层，不管上流社会人士对他们有什么看法，他们想象的完全是另一种气派，根据所属社会阶层的不同风貌迥异，其特点是——不管是奥黛特所梦寐以求的也罢，科塔尔太太为之折服的也罢——直接为所有的人所理解。另一种气派，即上流社会人士的气派，说实话，也是可以理解的，但需要一段时间。奥黛特谈起某人时说：

"他从来只去那些有气派的地方。"

如果斯万问她此话怎讲,她就带几分轻蔑的口气回答:

"有气派的地方,哎唷,像你这个岁数的人还要教你什么叫有气派的地方,让我怎么对你说呢?比方说,星期天早晨去皇后大街,五点钟去湖边,星期四去伊甸剧院,星期五去跑马场去舞会……"

"什么舞会?"

"在巴黎举行的舞会呗,我是说,有气派的舞会。对了,埃班热,那个干场外证券交易的,知道吧?是的,你应当知道,他是巴黎一大红人了,这个大个儿金发年轻人时髦得不得了,上衣饰孔总别着一朵花,穿着后背打褶的淡色短大衣;每逢首场演出,他总拖着那个老妖精去看。嘀,那天晚上,他举办了一场舞会,全巴黎有气派的人都去了。我多么想去呀!可进场要出示请帖,我可搞不到哇。其实,不去也罢了,没劲儿,挤死人了,去了啥也看不见。至多可以夸口去过埃班热的舞会。你知道,我,不图这份虚荣!况且,你尽管相信,一百个说参加过那场舞会的人当中准保有一半在撒谎……不过,我好奇怪,像你这么'拔尖'的人竟没有去参加。"

斯万根本不打算改变她对气派的概念,心想他自己的概念未必真切精当,同样愚不可及,这无关大体呀,所以他觉得教给他的情妇毫无益处,以致几个月后她对他常去的那些人家的兴趣只限于通过他们搞到赛马或首场演出的门票。她希望保持如此有用处的交往,不过自从在街上碰见维尔帕里济侯爵夫人,看到她穿着一件黑羊毛套裙，戴着一顶系带的帽子，便觉得那些人未必气派了。

"嗨，她看上去像个引座女招待，像个看门的老婆子，亲爱的，侯爵夫人原来如此！我不是什么侯爵夫人，但让我像那副打扮上街，给多少钱也不干！"

她不明白斯万怎么住在奥尔良河滨大道，她觉得那幢住宅与他不相称，就是不敢对他直说罢了。

诚然，她自诩爱好"古玩"，流露出喜悦和精明的神色，说什么她最喜欢整日里"购买小摆设"，收集"旧货"，搜寻"古代"的玩意儿。虽然她对白天干些什么"不作任何汇报"，也从不回答这方面的问题，执意认为这是关系荣誉的事情，简直像在履行家规，但有一次她向斯万谈起一位女友邀请她做客，说女友家的一切都是"那个时代"的。斯万问她哪个时代的，她又说不上来。然而经过慎重思考之后，回答说是"中世纪"的。她这么说是因为那里墙上有细木护板。不久以后，她又对他谈起这位女友，语气迟疑，神形狡黠特意说道："她家的餐厅……是……十八世纪的！"比如你提起某个人，头天跟他一起吃晚饭却从未听说过他的大名，而晚宴的东道主似乎把他看作闻名遐迩的人物，于是你希望对话者肯定那个人姓甚名谁。不过，她觉得那个餐厅很难看，光秃秃的，好像房子还没有盖完，女人们呆在里面也显得难看，这种款式永远时髦不起来。后来，第三次，她旧事重提，还给斯万出示设计这个餐厅的人的地址，说什么等她将来有了钱，很想把他请来，看一看能不能给她也设计一番，当然不要她女友家那种款式，而是她自己想望的款式：高高的餐具柜，文艺复兴式的家具，布卢瓦古堡里的那种壁炉，只可惜她的小住宅空间有限，装不下这些东西。就在这一天，她在斯万面前随口说出她对他在奥尔良河滨大道的住宅的看法；他曾批评奥黛特的女友不搞路易十六款式而搞仿古款式，据他说，虽然路易十六款式模仿不像，但可能富于魅力，这时她便说："你总不能让她像你这样生活在断腿的家具和磨损的地毯中间吧。"在她身上，良家妇女对体面的重视压倒了轻佻女子对艺术的猎奇。

有些人喜欢购买小摆设，喜爱诗歌，鄙视小算盘儿，渴望荣誉和爱情，她一概把他们视作超凡的精英。人们不必当真有这些爱好，只要宣布有这些爱好就行。一次晚餐上，有个男人向她承认他喜欢去老铺子里闲逛，不惜摸旧货弄脏手指，说他永远不会被这个商业化的时代所赏识，因为他不操心自己的利益，正因为如此，他仍留恋着上个时代，她回家时说道："这个人可爱可敬啊，一个敏感的人，我真没料到！"从而突然对他产生极大的情谊。与此相反，像斯万那样确有这些爱好而缄默不语的人，却遭到她的冷淡。大概她也不得不承认斯万不重金钱，但她又带着生气的神色加添道："他呀，那可不是一码事。"确实，激发她想象力的，不是无私的实际行为，而是无私的语汇辞藻。

他意识到自己往往不能实现她的向往，只好力求让她乐于跟他在一起，尽量不触犯她在一切事物上所持的庸俗看法和拙劣趣味,反而给以爱护,就像对待一切来自她的东西那样,甚至为之着迷,因为这个女人的本质就是通过这些特征向他显示出来的,使他一目了然。每当要去观看《托帕茨皇后》[1],她便喜形于色,或者,每当担心错过花展或仅仅喝茶的时间,她的目光便变得严肃、不安和倔强:她常去"王家街茶室"喝茶,吃酥饼和吐司,深信为使一个女人风雅的名声得以认可,必须坚持不懈地到那里去;斯万在这样的时刻总是心荡神驰,正如我们面对淳朴活泼的孩子或呼之欲出的逼真的肖像那样,他简直认为情妇的心灵显露在脸蛋儿上,不由自主地上前用嘴唇亲吻起来。"嘿!她要我领她去看花展,小奥黛特,她想出出风头,好嘛,就带她去吧,照办就是了。"斯万的眼力有点不好,在家工作时不得不戴上眼镜,但外出应酬时只戴单片眼镜,不至于太变相。她第一次见他戴单片眼镜时,喜不自胜地说:"我觉得男人戴上它,没的说,好气派哟!这样你真帅!像个真正的绅士。就只缺个爵位了。"最后这句话略带几分遗憾。他喜欢奥黛特这个样子,正如他若喜欢上一个布列塔尼女人,也会高高兴兴看她戴着卷边布帽,听她说相信鬼魂。迄今为止,斯万像许多男子那样,对艺术的爱好和对姿色的爱好是并行不悖的,虽然在满足前者和后者时存在着奇怪的不协调,却能在一个比一个粗俗的娘们陪同下享受一幅比一幅精美的艺术作品,却能带上年轻的女仆到围着栅栏的楼下包厢去听

---

[1]. 系法国作曲家维克多·马塞(1822—1884)的喜歌剧作品,于1856年首场公演。

他想听的颓废戏剧或去看印象派画展，确信有教养的上流社会的女子未必明白更多，而却不肯乖乖地默不作声。但自从他爱上奥黛特，事情大不一样了，同她成为莫逆之交，与她心心相印，这在他是甜蜜无比的，所以他努力去喜欢她所喜爱的东西，无论模仿她的习惯还是接受她的主张，他都乐此不疲；更有甚者，她的习惯和主张丝毫不植根于她自己的智力，只不过使他想起她的爱情，而他正因为她的爱情才偏爱她的习惯和主张。他之所以重看《塞尔日·帕尼纳》[1]，他之所以再找机会去听奥利维埃·梅特拉[2]指挥的音乐会，都是为了初步了解奥黛特的种种观念，对半分享她的种种爱好，对此他觉得其乐无穷。她喜爱的作品或地方具有使他接近她的魔力，与那种虽然在本质上更美却不能使他想起她的作品或地方的魔力相比，在他看来更为神秘。况且，他青年时代的精神信仰日益淡薄，不知不觉地受到上流社会人士那种怀疑主义的渗透，为此他认为（或至少长期以来这么想、这么说的），我们各种爱好的对象本身并没有绝对的价值，一切都是时代问题，阶级问题，一切在于风尚，其中最庸俗的风尚和被视为最崇高的风尚具有相同的价值。他认为，奥黛特十分重视获得艺术展览会开幕日的入场券，这本身并不比他先前欣然应邀出席威尔士亲王的午宴更为滑稽可笑，同样，他想，她对蒙特卡洛或里基山

---

1. 法国作家若日·奥内（1848—1918）的剧作，1882年1月首场公演，是一部情趣低下的作品。
2. 法国轻音乐作曲家兼指挥，即上文中多次提到的《玫瑰圆舞曲》的作者。

赞不绝口未必比他对荷兰和凡尔赛啧啧称羡更没有道理，而她想象中的荷兰是难看的，她心目中的凡尔赛是阴郁的。因此，他约束自己去这些地方，心里乐滋滋地想到这是为了她，乐意只跟她一起去感觉，去喜欢。

由于围绕着奥黛特的一切根据他能见到她、跟她谈话的方式来安排，他喜欢上了韦迪兰夫妇的社交圈子。那里的饭局，音乐，游戏，化装，宵夜，郊游，演戏，乃至难得为"讨嫌之辈"举办的"大型晚会"等一切娱乐活动中都有奥黛特在场，都能见到奥黛特，都能跟奥黛特谈话，韦迪兰夫妇邀请斯万不啻把奥黛特这件无价之宝送给了他，所以他觉得在这个"小核心"里比任何其他地方更快乐，于是他竭力把一些真正的长处赋予这个"小核心"，因为他想象自己从兴趣出发一辈子都会跟他们来往的。然而，他不敢想象，怕自己不敢相信，他将永远爱奥黛特，但至少假设他将永远跟韦迪兰夫妇来往（这个命题先验地不会引起他智力上多大的原则性抵触），那么他想象将来可以继续每天晚上见到奥黛特；这也许不完全等于永远爱她，但就眼下而论，他正爱着她，相信将来每天都能见到她，他也就心满意足了。"多么迷人的地方哪！"他心里叹道，"实际上这里过的才是真正的生活哩！这里的人比上流社会人士更聪明、更懂艺术哩！韦迪兰夫人虽然有点夸大其词，不免有些可笑，却真心诚意地热爱绘画、热爱音乐，她多么热衷于艺术作品，多么热心使艺术家们得到快活！她对上流社会人士的看法固然不恰当，但反过来上流社会对艺术界的看法也不见得恰当哪！也许我不大在意从谈话中得到多大的精神满足，但我跟科塔尔在一起觉得其乐无穷，尽管他常搞些不知所云的文字游戏。至于画家，当他谋求一鸣惊人时，他那种自负的劲头令人不快，不过他倒是我认识的人当中最聪明的一个。再说，我们在那里感到自由，想干什么就干什么，无拘无束，没有客套。每天在这家沙龙里人们的情绪一个比一个好！行了！将来除极少的例外，我只到那个地方去。我在那里会越来越习惯的，甚至度过一生。"

由于斯万以为他对奥黛特的爱情和在韦迪兰夫妇家领略的乐趣相辅相成，是韦迪兰夫妇固有的优良品质的反映，所以他爱情的乐趣和韦迪兰夫妇的品质同步变得越来越严肃、越深沉、越生死攸关。有时，韦迪兰夫人只要给他一点点照顾，他就觉得受福不浅；比如，一天晚上，奥黛特跟一个客人聊的时间长了些，他便惴惴不安起来，对她生气了，不肯主动问她是否跟他一起回家，这时韦迪兰夫人给他带来安宁和快乐，主动对奥黛特说："奥黛特，您送斯万先生回家，是吧？"又如，夏天来临，斯万一开始就十分担忧，生怕奥黛特离开时撇下他，不清楚是否还能继续每天见到她，这时，韦迪兰夫人便邀请他们俩一起到她的乡间别墅度夏，于是斯万不知不觉地让感恩和私利渗入他的理智，影响他的思想，乃至宣称韦迪兰夫人有高贵的心灵。每逢他那些卢浮宫美术学校的老同学谈起某些高雅的或卓越的人物时，不管对谁，他一概回答："我更喜欢韦迪兰夫妇一百倍。"而且还用他新近才有的那种一本正经的口气说："他们是高尚的人；高尚，实际上，是世上唯一至关重要的东西，唯一出类拔萃的东西。记住，世上只有两种类别的人：高尚的人和不高尚的人；到了我这个年纪应当表态了，应当一劳永逸地决定爱慕谁和鄙视谁，应当和爱慕的人永远在一起，至死不离开，以便把和另一些人在一起浪费的时间弥补过来。好啦！"他说到这里，略微有些激动，有时我们说一件事，并非因为它真实，而是因为乐于说出来，并且听自己的声音说出来，好像出自他人之口，我们便不知不觉地有点动情，"大势已定，我选定只爱高尚的心灵，只生活在高尚的氛围中间。你问我韦迪兰夫人是否当真聪明。我向你肯定，她给我提供了证据，表明她心地善良，心灵崇高，这样的境界，没有同样崇高的思想，绝达不到，不言而喻嘛。诚然，她对艺术有精深的知识。然而这也许并不是她最可敬之处；她会做的事情虽小，却办得巧妙又高雅，她对我无微不至的关怀，举止既亲密又高尚，这一切显示出对生活有一种深刻的理解，所有的哲学论著都为之逊色。"

然而他蛮可以对自己说，他父母的一些老朋友和韦迪兰夫妇一样的单纯，他青年时代的一些朋友也一样地喜爱艺术，他的熟人中有些也一样地心地高尚，不过自从他选择了单纯，艺术和高尚，就同他们不见面了。其实那些人并不认识奥黛特，即便认识，也不会费心思促使她与他接近。

如此说来，在整个韦迪兰圈子里，恐怕没有一个信徒像斯万那么爱他们或自以为爱他们的了。然而，当韦迪兰先生说他对斯万看不顺眼时，他不仅表达了自己的想法，而且猜中了妻子的心思。或许斯万对奥黛特一往情深，忽略把他这样非常特殊的感情每天向韦迪兰夫人透露；或许他享用韦迪兰夫妇盛情接待时采用谨慎的态度，时常以他们猜不透的理由不来吃晚饭，而他们以为他是因为不愿意放弃"讨嫌之辈"的邀请；或许他们逐渐发现他在上流社会的显赫地位，尽管他小心翼翼地不让他们看出来；这一切促使他们对他十分生气。但深刻的原因还在别处。那就是他们很快发现在他身上留着一块禁区，难以进入，在那里他一如既往地默默对自己说，德·萨冈公主并不恶形恶状，科塔尔的玩笑并不滑稽逗人，更有甚者，尽管他始终殷勤亲切，从不违抗他们的信条，但他们却无法让他接受，无法让他归依，这在别人身上他们还从未遇见过。他们本来可以原谅他跟讨嫌之辈交往（其实他内心深处一千倍更喜欢韦迪兰夫妇以及他们的小核心），如果他同意树立榜样，在信徒们面前宣称与那些讨厌的家伙们断绝关系。但他们很清楚，让他发誓弃绝是不可能办到的。

奥黛特让韦迪兰夫妇邀请一位"新成员"，尽管她自己只见过他很少几次，他就是德·福什维尔伯爵，他们对他寄托很大的希望，与他们对斯万的态度相比，简直天渊之别！恰巧伯爵正是萨尼埃特的连襟，这使信徒们惊叹不已：这位老档案保管员的举止是那样的谦卑，他们一直以为他的社会地位比他们低微，万没料到他出身豪门和相当大的贵族世家。或许福什维尔是粗俗地赶时髦的，而斯万则不是；或许他远不如斯万那样把韦迪兰夫妇的圈子置于其他所有的团体之上吧。反正，他不具备斯万的那种涵养：不随声附和韦迪兰夫人对他认识的人进行显然缺乏根据的批评。画家有时自命不凡和俗不可耐地发表长篇大论，科塔尔不时冒出几句捎客说的俏皮话，斯万由于喜欢他们两人，很容易找到借口来为他们开脱，但毕竟没有勇气为之叫好，也不会虚伪地捧场；福什维尔则不然，他智力平平不大懂画家的宏论，却听得发呆、入迷，对科塔尔的俏皮话也听得兴味盎然。不错，福什维尔第一次到韦迪兰家吃晚饭，两人的各种差异就完全显露出来了，福什维尔以他的品质脱颖而出，而斯万则更快地失宠了。

在这次晚餐上，除了常客外，还有巴黎大学的布里肖教授，他是在温泉结识韦迪兰先生和夫人的，若不是执教和研究工作繁重，极少空闲，他会乐意常来他们家的。他对人生十分好奇，过分迷恋，加上对研究对象抱有几分怀疑，比如医生不相信医学，高中教员对拉丁语教程不以为然，这使得各行各业的某些聪明人赢得思想开阔、才华出众、卓尔不群的名声。他在韦迪兰夫人家高谈哲学和历史时，总装模作样地找些当今最新的实例作对照，首先因为他认为哲学和历史不过为人生作准备罢了，还因为他自以为迄今为止只在书本上读到的东西正在这个小圈子里活生生地体现出来，其次也许还因为自己从前反复被灌输要对某些话题有所顾忌，而且不知不觉地牢记在心头，如今心想不妨跟他们放肆一下，以为这样就可以放下大学教授的派头，其实恰好相反，他正因为没有放下大学教授的派头，才那么谈吐不羁。

饭局一开始，坐在韦迪兰夫人右手的德·福什维尔对专为迎接他这位"新成员"而大力梳妆打扮的韦迪兰夫人说："您这件白色套裙非常别致。"大夫不停地观察他，渴望知道这位姓氏带"德"[1]的人是怎么样的，一直在找机会引起他的注意，跟他进一步接触，于是乘机抓住"白色"这个词，一边低着头吃饭一边说："布朗什？布朗什·德·卡斯蒂利亚[2]？"说完继续埋头不动，但用眼睛偷偷左顾右盼，眼神带着微笑却没有把握。斯万强迫自己跟着微笑，但笑不出来，表明他认为这种同音异义的文字游戏未免荒唐，但福什维尔则既表明他欣赏其中的妙处，又表现出恰如其分的快乐，这种坦诚豪爽使韦迪兰夫人为之倾倒。

"您说拿这样的学者怎么办？"她问福什维尔，"简直没法跟他正经地谈上两分钟。"然后她转向大夫接着说，"您在医院里也这么说笑吗？那敢情天天不会闷倦，是吧。我看应该让我申请住院了。"

"我想刚才听到大夫谈起布朗什·德·卡斯蒂利亚这个老泼妇，恕我如此直言。没有说错吧，夫人？"布里肖问韦迪兰夫人，她好似昏厥了，闭上眼睛，赶紧双手捂住面孔，却发出阵阵闷笑。"我的上帝，夫人，我可不想惊吓恭敬的灵魂，如果确有这样

---

1. 贵族姓氏前带"德"字。
2. 布朗什·德·卡斯蒂利亚（Blanche de Castille）(1188—1252)，法国路易八世的王后，路易九世的母亲，两度摄政。法文中"白色"一词的阴性形式 blanche 与女性名 Blanche 同音同字异义，此处是文字游戏。

的灵魂在座，Sub rosa[1]……况且，我承认咱们这个雅典式的妙不可言的共和国——多么地道的雅典式哟！——可以给这位蒙昧主义的卡佩家族王后授予首任铁腕警察总监的荣誉。没错，没错，亲爱的主人，没错，"他一字一句地、铿然有声地回答韦迪兰先生表示的异议，"《圣德尼编年史》[2]言之凿凿，岂容置疑，咱们无法否认资料的可靠性。推行世俗化的无产者把她选为至尊的女主人再合适不过了，这位圣者[3]的母亲，让儿子尝够了甜酸苦辣，正如絮热和圣贝尔纳[4]等人所说，她把谁都骂个狗血喷头。"

"这位先生是谁？"福什维尔问韦迪兰夫人，"他器宇轩昂哇。"

"怎么，您不认识大名鼎鼎的布里肖？他可是享誉全欧洲的呀。"

"噢，原来是布雷肖，"福什维尔惊喊起来，还没听清布里肖的名字，一边圆睁双目盯视大名人一边加添道，"您得详细给我说说，跟知名人士同桌吃饭总是很有趣味的。喃，我说，您邀请的尽是些贵客嘛。在您家是不会厌倦的。"

"嗨！您知道，"韦迪兰夫人谦虚地说，"主要是他们感到互相信任。他们想说什么就说什么，谈话像烟火似的，四处喷射。

---

1. 拉丁文：秘密地，私下地。此处意为：咱们私下说说。
2. 又称《法国编年史》，记述法兰西各朝国王的历史。
3. 系指圣路易，即路易九世，布朗什·德·卡斯蒂利亚之子。
4. 絮热（1081—1151）、圣贝尔纳（1091—1153），均为法国著名教士。其实布朗什·德·卡斯蒂利亚在他们死后才出生，所以他们不可能写有关她的东西。

在斯万家那边

比如布里肖吧，今晚还算不上有声有色，您知道，有时在我家，他出言惊人，妙语连珠，令人顶礼膜拜；可是呀，在别人家里，他简直成了另一个人，什么风趣也没了，叫他说话非得敲打他不可，他甚至叫人讨厌了。"

"这真有意思！"福什维尔不胜惊讶地说。

像布里肖的这类风趣在斯万浪掷青年时代的小社交团里可能会被视为纯粹的蠢话，尽管这类风趣与真正的才气可以相容并存。教授的才气，既旺盛又饱满，连斯万认为才智横溢的上流社会人士中的很多人也会羡慕的。然而，上流社会人士早已把他们的好恶灌输给斯万，至少涉及社交生活方面，甚至涉及社会生活的附带部分，即实际应属于智力范围的谈吐，所以他不能不认为布里肖的玩笑是卖弄学问，俗不可耐，腻歪得叫人恶心。再者，斯万平日举止文雅，见了言辞激烈的教授对谁说话都用大兵似的粗鲁口吻，甚为反感。最后，也许因为这个晚上看到韦迪兰夫人对由奥黛特莫名其妙地带来的福什维尔大献殷勤，才失去了他的宽容大度。奥黛特在斯万面前有点不自在，进屋时问他：

"您觉得我带来的客人怎么样？"

他认识福什维尔好久了，但首次发现他居然能讨女人的喜欢，而颇称得上美男子，便回答："恶心！"诚然，他并不想向奥黛特表明醋意，不过他也不像往日那般高兴，所以，当布里肖讲起了布朗什·德·卡斯蒂利亚的母亲，说道："她在嫁给亨利·不

第二部分 斯万的爱情

兰他日奈[1]以前跟他同居过几年，"他想诱导斯万请他接着讲下文，便问道："是吗，斯万先生？"威武的气魄溢于言表，如同向乡巴佬训话，或给大兵打气，斯万却回答说很抱歉，他对布朗什·德·卡斯蒂利亚毫无兴趣，不过有事要请教画家，这样他打掉了布里肖的气焰，惹得女主人大为恼火。确实，画家那天下午参观了一位艺术家的画展，那位艺术家也是韦迪兰夫人的朋友，新近刚去世，斯万想通过画家（他重视画家的鉴赏力）打听那位艺术家在前几次展品那些使人叹为观止的精湛技巧外，在最后展出的作品中是否更精湛了。

"从技巧的角度来看，可谓不同凡响，但好像还称不上通常所说的那种'很高'的艺术。"斯万面带笑容说。

"很高……高到机关团体。"科塔尔插话，一边像煞有介事地举起双臂。

所有在座的人哄然大笑。

"我刚才对您说了吧，跟他在一起没法谈正经的，"韦迪兰夫人对福什维尔说，"他总在人家最意想不到的时候冷不防给你来句俏皮话。"

但她注意到只有斯万没有露出笑脸。再说，他不大高兴科塔尔让大家在福什维尔面前取笑他。而画家呢，如果他跟斯万单独在一起很可能作出有意思的回答，但现在他宁可对已故画家的技

---

1. 系指英国不兰他日奈王朝的亨利二世，该王朝又称金雀花王朝。

巧添枝加叶地作一番渲染,以博得席上客人的赏识。

"我走近一幅画前,"他说,"想看看用什么画的,我用鼻子嗅了嗅。哎呀呀!弄不清那上面到底是胶水,还是红宝石,还是肥皂,还是青铜,还是阳光,还是屁屁!"

"添一作一打。"大夫惊喊起来,但太晚了,谁也不明白他横插一杠子是什么意思。

"看样子不像用过什么东西,"画家接着说,"无法从中窥见诀窍,就跟《夜巡》或《摄政王后》[1]一样,不过他的功底比伦勃朗和哈尔斯更深。完美之至,不假,我向你们发誓。"

恰似男歌唱家唱到最高音之后改用假声轻轻低唱。画家此刻满足于嘿嘿笑着低声细语,仿佛这幅画由于太美反倒不值一提了。他咕噜着说:

"闻着味道挺好,叫你晕乎乎的,喘不过气来,浑身痒痒,但就弄不清是用什么东西画的,这简直是巫术,是诡诈,是奇迹(突然放声大笑起来),总之是不正直的!"他打住话头,严肃地昂起头,竭力使自己的声音和谐悦耳,用深沉的低音加添道:"又是如此正当!"

只有他说"比《夜巡》的功底更深"这句冒犯的话引起了韦迪兰太太的抗议,因为她把《夜巡》和《第九》以及《萨摩色拉

---

1. 《夜巡》是荷兰画家伦勃朗(1606—1669)的代表作之一;《摄政王后》是荷兰画家哈尔斯(1580—1666)的代表作之一。

斯》[1]并列为宇宙间最伟大的杰作；还有在提到"用**戾戾**画的"时，引起福什维尔环视全桌，想看看大家对这句话的反应，然后嘴上露出假正经的、和事佬的微笑，除此之外，所有在座的客人都出神地向画家投以赞赏的目光，唯独斯万不以为然。

韦迪兰夫人看到福什维尔首次光临的饭局如此生机盎然，喜出望外，等画家一说完就大声说道："他这么来劲儿真叫人高兴，"她说着转向丈夫，"喂，你怎么啦，张口结舌的样子像个大傻瓜？你早就知道他很会说话；画家先生，他好像头一回听您说话。不知道您注意到了没有，刚才您说话时，他那洗耳恭听的模样。赶明儿他会一字不差地背给我们听的。"

"不，不是瞎吹牛，"画家对自己的成功很得意，兴冲冲地说，"看样子，你们以为我吹嘘自己的感受，耍花招糊弄人；我领你们去看看，你们就会明白我是不是言过其实，我向你们担保，你们看了定比我还兴奋！"

"我们并不认为您言过其实呀，我们只是想使您顾着吃饭，让我丈夫也顾着吃饭；再给先生夹点鱼，你们瞧他的鱼都凉了。咱们不忙嘛，慢点上菜，像火烧眉毛似的，等一会儿再上色拉。"

科塔尔太太一向谦逊寡言，然而灵感一来，想出一句贴切的话时，也会不无自信地把它讲出来。她感到语出惊人时，信心便油然而生了，而且，她这样做与其说是为了露脸，不如说是为丈

1.《第九》系指贝多芬的《第九交响曲》；《萨摩色拉斯》是古希腊的出土雕刻，全名为《萨摩色拉斯的胜利女神》，该雕像现藏于卢浮宫内。

夫的前程助一臂之力。所以她不放过韦迪兰夫人方才说的色拉一词，借题发挥起来。

"不是日本色拉吧？"她转脸对奥黛特轻声说道。

她的暗示含蓄而明确，显然指小仲马新近推出就轰动一时的那个剧本，她为自己说得既适时又大胆感到喜悦，又有点难为情，如天真少女似的哑然失笑，迷人的笑声虽然很轻，却无法遏制，咯咯笑了片刻，情不自已。"这位女士是谁？她挺风趣的。"福什维尔说。

"不是日本色拉，但在座各位如果星期五一起来吃晚饭，那就给你们准备。"

"我说出来您会觉得我土头土脑的，先生，"科塔尔太太对斯万说，"我还没看过《弗朗西永》[1]呢，现在人人都在谈论这部出了名的戏。大夫已经看过，我甚至记得他对我说，有幸跟您一起看的，不瞒您说，我觉得让他破费再陪我看一次不合情理。当然啰，在法兰西剧院度过一晚从来不会叫人后悔的，总演得那么有声有色，不过我们的一些朋友非常客气（科塔尔太太极少提及姓氏，只说'我们的一些朋友'，'我们的一个朋友'，以示'敬意'，她的声调很不自然，摆出大人物的派头，不屑随便称名道姓），一般都有包厢，凡有值得一看的新戏，常想着带我们去，我相信一定能观看《弗朗西永》，早一点晚一点罢了，到时候可

---

1. 小仲马的一部喜剧，1887年1月在巴黎法兰西剧院首次公演，在第一幕第二场中有人说出日本色拉的菜谱。

第二部分　斯万的爱情

以得出自己的看法。不过我得坦白，我觉得挺尴尬的，因为无论我去哪个沙龙，众口一词，大家都在谈论这个倒霉的日本色拉。甚至有点谈腻了。"她看出斯万对如此热门的新话题不如她想象的那么感兴趣，便加添道："不过应当承认，有时以此为借端产生一些有趣的想法。譬如，我有一位女友，她非常特别，人长得非常漂亮，周围奉承的人也非常多，非常走红吧，她声称她叫厨子做了日本色拉，是按小仲马在戏里讲的菜谱如法炮制的。她邀请了几个女友去品尝。可惜我没有这份口福。就在后来的那个接待日，她自己对我们讲的，看来日本色拉难吃得要命，引得我们笑出了眼泪。不过您是知道的，引人发笑的关键在于叙述的方式方法。"看到斯万仍旧板着脸，便又补充一句。

她猜想也许因为斯万不喜欢《弗朗西永》，便改口道：

"再说，我可能会失望的。我不信它会比德·克雷西太太所崇拜的《塞尔日·帕尼纳》更有价值。这个戏的主题有深度，发人深省；而另一个戏则在法兰西剧院的舞台上大谈色拉菜谱！与《塞尔日·帕尼纳》不可同日而语！总之，凡是若日·奥内的手笔，都十分精彩。不知道您是否看过他的《冶金厂厂主》，比《塞尔日·帕尼纳》更叫我喜欢。"

"很对不起，"斯万面带讥讽地说，"坦率地讲，对这两部杰作，我几乎同样的不欣赏。"

"真的吗？您认为它们有什么不足之处？是定见吗？也许您觉得有点凄凄惨惨？是啊，还是我那句老话，小说和戏剧是无法讨论的。各人有各人的看法，我最喜欢的，可能是您所讨厌的。"

这时福什维尔正给斯万打招呼，科塔尔太太的话就这样被打断了。方才她在谈《弗朗西永》的时候，福什维尔向韦迪兰夫人表示他对画家小小的"演说"欣赏不已。

"这位先生出口成章，记忆力极好！"等画家一说完，他就对韦迪兰夫人说，"难得难得呀。哎呀，我希望也像他那样呢。他可以当一名出色的讲道师。这么说吧，他和布里肖，您请来的这两位都是一流的人才，他们旗鼓相当，说不定在唇枪舌剑上他甚至比教授还棋高一着呢。他出言更自然，不那么咬文嚼字。尽管在说话的过程中用了些略为俗气的字眼，但这是当今的风尚，我很少见到像他这样口若悬河的，不禁使我想起当年在部队里的情景，这位先生恰巧有点像那时的一个伙伴。不管谈论什么，我一时说不上来，比方说，这只杯子吧，他可以放连珠炮似的说上几个小时；不，杯子的例子不恰当，这是我瞎编的；比如谈滑铁卢战役吧，或谈你喜欢的任何事情，他总能在谈话过程中给你提供一些意料不到的东西。不信，斯万也在那个团，他一定认识那个人。"

"您现在常与斯万先生见面吗？"韦迪兰夫人问道。

"不常见面，"德·福什维尔先生回答，为了跟奥黛特套交情，他要博得斯万的好感，便想抓住这个机会讨好他一番，谈谈斯万那些显赫的交往者，但作为上流社会人士的身份来谈，语气中带着热忱的批评，不至于使人觉得他在庆贺斯万，就像庆贺意

第二部分　斯万的爱情

想不到的成功那样,"是不是呀,斯万?我总见不着您。再说,怎么见得着呢?这家伙老钻在拉特雷莫伊尔家,洛姆亲王家,成天都泡在这样的人家!……"这种非难毫无根据,尤其因为一年来斯万除了登韦迪兰夫妇的家门外哪儿也没去。然而,韦迪兰夫妇只要听到不认识的人名就以斥责的沉默来应对。韦迪兰先生担心这些"讨嫌之辈"的名字在全体信徒面前毫无分寸地抛出来一定会使他的妻子产生难堪的印象,于是偷偷地瞟了她一眼,目光中充满着不安的关切。他看见韦迪兰夫人坚决不予理睬,对刚才通报的新闻无动于衷,不但作哑而且装聋,有如当一位对我们有愧的朋友在谈话中试图辩白一下,我们听了不加驳斥,也就是表示认可了,或者,有人在我们面前犯忌地提起一个忘恩负义的人的名字,我们也听之任之;韦迪兰夫人为了使她的沉默不至于被视为认可而被看作对无生命的东西不予理会的沉默,把脸一沉,顿时失去生气,铁板不动;她凸出的前额完全成了一个漂亮的头盖骨隆凸的雕塑,那斯万跟着转的拉特雷莫伊尔的名字钻不进去了,她的鼻子微微皱起,露出一弯凹形缺口,好似一个栩栩如生的仿制品。她的嘴巴微微张开,看上去正准备说话。她成了一尊失蜡铸像,一个石膏面具,一具纪念碑的模型,一座装饰工业厅的半身像;观众无疑将在这座半身像前驻足,欣赏雕刻家为了表现韦迪兰家庭永恒的尊严,用以对抗拉特雷莫伊尔和洛姆家族以及世上一切讨嫌之辈的尊严,如何成功地给这尊坚硬洁白的石像注入犹如教堂般的威风。但石像终于活过来了,发话说只有不怕倒胃口的人士才上那种人家去，因为那里的女主人总是醉醺醺的，男主人目不识丁，竟把 Corridor[1] 说成 Collidor。

"即使给我许多钱，我也不让这种人来我家里。"韦迪兰夫人最后说，一边专横地盯着斯万。

她未必希望斯万顺从，像钢琴家的姑妈那般圣洁单纯，那样惊叫：

"瞧瞧怎么搞的嘛？我惊异居然还有人肯跟他们聊天！我会受惊的，没准儿马上遭殃哩！怎么还有那样没头脑的人跟着他们后面跑呢？"

但斯万至少也像福什维尔那样回答了："当然啰！她是公爵夫人嘛，有些人就吃这一套！"这样少不了使韦迪兰夫人挺身反驳："就让他们大捞一把嘛！"可斯万没有理会，只是笑笑，那神情仿佛在说，他根本无法认真对待这种无稽之谈。韦迪兰先生不时偷偷看一眼妻子，伤心地发现和深切地理解她此时就像宗教裁判所的法官因未能铲除异端邪说而怒不可遏，于是他设法引导斯万退却，因为在意见相反的对方看来，一方固执己见的勇气总是出于利害或由于胆怯，因此他大声招呼斯万：

"把您的想法坦率地谈出来吧，我们不会告诉他们的。"

斯万当即回答：

"根本不是什么害怕公爵夫人，如果你们说的是拉特雷莫伊

---

1. 法文：走廊。

尔家族的话。我敢向你们担保,大家都喜欢上她家去。我不是说她'博学',"他把博学一词说得滑稽可笑,因为他的言语中还保留着说风趣话的习惯的痕迹,自从爱上音乐,他的言谈发生某些变革,失去了昔日的那种习惯,有时发表意见时也情绪热烈了,"不过,非常坦率地说,她有才智,她丈夫更是个真正有学问的人。他们确有迷人之处。"

韦迪兰夫人听罢这席话,感到单凭这个不忠实的信徒,就无法实现小核心在精神上的统一,这个顽固分子居然看不出他的话使她多么伤心,她再也按捺不住一腔怒火,不由得从心底向他发出吼叫:

"您这么认为,悉听尊便,但至少别讲给我们听。"

"一切取决于您所称的才智的含义,"福什维尔也想炫示一下,"请吧,斯万,您说的才智是指什么?"

"就是嘛,"奥黛特喊叫起来,"这些大问题呀,我请他给我讲讲,他总是不肯嘛。"

"没有的事……"斯万矢口否认。

"这个小气包!"奥黛特说。

"小荷包?"[1] 大夫问道。

"在您看来,"福什维尔又说,"才智是不是上流社会中的油

---

1. 同音异义的文字游戏。blague 意为开玩笑,胡扯。此处奥黛特说:"Cette blague!"(这人说话没正经的!)意思是骂他卖关子,所以意译为"小气包"。大夫问:"Blague a tabac?"(装烟草的小荷包?)分明是打岔。

嘴滑舌，像有的人那样善于钻门子？"

"把您的甜食吃完，好撤盘子。"韦迪兰夫人对萨尼埃特说，声调尖酸；萨尼埃特正陷于沉思，停下吃饭。韦迪兰夫人也许对自己的语气有点不好意思，改口道："没关系，慢慢吃就是了，不过我这么说是为了别人，因为您不吃完，下一道菜就上不来了。"

"关于才智，有个非常奇怪的定义，"布里肖一个音节一个音节地说，"出自温和的无政府主义者费纳隆[1]的笔下……"

"好好听着！"韦迪兰夫人对福什维尔和大夫说，"他要给我们讲费纳隆给才智下的定义，这样的机会不常有的。"

但布里肖等着斯万先说。斯万就是不开口，他这般避而不答弄得福什维尔无法卖弄舌战的辩才，而韦迪兰夫人则想以此让福什维尔出一番风头呢。

"自然啰，这像对待我一样，"奥黛特以赌气的口吻说，"不过我欣慰地看到我不是唯一他认为能力够不上的人。"

"韦迪兰夫人向我们指出德·拉特雷莫伊尔家的人很不值得称道，"布里肖一板一眼地说道，"这家人是不是爱赶时髦的娘儿们德·塞维尼夫人所提到的那个家族的后裔？塞维尼夫人承认非常高兴认识他们，因为这对她的农民有好处。其实德·塞维尼侯爵夫人还有另一方面的理由，对她来说恐怕更为重要，那就是她天

---

1. 费纳隆（1651—1715），法国散文家。

生喜爱舞文弄墨，把抄抄写写放在首位。这不，在她定期寄给女儿的日记中，尽谈论德·拉特雷莫伊尔夫人，收集了许多有关她那些皇亲国戚的资料，她策划外交事务还挺行的呢。"

"不，我不认为是同一家族。"韦迪兰夫人脱口而出。

萨尼埃特急忙把堆满残羹的盘子递给膳食总管，之后，他又默不作声、沉思遐想起来，但后来终于打破沉默，笑呵呵地讲起他有一次跟德·拉特雷莫伊尔同桌吃饭，就在那天发现公爵竟不知乔治·桑是女人的笔名。斯万对萨尼埃特一向有好感，认为有必要就公爵的文化修养提供一些细节，证明公爵实际上不可能无知到这种地步；但他欲言又止，他明白萨尼埃特不需要他的实例，萨尼埃特明知道故事并不真实，因为是他自己临时瞎编的。这个善良的人心里非常难过，因为韦迪兰夫妇觉得他太沉闷乏味；他意识到今晚比平日更为黯然神伤，决心在晚饭结束前无论如何把大家逗乐。但看到斯万的反应与自己期待的相反，立即泄劲了，愁眉苦脸的，最后胆怯地恳求斯万不要揭底，何况驳斥已无意义了："得了，得了。不管怎么说，即使我搞错了，也不是什么罪过吧，我是这么想的。"弄得斯万差一点想说故事是真的，而且妙不可言。大夫一直听着他们谈话，灵机一动，认为机会来了，可以说：Se non è vero,[1] 但对整句的词儿吃不准，生怕说混了。

---

[1] 意大利谚语：Se non è vero, è beno trovato，意为：即使不是真的，也说得活灵活现。

晚餐过后，福什维尔主动走近大夫。

"她原先大概姿色不错的，这位韦迪兰夫人，何况是个可以交谈的女人，对我来说，这已足矣。当然，她开始上年纪了。不过，德·克雷西太太是个可爱的女人，看上去挺聪明。嗬，妈的！一眼就看出她目光敏锐，这娘儿们！我们在谈论德·克雷西太太呢，"他转向韦迪兰先生说，见他叼着烟斗走近，"我在想，那个女人的身段……"

"抱着她上床胜过拥抱雷电。"科塔尔急忙插话，他已等候多时，趁福什维尔喘气的时机，赶紧把这个古老的玩笑插进来，唯恐转了话题，时不再来，便一下子背出来了，过分的自如和自信是在竭力掩饰背诵时那种既冷淡又激动的情绪。这句拾人牙慧的笑话，福什维尔是知道的，明白的，觉得很有趣味。至于韦迪兰先生，他抒发快乐向来慷慨大度，新近他找到了一种表达快乐的标志，不同于他妻子所采用的，但同样简单，同样清楚。他先像通常哈哈大笑的人那样仰首耸肩，继而立即一阵咳嗽，好像笑得太猛，给烟斗的烟呛着了。他嘴角上始终叼着烟斗，反反复复地做出窒息和快活的样子。这样，他和韦迪兰夫人面对面形成一对，活像两副舞台面具，以不同的方式表现欢乐，这时韦迪兰夫人正在听画家讲故事，闭上眼睛，随即用双手捂住面孔。

韦迪兰先生明智地没有把烟斗从嘴里取下来，这不，科塔尔需要离开一会儿，便悄声说了一句新近学来的玩笑，每次他要到

第二部分　斯万的爱情　　　　　　　　　　　　　　　319

那个地方去，总打趣说："我该去跟奥马尔公爵碰头了。"[1] 这又引起韦迪兰先生一阵呛咳。

"瞧你，快把烟斗从嘴上拿掉吧，你这样硬忍住不笑，会憋死的。"韦迪兰夫人说，她正给大家斟饭后酒。

"您丈夫真是个充满魅力的人，他说起话来妙语连珠哇，"福什维尔对科塔尔太太说，然后转向韦迪兰夫人，"谢谢，夫人，像我这样的老兵从不拒绝烈性酒。"

"德·福什维尔先生觉得奥黛特很迷人。"韦迪兰先生对妻子说。

"恰巧她很想跟我们吃一次午饭。我们好好策划一下，但别让斯万知道。您知道，他有时叫人败兴。当然这不会妨碍您来吃晚饭的，我们希望经常见到您。快春暖花开了，我们将常到野外吃晚饭。到布洛涅森林举行小小的晚餐，您不会介意吧？那就好，好，您太客气了。喂，您哪，您不准备干您的行当儿吗？"她向年轻的钢琴家吆喝，特意在福什维尔这样显要的新客人面前炫耀她的才智和她对信徒们君主似的威风。

"德·福什维尔先生正在跟我说你的坏话呢。"科塔尔太太对回到客厅的大夫说。

而他，从晚饭开始一直在琢磨福什维尔的贵族身份，这时便说：

---

1. 奥马尔公爵（1822—1897），法国国王路易-菲力普之四子。此处意为：上厕所。

"眼下我正替一位男爵夫人治病,叫皮特比斯男爵夫人。皮特比斯家族曾参加过十字军东征,不是吗?他们在波美拉尼亚拥有一个湖,跟十个协和广场那么大。我替她治类风湿关节炎,是个可爱的女人哪。况且,她也认识韦迪兰夫人,我想。"

这些话使得福什维尔片刻后单独跟科塔尔太太在一起时更进一步对她丈夫发表好评。

"再说,他引人注目,看得出来他交游很广。天哪,当医生的,都那么见多识广!"

"我马上为斯万先生弹那首奏鸣曲的乐句。"钢琴家说。

"哎呀,天哪!不会是'奏鸣曲蛇'[1]吧?"福什维尔问道,心想出语惊人。

科塔尔大夫可从来没听说过这个同音异义的文字游戏,不懂什么意思,还以为福什维尔说错了。他急忙走上前去纠正道:

"不对,不该说奏鸣曲蛇,应当说响尾蛇。"他的口气热忱而急躁,又得意洋洋。

福什维尔给他讲解了这个同音异义的文字游戏。大夫的脸涨得通红。

"您说,这挺逗的吧,大夫?"

"嗨,我早就知道了。"科塔尔回答。

于是,他们默不作声了;这时小乐句在高出两个八度的颤悠

---

1. Serpent à sonates(奏鸣曲蛇)和 Serpent à sonnettes(响尾蛇)只相差一个音。

悠的小提琴震音的激荡下出现了,幽远而优美,受着一道从高处倾泻而下的水帘的护送,水帘哗啦作响,络绎不绝,有如在高山上顺着缓缓而下的、令人眩晕的瀑布俯视两百尺之下一个微小的女士身影在款款移动。斯万在心里跟这个乐句如同跟一位知己诉说自己的爱情,这位知音又像是奥黛特的一位女友,仿佛在对他说不必把福什维尔放在心上。

"咳!您来晚了,"韦迪兰夫人对一位应邀在"剔牙"时分来访的信徒说,"今晚来了'一位'布里肖,口才呱呱叫,没有人比得上他!可惜他走了。是不是,斯万?我想您跟他是初次见面吧,"她这样是为提醒他多亏了她,才有幸认识布里肖,"我们的布里肖非常令人快乐,是吧?"

斯万彬彬有礼地哈哈腰。

"不对吗?您对他不感兴趣?"韦迪兰夫人生硬地问道。

"哪里,夫人,很感兴趣,我高兴极了。不过,以鄙人之见,他也许有点自以为是,有点过分打哈哈。有时我倒希望他说话留有余地,稍微温和些,但看得出来,他见多识广,蛮像个正直的人哪。"

大家很晚才告辞。科塔尔对妻子说的第一句评论是:

"我很少见到韦迪兰夫人像今晚这样兴高采烈。"

"这个韦迪兰夫人究竟怎样?是个不三不四的女人吗?"福什维尔在邀请画家乘他的车回家后问道。

奥黛特怅然若失地看着福什维尔离去,她不敢不跟斯万一起回家，但在车上情绪恶劣，当他问她是不是跟她进屋，她耸耸肩膀，不耐烦地说："当然。"

客人走完后，韦迪兰夫人问丈夫："你注意到没有，我们谈论拉特雷莫伊尔夫人时，斯万傻乎乎地笑了笑。"

她注意到斯万和福什维尔在提到这个姓氏时，好几次把表示贵族的介词省略了。她不怀疑，他们这样是为了表示他们不畏惧贵族头衔，她也想学一学他们的傲气，但拿不准用哪种语法形式来表达。所以只好听任有语病的表达方式压倒共和主义的不妥协情绪，她依然说德·拉特雷莫伊尔家族，或者干脆用缩略称呼，就像在咖啡馆音乐会的歌词和漫画的标题里采用的那样，通常把"德"省略一半，一带而过，但又立即改口说："拉特雷莫伊尔夫人。"有时还含讥带讽地补充道："如同斯万称呼的那样：**公爵夫人。**"说罢莞尔一笑，表明她只不过援引别人的用语，决不对如此幼稚可笑的名称负责。

"不瞒你说，我觉得他蠢得不能再蠢了。"

韦迪兰先生回答说：

"此公言不由衷，尽耍滑头，从来不说好也不说坏。他总想左右逢源，八面玲珑。跟福什维尔多么不同啊！福什维尔至少是个直肠子，心里怎么想，嘴里就怎么说。你可以爱听也可以不爱听。不像那一位，非驴非马的。此外，奥黛特看上去非常倾向福什维尔，我看她没错。再说，斯万既然在咱们跟前装作上流社会人士的模样儿，充当公爵夫人们的卫士，那么另一位至少是真有

第二部分　斯万的爱情　　　　　　　　　　　　　　　　　　323

爵位的；他总归是德·福什维尔伯爵嘛。"他说最后一句话时神情微妙，好像他对伯爵领地的历史一清二楚，正在仔细估量其特殊的价值。

"听我说，"韦迪兰夫人说，"他居然攻击布里肖，那些含沙射影的话既恶毒又可笑。当然他看得出来布里肖在咱们家备受爱护，他那样做是存心跟咱们捣乱，使咱们这顿饭吃得扫兴。我觉得出来，这个老小子一出大门便会把咱们说得一无是处。"

"我对你说过的嘛，"韦迪兰先生回答，"此人一事无成，又是个小人，别人稍微有点本事他就妒嫉。"

其实，他们的信徒中谁都比斯万更不怀好意；只不过他们每个人的诽谤都小心翼翼地伴随着众所周知的笑话，调配着一丝激情一缕真诚；而斯万稍有保留就被看作居心不善，只因他不屑重复陈词滥调，比如"咱们可不说别人的坏话哟"。有些别具匠心的作家，他们的言词稍为大胆些就引起反感，因为他们没有首先迎合公众的趣味，没有提供公众已经习惯的套语常谈；斯万之所以惹怒韦迪兰先生，究其原因，如出一辙。像这些作家一样，斯万不落俗套的谈吐使人认为他心怀叵测。

斯万对自己在韦迪兰家可能失宠竟毫无察觉，仍旧带着爱情的偏执，继续美化他们可笑的言行。

他只在晚上与奥黛特会面，至少绝大多数时间是如此；白天，生怕去她家会使她厌倦，心里又希望至少不停地占有她，所以时时刻刻想方设法找机会引起她的思念，但用的是使她高兴的方式。如果在花店或珠宝店橱窗前看到一株花木或一件首饰特别喜欢，他马上想到买下给奥黛特送去，想象着她在得到这些东西时产生的快乐，势必增加她对他的温情，于是差人立即送往拉佩鲁兹街，不至于拖延仿佛在她身边的感知，就像每次她收到他的礼物时那样。他尤其希望她在外出之前收到礼物，以便当她在韦迪兰家见到他时，她的感激之情促使她变得更加温存，或者，说不准哪，如果送货人相当抓紧的话，也许晚饭前她会给他发信，或者亲临他家，作一次例外的访问，专程来向他道谢。有如从前他试验过奥黛特的性格，观察她气恼时如何反应，现在他诱发她的感激之情，通过她感激的反应，寻求她内心还未向他表露的深层感情。

她经常经济拮据，每逢被人逼债，就向他求援。他乐于相助，正如乐于去做一切可能使奥黛特明确想到他爱她的事情，或者干脆使她明确想到他的影响，想到他对她大有用处。如果当初有人对他说"你的地位让她看上了"，如果现在有人对他说"为你的财产她才爱上你的"，那他不会相信，况且即使人们设想她为时髦或金钱这样有力的东西所驱才依恋于他，使他们俩连接在一起，那他也不觉得不痛快。即使他早已想到此话不假，即使他发现奥黛特爱他的基础不是出于他可能给她带来的乐趣或他身上的优点，而是出于利害，也正是这种利害关系永远阻碍她停止跟他来往，哪怕她心里非常想这么做，那么他也不会因此而伤心。眼下，他大量给她送礼物，经常给她提供帮助，他可以高枕无忧，

第二部分　斯万的爱情

凭借这些与他的人品、与他的才智不搭界的优势讨她的欢心，而不必自己费心伤神了。这种情爱甚笃的快感，这种只为爱情而活着的快感，这种他有时怀疑其真实性的快感，一言以蔽之，他作为非物质享受的涉猎者曾为之付出过代价，这种代价使他倍感可贵，正如我们看到有些人怀疑大海的景色和波涛的澎湃是否真的那么壮观，不惜每天花一百法郎租一间海滨旅馆的房间，以便观赏海景，最后确信海景是美妙的，同时也确信了他们自己超然物外的鉴赏力着实难能可贵。

有一天他正在作这类思考的时候，又想起曾有人跟他讲起奥黛特，说她是受人供养的女人，于是他再一次津津有味地对比着奥黛特和这个奇怪的人格化身：受人供养的女人，这好像居斯塔夫·摩罗[1]笔下的幻象画：由隐秘而邪恶的成分组成耀眼的混合体镶嵌着缠有珠宝的毒花；而他却看见过奥黛特的脸上曾流露出对不幸者的恻隐之心，对不平事的愤慨之色，对施恩者的感激之情，如同以前他自己的母亲、他的朋友们所表露出来的神色。这个奥黛特，她的言谈往往同他最熟悉的事情有关，诸如他的收藏，他的卧室，他的老用人，替他经办证券的银行家，恰巧，银行家的形象提醒他，该去银行取钱了。对啦，上个月他给了奥黛特五千法郎，如果这个月在她手头拮据的时候反倒不如上个月给得多，如果他不给她买她想要的一串钻石项链，那他不会再次听

---

1. 居斯塔夫·摩罗（1826—1898），法国画家、雕刻家。

到她对他的慷慨所表示的赞扬；再次看到使他无比幸福的那种感激之情，甚至他弄不好会使她以为他对她的爱情淡薄了，既然她看到他对爱情的表示越来越不明显了。这时他恍然自问，这算不算"供养"她呢，好像供养这个概念确实可以从一些既不神秘也非反常的成分中抽象出来，它属于日常私生活的内容，好比一张一千法郎的钞票，一张家庭常用的钞票，撕破后又粘贴好的，斯万的随身男仆为他支付当月账单和房租之后，把这张钞票塞进他旧书桌的抽屉里，他取出这张钞票再加上另外四张，一并送给奥黛特；继而他再自问，自从他认识奥黛特以来，能不能对她使用"受人供养的女人"这个字眼，先前他以为这个字眼是与她水火不相容的，因为他不曾一时一刻怀疑过奥黛特会接受任何别人的钱。他不能沿着这条思路深想下去，因为这时他的智力麻木症发作了，这是先天性的，间歇性的；上天安排的，于是智慧的光芒顿时完全熄灭了，就像后来到处安装电气照明之后家里突然断电的情景。他的思想在黑暗中摸索了一会儿，他取下眼镜，擦擦镜片，揉揉眼睛，直到产生另一个迥然不同的主意时才重见光明，那就是下个月应当设法给奥黛特送去六千法郎而不是五千法郎，因为这样可以叫她又惊又喜。

晚上，每逢他不呆在家里等待奥黛特一起去韦迪兰家或去他们所喜欢的布洛涅森林，尤其圣克鲁那边的某家餐馆，他便自个儿去某个上流社会的人家吃晚饭，以前他是那里的常客。他不愿意跟他们失去联系，谁知道呢，也许有一天他们对奥黛特有用

第二部分 斯万的爱情

处，而且在此期间正多亏这种联系，他才成功地博得奥黛特的欢心。再说，他长期习惯于上流社会，习惯于铺张扬厉，对此他既不以为然又须臾不可离，因此，虽说他对最简朴的住宅和最豪华的公馆不分厚薄，同等看待，但他的感官对豪华的公馆太习惯了，以至于呆在简朴的住宅里颇感不舒服。他对在某幢楼四门六层左边的房间里举办舞会的小资产者和对在巴黎举行最盛大的招待舞会的巴尔马公主一视同仁，其认同的程度，连小资产者们都难以置信；然而，当他和当了父亲的男人们一起呆在女主人的卧室里时，他就没有身临舞会的感觉了，看到盥洗盆上堆放着毛巾，床铺成了衣帽间：床罩上堆满大衣和帽子，他就感到窒息了，就像如今用了二十年电灯的人突然闻到煤油用尽的灯芯和冒烟的长明灯散发的气味那样。

他在外边吃晚饭的日子，总让车夫七点半备好车；他一边穿衣服一边思念奥黛特，这样他不至于感到孤单，因为对奥黛特不断的思念使他在远离她时和在她身边时同样感到那种特殊的魅力。他登上马车，感到这种思念像一头心爱的小动物与他同时跳上马车，趴在他的膝上，跟他形影不离，哪怕在餐桌旁也如此，当然别的客人是看不出来的。他抚摸它，用它来取暖，当感到颓丧时，他便情不自禁地微微颤抖起来，脖子发冷鼻子发紧，这在他是从未有过的，这时他总把一束耧斗菜花别在上衣的饰孔上。一段时间以来，尤其自从奥黛特把福什维尔介绍给韦迪兰夫妇之后，斯万觉得身体不适，心灰意懒，很想到乡村休息一下。但只要奥黛特呆在巴黎，他连离开一天的勇气也没有。天气暖和了；这是春天最美丽的日子。他尽管坐着车穿行这座石头城去一处隐秘的公馆，但眼前却不断呈现他在孔布雷附近的花园，那里一到下午四点钟，没等他走到芦笋园，就有梅泽格利兹田园的微风迎面扑来，在绿树棚下就可以感到周围长满勿忘我草和莒兰花的池塘旁的那种清新凉爽；每当他在花园里吃晚饭的时候，餐桌四周摆着由他的花匠编织的醋栗和玫瑰。

晚饭后，如果布洛涅森林或圣克鲁那边的约会订得比较早，他便在晚饭刚结束就告辞，尤其天空可能下雨，"信徒们"会提前散去；有一次洛姆亲王夫人家晚饭开得比较晚，斯万没等上咖啡就告辞了，急着去布洛涅森林的小岛与韦迪兰夫妇聚会，洛姆亲王夫人说：

"说真的，斯万若年纪再大三十岁，膀胱又有毛病，那他溜得这么快，还情有可原。不管怎么说，他太不把别人放在眼里了。"

他心想，虽然不能去孔布雷领略明媚的春色，但至少可以在天鹅岛或圣克鲁观赏一番。然而他一心只想着奥黛特，甚至不知道是否闻到了树叶的新香，是否看到了清辉的月光。他到达时，人们在花园里，餐厅的钢琴正在演奏那首奏鸣曲的乐句。即使那里没有钢琴，韦迪兰夫妇也会兴师动众叫人从房间或餐厅搬一架下来，但这不等于说斯万重新得到他们宠爱了，完全不是的。想到为某个人，甚至为某个他们不喜欢的人安排一件精巧的乐事，他们在做准备工作的时候，这种想法在他们身上培育着同情和热忧的感情，尽管是昙花一现的，偶然萌发的。有时他思忖，又是一个春夜过去了，他强迫自己去注视树木，去注视天空。但只要奥黛特在场，他就烦躁不安，再加上一段时间以来轻度发热引起身体不适，这使他失去了平静和安逸，而这两者是感受大自然所不可缺少的基础。

有天晚上，斯万应邀同韦迪兰夫妇共进晚餐，在饭桌上他顺便说起次日要和老同学们举行聚餐，奥黛特居然当着福什维尔（他现在成为韦迪兰夫妇的一名信徒），当着画家，当着科塔尔，当着众人的面，对斯万说：

"好吧，我知道您有宴会，因此我只能在我家里见到您了，可别来得太晚了。"

斯万虽然从来没有因奥黛特对这个或那个信徒的友情而感到不愉快，但听到她在大庭广众之间毫不怕难为情地承认他们每晚的幽会，他在她家的特殊地位，以及对他显而易见的偏爱，他心里着实舒坦。诚然，斯万常想，奥黛特根本算不上出色的女人，在他看来，显露对一个比他低微得多的人的优势并不光彩，不值得在"忠实信徒们"面前夸耀，但自从他发现对许多男人来说奥黛特是个妩媚迷人、富有性感的女人，她的肉体使他们神魂颠倒，这种魅力在斯万身上唤起一种痛苦的需要，他要完全占有她心扉的每个部位。于是他开始极其珍视晚上在她家度过的寸金难买的光阴，把她抱在膝上，让她讲述对这样或那样的事情的看法，而他自己则数说着他如今在这世上唯一让他死抓住不放的宝贝。所以，这顿晚饭之后，他把她拉到旁边，对她的感激之情溢于言表，力图通过向她表示的感激的程度使她知道她能够给予他的快乐的大小，而最大的快乐就是，当他的爱情正在绵延并在经不起风浪的时候，向他保证不让他妒火中烧。

第二天他离开宴会时，正下着倾盆大雨，他只有那辆四轮敞篷马车；一位朋友提出用轿式马车送他回家，他想既然奥黛特叫他去，这就证明她不等别人，那么，他可以安安稳稳地、满心欢喜地回家睡觉，而不必冒着雨专跑一趟。但是，假如她看到他的样子不像坚持每天毫无例外地跟她一起度过良宵，那么在他特别想跟她做一处时，她也许无意间另有安排了。

他到她家时已十一点过了，连声道歉说没能早点来，她抱怨道确实太晚了；她还说暴风雨使她不舒服，她感到头痛，并预先告诉他只能留他半个小时，到子夜十二点就赶他走；但过了一会儿，她感到疲劳，嚷嚷想睡觉。

"这么说，今晚不弄卡特来兰花了？"他对她说，"我还真盼着一小朵卡特来兰花呢。"

她有点赌气和烦躁，回答说：

"不，亲爱的，今晚不弄卡特来兰花了，你看得出我不舒服嘛。"

"弄一下也许对你有好处，但我不勉强。"

她请他在走以前把灯熄灭；他走时亲自为她合上床帐。但回到家里，他突然产生一个念头：也许奥黛特今晚在等什么人，她

第二部分　斯万的爱情

假装疲劳，叫他熄灯只是为了让他相信她要睡觉，等他一走，她就重新点上灯，让那个人进来跟她一起过夜。他看了看钟点。他离开她差不多一个半小时了，他又出门，叫了一辆马车，把他送到离奥黛特家很近的地方停下，这条小街与她住宅后窗的那条街成直角，他有时敲敲她卧室朝这边的窗，叫她开门；他从马车上下来，周围一片僻静和黑暗，他只需走几步便可靠近她家的后墙。街上所有的窗户早已黑了，只有一家屋内灯火通明，从百叶窗透出的亮光就像被压榨过的果肉，呈金黄色的，神秘莫测；有多少个夜晚，他一踏进这条街便远远望见这道亮光，欣然自怡，仿佛得到通报："她在等你呢。"而现在看到这灯光，心如刀割，仿佛得到通报："她和她刚才恭候的人在一起。"他想知道那人是谁；他沿着墙根一直摸到窗前，然而从百叶窗斜叶片之间的缝隙什么也看不见；在这夜阑人静时，他只依稀听见有人在窃窃私语。诚然，他心里难过，看到这亮光，想见窗框里面金光灿灿，一对看不见的、可憎可恶的男女在活动，听到他们在里面低声细语，这表明他走后才来的那个人还在，表明奥黛特说了假话，表明她正在跟那个人共享幸福。

不过，他觉得不枉此行：刚才迫使他出门的那种痛苦由于变得明朗反倒不剧烈了，这不，奥黛特的另一重生活，那时他突然产生了怀疑，但又无可奈何，而现在他抓住她的另一重生活，它暴露在明灯亮光之下，在这间房间如茧自缠还不知怎么回事，而他，只要高兴就可以进去突然袭击，捉拿归案；或者，他去敲敲百叶窗，如同经常来得太晚时那样，至少这样一来，奥黛特会明白他已经知道底细，看见灯光，听到谈话，而他，刚才还在想象她和那个家伙嘲笑他如何上当，现在该他看看他们如何上当，如何受他的捉弄：他们以为他远在千里，而他就在窗下，正准备敲窗哩。也许，此刻他所得到近乎快乐的感受，不是怀疑和痛苦的解除，而是一种智力的乐趣。自从他堕入情网以来，他以前对事物那种孜孜以求的兴趣有所恢复，但只限于引起对奥黛特的怀念的事物，而现在嫉妒复活了他勤奋的青年时代的另一种官能，即对实情的强烈兴趣，但也只限于他与他的情妇之间的实情，这种官能只接受从她那里发出的光辉，全属个人的真相，其唯一的对象，具有无限价值和近乎超凡脱俗之美的对象，就是奥黛特的行为、交游、计划和经历。斯万在他一生的任何其他时期，向来认为个人的日常行为和琐事不足挂齿，有人向他说长道短，他总觉得平淡无奇，即便硬听下去，也只是注意力中最平庸的部分在起作用，这种时刻他会觉得自己太没出息了。然而，在恋爱的这段奇特的时期，个体竟有如此巨大的吸引力，以致唤醒了他心头对一个女人的锱铢琐事的好奇心，正如从前他对历史所产生的那种好奇心。迄今为止，他一直羞于为之的事情，如在窗前窥察，谁知道呢，也许明天会想法儿套闲人的话，或收买用人，或在门外偷听，如今在他看来，也许像辨读文本、鉴别证词、考证古迹那样，只是一些进行科学考查的方法，具有真正的学识价值，这些方法很适合寻求真相。

第二部分　斯万的爱情

他正准备敲百叶窗，羞耻之心油然而生，想到奥黛特即将知道他起了疑心，走了又返回来，在街上监视。她常对他说她最厌恶猜忌的人，最厌恶盯梢窥伺的情人。他即将干的事情确实笨拙得很，她今后会厌恶他的，而在此刻，在他还没有敲百叶窗之前，也许她还爱着他，尽管她已欺骗他了。这样，为了一时的痛快而白白牺牲多少可能得以实现的幸福啊！然而弄清真相的欲望更为强烈，并且在他眼里也更为崇高。他知道，他不惜牺牲生命予以核实的真情实况就在这透出条条灯光的窗户背面可以现出，有如学者查阅珍贵的手稿，对烫金封面下蕴藏的艺术价值不会无动于衷。斯万面对的这部手稿是独一无二的，转瞬即逝的，极其珍贵的，由无比温暖和异常美丽的透明物质构成，要弄清使他心潮澎湃的真相，在他有着无穷的乐趣。再者，他感到比他们有利——他多么需要这种感觉呀——其优势也许不在于他知道，而在于能够向他们表明他知道。他踮起脚，敲窗。他们没有听见，他又重重地敲了敲，谈话声中断了。但听得一个男人的声音，他竭力分辨这是他所认识的奥黛特的朋友中哪一位，那人问道：

"外边是谁呀？"

他吃不准是谁的声音。他又敲了一下。窗打开了，百叶窗也打开了。现在无法后退了，既然她马上什么都明白了；为了不显得过分狼狈，过分妒忌，过分好奇，他只得装作一副漫不经心和高高兴兴的样子，大声说道：

"您不必出来啦，我从这儿经过，看见有灯光，想知道您是否好些了。"

他望了望。但见面前是两位先生出现在窗口,其中一位举着灯,于是他看清房间,一间陌生的屋子。平时每逢很晚来奥黛特家,他总凭所有一模一样的窗户中唯一有亮光的来识别奥黛特的窗户,他这回搞错了,敲了隔壁一家的窗子。他连声道歉后走开了,回到家里,称心如意,他的好奇心得到了满足,而他们的爱情则一点未受损害,长久以来他对奥黛特一直装出一副满不在乎的神情,现在并未因嫉妒而印证他是多么爱她:两个情人之间,爱得太深的一方一旦表露,就永远使得接受爱情表露的一方不必爱得太深了。他没有跟她谈起这件不如人意的事,自己也不再瞎想了。不过,有时思想活动与对此事的回忆相遇,与它碰撞,把它埋得更深,斯万感到一阵突发的、深沉的痛苦。就像是一阵肉体的剧痛,斯万的思想无法减轻这种痛苦;然而肉体的痛苦至少还是独立于思想的,思想可以注视肉体的痛苦,察看它有所减轻,或暂时中止。而这种思想上的痛苦,只要一触动,就马上再现。即使决意不去想它,实际还是在想,痛苦犹存。跟朋友们聊天,有时忘了痛苦,但人家说的某句话可能突然使他改变脸色,正如一个伤员被一个笨手笨脚的人不小心碰到了痛处。当他离开奥黛特时,他是幸福的,内心平静,仿佛又看见她在谈论某某男人时含讥带讽的微笑和对他投以含情脉脉的微笑;她的头偏离身体的主轴沉甸甸地向他倾斜,几乎不由自主地倒向他的嘴唇,就像她第一次在马车里那样,于是他想起倒在他怀里时那无神的目光，一边怕冷似的把倾斜的头紧贴在他的肩上。

然而，嫉妒仿佛是爱情的影子，相辅相成：今晚她向他投来的微笑，此刻正在嘲弄他，而且正在充满爱情地投向另一个男人；就在今晚让他亲吻的脸，此刻正倒向另一个男人的嘴边，把曾给他的种种亲昵给了别人。斯万从她家带出的种种给他快感的回忆就像室内装饰家提交的草图、"初步设计"，提供给他去设想她跟别的男人可能做出的热烈的或痴狂的举止。因此他后悔不迭，后悔他在她身边感受到的每一个乐趣，后悔由他创造的每个爱抚并冒冒失失向她指出爱抚有多么甜蜜，后悔他在她身上发掘的每一分风韵，因为他知道，过一会儿，这一切将变成新的利器，用来折磨他本人。

这种折磨变本加厉了，当他回忆起几天前第一次在奥黛特的眼里意外地发现一种生硬的目光。那是发生在韦迪兰家晚饭结束之后。也许福什维尔觉得他的连襟萨尼埃特在韦迪兰家不受欢迎，想把他当作嘲笑的对象，损了他又在韦迪兰夫妇跟前露了脸；也许萨尼埃特刚才对他说了一句不高明的话而惹恼他了，尽管在座的人根本没有觉察，不知道此话包含什么使人不快的暗示，到底是谁毫无恶意地失口冒犯了什么人；总之，也许他一段时间以来一直寻找机会把深知他底细的人撵出这个家门，他知道事情棘手，有时候只要这样的人在场，他就觉得不自在，所以福什维尔回答萨尼埃特这句不高明的话时非常粗暴，破口辱骂，对方越恐惧、越懊丧、越哀求，他越加大胆，越加骂得凶，害得这个可怜虫求助于韦迪兰夫人,不知是否应该继续呆下去,他没有得到答复,只好眼泪汪汪,嘟哝着告退了。奥黛特亲眼看到这个场面,她一直无动于衷,但等到萨尼埃特出去后房门重新关上,她脸上通常的表情立即下降好几个档次,一直降到下流的程度,与福什维尔不相上下:她灼灼的眸子闪着假惺惺的微笑,以示祝贺他表现的胆略,同时嘲讽深受其害的那个人;她向他投去串通伤人的一瞥,明白无误地表明:"真是致命的一击,我不会搞错吧。您瞧见他的窘相了吧?他都流眼泪了。"福什维尔的眼神与她的目光相遇,怒色顿消或收敛起他假装出来的满脸怒容,含笑回答:

"他只要识相一些,还可以来嘛;恰当的惩罚对谁都是有益的,老少咸宜嘛。"

一天斯万下午外出访友,不料那人不在家,于是转念去奥黛特家,虽然这个时辰他从未去过她家,但他知道她肯定在家,或午睡或午茶前写信,心想这个时候去看她一下蛮有意思的,又不至于打扰她。看门人对他说好像她在家;他按了门铃,似乎听见有声音,有人走动,但不来开门。他又急又恼,跑到住宅背后的小街,接近奥黛特卧室的窗户,但窗帘挡着他的视线,什么也看不见,他用力敲敲窗玻璃,喊叫起来;没有人来开窗,却见几个邻居探头瞧他。他走了,心想说不定刚才听错了,不是什么脚步声;但这事总叫他牵肠挂肚,没有心思考虑别的问题了。一小时之后,他又回来了。他找着她了;她对他说刚才她在家,但他按门铃的时候,她在睡觉;铃声把她惊醒了,她猜是斯万,于是赶

第二部分　斯万的爱情　　　　　　　　　　　　　　　　　　*337*

紧出来开门，但他已经走了。她听见有人敲窗玻璃了。斯万立即从她的陈述中识别出某些真情实况，但那是说谎者在被揭穿之后故意塞进他们所编造的谎言中去的，借此聊以自慰，满以为有了这一点真相就可以把假话惟妙惟肖地说成真话。奥黛特干了不愿别人知道的事情，当然要深藏不露。但一旦面对她要欺骗的人时，她便心慌意乱了，思绪纷乱了，杜撰和推理的能力瘫痪了，脑子一片空白，但又不得不说点什么，可思想所及恰恰是她想隐瞒的事情，唯其如此，真实的事情才留存脑际。于是她截取其中一个本身并不重要的实况，心想这样毕竟好些，既然这是个经得起核实的细节，总不会比虚假的细节更危险吧。"这至少是真实的，"她暗暗思忖，"总可以得分的，他尽管调查好了，终将承认这是真话，总不会是真话让我露马脚吧。"她想错了，正是这个让她露了马脚，她哪里想得到这个真实的细节原来是有棱有角的，只有跟真相的真实细节连接在一起时才榫合，而她却随意取舍；不管她把这个真实的细节插进哪些杜撰的细节，总会露出多余的题材和未经填补的漏洞，从而出现破绽，显得不那么浑然一体。斯万暗自思忖："她承认听见我先按铃后敲窗，她猜出是我，并很想见我。但她没叫人来开门，这个事实表明她的话不能自圆其说。"

然而，他没有向她点破前后矛盾之处，心想让她一股劲往下说，没准又会编出什么假话，倒给弄清真相提供一丝线索；他让她继续诉说，不打断她，带着急切又悲痛的敬意谛听她吐出的每字每句，正因为她说出的话语是遮人耳目的，他觉得她的话把那无比珍贵的，咳，无处寻觅的实情蒙上一层神圣的纱帘，依稀露出痕迹，勾出未确定的轮廓：刚才三点钟他来的时候她到底在干什么，对此他永远只能得到谎言，如同难以辨认却不可侵犯的遗迹，这个真实只存在于窝藏者的记忆中，此人静静地望着它而不懂得欣赏，但又不肯把它交出来给别人。诚然，他有时也猜想得出。奥黛特的日常行为不见得都是富有情感色彩趣味的，她跟其他男人可能发生的关系自然还没有普遍到使一切有思想的人万念俱灰，头脑发热，自寻短见。于是他懂得，这种关切，这种忧伤，在他身上的存在好似生了一场病，等到病愈康复，奥黛特的一举一动，她可能给予的亲吻，又会变得不怎么叫人伤心，如同众多其他女人的举动和亲吻。然而，斯万眼下所抱的这种折磨人的好奇心，其原因正在他自己身上，懂得这一点不是为了使他觉得把这种好奇心视为至关重要和不遗余力加以满足是什么不合情理的事情。只因斯万上了一定的年纪，他的人生哲学已经不再是青年人的人生哲学了，当时风行的哲学，斯万经常出入的那个阶层的哲学，即洛姆亲王夫人那个小集团的哲学：只有怀疑一切的人，只有从每个人的癖好中发现真实和确凿的东西的人才被公认为有才智，这种哲学曾促进斯万形成自己的人生哲学，这是一种实证哲学，几乎是医学哲学，不再外露人们所企望的目标，而力求从逝去的岁月中清理出习惯和激情的积淀，人们总以为自己身上的习惯和激情是赋有特征性的，永恒性的，所以毫不犹豫地首先关注他们所采取的生活方式是不是能迎合这些习惯和激情。斯

第二部分　斯万的爱情

万觉得把无视奥黛特的所作所为作为他生活中的一份痛苦是明智的，正如潮湿的天气使他的湿疹更厉害了；他还觉得在他个人收支中拨出一笔可观的资金用于收集奥黛特日常行踪的情况也是明智的，否则他会感到遗憾，正如他为其他的癖好拨款，因为他知道可以从中获得乐趣，至少在他谈恋爱以前是这样的，比如从收藏和佳肴获得的乐趣。

当他向奥黛特告辞准备回家时，她请求他再呆一会儿，甚至急切地挽留他，拽住他的胳膊，在他要开门出去的时候。但他没有留意，因为在贯穿交谈的大量手势、话语、枝节中我们明明接近一些遮掩真相的东西而未加注意，没有引起我们的警觉，因为我们对真相的猜测是盲目的，相反，我们对一些毫无内涵的东西倒驻足关注，这一切都是不可避免的。奥黛特一再向他重复："你呀，一向下午不来的，难得来一次，我却没见着，有多倒霉嘛。"他心里明白她对他的爱并不深，不会因为他来访未遇而产生如此强烈的遗憾，不过，她心地善良，一心想取悦于他，每当她惹他生气时，她往往也很伤心，所以他觉得她这次心里难过非常自然，因为她使他失去了共度一小时的乐趣，这种乐趣对她未必重要，但对他却十分重要。她对一件没有什么了不起的事情始终显得痛心疾首的样子使他感到惊讶。她的样子比平常更使他想起画《春》[1]的画家笔下的妇女面容。这时她垂头丧气，愁容满面，

1.《春》系前文已提到的意大利画家波堤切利的代表作之一，画于1478年。

仿佛被无法承受的痛苦压得一蹶不振，酷似画中妇女们守着儿时的耶稣玩一只石榴或看着摩西向食槽里倒水时的那种表情。她的这种表情他曾见过一次，但不记得在什么时候了。但突然，他想起来了：有一次奥黛特对韦迪兰夫人撒谎，推说病了，那是她未去吃晚饭的第二天发生的，其实她跟斯万做一处了。话说回来，即使奥黛特是世间最严以律己的女人，也大可不必为一个无伤大雅的谎话而感到内疚。然而，奥黛特通常说的谎言并不那么天真无邪，而是用来掩饰她跟这样或那样的男人之间产生的叫人受不了的困境。因此，每次说谎，她都害怕得要命，感到自己理屈词穷，对谎言的效果毫无把握，因体力不支直想哭，就像一些没有睡足的孩子那样。再者，她知道她的谎言往往严重损害被骗的男方，如果谎言露出破绽，她没准反倒自投罗网了。当下，在他面前她感到自惭形秽，无地自容。即便在社交场合，由于感觉和回忆的交织，无奈说出一个无关大局的谎话，她也会产生劳累过度的不适感和干了坏事的负疚感。

她到底想对斯万说什么谎？竟如此使人沮丧，她的目光饱含痛苦，她的声音充满哀怨，仿佛在她自身的压力下支撑不住了，仿佛在请求宽恕。他灵机一动，猜想她不仅竭力对他掩盖下午那件事的真相，而且有更迫在眉睫的事，也许还没有发生的事情、即将到来的事情，而此事又可能给他披露真相。就在这个时候，他听见一声门铃。奥黛特滔滔不绝，但她的话语只是一连串呻吟般的自责：为下午未见着斯万而遗憾，为没有给他开门而遗憾，

第二部分　斯万的爱情

她的遗憾变成真正的绝望了。

这时传来大门重新关上的声音和马车的响声，好像有人吃了闭门羹走开了，大概就是斯万不该谋面的那个人吧，就是被告知奥黛特不在家的那个人吧。这么说，在他通常不来的时刻，只来了这么一次，就发生那么多她不愿意他知道的事情，想到这里，不免感到气馁，甚至忧伤。但由于他热恋着奥黛特，由于他习惯一切为奥黛特着想，他对她的恻隐之心油然而生，自言自语道："可怜的宝贝！"在他离开的时候，她拿起放在桌上的好几封信，问他是否可以顺路替她投邮。他把这些信带走了，但回到家里才发现信还在他身上。于是返回原路到了邮局，从口袋掏出信，正准备扔进信箱时看了看地址。所有的信都是寄给供应商的，只有一封例外，是寄给福什维尔的。他把这封信留在手里。他暗自思忖："如果我看了里面的内容，就知道她怎样称呼他，怎样对他说话，他们之间是否有事。也许不看反倒对奥黛特不诚实，因为这是消除我怀疑的唯一办法，对她的怀疑也许是捕风捉影，不管怎么说这种怀疑并不使她痛苦呀，而信一旦寄出，那就没有任何东西能消除怀疑了。"

他离开邮局回家，把信留在身上没有寄出。他点燃一支蜡烛，把信封凑近烛光，没敢拆开。起先他什么也看不出来，但信封很薄，把信封和信里的硬卡片贴紧，由于信封是透明的，他终于看出最后几个字。那不过是一句冷冰冰的结束语。如果不是他看一封给福什维尔的信，而是福什维尔看一封给斯万的信，那么就可看到大为温柔的结尾语了！信封比卡片大得多，他用拇指轻轻推动卡片，分别把一行行的文字推到信封上没有夹层的部分，把卡片和信封摁紧，那是唯一透得出字迹的部分。

尽管如此，他仍看不大清楚。不过这已无关紧要了，因为他看懂的内容足以澄清信里说的只是一件不重要的小事，跟男女私情毫不搭界，是有关奥黛特表叔的什么事情。斯万看清楚一行的开头写道："我十分明智。"但不懂奥黛特十分明智地干了些什么，突然先前没有看清的一个词显现了，使他搞清整个句子的意思："我十分明智地开了门，是我表叔嘛。"开了门！原来刚才斯万按门铃的时候，福什维尔在里面，后来她把他打发走，这么说，他听到的是福什维尔的声音。

这样，他把信的全部内容读通了；在信的末尾她表示歉意，说对他招待不周，还说他把香烟忘在她家了；最后这句话跟斯万初期一次来访后她写的信上的那句话一模一样。但给斯万的信上她还加添道："为什么您不把心也忘在这里呢？那样的话，我就不让您收回去了。"给福什维尔的信中却根本没有这类话：没有任何暗示使人猜想他们之间会有私通。说实在的，要论受骗上当，福什维尔比他更甚，既然奥黛特给他的信中让他相信来访者是他的表叔。简言之，是他，斯万，最受她器重，为了他，她才把别人打发走。然而，如果奥黛特和福什维尔之间没有什么名堂的话，为什么不马上开门，为什么说"我十分明智地开了门，是我表叔嘛"？如果她那时不在干什么坏事，福什维尔怎么能明白

第二部分　斯万的爱情

她不可以开门的原因呢？斯万茫然若失，他沮丧，羞愧，但又暗中自喜，面对奥黛特毫无戒心地委托给他的这封信，感到她对他的正直寄予绝对的信任，但通过信封这个透明的窗口，他依稀看到奥黛特一点隐秘的生活，这种隐秘的事情他先前不敢企望得悉，如今未知王国的高墙打开了一道窄缝，透出了一道亮光。于是他的忌妒心大悦，仿佛这种忌妒心有一种独立的、自私的、吞噬一切的生命力，甚至不惜损害他本人。现在忌妒心有了食粮，斯万即将可以开始每天牵挂奥黛特五时的接客，开始寻访福什维尔同一时辰在何处。因为至此他一直保持着最初的那种温情，既不打听奥黛特日常的时间安排，也懒得动脑筋用想象去填补这片无知的空白。他并不猜忌奥黛特的全部生活，只猜忌她一天中的几个时辰、某种情况，也许是被曲解的情况，引导他猜测奥黛特可能瞒着他跟别人乱搞。他的忌妒心，好似章鱼捕食，首先伸出一只触手，然后伸出第二只，再后伸出第三只，首先抓住傍晚五点这个时辰，然后另一个时辰，再后又一个时辰。但斯万不会虚构痛苦。在他，所谓痛苦，只是来自外部的某种痛苦的回忆和延续。

然而，外部的一切都给他带来痛苦。他决意让奥黛特跟福什维尔离得远远的，带她去南方呆几天。可他又认为旅馆里所有的男人都看中她，而她也对他们动了欲念。从前他在旅行的时候总结交新人，寻找人多热闹的地方，而现在他不爱交际，躲避社交场所，好像社交团体曾伤害过他，令他非常难堪。在他眼里，任何男人都可能是奥黛特的情人，他怎么能不愤世嫉俗呢？这样，他的忌妒心比他当初对奥黛特那种富于快感的和令人喜悦的欲望更为强烈,以致他的性格变坏了,变得面目全非,在外人看来,甚至连表现性格的外貌特征都变样了。

在他偷看奥黛特给福什维尔的信之后一个月,斯万出席了韦迪兰夫妇在布洛涅森林举行的晚餐。正在散席的时候,他发现韦迪兰夫人跟好几个客人窃窃私语,看出他们在提醒钢琴家第二天出席在沙图的聚会;而他,斯万,没有受到邀请。

韦迪兰夫妇说话的声音很轻,而且含糊其辞,但画家心不在焉,大声说道:

"不需要任何灯光,让他在黑暗中演奏《月光奏鸣曲》[1],月光溶溶,万物生辉。"

韦迪兰夫人见斯万近在眉睫,立即摆出一副神情,示意让说话的人住嘴,又要听话的人明白这不是她指使的,这个愿望却被她木然的目光冲淡了,目光中同谋会意的神色僵硬地退隐到纯朴的微笑背后,这种木然的目光屡见不鲜,比如发现别人说了一句不合时宜的蠢话:说者无意,听者有心。奥黛特突然脸上挂出一副绝望的神情,觉得生活的重负实在太艰难,只得坐以待毙,而斯万如坐针毡,急切地盼望散席离开餐馆,在回家的路上可以向她问个究竟,设法使她第二天不去沙图或让她出面把他也带去,从而在她的怀里他那心急火燎的性情得以平静下来。终于大家唤

---

1. 系贝多芬所作的奏鸣曲,而不是指本书的人物万特伊所作的奏鸣曲。

马车了。韦迪兰夫人对斯万说：

"那么，再见吧，希望不久再见面，是吗？"竭力用和蔼的目光和盈盈的微笑使他想不到她故意不对他重复平时常说的下文："明天在沙图见，后天在我家见。"

韦迪兰先生和夫人请福什维尔坐他们的马车，斯万的马车排在后面，等他们走后让奥黛特上他的车。

"奥黛特，我们送您回家，"韦迪兰夫人说，"瞧，福什维尔先生旁边为您留着座位呢。"

"好的，夫人。"奥黛特回答。

"怎么，我想，由我送您回家。"斯万大声说道，直截了当地说出要说的话，因为车门开着，时间紧迫，他不能没有她就这样单独回家。

"可韦迪兰夫人让我……"

"瞧您的，您满可以自个儿回去嘛，我们让您送她的次数够多的了。"韦迪兰夫人说。

"我有件重要的事要对这位太太说。"

"好哇，那您就给她写信吧……"

"再见。"奥黛特边说边伸出手跟他告别。

他勉强微笑了一下，但样子十分狼狈。

"你瞧见斯万现在以放肆的举止对待咱俩了吧？"韦迪兰夫人回家后对丈夫说，"我以为他要一口吃掉咱们，只因我们送奥黛特回家。实在太放肆了！他把咱们看作是开幽会馆的了！我真不明白奥黛特竟受得了这份子气。他那种神气完全等于对她说：您是属于我的。我要把我的想法告诉奥黛特，希望她能明白。"

过了一会儿，她又气冲冲地加添道：

"哼，瞧他那个德行；该死的畜生！"她不自觉地学着乡下人宰牲口时的用语，也许还出于内心替自己辩护的需要：乡下人看着在自己的屠刀下不伤人的动物垂死挣扎时就这般谩骂，正如弗朗索瓦丝在孔布雷宰鸡，那母鸡就是不肯断气。

韦迪兰夫人的马车走后，斯万的马车也向前行进，他的车夫盯着他问是否病了或遇上什么麻烦了。

斯万干脆把车夫打发回家，宁愿走走，穿过布洛涅森林步行回家。他大声自言自语，其声调一如他迄今历数小核心的千姿百态和颂扬韦迪兰夫妇的崇高，不过有点不自然。然而，奥黛特的言谈、微笑、亲吻，他以前觉得有多甜蜜，现在却觉得有多可憎，同样，韦迪兰夫妇的沙龙，他刚才还觉得趣味盎然，散发着真正的艺术情趣，甚至某种贵族的风范，而此刻在他面前暴露得多么可笑，可恶，可耻，因为奥黛特将在那里会见另一个男人，跟另一个男人无拘无束地调情。

他想象第二天在沙图的晚会，心中不胜厌恶："首先，亏他们想得出来去沙图！活像刚打烊的服饰用品商！这些人实在市侩气十足，与现实生活格格不入，简直像从拉比什[1]戏剧中走出来的。"

---

1. 拉比什（1815—1888），法国剧作家，其喜剧多为讽刺第二帝国治下的小资产阶级。

科塔尔夫妇大概会应邀前往，也许还有布里肖。"这些小人物相依为命，我敢说，明天要是不在沙图聚会，他们就觉得活不下去了，这种生活真是奇形怪状！"最要命的还是那个画家，喜欢"促成婚姻喜事"的，他会邀请福什维尔陪奥黛特去他的画室。他想奥黛特会打扮得花枝招展去参加乡间聚会，"因为她太庸俗了，这个可怜的小女子，她太糊涂了！！！"

他仿佛又听到韦迪兰夫人晚饭后的玩笑，不管以哪个讨嫌的家伙为取笑的靶子，他总那样乐不可支，因为他看见奥黛特在笑，跟他一起笑，几乎跟他的笑融为一体。现在他觉得他们也许把他当笑柄来引奥黛特发笑哩。"多么令人恶心的戏谑！"他叹道，嘴巴噘起一个嫌恶的表情，因噘得过高，觉得下巴直至脖子的肌肉一阵紧张，使衬衣领子都移动了，"她有一副圣像的面孔，像这样的女性怎么会从如此令人恶心的戏谑中找到笑料呢？任何鼻子略为灵通的人都会厌恶地躲避这种臭气的熏染。简直难以想象，一个好端端的人居然明白不了，当他肆意取笑一个正向他伸出手来的同类时，他已跌入永劫不复的泥淖，他们置身泥淖，喊喊喳喳，蜚短流长，恶浊不堪，我要呆在离他们万里云外的九重蓝天上，不让韦迪兰这婆娘耻笑的唾沫溅到我身上来，"他提高嗓门，昂起头挺起胸，傲气凛然，继续自言自语，"上帝给我作证，我诚心诚意想把奥黛特拉出泥淖，使她上升到较为崇高和较为纯洁的氛围中去。但人的忍耐是有限的，我的忍耐已到尽头了。"好像把奥黛特从冷嘲热讽的氛围中抢救出来这个使命由来已久，并不始于几分钟之前,好像他赋予自己这个使命并不始于他看出那些冷嘲热讽的对象也许正是他自己,而且旨在把奥黛特从他那里挖走。

他想象着钢琴家准备演奏《月光奏鸣曲》,韦迪兰夫人害怕贝多芬的音乐有损她的神经时作出的神态,不禁骂出声来:"白痴,骗人精!这种货色也配热爱艺术!"她会在奥黛特面前花言巧语,替福什维尔说几句好话,正如她从前曾经替他说好话那样:"您挪动一下,让德·福什维尔先生在您身边挤一挤。""暗中捣鬼!老鸨母!拉皮条的婆娘!""拉皮条的婆娘!"他也用这个名词来形容音乐,那种音乐引诱一对对男女默不作声,并肩遐想,四目对视,四手相携。此刻他觉得柏拉图、博叙埃[1]和法兰西旧时的教育对艺术持严厉态度有好处。

简言之,在韦迪兰夫妇家过的生活,以前他口口声声称之为"真正的生活",如今在他看来是最糟最糟的生活,他们那个小核心是最差最差的圈子。他嘀咕:"社交场地地道道的末流,但丁《神曲》中最糟的圈子。毫无疑问,那段令人肃然起敬的话是针对韦迪兰夫妇这样的人而发的。说到底,上流社会人士,尽管无足称道,但毕竟与这帮流氓大相径庭,他们拒不理睬这帮家伙,不肯为碰他们而弄脏自己的手指,确实表现出了深谋远虑。圣日耳曼区流行的那句 Noli me tangere[2] 是多么具有远见卓识呀!"他

---

1. 博叙埃(1627—1704),法国作家、宣道家。
2. 拉丁文:不要碰我。参见《圣经·新约·约翰福音》第二十章:马利亚见证之复活,耶稣说:"不要摸我,因我还没有升上去见我的父……"

早已走出布洛涅森林的小径，差不多快到家了，但还没有摆脱痛苦，还没有从言不由衷的激奋中清醒过来，语调之虚假，音色之造作，使他越说越起劲，简直如醉若狂，在万籁俱寂的夜晚，慷慨激昂地大发议论："上流社会人士固然有自身的缺点，我比谁都看得清楚，但有些事情他们毕竟是干不出来的。比如我曾相识的那个风雅女士，虽说远谈不上完美无缺，但在她身上毕竟还有正派之处，其手段也是正大光明的，不管发生什么事情，决不可能背叛，这些足以说明那个风雅女士和泼妇韦迪兰婆娘之间有着天壤之别。韦迪兰！名不见经传！嘀，可以说他们是那一类中最地道的、最正宗的货色！感谢上帝，现在还来得及，决不降贵纡尊，跟这帮无耻之尤、这伙渣滓同流合污。"

话说回来，前不久他还把种种美德归于韦迪兰夫妇，即使他们当真有这些美德，但如果他们不促进和不保护他的爱情，这些美德不足以激起他那种狂热，以致为韦迪兰夫妇的大度动了感情，他的狂热如果说是受别人的传播而感染的，那只能来自奥黛特；同样，今天他认为韦迪兰夫妇缺德，但如果他们没有邀请奥黛特和福什维尔，如果他们没有撇弃他，那么他们的缺德行为不至于引起他的狂怒，不至于惹他痛斥"他们是无耻之尤"。斯万的声音可能比他的头脑更为敏锐：他的话充满对韦迪兰圈子的厌恶和对与之决裂的喜悦，如果他说的时候不是矫揉造作的，好像那些字眼经过选择专门用来发泄他的怒火，而不是用来表达他的思想。确实，他在破口大骂的时候，他的思想很可能不知不觉地被一个截然不同的对象所占领,这不,他一到家,刚关上大门,就猛敲自己的脑门,立即吩咐下人打开大门,当他再次跨出大门时,这次用很自然的声音喊道:"我想有办法让人邀请我参加明天沙图的晚餐了!"但斯万的办法不灵,因为他根本没有受到邀请——科塔尔大夫被召去外省看一个重病号,好几天没见到韦迪兰夫妇,所以未能出席沙图的晚会,次日在韦迪兰夫妇家入席就餐时问道:

"嗯,今晚咱们见不到斯万先生了吗?他有个所谓的至交在……"

"嘿,我希望不见他!"韦迪兰夫人大声说道,"上帝保佑,别让咱们再见到他了,他令人厌烦,既愚蠢又缺乏教养。"

科塔尔听了这话,表现出大吃一惊和唯命是从的双重神色,恰如面临完全出乎他意料的和明显得不可抗拒的真理;他垂下双眼,鼻子对着菜盘,既激动又畏惧,为了接上话茬,只得连声"嗳!嗳!嗳!嗳!",仿佛在步步后退,他的嗓子因中气不足,由高到低,逐渐按下行音阶下降,直到音区的最低点。从此斯万被韦迪兰夫妇拒之门外了。

于是,原来使斯万和奥黛特会合的这家沙龙变成他们约会的障碍。她不再像他们初恋时那样对他说:"反正咱们明晚要见面的,韦迪兰家请吃夜宵",而说,"咱们明晚不能见面,韦迪兰家请吃夜宵。"或者,韦迪兰要带她去喜歌剧院观看《克莉奥佩特

第二部分 斯万的爱情

拉的一夜》,斯万从奥黛特眼中看出恐惧的神情,恐怕叫她别去,曾几何时,他若见到恐惧的神情掠过情妇的脸时,会情不自禁地吻上一吻,而现在却怒不可遏。他暗自思忖:"我看到她像鸡啄粪堆似的热衷那种糟糕的音乐,我感到的其实不是愤怒,而是悲哀,当然不为我自己悲哀,而为她悲哀;悲哀地发现她跟我接触了六个多月之后,居然没有发生足够的变化,以便自动地排除维克多·马塞[1]!尤其令人悲哀的是她竟不能明白有些晚上,一个本质略微高尚的人在别人的请求下是应当会放弃某种乐趣的。她应当会说:'我不去。'哪怕出于投其所好,因为别人根据她的回答来判定她的精神素质,而且一锤定音,永不变更。"他先使自己相信确实仅仅为了对奥黛特的精神价值能作一个比较有利的评价,才希望她那天晚上留下陪他而不去喜歌剧院,然后用同样的推理去说服奥黛特,先后的态度都是言不由衷的,对后者更甚,因为他还不由自主地想以自尊心来让她上钩。

"我向你保证,"他在她临去剧场前几分钟对她说,"虽说叫你别去,但我若是自私的人,我倒满心希望你拒绝我的要求,因为我今晚有许许多多事情要做,你要是回答我不去,我反倒作茧自缚,对如此出于我期望的回答会深感不安。但是,我的事务,我的娱乐不是高于一切的,我得为你着想。可能会有那么一天,我不得不永远离开你时,你会责备我在紧要关头没有提醒你,就

---

[1] 维克多·马塞(1822—1884),法国音乐家、巴黎音乐学院教授,其多种喜歌剧乐曲深受民众欢喜,是《克莉奥佩特拉的一夜》的作者。

是我觉得即将对你作出严厉的判断的时刻，对这种严厉的判断，爱情是抵抗不了很久的。你明白吗？《克莉奥佩特拉的一夜》(多糟的标题！)对这件事毫不相干。问题在于必须知道你是否真的是头脑最糊涂的人，最缺乏魅力的人，不能放弃一切乐趣的可鄙的人。如果你是这种人的话，那么人家怎么能爱你呢？因为你甚至还算不上一个成熟的人，一个定型的人，一个虽不完美却可臻完美的人。你是一汪未定型的水，顺着别人给你安排的斜坡往下流，你是一条没有记忆和不会思考的鱼，只要生活在玻璃水族缸里，就会每天上百次地碰撞玻璃，一直以为那也是水。我并非说你的回答会立即引起我不再容你，当然不会，然而，我一旦确认你不是一个成熟的人，你毫无价值，你不会入流，那么你在我心目中就不那么迷人了，你明白吗？显然，我原想叫你别去看《克莉奥佩特拉的一夜》(你逼我弄脏嘴唇吐出这个下流的剧名)，那只是说说而已，心里还是希望你去的。但我还是决定算这笔账，从你的回答引出这些后果，我认为提醒你比较正当。"

奥黛特越听越显得激动和犹豫。她虽不明白这番宏论的意思，却知道这可归入"连篇空话"之类，指责或哀求的场景之类，她对经手过的男人们这一套习惯了，不必注意话语的枝节便可得出结论：男人们要是不爱你，就不会唠唠叨叨了，而只要他们爱你，那就没有必要对他们唯唯诺诺，事过之后，他们只会更爱你。所以，她本可以若无其事地听斯万滔滔不绝地说下去，如果她没有注意到时间在消逝，只要让他再说上一阵，那么她就要

"错过序幕"了，她面带温柔的、执拗的、尴尬的微笑终于对他说出这句话。

先前他多次对她说过，最使他可能中止爱她的原因，莫过于她不愿意摈弃撒谎。他对她说："哪怕仅仅从卖弄风情的角度来说，你难道不明白你若堕落为撒谎的女人会失去多少魅力？而通过一次坦白交代，你又能赎回多少过失呀！你实在没有我原先想象的那么聪明！"然而，斯万徒然地向她一一陈述她不该撒谎的理由，这些理由本可以摧毁奥黛特一整套撒谎的手段，但奥黛特并没有什么成套的手段，她只是在不想让斯万知道她所做的事情的情况下不肯对他说罢了。因此，撒谎对于她来说是一个特殊的办法，唯一决定她是否采用这一特殊办法或说出实话的依据，那要看斯万能发现她没有说真话的运气大小而定了。

体态上，她正经历着一个糟糕的阶段，她的身材变粗了，她从前那种生动而颦蹙的魅力，那种惊讶而迷惘的眼神，似乎随着青春的消逝而消逝了。恰在斯万觉得她珍贵至极的时候发现她不如从前那么漂亮了，他久久注视着她，竭力重新捕捉从前在她身上发现的妩媚，但无从寻觅。然而当他明白在这个新的蛹壳下依然是奥黛特这个生灵，依然是稍纵即逝的、难以理解的、假痴假呆的心愿，这足以使他以同样的激情继续追求她。此后，他久久凝望两年前的照片，回忆起她曾是多么风姿绰约。这总算给他稍许慰藉，他为她付出多少心血呀。

韦迪兰夫妇带奥黛特去圣日耳曼，沙图，默朗，赶上好天气，常常临时建议留下过夜，第二天再回来。钢琴家惦记留在巴黎的姑妈，顾虑重重，韦迪兰夫人竭力劝他放心：

"她巴不得没有您，好自个儿呆上一天呢。她怎么会担心？她知道您跟我们在一起；再说一切有我担待呢。"

如果她劝不动，韦迪兰先生便亲自出马，一一询问信徒们中有谁要通知家里人，然后去找个邮电所发电报或找个使者专门为大家送信。奥黛特总是婉言谢绝，声称不用给任何人发电报，因为她早就向斯万交代清楚，当着众人的面给他发电文，等于自毁名声。有时候她一连外出好几天，韦迪兰夫妇带她去瞻仰德勒的墓地，或者根据画家的建议去贡比涅森林欣赏夕阳，然后一直到比埃尔丰古堡观光。

"想想看，她本可以跟我去观赏真正的古迹，鄙人钻研建筑达十年之久，常有名流雅士恳求去博韦或圣卢德诺指点迷津，可她却跟脑子最不开窍的粗人先后在路易-菲力普和维奥莱-勒迪克[1]的糟如粪堆的玩意儿前面忘情入迷！我觉得为此不必有艺术家的修养，即便嗅觉不特别灵的人也不会选择茅坑去消度假日，以便就近大闻特闻臭大粪。"

每逢她出发去德勒或比埃尔丰，不同意他所谓意外地陪同前往，推说这会产生可悲的后果，他便一头扎进最令人陶醉的爱情

---

1. 维奥莱-勒迪克（1814—1879），法国著名古建筑修缮家、建筑师和建筑理论家，许多重要的宗教和民用古建筑，如圣日耳曼草地教堂、巴黎圣母院大教堂，都是由他主持修缮。本文中提及的比埃尔丰古堡也是他主持修缮的。

小说里，或趴在火车时刻表上，悟出办法赶去跟她相会，下午，晚上，甚至当天早上！办法？岂止找到了办法，简直获得了许可。因为时刻表乃至火车又不是为狗设置的。既然通过印发的时刻表让公众知道早上八点有一趟十点到达比埃尔丰的火车，那么去比埃尔丰就是合法的行为，无需得到奥黛特的允许；这个行为也未必是想会奥黛特，完全可以另有意图，因为不认识奥黛特的人每天照样乘这趟火车，人数之多，值得生火开动火车头。

总之，他若真想去比埃尔丰，奥黛特反正阻止不了！事有凑巧，他觉得真是想去，倘若他不认识奥黛特，没准儿已经去了。好久以来他就想进一步深入了解维奥莱-勒迪克的修缮工程。再加上风和日丽，他急切渴望去贡比涅森林散散步。

真不走运，他今天唯一想去的地方，奥黛特偏不让他去。今天！如果他不顾她的禁令到那里去，他可能就在今天见到她！但是，假如她在比埃尔丰遇见无牵涉的熟人，那她会高兴地对他说："噢，您也在这儿！"甚至请那人去她和韦迪兰夫妇一起下榻的旅馆叙一叙，而相反，假如她遇见他，斯万，那她是会生气的，心想受到他的跟踪，那对他的爱情更淡薄了，也许会在见到他时气得转身就走。回家后她会对他说："好哇，我连旅行的权利都没有了！"其实说穿了，倒是他没有旅行的权利呀！

他突然想出个主意，叫他的朋友德·福雷斯泰尔侯爵带他去贡比涅和比埃尔丰，侯爵在那里附近拥有一座古堡，这样他可以去那里，又不显出是为会见奥黛特。斯万把自己的计划告诉德·福雷斯泰尔，但没有向他说明意图，尽管如此，福雷斯泰尔仍喜出望外，惊异斯万十五年来第一次愿意去看他的产业，他答应斯万至少陪他散步和远足好几天，既然他不愿意老呆在古堡。斯万已经想象自己同德·福雷斯泰尔先生一起在那边了。即使在那里见到奥黛特以前，即使在那里见不到奥黛特他也高兴，能踏上那块土地是多么幸福啊，正因为不知道她将在哪个确切的地方出现，在哪个时刻出现，他才觉得心里激动，到处都有她突然出现的可能：她会出现在古堡的庄园里，届时古堡在他的眼里将显得更美丽，因为正是为了她，他才去观光的；她会出现在城镇的任何一条街上，届时城镇在他看来将充满浪漫色彩，她会出现在森林的任何一条路上，届时林间道路将披上色彩深浓而柔和的夕阳所普照的红装；这类庇护所多得数也数不清，而且轮番出现，同时庇护他那幸福的、游移的、繁衍的心灵，以及变化不定的、无孔不入的希望。他会对德·福雷斯泰尔说："咱们尤其要当心别碰上奥黛特和韦迪兰夫妇；我刚听说他们恰巧也在比埃尔丰。大家在巴黎有的是时间见面，不必出了巴黎还那么形影不离。"他的朋友会感到莫名其妙，不明白为什么他一到那里就接二连三地改变主意，跑遍了贡比涅所有的旅馆餐厅，却拿不定主意在哪一家坐下，即使连韦迪兰的影子也没有；他的样子好像在追寻他声称要躲避的东西，而一旦找到，又立即避开，因为倘若他碰见韦迪兰那一小帮人，他会装模作样地闪避，暗自为见到奥黛特而高兴，况且奥黛特也见到了他，特别见到他不把她放在心上。

第二部分　斯万的爱情　　　　　　　　　　　　　　　　　*357*

不，她猜得出他是为了她才到那里去的。所以，当德·福雷斯泰尔来约他动身时，他却说："唉，不行啦，我今天不能去比埃尔丰，奥黛特此刻正在那儿哩。"尽管如此，他仍感到幸运，世人之中之所以只有他今日没有权利去比埃尔丰，正因为对奥黛特来说他确实同其他人不一般，是她的情人，正因为自由往来这一普遍的权利被限制在他只不过是一种奴役的方式，一种恋爱的方式，这种奴役，这种恋爱正是他无比珍惜的。显而易见，还是别冒跟她翻脸的风险为好，要有耐心，等她回来再说。他整天趴在贡比涅森林的地图上，好像那是爱情国[1]地图，身边尽是比埃尔丰古堡的照片。等她可能回来的日子一到，他便又打开时刻表，计算她该乘哪趟火车，她若耽搁，还剩下几趟车。他不出门，生怕不在家时来电报；他不睡觉，万一她乘最后一班车，出其不意地半夜来看他。恰巧他听见大门的铃声，他觉得迟迟没人去开门，便想喊醒门房，自己俯窗等奥黛特一出现就呼唤她，因为，尽管他亲自下楼十几次反复叮嘱过，他仍担心门房说他不在家。原来是个用人回家。斯万瞧着一辆辆马车飞驶而过，这是他从前从来未加注意的。他谛听着每辆邮政马车由远而近，驶过他家门而不停下，把不属于他的信件送给远处的什么人。他等了一整夜，完全白等，韦迪兰夫妇早就提前回来，奥黛特中午就到巴黎了；她没有想到通知他，自个儿不知干什么好，晚上便独自去看戏了，

---

[1] 十七世纪法国女小说家玛德莱娜·德·斯居代里在她的小说《克莱莉》中描述一张爱情国地图，指引主人公寻找真正的爱情。

此刻她早就回家上床睡觉了。

这就是说她连想都没有想他。这样的时刻,她把斯万的存在都抛置脑后,反倒对她更有利,比奥黛特的全部风情更能拴住斯万的心。这样,斯万受着痛苦的煎熬,强烈的折磨使他的爱情暴露无遗,就像那天晚上,他在韦迪兰夫妇家没见着奥黛特,整整找了一夜。我小时候在孔布雷,白天还是幸福的,因为白天能把痛苦忘却,晚上重新想起来,斯万则不然。白天,他没有奥黛特的陪伴,自个儿度过;有时他心里思量,让这么漂亮的女人在巴黎独自出门未免不够谨慎,等于把一满盆珠宝放在马路中央。于是他对街上的行人一概虎视眈眈,把他们都当作小偷来憎恨。他们的面孔总体来说是丑陋的,激发不起他的想象力,诱发不起他的嫉妒。但行人的面孔让他伤脑筋,他看累了,便用手捂住眼睛,情不自禁地喊道:"听从上帝的安排吧!"他像潜心研究外部世界真实性或灵魂不灭的问题的人那样绞尽脑汁,仍百思不得其解之后,为了放松脑子,干脆听天由命了。然而,斯万对不在身边的那个女人的思念总是紧紧连着他生活中最为平凡的事情——吃饭,收信,出门,睡觉,他想到这些事情都是在她不在的情况下完成的,不免愁肠百结,有如玛格丽特·德·奥地利为美男子菲利贝尔[1]修建布鲁教堂,以示怀念之情,她让人在教堂各处交替刻上他们俩姓名的开头字母。有些日子,他不在家里吃午饭,而

---

1. 美男子菲利贝尔(1480—1504),系萨瓦公爵(1497—1504)。

去离家相当近的一家餐馆,那里的美食从前一直得到他的赏识,而如今他去那里只是出于一个既神秘又荒唐的理由,也可称之为富于浪漫色彩的理由,那就是那家餐馆(至今依然存在)的店号与奥黛特居住的那条街的街名完全相同:拉彼鲁兹。有时她短程出门,等回巴黎后好几天才想起通知他。她不再像过去那样斟字酌句地拼凑一点真情实况来为自己掩饰,索性对他说她乘早上的火车刚回来。她的话是骗人的,至少在她是胡编乱造的,前后不一的,连记忆中到达车站的情景都不加利用;她说此话的时候,甚至懒得去想这跟她声称下火车的情景风马牛不相及。然而在斯万的脑子里则相反,这番话畅通无阻,镂骨铭心如不容置疑的实情,倘若有个朋友对他说,他乘的也是这趟车,但并没有见着奥黛特,斯万便认定那位朋友记错了日期或时间,因为那人的话和奥黛特的话是不一致的。奥黛特的话只在他怀疑她要说谎时他才觉得是骗人的。要使他相信她在撒谎,预先产生怀疑是个必要条件。再说有这个条件也足够了。于是奥黛特所说的一切他都觉得怀疑。哪怕听她提起了个姓氏,那必定是她的某个恋人;这种假设一旦形成,他便一连几星期都哀怨叹息,他甚至有一回去一家情报事务所去打听那个陌生人的地址,活动日程等,后来他正准备外出时,终于打听到那人原是奥黛特的叔父,并已去世二十多年了,他这才松了一口气。

虽然通常她不允许他跟她在公共场所抛头露面,说这会遭人闲言碎语,但有时凑巧他跟她同时被邀请参加一个晚会,比如在福什维尔家,在画家那里,或某个人办的舞会,他和她不期而遇。他跟她见面了,但不敢呆在一起,生怕显得在窥伺她跟别的男人作乐而惹恼她,他总觉得她的这种乐趣是无穷无尽的,因为他看不到终点,特别每当他孤零零地独自回家,惶惶然只身上床,就像几年之后斯万来我们在孔布雷的家时我自己切身体验的那样。有一两回,他在这样的晚会上感受到人们不禁称之为恬静的快乐,如果不是因为内心纷扰的突然消除所引起的反作用使得这种恬静的快乐受到强烈的撞击,就是因为这种快乐确实叫人心平气和,比如那次他到画家那里举办的化装舞会呆了一会儿便准备离开,撇下奥黛特不管了,那晚奥黛特化装成光彩奕奕的外国人,向身边的男人们频送秋波,笑逐颜开,而置斯万于不顾,好像预示即将领略令人销魂的快感,就在晚会上或在别处,也许再去"狂乱舞厅",想到这里不寒而栗,这比肉体结合更引起他的嫉妒,因为他对肉体结合比较难想象;他正准备跨出画室的大门,已经到门口了,只听得有人招呼他,原来是奥黛特劈头对他说:"请您等我五分钟,我这就走,咱们一起回家,请您送我回家。"这几句话消除了晚会的结局对他可能引起的恐慌,反使他觉得晚会是无伤大雅的,也使他不再把奥黛特回家看成是一件难以想象的、可怕异常的事情,而是一件美妙的、熟悉的事情,就发生在他的身边,在他的车厢里,如同他日常生活的一部分;这几句话也揭去了奥黛特本人那过于炫目,过于快活的外表,揭示出她只是一时化了装,正是为了他,没有什么秘密取乐的目的,而且对这种化装她已厌烦了。

不错,是有那么一天,福什维尔也要求乘斯万的车回家,在到达奥黛特的家门时,他请求也能进去坐坐,奥黛特指着斯万回答他说:"嗳,要由这位先生决定了,请问他吧。好吧,进去呆一会儿吧,可别呆久了,因为我提醒您,他喜欢跟我安安静静地谈话,不大喜欢他在时有人来上门。嘿,您如果像我那般了解他就明白了!对不对,my Love,[1]只有我最了解您啦?"

斯万听了她当着福什维尔的面对他说的这些亲切、偏爱的话语不胜感动,不过她若说些批评性的话,那他更感激涕零,比如她曾说过:"我肯定您还没有给朋友们回答您是否出席星期天的晚宴。您不愿去,悉听尊便,但不要对人家失礼哟。"或者,"您把这篇论弗美尔的文章留在这里只是为了明天能多写一点儿吗?大懒虫!得由我督促您用心哪!"这些话证明奥黛特对他的社交应酬和艺术研究了如指掌,进而表明他们俩有着共同的生活。并且她在说这些话时,对他嫣然一笑,从微笑的深处他觉得她整个儿是属于他的。

在这样的时刻,当她给他们调橘子水时,突然像调得不好的反射镜先在墙上一个目标的周围投上荒诞不经的大影子,而后向目标收拢,最后消融在目标里,他对奥黛特产生的种种可怕的、变幻的念头烟消云散了,最后消融在斯万眼前那迷人的躯体

---

[1] 英语:亲爱的。

里。然而他忽然猜疑起来，在奥黛特家灯下度过的这个时刻也许不是她摆出道具和纸糊水果专门为他上演的一个时刻，而是奥黛特的生活中一个真实的时刻，专门为他上演的时刻是用来掩饰令人毛骨悚然又美不可言的东西，也正是他百思不得其解的东西，即是奥黛特真实生活的一个时刻，他不在场时奥黛特的生活的一个时刻；如果他不在场，她会把同一把扶手椅推给福什维尔，不会给他倒莫名其妙的饮料，必会给他倒这种橘子水；其实奥黛特所生活的世界并非他成天想入非非、臆造的那个可怕而神奇的世界，这样的世界也许只存在于他的想象之中，而真实的世界不会释放出任何特别令人伤心的事，它包括这张他即将趴着写字的桌子，包括这杯他将有幸品尝的饮料，包括所有那些他怀着好奇、赞赏和感激的心情静观的物件，因为这些物件在吸收他的梦幻的同时，也把他从梦幻中解脱出来，而它们自身却变得更丰富了；它们向他揭示可以把梦幻变成可触知的现实，从而引起他的智力兴趣；它们在他眼前变得鲜明突出的同时则使他的心情平静下来了。啊！假如命运允许他能同奥黛特共享一处住所，在她家就等于在他自己家，假如询问用人午饭吃些什么，他得到的回答就是奥黛特点的菜，假如奥黛特想去布洛涅森林大道散步，他作为好丈夫责无旁贷，即使不想出门，也得陪伴她，在她觉得太热时还得帮她拿外套，晚饭后她要是想穿着便服呆在家里还得舍命陪娘子，假如他不得不老呆在她身边做她想要做的事情，那么斯万生活中的种种琐碎事情，尽管对他来说是那么的不屑一顾，却因为同时成为奥黛特生活的一部分,哪怕是最为家常的东西,比如那盏灯,那杯橘子水,那张扶手椅,蕴含着那么多的梦幻,体现着那么多的愿望,而届时也会变得柔情无限,妙不可传!

然而他已充分估计到,他因此感到惋惜的,恰是失去平静和安宁,而于他的爱情会是一种不利的氛围。当奥黛特对他来说不再是一个不在身边的、想念不已的、假想出来的人物,当他对她的感情不再像那个奏鸣曲的乐句激起他心中那种神秘的纷乱,而是温情,而是感激,当他们之间的正常关系业将建立,从而结束他的痴情和忧愁,那么届时很可能奥黛特的日常活动就不会引起他的关注了,他已经有过好几次这样的猜疑,比如那天他借着烛光透过信封偷读她写给福什维尔的信。他目光犀利地观察着自己的病态,好似在自己身上接种疫苗,以便进行研究,他思忖:一旦病态痊愈,他对奥黛特的所作所为就不感兴趣了。然而在他的病态心理中,说实在的,他却害怕病况痊愈,正如害怕死亡,因为痊愈意味着他现有的一切都将泯灭。

经过几个平静的夜晚之后,斯万的疑心平息了;他为奥黛特祝福,第二天一清早就派人把最美的首饰送往她家,因为前一天她的好意抑或激起他的感激之情,抑或激发他想见到好意再现的愿望,抑或激扬他那需要宣泄的爱情达到高潮。

可是有时候他又百般痛苦起来,他想象奥黛特是福什维尔的情妇,回忆起那次他未被邀请的沙图聚会的前夕,在离开布洛涅森林时他们俩坐进韦迪兰夫妇的双篷四轮马车,眼睁睁看着他徒然央求奥黛特乘他的马车回家，他那绝望的神情连车夫都发觉了，他不得不自行回家，孤零零的，如丧考妣，她势必指着他的背影对福什维尔说："嗯！他快气疯了！"她的目光一定和福什维尔那天把萨尼埃特从韦迪兰夫妇家赶走时的目光是相同的：灼人，嘲弄，下流，阴险。

于是斯万厌恶她了，心想："哎呀，我太傻了，我付钱替别人买快乐。她得留点神才是，别把弦绷得太紧了，我会一个子儿也不给的。不管怎么样，额外的恩惠要暂停支付！这不，就在昨天，她说想去观光拜罗伊特音乐节，我竟傻得对她说可以在拜罗伊特近郊挑选巴伐利亚国王留下的许多美丽的古堡中的一座租下，仅为我们两个人。好在她并没有喜形于色，还未予置答，但愿她拒绝接受，谢天谢地！跟她一起听两个星期的瓦格纳不免有点放荡了，她对瓦格纳的音乐就像鱼儿对苹果，根本不沾边！"他的憎恨正如他的爱情，需要表现和宣泄，他乐于尽往坏处想象，因为设想奥黛特背信弃义，他就更加厌恶她，如果这些设想一旦被证实（他竭力往这方面去想），那他就可以找个机会来惩罚她，把满腔怒火发泄在她身上。他甚至于猜想他即将收到她的来信，向他要钱去租借拜罗伊特附近的那座古堡，但告知他不能一同前往，因为她已经答应福什维尔和韦迪兰夫妇，邀请他们一起去。嘿！他倒真想她有这份胆量！那他可以痛痛快快地回绝她，草拟报复性的回信，尽情挑选字眼，简直憋不住要念出声来了，好像他已经真的收到来信似的。

第二部分　斯万的爱情

果然，第二天收到这样的来信。她在信中写道，韦迪兰夫妇及其朋友们表示希望去观看瓦格纳作品的演出，务请把钱给她寄去，她经常在他们家受到款待，所以乐于由她邀请他们一次。关于他，只字未提，不言而喻，他们在场意味着把他排除在外了。

于是隔夜他一板一眼拟好的那封可怕的回信，连他自己都不敢指望派上用场，这下他乐得派人给她送去。可叹的是，他清楚地意识到只要她乐意，她用手头的现钱或唾手可得的钱，依然可以在拜罗伊特租到房子，尽管她根本分不清巴赫和克拉皮松[1]。但不管怎么说，她的生活会更加拮据的。这一次他若不给她寄去几张一千法郎的钞票，她就无法每天晚上在古堡里安排美味佳肴，否则晚餐之后她会一时冲动（以前可能还从未发生过）倒在福什维尔的怀里。反正这次该死的旅行，他斯万是决不掏腰包的！唉！他若能阻止她就好啦！她若在出发前扭伤脚就好啦！要是能买通马车夫拐骗她就好啦！无论出什么代价都行，让车夫送她去火车站的时候拐到一个地方把她关押一些时候，奥黛特已经对斯万背信弃义四十八小时了，这个臭女人向福什维尔频送秋波，眼睛里充满串通一气的微笑！

可是她背信弃义的时间从来不很长久；几天之后，她那闪烁奸诈的目光逐渐失去光泽和伪装，奥黛特对福什维尔说："噢！他快气疯了。"那种可恶透顶的形象开始淡化，逐渐消失。与此

---

1. 克拉皮松（1808—1866），法国作曲家。

同时，奥黛特的另一副面孔慢慢重新浮现，徐徐上升为光彩照人的形象，这时的奥黛特也对福什维尔微笑，但在这种微笑里只有对斯万的柔情，比如当她说："别呆久了，因为这位先生不大喜欢在他想单独呆在我身边时有客来访。嘿，您如果像我那般了解他就明白了。"还有，每当她十分欣赏斯万对她独具特色的体贴，每当她处在紧要关头只信赖他而向他求教，为了表示对斯万的感谢，她的脸上也会露出这样的微笑。

对这样一个奥黛特，他扪心自问怎么能写出这样一封肆无忌惮的信呢，时至今日奥黛特仍未必相信他能干出这样的事，斯万曾以宽厚和正直赢得她的尊敬，如今这封信必定使他从崇高的、独尊的地位下降了。他在她的心目中将变得不怎么珍爱了，正因为他具有福什维尔和其他任何人不具备的品质，她才爱他的呀。也正因为这些品质，奥黛特才这么经常对他殷勤有加，而当他醋意正浓时却不把这份殷勤放在眼里，因为殷勤不是情欲的标志，与其说是爱情，不如说就是温情，但随着他的疑心自行逐渐消除，外加时常阅读艺术作品或跟朋友交谈所带来的消遣，他的痴情变得不那么咄咄逼人地要求回报了。

在经过这场波动之后，如今奥黛特自然回归一时被斯万的醋意推开的位置，回归他觉得她妩媚动人的角度；从这个角度，他想象她温柔多情，星眸半掩，美貌夺人，不由自主地把双唇向前伸去，仿佛她就在眼前，可以让她亲吻；他对妩媚又和蔼的星眸感激涕零，好像她刚才真的对他含情脉脉似的，好像他所描绘的秋波并不是为了满足他的欲望而想象出来的。

他必定给她造成多么大的痛苦哇！诚然，他有正当的理由对她心怀不满，但如果他对她不是情深似海，他说的理由是不足以使她产生反感的。他对另一些女人就不会如此气恨难平的嘛，对那些女人他已经气消愤平了，而今她们若找上门来，他还乐于效劳哩，因为，他不再爱她们了，难道不是这样的吗？假如有朝一日他对奥黛特也是这么满不在乎，那么他将明白，只是他的嫉妒心在作怪，把她实在非常自然的欲望看得恶劣透顶，不可饶恕，她的那个想法不免有点幼稚，倒也反映她的心地不错，无非借这个难得的机会向韦迪兰夫妇还一还情，扮一扮家庭主妇的角色罢了。

他又从另一个观点，与爱情和嫉妒相反的观点来识别奥黛特，在思考时力求公允，多设想一些可能性，假设他不曾爱过她，假设在他看来她同其他女人没有什么两样，假设他不在场时奥黛特的生活并没有变样，没有暗中算计他，背叛他。

为什么认定她在那边跟福什维尔或别的什么人尝到了在他身边不曾尝到的令人陶醉的乐趣呢？难道不是他的嫉妒凭空捏造的吗？在拜罗伊特也罢，在巴黎也罢，要是福什维尔偶尔想起他，也只能把他视为在奥黛特的生活中举足轻重的人，一旦他们在她家里相遇，他不得不给斯万让位。福什维尔和她之所以不顾他的反对好不得意地在那边相聚，是因为阻挡未成而造成的，而如果他当时赞成她的计划，再说这计划是站得住脚的，那么她就会显得是遵从他旨意去的,她就会觉得是被他派去的,由他安置的,她就会回报曾多次款待她的人们时获得的乐趣,会因此对斯万感激不尽的。

如果不让她跟他反目,不告而辞,如果他把这笔钱寄给她,如果他促成她这次旅行,如果他设法使她这次旅行愉快,那么她就会满心欢喜地跑来向他表示感谢,那么他会得到一周来没有得到的与她相会的快乐,那是任何东西都无法代替的。一旦斯万心无反感地想象奥黛特,一旦他从奥黛特的微笑中重新见到善意,一旦把她从别的男人那里夺回的愿望只出于爱情而不掺杂嫉妒,那么爱情又变成一种欲望:渴望得到奥黛特其人给予他的感受,把她的举目、莞尔、音调当作表演来欣赏或当作奇观来察看,渴望从中得到快乐。这种特异其趣的快乐最终在他身上产生了一种需求,对奥黛特的需求,只有她才能满足这种需求,通过她的亲临或信件;这种需求是超然物外的,艺术家型的,违反常情的,其特征几乎与斯万刚迈入崭新的生活那段时间的需求相同,那时斯万经过多年的冷漠和消沉之后突然精力充沛,才华横溢,连他自己也搞不清他的内心生活为何一下子如此丰富起来,就像一个身体纤弱的人逐渐发胖,强健起来,产生朝身强体壮方向发展的自我感觉;那时的需求同时是在超乎现实世界的氛围中形成的,那就是谛听音乐,理解音乐的需求。

就这样,他通过病魔的化学变化,在把爱情制造了嫉妒之后,又开始为奥黛特制造温情和怜悯了。她又变成迷人的、和蔼的奥

第二部分 斯万的爱情

黛特了。他悔恨对她无情。他渴望她来到他的身边，在这之前，他乐意先给她一些实惠，以便看到感激之情改变她的面容和塑造她的微笑。

奥黛特十拿九稳不出几天他准会来向她请求和好，跟以前一样的温存和驯服，她司空见惯了，不怕使他不高兴，甚至惹恼他一下，在她觉得合适时，还会拒绝给他最珍视的厚待。

所以，她也许并不知道，在翻脸时，他对她说不给她寄钱了，要让她吃苦头，他讲的完全是真心话。她也许更不知道，从他们私情的前途着想，为了向奥黛特表明他不是少不了她的，决裂始终是可能发生的，他决定在一段时期不去她家，他说的也是肺腑之言，此话如果不是针对她而言的话，至少是对他自己说的。

有时候一连几天她没有给他引起新的烦恼，之后，他知道下几次见面不会给他带来多大的欢乐，更可能引来忧伤，从而打破他内心的平静，于是他给她写信，说实在太忙，原先定好去看她的日子都没有空。同一时候，她也发出一封信，两人的信正好交叉，她在信里恰巧请他改动约会时间。他心里嘀咕，不由得又发生疑团，愁肠寸断。他又心慌意乱起来，再也坚守不了在心情相对平静时作出的誓言，他赶到她家里，要求以后天天去看她。即使她不先给他写信，即使她仅在回信中同意他提出短期不见面，也足以使他如坐针毡，非见她不可。因为与斯万估计的正相反，奥黛特表示同意反倒使他六神无主了。正如所有拥有某件东西的人那样，总想知道一旦失去它时会发生什么情况，他把这件东西从脑子里除去，让其他所有的东西原封不动留着。然而，除去一件东西，并不只是如此，并不是简单地少掉一部分，而是其余部分整个乱套了，变成一种新的状态，是处在旧的状态中难以预料的。

另外有些时候情况恰好相反，比如奥黛特正准备出外旅行，碰上刚发生了小口角，是他找的茬儿，他决意在她回来前不给她写信也不去见她，叫人看起来好像大吵了一场，他想从中得到好处，而她也许以为一发不可收拾了，其实这是一次分离，其中大部分时间本来不可避免地被她的旅行占了，而他只不过使得分手早一点罢了。事情刚发生，他便设想奥黛特因收不到信和见不到人而惴惴不安，伤心欲绝，这种形象平息了他的嫉妒心，使他比较容易习惯不见奥黛特。在他接受三星期分离的期间，有时候眼前横贯着这么一段时间，他竭力不去想她，但在思想深处恐怕还在美滋滋地设想如何重见返回后的奥黛特，可是他也不慌不忙地自问是否乐意让如此容易适应的节制时期延长一倍。这个节制性欲的时期还只有三天，以前也常有三天不见奥黛特的时候，但都比这次显得长，不像这么样事先考虑过。这不过是一次轻微的不快或一种肉体的不适，让意志力暂停活动，中止强制作用，但可促使他把目前的时刻视为特殊的时刻，例外的时刻，其审时度势之明使他接受快乐带来的安抚，使他放松一下意志力，直到毅力获得必要的恢复；或许还不至于这么严重，无非忘记问奥黛特一件什么事情了，比如她是否决定她想重漆马车的颜色，或她要买一些股票，她想得到普通股票呢还是特权股票（向她表示没有她照样活下去，这固然挺有意思，可是日后马车颜色要重漆或股票兑现不了，那他就吃不了兜着走啦），所以，重新相会的念头像刚撒手的橡皮筋或刚开盖的抽气机的空气，猛地从她滞留的地方远远地弹回到现时的时区和立即可能实现的范畴。

　　这个念头的重现没有遇到阻力，况且势不可当，以致他在等待与奥黛特分离的两星期一日又一日的行将结束时并不觉得难熬，而等待他的车夫把车套好，送他去奥黛特家的十分钟反而非常难熬，他沉浸在火急和狂喜的心情中，为了竭力向她表示温情，一千次重温与她相聚的念头，正当他以为她还在千里之外时，她突然归来，再次回到他身边，与他心心相印。这是因为，重见奥黛特的念头不再使他感到为难，使他难以抵挡，况且竭力抵制这个念头的欲望在斯万身上已不复存在，自从他向自己证明（至少他相信如此），他可以轻而易举地抵制这个念头，现在他把分离的尝试往后推迟，不会有什么麻烦，因为只要他愿意，他肯定可以随时实行。这也因为，重见奥黛特的念头回到他心中时带着一种新意，一种诱惑力，一种感染力，平时司空见惯，被淡漠了，但一旦失去不是三天而是十五天（因为弃绝的期限应按规定的期限计算），那就是重新得到磨练而再次抬头了，况且现存的快乐总是很容易被牺牲，而今却从中获得意想不到的幸福，叫人无法抵御。总之，重见奥黛特的念头再次浮现时被美化了，因为斯万全然不知奥黛特在得不到他的音讯的情况下可能想些什么，做些什么，以致他即将得到的，正是一个陌生的奥黛特所具有的动人的启示。

至于她，她早就认为他拒绝给钱只不过是装样，同样，她把斯万来征求她有关重漆马车或购买证券的意见也只视为一种借口。因为她从不追思斯万在情绪骤变时所经历的各个不同阶段，按她由此形成的概念，她忽略斯万情绪骤变的始末，只相信她预先就知道的事情，即必然的、不可避免的、始终相同的结局。这种看法是不全面的，尽管或许是深刻的，如果从斯万的观点去评断，因为斯万可能觉得奥黛特根本不理解他，好比吗啡瘾君子或结核病患者，前者深信受阻的原因来自外部事件，自以为即将摆脱根深蒂固的恶习，后者深信受阻的原因是偶然的不适，自以为即将康复，两者都觉得医生不理解他们，认为医生不像他们那样重视这些所谓的偶然性，而医生则认为这些偶然的原因只不过是一些假象，很快病人会意识到这只不过是对恶习和病态的掩饰，其实当他们梦想理智地改掉恶习或恢复健康时，恶习和病情正不可救药地控制着他们。实际上，斯万的爱情已经到达这般地步，有如内科医生和医治某些病痛的最大胆的外科大夫，都怀疑消除病人的恶习或切除病人的病灶是否还合理或甚至是否有可能。

诚然，斯万对这种爱情的广延性没有直接的意识。当他企图测定爱情时，有时他发现爱情仿佛衰退了，几乎化为泡影，譬如在爱上奥黛特以前，他总觉得她富于表情的五官没有红润的面色颇为不雅，几乎有点厌恶，这种感觉有些日子又会浮现。"确有明显的进步,"他在交欢后的第二天心里思量,"实事求是地说吧,昨天在她床上我几乎没有感到任何乐趣,说也怪,我甚至觉得她难看。"当然,此话是真心的,但他的爱情远远超出了肉欲的领域。连奥黛特本人在他的爱情中都不占有重要的位置。当他的目光触及桌子上奥黛特的相片时,或当她来看望他时,他很难把有血有肉的脸或照相纸上的面容同他内心经常不断的、痛苦的慌乱加以认同。他暗自不胜惊讶:"原来是她。"好像突然有人把我们的疾病显示在我们的眼前,我们并不觉得它与我们所患的疾病有什么相似之处。"她",他试图弄明白"她"意味着什么,因为这是一种既像爱情又像死亡的东西,而不像模糊不清的疾病:我们总是对人格的奥秘寻根究底,生怕看不清人格的真实性。斯万的爱情是一种疾病,已经大大扩散,跟他的一切习惯、一切行为,跟他的思想、他的健康、他的睡眠、他的生命,甚至跟他身后的遗愿紧密相连,已经完全与他融为一体,以致不可能切除病灶而不损害他的全身,正如外科大夫所说,他的爱情已无法动手术了。

斯万的爱情使他抛开了所有的爱好,以致他偶尔回到上流社会只是设想他的社交关系可以在奥黛特的眼里提高一点他的身价,如同一件华丽的首饰托座,她弄不清确切的价值;这种想法也许没错,如果他的社交关系没有被这种爱情弄得贬值的话;在奥黛特看来,爱情使得一切与爱情有关的事情都跌价了,因为爱情似乎宣布没有什么东西比它更珍贵的;斯万切身感受到处在奥黛特不认识的地方、不认识的人物中间时的忧伤，除此以外，他却又体会到超凡脱俗的乐趣，比如阅读或欣赏描绘有闲阶级的消遣的小说或绘画，正如在他家里，他热衷于察看家庭生活的运行，细看他自己雅致的行头和用人们漂亮的号衣，考虑他的有价证券的合理投放，如此这般，就像他阅读最喜爱的作家之一圣西门的作品时特别注意王宫的日常运行机制，德曼特农夫人[1]制定的菜单，吕利[2]周密的吝啬和阔绰的排场。然而，抛开以前的爱好也不是绝对的，斯万之所以领略一番新的乐趣，是因为能够一时躲进他的内心还几乎没有被爱情和忧愁侵袭的那些难得的地方。就这一点而言，我姨婆管他叫"小斯万"的那种人格，虽然不同于夏尔·斯万自己更具个性的人格，却正是他现在最乐于具备的人格。一天，为庆祝巴尔马公主的生日（公主经常给他搞到一些参加盛会、节庆的票子，所以间接地讨了奥黛特的喜欢），斯万想给她送一些水果，但不太知道如何订购，于是委托他母亲的一个表妹去办理，那位姨妈很高兴为他效劳，写信向他汇报说，她没有在同一个地方采购水果；葡萄是在克拉波特水果店买的，是这家商店的名优产品；草莓是在若雷商店买的，梨是在谢韦商店买的，都是上等货呀，等等。"每样水果都是由我亲自一一检验过的。"果然如此，从公主的答谢信来看，他可以断定草莓的清香

---

1. 德曼特农夫人（1635—1719），曾负责教育法国国王路易十四的孩子们，在王后去世后，与国王秘密结婚。
2. 吕利（1632—1687），法国作曲家，深得路易十四的宠爱。

第二部分　斯万的爱情

和梨的美味。但尤其"每样水果都是由我亲自一一检验过的"一语对他的痛苦是莫大的安抚,把他的意识带回到他很少涉足的领域,尽管这是属于他的领域:他是殷实又有声望的资产阶级家庭的继承人,家里人对于"好商店"的了解和善于订购商品的艺术是世代相传的,只要他愿意,随时都可用来为他服务。

确实,他早已忘却自己是"小斯万"太久了,当他一时间又成了"小斯万"时,不由产生一种强烈的乐趣,比平时他所感受到的乐趣都更强烈,他对平日的乐趣已经厌倦了;资产者始终认为他还是"小斯万",他们的殷勤虽然不如贵族的殷勤那么热烈,但更讨人喜欢,因为他们的殷勤至少始终伴随着敬意;亲王殿下邀请他参加什么娱乐活动的来信给他带来的快乐不如他父母的老朋友让他当证婚人或参加婚礼的邀请信,其中有些人至今一直跟他见面,比如我外祖父在上一年就邀请他参加我母亲的婚礼,还有一些人虽说没有什么个人交情,但都觉得应该对已故斯万先生之子,可敬的继承人以礼相待。

然而,他跟上流社会人士的亲密关系由来已久,从某种程度上来讲,也是他的住宅、用人和家庭的一个组成部分。细想他跟显官贵胄们的友谊,他感到就像凝视祖传给他的肥沃土地、精刻的银器、精致的桌布那样有依有靠,安安逸逸。他心想,万一他突然病倒,他的随身男仆跑去求援的人自然是沙特尔公爵、罗伊斯亲王、卢森堡公爵和夏吕斯男爵,想到这里,他感到莫大的欣慰,正如我们家法老弗朗索瓦丝,当她确信下葬时裹着她自己的细布床单，有标记的床单、不打补丁的床单（或缝补得很精致，显示出女工高超的手艺），有了这种她心驰神往的裹尸布形象，她便心满意足了，算不上福气，至少自尊心得到了满足。尤其斯万在他与奥黛特有关的一切行动和思想中，始终被一种未明言的意识所控制所引导，那就是他意识到他在奥黛特的眼里也许比任何人，比韦迪兰夫妇最讨厌的信徒更可珍爱，但未必更有意思常见面；当他回想起有一层人认为他是绝顶风雅的人，千方百计拉拢他，为见不到他而哀怨叹息，他便又开始相信世上存在一种更幸福的生活，几乎使他垂涎欲滴，好似卧床数月，节饮缩食的病人，从报上看到官方宴请的菜单或乘船游览西西里岛的广告。

如果说他因不去拜访上流社会人士而不得不为自己辩白的话，那么他为了去看望奥黛特而想方设法寻找借口。还得为此花钱，每到月底还得扪心自问，给她四千法郎是否足够，去看她的次数是否太多，打扰她是否太久，因此每次去看她总要找个借口，给她送个礼物呀，带去她需要的信息呀，遇见德·夏吕斯先生呀：去她家的路上碰见夏吕斯先生，是他硬要斯万陪他一同前往。找不到借口时，他便请德·夏吕斯先生赶去她家，请他在谈话时装作突然想起有话要对斯万说，让她同意派人去叫斯万立即去她家；但多半是斯万白等，德·夏吕斯先生晚上对他说，他的办法不成功。她经常外出不在家，即使留在巴黎，她也很少见他，而她先前爱他的时候，经常对他说："我总是有空的。"还说："别人有什么看法关我什么事？"如今每次他想见面，她便说不合规矩或者推托没有空。他若提出一起去参加慈善活动，观看艺术展览开幕日，欣赏她必去的戏剧首场演出，那她就说他想拿他们的私交招摇过市，把她当作小女子对待。斯万力图在任何地方不失去与她见面的可能，甚至亲自到贝尔沙斯街小公寓套房去找我的姨外公阿道夫，他知道奥黛特认识并且非常喜欢我姨外公，所以特意请他对奥黛特施加他的影响。由于她在跟斯万谈起我姨外公时，总带着吟诗的神情："嗬！他呀，才不像你呢，他对我的友情是那样的高尚，那样的伟大，那样的殷勤，他可不会把我不当回事，让我去任何公共场合招摇过市吧。"所以斯万十分尴尬，不知道在跟我姨外公谈论奥黛特时应该定多高的调子。他首先假定奥黛特先天卓越的人品，天使般超俗的人性，无与伦比的美德的化身，概念所不能归纳的尤物。"我想跟您谈谈。您知道奥黛特是个卓尔不群的女子，令人爱慕的女性，简直是个天使。但您清楚巴黎生活是怎么回事。不是所有的人都像您和我那样清楚地了解她的。有人便认为我在扮演一个颇为可笑的角色；于是她不肯答应在外边，甚至在剧场与我会面。您是她非常信任的人，您不能在她面前替我说几句话吗？不能肯定地告诉她，叫她别发愁，我打个招呼会给她造成多么大的损害吗？"

我姨外公劝斯万过些日子再见奥黛特，这样她只会更爱他，又劝奥黛特让斯万随意在任何地方跟她会面。几天之后，奥黛特对斯万说，她发现我姨外公原来跟所有的男人都是一丘之貉，大失所望：他竟强行对她非礼。斯万一气之下，要找我姨外公决斗，奥黛特劝阻了他，但事后见面时他拒绝握手。斯万这次跟我姨外公翻脸心里其实后悔不迭，他原先指望再跟阿道夫见几次面，推心置腹地谈谈，设法弄清有关奥黛特从前在尼斯那段生活的某些风言风语。而我姨外公确实常在尼斯过冬。斯万心想也许他就是在尼斯认识奥黛特的。只要有人在他面前走漏一点儿有关奥黛特某个情人的风声，也会使他大惊失色。在了解事情的真相以前，他觉得听起来可怕极了，难以置信，一旦把事情弄清，便把它们永久纳入他的伤心事之列加以承认，而且，如果有人说这些事情没有发生过，他反倒不能理解了。不过，每一件事都使他对情妇的看法作一次修改，难以抹去的修改。有一次他甚至以为奥黛特轻佻的生活作风颇为人知，而他自己则始料未及，进而他相信奥黛特在巴登和尼斯所住的好几个月中风流的名声早已在外了。他试图接近一些寻欢作乐的家伙，向他们打听一下，但那些家伙都知道他认识奥黛特，再说他也担心这反倒促使他们想起她，白给他们提供她的线索。直到此事之前，有关巴登或尼斯国际性的城市生活的任何事情，他一概觉得兴味索然，不闻不问，现在却听说奥黛特从前也许曾在这两座娱乐城市花天酒地，他始终弄不明白这是否仅仅为了满足对金钱的需求或为了满足逢场作戏的情欲，如今多亏了他，奥黛特不再为金钱发愁，但逢场作戏的事可能再度发生；他怀着无可奈何的、不分是非令他眩晕的焦虑，俯视吞没了七年任期[1]最初几年的无底深渊,那个年代,人们在尼斯海滨的英国人步道上过冬,在巴登的白杨树阴下度夏,他觉得这是个令人痛苦不堪而又叹为观止的深渊,如同诗人笔下所描绘的那样;他会以极大的热情来重新收集当年蓝色海岸的轶事细节,如果轶事能有助于他理解奥黛特的微笑或眼神,尽管她的微笑或眼神还是那样的正派或质朴,他的这种激情胜过审美学家,后者孜孜不倦地查阅十五世纪佛罗伦萨留存的资料以求更深刻地领会波堤切利的《春》《美丽的瓦娜》《维纳斯的诞生》。他经常默然凝视奥黛特,浮想联翩,她却对他说:"你好不愁眉苦脸哪!"曾几何时,他还想她是个好女人,跟他认识的最好的女人不相上下,现在却想她是个给人当外室的女人;与此相反,有时候他脑子里先出现的奥黛特·德·克雷西是跟那帮吃喝玩乐的家伙、不三不四的男人厮混的女人,然后出现妩媚悦目的面容、富有人情味的人品。他思忖:"即便在尼斯大家都知道奥黛特·德·克雷西,这能说明什么呢?那些声名狼藉的事即便说得有鼻子有眼也是别人胡编乱造的。"进而他想,这种传说即便是真有其事,也是奥黛特的外部表现,她的内心其实不是一个顽固不化和存心作恶的女人;这个女人虽然有可能被勾引去干坏事,但她毕竟有着一双和善的眼睛,一颗对他人的痛苦充满恻隐的心,一个他紧紧抱在怀里尽情摆弄的温顺的身子,这个女人有朝一日可能完全置于他的

---

1. 指麦克马洪于1873年登上法国总统宝座的七年任期。

占有之下，如果他能成为她不可缺少的人。她时常显得疲惫，面无表情地呆着，一扫追求隐秘之事的激奋和喜悦，而斯万对隐秘之事忧心如焚；她用双手把头发往后掠一掠，额头和面庞显得开阔多了；这时，某个富于人情味的思想，某种善良的情感陡然像一道金光从她的双眼迸发出来，正像人们在休息片刻或反躬自省一阵之后都会是那样的。顿时，她的脸豁然开朗，有如灰色的田野上空乌云密布，在夕阳西下时突然云散天开，面貌焕然一新。那时，奥黛特的内心生活，她梦寐以求的未来，斯万本可以跟她共同分担，看不出有过任何恶劣干扰的痕迹。这样的时刻尽管越来越少见，可总是有益无害的。斯万通过回忆把这些一点一滴的事情串联起来，取消其间隔的时间，铸成一个又善良又平和的奥黛特金像，导致他后来为她作出了牺牲（我们将在这部作品的第二部分看得到），要是原来的奥黛特，就得不到他的牺牲了。但是这样的时刻很难得呀，现在连见面都少得可怜！甚至他们晚上的约会，她也等到最后一分钟才告诉他是否可以，因为反正算定他是有空的，她要等到确认没有其他人要来时才答应他。她借口她不得不等候对她来说至关重要的答复，即使她让斯万来了以后，只要有朋友让她去剧场找他们或去吃夜宵，哪怕晚会早已开始，她也喜不自胜，赶紧更换衣服。她梳妆迅速，每个动作都在催促斯万离开他，更接近一跺脚走人的时刻；等到打扮停当，最后用紧张而闪烁的目光对着镜子仔细照一照，往嘴唇上又抹一抹口红，在前额上做个刘海儿，叫人取来饰有金色流苏的天蓝

第二部分　斯万的爱情

色晚礼服外套，见斯万一副愁眉苦脸相，感到十分不耐烦，按捺不住，打着手势说："我一直把你守到最后一分钟，你就这么感谢我。我以为够体贴了。下一回得考虑考虑！"有时他不惜冒着惹恼她的危险，偏要弄清她上哪儿去。甚至想与福什维尔结成联盟，也许从他那里能打听到一些情况。况且，只要他知道她跟谁共度良宵，他十有八九能从他个人的关系网中找到某个人，认识跟她外出的那个男人，哪怕是间接认识的，所以他很容易得到那个男人这样或那样的情况。每当他给某个朋友发信，请求设法弄清某某问题，他便感到松了口气，不再向自己提出得不到回答的问题，把询问之劳转嫁给别人。不过，斯万并没有因打听到某些消息而讨了便宜。知道不一定能阻止事情发生，但至少我们把所知道的事情掌握住，即使手中掌握不住，至少在脑中我们可以随意支配，这便给我们一种把握事情的幻觉。所以每次德·夏吕斯先生跟奥黛特在一起时他总是满怀喜悦。斯万知道德·夏吕斯和奥黛特之间不可能发生什么事情，德·夏吕斯先生之所以跟奥黛特一起出去，是出于对他的友谊，不费周折就对他讲述她所做的事情。有时她毫不含糊地对斯万说，某个晚上根本不可能跟他见面，她要外出的样子十分坚决，弄得斯万郑重其事地恳请德·夏吕斯先生抽出空来陪她出去。第二天，他不敢向德·夏吕斯多提问题，装出没有明白最初的回答，硬要他重新说一遍，听了每句答话心里更加宽慰，因为他很快获悉奥黛特整个晚上的娱乐全是无伤大雅的。"怎么，小老弟，从她家出来，你就没有直接去蜡像馆哪，我真不明白……你们先去了别的地方啰。没有？这就怪了！您不知道您叫我多么高兴，小老弟。参观完了以后，你们竟去了黑猫剧场，多么滑稽的念头，是她出的主意吧……不是？是您哪。真有意思。这个主意不坏嘛，她在那里大概碰上许多熟人吧？没有？她没有跟任何人讲话？这是很少见的。那么你们俩就这么呆着？我想象得出这个场景。您真好，小老弟，我很喜欢您。"他感到如释重负。有时跟一些与他的私事无关的人闲聊，他一般心不在焉，但偶尔有些话引起他的注意，例如他听到这样的话："我昨天看见德·克雷西太太和一位我不认识的先生在一起。"这类话直捅斯万的心窝，立即凝固住，结成水垢似的硬块，积淀不化，撕裂着他的心，与此相反，如果他听到这样的话："她谁也不认识，没有跟任何人讲话。"这类话像甘露似的滋润他的心田，是那样的舒畅，顺当！但转眼之间，他又暗想，奥黛特必定觉得他十分无聊，否则她不会不要他陪伴而宁愿得到那种快乐。无伤大雅的快乐虽然令他放心，却也使他痛心，仿佛他被出卖了。

即使他无法知道她去哪儿，只要奥黛特允许他当她不在家时在她家里恭候她，一直等到她回来，也就心满意足了，这样就可平息如焚的焦虑，获得奥黛特的会见，呆在她身旁所感受到的温存感是唯一的特效药，尽管这种药用久了反而加重病情，但至少暂时能止痛，而在镇痛的时刻里夹杂着某种魅力，某种魔法的力量使他觉得等候的时刻别有一番情趣。然而她不同意，他只得回家；在回家的路上，他强迫自己拟订各种各样的计划，不去想奥黛特，在宽衣时甚至脑海里浮现喜悦的思绪；等到上床熄灯时心中已充满希望，第二天去观看某件杰出的艺术品；但一旦准备睡觉，停止控制自己，而且因为习惯成自然，他已经意识不到这种自我控制了，他便立即感到浑身一阵战栗，情不自禁地呜咽起来。他甚至不想知道为什么，擦干眼泪，自我解嘲地对自己说："妙极了，我变成精神病患者了。"然后他不能不怀着极大的厌倦想到第二天还得重新设法打听奥黛特干了些什么，设法利用影响与她见面。迫不得已去做无休止、无变化、无结果的活动对他来说实在苦不堪言，以至一天他发现腹部长了一个肿块，竟喜出望外，心想也许是个致命的肿瘤，那样他就什么也不用操心了，这种疾病即将控制他，捉弄他，直到指日可待的末日。那个时期，他确实有时想死，虽然没有明确自认，那是因为，与其说逃避心如刀割的痛苦，不如说摆脱单调无味的钻牛角尖似的追求。

然而他衷心希望活到不再爱她的时候，到那时她便没有任何理由向他说谎了，他便可以从她那儿获悉他去看望她的那个下午她是否在跟福什维尔睡觉。经常一连几天，因为怀疑她跟其他人相好，分散了精力，不去管这个与福什维尔有关的问题，几乎觉得无所谓了，有如同一病情的新症状，似乎暂时使我们摆脱了旧症状。甚至有些日子他不为任何怀疑所烦扰。他自认为病愈了。但第二天早晨睡醒时，他又感到老地方的老毛病发作，而在前一天的白天他觉得这种病痛已被众多不同的印象激流冲淡了。原来病痛的部位没有转移。更有甚者，正是这个部位的剧烈疼痛把斯万搞醒的。

有关这些如此重要的事情，奥黛特不向他提供任何情况，虽然他阅世颇深，知道无非是些寻欢作乐之事，但他每日为之牵肠挂肚，久而久之，他的想象力不管用了，脑子空转起来了；于是他用手指揉一揉眼皮，就像擦一擦夹鼻眼镜的镜片，然后完全停止思想。不过在这个未知王国里时而浮现一些事情，奥黛特把这些不时再现的事情依稀同对远方的亲戚或昔日的女友的某种义务联系起来，因为他们是在她不能见时唯一经常提到的人，所以斯万觉得他们组成了奥黛特固定的、必需的生活格局。由于注意到她不时对他说："我和女友去跑马场的日子"的语气，当他感到不舒服时，心想："大概奥黛特愿意来我家的。"他便突然想起这恰是那个日子，他思量："哎！不行啊！不必请她来了，我该早想到哇，今天是她和女友去跑马场的日子。咱们还是指望可能实现的事情吧，别枉费心机提议不可能被接受的、肯定遭拒绝的事情。"奥黛特肩负去跑马场的这个义务，斯万顺从地接受之余，不仅觉得是不可阻止的，而且该义务标明的必要性似乎使得与之直接或间接有关的一切事情都变得可以接受，名正而言顺。每当在大街上奥黛特因接受一个行人的致意而引起斯万的嫉妒，她在回答斯万提出的问题时把陌生人同她经常跟他谈起的两三项重要义务中的一项联系起来，比如她说："这位先生常在邀我去跑马场的女友的包厢里。"这个解释便消除了斯万的怀疑，他确实认

第二部分　斯万的爱情

为女友除邀请奥黛特以外还邀请其他客人去她的跑马场包厢是不可避免的，但他从未想过或想象不出来他们是怎样的客人。嗬！他多么想认识她的女友，逛跑马场的女人，多么希望她带着他和奥黛特一起去跑马场啊！他多么愿意用他所有的交往者来换任何一个常见奥黛特的人，即使是个修指甲的或女售货员！他愿为她们花费胜过为王后还要多的钱。她们体现了奥黛特的生活，难道不正是她们为镇定他的痛苦向他提供唯一有效的止痛剂吗？他将多么高兴跑到那些小民百姓家成天呆着：奥黛特跟他们保持着联系，别有用心也罢，真心诚意也罢，他都不管！他多么甘心情愿定居在那种肮脏不堪而令人眼红的民房的六楼，因为奥黛特不管他到哪里去，他很乐意假装成歇业的裁缝小女子的情人而长住在那里，这样他几乎每天可以接待奥黛特的来访！在这些平民区，生活虽然是简朴的，低下的，但又是甜蜜的，宁静的，幸福的，他真愿意永远在那里生活！

有时还发生这样的事情，她同斯万相遇之后，又见另一个男人走近她，而斯万不认识那个男人，但见奥黛特脸上的苦样儿就像他那天去看望她正赶上福什维尔也在她家时的样子。不过这种情况很少发生，因为不管她有多少事情要做，不管多么担心外人有什么想法，她总能有办法会见斯万，所以她现在的姿态多半是镇定自信的，与当初刚认识他时形成鲜明的对比，也许是胆怯情绪的无意识报复或自然的反抗吧，是啊，当初在他身边也好，不在他身边也好，她都感到诚惶诚恐，给他写信开头是这样写的:"我的朋友,我的手颤抖得厉害,连字也快写不了了。"那时她至少是这么声称的,这种激动总有一点点是真诚的,以便用来夸大其词。那个时候,她喜欢斯万哪。我们颤抖,从来是要么为自己,要么为心爱的人。当我们的幸福不再受别人控制时,我们就能泰然自若,从容不迫,遇事不惊!现在她跟他说话,给他写信,不再玩弄字眼儿,从前她千方百计制造他是属于她的那种幻觉,创造机会说声"我的","我的亲人",比如,在谈到他时,便说:"您是我的宝贝,咱们友谊的芬芳,我永志不忘。"跟他谈论前途,甚至谈论死亡,仿佛他们俩是同舟共济的。那个时期,不管他说什么,她一概赞叹不已,说什么:"您,您总是与众不同。"知道斯万发迹的人们寻思:"不客气地说,他算不得漂亮,但他气派,瞧他的头发,他的单片眼镜,他的微笑!"而奥黛特望着他有点秃顶的长脑袋,也许更渴望知道他是怎样的一个人,倒并不急于成为他的情妇,便说:"我要能知道这个脑袋想些什么该多好哇!"

如今,不管斯万说什么,她答话的语气时而气恼,时而纵容:"嗨!这么说你总要跟别人不一样喽!"她望着他那由于操心而变得有点衰老的面孔,便说:"嘿!这个脑袋想的事情,我若能让它改一改,让它合乎情理,那该多好哇!"现在的人都这样,读一下音乐会的节目单便道破一部交响乐作品的主旨,看一眼孩子的长相就知道他父母是什么人,他们评论斯万:"不客气地说,他确实不算难看,但他可笑得很,瞧他的头发,他的单片眼镜,他的微笑!"他们就凭这种本事,时隔数月便想象出一条看不见摸不着的分界线:一边是情人的尊容,一边是王八的嘴脸。斯万始终相信他希望得到的东西,尽管奥黛特对他的态度使他满腹狐疑,但他仍抓住机会急切地向她说:"如果你想要,你就能得到。"

他力图向她表明,安慰他,引导他,促使他工作,这是一项崇高的使命,除她之外,其他许多女人巴不得承担这项使命,但要是掌握在她们手里,对他来说,只能是对他的自由不知趣的、令人难堪的侵犯。他暗想:"倘若她不是多少有点爱我,她就不会希望改变我。为了改变我,她得更加经常见我吧。"因此,他把她对他的责怪看成是关切的印证,或许是爱情的印证;而她现在很少责怪他,以致他不得不把她不许他干这干那看成是责怪。一天,她向他表示她不喜欢他的马车夫,说他挑拨斯万反对她,总之,车夫对斯万的命令执行不力,对她不够恭敬。她觉出他希望从她嘴里说出"别再让他送你到我家来啦",就像渴望得到一个亲吻。当时她的情绪很好,便让他如愿以偿,他深为感动。当天晚上,他跟德·夏吕斯先生聊天,能跟他坦率地谈论奥黛特感到莫大的愉快,即使跟不认识奥黛特的人谈话,也句句不离与她有关的事情;他对德·夏吕斯先生说:

"我还是认为她爱着我;她对我体贴入微,对我所想的事情并不无动于衷。"

如果他乘车去奥黛特家,让搭车的朋友半路下车,别人问他:

"喂，搭车的不就是洛雷当吗？"那么他会喜忧参半地回答：

"哎呀，才不呢！对你说吧，我去拉佩鲁兹街就不会让洛雷当搭车。奥黛特不喜欢我带洛雷当，她认为他跟我在一起不好哇；有什么办法呢，女人家嘛，别惹她不高兴嘛！所以嘛，我只好带上雷米喽！要不然我会惹麻烦的！"

奥黛特现在对待他的态度变得漠不关心，漫不经心，急躁易怒，斯万当然为之痛苦；但他并不了解自己的痛苦；奥黛特对他冷淡是逐渐发展的，与日俱增的，只有把她今天的样子同她当初的样子加以对比，他才能测出所发生变化的深度。而这个变化正是他内心深处最隐秘的伤口，日夜使他痛苦难熬，他一旦感到他的思想快接近伤口，便赶紧把它引开，以免过分痛苦。他只能空泛地安慰自己："有一个时期奥黛特爱我更深些。"但他总想不起哪个时期。他尽量不去看工作室里的一个五斗柜，出出进进绕着弯避开它，因为柜子的一个抽屉里存放着他第一次送她回家的那个晚上她给他的菊花，以及她写给他的信，其中写道："您若把心也留下，我就不让您取回了"，"无论白天或夜里什么时候，只要您需要我，给我打个招呼，我便舍命奉陪。"同样，在他身上也有一处地方，他从来不让他的思想接近，迫不得已，就想出一大段绕弯子的大道理，以便避开那块地方，这块地方便是对幸福日子的回忆。

然而有个晚上，他去上流社交场时，他这个小心谨慎的预防措施却被挫败了。

第二部分　斯万的爱情

那是德·圣特韦尔特侯爵夫人家那一年举行的最后一次音乐晚会，她所邀请的艺术家后来为她主持的义演音乐会效犬马之劳。斯万本想逐夜逐场都参加，但始终下不了决心，最后一场，他打算去看看，正在更衣时，德·夏吕斯男爵来访，主动提出愿意陪他去侯爵夫人家，如果他的陪伴会有助于减轻一点他的烦闷，消除一点他的忧愁。不料斯万回答道：

"请您不用怀疑，我非常高兴跟您结伴。但最令我高兴的还是您能帮我去看望奥黛特。您知道，您能对她施加极好的影响。我想她今晚在去她从前的女裁缝家以前不会出门，再说由您陪她去，她一定会很高兴的。总之，在这之前，她肯定在家，您肯定找得到她。请尽量让她开心，也请跟她讲讲道理。如果您能为明天安排一些使她高兴的活动，并且咱们三人一起参加，那就再好不过了……同时也请探一下口气，看看今年夏天她想干点什么，比如说咱们三人一起渡海旅行啊，诸如此类吧，我也说不好。至于今晚嘛，我不打算理她了；不过她若要我去，或您若找到诀窍儿，那您就派人到德·圣特韦尔特夫人家给我捎个信，子夜之后送到我家去。谢谢您为我所做的一切，您知道我有多么喜欢您。"

男爵答应斯万在把他送到圣特韦尔特府邸门口以后就按他的意愿去拜访奥黛特，斯万到达侯爵夫人家，想到有德·夏吕斯先生在拉佩鲁兹街陪伴奥黛特，心里也就踏实了，但对一切与奥黛特无关的事情，尤其对上流社交场上的事情一概漠不关心，还夹着几分伤感，这种心态倒给不再成为我们追求的目标的东西平添了魅力，因为它以本来的面目出现在我们眼前。他刚下马车，迎面呈现的便是女主人们在隆重的日子里执意献给宾客的、她们所虚构的家庭生活概貌的第一景，在这样的日子，她们想方设法保持服装和背景的原样，而巴尔扎克笔下的"老虎们"[1]的继承者，制服笔挺的侍者，通常跟主人外出的贴身随从，他们一个个头戴礼帽，脚登长靴，站在府邸门外的大街上或马厩前，活像排列在花圃门口的花匠，斯万见了很高兴。他一直保持着那个特殊的爱好：在活生生的人和美术馆里的肖像画之间寻找相似之处，不过这种爱好现在表现得更经常、更广泛了；他如今已经完全脱离上流社会的生活，所以社交生活好似一幅幅画面呈现在他眼前。从前他经常出入社交界时，总在前厅脱下外套，穿着燕尾服进入客厅，从不注意前厅里的事情，在那里停留的片刻间，脑子里要么还想着他刚离开的聚会，要么想着他即将被引进的盛会，今天他第一次留意一群衣着华丽的高级侍者乱纷纷地呆着无事可做，东歪西倒地在长凳上或衣柜上打盹，他这位姗姗来迟的客人突然驾到，一下子把他们惊醒了，他们煞有介事地挺直猎兔狗般敏捷的身躯，纷纷迎上来把他围住。

其中一个满脸凶相的侍从长得颇像文艺复兴时期某些绘画中执行酷刑的刽子手，他板着脸上前来为斯万宽衣接物。但他锋利如钢的眼神却被纱手套的柔软缓和了，走近斯万时，似乎对斯

---

1. 法国王政复辟时期，对年轻跟车侍从的称谓。他们专司开门关门，行车时站在马车座位后面跟班。

万其人不屑一顾，而对他的礼帽则格外看重。他小心翼翼接过帽子，动作之准确使人感到认真周到，举动之雅致叫人感动。然后他把帽子递给一个下手，这个新来的下手很腼腆，焦躁的目光左顾右盼，流露出内心的胆怯，恰似一头刚被擒拿囚禁的野兽，惴惴不安。

几步之外，一个身穿号衣的彪形大汉站着出神，他一动不动，好似塑像，无所事事，很像曼坦那[1]的几幅画面最喧腾的作品中那个纯粹作点缀的武士，他倚着盾牌出神，而他周围的其他人则正在冲锋陷阵，奋力厮杀；侍从大汉另站一旁，不理会围着斯万献殷勤的同伴们，似乎下定决心不介入这场接待，只用他那凶狠的蓝眼睛茫然旁观，仿佛眼前正在屠杀圣婴或给圣雅克施极刑。他似乎又像属于那个已经消亡的家族，或者说这个家族也许只存在于圣泽诺教堂的屏风上和埃雷米塔尼教堂的壁画上，斯万曾走近仔细瞧过，画上的人至今还在沉思，可见这个家族是大师[2]的巴杜亚人模特儿或丢勒笔下的撒克逊人同一尊古代雕像相结合的产物。侍从大汉棕红色头发天生鬈曲，却抹上美发油硬让它贴在一起，前额的那几绺梳成像希腊塑像上的样子，雄浑有力，正是曼图阿城的画家所不断潜心研究的；希腊塑像虽说在创作上只表现人，但至少善于从人的简单外形提炼出丰富多彩的蕴含，仿佛在

---

1. 曼坦那（1431—1506），意大利文艺复兴时期巴杜亚派画家。北部意大利的重要人文主义者，推崇并学习古代罗马雕塑的造型。
2. 即曼坦那，因为他为曼图阿城的冈查加大公的宫殿作过大量的壁画。

模仿整个生物界，比如发型吧，无论把头发编成光滑的发盘或尖角的发卷，还是把发辫盘绕三圈编成花冠形状，看上去可以既像一团水藻，又像一个鸽子窝，又像一簇风信子花，还可以像一团长蛇盘缠。

其他侍从也都是身材魁梧的，他们伫立在宏伟壮观的台阶石级上，大理石般纹丝不动，好似装饰品，把台阶装点得像公爵府邸的台阶，人称"巨人台阶"，昂然步入其间的斯万想起奥黛特从未在这种地方登台入室，不由得黯然神伤。哇！恰恰相反，假如他能够攀登黑洞洞的、臭烘烘的、易摔跤的楼梯去"六楼"的歇业裁缝小女子家，那他有多高兴啊，他心甘情愿在奥黛特去她家时付钱到那里度过良宵，出的价可以超过歌剧院一周的包厢租钱，甚至其他日子要付钱也行，只要能跟经常与奥黛特见面的人谈论奥黛特，跟他们一起生活，因为他们在他不在场时经常见到奥黛特，所以他觉得他们身上藏有他情妇的生活中某种更为真实、更为难得、更为神秘的东西。在歇业女裁缝家的那个臭不可闻却令人羡慕的楼梯里，由于没有另外专供用人、送货者进出的楼梯，所以每天晚上可以看到各家门前的擦鞋垫上放着一个脏的空奶罐，而斯万此刻拾级而上的华丽而可鄙的楼梯上，左右两旁，上下不同的高度，无论厢房的窗户还是套房的门口，只要墙壁有凹处的地方，准站着人，或是门房，或是管家，或是账房，分别代表各自主管的府内业务部门向宾客致意，这些忠厚的人每周也有一部分时间在自己的产业里过着颇为独立的生活，他们像小业主那样在自己家吃晚饭，也许有朝一日去为有钱的医生或企业家服务哩；他们专心致志地遵守着注意事项，在让他们穿上辉煌的号衣前，上面是叮嘱再三的，由于难得有机会穿一身号衣，所以觉得有点不大自在，他们守在门前的拱廊下，显得光彩夺目，又有点平民敦厚的神情，好像神龛里的圣像；一个高大的门卫，打扮得像教堂卫士，在每位客人走过时用手杖敲打一下地板。一个脸色苍白，用缎带把头发扎在后脑勺的侍从，既像戈雅[1]笔下虔诚的教徒，也像公证文书誊写人，一直跟着斯万登上楼梯的顶端；斯万走到一张办公桌前，像公证人端坐在登记簿前的几个当差站起身来，把斯万的大名登记下来。然后斯万穿过一间小门厅，这间屋和某些府邸相同，主人专门用来摆设单独的一件艺术品，并用这件艺术品为小门厅命名，特意让前厅空荡荡，不摆任何其他东西；厅门口站着一个年轻的侍从，活像本韦努多·切利尼[2]雕刻的一尊珍贵的哨兵塑像，他的身子微微前倾，从红色的高衬领中伸出一张更红的脸盘儿，像喷出一团团炽热的、羞怯的、虔诚的火焰，他用强烈、警觉和狂热的目光紧盯着乐声飘荡的客厅前的奥比松挂毯：他好像军人，富有战士的沉着或超然物外的信念，表现着警惕，体现着期待，追思着混战；他好像瞭望手，从城堡的主塔窥伺着敌人的出现；他好像天使，在教堂的钟楼上等候着最后的审判时刻。斯万只差迈入举行音乐会的大厅

---

1. 戈雅（1746—1828），西班牙画家。
2. 切利尼（1500—1571），意大利雕塑家、金饰匠。

了，一个身挂钥匙串链的守门官一边向他鞠躬，一边给他开门，仿佛把城门的钥匙交给了他。然而，就在此刻他想到，如果奥黛特事先允许的话，他已经在那栋房子里了，回想起擦鞋垫上的空奶罐，胸口一阵揪紧。

挂毯的另一边，仆人的场面让位于宾客的场面，斯万很快觉得男宾都很丑。男性相貌之丑陋，他早已熟知，可是自从男性的五官被独立地从线条角度仅用审美关系加以调配，男相的丑陋给了他新的感受，在他的心目中，男性的相貌不再是实用性的符号了，从前他凭着这些符号来识别男人，区别对待：有些人可以高高兴兴继续往来，有些人则要回避以免麻烦，有些人则要以礼相待，等等。斯万挤在众人中间，发现任何东西都具备一定的个性，甚至单片眼镜也不例外，许多人都戴单片眼镜，这在以前对斯万来说最多不过说明他们戴单片眼镜罢了，可现在不再是大家共有的习惯，而是各具特征了。也许因为他只把在入口处交谈的德·弗罗贝维尔将军和德·布雷奥泰侯爵看作是一幅画上的两个人物，而他们过去很长时间一直是斯万很有用的朋友，曾介绍他加入赛马俱乐部，还在几次决斗中给他帮过忙；将军有刀疤的脸上露出得意扬扬的神色，但是俗不可耐，单片眼镜夹在眼皮中间就像横着一块弹片，遮住一只眼睛，活像希腊神话中的独眼巨人，在斯万看来好比脸上挂着一块极可怕的伤疤，受过这样大的伤固然光荣，但拿来炫耀未免有失体面；至于德·布雷奥泰先生，为了显示盛装的气派，他戴着珠灰色手套，穿高领黑礼服，系着白色领带，替换下平日的夹鼻眼镜（斯万平时也戴夹鼻眼镜），戴上单片眼镜，他进入上流社交场所，凭借单片眼镜，仿佛借助显微镜把极小的眼睛贴近镜片来研究近代史，眼睛里充满亲切殷勤的神色，不时露出微笑，对天花板的高度，对晚会的壮观场面，对节目的安排，对清凉饮料的质量表示满意。

"喂，是您哪，好久好久没见您了。"将军对斯万说。当他注意到斯万愁容满面，便断定对方是生了一场大病才远离社交界的，于是补充道："您的气色很好嘛，真的！"与此同时，德·布雷奥泰先生正向一位经常出入社交界的小说家发问："怎么，您来这儿能干些什么，亲爱的？"小说家刚把单片眼镜夹入眼窝，仿佛这是他用来进行心理探究和无情剖析的唯一的器官，他神气十足，故弄玄虚地回答：

"我在观察哩。"他故意把小舌音发得很重。

德·福雷斯泰尔侯爵的单片眼镜很小很小，又没有镜边，嵌在那里，像一块多余的软骨，说不清能派什么用场，质地倒十分精良，但每每把侯爵的眼睛嵌得生疼，不停地抽搐，这便给侯爵的脸上增添几分温柔哀怨的神情，使得女人们判定他能为爱情而肝胆俱裂。德·圣康代先生的单片眼镜镶着一个奇大无比的环，好似土星，成了脸庞的重心，使整个面孔随时围绕这个重心而调整，微微翕动的红鼻子和含讥带讽的厚嘴唇竭力做出各种怪样，以便配合眼睛射出的智慧光芒，连镜片都被照得闪闪发亮，让下流的时髦女郎见了动心，梦想从他那里得到献媚和淫逸；而德·帕朗西先生扛着鼓包眼睛的鲤鱼大脑袋，戴着他的单片眼镜，缓缓地在人群中晃来晃去，不时抬起上腭，仿佛在寻找去向，其模样就像他戴的单片眼镜仅仅是鱼缸上任意的一小块玻璃，也许纯粹是象征性的，用来代表整个鱼缸，用来窥其一斑为知全貌，这使斯万不禁想起他十分欣赏的乔托[1]为帕多瓦的一所教堂所画的《七恶与七德》中的"不义"，其身旁绿叶葱葱的树枝象征着隐蔽他的洞穴的森林。

斯万在德·圣特韦尔特夫人的恳求下，到前面去欣赏一位长笛演奏家吹奏的《俄耳甫斯》[2]，他找一角落坐下，不幸得很，视野之中，只见得两位并排而坐的中年妇人，一位是德·康布勒梅尔侯爵夫人，另一位是德·弗朗克托子爵夫人，她们是表姐妹，每次晚会总挎着手提包，后面拖着女儿们，像在火车站互相找人，直到用扇子或手绢指着两个紧挨的位置才安静下来；德·康布勒梅尔夫人不善交际，有德·弗朗克托夫人做伴尤为高兴，因为后者交游广阔，况且德·弗朗克托夫人当着风采不凡的熟人们的面陪一位默默无闻的夫人回忆共同的少年往事觉得别有风雅，独出心裁。斯万带着忧郁的嘲弄冷眼瞧看她们，这时长笛乐曲过后，她们正欣赏钢琴间奏曲（李斯特的《圣弗朗索瓦与鸟儿

---

1. 乔托（1267—1337），意大利文艺复兴时期的画家，他突破了拜占庭美术定型化的束缚，创作了许多具有生活气息的宗教画。如《逃亡埃及》《犹大之吻》《七恶与七德》等。这些都是以基督的故事为题材的壁画，《七恶与七德》的画面上有十四张面孔，代表基督所说的七恶与七德，"不义"便是七恶之一。
2. 德国歌剧作曲家格鲁克（1714—1787）的作品。

对话》），随着演奏家令人眩晕的弹奏，德·弗朗克托夫人心里惶惶，慌乱的眼睛望着钢琴家的手指在琴键上灵活地跳动，仿佛那是一连串的空中杂技，可能从空中八十米的高处摔下来，她不时向邻座投去惊疑的目光，好像在说："真是难以置信，想不到一个人竟有这等本领。"而德·康布勒梅尔夫人正在显示受过良好的音乐教育，她摇头晃脑地打着拍子，脑袋像节拍器的摆，从一个肩头晃到另一个肩头，摆动的幅度很大，速度很快，她的目光迷迷蒙蒙，似乎内心的痛苦已不在话下，不必去管它了，好像在说："那有什么办法呢！"同时不断地用钻石扣把上衣的舌状对襟扣紧，还不时伸手把头发上的黑葡萄串珠扶正，但并不中断加快晃动。在德·弗朗克托夫人身旁，靠前一点的地方坐着德·加拉东侯爵夫人，她全神贯注地想着她最乐意想的事情，那便是她和盖芒特家族有姻亲关系，沾着这点光，她的沙龙和她本人大为增色，但也有几分羞愧，盖芒特家族中最显赫的人物对她颇为冷淡，也许因为她讨人嫌，或因为她为人不善，或因为她出身低微，也许根本没有理由。当她处在不认识的人的身旁，比如此刻在德·弗朗克托夫人身旁，她便苦不堪言，因为她和盖芒特家族的姻亲关系不能以明显的词句标榜出来，有如拜占庭式教堂镶嵌画上把圣人说的话直行书刻在圣像的左右，字样上下摆在一起，令人难辨。此刻她想起表妹德·洛姆亲王夫人，已经结婚六年，却从未邀请过她，也未看望过她。想到这里不由得怒火中烧，但也感到骄傲，因为每逢有人惊异在德·洛姆亲王夫人家见不着她时，她便解释道那是为了避免在那里遇见玛蒂尔德公主[1]，万一见面，那她的极端正统派的家庭是绝对饶不了她的，她一个劲儿地这么说，久而久之，连她自己也相信她不去表妹家正是出于这个原因。其实她记得她曾好几次问德·洛姆夫人怎么才能与她会面，不过得到什么答复已记不大清了，只是常嘀咕："总不该由我迈出第一步吧，我比她大二十岁呢。"以此来冲淡和忘掉这个令人羞耻的回忆。凭借心里念叨的这些话所产生的效力，她骄傲地把肩膀向后高耸，简直脱离胸部，几乎与脑袋平齐，使人想起餐桌上插在骄傲的野鸡上的带着羽毛的鸡头。不是说她天生就是矮胖的、结实的、男性化的或皮球体型的女性，而是由于多年受辱反倒使她挺起身子，就像长在悬崖边危险处的树木，为了保持平衡，不得不往后延伸。为了安慰自己不能同盖芒特家族的其他成员完全平起平坐，她不得不时时提醒自己，她之所以很少见他们，是由于不可通融的原则性和自豪感，久而久之，这种想法终于塑造了她的体态，赋予她一种仪容，竟使良家妇女把她的仪容看成是名门世家的特征，有时也使俱乐部常客们的昏花老眼泛起一股性欲。如果把德·加拉东夫人的谈话加以分析，找出每个词出现的或高或低的频率，以便发现密码的关键，那么我们就会发现没有任何词组，哪怕最常用的，能比下列词组出现得

---

1. 玛蒂尔德公主（1870—1904），热罗姆·波拿巴亲王的女儿。因查理-路易·波拿巴（未来的拿破仑三世）被俘，解除了婚约。后来定居巴黎，广交朋友，她家的沙龙是第二帝国时期最著名的文学家、艺术家常去的地方。

第二部分　斯万的爱情

更频繁:"在盖芒特堂弟们家","在盖芒特姑妈家","埃尔泽阿尔·德·盖芒特的健康","盖芒特表妹的浴缸"。每逢有人向她说起某个名流,她总说,她本人不认识他,但在盖芒特姑妈家碰见过上千次,她答话的语气十分冷淡,声音十分低沉,不言而喻,她本人之所以与他不相识,那是因为她恪守不可动摇的原则,而这些原则成了她双肩后拱的依托,有如体操教练为了帮助你扩展胸部让你展开双肩靠在架梯上。

大家万万没有想到,德·洛姆亲王夫人恰恰在这时来到德·圣特韦尔特夫人的沙龙。她屈尊造访而不想在客厅中炫耀门第,所以侧着身子进入大厅,其时既不用拨开人群,也不用叫用人让道;她特意站在客厅的尽头,好像适得其所似的,有如一位国王在剧院门前排队,直到当局得知他微服出访;为了不张扬她的光临,为了不招引众人的目光,她低垂双目,只瞧地毯的图案和自己的裙子,她站在她所不认识的德·康布勒梅尔旁边,因为那是最不起眼的地方,但她很清楚,一旦德·圣特韦尔特夫人瞥见她,一声欢呼便会把她从那里请出来。她盯着身旁那个音乐迷的模拟动作,但没有仿效。倒不是因为德·洛姆亲王夫人破天荒来德·圣特韦尔特夫人家呆上五分钟就不乐意尽可能显得和蔼可亲,使自己的彬彬礼仪给主人倍增光辉,而是她天生厌恶她所称的"夸诞",执意表明她"不该"做出与她生活圈子的"风度"不相称的举动,然而这些举动仍使她感动,对身旁的音乐迷的模仿精神抱有好感,因为最自信的人每到一处新的场合,哪怕较下等的场合，也会怯场的。于是她寻思，这首乐曲与她迄今所听到的音乐或许不属一个范畴，是否有必要为之手舞足蹈，但不表示一下，是否证明听不懂作品和对女主人不敬，结果她只好用"妥协"的办法来表达矛盾的感情：时而她一边冷眼旁观那位如醉若狂的音乐迷，一边提一提肩带或正一正金发上镶满钻石的小珊瑚球或粉红色珐琅小球，这些首饰使她的发型显得又简朴又漂亮，时而她用扇子打一会儿拍子，但不按音乐的节拍打，以显示独树一帜。钢琴家弹完李斯特的作品，继而奏起肖邦的一个序曲，这时德·康布勒梅尔夫人向德·弗朗克托夫人投去一个温情的微笑，显示出行家的满意和对往日经历的暗示。她在青年时代学会欣赏肖邦的曲子，喜爱婉转曲折、冗长的乐句，那样的自由，那样的柔曼，那样的容易感受，乐句开始时意在寻觅，总想逸出最初的方向，远离人们早先希望它们的切点所能达到的地方，在奇妙的僻壤游荡之后，更为坚定地返回来叩击你的心房，这返回的路程是事先精确布置好的，就像击打水晶物时的振荡声使你连声叫绝。

德·康布勒梅尔夫人家住外省，交游不广，很少参加舞会，醉心于在离群索居的庄园里把想象中的一对对舞伴的舞步或放慢或加快，再把他们像扯花瓣似的拆散，然后暂时离开想象中的舞会，去湖边倾听松涛的轰鸣，突然发现一个瘦长的年轻人向她走来，他的嗓子颇为悦耳，但唱歌的声音很古怪而且走调，双手还戴着白手套，着实跟女人们梦中见到的世间情人大相径庭。但如今这种音乐的美已经过时，失去了鲜艳的色调。近几年由于行家们不再重视，它失去了荣光和魅力，即使鉴赏力差的人也觉得趣味索然，平淡无奇。德·康布勒梅尔夫人朝身后偷偷看了一眼。她知道她年轻的儿媳藐视肖邦，听到肖邦的乐曲就头痛，不过她对婆家倒是毕恭毕敬，虽然有关精神方面的事情她持有独到的见解，因为她知识渊博，甚至懂得和声学和希腊文。儿媳是瓦格纳迷，此刻正跟一伙与她年纪相仿的人呆在较远的地方，德·康布勒梅尔夫人没有儿媳的监督，便纵情接受音乐给予的美妙印象。德·洛姆亲王夫人也是感慨万端。她虽然没有音乐天赋，却十五年前就跟圣日耳曼区的一位天才钢琴女教师学过音乐，女教师晚年生活贫困，不得不在七十岁高龄重操旧业，给她从前的女学生的女儿和孙女们教课。如今她不在人世了。但她操琴的技法，以及由此而产生的美妙的乐声却不时在她学生们的手指下重现，甚至在那些后来变成平庸之辈的人的手指下重现，尽管他们早已抛弃音乐，几乎不再打开钢琴了。所以德·洛姆亲王夫人在深知底细的情况下，摇头晃脑，恰如其分地欣赏着钢琴的演奏技法，她对这首序曲早已烂熟于心了。起头乐句的结尾自然而然地从她的嘴里哼了出来。她喃喃自语："总那么美妙。"她把"美"字拖得很长，吐出满腔的温情，好像一朵美丽的花掠过她的嘴唇，那么富于浪漫情趣，与之相协调的，她的目光本能地泛起一层感伤和朦胧。然而，德·加拉东夫人此刻正犯嘀咕，为难得有机会碰见德·洛姆亲王夫人而感到扫兴，因为她希望在亲王夫人跟她打招呼时不予理睬，以示教训。她哪里知道她的表妹就在现场。德·弗朗克托夫人把头部挪了一下，使她发现了亲王夫人。她立即急匆匆地拨开人群奔向亲王夫人，但又想保持高傲和冷淡的神态，仿佛提醒大家她不想跟那种在家里使她可能面对面碰上玛蒂尔德公主的人打交道，再说她们不是"同代人"，她不应该主动迎上前去，不过又想缓和高傲和持重的神态，用几句话来为自己开脱并迫使亲王夫人开口说话；所以德·加拉东夫人一到表妹跟前便板着脸，好不情愿地直僵僵伸出一只手问道："你丈夫好吗？"语调之忧虑，仿佛亲王得了什么重病。亲王夫人发出一阵她特有的笑声，以便示意众人她在嘲笑某人，同时为了显得更美，因为一笑之下，脸部的线条都集中到活灵灵的嘴巴和灼灼然的眼光周围，她答道：

"嗬，好极了！"

她仍笑个不停。然而，德·加拉东夫人挺直身子，脸色更加冷峭，依旧为亲王的健康忧心忡忡，对表妹说：

"奥丽娅娜（听到这声叫，德·洛姆夫人以惊异和取笑的神情瞧着某个无形的第三者，好像执意让他作证她从未允许过德·加拉东夫人直呼她的名字），我非常希望你明天去我家小坐片刻，听一听莫扎特的一首配有单簧管的五重奏乐曲。我想听听你的见解。"

她似乎不是发出一个邀请，而是要求帮个忙，她需要亲王夫人对莫扎特五重奏乐曲的意见，好像是对新厨娘发明的一道新菜，她很重视倾听美食家的意见，以便对新厨娘的才干作评价。

"我知道这首五重奏，可以马上告诉你……我喜欢！"

"哎，我丈夫的身体不好嘛，他的肝……他会很高兴见到你的。"德·加拉东夫人接着说，企图以爱德的名分迫使亲王夫人出席她的晚会。

亲王夫人不喜欢对人说她不愿去他们家。她每天写信对脱不开身表示歉意，说什么婆婆大人突然驾到，什么小叔子发出邀请，什么歌剧院非去不可，什么郊游推不掉，等等，其实她压根儿不想去参加某家的晚会。她就这样使许多人感到高兴，让他们以为她跟他们是有交往的，是乐意去他们家的，只因王府诸事缠身，不合时宜，用王府大事与他们的晚会相提并论，使他们受宠若惊。再者，亲王夫人毕竟属于盖芒特家族那个才智横溢的小集团，脑子灵活，谈吐不俗，情操规范，实有梅里美以往的风范，最后体现在梅拉克和阿莱维[1]的戏剧中，她甚至把这种风范运用到社会关系，移植到待人接物，使礼仪产生积极、实在的效果，更加实事求是。她决不喋喋不休向女主人表示她多么愿意参加她的晚会，她觉得陈述一些具体琐事来说明她是否有可能参加晚会更为有礼。于是她对德·加拉东夫人说：

"听我对你说，明晚我得去一个女友家，她邀请我好长时间了。如果她带我们去看戏，那我再怎么想去你家也是不可能的，

---

1. 梅拉克（1831—1897），法国戏剧家，和阿莱维（1877—1937）合作写出许多有名的喜歌剧脚本，风靡于第二帝国鼎盛时期。

但如果我们只在她家坐坐，那么可以早点向她告辞，因为我知道她只邀请了我们。"

"喂，你看见你的朋友斯万了吗？"

"没有哇，夏尔这个宝贝也在呀，我可不知道，得设法让他注意我。"

"真奇怪，他居然到圣特韦尔特大娘家来，"德·加拉东夫人说，"嗨，我知道他是个聪明人。"言外之意他是个耍花招的，她又说道："不过这并不妨碍一个犹太人进入两位主教的妹妹和嫂嫂的家门。"

"说句丢丑的话，我并不感到反感。"德·洛姆亲王夫人说。

"我知道他是改教的，连他父母和祖父母也是改教的。但听人说改教的人比别人更依恋原来的宗教，这是不是真的？"

"我对此一窍不通。"

钢琴家准备演奏两首肖邦的乐曲，在弹完那首序曲后，立即开始一首波洛乃兹舞曲。自从德·加拉东夫人告诉她表妹斯万也在场，即使肖邦复活了，亲自跑来演奏其全部作品，德·洛姆亲王夫人也不会注意听的。人类分成两部分，一部分人对不认识的人感到好奇，另一部分人只对认识的人感兴趣，亲王夫人属于后一种人。她像圣日耳曼区许多妇女一样，无论在什么地方，只要有她那个圈子的人在场，即使没有特别的事情要说，也倾其全部注意力而不顾其他的人。从这时候起，亲王夫人一心希望斯万注意到她，就像一只小白鼠，驯养人时而伸过去一块糖，时而又把糖收回，她顾盼生神，脸上充满会心的征象，但无关她对肖邦的波洛乃兹舞曲的感受力，她一个劲儿地望着斯万所在的方向，如果斯万换方位，她也随之平行地移动她那被磁化的微笑。

"奥丽娅娜，请别生气。"德·加拉东夫人接着说，她这个人为了图一时的快活来满足自己阴暗的心理，总是情不自禁说些令人不舒服的话，宁愿牺牲自己在社交界的锦绣前程，牺牲有朝一日被众星捧月的可能，"有人断定像斯万先生这种人咱们是不可以请到家里来的，真的吗？"

"这个嘛……你应该知道得很清楚，"德·洛姆亲王夫人答道，"既然你邀请过他不下五十次，他却从未去过府上。"

亲王夫人离开受了凌辱的表姐时又发出一阵哈哈大笑，引起谛听音乐的客人们的不满，但也引起了德·圣特韦尔特夫人的注意，女主人出于礼貌一直呆在钢琴家身旁，这时才瞥见亲王夫人。德·圣特韦尔特夫人喜出望外，她还以为德·洛姆亲王夫人此刻还在盖芒特照料生病的公公呢。

"啊，亲王夫人，您怎么来了？"

"是的，我呆在一个角落里，听到美妙的东西。"

"怎么，您已经来了好一会儿了？"

"是的，好大一会儿了，不过又好像一小会儿，只因未见到您才觉得时间过得慢。"

德·圣特韦尔特夫人要把自己的扶手椅让给亲王夫人，但亲王夫人推辞道：

"不必客气！为什么要让给我？我在哪儿不都一样嘛！"

为了更好地表现贵妇人的不拘礼节，她有意看中了一张没有靠背的小凳子，说道：

"瞧，这张软垫凳子对我正合适。这有利于我身板儿挺直。哦，我的上帝！我大声嚷嚷，要挨嘘了。"

这时钢琴家加快速度，情绪激动，音乐高昂，一个仆人端着一托盘清凉饮料请客人们饮用，弄得茶匙丁当作响，德·圣特韦尔特夫人挥手让他走开，每周的晚会都这样，但他总看不见她的手势。有个新婚的夫人，听说少妇不应当露出腻烦的神色，为遵从教诲，脸上挂着喜悦的微笑，目光追寻着女主人，以便对她举办如此盛大的聚会还想到了她表示感激。然而，她尽管比德·弗朗克托夫人沉着得多，但聆听乐曲时也不无忧虑，她倒不为钢琴家提心吊胆，而是为钢琴家不寒而栗，因为每到最强的演奏乐段，琴架上的蜡烛火光瑟瑟跳动，即使烧不着灯罩，至少也在红木琴架上留下蜡斑。最后她实在忍不住了，便径直登上琴台的两个台阶，快步向前撤走烛台托盘。她的双手刚碰到托盘，恰好是乐曲的最后一个和弦，曲子告终，钢琴家起立。不管怎么说，这位少妇大胆的主动行为，她和钢琴家短暂的一男一女同时在台上出现，给众人普遍留下良好的印象。

"您注意到那位女子的举动了，亲王夫人？"德·弗罗贝维尔将军问德·洛姆亲王夫人，他是在德·圣特韦尔特夫人刚离开就过来跟亲王夫人打招呼的。他接着问道："真有意思，她莫非是个艺术家?"

"不,是德·康布勒梅尔夫人的小儿媳,"亲王夫人脱口而出,接着赶紧补充道,"我这是现趸现卖,其实她是什么人,我一无所知,只听到背后的人说她们是德·圣特韦尔特夫人乡间别墅的邻居,但我不相信有人了解她们。多半是'乡巴佬'吧!再说,我不知道您跟这里社交场的头面人物是否交游广阔,反正所有这些非凡人物的姓氏我从未听说过。您认为他们除参加德·圣特韦尔特夫人的晚会之外怎么打发日子呢?她只好靠雇音乐家、租椅子和买冷饮来招徕客人。您得承认这些'租来的客人'挺像样子的。难道她真有勇气每周把这些跑龙套的租到家里来吗?真是难为她了!"

"唷,不过康布勒梅尔,这倒是个古老又真正的姓氏。"将军说道。

"说它古老,我看确实不假,"亲王夫人冷冷地说,"但读起来反正不上口。"她把上口一词说得特别重,好似加上了引号,这又是盖芒特圈子的人说话特有的做作的小例证。

"您认为这名字不上口?但她美得可以入画呀,"将军说,一边目不转睛地瞧着年轻的德·康布勒梅尔夫人,"您不这样认为吗,亲王夫人?"

"她太爱出风头,我觉得她作为一个年轻妇女,叫人无法喜欢,因为我认为她不是我的同龄人。"亲王夫人答道,最后一句话是加拉东家和盖芒特家的人共同的常用语。

亲王夫人见德·弗罗贝维尔先生仍盯视德·康布勒梅尔夫人,便加添道:"叫人无法喜欢,是对她丈夫而言!可惜我不认识她,要不然定把她介绍给您,看您都迷上她了。"她的话一半是损年轻的妇人,一半是讨好将军,其实,真要是认识,她根本不会介绍的,"我得跟您道晚安,因为有个女友过生日,我说去向她祝贺,"她说话的口气既朴实又真切,言外之意,她去参加的社交集会简直是个无聊的仪式,可又不得不去,因为她的光临会使集会蓬荜增辉,"况且我要在那里与巴赞会合,他趁我来这里时,去探望他的朋友,您一定认识他朋友家的人,他们家的姓氏和一座桥的名称相同,叫伊埃纳。"

"这个姓氏首先代表胜利,亲王夫人,"将军说,"有什么办法,谁叫我是老兵呢?"说着取下单片眼镜擦拭,活像给伤口换纱布,这时亲王夫人本能地扭过头去,将军接着说,"这种帝国时期的贵族自然另当别论,但话说回来,不失为好种,不管怎么说那些人是驰骋疆场的英雄。"

"我对英雄一向敬重之至,"亲王夫人说,口气略带讥讽,"我之所以没有跟巴赞一起去那位德·伊埃纳亲王夫人家,根本不是因为对他们不敬,而仅仅因为我不认识他们。巴赞认识他们,喜欢他们!嗨,不,他们之间并不是您所能想象的那样,没有什么勾勾搭搭的事情,我没有什么可反对的,退一步说,即使有那种事情,我反对有何用啊!"她说到这里语气变得忧伤起来,谁都知道巴赞·德·洛姆亲王娶了妩媚可爱的表妹,从第二天起就不停地对她不忠,"总之,没有那种事情,他虽然认识他们了,他是沾光的,我觉得这是极大的好事。先不说别的,光是他对我说起他们家的房子,……想想看,他们家所有的家具全是'帝国'款式的。"

"那当然啰,亲王夫人,是他们的祖父母传下来的嘛。"

"没错,这我知道,尽管如此,还是难看的。我非常理解有的人家没有好看的东西,但至少不应该摆出不伦不类的东西。有什么办法呢?我不知道还有比这种恶形恶状的款式更矫饰、更俗气的东西了,五斗柜上雕饰的天鹅头大得像浴缸。"

"不过我想他们还是有漂亮的东西的,他们大概还保存着那张非常出名的镶嵌桌子,在上面签字画押的条约叫……"

"嗬,没错,他们是有一些有历史意义的好东西,但不见得漂亮哪……简直恶形恶状!我也有这类东西嘛,是巴赞从蒙泰斯鸠[1]家族传下来的。不过,那些艺术品藏在盖芒特家的顶楼上,谁也瞧不见。话又得说回来,这不是问题的关键,问题是我不认识他们,假如我认识他们,那我会迫不及待地跟着巴赞去他们家,去看望他们,即使他们周围摆着狮身人面像,琳琅满目的铜器!我从小受的家教就让我懂得上不认识的人家去是不礼貌的。"亲王夫人说话的语调变得嗲声嗲气。她接着说:"这不,我遵从家教呀。请设想一下,那些正直的人们看到一个陌生女人进门会是怎

---

1. 蒙泰斯鸠(1645—1725),法国元帅。

样的情景呢？他们会对我冷若冰霜的！"

在这个假设之后，她做了个娇态，使得勉强的微笑显得更美，同时让盯视将军的蓝色目光蒙上一层迷惘而温柔的神色。

"哎！亲王夫人，您其实很明白，他们会觉得喜从天降的……"

"不会的，为什么会呢？"她怒气冲冲地插问，或许为了不肯显示她明明知道这是因为她是法兰西最高贵的夫人之一，或许因为很高兴听到将军说这样的话，"为什么会呢？您怎么知道的呢？他们也许会觉得大煞风景呢。我说不好，反正依我的想法，跟认识的人打交道我已经烦透了，如果硬要我跟不相识的人打交道，哪怕是'英雄豪杰'我也会发疯的。况且，除了像您这样的老朋友，交往已久而不使人扫兴，我不知道英雄气概在社交场上有什么实际用处，设宴请客已经叫我好不腻烦，如果还硬要伸出手臂邀请斯巴达克入席，那就……要命了，我决不会招呼费森谢特里克斯请他充当第十四位客人[1]。请他参加盛大的晚会，我倒觉得是可以的，但我又不组织……"

"嘀，亲王夫人，您真不愧为盖芒特家族成员。您活脱脱体现出盖芒特家族的风趣！"

"人们总说盖芒特家族的风趣，我始终不明白为什么。这么

---

1. 费森谢特里克斯（前72—前46），抵抗恺撒大军的高卢人领袖，失败后被押往罗马，在狱中被害身亡。
   十三这个数字在西方是不祥的征兆，宴请时，如入席的人数正好是十三人，必定要拉一个凑数，故称第十四位客人。

第二部分　斯万的爱情　　　　　　　　　　　　　　　　　　　　　　　*411*

说，您认识盖芒特家族别的什么风趣的人喽。"她边说边哈哈大笑起来，兴高采烈，唾沫四溅，五官七窍齐动员，互相配合起来抒发兴奋，眼睛炯炯发光，充满着喜悦的光芒，只有赞美她的才智或美貌的话语才能使她的眼光灼灼然喜形于色，包括亲王夫人自我得意时说的话在内，"喂，瞧斯万好像在跟您的那位康布勒梅尔打招呼哩，喏，那儿，他就在圣特韦尔特大娘身旁，您瞧不见吗？您可以请他把您介绍给她呀。快一点，不然他要离开了。"

"您注意到了没有，他的气色糟糕透了？"将军说。

"我亲爱的夏尔！哈，他终于过来了，我差一点以为他不愿意跟我见面了呢！"

斯万非常喜欢洛姆亲王夫人，见到她就想起盖芒特，与孔布雷毗邻的那块土地，他非常热爱那片土地，只因不舍得离开奥黛特，他没有再回去过。他善于运用半是艺术半是风流的语言形式来取悦亲王夫人，当他重新涉足久违的环境，那自然而然会重温旧事，另外也想为自己抒发一番思乡之情。

"啊哈！"他像在舞台上道白，面对德·圣特韦尔特夫人说话，其实是讲给德·洛姆亲王夫人听的，"多么可爱的亲王夫人哪，瞧见了吧，她特地从盖芒特赶来听李斯特的《圣弗朗索瓦与鸟儿对话》，她像只美丽的山雀，只来得及捡几个小李子和小山楂插在头上就来了，瞧，那上面还有几滴露水几点白霜哩，冻得公爵夫人直哆嗦。漂亮极了，亲爱的亲王夫人。"

"是吗？怎么亲王夫人是特地从盖芒特赶来的？太叫人受宠若

惊了！而我却不知道，太不好意思了。"德·圣特韦尔特夫人天真地叫道，她听不大明白斯万风趣的话，认真细看亲王夫人的头饰之后说，"真的呀，这是模仿……怎么说呢，这不是栗子，但又不是……嗨，反正是绝妙的主意！不过，亲王夫人怎么会知道晚会的节目呢？音乐家们对我也没有通报哇。"

斯万在他惯常用风流的语言形式交谈的女人面前，时常说些妙语，连上流社会的许多人都不懂，他不屑向德·圣特韦尔特夫人解释他说的尽是些隐喻。至于亲王夫人，她听罢开怀大笑，因为她那个圈子非常赏识斯万的风趣，也因为每次听到他的恭维，都觉得他妙语连珠，叫她捧腹不止。

"嗳，我太高兴了，夏尔，我的山楂小果子让您喜欢，那真太好了。为什么您跟那个康布勒梅尔夫人打招呼呢？莫非她也是您乡间别墅的邻居？"

德·圣特韦尔特夫人见亲王夫人乐意跟斯万交谈便走开了。

"您自己不也是嘛，亲王夫人。"

"我才不呢，他们那号人到处有别墅！不过我很想处在他们的位置！"

"他们不是康布勒梅尔家人，而是她的亲戚；她娘家姓勒格朗丹，常去孔布雷。我不清楚您是否知道您自己是德·孔布雷女伯爵，教区委员会还欠您一笔债务呢？"

"我不知道教区委员会欠我什么，但我知道本堂神甫每年敲我一百法郎，以后不想再借给他了。不管怎么说，康布勒梅尔这个

第二部分　斯万的爱情　　　　　　　　　　　　　　　　　　　　*413*

姓氏很怪，结尾倒蛮干脆，可是太秃！"她笑着说。

"开头也不高明啊。"斯万答道。

"确实，秃头秃尾，这叫双秃！……"

"准是某个很讲体面的人在盛怒之下没敢把第一个词说完就了事啦。"

"既然无法吐出第二个词，也该把第一个词说完整，一了百了呀。得了，咱们在穷开玩笑，大发雅兴。对了，亲爱的夏尔，怎么老见不到您呀，真叫人扫兴，"她改口说，语气十分温存，"我多么喜欢跟您聊天哪。想想看，我简直无法让那个白痴弗罗贝维尔明白康布勒梅尔的姓氏使人惊奇。得承认生活是件艰难可怕的事情。只有见到您时我才不感到厌倦。"

大概这不是真话。但斯万和亲王夫人判断小事情的方式方法却是一致的，结果他们的表达方式乃至说话发音都极其相似，要不然就是这种相似导致他们意见一致。这种相似并不引人注意，因为他们俩的嗓音截然不同。但如果我们能通过想象把传送斯万话语的音质去掉，把遮盖话语从嘴中吐出的小胡子拔掉，那么我们便发现他的语句、转调跟盖芒特圈子的人相比，如出一辙。然而在大事情上，斯万和亲王夫人的想法毫无共同之处。不过，自从斯万成天愁眉苦脸以来，总觉得心里惶惶，随时要放声大哭似的，十分渴望诉说苦楚，如同一个杀人犯渴求讲述自己的罪行。听到亲王夫人说生活是件艰难可怕的事情，他顿时感到柔情无限，就像跟他谈起奥黛特。

"咳，是的，生活是件艰难可怕的事情。咱们确实应当时常见面，亲爱的朋友。跟您在一起有好处，您不怎么嘻嘻哈哈，可以一起度过愉快的夜晚。"

"说得是嘛，那您为什么不去盖芒特呢，您去了，我婆婆会高兴得不得了的。人说盖芒特的风景难看，但我对您说吧，我喜欢那块地方，我讨厌所谓'风景如画'的地方。"

"那确实是极好的地方，"斯万答道，"但眼下对我来说，几乎太美、太富有生气了，那是幸福的人所呆的地方。也许因为我在那里住过，所以熟悉那里的一草一木。当微风从平地而起，吹皱麦田，掀起层层麦浪，我便觉得有人要来，我将收到消息；还有河边的那些房子……我会非常伤心的！"

"喂，亲爱的夏尔，帮我留神着，可恶的朗皮永婆娘瞧见我啦，挡住我吧，再讲讲她家究竟发生什么事啦，我搞混了，她是给女儿找了老公还是给情夫找了老婆，我闹不清，也许把两者撮合一起了吧！……还有，我记起来了，她是被亲王丈夫休掉的……快，您装作跟我说话的样子，可别让这个贝雷妮丝[1]把我拉去吃晚饭。再说，我得走了。听我说，亲爱的夏尔，我总算见到您了，请跟我走吧，我带您去德·巴尔马公主家，她一定会喜出望外的，巴赞也将在她家与我会合。要不是梅梅给我们带点您的

---

1. 犹太希律王族公主，罗马帝国征服耶路撒冷后，狄度皇帝热恋上比他大十二岁的贝雷妮丝，把她带回罗马，但受到罗马公众的强烈反对，不得不放弃娶她。高乃依和拉辛均有同名戏剧。

消息,真是的……想想看,我简直见不到您了!"

斯万谢绝了,他已通知德·夏吕斯先生,离开德·圣特韦尔特夫人家就直接回家,他不愿因去德·巴尔马公主家而可能错过他一直期待的由仆人送到晚会上来的便条,或者送到他家看门人处的便条。当晚德·洛姆夫人对丈夫说:"可怜的斯万,他倒还是那样和蔼可亲,可看上去很不走运。您将亲眼看到,因为他答应就在这两天来咱们家吃晚饭。一个像他这般聪明的男人为那号女人受苦,我觉得实在荒唐,那个女人根本不值得关照,听说她愚蠢得很呢。"她说此话,因为她保持着未落情网的人的明智,认为一个有才气的人只应为值得为之受苦的人而受苦,好比有人为霍乱细菌那样渺小的东西而甘愿得霍乱病,岂非怪事一桩呢!

斯万早已想走,正当他即将脱身之际,德·弗罗贝维尔将军过来请他介绍认识德·康布勒梅尔夫人,斯万不得不返回客厅去找她。

"喂,斯万,我宁愿当这个女人的丈夫,也不愿让野人给宰了,您说对吗?"

"让野人给宰了",这几个字刺痛了斯万的心,他即刻觉得需要继续跟将军谈下去。他说:

"是啊,许许多多有美好前程的人都遭到了这样的下场,比如,您知道的,航海家拉佩鲁兹的骨灰就是由迪蒙·德·乌维尔带回国的……"斯万心里一阵高兴,好像他讲的是奥黛特,但立刻神色沮丧地补充道,"拉佩鲁兹是个讲义气的人,我十分欣赏

416　　在斯万家那边

他刚强的性格。"

"嗨，那还用说，拉佩鲁兹是个家喻户晓的名字，"将军说，"有条街就是以他的姓氏命名的。"

"您认识什么人住在拉佩鲁兹街吗？"斯万问道，顿时兴奋起来。

"我只认识德·尚利沃，忠厚的舒斯皮埃尔的姐妹。前不久她给我们举办了一个喜剧晚会，挺有意思。她的沙龙有朝一日会办得十分雅致，您瞧着吧！"

"嗬，她住在拉佩鲁兹呀。那里令人惬意，是条挺美的街道，不过太凄凉了。"

"不，您好久没去那里了吧！现在不凄凉了，整个街区开始大兴土木哇。"

斯万终于把德·弗罗贝维尔先生介绍给德·康布勒梅尔少夫人，她由于第一次听说将军的大名，露出惊喜交加的微笑，这是她对人们从未在她面前提起过的人的微笑，因为她不认识婆家的朋友们，无论把她领到谁跟前，她都以为是婆家的朋友，心想她要表现出涵养，装作她新婚之后经常听说对方的大名。她伸出手，但神色迟疑，这正好证明她在克服早先学会的持重，从而显露出本能的热情。所以她的公婆到处说她是个天使，而她也还一直以为公婆是法兰西最显赫的达官贵人，况且公婆尤其想显出，选中她当儿媳，是看中了她的人品，而不是因为她拥有巨大的家产。

"看得出您有音乐家的天性,夫人。"将军对她说,无意地讽喻刚才的烛台托盘事件。

音乐又响起来了,斯万知道,这个新节目结束以前他是无法脱身的。被困在这些人中间,他感到痛苦,他们的愚蠢和可笑深深地刺激着他,更何况他们对他的爱情全然不知,即便知道,也不会感兴趣,只会拿他的爱情来取笑,如同笑话一桩儿戏,或者惋惜他干出这等傻事,他们使斯万看清爱情只是为他而存在的主观现象,外界根本不承认他的爱情的现实存在;他尤其痛苦的是,这个地方奥黛特永远来不了,任何人,任何物对她都没有缘分,她根本不能涉足,而他则要继续流放下去,忍无可忍,连乐器的声音都使他真想大叫起来。

突然间,奥黛特仿佛进入大厅,她的出现叫他心胆俱裂,情不自禁地用手捂住心口。原来小提琴上升到了高音阶,琴声持续徘徊,仿佛在等候,然后又在等待中持续,好像瞥见了等待的对象迎面走来,不由得欣喜若狂,所以拼命设法持续到它的到达,在自己消失前接待它,竭尽最后的余力为它打开一条道路,让它过去,好比我们双手撑着一扇大门,不然门就自动关闭了。斯万还没来得及明白过来,没来得及对自己说:"这就是万特伊那首奏鸣曲的小乐句,别听了吧!"往事的回忆一下子全部在他心中苏醒了,想当初奥黛特对他多么迷恋,他一直把那段时光成功地埋在心灵深处看不见的地方,此刻受到突然迸发的一道爱情的光芒的欺骗,以为爱情的时光即将返回,于是所有的回忆拍打着翅膀从斯万的心底飞了出来，向他纵情高唱早已忘却的幸福之歌，根本不怜悯他现时的不幸。

　　过去他常说"我幸福的时日"，"我被人爱慕的时日"，那时他不觉得太难过，因为他脑海里留存往事的片断并不包含任何实在的内容，无非是些抽象的说法，而这次重新找到的却是在失去的幸福中所积淀的特殊而易逝的精髓；昔日的一切重新浮现在眼前：他把雪白、卷曲的花瓣贴在嘴唇上，那是奥黛特抛进他马车里的菊花；印有凸起的"金屋"字样地址的信纸，上面写道："我正用颤抖不已的手给您写信"，那是奥黛特的来信；"过不了太久您就会跟我联络的，是吗？"那是双眉紧蹙的奥黛特恳切的哀求；他仿佛又闻到理发师给他做"刷子头"时烫发钳散发的气味，同时洛雷给他去找那个小女工，那年春天经常下暴雨，月色下他坐着自己的四轮敞篷马车回家冷得瑟瑟发抖：心理的习惯，季节的印象，皮肤的反应构成一张严密的大网，随着一个个星期的推移，终于把他整个身子都罩上了。那时，他尝到了一味求爱的人们所享受的欢乐，满足了自己的肉欲。他满以为可以永远如此，而不必领略其中的苦楚；现在他不能每时每刻知道奥黛特在干什么，不能到处并且永远占有她，他陷入了无边无际的苦恼，好像头上一直笼罩着一轮模糊的光晕，引起他极大的恐惧，相比之下，奥黛特的魅力已是微不足道了！唉！她曾大声说过："我随时都可以见您，我什么时候都有空的！"斯万连她的声调都记忆犹新，可现在她却永远不再有空了！那时她对他的生活充满兴趣和好奇,热切渴望得到他的宠爱,进而闯入他的生活,他反倒害怕给予宠爱,生怕受到打扰,引起麻烦;当初为了请他一起去韦迪兰家,她不得不苦苦哀求;最初相识时,他只允许她每月去他家一次,而她,为了要他让步,不得不一遍遍地重复她多么渴望每天见面,因为天天见面的习惯会给她带来无穷的乐趣,他虽然勉为其难地接受了,但觉得那是一种麻烦,枯燥乏味,后来她对天天见面的习惯厌恶起来,干脆抛弃了,而对他来说却变成一种无法遏止的和痛苦不堪的需求了。他记得早在第三次见面时,她一再问道:"为什么您不让我经常来看望您呢?"他殷勤地笑着回答:"怕日后给自己造成痛苦。"他不知道当初说的是否出于真情。反正现在,今非昔比,她有时还从饭店或旅馆给他写信,用的仍是印有商号的信笺,但这些信像火一样灼烧着他。"这是从武耶蒙旅馆写的吗?她去那儿干什么?跟谁同在?发生了什么事情?"他想起意大利人大街的煤气路灯一盏盏熄灭,绝望之余,竟在影影绰绰的人流中找到了她,那个夜晚对他几乎是神奇的,确实属于一个神秘的世界,可所有的大门已经关闭,他永远无法再进去了;那天夜里,他根本用不着思考他去找她,跟她在一起会不会使她不快,当时他是那样的自信,她最大的快活莫过于见到他并跟他一起回家。斯万呆呆地面对回忆中的这段幸福,瞥见一个不幸的人,引起他的恻隐,一时未认出那人是谁,但终于把头低了下去,以免别人看见满眶的热泪。此人便是他自己。

等他明白过来,他的恻隐之心也打消了,但嫉妒她曾经爱过的另一个自己，他嫉妒他时常念叨的"她也许迷恋的"那些人们，虽然并不过分痛苦，因为过去只有空泛的爱的概念，而没有爱情，如今他把这种概念换成充满爱情的菊花花瓣和"金屋"字样笺头的信纸。他的痛苦已到了五脏俱焚的地步，他用手扶住前额，让单片眼镜垂吊下来，擦一擦镜片。倘若他此刻看得到自己的模样，他大概会把自己的眼镜纳入他刚才一一对比过的眼镜系列中，他摘下的单片眼镜好似一个纠缠不清的念头，他用手绢擦去镜片上蒙着的水汽好比擦掉粘在镜片上的烦恼。

小提琴演奏的时候，如果看不见乐器，就不能把听到的声音和乐器的形象联系起来，而乐器的形象是会改变乐器的音色的，所有小提琴声中有着跟某些次女低音一样的声音，使人产生错觉，好像有个女歌唱家加入了演出。但举目望去，只见一些像中国珠宝盒一般精致的琴身，尽管如此，有时还会产生错觉，以为听见令人失望的汽笛声；有时又仿佛听见被囚的精灵在中了魔法的宝盒中挣扎，弄得宝盒不停地颤动，好像被淹在圣水缸里的魔鬼发出的声音；有时甚至像个超然物外的纯洁的生灵在空中游荡，传递着隐秘的启示。

好像乐师们并不想直接奏出那个小乐句，而在举行仪式，迎接小乐句的降临，奏出必要的咒语把奇迹呼唤出来，并延长一点显现的时间。斯万心想，如此这般，只能在紫外线的世界里才能见到它了，但他还是在接近它，突然间他一时两眼漆黑，这个巨大的变化反倒使他爽快了许多，他感觉到小乐句出场了，宛如一位女神，成了他爱情的保护神和知情人，为了当着众人面走到他跟前，好把他拉到一边跟他交谈，便把自己乔装打扮一番，披上声音的外衣，飘然而至。她如一缕清香，轻柔、舒展，喃喃细语，向他倾吐衷肠，他聆听每一个字，惋惜她的话语飘逝得这么快，不由自主地用嘴唇去亲吻她那和谐的、正在消逝的躯体。他不再感到被流放和孤独无援，因为小乐句对着他而来，向他悄声诉说奥黛特。他不再像过去那样觉得小乐句不认识他和奥黛特了。既然她那么多次目睹他们的欢乐！不错，她确实告诫过他这种欢乐是靠不住的。甚至就在那时，他已经从小乐句的微笑中，从小乐句清澈的、大彻大悟的声调中猜出痛苦的端倪，而今天他从中发现的却是近乎快乐的认命的风韵。过去他谛听小乐句诉说悲怆时，没有切肤之痛，只见小乐句像一条曲折而湍急的激流，微笑着把悲怆卷走，如今这种悲怆竟成了他自己的悲怆，而且他并不希望从中解脱，小乐句似乎还像过去诉说他的幸福那样，对他说："这有什么关系？这算不了什么哇？"斯万的心中第一次涌现对万特伊的同情和友爱，心想这位未曾相识的、卓尔不群的兄长一定饱尝艰辛，他是怎样度过一生的呢？他从何等的痛苦中汲取了无穷无尽的创造力，这种神一般的力量呢？当小乐句告诉斯万，他的痛苦是虚妄的，他听到这句箴言感到温暖，而在片刻之前他还觉得此话难以容忍，尤其当他觉得那些不关心别人死活的人脸上流露出这种表情，似乎把他的爱情视为毫无意义的胡思乱想。而小乐句则相反，不管她对种种心态短暂的出现持何种见解，总会有所发现，不像对他人漠不关心的人们，只看到不如实际生活那样严肃的东西，相反，她看到了高于实际生活的东西，只有这种东西才值得表现。这东西便是内心伤感的魅力，而小乐句试图模仿和再创造的，正是这种魅力，甚至企图再现这种魅力的精髓：除了有切身体验的人之外，任何人都以为这种魅力是不能言传的，没有意义的，而小乐句却抓住了精髓，并把它显现了出来。因此，只要多少有点音乐鉴赏力的听众都能认出这种魅力的价值和领略其神奇的妙趣，然而他们一旦回到现实生活，每次看到身边发生特殊的爱情，便又认不出小乐句的那种魅力了。无疑，小乐句编制魅力的形式是无法演绎为推理的。但是，一年多来，至少在一段时间内他迷恋上音乐，这种迷恋向他揭示他自己内心深处的宝藏，斯万把乐旨视为真正的意念，来自另一个世界、另一种秩序的意念，这些意念被蒙在黑暗中，不为人们所知，不为智力所理解，但彼此迥然有别，各有不同的价值和意义。自从那次在韦迪兰家晚会上请求再弹一遍小乐句以来，他一直想搞清楚小乐句怎么会像一股馨香和一次搂抱那样迷惑他，那样裹挟他，他意识到，由于组成小乐句的五个音符的间距很小和其中两个音符又不断地重复，他才仿佛觉察到这种不见踪影的、怕冷的姑娘似的曼妙；其实他知道，他这番推理并不针对小乐句本身，而早在认识韦迪兰夫妇之前，在第一次听到那首奏鸣曲的晚会上，由于懒得动脑筋，只对简单的时值进行了一番思考，从而取代了对他感知的那个奇妙的实体的探索。他知道，对钢琴乐

第二部分　斯万的爱情

曲的回忆，其本身就歪曲了从音乐中联想到的事物的布局，展现在音乐家面前的天地不光是七音符的平庸的键盘，而是无限宽广的键盘，还几乎完全不为人所知，只不过零零星星地露出几个温柔、热情、勇敢和安谧的琴键，而其他亿万个琴键却被一层层厚厚的、尚未探索过的黑暗间隔了，它们彼此有天壤之别，这些别有洞天的琴键已经被少数几个伟大的艺术家发现了，他们帮助了我们，在我们心灵深处唤醒与他们所发现的主题相应的东西，向我们指出在我们的心灵里蕴蓄着多么丰富多彩的宝藏，而我们却一无所知，竟以为我们的灵魂是一片空白和虚无，被未经探索的、令人望而生畏的黑暗占领着哩。万特伊便是这样一位有所发现的音乐家。他那个小乐句，尽管为我们的理性设置了一层朦胧的外表，但我们能体会它充实而明确的内涵，而且小乐句还赋予其内涵一种新鲜而独特的力量，使人听后，把它和凭智力获得的思想一并平等地保存在心中。斯万每每想起小乐句，便仿佛想起爱情和幸福，他马上能体会到其中的特殊含义，有如一想起《克莱芙王妃》和《勒内》[1]这两个标题，他便知道它们的特殊含义。即使他不想小乐句，她也潜伏在他的心灵中，跟那些不可替代的概念，诸如光线、声音、立体感、肉欲等处在同等地位，正是有了这些丰富的宝藏，我们的内心世界才得以多彩多姿。一旦我们命赴黄泉，这些财富也许会失去，也许会自行消失。但只要我们

---

1. 《克莱芙王妃》是法国十七世纪女作家拉法耶特夫人的代表作，被誉为法国第一部心理小说杰作；《勒内》则是法国十九世纪夏多布里昂的浪漫主义代表作。

活着，我们就不能不认识它们，正如对某个实在的物体，我们不能不认识它，比如屋子里掌了灯，屋里的一切虽然变了样，对黑暗的回忆已不存在，但我们不能怀疑灯光的存在。从而，万特伊的乐句，如同《特里斯坦》[1]的主题，再现了我们心灵的某种感受，歌颂我们生命的存亡，体现了人世的某些方面，使人感慨系之。小乐句的命运连接着我们心灵的未来和现实，成为我们心灵诸多最特殊、最明丽的光彩中的一种。也许虚无才是真实的，我们的一切梦幻并不存在，然而我们意识到，与我们的梦幻相关联而存在的乐句和概念必将也是不存在的。我们终将去世，但我们有这些神奇的俘虏做人质，它们将在我们失去生机之后继续存在下去。有了它们，死亡就不那么痛苦了，不那么丢人了，也许不那么必定了。

斯万没有想错，奏鸣曲的那个乐句确实存在着。诚然，从这个立场来看，她是具有人性的，但她属于超然物外的神灵世界，虽然我们从未见过这些神灵，然而，如果有某个求索者进入这个肉眼看不见的世界，捕捉一个神灵，把它从神奇的世界带到人间，让它在我们尘世的上空闪耀片刻的光芒，那么我们将欣喜万分，感激不尽。这正是万特伊以他的小乐句所做的事情。斯万觉得，作曲家只用乐器把它揭示出来，使它清晰可辨，把它描绘成画面，其手笔是那样轻柔，那样审慎，那样细腻，那样稳健，以

---

[1] 全名《特里斯坦和伊索尔德》，系指瓦格纳于1859年完成的乐剧，该剧描写了命定的毁灭、黑夜、阴暗和死亡。

致音响随时变幻，其画面有时变得朦朦胧胧，以表现一片幽影，有时继而勾勒出一个奔放的轮廓，重新生气勃勃起来。斯万相信那个乐句确实存在，他没有搞错，有证为凭：假如万特伊没有足够的力量去发现和表现乐句的形状，而竭力凭他的臆想随便添上几笔来掩饰他视觉的缺陷或技法的欠缺，那么，任何有点小聪明的音乐爱好者都会发现他作假骗人了。

乐句消失了。斯万知道，它将在最后的乐章的末尾再度出现，中间隔着很长一段乐曲，韦迪兰夫人请的钢琴家总把这一段跳过去。其实这一段含有美妙的乐思，斯万第一次听时并没有辨认出来，现在才觉察到，好像这些妙处在斯万记忆的衣帽间从遮掩其独特风采的外装脱颖而出了。斯万谛听组成乐句的每个分散的主题，有如三段论法中前提演绎出必然的结论，他看到了乐句是如何产生的。他思忖："啊，万特伊或许也具备拉瓦锡和安培那样的勇气和天才！他勇于试验，从而发现一种未知力量的神秘的规律，驾驭着无形的、永远看不见又可信赖的大车，穿过未经勘探的地域，驶向唯一可能到达的目标！"最后的乐章开始时，斯万听出钢琴和小提琴的对话，是多么美妙的对话呀！这种对话虽然不用人间的词语，却也远非人们所想象的那样让幻想占上风，正好相反，把幻想摈弃了，从未见过如此坚定地需要使用口头语言，问题从未提得如此贴切，回答也从未作得如此明晰。起先，钢琴孤独地发出哀怨，宛如一只被伴侣遗弃的鸟儿；小提琴听到后，立即好似从邻近的树上应和。仿佛是世界初创期间，大地上还只有它们俩，或更确切地说，仿佛是根据创世主的逻辑所创造的，把其余一切都排除在外了，这里是永远只有它们俩的世界：奏鸣曲的世界。钢琴接着又为那个无形迹的、呻吟着的生灵亲切地倾诉哀怨，可那生灵是一只鸟儿吗？是小乐句尚未形成的灵魂吗？还是一个仙女呢？它的呼唤来得如此突然，小提琴手不得不急忙架起琴弓仓促相迎。多么神奇的鸟儿！小提琴手多半想诱惑它，驯服它，捉住它。但它捷足先登，已经进入小提琴手的心灵，召唤而来的小乐句使他着了魔的身体像通灵者那样颤抖起来。斯万知道小乐句又要向他倾诉了。他一时竟成了两个人，等待即将面临小乐句的时刻，不禁唏嘘起来，有如我们每当读到一首美丽的诗或听到一则令人伤心的消息，也会像斯万那样泣不成声，那并不是当时我们很孤独，而是当我们把这首诗或这则消息告诉朋友们时，在他们身上看到了我们像旁人那样可能触动他们，获得同情心。小乐句果然重新出现，但这一回高悬在空中一动不动似的，只停留了片刻，便消逝了。所以斯万死死盯住它滞留的这一瞬间。它留下的身影好似一个没有破灭的小泡，闪着虹光。又酷似一道新虹，在降落中光泽黯淡下来，而后又升腾起来，在最后消失前大放一下前所未有的异彩：迄今它只显露两种色彩，此刻却闪烁着棱镜般折射出的五光十色，形成一条条绚丽多彩的琴弦，弹出悦耳的曲调。斯万不敢动弹，他很希望别人也像他那样安安静静，好像稍有动静就会破坏这一神奇的幻景，而这奇妙的幻景又是如此脆弱，随时会化为泡影。说真的，谁也没想说话。唯一的缺席者，也许是个死者（斯万不知道万特伊是否还活在世上），他那妙不可言的话语在主持仪式的人们头顶上空回荡，足以吸引在场三百人的注意力，在这个乐台上召唤魂兮归来，从而把乐台化为最高尚的祭台，以至可以举行神圣的仪式。因此，当乐句终于消失，只剩下袅袅余音飘荡在随后而至的旋律中，但没等奏鸣曲结束，傻得出名的德·蒙特里安岱伯爵夫人便凑到斯万面前悄声吐露自己的感受，斯万一上来非常恼火，但后来不由自主地笑了笑，也许因为伯爵夫人不知所云，他却从她的话中发现某种深刻的含义。伯爵夫人对演奏者的高超技巧惊叹不已，朝斯万高声说道："真奇妙呀，我从未见过如此神奇的……"她顾忌自己的说法太绝对，改口道："最神奇的当然是用来招魂的灵动桌喽……除此以外，还没见过如此神奇的！"

这次晚会以后，斯万明白奥黛特昔日对他的感情永远不会恢复，他对幸福的希望也不会实现了。有些日子，她偶尔对他殷勤和温柔，多少表示一点关切，他把这一点点表面的、虚假的回心转意一一记下，既感动又怀疑，充满绝望的欣悦，比如有些人照料患绝症濒于死亡的病人，把什么现象都看得十分珍贵："昨天，他自己结了账，还指出我们做的账目中的一个错误，他高高兴兴地吃了一个鸡蛋，要是消化得好，明天咱们试着让他吃排骨。"尽管他们很清楚，这些现象对于一个弥留之际的人来说已经毫无意义了。斯万几乎确信，如果他现在远离奥黛特而生活，她最终会在他心目中变得淡漠的，以至他会高兴看到奥黛特永远离开巴黎；届时他会有勇气留下，却没有勇气先离开。

他早先也常有这种想法。现在他已恢复对弗美尔的研究，他需要再去一趟海牙，德累斯顿，不伦瑞克，至少住上几天吧。他深信，毛里茨博物馆在哥德斯密特拍卖行收购的那幅被认为是尼科拉斯·马斯[1]的作品《狄安娜的梳妆》实际上是弗美尔的手笔。他想实地研究这幅画来增强他的信念。然而，在奥黛特在巴黎甚至不在巴黎的时候离开巴黎谈何容易，在他，如此狠心的计划，只不过想想而已，他之所以心里不断地盘算，因为他知道永远下不了决心去实现：乍到新地方，我们不习惯，原有的感觉不会淡薄，反倒会时时回首，痛苦不堪。有时睡梦中旅行的意愿再度萌生，一时忘记旅行是不可能的，居然旅行在梦中实现了。有一天，他梦见他外出一年，他站在车厢门口，俯身对着站在月台上哭着向他道别的年轻人，斯万竭力说服他一起乘车出发。列车晃动，他在惶惶不安中惊醒，想起自己并没有出远门，将在当晚、第二天、几乎每天与奥黛特见面。虽然梦境仍使他激动不已，但他庆幸自己生逢其时，条件特别优越，可以独立自主，因此能够呆在奥黛特身边，并且获准不时去看望她；他一一回顾所具备的优势：其一，他的地位，即他的财富：奥黛特经常急需用钱，以致不可能跟他决裂，听说，她甚至私下盘算嫁给他哩；其二，他与德·夏吕斯先生的友谊：说白了，这种交情从未使他得到奥黛

---

[1] 尼科拉斯·马斯（1632—1693），荷兰画家。

第二部分 斯万的爱情 429

特的多大好处,但夏吕斯是他俩共同的朋友,她对这位朋友又非常尊敬,想到她耳闻这位朋友对斯万的溢美之词,心中美滋滋的;最后,他的聪明才智:他运用全身解数每日巧加安排,使得奥黛特觉得他的在场虽说不上十分快意,却至少是必不可少的;总之,他心想,如果他没有这一切优势,他将是个什么样子,进而再想,如果他像许许多多人那样贫穷,低微,一无所有,不得不接受任何活计,或者依赖父母,依靠妻子,那么他早已被迫离开奥黛特,于是他对自己说:"人们总是身在福中不知福。但人们也决不像自己想象的那么不幸。"他心里盘算,这种生活已维持了好几年,他所能期望的也就是继续维持下去,哪怕牺牲他的研究,牺牲他的娱乐,牺牲他的朋友们,乃至牺牲他的一生来换取每天等待一次不能给他带来任何幸福的约会,他自问,这是不是自己欺骗自己,凡有利于他的私情和阻止与其决裂的事情会不会损害他的前程,令人想望的事情是不是远走高飞:不会就是他庆幸只在梦中所发生的事情吧;他一转念,觉得还是人们生在祸中不知祸,但人们也决不像自己想象的那么幸福。

有时他切盼奥黛特毫无痛苦地死于一起事故,因为她从早到晚都野在外头,在大街上,在大路上。而每当她安然无恙地回来,他不由得赞叹人体之灵活之健壮,总能战胜和排除周围的一切危难,化险为夷(自从斯万萌生这个隐秘的愿望,他觉得危难多得数不胜数),因此才使人们可以每天几乎不受惩罚地欺骗撒谎,寻欢作乐。斯万很喜欢贝里尼所画的穆罕默德二世的肖像,他觉得很能理解穆罕默德二世的心境，出于对一个后妃的痴情，用匕首把她刺死，根据为他作传的威尼斯人天真的说法，这是为了恢复精神自由。然后，斯万为只想到自己而悔恨，他觉得自己受到万般痛苦一点不值得怜悯，因为他对奥黛特的生命是那样的不珍惜。

既然永远无法跟她分离，如果继续留在她身边，至少他的痛苦终将平息，不过也许爱情便随之熄灭了。既然她不愿永远离开巴黎，那他就希望她永不离开他。起码，他知道奥黛特每年离开巴黎最长的时间在八九月份，想到她的远离，心中便为未来的时日提前感到辛酸，好在他还有好几个月空闲时间来加以消融，届时的日子和现在完全一样，在他充满忧伤的心中流逝，虽然透明而寒冷，却没有引发太剧烈的痛苦。然而，斯万内心这条未来的暗流，这条无色而自由的长河，只要奥黛特说一句话就把它斩断，就像一块冰把它截住，使它不能流动，使它整个儿凝冻起来，斯万突然觉得自己心脏的四壁凝结成厚厚的、坚不可破的硬块，堵得快停止跳动了；原来奥黛特用假惺惺微笑的目光盯着他说："福什维尔将在圣灵降临节有一次绝妙的旅行。他将去埃及。"斯万立即明白她的言外之意："我将在圣灵降临节跟福什维尔一起去埃及。"果然，几天后，斯万问她："喂，记得吧，你对我谈起过福什维尔的旅行，这么说，你要跟他一起去喽？"她飘飘然回答："对呀，亲爱的，我们十九日起程，会给你寄一张金字塔图片的。"当时他真想弄清楚她是不是福什维尔的情妇，要当面问个究竟。他知道奥黛特迷信，有些假誓言她是不肯许下的，再说，迄今为止他一直强忍着不敢问，生怕激怒她，惹她讨厌，现在既然失去了得到她的爱情的一切希望，这种担心也就不存在了。

一天，他收到一封匿名信，告诉他奥黛特的情人多得数不清，顺笔列举了几位，其中有福什维尔、德·布雷奥代先生和画家，她还是一些女人的同性姘妇，而且经常出入妓院。他痛苦万分地想到，他的朋友们中居然有人给他写这样的信，因为从某些细节来看，写信人对斯万的私生活十分了解。他寻思谁能干出这等事。但他从来没有怀疑过别人背地里干的事情，也没有怀疑过别人除了与言论有明显联系的行为。德·夏吕斯、德·洛姆亲王、德·奥桑先生，这些人士中没有一个在他面前赞成过匿名信，他们所说的一切无不表示对匿名信的谴责，他想弄清楚是不是在他们表面性格的背后隐藏着一个不为人知的地域，在那里产生这个卑鄙的行径，但他看不出有什么理由可以把这种下流的勾当同他们当中任何一个人的秉性相联系。德·夏吕斯先生的秉性有点不正常，但根本上是善良和敦厚的；德·洛姆先生的秉性有点冷漠，但健全和正直。至于德·奥桑先生，斯万还没有见过有谁像他那样，即使在最狼狈的情况下，会前来安慰，话语之真挚，举止之审慎之正当，实属罕见。所以，当听人说德·奥桑先生在跟一个有钱的女人的私情中扮演不正当的角色，斯万无法理解，每次想起德·奥桑先生，他总强迫自己排除德·奥桑先生的丑名声,因为这和他无数次亲眼目睹的正派行为是水火不相容的。一时间斯万觉得脑子变得糊涂了,于是想一想别的事,以便理出一点头绪。然后他鼓起勇气再回到原先的思考上来。既然无法怀疑任何人,他便不得不怀疑所有的人了。不管怎么说,德·夏吕斯心地善良,是喜欢他的。但此人有神经病,也许明天得知斯万病了,他会痛哭流涕,而今天,或出于嫉妒,或出于气愤,忽然心血来潮,硬要伤害。骨子里,这等人是最恶劣不过的。德·洛姆亲王当然远不如德·夏吕斯先生那样喜欢他。但正因为如此,他不会对斯万动辄迁怒,再说,此公秉性冷漠,既做不出惊天动地之举,也不会干出卑鄙龌龊之事;斯万后悔自己一辈子尽依附于这种人了。进而他又想,阻止人们伤害他人,是善心,他其实只能对跟自己秉性相近的人打包票,比如就心地善良而论,德·夏吕斯先生是算得上的。对斯万造成这样的伤害,单单这个念头就会使德·夏吕斯先生怒不可遏。然而,像德·洛姆亲王这样一个冷漠的人,不近人情的人,怎么预料他在不同本质的动机驱使下会干出什么事情来呢?心地善良,这至为重要,德·夏吕斯先生的心地是好的。德·奥桑先生的心地也不坏,他同斯万的关系虽说不怎么亲密,但却是坦诚的,他们兴趣相投,对一切事情想法一致,很谈得来,心平气和的,不像德·夏吕斯那样好激动,动不动意气用事,可能干好事也可能干坏事。斯万总觉得,如果有谁理解他,体贴爱护他,那便是德·奥桑先生。是的,但怎么解释他过得不光彩的生活呢?斯万懊悔先前没有想到这一层,还时常开玩笑说他只在流氓团体里才强烈感受到同情心和敬意。现在他心想，这并非没有道理，人们识别他人，向来都是依据他人的行为。只有行为才有意义，我们说的，想的，都不足为据。夏吕斯和德·洛姆可能有这样或那样的缺点，但他们是正派人。奥桑也许没有什么缺点，但他不正派。他可能再次干了坏事。之后，斯万竟怀疑起雷米来了，说真的，他至多唆使别人写匿名信，但斯万一时觉得这条思路对头。首先，洛雷当有怨恨奥黛特的理由。其次，我们的仆人所处的地位比我们低下，把我们的财产假想为万贯家财，把我们的缺点假想为恶习，怎么不叫人设想他们必然干出我们上等人士干不出的事情呢？另外，他也怀疑我的外祖父。每次斯万请他帮忙，他不是总不答应吗？再次，我外祖父凭他的资产阶级思想，还以为这么做是为斯万好哩。斯万还怀疑贝戈特，怀疑画家，怀疑韦迪兰夫妇，怀疑之余，他再一次赞赏上流社会人士不肯跟艺术界的人打交道是多么的明智，在艺术圈子里这等事很可能发生，甚至有人会承认，推说是成功的玩笑；然而他转念又想起那些像吉卜赛人一样生活的艺术家一些光明磊落的行为，不由得把他们与贵族阶级相比较，贵族们手头拮据，偏要讲排场摆阔，花天酒地，所以经常想出搞钱的权宜之计，简直等于欺诈。总而言之，这封匿名信证明他周围有一个干得出这等卑鄙行为的人，但这种卑鄙行为究竟隐藏在何等人的心底，为他人所勘探不出，在热心的人和冷漠的人、艺术家和资产者、老爷和仆役之间相比，他很难说前者比后者更为可能。应当采用什么标准来识别人呢？说到底，他认识的人当中没有一个不可能干出无耻的勾当。是否应该跟所有的熟人都断绝来往？他的脑子糊涂起来了，他一而再，再而三用手拍打脑门，用手绢擦擦单片眼镜，考虑到一些跟他不相上下的人照样与德·夏吕斯先生、德·洛姆亲王等人来往，他对自己说，这意味着，即使他们不可能干出无耻勾当，至少每个人不得不屈从于自己的生存环境，与也许有可能干出无耻勾当的人交往。于是他继续跟所有被他怀疑过的朋友握手，不过态度谨慎，尽管是纯粹摆样子的，却暗示曾经千方百计把他置于绝境的含义。

至于匿名信的内容本身，斯万并不担忧，因为对奥黛特的指控没有一项站得住的，连一点影子都没有。他像许多人一样，懒得动脑筋，缺乏想象力。他很清楚，人们的生活处处都可对比，但涉及每个个别的人的生活，他便以已知的部分去想象未知的部分，前者与后者是一致的，他认为这是一条普遍真理。同样，他借助于别人对他说的话去想象别人未说的话。每当奥黛特在他身旁，一旦谈起别人有了不诚实的行为或不正当的情感，她总严加痛斥，依据的原则与斯万父母所教诲的完全相同，斯万耳熟能详，并且恪守不爽；况且她平时弄弄花，喝喝茶，还关心斯万的研究工作哩。所以，斯万把奥黛特的这些习惯延伸到她的生活的其余部分，每当他想再现奥黛特远离他的情景；倘若有人描绘奥黛特的情形就像在他身边那样，或确切地说像长期在他身边那样，但跟另外的一个男人在一起，那么他会很痛苦的，因为这种

第二部分　斯万的爱情　　　　　　　　　　　　　　　　　435

形象在他看来像真有其事。然而说她去鸨母家，跟一些女人狂欢淫乱，说她过着下流人荒淫无耻的生活，那是疯子的胡言乱语，在他看来，想象中的一朵朵菊花，一杯接一杯的红茶，一次又一次贤德的义愤，谢天谢地，不给这一派胡言任何空子可钻！不过，他有时暗示奥黛特有人不怀好意向他叙说她的所作所为，言语之间，恰当运用他偶尔听来的某个无关紧要但真实的细节，好像他说漏了嘴才吐出一星半点，对奥黛特的生活可以全盘托出，只是眼下秘而不宣罢了，他引导奥黛特猜想他对一些情况了如指掌，其实他什么也不知道，甚至连猜想也没猜想到，可见他之所以如此经常恳求奥黛特不要篡改事实，只是为了让奥黛特如实说出她所干的一切罢了，不管她有意的还是无意的。诚如他对奥黛特所说的，他喜欢坦诚，但他喜欢的方式就像是拉皮条的，能够及时掌握情妇的生活情况。所以，他所谓的喜欢坦诚，并非没有私心，未必使他变得高尚多少。他所珍视的事实，是指奥黛特向他承认的事实；他自己，为了获取这一事实，不惜求助于谎言，而他又不断地向奥黛特把谎言描绘成使任何人都会堕落的罪魁。总之，他说谎并不少于奥黛特，因为他比奥黛特更加不幸，进而更加自私。至于奥黛特，当她听到斯万给她如此讲述她所干的一些事情，她总以怀疑的样子凝视他，偶然面有愠色，竭力不露出卑躬屈节和为自己的行为害羞的神情。

有一天，那是在他心情平静的时间最长的时候，嫉妒心一直没有发作，他决定接受德·洛姆亲王夫人的邀请，晚上陪她去看戏。他想知道上演剧目，便打开报纸，一眼看见标题：泰奥多尔·巴里埃尔的《大理石姑娘们》[1]，惊讶不已，好似当头挨了一棒，不由得后退一步，把头扭开。"大理石"一词以前经常出现在他眼前，但从不放在心上，过目而忘，现在它出现在崭新的位置，好比被舞台脚灯强烈照射，突然变得赫然醒目，使他立即回忆起奥黛特从前给他讲过的故事，那是有关奥黛特陪同韦迪兰夫人参观工业展览馆的事情，在那次参观的过程中，韦迪兰夫人对奥黛特说："你要留神哪，我会把你融化掉的，你又不是大理石做的。"奥黛特断定那不过是开句玩笑，斯万当时也根本没有在意。那时他对她比现在要信任得多了。而匿名信讲的恰好是这一类情爱。他不敢抬眼看报，把这一页掀了过去，避而不见《大理石姑娘们》这几个字，开始机械地浏览各省新闻。报载芒什省遇到暴风雨，列举第厄普、卡布尔、伯兹伐尔受灾情况。他又吓了一跳，倒退一步。

原来，伯兹伐尔这个地名使他想起同一地区的另一个地名，伯兹维尔，这好比是个连词符，又使他想起一个地名，叫布雷奥代，这个地名他常在地图上看到，但他第一次注意到这与他的朋友德·布雷奥代先生的名字一模一样，据匿名信所称，德·布雷奥代先生也是奥黛特的情人。不管怎么说，对德·布雷奥代先生的指责并非不可信，但对韦迪兰夫人的非难，是完全不足为训

---

[1].《大理石姑娘们》于1853年公演，一举成功。该剧再现了高等妓女的生活。作者泰奥多尔·巴里埃尔从此蜚声剧坛。

的。奥黛特固然时不时说谎，但不能由此得出结论，她从未说过真话，就拿她同韦迪兰夫人交谈的那几句话来说吧，是她主动向斯万讲出来的，尽管他意识到这些玩笑既无益处又很危险，不过由于缺乏生活经验和对恶癖的无知，有些女人说出这样的话也正表明她们是无辜的，比如拿奥黛特来说吧，对另一个女人产生狂热的恋情，她跟别的女人相比，还差一大截呢。相反，在叙述时无意间一时引起斯万的猜疑，她便加以否认，气恼之色倒是与他情妇的情趣和气质相一致的，而他很熟悉情妇的情趣和气质。然而就在此刻，斯万忽然得到吃醋者特有的一个启发，好比诗人还需一个韵脚时或学者还需一项观察时忽然得到一个主意或一条规律，力量顿时倍增，他第一次想起奥黛特早在两年前对他说的一句话："嗬，韦迪兰夫人眼下心中只有我一个人，我是她的心肝宝贝，她吻我，要我陪她买东西，要我对她以'你'相称。"当时八辈子也想不到这句话跟奥黛特对他掩饰恶疾恶癖而说的混账话会有关联，他以为这证明她们俩是挚友，还对她们之间打得火热表示欢迎呢。现在回忆起韦迪兰夫人这种绵绵柔情突然使他联想到她即恶俗的话语。前后的回忆在他脑子里掺杂在一起，他无法把它们分离：柔情使得戏言具有某种严肃和重要的成分，反过来，戏言又使柔情失去了清白。他去了奥黛特的家。离她远远地坐下。不敢亲吻她，不知道一个亲吻在她或在他身上重新激起的会是温情还是怒气。他沉默了，眼巴巴望着他们的爱情消亡。忽然，他下定了决心。

"奥黛特，"他对她说，"亲爱的，我知道我很令人讨厌，但我必须问你一些事情。你还记得我曾对你和韦迪兰夫人之间的关系产生过想法吗？告诉我，是不是真有其事，跟她或跟别的女人。"

她边皱缩嘴巴边摇摇头，这个示意动作人们常常用来回答这样的问题："您来不来观看骑马游行？您来看阅兵吗？"说明不去或不感兴趣。这种摇头通常用于否定未来的事情，正因为如此，当用于否定过去的事情时，便夹杂几分犹豫了。况且它只示现私事的原因，说不上什么斥责，更谈不上什么道德禁忌。斯万看到奥黛特给他作了否认的示意，心中明白没准是真有其事了。

"我对你说过了嘛，你知道得很清楚嘛。"她补充道，脸色既生气又狼狈。

"是的，我知道，但你坦然吗？别对我说：'你知道得很清楚嘛'，对我说：'我从未跟任何女人干过那种事情'。"

她像背书似的背了一遍，含讥带讽，好像想把他打发掉算了。

"你能不能对着你的拉盖圣母像发誓？"

斯万知道奥黛特不敢对这块圣母牌立伪誓。

"喔唷，你叫我多难堪嘛，"她嚷起来，闪躲一边，仿佛逃避他提的问题的困扰，"你有完没完哪？你今天怎么啦？你难道下狠心让我恨你咒你吗？这不，我正想跟你和好如初呢，你就这么谢我！"

但是他死抓住不放，有如外科医生等待使手术中断的痉挛过去，然后继续开刀。

"你以为我会怨恨你呀，你大错特错了，奥黛特，决不会的，"他和气地说，语气很有说服力，但虚情假意，"我从来只跟你说我知道的事情，我知道的比我说的要多得多。只要涉及别人向我揭发你的事情，唯有你坦白，才能减轻我对你的憎恨。我生你的气，不是因为你干了那档子事，我什么都能原谅你，既然我爱你，但我恼恨你虚假，荒唐透顶的虚假，促使你死不承认我一清二楚的事情。我明知某件事情是假的，你却偏偏当面撒谎，发誓说是真的，你怎么能要我继续爱你呢？奥黛特，这个时刻对咱们俩都是个折磨。你若愿意，一秒钟内便可结束，你就永远解脱了。对着你的圣牌告诉我，你干没干过那种事情。"

"我也说不好哇，我嘛，"她气冲冲地嚷道，"也许很久以前，连我自己都不明白干了些什么，也许有过那么两三回吧。"

斯万曾经预想过各种可能性。而现实是与可能性毫无关联的东西，正如我们挨了一刀，这与我们头顶上空的片片浮云毫无关联，因为"两三回"这几个字在他心上深深打了个叉。真是怪事呀，"两三回"这几个字，只是这几个字，在空中响了一下，离我们身子远远的，却能撕碎我们的心，好像真的撞击了我们的心，能使我们像服毒一样病倒。斯万无意识地想起在德·圣特韦尔特夫人家听到的那句话："除了招魂的灵动桌，我再也没见过如此神奇的。"他现在所感受到的痛苦与他预先想象的大不相像。不仅因为他在对奥黛特怀疑最强烈的时刻也很少想象她坏到如此地步，还因为，即使他想象到了，也是模模糊糊的，游移不定的，没有"也许有过那么两三回吧"这句话所散发的特别令人毛骨悚然的东西，也没有人们第一次得病时的那种特别的严峻感，这种感觉同他所有其他感觉截然不同。然而，奥黛特虽然给他带来所有这些痛苦，却并没有失去他的爱，恰恰相反，他觉得她更珍贵了，仿佛随着痛苦的增加更珍惜她了，唯独这个女人身上才有的镇痛剂和解毒剂的价值也越来越大了。他想更加关心这个女人，好比突然发现她身上的疾病更加严重了。他希望她对他说的"有过那么两三回"的可恶的事情不会再重犯。为此，他必须关心她。人们常说，向一个朋友揭发他情妇的过失，只会使他更亲近她，因为他不肯相信；他若相信人们所说的过失，就会更亲近她！斯万心里思量：怎样才能保护她呢？他也许可能使她预防某个女人，但对付不了成百上千的女人哪；当那个晚上在韦迪兰夫妇家没有找到奥黛特，他一时动了欲念，想去占有另一个女人，但那是办不到的，现在想起来，他当时像着了魔似的。新的痛苦像成群结伙的匪帮入侵斯万的心灵，幸亏在承受痛苦的心灵深处古风尚存，还存在和善的天性和埋头耕耘的气质，有如受伤器官的细胞很快能够重建被损害的组织，有如瘫痪肢体的肌肉还会恢复活动。正是他心灵中的这些古风犹存的居民们，这些土生土长的居民们，一时间把斯万的全部精力投入这项默默无闻的恢复工作，使正在康复的人，使刚动完手术的人产生安泰的幻觉。这次与平常相比，精疲力竭之后出现的松弛，与其说出现于脑

第二部分　斯万的爱情　　　　　　　　　　　　　　　　　　　　441

子,不如说出现于心境。生活中曾一度存在的东西全都可能在脑际重现,好比一个垂死的动物被貌似终止的抽搐再次惊动,斯万的心境稍为平静了一下之后,又被那份痛苦打上个叉,更是雪上加霜。他回想起那些月洒清辉的夜晚,他躺在四轮敞篷马车上,驶向拉佩鲁兹街,色眯眯遐想着自己当恋人的激情,哪里知道这种激情必然会产生的恶果。但所有这些想法都只一闪而过,只是把手捂住心脏缓一口气的工夫,他便以强颜欢笑来掩饰内心的痛苦。于是他重新开始提出问题。因为他的嫉妒心觉得他受的苦还不够,还要叫他忍受更沉重的创伤,此刻活像不共戴天的死敌猛力向他袭击,让他尝一尝他从未经受过的最残忍的痛苦。他的嫉妒心像个恶神似的教唆他,把他推向灭亡。如果说刚开始时他没有受到极刑般的痛苦,那么过错不在他,只在奥黛特。

"亲爱的,"斯万对她说,"完事了,是不是跟一个我认识的女人?"

"不是啦,我向你发誓嘛,再说,我想,我把话说过头了,我不至于到那个地步嘛。"

他笑了笑,接着说:

"你要我怎么办呢?没有关系嘛,但你不肯告诉我那个女人的名字,这太遗憾了。我若想象得出那个女人,那就不必再费心思了。我这么说是为你着想啊,你说出来,我就不再烦扰你了。想象所发生的事情是多么叫人感到安慰啊!不能想象的事情才叫人心里不痛快呢。你刚才已经很听话了,我不想使你厌烦。我衷心感谢你为我所做的一切好事。没事了。不过还有一个小问题：'事情发生有多少时间了？'"

"哎呀，夏尔，你想把我逼死呀！那是八辈子的事了。我从来没有再去想它了，好像你偏要逼我重新起那种念头哩。你这是不怀好意，糊里糊涂干蠢事，不会有好结果的。"她答道。

"咳！我无非想知道那种事是不是在我认识你以后发生的，这很自然嘛，是不是在这儿发生的？你就不能告诉我是哪个晚上，好让我回想那个晚上我干些什么嘛；你心里很明白，奥黛特，我的宝贝，你不可能想不起跟谁干的嘛。"

"我说不清嘛，我想那是在布洛涅森林，晚上你去岛上找我来着。对了，你先在德·洛姆亲王夫人家吃的晚饭，"她说道，很高兴能提供一个确切的细节，以证明她诚实，"邻桌有个女人，我好久好久没见面了。她对我说：'走，咱们到小岩石背去观赏湖上月光。'开始，我打个哈欠，回答说：'不，我累了，在这里挺好嘛。'她硬说那边的月光好得不能再好了。我反驳她说：'别胡扯！'我知道她想干什么来着。"

奥黛特几乎是笑着讲这番话的，或许因为她觉得这非常自然，或许因为她以为这样可以缓和事态，或许为了不显得难为情。但看到斯万的脸色，她便改变了口气：

"你是个坏蛋，拿折磨我来取乐，拿逼我说谎话来取乐，好让我不得安生。"

斯万觉得这第二次打击比第一次更不堪其苦。他做梦也没料到这居然是最近的事情，在他眼皮底下瞒了过去，他竟毫无察觉；这件事不是发生在他所不知的过去，而是在他记忆犹新的那些晚上，即他与奥黛特一起度过的晚上；这些他如数家珍的夜晚现在回过头去一看却隐藏着欺骗和劣迹；这些夜晚的中间一下子裂开一道大口子，就是布洛涅湖岛上的那个时刻。奥黛特并不聪明，但具有天性的魅力。她边追述边模拟那个场景时是多么的直截了当，斯万听得直喘气，幻入其境；奥黛特打哈欠，岩石嶙峋，如此种种，历历在目。他听清了她的那句回话："别胡扯！"可惜说得轻松愉快！他感到她今晚再也不会说什么了，此刻甭想等待得到任何新情况，于是对她说："可怜的宝贝儿，请原谅，我觉得使你为难了，事情过去了，我不再想它了。"

然而她看得出斯万的眼睛依然凝视着他所不知道的事情，凝视着他们过去的那段爱情，尽管在他的记忆中变得单调和平淡了，因为已经模糊了，而现在却被撕裂成一道伤口：事情发生在月光下的布洛涅湖岛上，在他离开德·洛姆亲王夫人的晚宴之后，为时一分钟。可是他已非常习惯寻找生活的乐趣，欣赏生活中所发现的奇事，一方面痛心疾首，认为再也无法长此忍受下去，一方面又劝解自己："生活真是千奇百怪，有许多意想不到的妙事；总之，恶癖的蔓延比人们预料的要广泛得多。这不，一个我所信任的女人，外表是那样的纯朴，那样的正派，即使轻佻些，看上去她的情趣还是十分正常的，健全的；我根据一份靠不住的揭发，盘问了她，她向我承认的虽然极少，却已经大大超过了我所能猜想的程度。"然而他并不满足于这些超脱功利的评论。他试图准确地评价她向他讲的事情的价值，以便弄清他是否应该得出结论：那种事情她是经常干的，并且还可能再干。他一再琢磨她的那些话："我知道她想干什么来着"，"有过那么两三回吧"，"别胡扯！"但这些话在斯万的记忆里反复出现时并不是没有武装的，每句话都像一把刀子，给他刺上新的伤口。在很长一段时间里，好像病人不由自主地时刻想翻身，但动一动就痛得要命，他心里重复着这两句话："我在这里挺好嘛"，"别胡扯！"但他痛苦得心如刀割，不得不就此打住。他一直看得很轻、看得很开的行为现在竟在他的心目中变得十分严重，就像得了致命的疾病，他为此惊叹不已。他认识不少女人，本可以请她们监视奥黛特。但怎么能指望她们为他设身处地着想呢，她们也会停留在他自己一贯的立场上，她们和他的观点是一致的，这种观点长期以来一直指导着他的色情生活，她们会对他说："你的醋坛子打翻了吧，想剥夺别人行乐吗？"他以前热恋奥黛特，从中得到的只是高雅的乐趣，如今不知哪块活门突然落下，把他推入新的地狱怪圈，他看不出怎样才能摆脱。可怜的奥黛特！他并不怨恨她。并非全是她的过错。人家不是说她几乎还是个孩子时就被生身母亲卖给一个有钱的英国人吗？阿尔弗雷德·德·维尼的《诗人日记》中有几句话，从前读的时候满不在乎，如今品出其中包含多么辛酸的道理："当我们迷恋上一个女人的时候，应当想一想：她周围的人是怎么样的？她的经历是怎样的？生活的幸福全

第二部分　斯万的爱情　　　　　　　　　　　　　　　　　　　445

系于此也。"斯万惊异自己脑子里铿然有声的简单句子:"别胡扯!""我知道她想干什么来着",竟会使他如此痛苦。不过他明白,他所谓的简单句子实际上全是武器,在听奥黛特讲述时使他阵阵疼痛的东西,随时可能再次袭击他。因为他再次感受到的正是那种痛苦。现在他徒然知道底细,随着时间的消逝,就算渐渐忘却了,宽恕了,也还是徒然,因为只要他一想起这几句话,原先的痛苦便重新袭上心头,使他回到奥黛特招供以前的情状:耳目不灵,过分信任;他强烈的嫉妒心总把自己置于不知底细的人的地位,让自己经受奥黛特的招供引起的打击,以至于好几个月之后,这件旧事仍使他恍然大悟,震惊失色。他赞叹他的记忆那种鬼斧神工的再创造力。只有等到这台发生器的发生能力随着机龄老化而逐渐衰退,他才可指望他的痛苦有所平息。然而每当奥黛特某句使他痛苦的话的力量有所减弱时,斯万的脑子一直不大注意的话,一句几乎是新的话便来接替,并全力向他袭击。对他来说,回忆他在德·洛姆亲王夫人家吃晚饭的那个夜晚是痛苦的,可那只是他苦恼的核心。他的苦恼从这个核心杂乱地辐射到前前后后所有的时日。不管他想触及奥黛特哪一段往事,他总对韦迪兰夫妇经常去布洛涅湖岛吃晚饭的那一整个季节耿耿于怀,悲从中来。这痛苦如此之深,以至于由嫉妒引起的好奇心渐渐给冲淡了,因为他担心在满足好奇心的同时会给自己招来新的折磨。他意识到奥黛特在与他相遇以前的那一整段生活,他还从未下功夫思考过,不是他朦胧所见的抽象时期,而是一些特殊的年月，充满着实实在在的插曲。在了解这些年月时，他真害怕这段无色的、流动的、可忍受的过去突然变成一个可触知的、污秽的实体，具有一副人模鬼样的嘴脸。所以他继续竭力不去设想那段时期，并非懒于思考，而是害怕受苦。他希望有朝一日听到布洛涅湖岛的名称、德·洛姆亲王夫人的名字时终将不再为往事而揪心，届时他将不再冒失地刺激奥黛特，逼她提供新的话头儿，提供各个地点的名称和不同场合的情况，那样会使他刚刚稍为平息的苦恼以另一种形式重现。

然而，斯万所不知道的事情，时下所害怕知道的事情，往往则由奥黛特本人自发地、无意地向他泄露；果然，奥黛特的恶癖在她的实际生活和她在斯万想象中的生活之间划了一条鸿沟，斯万曾经以为，至今仍经常以为他情妇的生活相对来说还是无邪的，这条鸿沟的宽度奥黛特并不知道，因为一个无行的人是不愿意别人怀疑其恶癖的，在别人面前总装出一身清白的样子，不可能明白恶癖的滋长是他自己感觉不到的，会慢慢地使他远离正常的生活方式。在他们妍居时，奥黛特心中记得她对斯万所隐瞒的行为，但久而久之，另外一些行为受到以前的行为的传染，把以前的行为折射出来，而不至于与在她心灵中受到培育的那个特殊的部位显得不协调；但假如把这些行为向斯万讲述，那就等于把产生这些行为的氛围给泄露了，斯万会大惊失色的。一天，他试图在不使奥黛特难堪的情况下盘问她是否去过拉皮条的女人家。说真的，他深信不会有这样的事情，读了匿名信，脑子里闪过这种假设，但只是机械的反应，根本没有信以为真，不过实际上积淀下来了；这种积淀虽是纯世俗的，毕竟令人生疑，很不痛快，于是为了解脱，斯万希望奥黛特把这种积淀扫除得一干二净。"嗨！没有的事嘛！但我也不是没有为此被纠缠过。"她得意地说，微笑中流露出虚假，竟意识不到这可能让斯万看出破绽，"昨天还来了个拉皮条的女人，在外面等了两个多小时，说什么我开多高的价都行。听说是个大使叫她来的，还说什么：'您要是不把她带来，我就自杀。'我让人回绝说我不在家，最后我亲自出去叫她滚蛋。我真希望你亲眼看见我是怎么接待她的，我的贴身女佣在隔壁屋里听得清清楚楚，她说我扯着嗓门儿大喊大叫，是呀，我说：'我对您说过我不愿意嘛！那是个不高明的主意，我不乐意。我认为我有自由决定我想做什么，没错吧！假如我需要钱，那么我就……'我吩咐门房以后不许那个女人进屋，叫他转告我去乡下了。嗬，我多么希望你当时藏在什么地方监听啊。我想你听了会高兴的，亲爱的。你瞧，你的小奥黛特，她还是有优点的嘛，尽管人家说她有多么多么坏。"

此外，她之所以向斯万承认某些错误，是因为她猜想他早已发现了，而对斯万来说，这些坦白非但没有消除旧有的怀疑，反而成了新怀疑的起点。因为她的坦白和他的怀疑很难完全相对应。奥黛特徒然从她的交代中抽去全部主要部分，在次要的部分中总有一些东西超出斯万原先的想象，而正是这些新的东西使他难以忍受，使他得以改变嫉妒方程式的项。她的这些坦白，他永

448　　　　　　　　　　　　　　　　　　　　在斯万家那边

志不忘。他的心灵把它们像尸体那样装载起来，移放开来，埋葬起来。结果，尸体腐烂，心灵中毒。

有一次，她讲起福什维尔在巴黎举办木尔西亚灾民救济日那天去她家拜访。"怎么，你那时已经认识他了？噢，对啦，没错。"他问后立即改口，以免显得不知底细。但他不由自主地惊惶不安起来，因为他想起在巴黎举办木尔西亚灾民救济日那天他收到奥黛特的一封信，此信他一直珍藏着，信上说她也许跟福什维尔去金屋餐厅吃午饭。她发誓没有那回事。"不过，金屋餐厅倒让我想起什么，我知道那是假话。"他这么说是为了吓唬她。"不错，那天晚上你去普罗沃斯特咖啡馆找我，当时我对你说我刚从金屋餐厅出来，其实我并没有去那儿。"她看他那样子以为他知道底细了，便果断地作出回答，果断中与其说包含厚颜无耻，心有余悸，不如说害怕惹怒斯万，起先碍于面子她想隐瞒，后来想干脆挑明算了，以示她也能直言不讳。就这样，奥黛特像刽子手似的干得利索有力，但又不像刽子手那样手下无情，因为她意识不到她给斯万造成的伤害；她居然咯咯笑出声来，也许为了掩饰羞辱和窘态吧，很可能的。"我真的没去金屋餐厅，当时我刚从福什维尔家出来。我确实去了普罗沃斯特咖啡馆，这不是瞎说的，福什维尔在那儿遇见我，要我去他家观赏版画。但另外有个人来看他。我对你说我刚从金屋餐厅出来，因为我害怕说真话会叫你烦心嘛。你瞧，我这是为你着想嘛。就算我当时错了，至少我现在对你直说了。如果在巴黎举办木尔西亚灾民救济日那天我确实跟

第二部分　斯万的爱情

他一起吃午饭，那么这事瞒你会有什么好处呢？何况当时咱俩还不大熟嘛，是吧，亲爱的。"他无奈地向她微微一笑，这种突然的示弱表明她那些令人难以忍受的话语已把他折腾得筋疲力尽。就这样，甚至在那些因为太幸福而不敢回顾的月份，在那些她爱慕他的月份，她已经对他扯谎了！她对他瞎说从金屋餐厅出来的那天晚上正是他们第一次"抚弄卡特来兰花"的夜晚，与此相同，还有多少个夜晚也窝藏着斯万未曾猜想到的谎言哪。他记得有一天她对他说："我只要向韦迪兰夫人推托我的套裙没有熨好，我的马车来晚了，不就得了。总有办法对付的。"那么很可能对他也是这样的吧，有许多次她悄悄对他说过类似的话，解释如何迟到，说明改变约会时间的理由，这些话必定掩盖着她跟另一个男人要干什么勾当，而当时他根本没有料想到，她大概也会对另一个男人说："我只要对斯万推托我的套裙没有熨好，我的马车来晚了，不就得了，总有办法对付的。"如今，无论是斯万最甜蜜的回忆，还是奥黛特以前对他说的最纯朴的话，即他曾当作福音书来相信的话；无论是她向他讲述的日常活动，还是她最常去的地方：她那个女裁缝家里、布洛涅森林大道、跑马场，他都觉得处处隐藏着谎言，哪怕最详细的日常活动节目都可作弊，都有空当，足以掩盖某些活动；他觉得谎言就像一股可能存在的暗流到处渗透，使得他心中留存的最珍贵的东西也变得丑恶不堪：他那些最美好的良宵是在拉佩鲁兹街度过的，奥黛特不得不在跟他约定的时间内守在家里，另找别的时间外出；听到关于金屋餐厅的事作了坦白，他感到丑恶的暗流已经遍地漫溢了，好比丧尽天良的禽兽在把尼尼微[1]毁灭时一石一砖地把它的过去化为乌有。现在每逢他回忆起金屋餐厅这个令人痛苦的店名，他便觉得不堪回首，这不再像新近在德·圣特韦尔特夫人家的晚会上这个店名使他想起早已失去的幸福，而是让他回顾刚刚得知的不幸。后来，金屋餐厅的店名如同布洛涅湖岛的地名，慢慢不再使他苦恼了。因为，我们所认为的爱情和猜忌并不是单一的、持续的、不可分的激情。爱情由无数相继的性爱组成，猜忌则是各种不同的怀疑和醋意的相加，两者虽然瞬息即逝，却由于无数次不间断的出现，给人以生生不息的印象和协调一致的幻觉。斯万的爱情之所以生生不已，他的猜忌之所以执著不移，是因为无数次性欲、无数个怀疑的不断消亡，有始无终，而这些性欲和怀疑皆以奥黛特为对象。倘若他长期与她分离，那些消亡的性欲和怀疑可能会被其他的性欲和怀疑所代替。而奥黛特在他身边势必在他心中继续交替播种性爱和猜疑。

有些晚上，她突然一下子又对斯万亲热起来，但生硬地提醒他赶紧抓住时机，否则几年也甭想见到她如此热乎；必须立刻返回她家"抚弄卡特来兰花"，她所谓对斯万产生的这种性欲来得那么突然，那么奇怪，那么急切，接着她对他发情似的爱抚又是

---

[1]. 尼尼微，西亚古城。位于底格里斯河上游东岸今伊拉克摩苏尔附近，是古亚述帝国的都城和文化中心。公元前612年被巴比伦和米底联军攻陷时，化为废墟，包括一座巨大的图书馆。

那么外露,那么异常,以致这种突如其来的、颇不真实的性爱如同扯谎和使坏一样使斯万叫苦不迭。有一天晚上就是这样的,奥黛特命令他跟她回家,一到家便对他一边亲吻一边说些亲昵的话,热烈的情形与平日的冷淡形成鲜明的对照;斯万突然好像听见有人的声音,便站起来,四处寻找,却没有发现任何踪影,但已没有勇气再去贴近她,这时奥黛特怒不可遏,摔碎一个花瓶,冲着斯万说:"跟你啥事也干不成!"而斯万则满腹狐疑,说不定她藏着什么人,故意让他妒火中烧,或让他欲火难熬。

有时斯万亲自去妓院,希望打听到奥黛特的情况,但又不敢指名道姓。老鸨对他说:"我有个妞儿,保管您喜欢。"他跟可怜的姑娘瞎聊了一个小时,抑郁不欢,啥事也没干,弄得姑娘莫名惊诧。有一天,一个年轻妩媚的姑娘对他说:"但愿我找到一个男朋友,那样我就不会再跟别的男人啦,他尽管可以放心。"——"真的吗?你认为一个女人一旦被男人的爱情所打动就可能永远忠于他吗?"斯万焦虑地问道。——"当然喽,不过这要看各人的性格。"斯万不由自主地对妓女说了一些可能取悦于德·洛姆亲王夫人的话。他哭着对那个想找男朋友的姑娘说:"你把眼睛描成蓝色,和腰带的颜色一样,这太好了。"——"您真好,您的衬衣袖口也是蓝色的。"——"在这么个地方,咱们谈吐高雅,这太好了!我不打扰你吧!你也许有事要做?"——"不,我有的是时间。您要是打扰我的话,我会直说的。正相反,我非常喜欢听您说话。"——"那我很高兴。"他转身对刚进屋的老鸨说,"您瞧,我们谈得可亲切呀,是吧?"——"就是嘛,我心里正是这么想的。他们多么斯文哪!瞧瞧!这年头有人到我这里来是为了聊天。亲王那天就是这么说的,他说在这儿比在他夫人那儿舒心。听说时下在上流社会她们全是一路货色,真丢人现眼哪!你们谈吧,我走了,不然就不知趣啦。"她让斯万单独和眼圈描蓝的姑娘呆在一起。但他很快就起身告辞了,他对这个姑娘不感兴趣,因为她不认识奥黛特。

画家得了一场病,过后,科塔尔大夫劝他作一次海上旅行;韦迪兰的好几个忠实信徒说要陪他去,韦迪兰夫妇下不了决心单独留在巴黎,便租下一条游艇,后来干脆买了下来,这样,奥黛特就经常出海旅行了。每当她走了一些日子,斯万便感到开始疏远她了,但好像精神上的距离和肉体上的距离成正比似的,一旦他得知奥黛特回来了,便呆不住了,非得去看她不可。有一次他们以为只出航一个月,不料,或许他们受到沿途景物的诱惑,流连忘返,或许韦迪兰先生为了讨太太的欢心早已暗中作了安排,只在路途上逐渐通知信徒们,他们从阿尔及尔到突尼斯,再到意大利、希腊、君士坦丁堡,直到小亚细亚。旅行持续将近一年之久。斯万泰然自若,心境安宁,几乎称心如意了。虽然韦迪兰夫人竭力劝阻钢琴家和科塔尔大夫,说钢琴家的姑妈和大夫的病人们根本不需要他们,况且让科塔尔太太回巴黎不管怎么说是不谨慎的,因为韦迪兰先生肯定巴黎正在闹革命,但她最终不得不在君士坦丁堡把他们放走了。画家继续跟他们旅行。而在三位旅行

第二部分 斯万的爱情 453

家回巴黎不久的一天，斯万要去卢森堡公园那边办事，见到一辆驶往那儿的公共马车，便跳了上去，恰好坐在科塔尔太太对面；她正在对朋友们作每周的"巡访"，衣冠楚楚，帽上插着羽毛，身穿丝绸套裙，抄着手笼，挎着晴雨伞，提着名片夹，戴着浆洗得雪白的手套。每周一次她总是这身穿戴，每当天气晴朗，她便徒步挨家拜访住在同一区的朋友们，但去别的区时，她就乘中转的公共马车。见面最初片刻，她那作为女人天生的盛情还没能打破小市民生硬的态度，况且吃不准该不该对斯万谈起韦迪兰夫妇，但很快她便谈吐自然了，声调缓慢、憨直、轻柔。不时被震耳的辚辚车声淹没；至于她筛选过的话语，则是她这天爬楼梯拜访二十五家时听来的或自己说过的。她说道：

"先生，不用问，像您这样入时的人，一定去密里通看过马沙尔[1]画的那幅轰动巴黎的肖像喽。请问有何高见？您属于赞扬派阵营还是指责派阵营？所有的沙龙都在谈论马沙尔的这幅肖像画，谁要是不发表意见，就算不上高雅，称不上完美，赶不上时尚。"

斯万回答没有看过那幅肖像画，科塔尔太太担心逼他这么承认而损伤他，赶紧说：

"嗨！好极了，至少您坦率承认了，您并不因为没有看过马沙尔的肖像画而感到有失颜面。我觉得您这样倒也不同凡响。我呢，看是看过了，可大家议论纷纷，看法不一，有些人认为过于

---

1. 儒尔-路易·马沙尔（1839—1900），法国画家，1863年开始举办画展，擅长肖像画。

雕琢，过于渲染，可我倒觉得十分理想。当然这幅画上的女人同咱们的朋友比什笔下的蓝色和黄色的女人不一样。我得坦率向您承认，比什的画我看不懂，您会觉得我不入流吧，但我怎么想就怎么说。我的上帝，我承认他给我丈夫画的那幅肖像有长处，不像他平常画的那么怪模怪样，但他非得要给我丈夫画上蓝胡子。好个马沙尔，哇！巧了，我这就去一个朋友家，跟您同路我十分高兴，她丈夫答应她了，如果他入选法兰西科学院，他便叫马沙尔画一幅肖像，顺便说一下，她丈夫是我丈夫的一位同行。当然，这是一个美好的梦想！我另一个朋友，她偏说更喜欢勒卢瓦[1]的作品。我只不过是个可怜的外行人，勒卢瓦也许更有学问吧。但我觉得一幅肖像的首要优点，尤其当它值一万法郎，就是逼真嘛，酷似得叫人看了赏心悦目。"

科塔尔太太这番高谈阔论可谓气派贯穿，这气派来自帽子上高高翘立的羽饰，名片夹上姓名起首字母组成的图案，手套上留有洗染店用墨水印的号码，以及不便对斯万谈论韦迪兰夫妇的窘态，但眼看离她下车的波拿巴街还很远，便费尽心机想出别的话题。她说：

"先生，我们和韦迪兰夫人一起旅行的时候，您必定耳朵发热吧。我们一路上尽念叨您来着。"

斯万很奇怪，他一直以为在韦迪兰夫妇跟前他的名字是从来

---

1. 让-巴帕蒂斯特-奥居斯特·勒卢瓦（1809—1902），法国学院派画家，擅长历史和宗教人物肖像画。

第二部分　斯万的爱情

没有被提起的。

"再说,"科塔尔太太补充道,"有德·克雷西太太在嘛,不需要多讲了。奥黛特无论在什么地方,不用多久,她必定会念叨您。别以为说您坏话呀。怎么!您不相信?"她问道,看到斯万做了一个怀疑的手势。

她深信自己出于一片真诚,况且她说此话并没有半点恶意,只用来表示联络朋友的情谊,所以激动地径直往下讲:

"她是多么爱慕您哪!嘿,在她面前可不得随便议论您,否则准挨一顿臭骂!她呀,无论谈论什么,比如说,看到一幅画吧,她便说:'哎,要是他在就好了,他会告诉你们这是真品还是赝品。在这方面他是无与伦比的。'不管什么时候她都在问:'此刻他会干什么呢?他要肯下点功夫多好哇!说来可叹,一个有天赋的汉子,可懒得出奇。(您不见怪吧?)我知道他现在干什么,他在想念我们呢,在猜测我们到什么地方了。'有一次韦迪兰先生问她:'您怎么知道他现在干什么?您离他有八百里远哪。'她答道:'女友的眼睛没有看不见的东西。'我觉得她这句话说得妙极了。我向您发誓,我说此话不是为了奉承您,您的女友可是个不可多得的挚友。另外,我还要告诉您,如果您不知道这一点,那只有您自己不知道了。韦迪兰夫人最后一天还对我说(您知道,快分手的那几天,我们谈得更投机):'我不是说奥黛特不喜欢我们,但我们无论对她说什么,比起斯万先生来,那就没有分量了。'唷,我的上帝,瞧,车夫叫我下车了,跟您聊得忘了

在斯万家那边

站，差点儿错过波拿巴街……劳驾您告诉我，我帽子上的羽饰正不正？"

科塔尔太太从手笼里抽出戴着白手套的手，伸向斯万，她手上除了一张联运车票外，溢出一股高等生活的气派，掺杂着洗染店的气味，在车厢里飘荡。斯万心中顿时充满柔情，对她，也对韦迪兰夫人，几乎也对奥黛特，因为他对奥黛特的感情不再夹杂痛苦，也不再夹杂爱情，他从车厢外的平台上以柔情脉脉的目光望着科塔尔太太气昂昂地进入波拿巴街，头上的羽饰高高翘起，一手提着裙子，一手挎着晴雨伞和名片夹，还故意让名片夹上印着姓名起首字母组成的图案朝外露着，同时让手笼在她身前左右悬晃。

科塔尔太太是比她丈夫更高明的治疗专家，为了抵消斯万对奥黛特的病态情感，她给他注入了其他一些正常情感，即感激和友好的情感，在斯万的心目中让奥黛特更富有人情味，更与其他女人相近，因为其他女人也能使他产生感激和友好的情感，促使他终将以平静的心情去爱奥黛特；一天晚上，从画家举办的晚会出来，奥黛特带着他陪福什维尔一起喝橘子水，他依稀预感到他可以这样高兴地生活下去。

从前，他往往因想到有朝一日会不再爱奥黛特而不寒而栗，于是暗下决心始终保持警惕，一旦觉察爱情开始离开自己，便死死抓住它，留住它。如今，他的爱情淡漠了，与此同时，守住爱情的愿望也淡漠了。因为人是不可变的，就是说不可变成另一个人，同时又要维持已经不复存在的那个人的情感。斯万曾经怀疑过一些男人可能是奥黛特的情人，现在有时在报纸上瞥见其中一个男人的名字，嫉妒之心还会油然而生。但已远远不是妒火中烧了，这无非向他表明他还没有完全摆脱那段痛苦不堪的时光，也可说那段纵情欢乐的时光，还向他表明在这段未走完的路上偶然也许还能从远处悄悄瞥见良辰美景，此时嫉妒心反倒唤起他一种可喜的兴奋感，有如最后一只蚊子提醒离开威尼斯返回巴黎的闷闷不乐的巴黎人：意大利的夏天已经为期不远了。然而更多的时候，每当他回顾一生中这段已经了结的、非常特殊的岁月，总想驻足滞留，至少在可能的情况下对它有一个清晰的透视，但他发现为时已晚了；他真想再看一眼刚与他分离的爱情，好似留恋即将消失的景色；但是一个人很难变成两个人，很难恢复已经泯灭的感情的真实图景，很快他的脑子模糊了，什么也看不见了，什么也不想看了，于是摘下夹鼻眼镜，擦一擦镜片；他对自己说最好休息一下，过一会儿也不迟嘛，就像对景色不感兴趣的旅客，睡意蒙眬，没精打采地缩在车厢的角落里，拉下帽子盖住眼睛大睡起来，他感到火车正越来越快地带他离开他生活了很久的地方，而他曾默默许愿过决不会不辞而别的。甚而至于，当斯万偶尔在身边发现了证据，肯定福什维尔曾是奥黛特的情人，他也不会感到任何痛苦了，他发现如今爱情已远离了，所遗憾的是，爱情永远离开他的时候没有跟他打招呼，就像进了法国国界才醒来的旅客错过了告别的时间。他第一次吻奥黛特之前，曾试图把他长久以来对奥黛特的印象铭刻在记忆中，以免日后回忆第一次接吻可能改变原有的形象，同样，他希望在她还活着的时候，能够向她告别，至少在思想上向她告别，因为正是这个奥黛特勾起他的爱情，燃起他的妒火，引起他的痛苦，而现在永远见不着了。

他错了。他还将见她一次，那是几个星期之后的事情。发生在他熟睡的时候，在梦乡的苍茫暮色中。他正在散步，跟他在一起的有韦迪兰夫人、科塔尔大夫、一个他认不出身份的戴土耳其帽的年轻人、画家、奥黛特、拿破仑三世，以及我的外祖父，他们沿着海边一条小路漫步，那条路俯瞰大海，有时悬崖峭壁，有时蜿蜒在几尺高的岸边，因此他们不断上坡下坡，向上攀登的看不见往下奔跑的，白日的残辉渐渐暗淡，黑色的夜幕好像马上要笼罩大地了。海浪拍岸，浪花不时溅到岸上，斯万感到脸上溅到冰冷的海水。奥黛特叫他把水擦掉，他做不到，为此在她面前感到尴尬，再说他还穿着睡衣哩。他希望在暮色迷茫中别人没有注意到，但韦迪兰夫人以惊讶的目光盯视他好久好久，而他突然发现韦迪兰夫人的面孔变形了，鼻子拉得长长的，嘴上长出粗长的小胡子。他转过身去看奥黛特，只见她面颊苍白，脸上长出小红疙瘩，面容清瘦，眼圈发青，然而她依旧用含情脉脉的眼睛望着他，那柔情似水的眼睛仿佛就要往他身上洒下一串串泪珠，他感到自己对她充满了爱，恨不得马上把她带走。突然，奥黛特转过手腕，看了看小手表，说了声："我该走了。"便以同样的方式向大家告别，也不把斯万叫到一边，也不对他说晚上或哪天在什么

第二部分　斯万的爱情

地方再见面。他没有敢问她，他真想跟她一起走，但不得不满脸堆笑回答韦迪兰夫人的问题，连头也没转向奥黛特，他的心怦怦乱跳，恨起奥黛特来了，刚才还那么喜欢她的眼睛，现在恨不得把它们挖掉，恨不得把她憔悴的面颊敲烂。他继续跟韦迪兰夫人上坡，就是说一步步远离朝相反方向下坡的奥黛特。她走后，对他来说，每过一秒就像过了许多小时。画家提醒斯万，在奥黛特走后不一会儿，拿破仑三世就溜走了。他加添道："他们准是商量好的，说不定就在坡下相会，因顾及颜面，不好意思一起向我们告别。她是拿破仑三世的情妇。"陌生的年轻人失声痛哭起来，斯万赶紧上前相劝。"不管怎么样，她还是对的，"他一边劝说，一边帮他擦眼泪，给他摘下土耳其帽，让他不感到拘束，"那个男人我给她说起不下十次了。为什么还要难过呢？正是那个男人能理解她呀。"斯万就这样劝说自己，因为他开始没有辨认出来的年轻人便是他自己，就像某些小说家那样，他把自己的人格分在两个人身上，一个正在做梦，另一个就是眼前戴土耳其帽的年轻人。

至于拿破仑三世，其实是福什维尔；斯万把一些印象含混地串在一起，把男爵平日的面貌稍加改变，加上交叉在胸前的荣誉勋章的绶带，便给他起了拿破仑三世这个外号；事实上，梦中出现的那个人物所再现的、让他回想起来的，正是福什维尔。斯万在睡梦中由于脑子里的形象是不完整的，变幻不定的，所以得出错误的推断，况且一时间还产生旺盛的创造能力，以致像某些低

460　　　　　　　　　　　　　　　　　在斯万家那边

等生物通过简单的分裂进行繁衍;他把发热的手掌当成握着别人的手心;他尚未意识到的情感和印象,好似剧中情节突变,随着剧情逻辑的发展,把一个必不可少的人物带入他的梦境来接受他的爱情或把他惊醒。忽然,天地一片漆黑,警报声阵阵鸣响,居民们从一些烈火熊熊的房屋逃出,奔跑着从他跟前过去;斯万听到汹涌的海浪声,他的心房也像波涛似的在胸膛里慌乱地咆哮。突然,他的心扑通扑通跳得更厉害了,他感到一种说不出的痛苦和恶心,但见一个满身烧伤的农夫边跑边对他嚷道:"您去问问夏吕斯吧,今晚奥黛特和她的伙伴就在他家过夜,她常跟他在一起,对他什么都说。是他们放的火呀。"其实,是斯万的贴身仆人把他叫醒了,对他说:

"先生,八点钟了,理发师来过了,我叫他过一个小时再来。"

仆人的这几句话,透过斯万睡梦的溟濛,到达他的意识时,已经变样了,有如一束阳光一旦射入水底就偏斜,呈现出一轮太阳,同样,片刻前的铃声在他梦境的深渊变成警报声,随之派生出火灾的插曲。然而,他眼前的景色顷刻化为齑粉,他睁开眼睛,最后一次听到大海远去的涛声。他摸了摸面颊,是干的。但他清楚记得水凉的感觉和水咸的味道。他下床穿好衣服。他派人把理发师一清早叫来,因为听说康布勒梅尔夫人,即先前的勒格朗丹小姐要去孔布雷小住几日,他便在头一天写信给我外祖父,说他下午去孔布雷。他回忆起勒格朗丹小姐妩媚娇嫩的脸庞,还有乡间妩媚悦目的景色，两者交织在一起，对他产生了吸引力，使他下决心离开巴黎数日。由于种种偶然的机会，我们遇见某些人，但这与我们喜欢上他们的时间并不相符，有时等偶然的机会过后，我们才开始喜欢，有时则在我们不再喜欢之后，偶然的机会再次出现，然而回过头去想一想，在我们的一生当中，一个注定在晚些时候博得我们喜欢的人，其最初几次出现总具有预告、先兆的意义。斯万以这种方式回顾第一次在剧场遇见奥黛特时她的形象，那个晚上，他根本没有想到以后再见到她，现在又这样回想起在德·圣特韦尔特夫人的晚会上把德·弗罗贝维尔将军介绍给德·康布勒梅尔夫人的情景。我们一生中饶有趣味的事太多了，在同一情况下，一个尚未形成的幸福就在我们备尝痛苦的时候绽露端倪，这并不稀奇。此事若不在德·圣特韦尔特府上发生，斯万说不准也会在别处遇上。谁知道那天晚上若在别处他会发生什么喜事或悲剧而过后又被他认为是不可避免的？然而，他认为不可避免的事情倒是实实在在发生了，他几乎把那次下决心去参加德·圣特韦尔特夫人的晚会看成天意所驱了，因为他虽然精神上喜欢欣赏生命丰富多彩的创造，却难以长时间潜心思索难题，比如思索什么是最值得想望的东西，所以他认为，那天晚上切身感受的痛苦和那始料未及而已经萌芽的快乐，虽说两者难以平分秋色，却已经建立了必然的联系。

起床一小时后，他吩咐理发师怎样理发才不至于使他的头发在火车上被弄乱，指点过后他又想起刚才的梦，又看到奥黛特苍白的面容，瘦弱的面颊，疲惫的神色，低垂的眼皮，仿佛历历在目，因为他对奥黛特一往深情，执著追求，久而久之，竟把奥黛特给他的第一个印象遗忘了，他早已不再注意自从他们最初相爱以来，每当入睡时，他的记忆都要寻找私情给他留下的确切感受。所以，自从他不再感到不幸，他的道德修养也随之一落千丈，心中不断涌出粗话，终于不由自主地吼道："真想不到，我浪费了几年光阴，巴不得去死，为的是把我最崇高的爱情献给一个我不喜欢的女人，献给一个跟我不是同一类型的女人！"

第三部分 地名者,姓氏也

1. 普鲁斯特常常把地名街名拟人化、诗化,其原因之一是法国的地名街名常常以人名和家族姓氏命名。

在失眠之夜，我最常想起种种房间的情景，没有一处房间像孔布雷的房间，那些房间布满微尘和花粉，充满食品味道和虔诚气氛，更没有一处房间像在巴尔贝克的海滨大宾馆房间，瓷漆的墙壁像粼粼碧波的游泳池光滑的内壁，充满纯净、蔚蓝、咸味的空气。负责宾馆装潢的巴伐利亚地毯商把房间装潢得各不相同，我住的那间沿三面墙安装玻璃窗门矮书柜，依照书柜所处的不同位置，产生的效果是装潢商始料未及的，映照着大海这样或那样的景象，变化异常，仿佛舒展披挂一溜海青色粗绒壁毯，只是被桃花心木书柜实心窗框分切成一块一块而已。因此，整个房间看上去像"现代款式"家具展览会上展出的示范卧室，以艺术作品做装饰，设想居住其间的人会感到赏心悦目，其表现的题材与住宅所处的景色相得益彰。

不过，逢暴风雨的日子，我常梦见的巴尔贝克与真实的巴尔贝克更为不同。每当狂风大作，领着我在香榭丽舍大街散步的弗朗索瓦丝总叮嘱我别离墙太近，在免让吹落下来的瓦片砸着头，还哼哼唧唧地讲述报纸登的陆地遭大风灾和海上遇险失事的消息。我有强烈的欲望观看海上风暴，并不是观赏蔚为壮观的景象，而是观察大自然真实生命被揭示的时刻；抑或不如这么说，对我而言，只有我心里明白不是为取悦于我而人为凑合的景象才是壮丽的景象，才是必然景象，不可变更的景象，才是景观之美或伟大艺术之美。我只对认知使我相信比我自己更真实的东西才感到好奇，才感到急切；在我，有价值的东西是向我指出伟大天才的一点思想，或一点自行显露不经人工的自然力量或优美。有如留声机单独复制的美妙嗓音减轻不了我们失去母亲的痛苦，同样机械模仿的暴风雨跟万国博览会[1]的灯光喷泉一般都令我无动于衷。像希望暴风雨是绝对真实的那样，我也希望海岸本身是自然的海岸，而不是某个市政府新近建成的海堤。我觉得大自然在我身心所唤醒的各种情感是跟人为的机械产品最为格格不入的。大自然承受人为的烙印越少，给我心灵扩展提供的空间就越多。不过，我早记住巴尔贝克这个地名，勒格朗丹向我们提起时说，那个海滩紧挨着"以海难频繁而出名的丧葬海岸，一年有六个月裹着薄雾尸布和海浪白沫"。

"我置身于巴尔贝克悬崖峭壁脚下的感觉远胜于处在菲尼斯泰尔省[2]，"他接着说，"尽管现在旅馆酒店层层叠叠，鳞次栉比，却

---

1. 系指1889年在巴黎举办的万国博览会，贝克曼工程师在战神练兵场安置了灯光喷泉。
2. 是布列塔尼大区最深入大西洋的省份，时常风雨大作，天气变化莫测。而巴尔贝克则位于诺曼底大区。

468　　　　　　　　　　　　　　　　　　　　　　　在斯万家那边

未能改变陆地最古老的骨架，令人感到这里是法兰西陆地、欧洲大陆乃至古老地球真正的末端。这里是渔民最后的扎根营地，如同各地的渔民，自从创始以来，一直面对海雾和亡灵的永恒王国繁衍生息。"

一天在孔布雷，我趁斯万先生在场，谈论巴尔贝克海滩，以便请教他这是不是观看最强的狂风暴雨的最佳选点，他回答我说："我确信自己对巴尔贝克了如指掌！巴尔贝克教堂建于十二和十三世纪，还算半罗曼式建筑，也许是诺曼底哥特式是稀奇的样式，如此奇特，简直像波斯艺术。时至此刻，我觉得这些地方只是远古得无法追忆的大自然，跟那些壮观的地质现象是同代的，也跟大西洋或大熊星座一样超然度外于人类历史，连同那些未开化的渔民，他们并不比鲸鱼更懂什么是中世纪；我喜出望外地发现这些地方一下子进入世纪的序列，经历了罗曼时代，又喜出望外地得知哥特式三叶饰也及时来插翅加固装点一番，犹如娇弱瘦小而生命力强的花草，春天在极地穿透积雪到处星罗棋布。如果说哥特艺术[1]给这里的地方和这里的人们带来坚定的意志，那么作为回报，他们也给予哥特艺术一种确认。我尽力想象那些渔民彼时是怎样生活的，中世纪他们聚居在地狱般的海岸一角，聚居在死亡悬崖的脚下，战战兢兢却不受怀疑地试图建立各

---

1. 哥特原是古代日耳曼的一个部落名称，而建筑上的哥特艺术或称哥特风格，则指十二世纪继罗马艺术之后流行于欧洲的一种建筑风格。巴黎圣母院、兰斯大教堂等就是这种风格的代表作。装有大片彩画玻璃便是哥特式建筑的一大特色。

种社会关系，而此时哥特艺术一旦远离城市，我倒觉得更加生机勃勃，因为一向以来，我总以为哥特艺术只有城市才有，于是我便可以看到如何在特殊的情况，哥特艺术居然在蛮荒的岩石上以一座精致的钟楼形式萌芽开花。有人领我去看巴尔贝克教堂最有名的雕塑复制品，其中有白发蓬松的塌鼻使徒，有教堂门廊的圣母像，当下我想到不久便能看到使徒们和圣母的雕像耸立在永恒又带咸味的浓雾中，心潮澎湃，兴奋得喘不过气来。那时，每当二月虽逢暴风雨却气温暖和的夜晚，狂风大作，把我的心吹得动荡不宁，比我卧房壁炉的膛火摇晃得更厉害，便油然而生去巴尔贝克旅游的计划，在我，既是渴望哥特式建筑，又极想观看海上风暴。

我真想第二天就乘一点二十二分那辆漂亮而热心的火车，每当在铁路公司的广告上在环程旅游的预告中看到这班火车出发的时间，我的心不禁怦怦直跳，觉得在下午某个确定的时点上割开一道耐人寻味的切口，铭刻一个神秘的标记，从这个标记开始，时辰偏向了，虽然依旧走向夜晚，走向翌晨，但不是在巴黎所看到的夜晚和翌晨，而是在火车通过的并由我们选择的一座城市所看到的夜晚和翌晨；这不，火车停靠巴约、库唐斯、维特雷、凯斯唐贝、蓬托松、巴尔贝克、朗尼翁、朗巴尔、伯诺岱、蓬阿旺、坎佩莱，然后堂而皇之继续向前再给我提供多多的地名，多得我不知道更喜欢哪个，心中又不忍舍弃其中任何一个。于是迫不及待起来，恨不得当晚马上出发，假如父母允许的话，这样天蒙蒙亮就到巴尔贝克，看得到黎明在暴烈的大海上蒙蒙升起，为了躲避大海飞溅的白浪沫，我会去波斯风格的教堂。可是临近复活节长假，父母则向我许诺让我到意大利北部度一次假，于是占据我整个身心的海上风暴之梦，一门心思只想看从四面八方翻滚而来的浪涛，不断地汹涌升腾，撞击蛮荒的海岸，其近处耸立着悬崖似的峻峭而粗糙的教堂，海鸟从钟楼频频呼叫，是啊，这个梦顿时消失了，梦的魅力也随之全然丧失了，梦被排斥了，因为与意大利北部格格不入，只能起一点削弱的作用，但在我身心取而代之的则是彩色缤纷的春之梦，但不是孔布雷的春天，那里还是霜天寒骨，冷风侵人，而意大利的春天已经把菲埃索尔[1]田野布满百合花和银莲花，使佛罗伦萨像安吉利科[2]画作的金黄底色那样金光闪烁。此后，我便觉得只有阳光、芳香、色彩才有价值了，景象的更替使我心中的愿望发生同步的更改，来得很突然，正如在音乐上有时我感受到基调突然发生完全的变换。然后，只要气候偶然遇到变化，就足以激起我心中的这种波动，不必等到新的季节来临。因为，常常在某季某天，我们觉得是另一个季节迷路的一天，让我们生活在它那个季节，使我们即刻想起并渴望那个季节特有的愉悦，打断我们正在做的梦，撕下插入吉利日历某个节气的一页，或挪前，或推后。

---

1. 俯瞰佛罗伦萨市的山城。
2. 安吉利科（1400—1455），意大利画家，曾主持佛罗伦萨圣马可修道院。运用十五世纪上半叶流行的"金黄底色"得心应手。

第三部分　地名者，姓氏也

但很快，由于从这些自然现象，我们的安逸或健康只能取得偶然的益处，相当微薄的好处，直到一天，科学控制它们，随心所欲地制造它们，让我们手中掌握它们出现的可能性，使它们摆脱偶然性的监管，免遭偶然性的戏弄，同样，大西洋之梦和意大利之梦不再仅仅受制于季节和天气的变化。巴尔贝克、威尼斯、佛罗伦萨，我要使这些名字再现，只需念出口就行，因为这些名字所指定的地方在我心中激起的欲望最终就积聚在它们的音素里。即使在春天，读到某本书出现巴尔贝克的名字便足以唤醒我心中观光暴风雨和诺曼底哥特艺术的欲望，同样，每逢暴风雨的日子，我一听到佛罗伦萨或威尼斯的名字便向往太阳、百合花、总督宫和百合花马利亚圣母院。

如果说这些名字永远吸纳了这些城市给我留下的形象，那只是经过加工的，是依其自身的规律重现在我心中的形象；结果，名字使城市形象变得更美，但也使诺曼底地区或托斯卡纳[1]地区的那些城市与其实际更不相符，却增加了我通过想象所产生任意性的喜悦，加深了我未来旅行的失望。这些名字激活了我心中地球上某些城市的意境，使之更加独特，进而更加真实。当时，我并不把城市、风景、古迹想象成多多少少令人赏心悦目的图画，剪裁于各处同一质地的画布，这样，其中每幅图画都是不为人知的，与其他图画根本不相同的，则是我心灵所渴望的，获益匪浅

---

[1]. 上文提到的菲埃索尔和佛罗伦萨就位于托斯卡纳地区。

的。城市、风景、古迹一旦取了名，就堂而皇之更有个性；它们有了名称，就像世人各自有了姓氏。词语向我们展现万物一个个明晰又常用的形象，恰如小学墙上为孩子们挂的图像，诸如一张工作台、一只鸟、一只蚂蚁窝，让他们明白，这些东西是依照同一类所有的东西描绘的。而我们惯于认为个体的、独一的人名和城名却向我们展现一幅模糊的形象，根据其名本身，根据其名的响亮或低沉，所展现的颜色是均匀地涂上的，就像一张海报，要么全涂蓝色，要么全涂红色，因为使用的工艺限制，或因为画师使性，不仅天空和大海或蓝或红，而且船艇、教堂、行人也或蓝或红。自从我读了《巴马修道院》，巴马成了我最渴望去的城市之一，巴马的名字在我看来显得结实，光滑，淡紫和温馨，假如有人对我说巴马有所房子可以接待我，那会让我欣喜，使我想到我没准住进一所光滑、结实、淡紫和温馨的房子，跟意大利任何城市的住所毫不相干，因为是我想象出来的，仅仅借助于巴马这个名字浓重的音节紧凑得不用喘气，而且我早已把司汤达式的温柔和紫堇花的光泽溶于这个名字了。而当我想起佛罗伦萨，就像想起一座神奇般芬芳馥郁的城市，好似一个花冠，因为该城雅称百合花之城，其大教堂简称百合花圣母院。至于巴尔贝克，这个名字就像诺曼底古陶器依然保存当年制造时的陶土颜色，好似陶瓷的花纹，仍体现着某些已废除的习俗，少许封建权力，一些地方的古老状态，一种过时的发音方式组成不合规则的音节，我毫不怀疑从客栈老板嘴里听得到，我下榻时他给我斟牛奶咖啡，领我去教堂前观看狂暴的大海，我把他看作中世纪韵文故事中的人物，使他富有嗜好争论、一本正经、中世纪型的作派。

倘若我的身体结实起来，倘若父母不允许我去巴尔贝克小住，即便如此，至少让我乘一趟一点二十二分的火车、去见识一下诺曼底或布列塔尼的建筑和风景。这班火车我凭想象不知搭乘多少趟了，那么我就会想宁可在那几座最美丽的城市下车观光，但我徒然将其比较，选择更是两难，个体的人们之间难以选择，因为他们是不可互换的，城市之间更是如此，诸如：巴约，以其淡红色的高贵花边不同凡响，以其最后重音节的古老金光闪耀到极致；维特雷[1]，以其闭口音符把古老的玻璃窗和门用黑木分成菱形；朗巴尔，温馨的朗巴尔以其一片白色兼容从蛋壳黄到珍珠灰各色；库唐斯，号称诺曼底大教堂以词尾的二合元音使词首的黄油钟楼显得浓厚和发黄；朗尼翁，以其在苍蝇追随下的马车声打破村庄的寂静；凯斯唐贝和蓬托松，以其在河滨富有诗意的道路上散落的白羽毛和黄鸟嘴而显得天真可笑；伯诺岱，其名如刚系泊的小船，似乎任凭河水往水藻丛中拖去；蓬阿旺，恰似颤动着映照在运河绿水中一顶轻便女帽边翼的飞起，呈白色和粉色的光泽；坎佩莱，自中世纪以降便牢牢植根于几条小溪之间，以小溪的淙淙声响和串串水珠化作一片冥冥阴霾，如同银中隐棕的阳光变形钝点透过玻璃窗蜘蛛般的图案照出的烟紫斑驳，以上种种难

---

1. 维特雷，法文是 vitré，意为装上玻璃，[']称闭口音符。

在斯万家那边

道不是吗？

以上种种形象是不符合实际的，事出另有原因，那就是这些形象势必非常简单化，没准是我想象力使然哩，我的感官只是不完全的领悟，没有现时的愉悦，我早已将其关进名字的庇荫之中；没准因为我早在名字的庇荫中积聚了一些梦想，如今这些名字激活了我的欲望，好在名字数量不多，至多是些我能塞进两三处城镇主要"奇景"的名字，而且"奇景"是直接并列其间的[1]；巴尔贝克这个名字，就像我们在海水浴场所买的蘸水钢笔上的放大镜，我从中瞥见一座波斯风格的教堂周围掀起海浪。也许干脆就是这些形象的简单化使我受其支配的原因之一吧。有一年，家父决定让我们去佛罗伦萨和威尼斯度复活节假期，由于佛罗伦萨这个名字没有位置容纳通常构成城名的要素，我不得不假托乔托的天才，借用其画作精华所散发的某些春季芬芳，孕育了一座超自然的城市。由于我们无法让一个名字占有过多的时间和空间，我们至多像乔托某些画作所表达的同一个人的行动两个不同的时段，前段还躺在床上，后段则已准备跨马出发，佛罗伦萨的名字也如此分成前后两间画廊。在前一间里，我站在教堂结构的天盖下，观赏一幅壁画，其部分的画面重重映照着一片朝阳，充斥尘埃斜照进来，在画面上逐渐移动；在后一间，由于我没有把名字作为不可企及的理想来考虑，而作为我会投身其间的现实氛围来

---

1. 上述城镇的描绘虽绝大部分是作者借助语音特色想象出来的，但也有些符合实际的地方，如"黄油钟楼"，气候、地形、色彩、水网等。

第三部分　地名者，姓氏也　　　　　　　　　　　　　　　　475

着想，那是还未经历的生活，我把完好的、纯洁的生活置于这现实的氛围中，它给快乐提供最充足的养料，使最质朴的舞台艺术产生原始作品中的那种魅力，所以我匆匆离开这间画廊，为了快快吃上等候我的午餐，因为餐桌上有水果和基安蒂葡萄酒，我便想起基安蒂的老桥[1]，桥上摆满黄水仙、白水仙和银莲花。这就是我们看到的，尽管我当时人在巴黎，那些并非我身边真实的东西。即使从简单的现实主义观点来看，我们向往的地方每时每刻在我们真实的生活中所占有的位置大大超过我们实际所处的地方。想必我当时说出"去佛罗伦萨，去巴马，去比萨，去威尼斯"这些话时，如果我更加注重我思想里存在的东西，我就会懂得，我所看到的根本不是一座城市，而是与我所知迥然不同的东西，而是美不可言的东西，可能对世人而言，正如让自己的生活始终在冬日傍晚中流逝引人入胜的奇迹：春天清晨。那些不真实的、固定的、永远相同的形象充塞我的日日夜夜，把我那个时期的生活与我先前的生活区分开来，在只从外界看事物的旁观者眼里，很可能是先后混淆的，就是说什么也看不出来的，恰似歌剧里的一个旋律乐旨引进一种新意，只看剧本是猜想不出来的，站在剧院外面一股劲儿每隔一刻钟看一次表就更猜想不出来了。况且，即便从单纯数量的角度来看，我们生活中的日子也并非相等。为了打发日子，像我这样有点神经质秉性的，如同汽车，具

---

1. 基安蒂是托斯卡纳地区的葡萄种植区，盛产基安蒂葡萄酒，那里有座古桥，其名就叫老桥。

备几种不同的"速率排挡"。有些日子崎岖不堪，步履维艰，时无止境地攀登，有些日子坡缓途坦，唱着歌儿顺势全速下坡。那个月里，我反复思考佛罗伦萨、威尼斯和比萨的形象，企图像反复品味一个旋律，却得不到满足，因为那些形象在我心中激起的欲望隐藏着某种极其深切的个体性简直是一种爱，一种对某个人的爱；我一向认为，那些形象与一种独立于我的现实相符，使我产生一种美妙的希望，正如最先的基督徒们在进入天堂的前夕可能怀抱的那样。所以，我没有关注执意观看和用感觉官能接触的矛盾，就是通过幻想构建的东西，而不是通过感官感知的：越是跟感官得知的东西不同，越是对感官具有吸引力，就是这种东西给我提醒那些形象的实在性，而这种实在性最强烈地燃烧我的欲望，这仿佛是一种许诺，即我的欲望可能得到满足了，虽然我的豪兴是受艺术享受的欲望所推动的，但旅游指南维护我的豪兴胜过美学书籍，而火车时刻表又胜过旅游指南。使我心潮起伏的，是想到我从自己的想象中看到那个近在咫尺却又远在天边的佛罗伦萨，其旅程把我与之分开，在我心中，是可望而不可即的，但我可以采取迂回的办法，转弯抹角的办法，采用"土办法"来企及佛罗伦萨。诚然，我既然如此看重即将见到的东西，琢磨着威尼斯就是"乔尔乔涅画派[1]，提香的居住地，中世纪住宅建筑最完整的博物馆"，我心里着实高兴。我出门购物，因为天气走得很

---

1. 乔尔乔涅（1477—1510），意大利文艺复兴时期威尼斯画派大师，其画作原创特色是轮廓融合朦胧，多用暖色，色调光亮，对提香等后辈影响颇大。

快，乍暖还寒，几天早春之后又变成冬季，就像我们通常在孔布雷时遇到圣周的天气；我看到林荫大道上的栗树浸沉在湿漉漉含水欲滴的寒气中，依然风采不减，身着盛装，俨然是按时赴宴的客人，不让自己气馁，尽量把冰冻的板块修整得圆圆的，雕镂得细细的，使严寒相逼受挫，阻挡不了嫩叶渐渐生长，显露出不可抑制的青葱翠绿，当下我想起老桥已经摆满风信子和银莲花。春天的阳光已经把威尼斯大运河的流水染成深蓝和高贵的翡翠绿，当波涛冲到提香油画的脚下，简直可以与画上丰富的色彩相媲美。当父亲一边查看晴雨表并叹惜寒冷，一边开始寻索哪几班火车最合适，我再也抑制不住内心的喜悦；我明白，午饭后就进入炭黑色的实验室[1]，那承担改变其周围一切的魔室，我们便可以在第二天醒来时到达"以碧玉为墙垫基，以绿宝石为铺路石"[2]的大理石之城黄金之邑了。这样，它与百合花之城不仅仅是我们任意冥思遐想出来的虚构画面，而且是存在于距离巴黎一定的路程之处，要想亲眼看看，绝对必须穿越过去，就是说存在于地球上某个确定的位置，而不是其他地方，总之，这两座城市的确真实存在着。最后父亲说："归总一下吧，你们可以在威尼斯从四月二十日呆到二十九日，复活节早晨到达佛罗伦萨。"这样，威尼斯和佛罗伦萨对我来说，就更加真实了。他这些话不仅使这两座城市从抽象的空间剥离，而且从想象的时间剥离，我们在想象

---

1. 此处暗指烧煤的蒸汽火车头。
2. 简略引用罗金斯语，参见《威尼斯的宝石》。

的时间里，不是一次单一的旅行，而是一次多趟，同时进行，没有太多的激情，因为仅仅是可能而已，这不，想象的时间可以自我再造，以至于我们可以在一座城市度过之后再到另一座城市度过；家父把那些特定的日子献给这两座城市，于是那些特定的日子就成了我们利用这些日子的目的真实性证书，因为这些唯一的日子经过利用之后就耗尽了，回不来了，日子在别处过完之后，就不能在此处再过一次；那星期开始的周一，洗衣女工该把我溅了墨水的白背心送回来，我感到那两个皇后城市从它们还不存在的理想时间中出来掩没在那一周，我即将以最激动人心的几何学将其圆顶和钟楼载入本人生活的布局中。但我还只处于通向喜悦最高点的半途上；我最后终于达到了，在这之前，只得到如下启示：由乔尔乔涅壁画反射而映红的熙熙攘攘的街道上，不是像我不顾别人再三提醒而继续想象的那样，不是那些"神气十足，令人生畏如大海，穿戴闪烁青铜光泽的盔甲，外披带褶的血红斗篷"[1]的人们，下周，即复活节前夕，不会是他们在威尼斯散步，而可能是我这样的小人儿，因为别人借我一张圣马可的大照片，取景者在上面照下一个头戴圆顶礼帽的小人儿，站在教堂门廊前面，当下我听见父亲对我说："游大运河时，可能还很冷的，你最好把你的冬大衣和厚上装打包进箱子里，以防万一。"听了此话，我兴奋得忘情了；一向以来我一直认为这是不可能的，此时

---

1. 简略引用罗金斯语，参见《威尼斯的宝石》。

却真正感到穿进"如同印度洋暗礁的紫水晶岩礁"[1]；我做了个极限的体操动作，大大超出我的体力，像脱掉一副无形无物的甲壳，驱走我身边的卧室空气，换上同等数量的威尼斯空气，那种海滨空气，难以描述的、特殊特定的，恰似梦中的氛围，是我用想象力注入威尼斯这个名字的，这时我顿感不适，灵魂正在出窍，随之即来一阵恶心，就像刚犯剧烈的喉痛要呕吐似的，家人不得不把我扶上床，我高烧不退，大夫宣称不仅应当放弃现在让我去佛罗伦萨和威尼斯，即使我完全恢复之后，至少一年之内应当避免一切旅行计划和任何激动起因。

可惜呀，大夫还绝对禁止让我去剧院听拉贝玛的戏，这位卓越的女艺术家，连贝戈特都认为她是天才，她原本可以既让我得到也许同样重要同样美好的东西，又慰藉我没能去成佛罗伦萨和威尼斯以及去不了巴尔贝克。家人不得不退而求其次，让我天天去香榭丽舍田园大街，由一个人监护，以防累着我，此人就是弗朗索瓦丝，她在莱奥妮姑妈死后便来服侍我们了。去香榭丽舍街边公园叫我难以忍受。要是贝戈特在他某本书里描写过香榭丽舍，没准我会想见识见识，正如不管什么东西人家一开始就往我想象中塞进的复制品。我的想象力将其培育，赋予生命，培植个性，这样便想在现实中找到这些东西，然而在香榭丽舍公园里没有任何东西与我的幻想联系在一起。

---

[1]. 简略引用罗金斯语，参见《威尼斯的宝石》。

一天，我腻烦木马旁边我们的老地方，弗朗索瓦丝便早早领我走得远远越过卖麦芽糖女贩们之间等距离的摊堡边界，进入邻近却陌生的区域，那里游人的面孔都是不认识的，还有山羊拉的小车经过；然后她返回把背靠月桂丛椅子上的个人物件取来，在等她的当口，我在大草坪上行走，草坪细弱浅平，让太阳晒得黄黄的，草坪的尽头是一汪水池，池边耸立着一座雕像，当下在泉口小池前一个红棕色头发的小姑娘正在玩羽毛球，同时在小径那边另一个小姑娘正在穿大衣并把球拍装入套子，用生硬的嗓音对前者喊道："再见吉尔贝特，我回家了，别忘了今晚我们晚饭后上你家去。"吉尔贝特的名字从我耳边掠过，不仅令我想起一个不在场的人名，并直呼其名，而且尤其有力地展现其名所指定的人物存在；就这样，这个名字从我耳边掠过，其声波射流曲线和对目标的接近而不断增强的力量，可以说正在起作用；这个名字以声波为载体，传送到呼唤对象的耳中，意味着呼唤者对后者的认知和基本概念，我感觉得到，但与我无关，而是小女友在呼唤她，一旦喊出她的名字，女友对所知的一切又历历在目了，抑或至少凭记忆，表达出她们日常的亲密关系，你来我往的互访；所有我不熟悉的东西，对与我擦肩而过的幸福小姑娘来说却是如此熟悉、如此驾驭自如，相形之下，对我来说，更加不可企及和痛苦不堪，因为我不能涉足其间，不能用呼唤来把她的名字抛入空中；吉尔贝特的芳名任凭挥发，让其袭人的香气在空中飘荡，夹杂着斯万小姐生活中一些隐形的点点滴滴，有些则是明确简洁地

第三部分 地名者，姓氏也 481

涉及的，比如晚上吃完晚饭去吉尔贝特家串门；这个芳名构成一片流光溢彩的云朵，像天仙游客在孩子们和女佣们中间飘过，如同普桑[1]所画的一座美丽花园上空鼓起的云彩，精细地体现为歌剧中满载骏马和战争的彩云，以显现诸神的生活场景；最后，在那片光秃秃的草坪上，在她所处的地方：一小块枯萎的草坪和一个午后的时刻，玩羽毛球的金发姑娘不停发球和接球，直到帽上插羽饰的家庭女教师喊她才住手，吉尔贝特的芳名投下一条鸡血石色的神奇光带，像映象那样不可触知，重叠映照在地毯般的地面，我不禁乐此不疲地在上面踯躅，拖着迟缓的脚步，带着怀念的忧伤和对神明的亵渎徘徊，当弗朗索瓦丝向我嚷道："好啦，瞧瞧，把短大衣扣上扣儿，咱们快溜吧。"我第一次恼火地发现她用语粗俗，唉，原来她的帽上没有羽饰。

她还会不会再来香榭丽舍？第二天她没有在场，但后来几天我在那里看到她了；我一直在她与女友们玩耍的地方转悠，终于有一回她们玩捉人游戏时人数不够，她便差人来问我是否愿意凑数加盟，从此以后，每次她来，我都跟她一起玩。但她不是每天都来的，有些日子受阻来不了，诸如有课程，教理课，下午吃点心等，她和我两人的生活分离浓缩在吉尔贝特的名字里共有两次，一次在孔布雷的斜坡上，另一次在香榭丽舍的草坪上，这种人生与我擦肩而过，使我非常痛苦。好在过后一些日子，她预先

---

1. 普桑（1594—1665），法国古典主义绘画奠基人，其作品常以宗教、历史、神话、文学为题材。

通知来不了；如果因为功课，她便说："真烦人，我明天不能来了，我不在，你们好好玩吧。"愁眉苦脸的样子倒给我少许慰藉；但与之相反，她受邀观看日场演出，而我并不知道，却问她来不来玩，她回答我："我想肯定来不了！我很希望妈妈让我去我的女友家。"在这样的日子里，至少我知道见不到她了，而其他一些日子，她母亲突然带她一起出去买东西，第二天她便说："嗨，是的，我跟妈妈上街了。"像是一件很自然的事，不会对别人造成什么大的不幸。也有天气不好的日子，她的家庭女教师自己就怕雨，决不乐意领她到香榭丽舍来的。

因此，天色不可靠的时候，一清早我就不断察看天色，注视着各种各样的预兆。我看到对面的女士靠近窗口戴帽子，心想："这位女士要出门，所以今天的天气是可以出门的，吉尔贝特为什么不像这位女士一样出门？"天气却慢慢阴沉下来，妈妈说天色还会亮起来，只要出现一丝阳光，但更有可能要下雨，要是下雨，何必去香榭丽舍呢？所以午餐后，我焦虑的眼光一直盯着多云的、多变的天色。阴暗的天色依旧未变。窗前阳台一片灰蒙蒙的。突然，在阳台阴森森的石面上，我虽没见到晦暗稍退，可我感到一道迟缓的光线在搏动，努力突破灰暗，企图释放其光芒。片刻后，阳台泛起微光，像清晨水面的反照，把万道反光映射到阳台的铁栅栏上。一阵风把微光吹散，石面再次阴暗下来，但这万道微光好似受过驯养，又回来了；阳台石面又不知不觉地泛起苍白，恰如音乐中，用渐强奏出的经过句，通过所有过渡的音符，到了一首序曲的最后，把唯一的一个音符很快推到用最强音演奏的乐段，但见石面闪出晴天那种经久不变的、稳定确实的灿烂金光，支撑栏杆的铁条投下黑色的栅影像一片随意变姿的植物，最小的细节轮廓都勾勒得细腻入微，表露出一种用心良苦，一种艺术家的满足，这幅画中深暗而幸运的主体栖息着，如此立体显露，如此毛茸柔软，倒映在阳光湖里，映现出宽阔浑厚而枝叶扶疏的反照，仿佛知道它们便是宁静和幸福的抵押品。

快镜里闪现的常春藤，转瞬即逝的攀墙草，按许多人的看法，是那些攀缘墙壁或装点窗户的草木中最平淡的，最黯然的；对我而言，自从它出现在我的阳台上，即是在所有的草木中最珍贵的，就像吉尔贝特的倩影，她也许已经在香榭丽舍，只要我一到，她便对我说："咱们马上玩捉人游戏吧，您加入我一方这样的倩影是脆弱的，一阵微风就给吹掉了，不按季节发生，而按时辰发生；即时幸福的诺言，这个特殊的日子要么加以拒绝，要么加以实践，所谓卓越的即时幸福，是指爱情的幸福，比附在阳台石面上的苔藓更柔软更温暖；这种幸福生机勃勃，只需一道阳光就可催生快乐，并使快乐开花，哪怕在数九寒天。"

到了那样的日子，所有的草木花叶都已凋谢，包着老树树干的美丽绿皮披上一层雪花；雪不下了，天色却依然相当阴晦，别指望吉尔贝特出门，但突然心头一动，让妈妈说出："瞧，正好天晴了，你们也许可以试试，就去香榭丽舍走走吧。"在覆盖阳台的白雪披风上，刚出现的太阳正在用金线编织，用黑色的阴影做点缀。那天我们谁也没遇见，或者哪怕准备离开的小姑娘也没有一个，没人向我确认吉尔贝特不来了。那些道貌岸然又特别怕冷的家庭女教师们聚会正襟危坐，那天椅子上却空无一人。唯有草坪附近坐着一位上了相当年纪的女士，她不管什么天气都来，始终相同的打扮，穿着笨重，颜色虽深暗却非常讲究；那个时期，如果允许我做交易，为了结识这位女士，我愿把未来一生最大的利益奉献给她。因为吉尔贝特每天都过去问候她；她则向吉尔贝特打听"她的心肝母亲"的消息；我觉得，假如我早就认识该女士，那我在吉尔贝特眼里就会是另一类人，即认识她父母熟客挚友的人了。当她的孙子孙女或外甥外甥女在远处玩时，她总是埋头阅读《辩论日报》[1]，一副贵族做派，说起市警[2]或租椅子的女人，说什么"我的市警老朋友"，或"租椅子的女人和我是老朋友"。

弗朗索瓦丝呆着不动觉得太冷，于是我们一直走到协和广场观看上冻结冰的塞纳河[3]，每个人，甚至小孩们，都不怕走近塞纳河，就像一条搁浅的特大鲸鱼，躺着待毙，任人割肉分块。我们回到香榭丽舍，在静止不动的木马和覆盖白雪的草坪之间，我备感难过，无精打采，草坪周围小道的积雪已经清除，形成一个黑色网络，草坪上的雕像手垂一条冰凌，仿佛为其手势在作解释。

---

1. 全名为《政治和文学辩论日报》，创立于1789年，先是"保守共和派"（1890），后是"自由共和派"（1895）。
2. 旧称，即市级警察，现统称警察。
3. 系指1879年冬天，后来1891、1892和1894年也结过冰。

半老徐娘已把《辩论报》折叠起来，讯问路过的一个保姆几点钟了，道谢时说了声："您好和气哟！"然后请养路工去吩咐她的儿孙们回来，她冷极了，补充道："您真是好心人，我太不好意思了！"突然空中撕开一道裂缝，在木偶戏场和马戏场之间，变得亮丽的地平线上，天空半晴半阴，原来我刚才瞥见那位小姐头上的羽饰，恰似一个出奇的先兆出现在眼前。这不，吉尔贝特已飞快向我奔来，她头戴一顶方形无边皮软帽，鲜艳夺目，红晕熠熠，因寒冷、迟到和想玩而兴致勃勃；快到达我跟前时，她禁不住在冰上溜了一下，抑或为了保持平衡，抑或因为她觉得这样做比较优雅，抑或装出一副溜冰女运动员的架式，她大幅张开双臂，微笑着向前，好像要把我抱入怀中。好哇！妙呀！真好哇！我若不是另一个时代，即旧制度时代[1]过来的，也会像你们那么说：真帅！真来劲！老太太如是嚷道，以寂静的香榭丽舍的名义发话，感谢吉尔贝特不畏天寒地冻终于来了。"您很像我呀，毕竟忠于咱们的老香榭丽舍；咱们是两个不屈不挠的勇士。我对您这么说吧，我对香榭丽舍一往情深哪！这片白雪呀，不怕您见笑，让我想起白鼬皮！"老太太说着，哈哈大笑起来。

这天是今后日子的第一天，白雪成了力量的写照，足以阻止我与吉尔贝特见面，引起一个离别日的忧伤，甚至赋予一个起点日的面貌，因为这一天改变了面貌，几乎中止了我们唯一见面的

---

1. 指法国 1789 年前的王朝。

常去地的习俗,现在习俗变了,整个儿裹着罩布而已;然而这一天使我的爱情有了一个进步,因为成为第一次离愁别恨,没准是她跟我分担的离愁别恨。这天我们一帮玩耍的只有我们俩来了,这样就成了跟她单独相处,这不仅是亲密的开始,而且从她一方来说,好像冒着这样的鬼天气只为我而来,别无他求,令我感动哪,如同有一天她受邀观看日场演出,但为了来香榭丽舍与我重逢而拒绝去看戏;我对我们友情的生命力和未来更有信心了,尽管正逢冬眠,孤寂独处,周围花谢草黄枝枯叶败,我们的友情依然富有生命力;当她把小雪球塞进我的脖后领里,我微笑得亲切多情,既觉得她向我表示情有独钟,容许我在这个冬季新景的地方做旅伴,又认为她在困境中对我保持某种忠诚。很快她的女友们像迟疑的麻雀,一个接一个到来,在白雪上形成一片黑点。我们开始做游戏,由于这天以闷闷不乐开始而以满怀喜悦结束,在玩捉人游戏之前,我走近吉尔贝特的女友,即我第一天听见她用生硬的声音呼唤吉尔贝特的小姑娘,她对我说:"不对,不对,我们知道您喜欢加入吉尔贝特一方,再说,您看,她正跟您打招呼呢。"果然,她在呼唤我,让我去覆盖白雪的草坪参加她的阵营,太阳照射积雪草坪,映现万道淡淡的金光,酷似古代锦缎中磨损的金线,令人想起金线锦缎之营[1]。

---

1. 金线锦缎之营是法王弗朗索瓦一世于1520年在加莱附近安营扎寨,迎接英王亨利七世,拟结盟反对德皇查理五世。营地内壁用金线锦缎装璜,金碧辉煌,故名。

这天，我起先忧心忡忡，结果反倒过得不错，真是难得的一天。

从此，我一心只想跟吉尔贝特见面，一天不见都不行，以至于有一回我外祖母没有按时回家吃晚饭，我情不自禁地立即心想她是否让汽车压死了，那我就在一段时间内去不了香榭丽舍了：一旦爱上一个人，其他什么人都不爱了；然而，我在她身旁的时刻，与她见面前夕我万分焦急等待的时刻我战战兢兢，对此我情愿牺牲一切，这样的时刻根本不是幸福的时刻，我心知肚明，一生只有在这样的时刻，我集中注意力，一丝不苟，执著顽强，却观察不到这些时刻含有任何一个愉悦的原子。

只要一离开她，我总需要见她，因为不断尽力想象她的形象，最终反倒想象不出来了，反倒确知不了符合我所爱的究竟是什么。再说，她从来还没有对我说过她爱我。恰恰相反，她经常声称与我相比，她更喜欢另一些朋友，说我是个好同伴，乐意跟我一起玩玩，但太分心，对游戏不够专心；总之经常向我表示明显的冷淡，她的表示很可能动摇了我的信心，对她而言，我跟其他人没有什么不同；假如我的信心来自吉尔贝特可能对我产生的爱情，而不是事实上来自我对她的爱情，那么我的信心就变得更加坚固，因为取决于我因内心的需要而不得不想念吉尔贝特的方式。对她，我所感受到的情意，我自己也还没有对她表露。诚然，我一本本札记全部页面上都是她的名字和地址，我都是泛指的，但我见到自己勾勒的一行行波浪形字迹，心想她并未因此而想到我，这一行行的字表明她在我周围占有那么明显的位置，而她并未进一步介入我的生活，我感到气馁，因为这一行行的字没有直接谈到吉尔贝特，她甚至看也没看到，是我自己要写的，似乎向我指出某种纯个人的东西，某种非现实的、兴味索然的、力不从心的东西。最紧迫的，莫过于吉尔贝特和我，我们见见面，能够互相倾吐衷肠，可以说直到此时我们还未开始谈恋爱呢。没准使我如此急迫要见她的多种理由，对一个成熟的男子而言，并不那么急切。后来我们经过肉欲享受的熏陶，变得老于此道，就满足于想念一个女人的乐趣，就像我想念吉尔贝特那样，并不费心打听这种情景是否切合实际，也满足于爱她的乐趣而无需确信她爱我们；抑或我们干脆放弃向她承认我们对她的爱恋，以便使她对我们的爱恋保持得更加持久，这是模仿日本园艺家的做法，他们为了得到一种更美丽的花卉，不惜牺牲好几种其他的花。然而，在我爱恋吉尔贝特的时期，我还以为大写的爱情在我们身外当真存在，以为至多要求我们排除障碍，爱情就会在我们没有自由作任何改变的次序内为我们提供幸福；我觉得假如我主动用假装无动于衷代替吐露爱情的乐趣，那我不仅丧失梦寐以求的喜悦，而且我会随心所欲地制造一种爱情，既矫揉造作又毫无价值更不切合真实，这样我就会拒绝顺着爱情的神秘而注定的道路走下去。

然而，当我到达香榭丽舍，当我即将初次能够核实我的爱情使其受到必要的纠正，根据富有生命力的、独立于我的缘由，一旦我面对吉尔贝特·斯万，我指望看见她就可翻新我疲惫的记忆再也记不起的形象，昨天我还跟着玩的吉尔贝特·斯万的形象，一种盲目的本能则促使我跟她打招呼，并认出她来，就像行走时，本能促使我们一步一步往前走，我们还来不及想要先迈一脚再迈另一只脚哩；很快一切都表明吉尔贝特·斯万和我梦想中的小姑娘是不同的两个女孩。譬如，如果说前一天我的记忆中还呈现丰满润泽又光彩奕奕的脸蛋儿上两眼炯炯有神，这时吉尔贝特的面目固执地向我显出恰恰我回想不起来的东西，一个细长锋利的鼻子，浑然与其他线条交织，构成一些重要的特征，在博物学中足以确定一种类群，将其嬗变为尖鼻嘴脸的小姑娘。正当我准备利用这个梦寐以求的时刻，根据我来以前刻意准备的吉尔贝特形象，即在我头脑已不复存在的吉尔贝特形象，来校准她的形象，以便我在长时间独处的时候能确信，我回想的确实是她，以及像写书那样日积月累，我逐渐增强的爱情确实为了她，想到这里，不料她向我抛过来一只球，恰似一个唯心主义哲学家，其身躯虽重视外部世界的现实，其智力却不相信现实的外部世界，同一个我，在认同她以前，就驱使我向她打招呼、迫不及待地使我接住她抛过来的球，好像她是一个同伴，我是来跟她玩的，而不是我来会面的心上人，还是这个"我"，彬彬有礼跟她聊上千言万语，虽和蔼可亲却平淡无奇，直到她离开，从而把我堵住，抑或阻止我保持沉默，否则我很可能抓住急功近利又错误百出的形象，抑或阻止我向她倾吐衷肠，促使我们的爱情取得有决定意义

490　　　　　　　　　　　　　　　　　　　在斯万家那边

的进展,而这种进展,我每次又不得不只把指望往后推,从一个下午推到另一个下午。

我们的爱情毕竟取得某些进展。一天我们跟吉尔贝特一直走到摊位木板屋,女商贩对我们特别客气,因为斯万先生常去她那儿买香料蜜糖面包,为保健起见,这种面包他吃得很多,因为他患有种家族遗传性湿疹,又犯先知们预言的便秘[1]。吉尔贝特笑着指给我看两个小男孩,说很像小人书里的小色彩画家和小博物学家。两个男孩中的一个不要红色麦芽糖非要紫色的,另一个含着眼泪,拒绝保姆想给他买的李子,最后以激动的声音说:"我更喜欢那一个李子,因为上面有个蛀洞!"我用一个苏买了两粒弹球。我观赏着单独一个木钵里的玛瑙弹球,幽禁在里面却闪闪发亮,让我觉得难能可贵,因为像少女们那样笑容可掬,金发闪烁,还因为每一粒要价五十生丁。吉尔贝特的家人给她的零花钱比我多得多,她问我觉得哪粒最漂亮。一粒粒晶莹剔透,又像生命那样渐显渐隐。我真希望她一粒都不要放弃。我真喜欢她能全买下,一个不剩把它们从幽禁中解脱出来。然而,我还是向她指定跟她眼睛颜色一样的那粒。吉尔贝特便从中取了出来,寻找弹球上的金色亮纹,抚摸了一下,付了赎金,立即把她的俘获物交给我,对我说道:"拿着吧,是您的了,我给您了,留作纪念吧。"

1.《犹太教法典》预见治疗便秘的方法。先知预言的灾祸之一。

另有一次，我一往情深想听拉贝玛唱古典歌剧，便问吉尔贝特还有没有一本小册子，上面有贝戈特谈论拉辛的，市面上已经买不到了。她请我提醒一下确切的书名，当晚我给她发了一封简要的气压传送信，封套上写下吉尔贝特·斯万的名字，此名我在札记上勾勒过许多次。第二天她把叫人找到的那本册子打成小包，用淡紫色狭缎带系扎，用白蜡加封，给我送来了。"您瞧，这正好是您向我要的那本。"她说，一边从她的手笼[1]抽出我给她发的电报。这封气压传送信，昨天还微不足道，只不过是一张我写的小小蓝纸电文[2]，但自从电报派送员把它交给吉尔贝特的看门人，再由仆人送到她房间，却变成无价之宝了，尽管只是她那天收到的一份小小蓝纸电报。我差一点认不出自己写下的一行行空泛的、稀拉的文字，尤其因为急件上邮局盖上一圈圈圆章，还有邮差用铅笔写上的登记说明，都是实际完成邮途的标记，是外部世界的印记，是生命的紫罗兰色象征纽带，第一次来支持、维护、提升、鼓励我的梦想。

曾有一天，她还对我说："请记住，您尽管叫我吉尔贝特好了，反正我管您叫教名。不然太拘束了。"然而在后来的一段时间里，她依然对我以"您"相称，我向她指出时，她莞尔一笑，如同我们学习外国语语法时专为用新词而造句，造出一句话，以我的小名作结尾。后来回忆我当时的感受，从其中辨别出这样

---

1. 当时冬天妇女暖手用手笼。
2. 旧时巴黎市内气压传递的急件，一般用蓝纸写电文。

的印象，似乎一时间我赤条条地让她衔在嘴里，不再具备她其他同伴的社会形态，当她称呼我的家信，也不再具备家父家母的社会形态；而她的嘴唇，为了想重点强调一些词语而着力清晰地吐音时，有点像她的父亲仿佛扒下我的衣服，削水果似的剥下我的皮，只吃果肉，而她的目光，与她的话语一样，变得亲密有加，也更直接投到我的身上，以示真诚，快乐甚至感激，并且脸上始终带着微笑。

但，就在那个时刻，我还不能判断那些初次显露的愉悦。那些愉悦既不是我所爱的小姑娘给予的，也不是给予爱她的我，而是另一个她给的，即跟我一起玩耍的那个小姑娘给的，并且是给另一个我的，那另一个我既不具有对真实的吉尔贝特的记忆，也不具备深谙幸福价值的心态，因为只有心才希望幸福。甚至回到了家里，我还品味不出那些愉悦，因为每天，必然性驱使我希望第二天能对吉尔贝特进行准确的、冷静的、中肯的注视，希望她终于向我承认她的爱，同时向我说明为了什么理由她不得不对我把她的爱深藏至今，同样的必然性迫使我把过去看得无足轻重，迫使我从此往后只向前看，迫使我把她给我的种种小恩小惠看作不光是小恩小惠本身，而看作足以像新台阶那样可涉足其上，让我能更向前迈一步，最后达到迄今尚未遇到的幸福。

如果说她有时给我上述友情的表示，她有时也叫我难受，因为她不时摆出不乐意见我的样子，而且这往往正是我最指望实现我的希望的日子。我十拿九稳吉尔贝特要来香榭丽舍，一阵喜上心头，以我看来只不过是某种莫大幸福的朦胧预兆，当下，我一清早走进客厅去亲吻妈妈，她已准备就绪，乌黑的发髻已梳理完毕，她白皙丰满的双手仍散发着肥皂的香味，我早已听说这个冬日一整天迎接春日的突然来临，是光辉灿烂的天气，一直到傍晚。这不，眼前出现一根粗粗的、充满尘埃的光柱，孑然挺立在钢琴之上，耳听得楼下窗外手摇风琴在演奏《阅兵归来》[1]。我们吃午饭的时候，住在对面的女士打开窗子，一瞬间一道阳光从我的椅子旁逃遁，一跃扫过整间餐厅，原先在那儿午睡的阳光，片刻后又回来继续午睡。当时我上初中，下午一点的课上，太阳懒洋洋地让一道金光拖曳在我的课桌上，使我急不可待，无聊至极，就像应邀参加节庆，三点以前到不了，非得等到弗朗索瓦丝到校门口来接我，然后我们走向香榭丽舍，其间经过五光十色的街道，穿过摩肩接踵的人群，两旁的阳台被阳光照得蒙蒙的，仿佛拆除了，直冒腾腾热气，在鳞次栉比的房屋前面飘荡，仿佛金色的云彩在悠荡。可叹哪，在香榭丽舍，我没有找到吉尔贝特，她还没有到达哩。我坐在受无形的阳光养育的草坪上，一动也不动，各处一簇簇草尖让太阳照得通红，在那里栖息的鸽子看上去简直是一个个古代雕塑，是园丁的镐头将其从令人敬畏的土地里刨出来的，我目不转睛地望着地平线，随时可望吉尔贝特的倩影出现。随着她的家庭女教师从雕像后面过来，雕像仿佛抱着小孩

---

1. 法国著名歌手保吕首唱的歌曲（1886年7月14日国庆节），是布朗热主义者大联合的标志，当时法国将军布朗热鼓吹沙文主义。

向前伸出，让他沐浴阳光，光芒四射，接受太阳的祝福。《辩论日报》的女性老读者坐在扶手椅上，总是老位置，她用友好的手势向园丁招呼，对他喊道："多好的天气呀！"管椅子的女职工走近她跟前来收费，忸怩作态，把十生丁的租椅票塞在她手套的开口处，好像是一束鲜花，作为向赠与人献殷勤，竭力把花束插到使对方最受用的地方。当她找到了适当的位置，她用脖子把脑袋转了一圈，把长筒毛皮围巾重整了一下，向老妇亮了亮露出手腕子的黄色小纸片一端，莞尔一笑，如同女人指着自己的套装上衣胸口对年轻人说："您认出您送的玫瑰花了！"

我领着弗朗索瓦丝迎接吉尔贝特，一直走到凯旋门，硬是没有碰着，于是往回走，确信她不来了，当下，木马前的小姑娘向我跑来，用生硬的声音向我喊道："快，快，吉尔贝特到了有一刻钟了。她一会儿就走。我们等您玩捉人游戏呐。"我去香榭丽舍田园大街时，吉尔贝特则从布瓦西-当格拉街过来，小姐趁好天气为自己购物，斯万先生过一会儿就来接他的女儿，所以这是我的过失，我本不该远离草坪，因为谁也说不准吉尔贝特从哪边过来，来得早一些或晚一些，这种等待最终使我不仅更加动情于整体的香榭丽舍和整个下午，恰似一大片空间和一长段时间，其中每个点上，每个时段都有可能出现吉尔贝特的形象，而且更加动情于她的形象本身，因为在这个形象的背后，我觉出隐藏着这个形象击中我心脏的理由，是在下午四点而不是两点半钟，形象中的她戴着出客女帽，而不是休闲贝雷帽，出现在大使剧院前面，而不是在两个木偶剧场之间，吉尔贝特繁忙的活动迫使她出门或待在家里，反正我不能跟随，可我猜到其中一种，这样我就接触到她不为人知的生活奥秘。我按嗓门生硬的小姑娘的指令跑过来赶紧开始捉人游戏时，但见跟我们如此活跃如此鲁莽的吉尔贝特，正在向手拿《辩论日报》的夫人行屈膝礼，那位女士受礼后向她说道："多美的太阳，简直是一团火呀。"她带着羞怯的笑容跟她说话，一副拘泥的神情，令我意识到吉尔贝特在别处是不同的姑娘，诸如在她父母家，与她父母的朋友们在一起，外出走访，总之，在我无从知晓的她所有其他的生活中。按这种生活过来的人中，谁也比不上斯万先生给我的印象，他一会儿就来接女儿。由于吉尔贝特住在父母家，由于她的学业，她的游戏，她的嗜好都取决于父母，所以斯万先生和斯万太太对我而言，他们身上有一种不可企及的未知物，一种忧伤的魅力，就像吉尔贝特，也许甚至胜于吉尔贝特，似乎父母是全能的诸神在她心目中很合适，是她的根源哪。凡是与他们有关的事情在我都是随时随刻关注的对象，尤其是斯万先生来香榭丽舍找吉尔贝特的那些日子，以前我经常见到他，那时他与我父母交往甚密，但并没有引起过我的好奇心，现在一看到他的灰色帽子和他的斗篷大衣，我的心不禁怦怦直跳，等到心跳平静下来，斯万的面貌依然令我感动，犹如一个历史人物的面目，我们刚读了一系列有关他的著作，其最微小的特点都使我感兴趣。在孔布雷我听说斯万跟德·巴黎公爵的关系时，我根本无动于衷，现在对我来说，这种关系却是不可思议的，好像除他之外，再也没有别人识认奥尔良家族[1]了；这层关系使他在香榭丽舍公园小径上熙来攘往的各阶层游人浊流中抢眼地超凡脱俗，我欣赏他在人流中出现，自觉地不要求别人对他刮目相看，再说他隐姓埋名，穿戴平常，游人中谁也想不到对他另眼相看。

他对吉尔贝特同伴们致意回礼时彬彬有礼，甚至对我的伙伴也如此，尽管他跟我家不和，但没显出认识我的样子。这反倒让我想起他经常在乡间同我见面，我虽记忆犹新，但当时我很少露面，因为自从重见吉尔贝特以来，对我而言，斯万主要是她的父亲，不再是孔布雷的那位斯万；现在我归类他姓氏的思路与以前所纳入那个网络的思路是不同的，而现在我必须想起他时，永远再也不会运用那个网络，他早已变成一个新人物了；但我照旧用一条人为的、从属的、横切的线路，把他跟我们家从前的客人连接起来；由于对我来说，任何东西都不再有价值，除非我的爱情可以加以利用，回忆起过去的岁月，深为不能遗忘而感到一阵羞愧和遗憾，现时在香榭丽舍站在我面前的同一斯万，幸亏吉尔贝特也许还没说我姓甚名谁，在他当时的眼里，我显得那么不伦不类，老派人请妈妈上楼到我房间来道晚安，而妈妈正在喝咖啡，同时在花园就座的有他呀，还有我父亲和外祖父母。他对吉尔贝特说，她可以玩一局游戏，他能等一刻钟，然后跟大家一样

---

1. 德·巴黎公爵属奥尔良家族。

坐在一把铁椅上,并伸手付租椅票,这只手是菲力普七世[1]当年经常握在自己手里的,当下我们在草坪上开始做游戏,闹得鸽子飞将起来,其彩虹色的美丽身躯呈现为心形,好似鸟类王国的百合花,它们飞到安全的地方躲栖,比如有一只栖息在大石钵上,埋下头,连鸟嘴都看不见了,确认那里盛满了水果或谷物,看上去它在啄食哩,另一只鸽子栖在雕像的额头上,倒像某些古代的雕塑作品中头戴珐琅饰物,其彩色斑斓改变了千篇一律的石头色调,而头戴象征物若是女神的话,那么此象征就博得一个特定的称号,即一位新的女神就像凡人都有一个不同的名字。

这么一个阳光灿烂的日子却没有让我实现愿望,我再也没有勇气向吉尔贝特隐瞒我的失望了。

"我正好有许多事情要问您,"我对她说,"我认为今天这个日子对咱们的友情事关重大。可您刚到就要走!明天尽量早点来,好让我跟您聊聊。"

她的脸焕发着光辉,快乐得跳起来答道:

"明天,别指望了,我英俊的朋友,我才不来呢!我参加一个盛大的午茶会,后天也来不了,我去一个女友家从窗口眺望狄奥多西国王[2]驾到,一定极好看哪,再后天还要去看《米歇尔·斯

---

1. 是德·巴黎伯爵当年谋求王位的王室称号:路易-菲力普-阿尔贝·德·奥尔良(1838—1894),也是法王路易-菲力普的孙子。
2. 狄奥多西(346—395),即狄奥多西一世,古罗马皇帝(379—395)。此处系指俄国沙皇尼古拉二世1896年访问巴黎。

特罗戈夫》[1]，然后呢，很快就圣诞节和新年假期了。也许家人将带我去南方，那就太棒了！尽管我到那边就没有圣诞树了；总之，我即使留在巴黎，也不来这里，因为我要跟妈妈外出造访，再见吧，瞧，爸爸在叫我哩。"

我随弗朗索瓦丝顺着夕阳斜照的街道回家，仿佛处在节庆已散的傍晚。我拖不动自己的双腿。

"不奇怪呀，"弗朗索瓦丝说，"今天天气不合季节，太热了。唉！上帝！到处都会有许多可怜的病人，看来连上天也全乱套了。"

我忍住啜泣，反复琢磨吉尔贝特早先讲的话，她欢欣雀跃地说将好长时间不来香榭丽舍。但只要心头一动想起她来，心里就陶醉。就我与吉尔贝特的关系而言，心理障碍的内在束缚不可避免地将我置于特定的、唯一的地位，尽管这种地位是令人痛苦的，陶醉也罢，地位也罢，早已开始给她的冷漠表示增添某种浪漫的东西，而在我的泪水里则育出一丝微笑，虽然这种微笑只不过是接吻的雏形，有点难为情罢了。每到邮班的时间，今晚同任何其他晚上一样，我便思忖："我即将收到一封吉尔贝特的信，她终将告诉我，她从未停止爱我，向我解释她不得不把对我的爱隐藏至今那神秘的理由，不得不假装因见不着我而可以很幸福的理由，为此吉尔贝特表面上装出普通同伴的样子。"

---

1. 儒勒·凡尔纳根据自己同名小说改编的剧本，于1880年在沙特莱剧场首演，获得巨大成功。

每天晚上我乐于想象这封信，以为读熟了，背得出每句话。突然我吓呆了。我心里明白，就算收到吉尔贝特一封信，也无论如何不会是上述的书信，那是我刚才自己撰写的。于是我竭力转移原先的想法，不再一厢情愿以为是她给我写了上述词语，担心一旦披露，恰好把弥足珍贵的、称心如意的词语从可能实现的领域排除掉了。即使遇到不大可能出现的巧合，恰恰收到来自吉尔贝特给我写的信就是我杜撰的信，从中认出我的作品而并未产生收到不是来自我自己的印象，即某种真实的、新鲜的东西，一种出乎我的意愿的、不以我的意志为转移的幸福，那就是真正由爱情赋予的幸福。

暂且，我重读一页，虽不是吉尔贝特写给我的，但至少因为她而重读的就是贝戈特写有关拉辛受到古老神话之美启发的那一页，我爱不释手，一直像玛瑙似的留在身边。我的女友让我寻找这一页，其好意让我深受感动，由于每个人都需要寻找其激情的理由，直到很高兴认出他所爱的人身上的品质，就是文学或交谈使他学会识别的那些值得激起爱情的品质，直至通过仿效，吸收上述品质，使之成为他爱情新出现的理由，哪怕这些品质与这种爱情所追求的品质截然相反，只要此爱情是出于本能的，就像斯万从前追求奥黛特之美的美学特性，而我，早先在孔布雷就爱上吉尔贝特了，正因为对她的生活一无所知，便一心想投入这个未知界，化身其间，舍弃我自己的生活，在我，已微不足道了，现在想起得益匪浅，无可估量，因为我对自己的生活太熟悉了，不屑一提，吉尔贝特倒可能有朝一日成为谦恭的仆人，衣柜似的工具，得心应手的协助者，晚上我工作时，她当个帮手，帮我核对一些小册子。至于贝戈特，这位长者睿智无垠，几乎超凡入圣，正因为他我才先入为主地爱上吉尔贝特，甚至在见到她本人以前，而现在主要因为吉尔贝特我才喜欢贝戈特。我充满喜悦地读完他所写的有关拉辛的篇章，以同样的喜悦凝视她给我送书时包装纸上盖着的白蜡印记，还系着淡紫色的丝带哩。我吻着玛瑙球，这是我女友的心最美好的部分，既不轻浮又有忠实的部分，尽管点缀着吉尔贝特生活的神秘魅力，却一直住在我的卧房里、睡在我的床上。然而，这块宝石之美，以及贝戈特这些篇章之美，都是我乐意将其同我对吉尔贝特的爱情构思相联系的，好像这种爱情在我看来只不过事属子虚乌有的时刻，这两种美赋予我的爱情某种聚合力，我意识到这两种美早于这种爱情，前者与后者并不相似，两者的成分早已由天才或矿物学规律确定了的，早在吉尔贝特认识我以前就确定了的，倘若吉尔贝特不曾爱过我，这本书和这块宝石里的成分丝毫不会是另一种样子，因此它们本身没有任何东西使我获悉幸福的启示。我的爱情时刻期望第二天得到吉尔贝特的爱情表白，而第二天白天的事情办得很糟，使期望破灭了，乱套了，可我内心却有个默默无闻的女工硬是不肯把乱线团扔掉，专心梳理着，既不考虑讨好我，也不操心致力我的幸福，按一种不同的秩序干着自己所有的活计。我对吉尔贝特的爱情，她没有任何特别的兴趣，也不先入为主地肯定我被人

第三部分　地名者，姓氏也

爱着，却汇总吉尔贝特似乎让我无法解释的行动和已经得到我原谅的过错。于是前者和后者都具备某种意义。这种新秩序似乎表明，看到吉尔贝特不来香榭丽舍，而去看日场演出，跟家庭女教师买东西，去准备外出度新年假期，我错以为："这是因为她轻浮或顺从。"要不，倘若她爱我，那么她就会停止轻浮或顺从；倘若她被迫唯命是从，那么在我见不到她的日子里，她就会跟我一样感到失望。这种新秩序还说明，我应该知道什么是爱，既然我爱吉尔贝特；新秩序还使我注意到我老着急在她的眼中抬高我的身价，为此我千方百计说服母亲为弗朗索瓦丝买一件胶布雨衣和一顶带蓝翎毛的帽子，或宁可不让使我脸红的女仆陪我去香榭丽舍，可我母亲却驳斥我对弗朗索瓦丝不公平，说她是个好女人，对我们忠心耿耿，所以见吉尔贝特这个独一无二的需求使我提前几个月一心想获悉她在哪个季节离开巴黎，又去何地；我认为如果她不该呆的地方，即使是最令人愉快的地方也会成为流放之地，相反只要我在香榭丽舍能见到她，我情愿永远呆在巴黎；不必向我指出，上述操心和需求，我在吉尔贝特的行为中根本找不到的。她则相反，欣赏她的家庭女教师，不在乎我有什么想法。她觉得，如果是为了陪小姐去买东西而不来香榭丽舍，是很自然的；如果是陪她母亲外出而不来香榭丽舍，是很愉快的。假定她允许我去一地点跟她一起度假，至少要选择的地方符合她父母的愿望，符合别人跟她讲的有许多好玩的东西，决不会是我家想送我去的地方。有时她一本正经地对我说，她不大喜欢我，而更喜欢她某个男友，抑或她不像前夕那样喜欢我了，因为我不经意使她输了一盘，我便向她道歉，问她该怎么办才能重新获得她同样多的欢心，才能使她爱我胜于爱别人；我真希望她对我说早已如此，我为此恳求她，好像她可以随她心意改变对我的情意，也随我心意改变对我的情意，为了使我高兴，只要根据我的好表现或坏表现，光凭她说几句话就行了。我，当时对她体验到的情意既不取决于她的行为也不取决于我的意志，难道我不知道吗？

最后，我们心中默默无闻的女工所描绘的新秩序表明，假如我们能够寄希望于迄今一直使我们痛苦的女人的行动不是由衷的，那么她延续的行动中就会出现一道亮光，面对这道亮光，我们的愿望束手无策，我应当凭借这道亮光而不是凭借我们的愿望去探索其明天的行动。

这些新出现的话语，我的情爱领悟了，信服了，明天不会与已逝的所有日子相同；吉尔贝特对我的情感，已经太陈旧了，不能改变了，不把我放在心上了；在我与吉尔贝特的友情中，只有我还爱着："不错，"我的情爱回答，"那份友情毫无用处了，她决不会改变的。"于是从翌日起，或等一个节日，如果有节日的话，或等一个纪念日，也许等到新年，总之等一个不同寻常的日子，待到天气重新清朗鲜亮时，抛弃过去的遗产，也不接纳旧日留下的凄楚，我会要求吉尔贝特摒弃我们的旧友情，奠定我们新友情的基石。

我手头总有一张巴黎地图，似有如获至宝的感觉，因为从中可识别斯万夫妇所居住的街道。出于高兴，也出于某种骑士式的忠诚，我不管说什么，言必称这条街的名字，以至于父亲，因不像母亲和外祖母知道我情有独钟，忍不住问我：

"喂，你为什么老提到这条街，没有什么不同寻常哪，居住嘛，倒十分惬意，因为离布洛涅森林很近，但至少有十条街也是如此呀。"

我不管说什么，总对我父母口口声声提斯万的姓氏；诚然，我心中暗自不断念叨这个姓氏，但也需要听到此姓的悦耳抑扬声，玩味铿锵的乐声，默念在我已不满足了。况且，斯万这个姓氏，虽说好久以来就知道的，现在却像某些失语症者，对最常用的词语都说不上来，对我而言成了一个新的姓氏了。此姓老在我脑子里显现，我的脑子却无法适应它。我将其分解，一个字母一个字母拼读，它的拼写却叫我十分吃惊于这个姓氏，日益让我熟悉的同时，不断使我觉得不那么清白无辜了。我一听到斯万的姓氏就兴高采烈，连自己都认为这种喜悦应受到谴责，觉得别人猜透了我的心思，改变了话题，倘若我处心积虑把话引向这个姓氏。我不得已而选择依然涉及吉尔贝特的话题，没完没了地重复同样的话语，我明知故犯，明知只是说说而已，离她很远说出的话语，她根本听不见，反反复复叨唠的空话，对改变事情毫无价值，然而我觉得把围绕吉尔贝特的事情翻手为云覆手为雨地倒腾

在斯万家那边

一番，也许会取得喜出望外的东西。我反复对父母说，吉尔贝特非常喜欢她的家庭女教师，好像这句脱口而出的话重复一百次终将奏效，能突然使吉尔贝特来永远跟我们生活在一起。我再次夸奖那位读《辩论日报》的老夫人，向父母暗示她是大使夫人或许还是亲王夫人，一个劲儿赞赏她的美貌、她的雍容、她的高贵，直到一天说出从吉尔贝特听来的姓氏，她应当叫布拉丹太太。

"嗨！我明白了，"我母亲嚷道，弄得我羞愧难当，脸色发红，"你可怜的外祖父没准又会说：小心哪！小心哪！你觉得美貌的原来是她呀！但是她难看死了，她一向不好看哪。她是个执达员的遗孀。不记得了吧，你小时候，我费尽心机不让她来体操课看你，她并不认识我，却想跟我搭讪，借口说什么，你长得太漂亮，不像个男孩。"她一直有结交上流社会的狂热欲望，要是她真的认识斯万太太，必定是发疯了，我一向是这么想的。不过即使她出身非常一般，至少据我所知还没有做出招惹是非的事情。但她总要给自己拉关系。她长得丑陋，庸俗不堪，而且还是麻烦制造者。

至于斯万，为了尽量长得像他，我就餐时始终拉长着脸，不停地揉眼睛。父亲说："这孩子愚蠢，将来会变得很丑。"我还巴不得也像斯万一样秃顶。我觉得他是个不同寻常的人，有些我交往的人也认识他，有时碰巧会遇见他，真是神了。一次，母亲像每天晚餐时一样讲述她下午的采购，只是提了一句："对啦，你们猜猜看，我在三地区商场的伞部碰到谁了？斯万！"顿时我觉得在她枯燥无味的叙述中绽放一朵神秘的奇葩。简直是令人伤感的享受，居然听到斯万以鹤立鸡群的身影出现在芸芸众生中去买一把伞。在大大小小同样无足轻重的事件中，这一件则在我心中激起特别的震动，尽管我对吉尔贝特的情爱始终在心中激荡。父亲说我对什么也不感兴趣，因为大家谈论狄奥多西的来访可能产生的政治后果时，我根本不在听，眼下这位法兰西的贵宾，居然有人在说是法国的盟友，然而与此相反，我多么想知道他当时是否穿闲云野鹤似的披风哩！

"你们互相问好了吗？"我问。

"当然啰，"母亲回答，她仿佛总是担心，一旦承认我们冷淡斯万，准会有人来劝说言归于好，超过她的初衷，因为她硬是不乐意认识斯万太太，"是他过来跟我打招呼的，我事先没有看见他。"

"如此说来，你们没有闹翻啰？"

"闹翻？干吗闹翻？亏你想得出来！"她生硬地回答，好像我打破了她与斯万良好关系的虚构，千方百计做"拉拢"的工作。

"他没准怨你不再邀请他。"

"咱们不必邀请所有的人，他邀请我了吗？我不认识他的妻子。"

"可在孔布雷的时候他常来的嘛。"

"没错，在孔布雷他是常来的，可在巴黎，他有其他事情要做，我也一样哪。但我向你保证，我们根本不像两个闹翻的人。

我们还一起呆一会儿呐，因为人家还没有把他买的东西打好包送来。他向我打听你的消息还说你跟他的女儿一起玩。"母亲补充道。我惊异斯万心中有我所引起的诱惑力，更有甚者，他对我们了解得相当全面。当我在香榭丽舍面对他时，因情爱而哆嗦，他居然知道我的姓氏，知道谁是我的母亲，并且依托我是他女儿的游戏伙伴东拼西凑汇集有关我外祖父母的情况、有关他们家族的情况、我们居住的地点、我们以前生活的某些特点，也许连我自己也不知情。但我母亲不见得觉得跟斯万邂逅有什么特殊的魅力，尽管是在商场伞部，斯万见到她时便来问候，对斯万来说，她代表着一个特定的人物，与他有着共同的记忆，从而促使他走近我母亲，向她表示敬意。

不光是她，而且还有我父亲，都似乎不再有什么特别的兴趣谈论斯万的祖辈，谈论证券经纪人。我的想象力把某个家族从巴黎社交界单独抽出来，将其神圣化，如同把某所石头房屋从巴黎石头房屋城单独抽出，将其神灵化，把通车辆的大门雕刻一番，把窗户装饰得风雅华丽。然而这些装潢，只有我才看得见。家父家母认为斯万住的房屋跟布洛涅林区同期造的其他房屋一模一样，同样他们觉得斯万的家庭与许多其他证券经纪人的家庭同属一类。他们判断斯万家族是好是坏，根据这个家族参与普世功德的程度，不认同有任何独特之处。相反，他们即便赏识斯万家某个优点，也在别处遇到相同程度抑或更高程度的优点。所以在觉得斯万家房屋处的位置很好之后，就讲另一处房屋的地理位置更好，但与吉尔贝特毫无关系；或谈及比她的祖父档次更高的金融家；即使他们一时与我的意见相符，那是因为误会，很快得以消除。为此，要体察围绕吉尔贝特周边的一切事情，必须在情感世界具备一种鲜为人知的品质，如同在彩色世界的红外线，那就是情爱赋予我的那种额外的、瞬时的感悟，而我父母并不具备。

在吉尔贝特向我预告她不来香榭丽舍的日子里，我尽力散步，走到离她近一点的地方。有时我领着弗朗索瓦丝朝圣般地走近斯万家居住的房屋。我没完没了地让她重复从吉尔贝特家庭女教师那里打听的有关斯万太太的情况："听说她挺迷信的。要是听见猫头鹰叫，或听得墙壁挂钟的滴答声，或子夜见到一只猫，或听见某件家具木板干裂的噼啪声。嘿，这是个非常信鬼神的女人！"我对吉尔贝特非常痴情，假如路上瞥见她家膳食总管遛狗，也会激动得停住脚步，用充满激情的目光凝视它花白的颊髯，弗朗索瓦丝问我：

"您怎么啦？"

然后，我们继续往前走，直到他们家通车辆的大门前，那里有个与众不同的看门人，连他的号衣饰带里都浸透着我在吉尔贝特的姓氏里感受到的那种相同的带隐痛的魅力，他似乎知道我属于天生不够格的那种人，永远被禁止进入他奉命守卫的神秘生活，而中二楼的窗户仿佛有意识地关闭严实，平纹细布窗帘堂而皇之地下垂着，比任何其他的窗户，更不像吉尔贝特炯炯有神的目光。另一些时候，我们去巴黎林阴大道，我守在迪福街入口处，听人说经常可以在那里见到斯万经过，去他的牙医诊所；我的想象力把吉尔贝特的父亲与人间的其他人区分得泾渭分明，他在现实世界中出现就会引起诸多的神奇，甚至到达玛德莱娜大教堂之前，一想到走近那条可能出其不意地发生神灵显圣的街道，心里好激动哟。

但更多的时候，多在见不到吉尔贝特的时候，因为听说斯万太太几乎每天沿槐树小道散步，绕着布洛涅大湖，走上玛格丽特王后小道[1]，所以我领着弗朗索瓦丝往布洛涅林园那边走去。这座林园，对我而言，有如一座座动物园，汇集各色花草树木，反衬层出的景色，诸如，翻过小丘，便见一个岩头，一片草地，几处悬岩，一条河流，一行地沟，一座山丘，一湾沼泽，人所共知，这些景点只供动物嬉戏，诸如河马、斑马、鳄鱼、俄罗斯兔子、熊和鹭，提供了恰如其分的环境或美丽如画的背景；至于布洛涅林园本身，也很复杂，集结各种不同而自围封闭的小世界，其中间隔着某个农场，栽有美国橡树，红红的树叶，酷像弗吉尼亚州的庄园，湖畔一片松林或一片乔木林，从中突然出现某个行色匆匆的女子，一身柔软裘皮穿着，一对兽眼炯炯有神，那是女人的花园；如同《埃涅阿斯纪》的香桃木[2]，为了她们，槐树小道两旁

---

1. 槐树小道亦称龙尚小道，长三公里，从龙尚十字路口到马约门。其间与玛格丽特王后小道交叉，后者从马德里门通到布洛涅门。
2. 参见《埃涅阿斯纪》第六章，埃涅阿斯下地狱，在香桃木森林遇见因爱情而死的神话女半神。

栽着同一树种的树木，是遐迩闻名的美女们常去的小道，如同孩子们从远处看到岩顶就兴高采烈，因为他们知道海狮即将从那里往水里跳，我们在到达槐树小道前早早就闻到槐花清香四溢，老远就感到一种既刚又柔的植物个体临近了，正在独辟蹊径；然后，我愈走愈近，瞥见树梢簇叶，是那么轻柔娇弱，夹着一种浅薄的优雅，一种娇艳的剪影，织物般的薄质精料，叶丛中倒挂着成千上万的花朵，好似一群群振翅颤动的有益飞虫；最后连花儿阴性的名字，那么闲逸和柔和，直叫我的心怦怦乱跳，有如舞会上的华尔兹舞，我们记住的不是华尔兹舞本身，而是掌门人在舞厅入口喊报的漂亮女宾的姓氏。有人告诉我，在小道上，我看得见某些风雅的女人，尽管她们尚未全部出阁，却通常同斯万太太一起提及，但更经常提及她们的化名；她若有新的名字，无非只是一种姓名隐匿，别人谈起她们时，都留心免提而又让人明白是谁。美，在女性风雅的秩序中，是受一些玄奥的法则支配的，她们对此早已心知肚明，而且有能力去实现，故而我预先把她们的打扮、她们的套车以及成百上千的细节当作一种启示来接受，寄予充分的信任，就像使瞬息即逝且游移不定的结合体具有一种内在的灵魂，形成一件杰作的严密结构。但我想见的却是斯万太太，等着她走过来，激动得好像她就是吉尔贝特，其父母如同她周围的一切，都浸透着她的魅力，他们在我心里激起的爱不亚于吉尔贝特，甚至激起一种更为隐痛的心绪不宁，因为他们与她的接触点是她生活的内在部分，而她的生活是不许我涉足的，不过我很快就获悉，读者将会明白，他们原来并不喜欢我跟她一起玩，末了，对那些毫无节制地伤害我们而运用权势的人们，我们总怀着敬畏的心情。

我把简朴放在美学价值秩序和社交荣誉秩序的首位，这不，我瞥见了斯万太太本人，她身穿一件波兰式的呢绒长裙，头戴一顶插着红雉羽毛的无边小帽，贴身上衣胸口插一小束紫罗兰花，行色匆匆，穿行槐树路，好像抄最近的路回家，一边向马车上的先生们挤眼递色，回应他们老远就认出她的身影后抛来的敬意，先生们都在思量，哪个女人都不如她漂亮。然而我摆在最高位置的常常不是简朴，而是排场当下，弗朗索瓦丝累得不行了，直嚷嚷"抬不起腿迈不开步"，我还是硬逼她陪我溜达了一小时，终于看到从太子妃门那边的小道口出现的形象，对我来说是王家的盛誉魅力，是一种君王的驾临，后来任何真正的王后都未能给过我如此这般的印象，因为我对她们的权势有比较清晰的概念，也有比较实验性的体察。一辆无与伦比的维多利亚式四轮敞篷马车由两匹马牵引飞奔而过，马匹身姿矫健，活像贡斯当丹·居伊[1]素描画中的坐骑，驾座上的御者人高马大，毛发浓厚，像个哥萨克骑兵，旁边坐着青年马夫，使人想起"已故博德诺尔"[2]，我看到，或更确切地说，感觉到上述形象的式样在我心里烙下一种明

---

1. 贡斯当丹·居伊（1805—1892），法国画家（擅长素描画和水彩画）和雕塑家。因戎马生涯而留下许多军旅生活的画作，其巴黎生活的素描和水彩尤为著名，多为风流之作。
2. 博德诺尔为巴尔扎克《卡迪央王妃的秘密》中的人物。

显而耗损的创伤,这辆四轮敞篷马车故意造高一点,让"最新潮的"豪华融入古雅的外形,车厢尽里斯万太太舒坦地休息,她的头发现时金黄一片,只有一绺灰发,束着一圈窄窄的缎带,总别着花朵,最常见的是紫罗兰,从上垂下长长的面纱,手上拿着一把浅紫色阳伞,嘴唇露出暧昧的微笑,从中我一般只看出王后陛下的仁慈,可她的微笑更多的是轻佻女子的撩人,她把暧昧的微笑温柔地献给那些向她致意的人们。这种微笑,实际上对某些人是在说:"我记忆犹新哪,那时太美妙了!"对另一些人则是在说:"我巴不得爱上一场呢,咱俩运气不好哇!"再对另一些人又意味着:"您乐意的话,我先顺着车道走一阵,一旦有可能,我马上叫停。"即便陌生人走过,她也让嘴边露着悠闲的微笑,好像在等待或回忆一个男友,促使别人赞叹:"她有多美呀!"只是对有些人,她的微笑是苦涩的、勉强的、羞怯的、冷淡的,那意思是:"好哇,坏蛋,我知道您是恶毒的诽谤者,管不住您的臭嘴!可我在乎您吗,我?"科克兰[1]跟聆听他高谈阔论的朋友们走过小道,向坐在马车上的一些人挥手问候,摆出舞台上的姿势,好像演戏。可我一心想着斯万太太,装出没瞧见她的样子,因为我知道她到达射鸽场附近,她会叫车夫驶出车道,停在路旁,好让她下车,徒步走下小道。有些日子,我感到有勇气打她身旁走过了,便拽着弗朗索瓦丝朝她那边方向走去。果不其然,一时

---

[1]. 科克兰(贡斯当·科克兰,184?—1909),法兰西剧院著名演员。

间，我瞥见斯万太太在行人小径朝我们走来，她那淡紫色的连衣裙拖裙长长地拖在身后，其装束的布料和贵重的首饰服饰，在老百姓的想象中，只有王后贵妃才穿戴，其他妇女没有可能。她不时垂下眼帘瞧一瞧阳伞的伞柄，对过路的行人很少注意，好像她的大事和目的无非活动一下身子，根本不在意别人注视她，所有的脑袋都转向她。然而，时不时她转身唤叫她的猎兔狗，让人难以觉察地环顾她的四周。

连那些不认识她的人都是内行看客，都看出她身上有些奇异，有些过分，或者没准由于一种心灵感应的辐射，有如拉贝玛演得精彩时，激起一窍不通的观众的掌声，阵阵掌声便是层层心灵感应的辐射，斯万太太因此便成为某个知名女士了。他们心想："她是谁？"不时还向路人讯问抑或决心记住她的打扮，作为参照依据，向较知情的朋友打听，便很快得知底细。倒有些散步者半道停下说：

"您知道她是谁吗？斯万太太呀！不记得了吗？不就是奥黛特·德·克雷西吗？"

"奥黛特·德·克雷西？难怪我心里直犯嘀咕，她那双忧郁的眼睛……可您知道吧，她现在不再是第一春了！我记得，麦克马洪辞职[1]那天，我跟她睡过觉。"

"我想，您最好别跟她提起睡过觉的事。她现在是斯万太太，

---

1. 麦克马洪（1808—1898），法兰西元帅，君主派，却当上第三共和国的第二任总统。1879年1月共和派成为众参两院多数派，月底麦克马洪被迫辞职。

她先生是巴黎赛马俱乐部的成员，威尔士亲王的朋友。再说她仍秀色可餐哪。"

"不错，但当年您要是认识她呀，那可真叫漂亮！那时她住一所怪怪的小邸宅，屋里摆满了中国小玩艺儿。记得我们相好时，受到街上报贩的叫卖声的干扰，末了她催我先起床。"

我不再在意对她的说三道四，却发现她周围的人们都在对她的名声窃窃私语。我的心直跳，急不可耐，心想再过一会儿，所有这帮人会注意到一个默默无闻的年轻人，很遗憾在这之前，我发觉还没有一个黑白混血银行家瞧不起我，他们会看见一位陌生的青年向这名妇女致敬，说真的我并不认识她，但自认为有权这么做，因为我父母认识斯万先生，还因为我是她女儿的伙伴，尽管这个女人的美貌、放荡、风雅是人人皆知的。说时迟那时快，我已经到达斯万太太跟前，向她行大弧度脱帽礼，手臂伸得之长，鞠躬弯腰之深，逗得她情不自禁地微微一笑。有人也跟着笑起来。至于她，从来没见过我和吉尔贝特在一起，也不知道我的姓氏。对于她，我就像布洛涅森林的一个看守人，或像船夫，或像她向湖中扔食的一只鸭子，总之，是她在林中散步时遇到的辅助人员之一，既随便可见又默默无闻，如同"剧中小角色"，全然没有个性。有些日子，我没见她去槐树小道，倒偶尔碰到她在玛格丽特王后小道，女士们到那里去图个单身独处，或者摆摆单身独处的样子；她单独呆不长久，很快有某个男友来会合，经常戴一顶灰灰的"筒式"礼帽，是我不认识的，他们交谈良久，他们的两辆马车随后慢慢跟着。

布洛涅森林的复杂性在于它成为了一处人工园林，从动物学或神话学的意义上说是一座公园，那年[1]我穿过公园去特里亚农时，再次体验到这种复杂性。那是十一月初的一个早晨，在巴黎蛰居屋内，近在咫尺而无奈失去的秋色匆匆逝过而不得亲临，不免引发人对枯叶的怀念眷恋和真切兴奋，简直叫人辗转不眠。在我紧闭的卧房，一个月来，我一直热切地想看枯叶，于是枯叶便介于我的思想和我用心专致的对象之间，像黄色斑点在我们眼前旋转，尽管我们有时凝视斑点也止不住。那天早晨，不再听到像前几天的下雨声，但见紧闭的窗帘角边露出晴朗的微笑，仿佛紧闭的嘴边流露的幸福秘密，我感到可以借日光的穿照来观赏黄叶处在最美的状态；孩提时听得狂风在壁炉里呼啸便忍不住要去海边，现在更忍不住要去看树。于是我出门经过布洛涅森林去特里亚农。此时此季，布洛涅林园似乎是最多姿多彩的，不仅因为林园有更多的细分层次，而且还别具一格哩。甚至在那些开阔的部分，有一览无余的广大空间，而树仍星罗棋布，远处树木的叶子凋落了，剩下黑压压的枝干丛块，或有些树木还留着夏日的树叶，还有两行橘黄色叶子的栗树，好似刚下笔的一幅画作，只是画上轮廓还未着色，两行栗树

---

1. 系指1913年。

夹着的小道阳光灿烂地延伸着，但要晚些时候才陆陆续续有人漫步。

再远处，有个地方树木扶疏，翠叶覆盖，葱葱茏茏，唯有一棵矮而粗、顶枝截去而顽强挺立、迎风摇曳一头难看的红发。别处依然是五月树叶的复苏返青，其中一株蛇葡萄妙不可言，笑逐颜开，像冬天玫瑰红的有刺小树，一清早就开花吐蕊。布洛涅林园看上去倒像临时的、仿制的苗圃或公园，抑或出于植物学的用心，抑或为了准备一个节庆在尚未移走的普通类树木中间，刚栽上两三种名贵品种，枝叶奇异，仿佛为周围留出点空隙，疏通点空气，增添点亮光。如此这般的季节，布洛涅林园呈现类别最多的树种，并列展示各色自成的部分，组成一种拼凑复合的综合体。这也恰逢其时。但凡树木还保留树叶的地方，一天内，树木好像经历一次质地的交替，清晨树木沐浴几乎水平地照射的阳光，几个小时之后就开始黄昏降临，夕阳光就像灯光，远距离投射叶丛，映照出一种仿制的、温暖的反光，使顶端的树叶强光四射，剩下的部分就像枝形大烛台，根本不可燃，与熊熊燃烧的树巅相比，真是黯然失色了。这边，阳光越积越厚，像一层层砖头，跟饰有蓝色图案的波斯黄色砌体一般，凌空向栗树叶丛粗制滥造地注塑；那边，则相反，枝叶脱离叶丛伸向天空，蜷缩着金黄的指头。有一棵树，缠绕着爬山虎，阳光射来拦腰嫁接，绽出一束硕大的红花，也许像康乃馨的一个变种吧，光彩耀眼，难以辨别清楚。布洛涅林园的各部分，夏天交柯错叶，一片蓊郁叠翠，既厚实又单调，冬天则疏朗修长孑然而立。空间更加廓清，开阔得几乎看得清各条道路的入口，或看得清一处亭亭如盖的叶丛，宛如昔日一面方形王旗，标志着通向各部分的道口。我们好似看着一张地形图，识别着阿姆农维尔会馆、加特朗草场、马德里古堡、赛马场布洛涅湖滨。不时出现某个无用的建筑，如一个假岩洞，又如一座磨坊，或把树木挪开腾出地方而建，或修在草场前柔软的平台上，我们感到布洛涅林园不只是个树林，还要适应与树木生长无关的用途；我感受到的兴奋不只是出自对秋色的欣赏，还出于一种欲望。心灵首先感受喜悦的巨大源泉时，并不知晓其缘由，也不领悟心灵之外任何东西都无法使之触景生情。这不，我带着柔情凝视树木，因柔情超越树木而未得到满足，进而在我不知不觉中投向美丽的散步女子这样的杰作，树林竟然每天把她们关住几个小时哩。我正朝槐树路走去。我穿过高大的乔林，上午的阳光硬将其分割成新的区划，修剪其枝条，把各色树干结合在一起，组织成一簇簇鲜花。阳光灵巧地引诱住两棵，借助于光与影这把强有力的剪子，将各方的树干和树枝拦腰剪去，把剩下的两个半部编织在一起，抑或形成一根单独的影柱，周边充满阳光，抑或构成一种孤单的光幻影，其黑影网勾勒的轮廓很不自然，抖动不定。当一抹阳光把最高的树枝染成金黄色，树枝仿佛浸润一层闪烁生辉的湿气，独自浮现在湿漉漉的翠绿色气层上，使整个乔木林就像沉入海底。因为，树木继续凭其自身固有的生命力活着，即使秃光了叶子，树木的生命更加熠熠生辉，或在包裹其枝干的绿色绒鞘之上，或在白釉彩色的槲栎[1]绒球里，绒球飘落在杨树顶端，圆圆的，宛如米开朗琪罗《创造日月》[2]里的太阳和月亮。然而，岁月悠悠，这些乔木不得不依仗嫁接法与女性共同生活，让我想起山林仙女，美丽的风流女子，肤色红润，反应敏捷，所到之处，有枝叶庇荫，必得像树木那样领略季节的威力；高大的乔木林还使我想起我怀抱信仰的青春时代，那是幸福的时光，当时我急切来到这些地方，渴望目睹女性优雅的杰作呈现几个片刻，在叶丛无意识的配合下完成。然而，布洛涅林园的冷杉和槐树使人产生秀色可餐的美；比我即将去观赏特里亚农的栗树和丁香更撩乱心弦，这种富有性感的美并非与我无关地记录在对一个历史时期的回忆中，在某些艺术作品中，在某个爱神小庙里，哪怕庙墙脚边堆着金色掌状叶。我折回湖边，一直走到射鸽场[3]。我心怀的完美观，当时，我在一辆维多利亚式敞篷马车的高度上得到体认，在几匹骏马的精瘦上得到体认，因为骏马像胡蜂似的轻快而躁狂，眼睛充满血丝，酷似狄俄墨得斯[4]凶残的马；现在，我突然产生欲望，重见我曾经喜爱过的东西，跟许多年以前促使我来这些相同小道的欲望同样炽热，我想重新目睹那

---

1. 槲栎，也叫青冈。落叶乔木或灌木，茎高近30米，叶子长椭圆形，边缘有波状的齿，背面有白毛，果实长椭圆形。（参见《现代汉语词典》第533页。）
2. 全名应为《创造日月和植物》，系为西斯廷天顶主体部分的《创世纪》壁画九幅画面的第二幅。
3. 其实是一座漂亮的运动俱乐部，位于马德里门和槐树小道之间。
4. 此处的狄俄墨得斯不是阿耳戈斯国王堤丢斯的儿子，而是阿瑞斯和库瑞涅的儿子。他把截获的行人杀死，然后割下行人的肉来喂养他的烈马。

个场景：斯万太太那人高马大的车夫，在只有拳头那么大、圣乔治那般稚气的小随从监督下，竭力控制受惊而颤抖的烈马，驾驭着挣扎时长出的钢铁翅膀。可惜唉！如今只有汽车了，由留小胡子的司机驾驶，由魁梧的跟班陪伴。我想全神贯注地看看是否还有我记忆中迷人的女性小帽，唉，如今的女人帽子戴得很低，活像压着一顶花冠。一顶顶硕大无比，布满了果子、花朵和各种不同的小鸟。当年斯万太太身穿像王后般的连衣长裙不见了，取而代之的是希腊、撒克逊时代的紧身长裙，饰有塔纳格拉式皱褶[1]，还时有督政府时期式样的帽子，料子是皱皱的浅底花绸，上面花朵星罗棋布，好似花式糊墙纸。我所见到的先生们，要是处在当年蛮可以陪伴斯万太太在玛格丽特王后小道上散步，他们的头上已不见昔日的灰色礼帽，也不见其他式样的帽子。他们光着脑袋上街。眼前景象中的各式各样新东西，我不再相信可以赋予它们牢靠性、统一性和生存性；这些东西从我眼前散乱而过，漫无目的，不切实际，本身无任何美可言，要不然我的眼睛蛮可以像从前那样试着将其组合一番。至于女人们嘛，太平常了，我根本不信她们有什么风韵，而且觉得她们的衣着也不值一提。当一种信念消失时，随之接替的是一种对旧事物的物神崇拜式依恋，此时失去的信念越来越坚定地要掩盖我们失去的能力，掩盖赋予新鲜

---

1. 塔纳格拉，系希腊一村庄名，在其附近发掘出公元前五至前四世纪的陶俑，故名塔纳格拉陶俑。1908年巴黎的《时尚》杂志推出带此种皱褶的长裙，曾轰动一时。

事物有现实意义的能力缺失，而对旧事物依恋的神圣感好像寓于旧事物本身，并不寓于我们身心；如果说我们如今不信神有某种偶然的原因，那就意味着诸神都死了。

多么恶形恶状哪！我自忖：难道人们觉得现在的汽车跟过去的马车一样高雅吗？没准我已经太老了，反正我天生看不惯女人们束缚在竟然不是织品布料做成的连衣裙里，什么世道呀。来这些树林干什么，既然聚集在变红的秀丽叶丛下的一切已不复存在？既然庸俗和荒唐取代了叶丛曾庇荫的优美极致？多么讨厌！今天，风雅已不复存在，想念我曾认识的女子们，成了我的慰藉。居然还有人静静观赏难看得要死的轻佻女人戴着鸟笼似的帽子或果园似的帽子，他们怎么能感受欣赏斯万太太所得到的愉悦，但见她头戴一顶简便的淡紫系带褶帽或只是笔直插着一朵蝴蝶花的小帽？我甚至能够让他们理解使我怦然心动的切身感受：冬天的早晨，我遇见斯万太太步行，身穿水獭皮外套，头戴简便的贝雷帽，上插两根山鹑刀形羽毛，单凭倒在她敞胸紧身衣口的那束紫堇就可想见她套房里温暖如春，紫堇开出蓝花，生气勃勃，面对灰色的天空，冰冷的空气，光秃的树木，只要把时令和气候当作背景，生趣依然盎然，魅力照旧相同，始终处在这位女人的氛围中，在熊熊的炉火旁，在丝绸面料的长沙发前，展现着沙龙园艺，插在花瓶中的鲜花面临紧闭的窗户凝视着窗外雪花纷飞，唉，他们能理解吗？况且，我认为，即便衣着恢复到当年一样，也是不够的，因为一个回忆中各种不同的组成部分是相互联系的，又因为我们的记忆使不同的部分在一个组合中保持平行，在这样的组合中，我们不可以减扣任何部分，也不可以拒绝接受任何部分，所以我真想能够在这些女子的某一位家里度完这天，面对一杯茶，坐在贴着深色墙纸的套房里，就像斯万太太的那间套房（本记叙第一部分结束时的第二年），房里映着橙色火光，壁炉里木炭烧得通红，十一月份的暮色中菊花闪烁着粉红和白色的光芒，就在如此相同的时刻，我并不善于发现我所期待的愉悦，读者以后会看得到。但现在，即使不会给我带来任何东西，我仍认为这样的时刻本身就包含相当大的魅力。我心里还是想重新找到我记忆犹新的那种时刻。可惜，只剩下路易十六款式的套房了，四壁白墙点缀着蓝色的绣球花釉彩。再说，人们又很晚才回巴黎。假如我写信要求斯万太太为我复原这一记忆的主要部分，虽然我深感此记忆已年深日久，已属久远的年代，不允许我追溯，重建主要部分的愿望本身已不可企及，就像从前徒然追求的那种情趣，那么她会从某个古堡给我回信道，她要待到二月才回巴黎，届时菊花早已过时了。而且在我，还必须是当年相同的女子，她们的打扮使我感兴趣，因为，在我还抱有信仰的时候，我的想象力把她们一一个性化了，给她们编派了一部传奇。唉！在槐树小道，即爱神木[1]小道，我倒是重见过几位，但她们都老了，只剩下她们当年风韵的可怖影子，在维吉尔风

1.《埃涅阿斯纪》记载：埃涅阿斯下了地狱，在爱神木森林遇到的神话女英雄都因爱情导致死亡。

格[1]的树丛里徘徊游荡，绝望地不知道寻找什么。她们早已逃遁了，我却还在徒然地讯问空无一人的小道。太阳已经躲起来。大自然又开始支配布洛涅林园所谓妇女乐园的想法随之烟消云散；在仿制的磨坊上空，是名副其实的灰蒙蒙天际；风吹皱大湖，引起层层涟漪，倒蛮像个湖了。大鸟匆匆飞越布洛涅林园，倒使林园像个树林了，一面发出尖利的叫声，一面争先恐后地纷纷栖息在高大的橡树上，树顶倒像法国古代德落伊教祭司的花冠，摆出多多内祭司[2]的权威做派，橡树仿佛宣告森林已挪作他用，林里空空如也，不宜人类涉足，这使我茅塞顿开，明白在现实中寻找记忆的图景是荒谬的，来自记忆本身的魅力，未经感官体认的魅力，在现实图景中是找不到的。我曾熟悉的现实已不再存在了。只要斯万太太不在相同的时刻保持原样来到，香榭丽舍大街就是另一个样子。我们熟悉的地方不只是属于空间世界，为了方便起见，我们才将其标出位置。这些地方只不过是构成我们当时生活相近的印象中一个薄薄的侧面；某个形象的回忆只不过是某个时刻的遗憾；房屋，道路，大街，唉，如同岁月，皆是短暂易逝的。

---

1. 古罗马诗人维吉尔的史诗《埃涅阿斯纪》中描写过这类树丛。
2. 多多内位于古希腊西南部的埃皮鲁斯，有宙斯神庙。祭司宣告神谕时，把橡树神圣化，说是风声的发源地。

译本后记

Ⅰ．主要内容综合简评（第一至第七卷）

马塞尔·普鲁斯特的散文小说《追忆逝水年华》的主人公，即叙述者（除《斯万的爱情》之外）：我或马塞尔，是从头到尾的独白者，准确说内心独白其一生：叙述者主人的物质生活和精神生活。其他人物多少与他皆有直接或间接关系。因此，我们的《译本后记》首篇介绍他的七卷本主要活动综合评说之后，单独把第一卷主要人物挑选出来逐一简要评说，从第二卷开始只刊载人物评说，组合成一篇，如《失而复得的时间》集中介绍艺术家，当然包括作家的生平。

叙述者主人公马塞尔，虽然小名相同，但不是作者本人，尽管时不时有他的投影。普鲁斯特曾给吕西安·都德的信中明确指出：《追忆》是小说，根本不是自传或回忆录。至于说在七部小说最后违心地用了两三回自己的小名，是为了增加真实性的感觉。那么，这个"我"，主人公，解说员，用作者自己的话来说，"这位口口声声'我'的先生究竟是谁呢？有学者巧妙指出，由四个人物合成：一、自称"我"的人；二、马塞尔，主人公，自称"我"；三、普鲁斯特，作者本人；四、普鲁斯特，给小说提供生活素材的人。

从文本来看，主人公是一个巴黎年轻资产者，生活在十九世纪最后三十多年，看得出主人公比作者年轻十来岁，父母在巴黎生活，常去外省一个名为孔布雷的城镇度假。父亲好像在外交部担任公职。反正，模模糊糊，一点一点无序透露其生活。一方面，普鲁斯特自称正在写一本奇特的书，好像小说，说什么："至少绽露的，算得上小说吧。"但另一方面又说，从某种意义上说，这个年轻人渴望写一部小说，但缺乏足够的天赋，正在放弃写小说。不过呢，突然笔锋一转却说什么，源源不断接踵而来的灵感使他隐约感觉到自己真正的天职走向。他将成为获得"得天独厚"时刻的诗人，掌握超越时间的本能时段的诗人，但命中注定，他在获得新发明之前必须承受毫无用处甚至完全糟蹋的时段，他称之为"失去的时间"。主人公所写的"小说"，几乎是结尾在先，开局在后，像寓言中的蛇咬住自己的尾巴死不放松。普鲁斯特开卷几页之后，马上告诉我们故事的结尾，正是为了明确告诉读者他写的故事周而复始：循环往复，一言以蔽之，《追忆》描绘和表达对人世的认同，对人生的探索求真，对世道的重新发现，对世人的身份认同，是普氏对人世的一种感恩图报，不禁令人感慨万千，感叹唏嘘。

历来法国文学界认为：假如普鲁斯特只寻求在心理学上识知自己，那他只不过是个醒世作家；假如他有时心血来潮即兴表达一种印象而兴高采烈，那他只不过是个诗人。他的作品难以归类，他是个全才，天才，这是名家们异口同声的看法。由于《追忆》很难概述，所以我们分三次概述，从不同角度划出不同的粗线条，运用普氏自己归纳的文字或说法去做。这不，普鲁斯特喜欢把自己的散文长河小说比喻为大教堂，甚至起初打算分成十四、五个独立小册子出版，命名为《正殿》《彩画玻璃》《半圆形谷殿》等等。普氏之所以选择一个几乎无名氏的主人公，是因为他固执地一门心思要识破其他人物的"本质"，并且跟他人"情投意合"，"心心相印"。叙述者执意充当"大写的人"的代言人，并递给这位充当代言人的读者一面镜子。有鉴于此，我们在一分卷分批介绍全书主要人物之前，最后一次从另一个角度概述全书，以飨读者。

叙述者主人公睡醒时，迷迷糊糊，确定不了自己身在何处。他开动头脑回忆，重温在孔布雷的童年，那是傍晚，斯万来拜访他的父母，他备感焦虑。一天，他漫不经心享用茶点，把一块小玛德莱娜蛋糕在椴花茶里浸泡一下塞进嘴里，像《一千零一夜》

里阿里巴巴打开大门，一下子他过去的一切全展现在他面前。在孔布雷的生活：莱奥妮姑妈，教堂及其彩画玻璃和钟楼，勒格朗丹先生，欧拉莉，阿道尔夫以及"玫瑰夫人"。奥黛特及贝戈特，布洛克，万特伊先生及其女儿万特伊小姐。……一天，在斯万家那边，主人公遇见吉尔贝特，发现她投来一个奇怪的目光。主人公从斜坡上敞开的窗户目睹万特伊小姐跟女友搞性虐待的场面。此时的主人公已经对文学产生一时之兴，但对自己的才华尚有疑问。然而，一天随佩斯皮埃大夫在马丁维尔散步，他对三座钟楼在空间的雄姿产生非常强烈的印象，受这次印象所产生的灵感落实到文字是他的天职最初的标志。在梅泽格利兹那边和在盖芒特那边单独散步过程中，他发现这两个"那边"将在他未来的生涯所起到的重要作用。他一回忆起这两边的地名便想去看看，但他身体不好，不得不一再推迟计划。于是他回想起香榭丽舍大街（又译爱丽舍田园大道）以及对吉尔贝特·斯万的初恋。他也经常去布洛涅森林槐树小径，去欣赏斯万夫人的妙曼多姿。这是在相对独立的《斯万的爱情》所发生的事情，而《在如花少女们倩影旁》让我们重逢上述人物、韦迪兰夫妇，科塔尔大夫等小圈子中的人物。叙述者在这个小圈子里，认识诺普瓦先生（法驻西班牙大使），而大使先生竭力劝阻他从事文学。这期间，他听了女歌唱家拉贝玛演唱《费德尔》，但很失望。他病了一阵，然后进入斯万一家，其间遇见作家贝戈特。尽管与贝尔吉特翻了脸，但仍为她父母的朋友。之后，他去了海边，亲眼见到斯万给他描绘的有点儿波斯风格的老教堂。主人公由外祖母陪伴,她重逢当年女子寄宿学校同学德·维尔帕里济侯爵夫人。这位侯爵夫人给他介绍自己的亲侄儿德·夏吕斯男爵,此人神秘兮兮的,他们一起在著名的布洛克家族餐馆共进晚餐。他发现一小帮如花少女们,当下坠入爱河。在参访埃尔斯蒂画室时见到少女们中的一位,名叫阿尔贝蒂娜,一见钟情,咬住不放了。但她拒绝他的吻。当时,他父母搬家,住到德·盖芒特夫妇公馆的侧翼。但此时,德·盖芒特夫妇的姓氏对他而言失去了一些诗意。但在歌剧院听戏时,注视德·盖芒特公爵夫人时,盖芒特的姓氏却又披挂上新的魅力。叙述者"我",居然因晌午散步经常遇见公爵夫人而爱上了她,并且认识了圣卢的情妇拉谢尔,那是在拜访德·维尔帕里济夫人时认识的。圣卢男爵主动愿意跟他结为朋友。至此,对主人公而言,以上是他在上流社会生活中的几个片断,即主人公自认为是"丧失的时间"。然后,不幸的是,在一次香榭丽舍大街散步时,他的外祖母犯病了。普氏描绘主人公外祖母临终弥留和死亡的篇章一直被认为是全书最美的文字。过后,生活一切照常:叙述者主人公与阿尔贝蒂娜的私情更加紧密,更加深入涉足德·盖芒特家族中间,更仔细详尽描绘德·盖芒特这个小社会,即所谓盖芒特精神和圣卢的"内心高贵",并开始发现圣卢的"性趣"(同性恋),他目睹圣卢跟瑞皮安(做男人背心的裁缝)搞鸡奸的场景。这些事情发生在《所多玛和蛾摩拉》之中。这个时期,叙述者最为春风得意,一方面自以为喜欢上皮特比斯女男爵的贴身女佣，另一方面又是奥黛特·斯万沙龙的常客，竟成为巴黎最春风得意的人物之一。正当叙述者主人公第二次小住巴尔贝克之际，他寻找皮特比斯夫人的贴身女佣，当他弯下身子整理高帮皮鞋时，第一次切身体验到外祖母去世：他以"心脏的间歇"来解释自己晚来的深沉痛苦。然而，他开始怀疑阿尔贝蒂娜作风败坏，有伤风化，决心与她决裂，但获悉她与万特伊小姐的女友有性关系，决定趁父母不在家把阿尔贝蒂娜关在父母房间里进行居家隔离，这是发生在《金屋藏娇》中的故事。就在这当口儿，他获悉贝戈特去世，其艺术给他的实在感大于日常生活的实在感：人去画犹存。不久，他聆听万特伊的《七重奏》也产生同样的感觉：其实艺术的价值大于人生的种种虚荣，艺术能产生永恒的东西。为了把自己献身于文学使命，他决定选择一个时刻跟阿尔贝蒂娜决裂。但又听说她脱逃了，于是采取措施把她追回来，没有成功；不久又听说她因意外事故而死亡了。虽然令他失望，但也算把事情了断啦。然而，这场痛苦逐渐被遗忘之时，却萌生一场新的爱情：偶尔遇见一个姑娘，原来不是别人，正是吉尔贝特。叙述者主人公跟母亲去威尼斯时，收到一封阿尔贝蒂娜签署的电报，使他一时以为自己的情妇并没有死，但此刻发觉在自己的心目中她真的死了。况且这个签字出于电报员的一个差错，原来电报来自吉尔贝特，宣告她与圣卢结婚了。就在同一个时期，叙述者获悉瑞皮安的侄女跟康布勒梅尔少爷结婚了。于是，他在唐松维尔小住时，好像有点儿不乐意重返孔布雷了，比任何时候都怀疑自己当初的天职啦。然而，读到一则龚古尔兄弟日记未发表的一段话，自我安慰道：天赋不高无关紧要，文学不就是像日记这副德行嘛。接着，战争突然爆发，叙述者回到巴黎，发现夏吕斯和圣卢的恶癖搞得无法无天了。一种新的时髦主义流行了：叙述者主人公晌午驾车去见德·盖芒特夫人。就在德·盖芒特亲王夫人家的院子里，踏着高低不平的方石绊了脚，满心喜悦，以为重新找回在威尼斯的洗礼小教堂相仿的感觉，使他能够达到超越时间的感觉，一种无时间性的感觉，同类的其他感受确认了他的发现。他懂得了作家的任务就是返回这些得天独厚的时刻深处扎根。他觉得自己的一生就像被长期延误的使命。或许多亏了斯万他才获得自己著作的素材，使他下决心摆脱只当个艺术猎奇者。主持沙龙的亲王夫人原来只是资产者韦迪兰夫人，一个寡妇，改嫁给吉尔贝·德·盖芒特亲王，即巴赞·盖芒特亲王的堂兄弟，居然跟奥丽娅娜·德·盖芒特亲王夫人平起平坐了，而且更有钱。而此时的巴赞大部分时间耗在已故斯万夫人奥黛特伯爵夫人家里，奥丽娅娜备受冷落。这次聚会，进出亲王夫人沙龙的人们都是化了装的"官员们"，那是因为时间在他们身上起了作用，大家都是老人了，化装得年轻一些。此时，叙述者主人公想到自己也不久于人世了，决定让他的创作也同样打上大写的时间烙印。

Ⅱ. 主要人物评说

一、夏尔·斯万（Charles Swann）

斯万这个人物是《追忆逝水年华》中最出名的，甚至在法国家喻户晓的，唯独一个大章节享有单独第三人称叙述的，也是唯一单独出版的，名为《斯万的爱情》，权作叙述者主人公"我"的"先驱"。尽管普氏声称他的作品中没有"小说人物原型"，但最终还是承认了唯一的原型斯万正是其父母的一个朋友，名为夏尔·哈阿斯，犹太人后裔，第二帝国末期和第三共和国初期在巴黎圣日耳曼城关区颇有名气。证券经纪人的儿子，是主人公马塞尔外祖父的兄弟以及全家族的朋友，是乡间好邻居，在孔布雷小居时晚间常客。这不，斯万在唐松维尔有一处漂亮的房产，跟妻子，即旧情妇奥黛特·德·克雷西，以及他们的女儿吉尔贝特（与叙述者主人公同年）一起生活。在年轻的叙述者主人公眼里，斯万享有很高的威信，主要因为斯万是大作家贝戈特的亲密朋友，是主人公马塞尔梦寐以求相识的。况且斯万拥有良好的上流社会关系，尽管主人公的老年七姑八姨对斯万疑虑重重，搞不懂一个如此显赫的人物竟住在巴黎中央菜市场附近的圣路易岛上。叙事者瞥见斯万常来香榭丽舍大街领回女儿，但一天，小吉尔贝特对主人公马塞尔小同伴说："我父母瞧不起您。"但一段时间之后，马塞尔并未因此而没有成为斯万家的熟人。主人公马塞尔喜欢听斯万讲巴尔贝克的教堂，以至于一听见孔布雷老姑婆（父亲的姑母）家大门铁铃轻微的哐当响，他心里就激动起来。由于唐松维尔处在梅泽格利兹那边，主人公家习惯把"斯万家那边"和盖芒特那边作为对称。叙述者是在斯万的引领下读懂荷兰画家弗美尔·德·德尔夫特、意大利画家乔托和波堤切利以及圣西门的著作的。主人公感谢之情溢于言表，况且斯万决心誊写一篇有关弗美尔的论文，但至死未了结这个崇高的心愿。主人公叙述者逐渐发现斯万患有"偶像崇拜"的恶习，再加上艺术猎奇的爱好，妨碍他成为一个创作者。事实上，他犯有精神缺德症，利用审美装饰点缀肉体爱恋：斯万对奥黛特的恋爱基础是深入透彻了解奥黛特不为人知的生活生理秘密，奥黛特的形象耗尽他全部的幻想，连她的躯体都成了他喜爱的玉体，尽管他承认她不是他所要的"女人类型"。这不，在她之前，他不知道玩过多少女人了。可一旦钟情，斯万便觉得什么事情事物都具有新的魅力了：他依恋到甘受被奴役到难堪的地步，揣测镇静对他的爱情不利，那么爱情只是一种审美情趣了。

然而，大家仍然喜欢他的风流倜傥，才智风趣，把他令人不齿的婚姻怪罪于他的性爱妒忌。这不，他的祖母曾是德·贝里公爵的情妇，人们便佯装不知他或许有法兰西王族的血脉。一天，在一次招待会上，吉尔贝·德·盖芒特公爵把他领到花园尽头向他讲私房话，客人们硬说斯万被公爵赶出门外，其实公爵向他的朋友悄悄说他早已确信德雷福斯是无辜的。接着，斯万也拜访了奥丽娅娜，把她视为至尊至交的女友，希望她接待他的妻子奥黛

译本后记

特。他向她暗示自己不久就要离开人世，但奥丽娅娜装着不信他已病入膏肓。由于她要跟公爵当晚参加一次重大的晚会，便把她垂死的朋友晾在一边了。斯万走后，她按公爵的嘱咐上楼换鞋了。以后没多久，叙述者获悉斯万去世，大惊失色，写下令人赞叹的文字："大写的命运为斯万送去独特的死亡。"斯万只剩下一个姓氏，但叙述者心知肚明是多亏了这个角色，他既获得著作的素材，又下定了创作的决心。

二、奥黛特·德·克雷西（Odette de Crécy）

奥黛特嫁给德·克雷西伯爵时的"大名"是奥黛特·德·韦尔朱斯男爵夫人，即她实际上的第一任丈夫：此公穷极无聊，却硬要穷奢极欲，迷上了奥黛特，赊账搞性事，欠账多了，应奥黛特要求，娶她为妻。婚后不久，奥黛特把他一脚踢掉，以贵族身份嫁给德·克雷西伯爵，晋升为伯爵夫人而步入上流社会。有了贵族头衔，便易如反掌嫁给情种大富翁斯万，同时勾搭上福什维尔伯爵。等斯万一死，便嫁福什维尔伯爵，成为最有钱的贵族夫人。最后从最有势力的德·盖芒特公爵夫人手中，夺走巴赞·德·盖芒特公爵。

具体说来，奥黛特嫁给德·克雷西伯爵，在叙述者笔下起初是以"桃色夫人"面貌出场的，即阿道尔夫叔公（叙述者主人公的姨外公）的情妇，此公没有什么出息，只不过是"妻不如妾，妾不如妓，妓不如偷"，偷偷情而已，还是后来根据一张旧照片识别出来的呢。而画家埃尔斯蒂把她作为《无赖小姐》的画作原型。叙述者没有透露她当姑娘时的姓氏，但她原来是同性恋者瑞皮安的堂姐妹，但她嫁给皮埃尔·德·克雷西伯爵倒是明媒正娶的。此公虽是个真正的贵族绅士，但很穷，是个研究贵族系谱的老学究。后来，叙述者居然在巴尔贝克遇见过此公。"桃色夫人"奥黛特居然成为巴黎最吃香的女士之一：她成为斯万的情妇，为他生下一个女儿，叫吉尔贝特，然后嫁给了斯万，成为斯万夫人。

斯万一家搬到孔布雷附近唐松维尔的小庄园居住，但奥黛特因没有受到叙述者父母的接待而成了"空头夫人"，因为她那时已经是德·夏吕斯男爵的情妇了。然而，叙述者作为主人公，儿时喜欢观赏奥黛特独有的曼妙多姿，当她坐在马车上，在森林中沿着槐树小径兜风，活像康斯坦丁·圭斯画作。年轻的主人公叙述者终于被奥黛特接纳，况且她只接待男人，说话略微操英语口音，她改变了自己的信念，改换了屋内布置摆设，收罗古色古香的家具，甚至改扮了身体外表。她变成民族主义者和反德雷福斯派，跟德·马桑特夫人（罗贝尔·圣卢的母亲）过从甚密，拜访德·维尔帕里济侯爵夫人，装着不认识德·盖芒特公爵夫人，后者一直拒绝接纳她。奥黛特声明不认识韦迪兰夫妇。如此这般，她的沙龙居然成为巴黎最难得的沙龙之一：人们见到著名作家贝戈特在她的沙龙奄奄一息。

这让叙述者主人公很为难：我们知道，第一轮主人公的社交生活同时在两个非常不同的层面铺展：盖芒特家族为一方，韦迪兰夫妇为另一方或圣日耳曼城关区为一方；先锋艺术家以及音乐家圈子为另一方。奥丽娅娜·德·盖芒特公爵夫人拒绝接待奥黛特，尽管斯万非常乐意奥黛特受到接待，相反，韦迪兰夫妇却热情接待先前的"轻佻心肝宝贝儿"，而奥丽娅娜则奉之为妖冶轻佻，因为前者确实操控着奥黛特的性事私通，况且斯万开始对韦迪兰夫妇也赞不绝口：他在他们的沙龙重逢他的情敌德·福什维尔以及结识科塔尔大夫，小说家贝戈特，音乐家万特伊，画家埃尔斯蒂，建筑师萨尼埃特，伦理教师布里肖。一言以蔽之，"小圈子"或"小集团"。后来，奥黛特随着自己的身价越来越高，千方百计搞起了一个韦迪兰夫妇式的"沙龙"，尽管斯万继续与盖芒特夫妇来往，但不管怎样，他作为德雷福斯派铁杆儿以及犹太人的身份，终究使他的婚姻令人感到有所不齿。

斯万死后，奥黛特嫁给德·福什维尔，并在她的女儿与圣卢结婚之后，让伯爵过继了吉尔贝特。奥黛特以为自己选的女婿圣卢会很好保护吉尔贝特。战争期间，在韦迪兰夫妇恳求之下，她同意重见他们。她刻意表现自己亲英，以不容置辩的口吻谈论战争，谈论"我们忠实的朋友"，一边显露虚情假意的表情。尽管岁月不饶人，她依然秀色可餐，尚能与时间挑战，居然公开成为巴赞·德·盖芒特公爵的情妇，老东西不管白天黑夜泡在奥黛特裙边不回家，她应巴赞的要求从早到晚穿睡衣相伴，甚至当着众人面前也不换装，使高傲的奥丽娅娜·德·盖芒特亲王夫人丢尽脸面，而奥黛特报了一箭之仇，意气扬扬，甚自得也。

战后，叙述者主人公与她再次相逢，在德·盖芒特亲王夫人（前韦迪兰夫人）家一个晌午，她依然风姿秀逸，保持着所谓"从前入法籍后一直顺从的轻佻女子风姿"，使叙述者不禁想起1878年展览会。那时，她一边听歌唱家拉谢尔朗诵诗歌，一边摆出兴致勃勃和内行知音的神态，尽管当场被大部分与会者瞧不起，但她依然非常自我陶醉，自得其乐。

有关从前的私情，她向叙述者主人公倾吐衷肠，但神色颇为惆怅。她说："其实我过去的蜗居私生活，对我非常妒忌的男人们才使我爱得不可开交，爱得如胶似漆，如梦如幻。我不是指德·福什维尔先生，因为他只不过是个平庸之辈，我一向只爱聪明人。但，您瞧，斯万先生也跟这位德·盖芒特公爵一样忌妒如焚。可怜的夏尔，他是那么聪明，那么富有魅力，确确实实，他是我钟爱的男人哪！"是啊，叙述者想到斯万历经的痛苦，不禁叹道："也许真有其事吧……"

三、德·福什维尔伯爵（La Forcheville, Comte de）

德·福什维尔伯爵，诺曼底绅士出身，其家属声称比拉罗什富科更古老。德·福什维尔首先出现在韦迪兰夫妇沙龙，由奥黛特·德·克雷西引入，很快成为韦迪兰夫妇的忠实信徒之一，对斯万十分妒忌，被视为名正言顺的忌妒，合情合理的忌妒。确实也是奥黛特的情夫，在斯万死后，她成为他名正言顺的妻子，她的女儿被丈夫收养过继，成为名正言顺的吉尔贝特·德·福什维尔伯爵小姐。但他眼见自己的连襟档案保管员破产并病倒瘫痪在床却没有伸出援手。福什维尔自己明言娶一个犹太人的寡妇为夫人是他的"一个慈善行为"，况且结婚后经济负担很重，几乎破产。然而，奥黛特却说其实他是个平庸之辈，而她一向只能爱聪明的男人，比如斯万和德·盖芒特公爵。

四、萨尼埃特（Saniette），福什维尔的连襟

萨尼埃特，档案保管员，韦迪兰夫妇小圈子的铁杆成员（信徒，善男信友），但他又是小圈子成员的"出气筒"（受气包），德·福什维尔的连襟，也正是这位贵族连襟把他驱逐门外给"灭了"。他胆小而和善，但缺少心眼儿，挺想竭力讨好这个玩世不恭又暴戾无情的交际圈子也白费心思。所以，他确实苦恼，百无聊赖，在韦迪兰夫妇家晚餐聚会上觉得沉闷乏味，突然想开个玩笑，娱乐一下大伙儿，便任意编派一则有关德拉特雷莫伊尔公爵的故事，明明知道全是假的，谁也不会当真。于是被夏尔·斯万粗暴打断了，只好怯生生"溜之大吉"……叙述者后来去巴尔贝克的小火车上与他重逢，他其实挺怕"惹是非的"……而面对韦迪兰夫妇假模假式的和气，他便又笃定起来，但韦迪兰先生很快又对他显得粗鲁了，于是韦迪兰夫人不断"吹嘘"其丈夫实际跟她本人一样，对档案保管员"呵护"有加。然而在某晚韦迪兰的沙龙上，他再次说话有失检点，他竟宣布谢尔巴托夫公主去世的

消息，而这位公主正是韦迪兰夫妇最瞧不上眼儿的。另外，尽管萨尼埃特先生是虔诚的天主教徒，他在德雷福斯事件中却是"重审派"。当他得知自己彻底破产，旧病发作。韦迪兰夫妇表现出铁石心肠，瞒着大伙儿，把他送进膳宿公寓了事。科塔尔大夫倒是继续给他看病，几年后他便去世了。

五、韦迪兰夫妇（M. et Mme VERDURIN）

韦迪兰先生本人的来历一直等到《失而复得的时间》，作者（叙述者主人公马塞尔）才经过追忆逝水年华向读者亮出底牌，真可谓失而复得的时间。谁也没想到，韦迪兰这个腐朽的家伙，原来倒是个杰出的艺术评论家，出版过一本论美国画家惠斯勒的书，还兼任过《杂志》合伙人。这位假龚古尔（假艺术家）谈论惠斯勒就像个讲究精品的爱好者，对所有标致俏丽的绘制都喜欢，然而根据叙述者跟他认识后的回忆却更像个平庸之辈，完全受他妻子的控制。韦迪兰夫妇每逢周三在他们居住的蒙塔利韦街套房居住，后来搬到伏尔泰河滨道自家公馆。他们在诺曼底拉斯贝利埃尔每年夏天也接待"小圈子"的常客。他们最终成为激烈的德雷福斯派和德雷福斯重审派。韦迪兰是最早欣赏埃尔斯蒂的，并向画家提供社交背景，支持他的艺术。而埃尔斯蒂投桃报李，认为"韦迪兰的头脑具有对他的绘画最正确的看法"。所以，尽管跟韦迪兰闹翻了几年，但获悉韦迪兰的噩耗还是十分悲痛的。叙述者向我们指出，韦迪兰有时对"小圈子"成员萨尼埃特傲慢，但一旦获悉他破产了，便对他慷慨相助，替他安排晚年养老的场所，不过是韦迪兰夫人出面安排，其恩德记在夫人账上。

因此，叙述者往往把社交界某些虚伪行为记在韦迪兰先生账上：这不，我们经常发现他时而冷酷戏弄人，时而带些同情心。反正他有翻脸和闹别扭的癖好。但叙述者认识到不应该光记得他曾经使坏，因为我们并不知道他们的心灵里在别的时候也能做好事的。然而，即使韦迪兰先生有些好德行，他唯恐失去在"小圈子"的统治地位自不待言，哪怕散布谎言也在所不惜，决不后退一步。这是普氏笔下的人物形象特点：没有绝对的好人，也没有绝对的坏人，任何人物都有两面性。

韦迪兰夫人是"小圈子"老板娘，普氏笔下最坏的女人，相貌特征也最不讨人喜欢。这个声色俱厉的女人居然在嫁给艺术评论家韦迪兰之前，就已经把自己的沙龙搞得有声有色，成为巴黎最著名的沙龙之一。每当发生政治危机，每当出现艺术革新，她都一点一滴引入她的沙龙，好比鸟儿筑巢，接二连三零零星星点缀她的沙龙，逐渐成了气候，名气就越来越大。德雷福斯事件过后，著名作家阿纳托尔·法朗士成为"韦迪兰夫人的力量"，这是她对艺术真诚的喜爱，这是她献给忠实的成员们最丰富的晚餐，注意，只献给忠实的信徒，他们中间没有所谓上流社会的人受到邀请……韦迪兰夫人的沙龙队伍是经过完美训练的，全部节目是一流的，只缺听众观众。对于沙龙所有忠实的成员：布里肖，科塔尔，萨尼埃特，画家埃尔斯蒂等，老板娘表现专横。

况且，她对政治的激情不亚于对艺术的恩情，她出头露面时就跟大作家左拉夫人并肩坐在审判台脚下。晚上，在法院经历了慷慨激昂之后，她接待了德雷福斯派首领皮卡尔。她也让人看出她是反教权主义的。她指责斯万的上流社交关系，她保护奥黛特·德·克雷西享有多个情人。对她而言，上流社会人士是讨人厌烦之辈。她在拉斯贝利埃尔向德·康布勒梅尔夫妇租房时，装作不愿意经常去看望房主夫妇。她特好的朋友则是阿尔贝蒂娜的姨妈邦当太太，小资产阶级，公务员（未来的政治家）的妻子。她千方百计把作家贝戈特引入她的沙龙，但她真正的疯魔是绘画和音乐。她吹牛早就认识埃尔斯蒂，在她家里昵称他为"母鹿先生"（法语口语中对女孩和年轻妇女的爱称：ma biche，亲爱的），自吹对他笔下各种各样的花朵、林林总总的绘画主题了如指掌……说什么没有她的指点，画家永远也识别不了茉莉花。埃尔斯蒂为韦迪兰夫人画了科塔尔一家的肖像送给她，后来她跟画家闹翻了之后送给了卢森堡公爵，因为她不肯原谅画家结婚，于是就贬低他的艺术了。

尽管叙述者已经"征服"韦迪兰夫人，他分析"老板娘"的反应、抽搐和怪癖时并不感到拘束。他进一步告诉读者"老板娘"如何让布里肖跟自己的情妇洗衣女工断绝关系，向我们描写"老板娘"如何对大自然景色的美无动于衷，尽管她对诺曼底的认识大大好于康布勒梅尔夫妇，进而向我们描写她怎么决定"归并"德·夏吕斯先生，怎么一点一滴地把"客观世界"作为自己

译本后记

的目标，怎么宣布对谢尔巴托夫公主的死亡压根儿不感到悲伤，怎么只用肢体对万特伊的音乐表达欣赏，万特伊使她热泪盈眶，才不是"得严重感冒似的一把鼻涕一把眼泪"哩。所以，在听这首乐曲前，她得使用鼻炎胶润滑鼻子……然而，不管怎么说，叙述者马塞尔确实在韦迪兰夫人家第一次谛听万特伊的遗著奏鸣曲七重奏。晚会由德·夏吕斯组织，然而他邀请的人专属巴黎圣日耳曼城关区，对房主老板娘非常不礼貌，以致被断绝了关系。她谋划了一场阴谋使夏吕斯跟他的男友小提琴手莫内尔闹翻。阴谋建立在诽谤的基础上，非常成功，超出希望。之后，韦迪兰夫人改变沙龙的性质，偏好俄罗斯芭蕾舞，她去巴黎歌剧院看戏总坐在犹勃莱蒂埃公主旁边。她的拿手"夜宵"精美可口：聚集斯特拉文斯基、俄裔美籍作曲家施特劳斯以及舞蹈演员们……"老板娘"不再对"上流人物"抱同样的偏见了，她不屑接待德·盖芒特夫妇、德·奥松维尔夫妇、莫莱伯爵夫人……她甚至间接地向已成为德·福什维尔夫人的奥黛特主动亲近。于是，她的沙龙形成一个新的核心，这次则是贵族核心，但德·夏吕斯男爵始终被排斥，她对他始终耿耿于怀，在战时，甚至把他视为敌人的奸细，甚至假装以为他是普鲁士人。同样，她居然对那不勒斯王后散布谣言，在她看来，王后不该跟他的表兄帕拉柏德·德·夏吕斯团结一致。她说："假如我们有个更精明强悍的政府，他们那帮人该进集中营喽。"她竟然买了五十本由莫内尔撰写的攻击其前大恩人夏吕斯的小册子，并高声朗读。在一战期间，即1916

年,韦迪兰夫人伙同邦当夫人,竟变成巴黎"王后"之一,使人想起督政府(法国1795—1799年间的督政府)。德雷福斯主义竟堂而皇之列入一系列值得令人尊敬的事态。因此,"令人讨厌"的人数减少了,前来拜访她的人变得和蔼可亲了。韦迪兰夫人于是说:"你们下午五点钟来谈论战争吧。"恰如她从前说:"你们都来听莫雷尔吧。"这个时期,奥克塔夫成了沙龙的明星之一,被认为拥有几本值得称道的著作。市面上缺煤之后,韦迪兰沙龙居然搬到巴黎最大的旅馆之一去搞聚会。韦迪兰夫人犯偏头疼,因为没有羊角面包浸泡在牛奶咖啡里而叫苦不迭,好在最后由科塔尔大夫开了一个处方,允许她获得一些羊角面包泡在某种咖啡里才了事儿。她重新获得羊角面包的那个早上,报刊登载英国班轮卢西塔尼亚号于1915年5月7日被德国潜艇击沉,约两千人遇难,其中有美国公民一百二十余人,此事促使美国参战。她一边伤心地悲痛思考,一边嘴里塞得满满的;她脸上浮现的神色多少是一种温馨的满足。

韦迪兰先生去世后,他的寡妇便嫁给德·杜拉斯公爵,成了德·杜拉斯公爵夫人,可是公爵很快破产后便死了。第二任寡妇不甘寂寞,摇身一变成了吉尔贝·德·盖芒特亲王夫人。布洛克在亲王府上举办的晌午聚会上奇怪地没有发现如叙述者曾向他讲述过的亲王夫人所具有的那种非凡魅力,主人公马塞尔便向他解释她并不是那人,他曾说起的德·盖芒特亲王夫人,那一位叫奥丽娅娜·德·盖芒特夫人才魅力无穷。就这样,随着岁月的增递,德·盖芒特亲王夫人这个代名词被"不同女人"使用过。如今,原来的韦迪兰夫人登上圣日耳曼城关区的亲王夫人宝座,迫使观众接受她让蹩脚艺人拉谢尔吃闭门羹了,因为这个过时的马屁精居然成为罗贝尔·德·圣卢的情妇。可是到头来,正是前韦迪兰夫人给叙述者马塞尔介绍德·圣卢的女儿吉尔贝蒂娜,而她身上则浓缩着主人公马塞尔对过去数不尽的回忆呀。

六、外祖母阿梅代夫人(Mme. Amédée)

外祖母是《追忆逝水年华》最感人肺腑的人物之一,她的相貌仿佛是主人公马塞尔的分身。在孔布雷那样的外省环境中,人们认为她"有点儿神经病",因为她把外国人的东西带进本地资产者的家庭。但人们依然一致认为她跟自己的女儿组成孔布雷"完好无损的种族":她的目光温柔至极,仿佛在抚摸她喜欢的人们。她偏爱德·塞维尼夫人,喜欢引述这位女作家的佳句名言。她选择礼物精妙讲究:如此她送一张沙特尔大教堂的风景图片,那必定是根据画家珂可罗的油画由一位优秀的雕刻家镌版印成的。然而,叙述者主人公吐露他缺乏自尊心则很像外祖母,以至于很容易使他缺少尊严。她作为乔治·桑的欣赏者,把贞操体现在心灵的高尚之上。于是,她把自己的爱心和慈善留给她的家庭、她的用人和在路上偶然碰上的不幸者。她担心自己的小外孙"缺乏意志力",然而正如她的女儿,她不得不面对"马塞尔"(叙述者)生病时表现出的欲望所折服。在人类艺术中,她最爱朴素的壮美，流露出对圣伊莱尔教堂钟楼情有独钟。她有时以自己独有的天真发表一些见解，当然显得跟上流社会格格不入。一天她走进瑞皮安铺子要给自己缝补连衣裙，觉得瑞皮安的侄女"完美无缺"；相反，她觉得德·洛姆亲王，未来的德·盖芒特公爵很"普通"。布洛克，在她看来，也不顺眼，但她赏识斯万的情趣。

根据斯万的建议，外祖母领着小外孙去巴尔贝克，希望海风对他有益。作者借机以细致美妙的笔触给我们描绘把"马塞尔"与自己的"老祖宗"联系在一起的友情，描绘祖孙俩之间的亲密，说半句话双方便明白，轻轻在两间卧房的隔板上敲几下以示双方睡醒了。正是在巴尔贝克，外祖母重逢德·维尔帕里济侯爵夫人，她们俩是童年时代的朋友，她向侯爵夫人介绍自己的小外孙。多亏了她，"马塞尔"认识了圣卢，进入德·盖芒特家族的社交界。一天，在巴尔贝克，外祖母预感来日无几，让圣卢照一张相片，以便让外孙能保存她的相貌，她打扮一番，让人看不出自己重病在身。这不，回巴黎不久，在叙述者马塞尔陪伴到香榭丽舍大街散步时，突然犯病，再也卧床不起了。普氏写下外祖母临终前的篇章感人至深、令人叫绝。叙述者主人公对外祖母的死起初并不悲痛，直到无意识的回忆唤醒他时，痛定思痛，这才痛彻心扉。后来，作者才给这种现象取了个说法，叫"心跳的间歇"。后来长大反省这段经历，自责利己主义，想到外祖母也联想到阿尔贝蒂娜·西莫内，叙述者悔不当初，不识抬举，觉得"自己的生命被一种双重杀害所玷污了"。外祖母死后很久活在小外孙的梦里，可谓魂牵梦萦，与此同时，读者发现，她的女儿，小外孙的亲生母亲越来越像她，母女俩仿佛融为一体，普氏称为 le dédoublement，我们可译为"一身两体"，或"一体分为两份"。

七、莱奥妮姑妈，又称奥克塔夫太太
（La tante Léonie，dite Madame Octave）

莱奥妮是叙述者马塞尔的姑婆，这个外省老太婆自从守寡以后一直没有离开过轮椅和卧床。叙述者马塞尔及其父母去孔布雷度假就住在属于她的房屋。她有个忠实的用人，叫弗朗索瓦丝，对莱奥妮十分敬畏。莱奥妮姑妈时不时跟村镇本堂神甫长谈，对孔布雷发生的一切了如指掌。她信教过分虔诚，整天念珠不停。从她的房间和床铺观察天气，看得很清楚弗莱谢鸟街发生的一切，看着堂区教民来来往往。莱奥妮姑妈定期接待前女佣欧拉莉，引起弗朗索瓦丝的忌妒，姑妈便巧妙利用她们争风吃醋，分而治之，让她们俩互相暗中监视，奥克塔夫夫人从欧拉莉处获悉，弗朗索瓦丝在确认她的女主人不会外出时，便策划不让莱奥妮姑妈知道她将外出，于是她本人在前夜假装决定次日要出去散步……等到弗朗索瓦丝不得不承认自己想出去时，奥克塔夫太太才放弃自己的计划。姑妈梦想出去散步，一直走到唐松维尔，但直到去世，她的梦想也未实现。

叙述者主人公晚年发现他越来越像这个亲戚，仿佛她是个

"遗传的巫婆"出现在他面前,虔诚的莱奥妮姑妈决定让叙述者继承她所有家产,包括她的家具,但后来这些家具全卖给了一家妓院。

八、弗朗索瓦丝(Françoise)

弗朗索瓦丝起先在孔布雷是莱奥妮姑妈的厨娘,是普鲁斯特世界最生动活泼的人物之一,回忆她的暗码或日常习惯,纯属圣安德烈田园区的习俗,这个地名仿佛象征古老的法国外省的全部传统,普氏惟妙惟肖勾画分析这个老女佣的性格,她生活的时期和环境,是非常具有代表性的女农民:她好像圣安德烈田园教堂众多石头塑像中的一个形象。她的情感强烈而原始,尽管她以自己的方式表现高贵甚至卓越的情感。莱奥妮姑妈去世时,她表露出一种"野性的痛苦",然后,她转到为叙述者父母门下服务,领"马塞尔"(叙述者童年)到香榭丽舍大街散步,也陪伴叙述者的外祖母去巴尔贝克,并在那里建立人缘。

弗朗索瓦丝对马塞尔的朋友希洛克和圣卢洞察入微,但也异常天真看待瑞皮安和夏吕斯的关系。作为孔布雷的用人,她懂得主人的价值,并把主子那里得到的全盘回报给主子。普鲁斯特不厌其详向我们描绘弗朗索瓦丝用干小树枝生火,煮滚烫的咖啡或烹调牛肉冻:精心挑选小块牛肉外加各种各样的香料搅拌后冰冻而成,叙述者还从弗朗索瓦丝那里学到古语习惯用法和词语发音,当今的作家根本不知道了。

弗朗索瓦丝讨厌阿尔贝蒂娜，千方百计运用"晦涩难懂的语言"提醒他，不惮其烦暗示他"总会有一天看清楚一切"，装作知道她不愿说出口的一切。她的愿望是总有一天看到阿尔贝蒂娜将被"马塞尔"甩掉，就像以斯帖被亚瑟王抛弃。她对阿尔贝蒂娜深恶痛绝，讲到她时好像议论一个诈骗小女人或一个女演员，连自己的脸都气歪了。但弗朗索瓦丝当着阿尔贝蒂娜的面从不跟她争吵，但她有含沙射影的功夫，或许她使被金屋藏娇的女子实际上过着居家隔离的日子，而她自己在马塞尔家起着被侮辱的角色。一天，叙述者发现女用人翻寻他的纸张，她好奇心太重，这个缺点倒使她具备偷看的才能，发现他的主人是乱给小费的。

为了不被人瞧不起，弗朗索瓦丝有时也瞧不起主子们，说什么："一些随心所欲的人，智力并不出众，却乐于吓唬才智横溢的人，尤其吓唬用人们以示他们是主子，向别人强加荒唐的义务，就像瘟疫期间把水煮开，用湿布擦房间，决定出去时又正好想进来。"可怜的弗朗索瓦丝，她也是公馆主人的牺牲品，主子千方百计"作践"她，对她讲些不中听的话，给她"找麻烦"，譬如在战时向她说些不吉利的预言。这不，弗朗索瓦丝有个侄子，她千方百计使他退伍，结果在前线被打死了。

然而，恰恰就是这个弗朗索瓦丝"见证"了马塞尔竭尽全力的这部著作，恰如我们周围所有不具抱负的人们，她有"某种自身义务的直觉"。主人公马塞尔将在她身边工作，几乎跟她一样，至少跟她以前所做的那样：现在她太老了，动不了窝了。这不，这儿"别"一张补充写作的"纸张"（用弗朗索瓦丝的话来说），那儿又挂上另一张，就打下一本书的基础……就像缝了一件连衣裙，而一旦在他周围存在"纸张"，她就明白自己会急躁，就像她老说"她如果没有线的号码和必需的纽扣，就缝不成衣服了"。再说了，由于老是过着主人公过的生活，她，弗朗索瓦丝，"把文学工作当作一种本能的领会，比许多聪明人领会得更准确"。

九、外祖父阿梅代先生（M. Amédée）

普鲁斯特外祖父的真名实姓是那泰·韦尔先生（M. Natheé Weil），犹太人。小说叙述者主人公马塞尔的外祖父姓阿梅代，是阿道尔夫叔公的兄弟。他对圣西门情有独钟，表现出对姻缘关系和系统家谱极大的兴趣。当叙述者向家人介绍自己的老同学布洛克，孔布雷巴拿斯派文人时，外祖父一口气背诵好几位戏剧家和诗人的歌词和诗句。但一方面则表现出某种半开玩笑的排犹主义，另一方面对自己的外孙（叙述者主人公）的犹太人朋友表现出降贵纡尊的态度，至于对待德意志民族，他深恶痛绝。他敬重军队，但明确声称赞成反德雷福斯派。他的寿命很长，但不露声色，默默无闻，守着病妻许多年，忠贞不渝，但也不显痛苦，好不容易等妻子去世了，自己却又熬了好久才离世。叙述者主人公回顾与父亲和外祖父一起散步每每温情脉脉，甚至怀有恻隐之心。

然而在日常生活中，叙述者马塞尔若把外祖父与外祖母相比，

译本后记 *547*

简直不值得一提，外祖母显得更为突出。但外祖父也有自己的特色：他是个典型的老资产者，充满偏见的老者，不具备"国民德行"，却具有"家庭通达"之辈。他善于准确把握和美食家似的享有具有巴黎以及孔布雷资产阶级特色的东西，对两地大户人家的系谱，他们真实的处境，以及跟别人家配婚、配对或配错的情况，他一概了如指掌。一旦小外孙带朋友来家里，他若猜出是犹太人就开始哼哼哈利维名曲《犹太女郎》的副歌迭句或背诵拉辛《以斯帖记》中的一句诗。阿梅代先生从前是斯万父亲最好的朋友之一，他有一些名流关系，但他拒绝斯万的请求，因为后者暗示不再追求阿梅代夫人了。外祖父有时也陪叙述者马塞尔及其父亲去斯万家那边散步，提起斯万当年跟奥黛特谈恋爱时期就认识了。他也认识韦迪兰夫人，但后者跟叙述者谈起他外祖父时根本瞧不起他。阿梅代先生从前跟阿道尔夫舅舅大吵大闹过一阵，因为这位朋友竟敢把他的外孙（叙述者马塞尔）跟"桃色夫人"、"轻佻女子"，即妖冶的奥黛特·德·克雷西搞在一起。

总之，叙述者马塞尔特别爱外祖父，这不，他目睹阿梅代先生，在自己妻子特别苦恼的时候，肆意喝甜烧酒（色酒），这是对他绝对禁止的，甚至在妻子去世时，依然旧习不改，引起全家对他反感至极。

十、母亲，或妈妈（La Mère ou Maman）

首先介绍一个至关重要的地名：梅泽格利兹（Méséglise），

可分解为：mère-église，即 l'église de la mère（母亲的教堂），就是说叙述者主人公的母亲从小去做礼拜的教堂：马塞尔母亲的教堂。母亲姓名：雅娜·普鲁斯特，犹太人。母亲的出生地，是叙述者马塞尔最喜欢散步的地方，即散步目的地植根于此，既是小说家植根于此的自传，也是小说情节的脉络设计，突显母亲在马塞尔心目中的神圣性。

叙述者马塞尔的母亲与外祖母非常相像，以至于可以把她们俩合而为一：一人两身或两身一人，不仅面貌相像，而且性格相同，毫无疑问是《追忆》中最动人心弦和最纯粹的人物，用普氏的话来说，她们俩是孔布雷最完好无损的人物。只不过，在母亲身上，一种比较现实主义的智慧抑制住老祖宗过分热烈的理想主义天性而已。两人热烈鼓吹德·塞维尼夫人的《书信》，关于这个特点，普鲁斯特本人着重指出，也许只是单纯表达她们俩的文学趣味：由他负责让我们猜测他们三代人之间所存在的痴情天性。孔布雷最感人的插曲（《追忆》开篇）是讲小孩马塞尔晚上等候母亲上楼来跟他亲吻道晚安，得不到这个告别，是绝对睡不着觉的。我们读到母亲夜晚陪着儿子，给他朗读《被遗弃在田野的弗朗索瓦丝》，这是他一生都难以忘怀的回忆。另外，母亲给他准备的那杯椴花茶，把一小块一小块小玛德莱娜蛋糕浸泡后，吃上一口的感觉使他终生难忘。类似这种偶尔激活他回忆的突然感觉成了这部伟大著作的主题触发点。

十一、父亲（Le Père）

表面上看叙述者马塞尔的父亲在家庭这个单位中所起的作用不如其母亲或外祖母那么重要，其实不然，父亲起着"首要"的作用，首先，父亲体现家庭生活规范，体现社会生活规度或社交生活规矩。但他也可以随意搁置家规让儿子高兴一下。到头来，叙述者发现父亲的脾性后来转移到他自己身上。

父亲在家庭生活对儿子体现的超我场景最为明显。诸如，他觉得儿子晚上睡觉前与母亲道晚安的"仪式"很"荒诞"，甚至"荒唐"。儿子害怕老子发火后受到惩戒。孔布雷的儿童在父亲面前竭力憋住哭泣。一家之长反对儿子过早阅读某些作品，诸如缪塞的诗，乔治·桑的《安蒂娅娜》和卢梭的作品，甚至拒绝去巴尔贝克旅游，因为担心会变成一种文学朝圣，什么沿着德·塞维尼夫人的脚印，尽管这是外祖母所希望的。父亲得到外祖父的同意跟叔公断绝关系，因为后者居然把孩子拉到一个半交际花眼前。父亲拒绝少年儿子踏进戏剧院。还是父亲，以及外祖父下命令少年马塞尔远离吉尔贝特。又是父亲阻止了儿子受到德·维尔帕里济夫人怂恿，邀请少年马塞尔参加社交活动，却冒风险同意年轻人去诺布瓦沙龙拜见这位外交长官，认为这有利于自己被选中进入法兰西研究院外交事务分院。

不过，父亲，在母亲的怂恿下，戏剧性地组织去孔布雷散步。是他，这位父亲，亲自给儿子出主意如何准备行李：复活节去意大利旅行可能很冷，应当准备暖和的衣服。母亲恭敬地咨询一家之主关于宴请菜肴的质量：给斯万准备的大龙虾是否恰当？莱奥妮姑妈把遗产留给马塞尔，由父亲保管，并转换成有价证券，得到诺布瓦称赞，誉为"精明"。他操心着要预留两位社交人物，此人正是诺布瓦，他要跟这位前大使保持友善的关系。父亲自己的职务好像是外交部办公室主任，履行视觉监督使命，并预感有可能去彼得堡进行一次官方旅行。他和诺布瓦去西班牙旅行过一次，由父亲建议增加一个文化节目，去文化古城托莱德停留游览一下。他们俩经常去"全巴黎餐馆"（意为全巴黎的头面人物常去的餐馆）用餐，而弗朗索瓦丝老说那里的菜肴不地道。父亲跟梅利纳有交情，这位内阁部长声称："不存在德雷福斯事件。"因此父亲是反德莱福斯派，儿子不得不遵从老子，因为父亲与当权派来往甚密，与所谓"大写的政府和上帝天神"紧密相连，有可能获得"难以抵挡的推荐书"，谁能顶得住升官呢？

父亲，为了保持自己的门第，禁止其妻与自己阶层某些不相称的人物往来，比如斯万太太，或优越于自己阶层的人们往来，为了使丈夫能够拥有崇高的自尊，母亲在思想上总把丈夫维系在与其朋友诺布瓦同一层次，即一个高等人。尽管父亲的行为举止很随和，连在用餐时都不打扰用人。父亲渴望获得崇高的荣誉，也望子成龙，希望儿子成为科学院院士。不过在另一些章节中，父亲也难免俗：既严厉，也务实，一味听任行乐，比如，阿道尔夫叔公跟一些戏子胡搞，他也一笑了之。意味深长的是叙述者发现白色的山楂花，而后又发现长满玫瑰红刺的小花木的同时，发现了吉尔贝特本人，说什么"在一次只有父亲和外祖父陪同下散步时，正是他们俩成为我萌生性欲的真正启示者"。

岁月流逝，父亲终于放弃要求儿子从事职业外交，允许他投身文学，主张"首先必须对自己干的事儿产生兴趣吧"。父亲自己是诺布瓦的盟友，而后者看不起贝戈特的作品，将其贬为"吹吹长笛"而已。但在叙述者看来，贝戈特是他从事文学研究的真正榜样。这么说来，父亲的职责是双重而矛盾的，一面是道德的审查官，另一面则是玩乐的始作俑者。叙述者回顾以上的场景不无幽默。不管怎么说，父亲作为榜样是基本面，叙述者则是认真肯定的。儿子成熟以后才意识到自己像父亲也是"一个活生生的晴雨表"，一会儿热，一会儿冷，一会儿下雨，一会儿天晴。关注大气压这种看似可笑的怪癖倒是通告天下他为人敏感。他之所以感觉得到阳光明媚或阴雨绵绵，之所以在进入弥留之际感觉得到苟延残喘的自我只不过是孔布雷光学师这样"气压计一般的小人物"，之所以如此，是因为他将其成就归功于自己的父亲。

十二、科塔尔大夫，教授（Cottard，le docteur，le professor）

科塔尔，杰出的医生，以出色的临床医生著称，是韦迪兰夫妇小圈子的核心人物，忠实成员之一，但尽管医技高超，他却显得呆头呆脑，一切按照字面意义去理解，故而他既不懂埃尔斯蒂的绘画,也不懂万特伊的音乐。他爱好俗谚短语,重复惰性的双关语,查考专有名词,总之给人一种愚笨的印象,与他的名望形成令人匪夷所思的反差。第一次世界大战期间(1914—1918),他成了上校大夫,日夜医治病员,劳累过度去世。

Marcel PROUST
DU COTE DE CHEZ SWAN
2023 Shanghai Translation Publishing House (STPH)
All rights reserved.

图书在版编目(CIP)数据

在斯万家那边/(法)马塞尔·普鲁斯特著;沈志明译. —上海:上海译文出版社,2023.11
ISBN 978-7-5327-9344-0

Ⅰ.①在… Ⅱ.①马… ②沈… Ⅲ.①长篇小说-法国-现代 Ⅳ.①I565.45

中国国家版本馆 CIP 数据核字(2023)第 185784 号

在斯万家那边
[法]马塞尔·普鲁斯特 著 沈志明 译
责任编辑/黄雅琴 装帧设计/周伟伟

上海译文出版社有限公司出版、发行
网址:www.yiwen.com.cn
201101 上海市闵行区号景路159弄B座
苏州市越洋印刷有限公司印刷

开本 889×1194 1/32 印张 20.75 插页 8 字数 372,000
2023 年 12 月第 1 版 2023 年 12 月第 1 次印刷
印数:0,001—5,000 册

ISBN 978-7-5327-9344-0/ Ⅰ·5833
定价:108.00 元

本书中文简体字专有出版权归本社独家所有,非经本社同意不得转载、摘编或复制
如有质量问题,请与承印厂质量科联系. T:0512-68180628